中都三部曲 之

玉碎引

郭大熟 著

北京燕山出版社

图书在版编目（CIP）数据

春雷引 / 郭大熟著 . -- 北京：北京燕山出版社，

2025. 7. -- ISBN 978-7-5402-7619-5

Ⅰ . I247.5

中国国家版本馆 CIP 数据核字第 2025GA1789 号

中都三部曲 之 春雷引

作　　者	郭大熟
责任编辑	商楚洛
设　　计	蒋　萌
封面题签	郭一清
地图手绘	LOFORT
护封用图	《搜山图》局部
内封用图	《听琴图》局部
回目用图	金代砖雕图样
出版发行	北京燕山出版社有限公司
社　　址	北京市西城区椿树街道琉璃厂西街 20 号
邮　　编	100052
电　　话	010-65240430（总编室）
印　　刷	北京盛通印刷股份有限公司
开　　本	889mm×1194mm　1/32
字　　数	431 千字
印　　张	15.5
版　　次	2025 年 7 月第 1 版
印　　次	2025 年 7 月第 1 次印刷
书　　号	978-7-5402-7619-5
定　　价	78.00 元

东匣开寒玉
鸟龙出秋水
长到夜深时
珥乘雷雾起

聽琴圖

传世古琴，以唐琴最为珍稀。唐琴之中，首推雷公琴。蜀中斫琴师九雷中，以雷威成就最大。雷威平生所制，又以「春雷」为极品。春雷琴入藏宋徽宗宣和殿百琴堂，称为第一。后归金章宗，为明昌御府第一。章宗殁，挟之以殉。凡十八年，复出人间，略无毫发动，复为诸琴之冠，世人视之为天地间尤物。元朝丞相耶律楚材将其赠予恩师万松行秀，后又复归楚材之子耶律铸。耶律铸《春雷琴》诗云：素匣开寒玉，乌龙出秋水。长到夜深时，恐乘雷雾起。

目录

弁　　言　掘金：一些关于女真王朝的不太冷的冷知识 ················ II

番外·引子　鬼市 ·· 001

中都

第 一 回 ·· 009

　　（一）宿怨 　　　　　　　　　　　　　　　　 010

　　（二）椿萱 　　　　　　　　　　　　　　　　 017

　　（三）签军 　　　　　　　　　　　　　　　　 022

第 二 回 ·· 028

　　（一）待沽 　　　　　　　　　　　　　　　　 029

　　（二）迷踪 　　　　　　　　　　　　　　　　 036

　　（三）侦缉 　　　　　　　　　　　　　　　　 042

第 三 回 ·· 048

　　（一）诱捕 　　　　　　　　　　　　　　　　 049

　　（二）密会 　　　　　　　　　　　　　　　　 055

　　（三）要挟 　　　　　　　　　　　　　　　　 061

第 四 回 ·· 069

　　（一）质子 　　　　　　　　　　　　　　　　 070

　　（二）易暴 　　　　　　　　　　　　　　　　 076

　　（三）策反 　　　　　　　　　　　　　　　　 083

第 五 回 ·· 089

　　（一）闻雷 　　　　　　　　　　　　　　　　 090

　　（二）劫宝 　　　　　　　　　　　　　　　　 096

　　（三）遁迹 　　　　　　　　　　　　　　　　 100

第 六 回 ·· 107

　　（一）阋墙 　　　　　　　　　　　　　　　　 108

　　（二）离魂 　　　　　　　　　　　　　　　　 114

　　（三）误识 　　　　　　　　　　　　　　　　 120

辽阳

第 七 回 ·· 128

　　（一）　铁铜　　　　　　　　　　　　129

　　（二）　谈兵　　　　　　　　　　　　135

　　（三）　慎终　　　　　　　　　　　　140

第 八 回 ·· 146

　　（一）　击鞠　　　　　　　　　　　　147

　　（二）　行刺　　　　　　　　　　　　153

　　（三）　投毒　　　　　　　　　　　　159

第 九 回 ·· 167

　　（一）　改元　　　　　　　　　　　　168

　　（二）　献技　　　　　　　　　　　　175

　　（三）　剪径　　　　　　　　　　　　184

中都

第 十 回 ·· 190

　　（一）　钦差　　　　　　　　　　　　191

　　（二）　暗示　　　　　　　　　　　　199

　　（三）　夺琴　　　　　　　　　　　　207

第十一回 ·· 213

　　（一）　磨镜　　　　　　　　　　　　214

　　（二）　隐情　　　　　　　　　　　　220

　　（三）　内讧　　　　　　　　　　　　227

第十二回 ·· 237

　　（一）　蠹耗　　　　　　　　　　　　238

　　（二）　献女　　　　　　　　　　　　244

　　（三）　斗穴　　　　　　　　　　　　250

第十三回 ···································· 256

    （一）　追思 257

    （二）　鸩杀 263

    （三）　破局 271

第十四回 ···································· 278

    （一）　作伪 279

    （二）　神数 285

    （三）　入土 293

第十五回 ···································· 299

    （一）　盾阵 300

    （二）　落单 306

    （三）　窖藏 311

第十六回 ···································· 317

    （一）　凌辱 318

    （二）　逃逸 326

    （三）　双飞 332

长江

第十七回 ···································· 341

    （一）　应变 342

    （二）　遇仙 348

    （三）　采女 357

第十八回 ···································· 364

    （一）　情缠 365

番外·楔子　未济 ···································· 373

    （二）　舌战 381

    （三）　哗变 388

第十九回 ·· 394

    （一）　余欢　　　　　　　　　　　　　　　395

    （二）　鸟辨　　　　　　　　　　　　　　　401

    （三）　遇弑　　　　　　　　　　　　　　　409

中都

第二十回 ·· 416

    （一）　朝会　　　　　　　　　　　　　　　417

    （二）　空门　　　　　　　　　　　　　　　423

    （三）　谣谶　　　　　　　　　　　　　　　433

番外·尾声　玉沉 ·· 442

附 录 一　《春雷引》人物小传 ······················· 447

附 录 二　《春雷引》人物中都行迹图 ··············· 461

后　　记　金 vs 今：美强惨、性张力和破碎感 ·········· 462

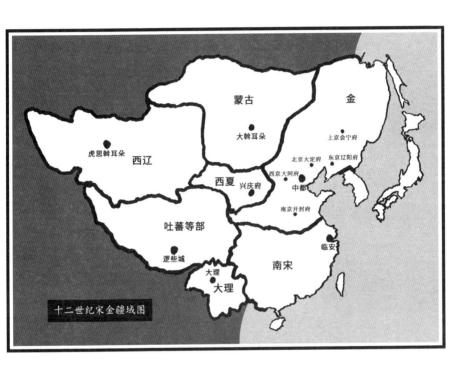

蒙古
金
西辽
虎思斡耳朵
大斡耳朵
上京会宁府
北京大定府
东京辽阳府
西夏
西京大同府
兴庆府
中都
吐蕃等部
南京开封府
临安
逻些城
南宋
大理
大理

十二世纪宋金疆域图

掘金：一些关于女真王朝的不太冷的冷知识

元朝修前代的历史，修了好些年，写完的时候都快到明朝了。

二十四史里，《元史》之前，《宋史》《辽史》《金史》是并列的，到底以谁为正统，莫衷一是，后来就搁置争论，都写！

金是女真人的王朝，真是筚路蓝缕，1115年建国前几乎就是个村子（女真本迁徙无常，至完颜绥可时才落脚在海古水，就是现在的哈尔滨周边，耕垦筑室，有栋宇之制，人呼其地为"纳葛里"，"居室"的意思。分成好几拨，还有一伙人住在"曷苏馆"。"曷苏馆"也是女真语，相当于今天前门外的大栅栏，围起来了，不许乱跑），都归辽国管辖（靠南边一点儿的叫熟女真，北边的是生女真）。

很古老的一群人，肃慎、挹娄、勿吉、靺鞨，都曾是女真的名字。辽朝时为了避讳兴宗耶律宗真，一度把"女真"改成了"女直"。总觉得少了两点儿什么，不想再臣服，暗暗生出反意。

辽就是耶律家族，持续地、有节律地盘剥女真，每次有契丹大官儿去北边巡查，女真都要提供"荐枕"服务，就是选出好看的女孩子陪侍。再有就是索要海东青，这鸟儿小、快、灵，忙活几个月，也未必逮到一只。天天抓鸟，正常的生产生活都耽搁了，这受了受不了！

女真不堪重负，生女真阿骨打很生气，也很生猛，攒了一群人，反！

契丹人也哆哆嗦嗦地承认："女真兵若满万则不可敌。"

中都三部曲的《上阳台》之前，完颜阿骨打是金朝皇帝中最著名的一位，金庸提到过他一嘴。这是金朝的悲哀，太没存在感了。

1115年在上京会宁府（今哈尔滨市阿城区）建国，1125年灭辽。

1127 年又灭北宋，史称靖康之变，就是南宋将领"犹未雪"的那场耻辱。话狠了点儿，理不糙——从更大的时空看，这些所谓外来的侵扰和搅动，某种程度上正是让（作为一个整体的）古代中国保持生机和活力的动因。1130 年，宋高宗赵构上降表对金朝称臣。多快！打得快，跪得也快。

金朝（1115 年至 1234 年）西与西夏、蒙古接壤，南与南宋对峙。共传十帝，享国 119 年。除了国都之外，也设立了陪都。开封是南京，又有东京辽阳、西京大同什么的，也都在变，光是"北京"就前前后后换了好几个地方。不用记得那么细。

女真作为一个民族，一直存在。后来的满族，也叫建州女真，就是女真后裔，完颜亮没达成的一统全国，满族人做到了。1161 年，《春雷引》里的完颜雍在东京辽阳起兵自立，又带队入主中都，统治了北中国。努尔哈赤 1616 年建立后金，1621 年迁都辽阳，此后一路南下。又是辽阳！

金确实欺负了宋。灭北宋之后，拉了几千车宝贝往北走，还掳了好些人，徽、钦二帝成了战俘，还有读书的、有手艺的，当然也有很多赵宋的嫔妃、公主（当时叫"帝姬"），猜都猜得出，女真将士肯定动手动脚不消停，违背了很多意愿。

History repeats itself ——重演一再进行。

后来蒙古和南宋联手灭金，同样的故事又过了一遍。输家和受害者变成了女真的男女。有一幅古画，少儿不宜——《尝后图》，胜利者的粗暴嘴脸尽在其中。有研究者认为，那描绘的是蒙宋联军破了开封之后，对金国皇妃的当众凌辱。

有一回去江苏南京，跟一位熟人在玄武湖边转悠，那是春天，聊到了大屠杀和城市苦难。突然，绕过一片桃花林，林间空地的草坪上，小家庭铺满了野餐垫子，孩子们跑来跑去，细头发湿漉漉贴在脸上。当时国外有一场战争，谁和谁忘了，就觉得天高地阔，就觉得人世庄严，为什么要掐架呢，这些汗水淋漓的世俗幸福多真实啊，谁挑事谁就是历史罪人，别说什么大帝，什么霸主，战争贩子的土闹而已。那次去南京，是给一本书做分享会，书名是《美好与生活》，说的是现实感丧失，也有解释成"洋娃娃放大效应"的。

《春雷引》里，我放大了统军征宋的完颜亮的灰心，那些雄图大志，在面对江面上漂浮的兵士死尸时，说不破灭是假的。对成功的渴望、对自身价值的迷恋，到底没让他泯灭了良知。他和自己缠斗很久，无论谁胜谁负，他都是输家。不是被仇家、故人逼死的，是自己腻歪了，演不下去了。想说的是这个。

歪楼了，正式捋金帝序列号。

金国第二位帝王是阿骨打的弟弟完颜吴乞买，史称金太宗。太祖、太宗及同辈弟兄已有汉名，是为"日字辈"。汉名里都有个"日"。是自我标榜，也是舍我其谁的意思，阿骨打叫完颜旻，吴乞买就是完颜晟，又有完颜昂、完颜晏等等。后边这老哥俩在《春雷引》里还活着呢。用太阳作名字，宋欠缺的就是这个。都别委屈，爱杯酒释兵权，爱写字画画，那就认了呗。

"日字辈"是开国的皇帝，要允许他们没见过世面，以为追求的就是一切了。他们孜孜以求的东西，他们的后代会一一厌倦。

金太祖、金太宗的子侄们是金国灭辽攻宋的主要将领，完颜宗翰、完颜宗弼（金兀术）是其中代表，这是"宗字辈"。最彪悍的就是这伙人，搜山检海，把赵构追到海上的就是他们。在《春雷引》护封所用的《搜山图》里，妖怪都好看，神兵仙将面目可憎，有研究者说这影射的是宋金战争。

但皇二代的"宗字辈"中，并没有人做过皇帝。上有老下有小，他们得矜持一些。那漂亮的仗已经打过了，应行的路已经行尽了，当守的道只能守住。心里可能也意难平，忍了！半间不架，赶到那儿了。

金太宗死后，帝位又还给了金太祖那边，阿骨打的嫡孙完颜合刺登基，这就是金熙宗完颜亶（dǎn，诚信的意思）。他早期还算诚实守信，励精图治，金地开始逐渐汉化。此后他酗酒滥杀，纵容后宫，昏聩至极，他的堂弟完颜亮发动政变，成为金朝第四位皇帝。

1153 年，完颜亮迁都至燕京，就是中都了。他是都城北京的缔造者，北京如果有个生日，我觉得就应该是 1153 年 4 月 21 日。此后，这座大城开启了它作为国家首都的命运。城市有势能，今天我们说中轴线、说故宫，这一切都是金中都奠定的，后来中轴线偏移，后来皇宫重新拔地而起，而中都才是北京的发轫之地。忘记它，就忘了来路。复活它，就回到了城市的原点。"谁的父亲死了……请你告诉我如何遗忘"，遗忘就意味着失怙。最老最老的老北京的城市卵巢切除已久，她细弱、枯槁，吃一小碗最朴素的氽儿面，让人想哭，也没有太多遗产，但她是一种风纪，活在孙男孙女柴米油盐的琐碎日常里，说着明儿早晨是吃油条还是饼干……这说的是金中都。

完颜亮和大卫王（约公元前 11 世纪—公元前 10 世纪，有无与伦比的政治成就，对他所属的民族和外部世界都产生了巨大影响。又多才多艺，很多作品载于《圣经·诗篇》）极其相似，能征善战，"一吟一咏，冠绝当时"，翻成现代汉语就是文学成就是顶流。生活作风也仿佛，都干过喜欢部下媳妇就让部下出差的事。Leonard Cohen 有一首歌唱的就是这个，完颜亮听到一定会脸红，然后顺手封 Cohen 做个翰林院副院长。他在歌词里称呼这一类帝王是 baffled king，极其精准！

完颜亮闲不住，1161 年，他兴兵六十万进击南宋，意欲一统华夏，他要做正统，不想再被称作"索房"，他知道历史是谁写的、怎么写的，他心里有个混沌的、摇摇欲坠的、吹弹可破的宇宙。《春雷引》讲的就是这一段故事。想知道他为什么非要攻打南宋吗，想知道他怎么哀求别人让自己平静死去吗，那就看书吧，关于内政和外交，关于私利和公益，关于扰民的能臣廉吏和作乱的奸佞宵小，都有一些说明。谁也不能天天就自己那点儿破事儿，向外看，一片苍茫，两手空空。再向外看，南墙撞破是北墙。

完颜亮死后连个帝号都没有，被称作"炀王"。"炀"在中国历史上这是第六次出现，也是最后一次。也叫"海陵王"，后来又被贬作庶人，当初是他把皇陵从哈尔滨迁到现在的北京房山，他死后被孤零零地放逐到了祖坟四十里外的荒郊野岭。

完颜亮的堂弟，同样是皇三代的完颜褎（读 xiù 的时候是"袖子"，读 yòu 的时候是"茂盛"的意思），在东京辽阳起兵自立。此时，前线的攻宋大军屡遭败绩，完颜亮被部下弑杀。完颜褎顺利抵达中都，他就是金国第五位皇帝金世宗。改了名字叫完颜雍。

去年冬天，在辽阳博物馆的碑林区，我看到了李洪愿（完颜雍的母亲）的"通慧圆明大师塔铭"，文辞很美，但书丹粗陋，据说曾经被作为猪圈的挡门石。后来去太子河边转，有母子在冰上玩耍，时值傍晚，我逆光拍了照片，鲑鱼色的天空，桥上的霓虹灯也亮了，我把照片都传到那个妈妈的手机上，那个小男孩儿应妈妈要求说了句"谢谢爷爷"。

完颜亶、完颜亮和完颜雍都是阿骨打的孙子。他们仨是堂兄弟。

完颜雍立了太子，但太子壮年暴亡，又立了皇太孙，也就是太子的儿子——完颜璟作为皇位继承人。完颜璟就是金章宗（《上阳台》里的皇帝）。他被称为文艺皇帝，崇道修仙，迷恋诗词歌赋，书法拷贝的是宋徽宗的瘦金体。从太祖阿骨打算起，完颜璟是皇四代，完颜家族里的"王字偏旁辈"开始登顶金代政坛，金的"鲑鱼色天空"开始绚丽、暗淡。

完颜璟没有子嗣，临终前将皇位传给了自己的叔叔完颜永济。完颜永济就是卫绍王。他是金国的第七位皇帝，也是金国最后一个被自己人灭掉的皇帝——早先完颜亮杀完颜亶，后来耶律元宜杀完颜亮（《春雷引》里有这段故事）拥立完颜雍，再后来胡沙虎（《上阳台》里已经开始无恶不作了）派人诛杀完颜永济推举完颜珣，金国皇位的争夺战比清宫戏显得更"电视剧"——层出不穷的血腥内斗缩短了国祚。

金章宗完颜璟他哥，完颜珣（《上阳台》里的升王）执掌了皇权，是所谓金宣宗，这是第八位皇帝。为了躲避蒙古大军侵袭，金宣宗迁都南京开封府，不久后又把帝位传给自己的儿子完颜守绪（《上阳台》里完颜晛儿的弟弟，烟儿狸的小舅子），这就是第九帝金哀宗。"哀"就是"悲哀"的"哀"。故事到了尽头，霓虹灯灭了。

将一小下儿——第四帝完颜亮之后，五帝金世宗完颜雍、六帝金章宗完颜璟、七帝卫绍王完颜永济、八帝金宣宗完颜珣、九帝金哀宗完颜守绪，爱五瑞八帝，这五届皇帝都是完颜雍一脉。分别是自己、孙子、儿子、孙子和重孙子。

1234年，金在南宋和蒙古南北夹击下覆亡于蔡州（今河南省驻马店市汝南县），像当初金联合北宋一起击败辽国一样，蒙古转头就把盟国南宋也灭了。

金哀宗决意殉国，临死前把皇位传给了完颜承麟，当时他的原话是，我平时工作忙不咋健身，肚大身沉，跑不动了，你走吧，你是皇帝了。完颜承麟也被称作金末帝，但一般不把他列在金帝的谱系里，因为他只做了俩小时皇帝，一个时辰，金就灭了。

完颜承麟是金兀术的后代，大名鼎鼎的"宗字辈"代表完颜宗弼——金兀术，终于有个后代做了君主，120分钟，是中国历史上在位时间最短的皇帝。《春雷引》里屡屡提到的完颜亨，是女真宗室里武艺最好的一位，他是金兀术的儿子。完颜亨的儿子叫完颜羊蹄。别笑，羊蹄算好的，那个胡沙虎，他儿子的名字叫个纥石烈猪粪，更没处说理去。羊蹄的儿子就是完颜承麟了。

完颜宗弼（金兀术）、完颜亨、完颜羊蹄、完颜承麟——草蛇灰线，一页风云散，隐入尘烟都不见。

现在咱们老说南宋的臣子多有骨气，文天祥，还有背着小皇子跳海的陆秀夫，殊不知在金国，这是常规操作。殉族或者殉国，是女真伦理的最后倔强。《春雷引》里被岳飞部将李宝击溃、投水自绝的完颜郑家，他弟弟完颜鹤寿，还有他儿子——"中都三部曲"终篇《斑斓乡》里组织中都保卫战的完颜承晖，个个都不求饶，输可以，但不服。打死也不服，就这个 feel ！

我给金国选了一组国歌，在《上阳台》里，它是《爱情的枪》和《野火在轻轻地烧》，在《春雷引》里，它是前面提到的 Cohen 的那首歌，和蔡琴的《一生都给你》。

你是我过河的一叶扁舟，

你是我登高的一把扶梯，

我把生命深埋在你的怀里，

落下了滚烫的泪，

一滴一滴，是我是你！

我要把心底的一句话告诉你，

我一无所有，只有我自己，

不给别人，不给别人，一生都给你！

血性其实说的是这个。咱们岳飞有这个劲儿，所以他珍贵。秦桧的曾孙子后来成了抗金英雄，他也有这个劲儿。秦钜很不容易的，人家岳珂是正儿八经官三代，他是"负官四代"，不但没有祖荫，还要替老一辈儿挨骂。这些人了不起，他们不是要做给谁看，不是要跟谁成心拧巴，是跟自己较劲，这就厉害了。他们都是郑钦文，每次挥拍都是给规矩一记响亮的耳光——"多大的伤害啊"。

金国的地界很大，看当时的地图，大多数人会惊讶。金朝鼎盛时期疆域包括东北、华北、关中、中原和黄淮地区以及俄罗斯远东部分地区，黄河鲤、大马哈鱼可劲儿造。南至大散关至淮河一线，与南宋对峙；西北与西夏接壤；东北边境一直到外兴安岭，临着日本海。高丽和西夏都向金称臣。咱这书里的乌延查剌，使铁铜三棱刮刀那个，《春雷引》里武力值都排不到前三的人，在靠近朝鲜半岛的婆速路，半岛上的人把他当作神，见了就跪，什么朴正熙，什么全斗焕，都得跪。

史书上记载的，确实跪，没有羞辱的意思，说的是心悦诚服。

人口峰值最高达到 5600 万。考虑到当时的医疗和妇幼保健水准，非常了不起。

书里提到了很多次"猛安谋克"，女真语，是金国施行的军民合一的军事民政制度，平时生产，战时入伍。可以简单地理解为："谋克"是百夫长，"猛安"是千夫长。

屡屡提到的"髡（lí）面"，是古代北方少数民族的民俗之一。有亲人、爱人去世，活着的人就用刀在脸上划一道，挺油腻挺社会的，戏有点儿过，但深情也是真的。我爱你，但我还不能陪你死，但我不好意思油光水滑地独活下去，让你的亡灵担惊受怕，我舍不得这条命，我至少可以豁出这张脸。这是爱了。别嘴硬，你给你爱的人文过哪怕一次身吗，更别提毁容沮颜了！都别耍假招子，动真格的。不鼓励自残，说的是一种决绝。

民族政策方面，金国招聘了很多渤海人、契丹人等外族参与国家治理。推行汉化政策，从"借才异代"走向"国朝文派"，逐渐形成了不同于宋朝的气派，但它剽悍勇猛的崇武精神随着政权的稳固日益萎缩，终至亡国。

女真的图样里头，最常见的是鹘攫鹅，就是海东青抓天鹅，天鹅很大只，海东青跟喜鹊一样身量，但就是不怵，轻松拿捏。这是东北偏僻小部族的自我期许，以小博大，以弱胜强。一下雪，尔滨就开始搞事情，多么可爱！什么黄袍加身，什么苏黄米蔡，什么瘦金体，拿来吧你！粗暴是有一些，但就敢挑战威权，不苟活，不伏低做小，这是历代大多数中原或江南汉人破除不了的、最欠缺的东西，几乎无解。

金国的财富和兴旺不只是靠掠夺得来的。产业方面，陶瓷和炼铁业兴盛，外贸的榷场掌控了西夏的经济命脉。与南宋的经贸关系更密切，是深度文化意义上的共生关系。造纸业也是异常发达，刻书蔚然成风，雕版技术与南宋相比也不遑多让。绝不是个文盲山寨国家。

金朝文化达到极高水平，它"一变五代、辽季衰陋之俗""文笔雄健，直继北宋诸贤"。某些文化成果亦非宋朝可比。

金代的文学书画成就堪称辉煌，文坛巨擘比比皆是。杂剧与戏曲在金得到极大发展，金院本为后来的元曲打下了基础；金国的名医都是中医发展史上开门立派、彪炳后世的宗师级人物；佛学高僧大德辈出；全真教也是在金地起源、壮大的。

我能想到最浪漫的事，是——在一个下雪的傍晚，"中都三部曲"里的海陵王完颜亮、金世宗完颜雍、金章宗完颜璟和金哀宗完颜守绪一起走进我厨房工作室，屋子小，有点转圜不开。

完颜亮扶着冰箱门问："来得急，没带啥东西哦。您这儿还有啤酒吗，给来一罐儿呗？"

完颜雍又开始爹系发言："孩子想学好数学，就得刷题！"

完颜璟靠在燃气灶旁边，被架子上稀里哗啦掉下来的方便面砸得睁不开眼："刚看了一眼你书柜，书倒是不少，没啥典籍！"

完颜守绪红了眼睛在门口站着："完颜大熟啊，该说不说的，那女的唱的《一生都给你》真把我听哭了！"

再后来，我说我不姓完颜。我从中都必吃餐厅"元元馆"叫了外卖，请他们吃纳葛里炖鱼，还有海姑鸳鸯鸭，老几位异口同声地说："有点儿意思，味儿不太正。但谢谢哈！"

是为序。

鬼市

中都城外一片昏黄。不只是天光晦暗、水色阴沉，更因了平林漠漠。

护城河从西山赶进大内，在太液池内稍作流转，随即冲刷了御河的堤坝，迤逦向南，在景风门一侧涌出。河里泊着的画舫兀自随波飘摇，油漆剥蚀殆尽，都在船舷外装置了长长的板翼，说是为安全起见，其实是防止有人向船外便溺。

景风门下，进进出出的人们如同入夜前显影的幽灵，不远处的大城正在薄暮中慢慢隐去了轮廓。

戌时已到，城门落闩，文楼的鼓声不绝如缕，武楼的钟声缥缈而至。城楼上的云牌随即敲响，惊得雀替间的鸦鸟呼啦啦飞远，等到叮叮声稍歇，又有盘旋已久的鸽群如铁屑般散落。更夫扯着嗓子，叫声如同浩叹，尾音里带着一丝不舍，街巷里疯跑的孩子们转眼散入门户。

三个青年男子坐在水畔磨坊的矮墙上，脚后跟踢打得墙皮窸窣落下。

数月之前的这个时辰，景风门外必定是彻夜笙歌。客栈酒楼里麇集了外埠的客商，或没赶上城门大开，或嫌墙里的食宿昂贵，就在这里歇脚一夜，次日进城。

一墙之隔的这片场地几乎成了中都的不夜城。正隆元年伊始，商户们便不约而同在店招旁挂了紫色灯笼，景风门外因此也被称作紫灯坊，就连官家告示上也这么写。

城内的商贩逆向而行，赶在城门关闭前出城，准备午夜后的市集。城内会城门，城外紫灯坊——会城门大街白日里店家云集，紫灯坊鬼市在晚间游商辐辏——摊贩们裹着面罩，只将马灯点燃，灯上也罩了黑布，只留着一个小口透出灯光，照着面前的一小块地方。子时将尽，已有人迫不及待地将货品上的盖布揭开……

丑时一到，紫灯坊像被捂住了嘴。鬼市有不成文的约定，没人讨价还价，做的就是一锤子买卖，买家和卖家迅速完成交割，人群随即散去，仿佛天亮前一小段慌慌惚惚的迷梦。

　　自打年初迁都南京，中都城内的繁华景象已是一日不如一日，城外的鬼市也近乎没人问津。只有几家客栈还在勉力撑持，早前人满为患的木容居如今也冷清了下来。

　　木容居是这一带最大的馆舍，客栈、酒楼、澡堂一应俱全，价位比城里低了一多半。入秋以来，这里几乎没了客人，每逢单日，倒有不少城里的纨绔子弟纷纷出城入住，只等着午夜后狂欢。

　　"三胜，知道这店为什么叫这么个名字吗？蒲查你知道是吧？"三人从墙头跳下，各自拍打了屁股，在木容居门口站定，看来人陆陆续续进了院子，其中一个向同伴问道。

　　"石家奴，你管它！就说打不打吧？"三胜迈步要朝里走，却又被蒲查拦住："二位哥哥，要不再想想？"

　　"想个屁，仨人，连条鱼都买不起，你俩不要脸我要！打！我打，你俩看着就行。明天再顺手买些米面去看师娘。"

　　蒲查嗯了一声："我打吧，我不成你俩再上，就是些小混混儿，我打他们还不跟玩儿似的。"

　　石家奴吧嗒着嘴，眉头紧锁，盯着一伙在门外逡巡的看客道："木容居是左家的产业，左渊他儿子在这儿坐镇，咱们天天巡城……城里城外转悠，估计认识咱……传到队里够咱仨喝一壶的。"

　　"啧啧，你就这点儿胆子！能怎么着？已经轮岗了，咱现在不是当差的，咱这打扮谁也认不出……蒲查你靴子怎么没换？"

　　"哎呀！我给忘了，把你靴子给我。"

　　"给你？别磨烦了，进去吧！"三胜再不容他二人分说，掏了一把铜钱递给门房，"一起的，不赌，打拳的。"那看门的一枚枚细数，上下打量他们："哼，盯你仨好半天了，巡城的吧？不让当兵的进。哪队的啊你们？"

"管得还真多。不是看热闹赌拳的，我们来打拳，打拳啊！没管你们要出场钱就不错了。"三胜推了他一把。

见那门房伸手要叫人，石家奴一把搂住："老哥，别介，您这眼睛真是不揉沙了，怎么说来着，目光如炬啊！跟您赌一把，我们打完带钱出来，少不了你的，四份，分你一份儿；我们要是鼻青脸肿，你也跟着输了，咱都拿不着钱。行吗？我们不赌拳，我们和你对赌！"

"嘿，真有你的……行啊，进去吧，不打可不行，我这都记着呢，别嚷嚷啊。你们仨报个名字吧。"

石家奴赔了笑脸，伸手抓起毛笔，看那花名册上已经有了十来个人名，笑道："每局都有提成吧？"

"是，翻番儿，最后的赢家通吃。你这一看就是假的啊！乌大、徒二、蒲三……"

"哎哟，还能跑了是怎么着，您要查我们仨那还不一眨眼的工夫，进去了啊，等着收钱吧。"石家奴放下毛笔，大踏步进了内院。那门房追了上来，递给他三颗泥丸，石家奴定睛细看，见每个泥球上都写了字，问道，"什么呀这是？"

"进去交给部署就知道啦，别挨揍啊！"

赌坊里已是人头攒动，赌桌挪到了墙边，场地中间用麻绳围了九尺见方的空地，地上铺了毯子，毯子上的斑斑血迹已然干涸，却是格外醒目。蒲查见左贻庆坐在看客中间，身边绕了一群喽啰，低声道："赢了估计也拿不走。他爹捞了那么多钱，他也不闲着。"

三胜朝左贻庆看了一眼，哼了一声："钱还怕多吗！我听说转运船上都装着他家的货，当兵的都跟船舷上窝着……赢了钱不让带走那还不至于，咱下手轻点儿，别弄出人命就行。"

石家奴将泥丸交给部署，见他把泥丸投入一个葫芦，也不知道他卖什么药，低声道："咱先边儿上站着，别言声儿。说不定真有高手呢。"

那部署见左贻庆示意，将手中葫芦举起，高声叫道："肃静，肃静！都别吵吵了！"待众人喧闹稍歇，把葫芦摇得哗啷啷作响，又吼道，"今儿打拳的都在这里头了，胜一场，拳手得一贯，连胜翻番儿。赢家均分红利。老规矩，每注五贯。第一场……"他从葫芦里倒出两个泥丸，拈起来眯着眼念道，"黑方——乌大，对——红方——徒二！"

三胜正发呆，石家奴嘟囔了一句，推了他一把："上吧，咱俩！"

蒲查乐得蹲在地上，咧着嘴道："这个好！肯定能得一贯……"

三胜踢了他一脚："徒二是我啊！"又朝石家奴道，"哥，上去比画两下，你差不多就趴下得了，别费我体力，饿着呢。"

石家奴也是一脸苦笑："凭什么啊？你趴下！"

"你打不过我啊，而且赢家要打下一场啊，你瞅那边儿那几个，你一看就不是对手，你趴下吧，我再打二番三番四五六七番，你和蒲查数钱就行。"

石家奴撇嘴道："我打不过你？！那是在师父面前我给你留面子，你还当真！"

"行，是你自己要挨揍的，可不带翻后账的啊，上吧。"三胜一弯腰，从绳子下钻进了场地。

石家奴见左贻庆身前的黑红两个箱子里堆满了钱串子，伸手接过了部署递过来的黑绸带系在臂上。

门房正蹲在地上把铜钱一贯贯在木箱里摆好，就见面前多了一双绣鞋，连忙抬头笑道："公子说您不用这么早来的。"那人一身文士打扮，纤腰细背，脸上蒙了绿纱，也不回话，只哼了一声转身进了院落。

来人进了室内，见场地中间已是尘土飞扬，不禁又掩了口鼻，踮起脚尖仍是看不见场中人，拨开几个人走到前排，这才看见一人已将另一人压在身下，手肘死死勒住对方脖颈，吼道："服不服？口服心服？！"

石家奴一张黑脸涨得通红，却仍是伸手要掰开三胜手肘，蒲查连忙摘下头巾，扔进场中，叫道："这是我哥，倔驴一头，死不认输，不能再打了，要出人命的，算我们输了！"

部署也连忙跑进场地，一把将三胜推倒在地上："放手吧，认输了人家！"

石家奴躺在地上气喘吁吁，三胜爬过来扶起他，两人放声大笑，三胜道："为了口鱼肉，你说咱俩至于吗？"

"哎，这活儿不能干了，不发饷这谁受得了啊，下午碰见小萱子我赶紧躲树后面了，瘦得跟个小猫似的，估计又去逮兔子了。"

"哥，你下去吧，我再掀几个，明天咱吃鱼，鱼脸肉都给你！"

蒲查也笑出了眼泪，进场扶了石家奴一瘸一拐走到场外，就听见部署高声喝道："第一场，红方徒二胜！玩家且去分钱！"

众看客一窝蜂地拥到两个钱箱前，左贻庆身边的几个人不时踢打叫骂。众人捧着赌资各自站定，部署向三胜叫道："您了是接着打，还是歇一轮？"

三胜坐在场地中央，喝道："这还有歇气的吗？！趁热，接着打！"

部署向他伸了大拇指，笑道："这主儿真是想钱想疯了！"说罢又摇动葫芦倒了一颗泥丸出来，吼道，"第二场，黑方是——蒲三！"

蒲查刚收了笑容，听见自己的名字，又笑得蹲在地上："这是成心是吗……"

石家奴也笑出声来："算了，你别上去了，三胜手太黑，咱打不过他，你给他省点儿力气吧。"

蒲查起身向部署道："我打他不过，我弃权啊！"

部署一愣，把泥丸扔在地上，一脚踩得粉碎："尿了！你这是来蒙事的，一会儿你把场券钱补上啊！看热闹得交钱！"

石家奴和蒲查正说笑，那刚入门的人拨开人群走来，低声道："你们是塘花坞的吧？"

蒲查一愣，笑道："这位小哥，您……怎么知道？"

"你们师父也来打过的。"

石家奴若有所思，随即连连点头："应该是的，年初，有一回我看师父有伤，问他怎么了，说摔的，许就是那回。估摸着是临走前想给家留点钱吧。"

蒲查听得鼻子一酸，向那人道："我们俩月没发饷了，想着明天去看我师娘……您有指教？"

那人从袖口掏出一把碎银子递给蒲查："拿着走吧，别打了。"

蒲查连忙闪身，石家奴逊谢道："您好意，我们凭功夫赢钱，凭体力挨揍，心安理得，谢了，素昧平生，好意领了，钱不敢收。谢谢姑娘。"

那人吓了一声，转身没入人群。

蒲查瞪着大眼："是个女的？！"话音未落，有人已扑通一声跳进场地。

三胜看见来人身高不足六尺，讪笑道："啧啧，契丹还有你这身量的，罕见！"

那人道："甭说那没用的，看拳！"说罢有如一只地鼠，猫着腰攻上前来。

三胜见他步伐奇快，不敢小觑，双脚前后刚刚站定，那契丹人已一拳打到，三胜左手向外反拨，脸上已是挨了一拳。他嘶了一声，双手挥舞将他手臂划开，只觉得左脚脚踝一抖，险些单膝跪地，却是那人扫堂腿踢在了自己脚上。

三胜揉了眼睛，摇头道："你再踢几脚吧，正好腿痒。"

那契丹人脚法凌厉，转眼间又有三脚踢在了三胜的膝盖、腰间和胸口，三胜此次纹丝不动，人群随即发出一阵惊叫，却是三胜抓住了他脚踝，一把将他抡了起来。

石家奴知道这个师弟最是顽劣鲁莽，连忙叫道："别摔！"

三胜双脚钉在原地，将那人抡了半圈，在身后把他左腿交到右手，又抡了半圈，如此左右手交替，转眼间已经抡了十来圈，觉得那人已不再挣扎，自己也就不再倒手，双手捏了他脚踝，自己也跟着原地转圈。

此时人群已是哄笑声一片，三胜志得意满，撒手把那人朝左贻庆扔了过去。那契丹人一头跌在地上，仍是晃晃悠悠站起身来，想着走到三胜面前再战，脚下却是一路绊蒜，歪歪扭扭，跌跌撞撞瘫在钱箱旁边。

石家奴低声道："这是完颜阿琐家的护卫，敢情，当官的家里也不给发钱？"

三胜在场上揉了揉眼睛，眼眶已经青紫，又向部署叫道："发什么愣啊，上人啊！"

左贻庆坐在场边，见三胜势不可当又败了两人，那弃权的小伙子身前的铜钱摞成了一堆，不禁蹙眉，向身边人道："你们谁上去？"见他们各个向后退缩，骂了一句，"养你们些个草包！刚我好像看到我妹来了？"

那门房此时也站在一旁看得兴起，心中正在盘算着怎么分钱，答话道："我在门口可是没见着啊。"有人指着对面说："那不——小姐在那边儿呢。"

左贻庆低语了几句，那人绕过场地走到那姑娘身边，只说了一句话就挨了两个嘴巴，悻悻回到左贻庆身边。

左贻庆撇着嘴骂了几句，起身走到她身边："好妹子，这人能打，你上去活动活动？试试手呗？"

"起开！"那女子伸出食指在他面前晃动。

左贻庆觍着脸道："妹子，咱家地面儿这是，你能看得下去吗，他们这哪是来打拳，这是砸场子来着，你打，钱你都拿走！"

"稀罕！哥瘟——滚！"

左贻庆碰了一鼻子灰，低声道："非你不可吗？"

第一回

武帝引中都

（一）宿怨

大兴府官衙内灯火通明，中都留守完颜觳英面色阴沉，见众人一言不发，他将手里的树枝和纸笺轻放在案上，轻咳了几声："诸位，主上命我率军去平叛契丹反贼……前方战事一触即发，后方出了这样的乱子，咱们的脑袋都得掖好喽。沙离只，今天借用大兴府衙来说事情，是你的倡议，又非要这么晚请了各位过来，你说说吧。"

左卫将军蒲察沙离只从椅子上起身，团身向座中人依次施礼一遍："来你们这儿——"他话音刚起，中都转运使左渊已经笑出声来："将军怎么嗓子哑成这样了？！"

完颜觳英忍了笑："左大人，也真难为沙离只了，最近征兵的事，上了点儿火。"

沙离只摇头苦笑："主上的旨意，本是要让我带队去平叛，留守大人说我和诸位熟络，让我留下，一起防卫中都。我想着别让你们跑来跑去，这才来了府衙。这段日子我就趴在这里，少不了呼唤各位。"

完颜觳英点头道："主上钦点了沙离只做同知中都留守，他是有金牌的人哦，我都没有。诸位多多襄助他吧。撒八、括里的叛军不过是些散兵游勇，我兼任西北面都统，这仗必须由我来打，此去应该很快回来。此番迁都开封，中都宫中多有宝藏并未随迁。主上的意思是，先不必挪来挪去，等大军拿下临安，再做搬运不迟。职是之故，宫内的治安、火情，各位要万分小心。切不可像那开封，一把火烧成那样，延缓了伐宋大事，对民力更是浪费。开封那边的人，留守、副留守、转运使、判官、兵马都指挥使，都挨了板子。左大人，你兄长也挨揍了吧？"

左渊苦笑："哎，说是一个月没下床！"

"咱们的屁股总没他们的大吧。诸位，都打起精神嘿。现下虽然还叫中都，其实咱是陪都啦。"

内藏库副使张仅言见留守盯着自己，忙起身道："各位大人有要事商量，卑职本没资格列席，承蒙蒲察将军抬举，来的路上已叮嘱过在下。请各位大人放心，内藏库每两个时辰盘查一遍，一应火种不得进入宫城。为免火患，入夜后只做巡查，并不提灯进入内府。"

"两个时辰？间隔太长了！"左渊嗤笑了一声。

大兴府判官漫捻撒离喝起身道："左大人有所不知，现在宫内宫外人手实在不够，张副使的人都是跟我借的，我这边也是按下葫芦起来瓢，门禁、巡城、婆子们吵架、娃娃们偷鸡蛋，杂七杂八的事都要用人，俩时辰就盘查一遍，下官觉得还是太过频繁了呀。"

"张副使，没人可用可以找我嘛。"左渊呷了口茶，"是怕我不借人给你，还是怕我的人毛手毛脚啊？"

张仅言转身向左渊施礼："内藏事务琐碎，下官不敢劳烦左大人。"

左渊点头道："缺人尽管说，前几日，钱谷、兵器已运抵开封，转运这边眼下不很忙碌。"

完颜彀英和沙离只彼此点头："仅言啊，人手的事，你多和左大人求援吧。宫内的治安，我们出门前已经和点检司的几个人布置、叮嘱了。现在内藏库缺人手，也算有了办法。还有两件事，沙离只你说吧。"

见大兴府少尹李天吉一直闷不作声，沙离只清了嗓子："说这几日进城的人不少，都做了登记吧？"

李天吉连连点头："回大人，都记录了。但凡是青壮男丁，都派人尾随了。大名府和山后坝上来了不少人，那边也在征兵，估计是跑咱中都来躲着了。"

沙离只道："主上临行前，屡次勒令我等，中都城内男子一律征调。这些来的人，送上门来，正好替咱们凑数。"

漫捻撒离喝点头道："我等明日一早，去各坊巷搜罗。"

"明早？！今晚就去！摆明厉害，明早让他们到转运司报到。"左渊与完颜彀英四目交汇，"留守大人，您觉得呢？事不宜迟啊。"

完颜榖英嗯了一声，又拈起桌上的纸张翻来覆去细看。

"是，下官这就去办。"漫捻起身要走，又被沙离只叫住："急什么！还有事情没说呢。"漫捻憨笑了两声，又一屁股坐在凳上。

沙离只见他像热锅上的蚂蚁，笑道："去吧，去安排一下，我们等你。快去快回，还有事情，你要一起听听。"

漫捻唱了个喏，起身走到院中，向着兵营门口高声喝道："乌林荅石家奴，你们几个出来！"

石家奴连忙带人跑出来："大人，您请吩咐。"

漫捻见他们只着了便装，怒道："这才几时，就歇下了！留守有令，这几日进中都的男子，一律明早到转运司报到。石家奴，你安排一下，各坊巷都去知会。这就去。"

石家奴回头和身后的几位对视了："大人，我们通知给各坊巷的里正、坊长就好？"

"不行！各队长带人去挨家挨户通知。这大晚上的，都应该在家。"

"大人，是要征兵？"石家奴身后的徒单三胜悄声问道。

"是也不能这么说，就说明早报到。快去快去！说话别那么横，到手的鸭子别再吓飞喽。"漫捻欲言又止，见人群里的蒲察蒲查一副睡眼惺忪的样子，喝道，"打起精神！今晚都别睡了！"

漫捻复又进来坐下，完颜榖英向他点头道："各地多少都有叛乱，撒八、括里之外，又有大名府的王九，山东地面上有耿京，说是队伍都不小。"

左渊皱了眉："闹事的都是些什么人？"

沙离只道："王九就是王友直，博州高平县的，他爹叫王佐，很能打。这王九的队伍怕是也超过一万了吧，刚取下了大名府，据说跟南边的小朝廷上了表，要带队投靠南边。"

"那个耿什么呢？"

"耿京，济南人，农户出身。手下有能人，李铁枪也投了他。王九要是跟他合兵一处，那麻烦就大了。"

"农民啊！成不了什么事。"左渊摇头道。

完颜彀英长长叹了口气："不可小觑，他手下有蔡州贾瑞，队伍不是乌合之众啊。还有个姓辛的，一枝健笔，前两年在中都出了大风头，很能张罗，鼓动了不少人……说这些不为别的，诸位要互相扶助，城内的治安不能掉以轻心，进进出出，往来人等，都要细细核查。现今民变猖獗，也要提防有人混进中都，在咱城里作乱。诸位与老夫相识多年，我说句没出息的话，咱们不求最好，只求别最差。东京、西京、北京也都很警惕，咱们……主上率大军南下，也才少了后顾之忧啊。"

左渊不住点头："彀英兄，您此去不必挂怀。城里说起来都没什么男丁了，闹不起来。宫城守卫在于皇城，皇城守卫在于内城，外城来人只要加强盘查，不会有大麻烦。沙离只夙夜在公，嗓子都公鸭了。刚这位判官，雷厉风行，办事利落。您就放心吧。在座的诸位没有擅离职守的。我年纪略长，这把老骨头也会尽力辅助各位。"

完颜彀英起身走到厅中，伸手从架上取下一柄雕弓，轻扯了弓弦："左大人这样说我就放心了。好啊。各位有什么要问我的吗？"说罢撒手，弓弦只发出噗的一声闷响，"大金的官衙，现如今都放这些没用的啦。"

左渊环顾左右，见没人接茬，起身走到完颜彀英身边，上下看了那张弓："这本来就是个摆设。早先可得了，这是太祖攻下这大城时用过的……愚兄有一事不明——"

完颜彀英眉毛轻挑："但说无妨。"

左渊略作迟疑，随即朗声道："此次移都开封，皇陵却不随迁，内藏府也没大动。主上南征之后是要——还都咱们燕京吗？"

完颜彀英轻轻摇头，见厅内其他人也在侧耳，叱道："想什么呢！大军南下，取了临安，连开封也只是过渡……"

沙离只见他不再说话，再也憋不住："取不下呢？"

"你这么一说，我又不放心中都了！"完颜毂英瞪了他一眼。

左渊道："一定可以拿下临安！建康也很好啊，主上定是不会再回中都啦。哎。我们和上京一样，翻篇儿啦。"

完颜毂英将弓轻轻放好："不说这些了，擅议朝政，咱们没疯吧！李大人，有夜宵没有啊？"

李天吉慌忙起身："有！必须有！来人啊！"

"小的在。"厅外转进一人。

"去把热菜都上了，我这就陪几位大人略用便餐。"

张仅言见众人纷纷起身，快步走到门口，躬身道："各位大人，下官有事请求。"

完颜毂英一愣："你不早说！我肚子打鼓了都。"

"别挡道啊！边吃边说吧。"左渊哼了一声。

张仅言无奈，随众人穿过花厅进了饭堂，只见八仙桌上摆满了大小碗碟，府兵仍是不住上菜，眉头不禁一皱。

酒过三巡，完颜毂英已然酡颜，他举杯向张仅言示意："说吧，再不说又散了。"

张仅言见状连忙起身："各位大人，下官想告假半月……"

沙离只腾地起身，还没来得及开口，就听见左渊哼了一声："刚还说人手不足！什么事这么匆忙？"

"下官想去趟东京，辽阳府。"张仅言道。

沙离只悻悻坐下："去见葛王？"

"是。乌禄的母亲通慧圆明大师圆寂，下官当时忙于清理内藏，无暇分身前往拜祭。百日祭，若再错过，于心有愧。"

沙离只点头道："哦。那应当去。葛王爷幼时，由仅言侍读。"

见众人发愣，张仅言又道："属实如此。卑职幼时失怙，葛王的母亲不嫌弃我，救助我，乃至让我管家。"他抬头环顾座中人，眼中依稀有了泪光。

"有情有义，做人才有趣味。仅言，你去吧。若能速去速回，就最好。中都实在是空虚。"完颜毂英将杯中酒一饮而尽，"李少尹，你大兴府出一份祭仪，让仅言带过去吧。咱们中都也该表一份心意。"

李天吉正要应承，左渊将筷子啪的一声拍在桌上："留守大人，此事不妥！"

"哦？"完颜毂英略微摇头。

"中都正是用人之际，张仅言不去，葛王也不会怪罪。他去，内藏库怎么办？谁来顶这个缺！现今中都是一个萝卜八个坑，张仅言是个大萝卜，这一走，谁来填这个大坑？！"

"依你这个更大的萝卜看，应该怎么办？"完颜毂英笑道。

"左渊愚鲁。派别人去拜祭，张仅言留下。"左渊给完颜毂英斟了酒，又将酒壶递向沙离只。

"下官执意要去。"张仅言向完颜毂英深施一礼。

沙离只正要伸手接过，左渊已将酒壶当啷一声掷在桌上："张大人，你别给脸不要！"

张仅言挺身而立："左大人息怒，何出此言？"

"因私废公！你这就是擅离职守！"

"左大人错了，于公于私，下官都要去拜祭。此事分明至极！"

完颜毂英见他二人动怒，笑道："我这留守也够窝囊的，我没金牌，说话不顶用啊。小孩子吗？当着我的面拌嘴！这酒有点儿上头……沙离只，你说。"

沙离只起身握住左渊肩膀："左老，别动气。都喝多了。十天半月，我这边应付得来。让他去吧。我自幼也是孤苦，深能体会个中痛楚。仅言，你的假我允了，你先回吧，去准备准备，明早大兴府祭仪送到，请代为转达我等心意。"见张仅言起身，又道，"左老息怒，死生也大矣！"

左渊见张仅言出了厅堂，哼了一声："中都离辽阳一千四百里，往返两千八，一去一返，耽误多少事！"

沙离只道："左大人，人之常情啊。不要担心，您受累多派几个人去内藏库就好啦。仅言那儿有个副使，叫个康喜，办事也还稳妥。"

左渊起身向完颜毅英道别："失态啦。确实喝多了，也是担心城中事宜。告退了。诸位慢用。"说罢转身离开。

沙离只双手还在作簇拥状，惭笑着向完颜毅英道："这我弄不了啊，要我说还是您留在城里，我去讨贼吧？！"

完颜毅英面色沉静，向李天吉道："就这么仨瓜俩枣的，还闹个大红脸。你给他说说其中肯綮。"

李天吉上前将沙离只双臂扯下，又推他入了座位："不用下官细说，蒲察留守定是有所耳闻，那二位闹别扭由来已久。左大人的父亲左企弓曾是咱大金的中书令，他死于张仅言的父亲、当时的平州留守张觉之手。这种事，换了谁都不能释怀啊。哎，这事儿估计没完啊。这俩人，走着瞧吧，且掐着呢。"

（二）椿萱

城南美俗坊内的任家院落，一灯如豆。塘花坞女主人周衔蝉在屋子里站起复又坐下，听见院门咣当一声，连忙冲到檐下。

看到进来的是儿子，她登时气不打一处来："怎么这么晚才回？！"任孝萱抬起手里的半只兔子咧着嘴笑："娘，您别担心，我和吴臭儿去马草河边搂兔子啦！您看，我俩没白忙活！"

"官府不让猎兔子，你俩还去！"周衔蝉看他两个发髻都已松脱，小脸上多了几道血凛子，不免心疼。

任孝萱将兔子挂在兵器架上，从缸里舀了水，咕嘟嘟灌下半瓢，又在脸盆里捞水胡乱抹了把脸，喘着粗气道："没用网，空手抓的。他守着洞口，我点火熏烟，小臭儿慢腾腾的，要不然可不只这一只！您让我把小鹰放了，要不，兔肉能吃到撑！天擦黑了，我俩才敢往家走，没人看见。这阵子也没人管，您放心吧。"

"小臭儿呢？"

"他也回家了。他们家院子里好像有人哭呢。"

周衔蝉侧耳细听，邻居吴家院里却是阒寂无声，嗔怪道："你别乱说，哪有哭声。好好洗脸，进屋吃饭吧。这一阵子别到处乱跑了，娘心里不踏实。明儿个你去邮驿再问问，看有没有你爹的信。"

话音未落，就听见东院墙外侧窸窣响动，吴臭儿的娘探出头来："小舟儿，小舟儿！大妹子！"

周衔蝉看她喜上眉梢，道："嫂子，你挺着个大肚子，还登高！有事打发孩子过来说一声呗。"

那婆子压低了声音道："小舟儿啊，我爹来了，也刚进院，两年没见了都！我弟也来了。家里没面了，想跟您匀点儿，我给他们烙几张饼，明天去买了转手就给您送过来。"

周衔蝉挥手道："你快下去！我让孝萱给你端过来，你快下去。"

吴家婆娘笑得尴尬，缩回了头。

任孝萱跟着进了屋，看到饭桌上的半盆稀粥，噘着嘴老大不高兴："娘，咱们也没多少了吧。"

周衔蝉在角落里拎出面口袋捏了捏，抓了个碗想舀出一些，复又放下："人家里来亲人，可不得好好招待吗？你怎么那么多废话！"

任孝萱三口两口吞了粥，接过面口袋道："娘啊，您今天喝粥了？早就说晚饭不吃不好！"

周衔蝉知道他没吃饱，摸了他头道："你怎么净说大人话。娘午后不吃饭，今天粥是少了点，明早让你吃饱饱儿的。"任孝萱摇头："有棵栗子树，我摇晃，小臭儿捡，吃了不少，不饿的。娘，我想吃兔丁面……"

周衔蝉只觉得喉咙一热，低头盯着儿子："你不说我还想不起来，他家人多，你把那半只兔子也拎过去吧。稍绷，再给他们送半碗大油过去。问起来，你就说，娘属兔，不吃兔肉。"

"娘，小臭儿说你好，还好看，想认你当娘。"

"小破孩子，你一个我都养不起了！快去吧。"周衔蝉陪他又走到院里，盯着那半只兔子问道，"怎么分得这么匀？兔皮呢？"

"在树林里剥了，塞在没人的地方了，谁也看不到，过几天风干了，再去拿回来，还能给您做个皮手闷子呢嘿嘿。铁匠铺的吕大伯帮我们把兔子砍成两半的。"任孝萱涎着脸笑嘻嘻说道。

周衔蝉轻轻摇头："好儿子，明天娘让你吃口儿肉，去吧。不要吃人家饭，送了就回。"

任孝萱应了一声，一脚踹开院门，忙不迭地跑去了邻院。

周衔蝉听见他叩了吴家的大门，吴臭儿惊叫了一声，两人嘀嘀咕咕着进了屋子。抬头看天，一枚弯月斜挂在靛蓝的夜幕上，想起远在淮南的丈夫，她不禁心中一紧，喃喃道："这都什么日子啊……你怎么出来了？！"

西厢房的屋门被推开了一道小缝，探出了一个脑袋："娘，我弟不用瞒着吧？"

"哎，回屋！我让他找你，踏实待着，不许喊！"

那少年吐了吐舌头，咯吱咯吱合上了门。周衔蝉正要转身回屋，却见虚掩的院门外有人影闪动，院墙上嗖地飞进来一个物件，啪嗒一声落在花架子上！

她连忙四顾，看左邻右舍的墙头都没有人，紧走几步过去拾了，却是树枝夹着的一张纸条。她正要关上院门，又见任孝萱飞跑了回来："娘，吴娘非让我在她家吃饭，我就跑回来了！"

周衔蝉将门闩了，低声道："去西房，不要点灯，不要喊。看谁来了。"

任孝萱瞪大了眼睛刚要再问，被一把推到门口。看见娘手里捏着个纸条进了正屋，他这才顺着门缝朝厢房里看，怯怯地叫道："……谁？"

周衔蝉将笺纸在香炉里烧了，见一缕青烟缭绕，断断续续飘去了窗边。那烟雾似有知觉，渐渐找到了窗棂的缝隙，随即缓缓渗出，渐次消失，好似郁积已久的一声叹息，终于找到了借口。听到院门又乒乒乓乓敲响，她不禁皱了眉头。

敲门的却是吴婆，端了碗面条站在门外，左手捏着两张饼嘶嘶哈哈叫道："小舟儿啊，快接一下儿，没烫死我！"

周衔蝉哭笑不得："嫂子！你不在家伺候着，怎么过来了？"

"这碗吃的给孩子，前一阵子胖乎乎的，你瞧那瘦的，哎呀娘啊，这日子可咋过啊！"

周衔蝉勉强接过了面碗："是啊。七八岁后，吃了没够，吃多少都不饱！家里有人，您回去应着吧。"

吴婆道："都干坐着，吃不下去。妹子，我跟您进屋聊一会儿？"

周衔蝉一愣："进来啊，您把院门替我闩上。"

两人刚在炕边坐定，房门吱扭一声被推开，任孝萱拉着个少年兴冲冲地进来："呦，吴娘，您在！"

那吴婆缓缓起身，瞪大了双眼："哎呀，这是大椿子！这咋恁高！"

周衔蝉瞪了任孝萱："你去叫小臭儿过来，他家今天人多，怕是住不开，你们小哥仨今晚一起睡吧。"

任孝萱听说，把哥哥摁在椅子上，一溜烟跑了出去。

周衔蝉示意任孝椿上前，道："嫂子，不瞒您说，坝上抓壮丁，大椿也就才十四岁，随他爹，长得粗手粗脚的。也不知道他大伯大娘给他吃什么了，长这么高。他大伯也去充军了，说是一丁点儿消息都没有。许是兵丁不够？官府又要拿他，就跑来了中都，想着跟我这儿躲躲……"

"娘的，全是这个！我爹我弟咋就来了，也是啊。大名府抓人去服兵役，我爹腿瘸，我弟，您知道的，有点缺心眼儿，那也要抓走！这才来的中都。想着灯下黑，兴许能躲过一阵子。"

二人话音未落，任孝萱已经拽着吴臭儿进了屋，指着任孝椿道："这我哥，我哥摔跤可厉害了，摔那谋良虎，摔他个五迷三道！明天咱就去给你报仇！"

见屋里人面面相觑，任孝萱咧了嘴："我哥来了，咱不愁吃的了，我哥獐狍野鹿说逮就逮。"

任孝椿和吴娘施了礼："大娘好，我本不想来，可是我伯父临行前跟我说，能躲就躲，我跑出来了，我伯母还给我带了两块干粮……"说罢呜呜哭出声来。

周衔蝉再也撑持不住，眼泪噼噼啪啪掉下来："孩子，走一步算一步，别想那么多。你伯父伯母没白疼你！"

吴婆拽过吴臭儿和任孝萱："孩子在这儿，我也得说，我就是长得难看，如果那皇帝抢我进宫，我非弄死他不可！我咬死他！这浑人，跟那话本里的隋炀帝差不多了！"

周衔蝉沉吟片刻："嫂子，我听说，来中都也不保准儿啊，说是进城的时候都造了册的。"

"还能怎么着！赶尽杀绝啊？你家兴周、我家老爷们和我那大儿子，都去了前线，不留人了是吗！那就都去！我也去，我给他们做饭，我全给他们毒死！这帮遭天谴的。"

周衔蝉嘘了一声："嫂子，可不敢乱说……我听说东京那边，还算消停，要不然让他们去辽阳躲躲吧。"

吴婆一头雾水，又听见周衔蝉道："明早，让他们早早出城，去东京，辽阳府那边可能还有条生路啊。"

又是咣当一声，吴丫破门而入，奶声奶气地向吴婆叫道："娘，官府来人啦，找姥爷和老舅来的！"

（三） 签军

周衔蝉示意儿子小声说话，又安抚了吴婆道："嫂子，别怕，我跟你过去。"

二人进到院中，院里密匝匝站满了兵丁。一个着官服的人叫道："城门管勾把入城明细都交给咱们了，你家来了俩人。没错吧，明早到提控官衙点卯！就这。"那人说罢，回头见了周衔蝉，却佯装不见，又大喝一声，"散了散了。走吧，咱们速去开阳西坊，免得走失人口！快！"

吴婆拨开人群，挤到正房门口，哭丧着脸道："爹，就不去，看他们能怎么样。"那老头儿几乎呆傻，只是不住摇头。

吴婆又盯着那领头的吼道："徒单三胜，你个臭小子！忘了被你师父打，跑我家来躲着了？瞅你现在这咋咋呼呼的架势！你告诉我，让人明早去那什么司要干啥？发米发面咱们就去！"

三胜笑道："吴娘哎，您就别逼我啦，我就是个传话的，我也不知道要进城的人去转运司是个什么意思啊。"

他一边回话一边催促了同伴快走。等到人群散去，这才凑到周衔蝉身旁，低声道："请您回院儿里说话吧。"

周衔蝉扯了他手，一路拽进自家门里，徒单三胜扑通跪下："师娘，三胜无能，这阵子没来看您！饷钱也不发，我想来看看您我手头没有啊，今日轮休，本想今晚睡个大觉，明早我们仨来看您，这么一折腾不定要到什么时候才能回去……石家奴和蒲查说了，明天一定来看您……两袋米面都买了，也订了鱼和肉，我们拎新鲜的过来。"

周衔蝉拉了他几把，三胜也不起身。见他面色有异，周衔蝉也不再拽他，俯身蹲下捏了他下巴，左右扳了他头面细看："眼睛怎么了？"

"和人闹着玩儿，一不留神撞门框上了，不要紧。"三胜将师娘扶起。

周衔蝉手扶了花架站定："三胜啊，怎么能怪你们，这世道！你们几个不去前线，我心里就踏实多了。"

三胜低头盯着周衔蝉："师娘，官府有令，十四岁往上的男丁都要赶赴战场。明早上就是这事，去了就直接开拔。我看见名录上咱家来了仨人……"

"怎么……是三个人？！"周衔蝉一惊。

三胜从怀里取出一本册子，轻轻翻到折页处："您看，山东来的，一个姓甘，这个叫安国。这不，住处写的塘花坞。"

"没有的事。不认识这俩人，许是混进城的，随便填了咱家……另一个呢？"周衔蝉嗓音细若蚊鸣。

"巧了，就在页面最下边，我看见是大椿子，我就给撕了！让他快走。"

周衔蝉伸手紧紧捂住嘴巴，低头良久终于忍住了哭声："这才刚到十四岁。坝上抓人，跑进城来想躲躲……"

三胜道："明早到转运司，就是要直接送去开封那边，再去前线，去了就不定怎么回事了。师娘……"

周衔蝉回头看了正房："你快去忙吧，别耽误了你的事，这孩子我想办法。"

三胜道："明早城门不好走啊！"

"那你说怎的？"

"要走就今晚走！"

"怎么走？"

"让他收拾利索，我找身衣服给他，装作绕城巡逻，我把他送出去。出了城总有跑的办法。"

"仨人行吗？"

"您和小萱子不用走！兵荒马乱的，师父回来怎么办？"

"不是我，是邻居，刚你去呼喝的那俩人。"

"师娘，您体谅我，不出十天半月，我们守城军这伙人估计也得去南边的前线，徒儿不怕，万一赶巧儿了还能和师父一起，可比当这破官差好多了。可，您让我带仨人出城，我怕是见不着师父了啊！"

周衔蝉又伸手捏了他下颌："三胜啊，你们和我儿子一样，师娘不让你们为难，能跑，你们师兄弟一起跑了算了。找个深山老林，猫着，日子太平了再出来。你等着我！"

周衔蝉疾走回正屋，见任孝椿和任孝萱在空地上拆手，吴臭儿在一旁起哄，也不多说，在炕柜里抟山一个小盒子，又出了房门。

三胜正要跨过门槛，见师娘又跑了过来，连忙站住不动。

"这个你拿走。今晚就带三个人出城。孝椿，还有隔壁那俩人，我也不知道叫什么。让他们出城！你跟石家奴，还有蒲查也说说，都跑吧。"

徒单三胜接过盒子，一脸懵懂，叫道："师娘，这什么？"

"去送礼吧，没有不收的。你去通融，再来叫这仨人。"

三胜只觉得手中沉重，刚叫了句"师娘……"就被周衔蝉推出了门："男人没用，可是没男人不行啊，留几个是几个。都走！"

三胜鼻子一酸，把盒子放在门内地上，翻身上马跑出了巷口。

周衔蝉被吴臭儿牵了手进了吴家，吴婆迎上来道："大妹子，我都麻爪了，还得是你，知书达理，遇到事情……有见识……咱们怎么办？"

周衔蝉道："归置归置，你多烙几张饼，给他们带上。"

那吴婆也不迟疑，转身去了外屋。周衔蝉向炕上的老者道："老父，我是邻居家的，刚收到消息，明早抓了丁都要送去前线充军。跑吧，或许还有活路。"

三胜刚转出巷口，就见两个黑影飞快地闪身到路边树后，他大喝一声："什么人，鬼鬼祟祟，宵禁在即，还不回家！"

那俩人磨磨蹭蹭从树后走出来，低头施礼："官长，我二人今日午后进城，明早要出城，想着买些干粮路上吃，买了就回去。"

三胜停了马："住哪儿？！"

"中都鲁亭客栈，就在悯忠寺后身。"

"山东来的？"

"是。"

"怎么走出这么远？"

"这城里热闹，走着走着就……"

"没听说明早要去转运司吗？"

"还没。"

三胜想细细看他二人面容，却被树影挡住，他心下焦躁，双腿夹紧马腹，喝道："买了东西快回去听令！"

"是，您慢走。"

见那军官跑远，这二人连忙疾走，路过几家面点铺子却不进去。矮墩墩的方脸汉子拉住同伴："幼安，你慢点儿，我跟不上你啊！"

同伴甩开他手："安国啊，说了多少遍，去病！甘去病！"

"去病去病！去了病，还不是被那李石猜出来了？！你净弄这些没用的。"

"不想跟你废话！"甘去病伸手拦住一人，"老丈，叨扰啦，左近可有纸印坊？"

那老丈正急着赶路，头也不抬："前面左转再左转再左转，赵记！"

安国站在原地，伸手比画了几下："那不又回来了嘛！去病先生，咱找印坊干啥？"

"你字那么难看，我写一下午也写不了几张，咱们上印坊看看。"

"你疯了？你去印坊印传单？！"

"不让他们印，买些活字。纸墨也没了。"

安国还想劝他，见他横眉竖目，闭了嘴再不说话。

见两个人闯进门来，赵掌柜将放下的门闩重又举起来："二位爷，就要上板了，有事您明天再来吧。"

安国拍了拍荷包："很快，买了就走，少不了你的，只会多给。"

"二位要点什么？"赵掌柜见状，也不好多劝。

甘去病道："两刀纸，两桶墨。"

"得嘞！咱家的纸都是自己做的，别说写字，做鞋都踢不烂。"赵掌柜说罢从货架上抽出两捆纸递给安国。

"掌柜的，活字有吗？"甘去病问道。

"有啊，但活字不能卖啊。卖了我这儿就没法接活儿啦。"

"您这么大铺面，就一套活字？"

"倒是有几套，您要一整套还成，要是只拿几个字，我那一套就不全乎了，都没用了，就废了啊。"

"一套怎么卖？"

"呦，这我还真没卖过。我从山西买来的，加上运费，到我手……您不知道，那回我去山西，回来路上正赶上打仗，我的个娘哎……您二位是山东来的？不是要开印坊吧？"

安国伸手接过墨桶："你问得真多！你这嘴怎么这么碎啊！"

"要是不开印坊，你买一整套不值当啊。就快宵禁了，你们去架上找吧，找了放这盒子里，一个字算你们十文。我亏大了我！"赵掌柜递给甘去病一个木盘，引他来到活字搁架前。

甘去病时而弯腰，时而踮脚，不一时挑出了十多个活字，在木盘里混了，递给赵掌柜："您数数。"

"我就说嘛，就这么几个字，您不用买一整套！我就麻烦了，明天还得去库房挨个选出来填补到架上，我这老胳膊老腿儿，忙活半天，还不值个工夫钱！要不您再挑些东西吧？今儿早上来了块好玉，我给破开了，刻章那是最好不过……我看二位是行家，别说出去，我这儿还有几块象牙和犀角，要不要看看？"

安国从怀里掏出一块手巾，将活字哗啦啦倒在上面，将手巾的四角系了，又把怀里的碎银子扔在桌上："这老头儿是真啰唆！别数了，都给你吧。"

"慢！"甘去病按住安国手腕，低头将手巾解开，把活字又倒回木盘，"不妥。掌柜的，我们不要活字了，您这儿可有刻刀和木板？"

"那是自然。枣木、梨木、梓木、黄杨，都有，在那边，您去挑吧。当心蜡烛啊，我这儿失火可不得了！"

安国将手巾揣入怀中，甘去病也拎了数块木板和一副刻刀过来，只听见街上的梆子声一阵紧似一阵。

"二位，快走！我这儿可住不下。"

安国作势要取回几块碎银，甘去病一把拉住他："掌柜的，给您添麻烦了，活字您请自己放回架上吧。"言罢扯着安国一路小跑出了巷口。

赵掌柜把木盘顺手搁到一边，撇嘴道："古怪！"

他蹀躞着关好了店门，又在木盘前停住，依次看了每个活字，越看越觉得纳闷儿。他把十几个活字颠来倒去地换了次序摆放，不禁倒吸口冷气！又从烛台上取下灯火，移近了细看，木盘上的活字赫然在目：

　　逆亮无道，苍生涂炭。苟活不得，起义揭竿！

第二回

（一） 待沽

清早起来，不见了哥哥，任孝萱屋里屋外跑了几个来回，揪住桌旁发呆的母亲问个不停。周衔蝉一把搂他到怀里："先喝粥吧，娘今天让你吃肉。你哥昨晚出城了，他有点别的事。过一阵就回来。"

任孝萱似懂非懂，又听见母亲嘱咐说："旁人问起来，就说你哥没来过。记住了？"

任孝萱频频点头："咱家面都没有了，哪还有肉？"

周衔蝉笑着看他吸溜吸溜把粥喝了，这才起身搬了凳子，站在上面踮脚从柜子上托了一个木匣子下来。

"娘，您有段日子没弹琴了……"

"嗯，孝萱，你去会城门，把它卖了，咱们买肉吃。"

"娘，我不想吃肉。这琴咱留着。"

周衔蝉鼻子一酸，去炕桌里抽了块布，把琴匣仔细包了："石家奴、三胜和蒲查今天要来，娘给你们做点儿好吃的。你到了市上，把布铺地上，再把匣子放在上面，盖子打开。人家要试手，也别拦着，轻拿轻放就好。不卑不亢、恳切在理、和和气气的，接话别太快，别和人耍脾气！"

"娘！"

"去吧，这东西不能当饭吃，卖了就能当饭吃。回头你长大了，再帮娘买张更好的。去吧。"

任孝萱抱着琴，一步三回头，走到院门口突然回身："娘啊……那这琴……卖多少钱啊？"

周衔蝉一愣，也笑出声来："嘿，孝萱真机灵，娘给忘了，低于十两不卖哦。如果有人争着要，那就看他们出多少价钱，你选出价高的就好。"

见他犹豫，周衔蝉过来猫腰在他小脸上亲了一口："好儿子，去吧，卖不掉就再拿回来呗，没事的。别怕，我们孝萱能干很多事呢。"

"我不怕卖琴，有点怕那么多银子被别人抢了！"

"不会有人抢小孩子，能抢东西的都不在城里了。再说你跑得比兔子都快，拿到了银子你就跑回来。"周衔蝉在他脸上轻拧了一把。

任孝萱仍是犹豫："娘，我叫小臭儿跟我一起行吗？"

"你自己定，人家也不一定乐意啊。你去叫吧，回来后叫他来家一起吃饭。"

任孝萱双手捧着盒子，全不似平日里一样上蹿下跳，迈着四方步走到吴家门外，朝里头大喊。

周衔蝉看见吴臭儿门里门外跑了几个来回，又拽了吴丫一起，这才退步回到院里。

三个孩子从美俗坊出来，顺着端礼门大街一路向北。吴臭儿嘻嘻哈哈沿着河边走，任孝萱捧着琴目不斜视，过了常乐坊，行人仍是稀稀落落。吴丫跟在吴臭儿身后，突然大叫一声："哥，那什么鸟？"

吴臭儿嘘了一声，跑到水边拉着任孝萱停住，小声儿道："萱子，你看那俩鸟儿，我见你爹捉过几只，叫个什么来着？"

任孝萱点头："好像叫鼻涕，这能卖不少钱！这么着，咱俩把它逮上来吧。"说罢把琴轻放在地上，拽了吴丫道，"小丫儿，你就跟这儿坐着看着琴匣子，我和你哥去抓鸟儿。卖了钱，咱买好吃的！"

吴丫乐不可支，正要拍手，被吴臭儿抓了胳膊："你别言语！"

两人蹑脚下了堤岸，任孝萱折了两根芦苇，递给吴臭儿一根："咱俩得下河，含着这个，别露头，在水底下抓它们。"

吴臭儿嗯了一声，伸手在河水里试了，嘴里不住嘀咕："萱子，水太凉了，要不咱别下了，快去卖东西吧……"

任孝萱瞪了他一眼，慢慢脱去衣袜，也不禁打了几个寒战，犹豫间看见吴臭儿捂嘴偷乐。回身又见岸上吴丫正盯着自己，见自己光了屁股，她连忙把眼睛捂了。任孝萱哼了一声，慢慢出溜到水里，又从水里慢慢伸出了苇管，扑哧吐了一股水出来。

吴臭儿趴在枯草丛里，见他入水，浑身也是一激灵，瞪大了眼睛看那苇管在水里移动。

那两只鸟时而在水面悠游，时而一头钻入水下，动作极是迅捷。吴臭儿看那鸟儿在水里上下穿梭，吧嗒了嘴叹气："哎，没戏！"

他回看岸上，吴丫正张了小嘴往这边看。吴臭儿怕任孝萱冷得受不了，正要起身叫他，就听见吴丫尖叫一声，撒腿朝这边跑来——

哗啦啦一阵水响，任孝萱已经从河里站起，手里攥着鸟脖子！吴臭儿见他嘴唇都没了血色，连忙拽他上岸，从怀里掏出块脏兮兮的手巾，帮他把身上擦了。任孝萱浑身哆嗦，上下牙磕得乱响。他一手拎鸟，另一只手又要捂住自己的小鸡鸡，颤声说："小丫，你哥也有，回家看去……你去盯着琴匣！"

中都西北的会城门，平日里最是商贾云集之地。国都南迁后，会城门的摊贩也少了许多。三人在路边找了块向阳的空地，任孝萱靠在墙上不住哆嗦："小臭儿，你非让我穿衣裳，要不我还能把那只也捉上来！"

吴臭儿笑道："别吹了你，瞧你湿了吧唧，跟个水耗子似的！"

两人正说笑，就见有人蹲下身来盯了那只鸟看："小孩儿，你们捉的？"

吴臭儿抢答道："那可不！这鸟儿很贼的。"

那人抬起头来，脸上却蒙了一块帕子："不简单啊，你们知道这鸟儿叫什么？"

"鼻涕！"吴丫奶声奶气地喊了一声。

那人笑得眼睛眯成了一道缝，盯着头发湿漉漉的任孝萱道："擦擦你那鼻涕吧！"说罢将颈上围巾解下，递给他，"把头发擦干吧，送你了。"

任孝萱接过围巾缠在头上："谢谢哥哥。"

那人笑道："这不叫鼻涕，这叫鸊鷉！记住了！"

任孝萱连连点头："嗯，我爹捉过这个，说这鸟用处可多了……"

那人回头向同伴道："安国，你过来瞧瞧，这东西可不好逮，特机灵。用网都不一定能捕到。"

安国也蒙着脸，慢悠悠踱了过来："咳！我还以为是啥稀罕玩意儿，这不就王八鸭子嘛！我们那儿有的是！太小，出不了二两肉！"

"不吃肉。这小鹔鹴用来熬油，抹在刀枪上，绝不生锈！"甘去病道。

任孝萱满脸艳羡，龇着牙问："哥哥，这我应该卖多少钱？"

甘去病点头道："至少一百文。你们去衙门口试着叫卖吧，他们那儿有兵刃。咦？这盒子里又是什么？"

任孝萱连忙蹲身，解开布又摊平，把盒子摆在正中，轻轻掀开了盒盖——

此时日头正掠过屋檐，阳光映射在乌黑的琴身，反光直晃得路人纷纷眯了眼。众人正在讶异，一辆出城的马车却停了下来。

张仅言在车内听见喧闹声，掀开车帘却被街边的看客挡住了视线。他索性下了车，连道数声借过，这才挤过人群，在木盒旁蹲下。

"卖琴？"他抬头看了任孝萱。

吴臭儿又抢答道："送您也成，但得给钱！"

张仅言摇头笑道："小孩子，不是把家里大人的琴偷偷抱出来了吧？"

任孝萱看那两个人低头钻出了人群，正要叫他们，听见着官服的这么问，连忙说："大人，可不敢。我娘的琴，家里没有米面了，让我出来卖了换钱的。"

张仅言叹了口气："我能上手……拿起来看看吗？"

"可重了，您当心。"任孝萱见他和蔼，将琴匣向前推了推。

张仅言轻拨琴弦，听到尾音消失，这才捧出琴，翻转了细看琴背，见背面写了两个篆体的"舲艖"，点头道："娃娃，你母亲怎么说，这个怎么卖？"

"低于十两不卖。"任孝萱接口道。

张仅言不禁皱眉，摇头道："太难了！我出十两，你看好吗？"

吴臭儿拉了任孝萱衣襟，凑到他耳边说："你娘不是说谁给的价儿高就卖谁嘛！"

见任孝萱不知所措，张仅言道："小娃娃，你看这样好不好，我急着出城，我把银子先给你。你呢，还跟这儿继续卖。如果今天日落前没有人出更高的价，这琴就归我了。你把银子和琴都带回家。几天后，我回城，再去你家里取琴。"

"那要高价卖掉了怎么办？"吴臭儿追问。

张仅言伸手刮了他鼻梁："是啊，如果有人出的价比我高，你就把琴卖给他好了。我的十两，你交给你娘。也是等我回中都之后，再去你家里取回银子。好吗？"

"您不怕我拿银子跑了？"任孝萱看看琴，又看看张仅言。

人群发出一阵哄笑，张仅言摇头道："怎么会！你的母亲有这么好的一床琴，不会教出那么惫懒的小孩的。"

人群中的一位老者插话道："臭小子，赶紧收了吧，这位大人多爽快，你是稳赚不赔啊！"

张仅言回身看那老者："孩子总是纯良啊。"

吴臭儿也蹲了下来："官爷，您贵姓？"

"我姓张。"张仅言转头向任孝萱问道，"你家住？"

"我家是种花的，美俗坊，塘花坞……我爹去南方打仗了，我娘带着我在家……那您回城后，就去我家——拿琴或者拿银子吧。"任孝萱结结巴巴说道。

"好，一言为定，你把银子收好。"张仅言招呼车夫过来，从钱袋里拈出一些碎银子递给任孝萱，"我没有大锭的银子，这囵囵个儿的是一两，这几堆是二两的。你收好喽。"

任孝萱捧着银子，只觉得事情太过突然，看着姓张的正挤出人群，高声喊道："张先生，您一定要来哟，塘花坞！"

张仅言向他挥手，转身钻进马车。

任孝萱正出神，看客中的老者在一旁袖手低声道："孩子，回家吧，这么些个银子，要当心啊！"

任孝萱正要谢他提醒，人群中又钻出一人，却是个长手长脚的姐姐，头上罩了幂罗，她蹲下看了古琴，低声道："十二两，卖给我吧。"

吴臭儿听见了，又在任孝萱耳边嘀咕："这琴看来好卖，先别卖，咱憋个大的！"

那女子站起身来，缓声道："小屁孩儿，现在城里人连饭都吃不上，谁有闲钱买块黑木头！我打赌，卖到天黑也不会有人出比我更高的价。还憋个大的？憋尿吧你们。"

任孝萱愣了一愣："姐姐，您给十五两吧，我就不卖给别人了。我把这小鹧鸪也送给您！"

那女子咯咯笑了几声："真是个小滑头！那就说定了，十五两。我没带钱，跟我回去拿吧。我再让人送你们到家门口，小孩子拿着许多银子，也不怕被抢吗？！"

任孝萱和吴臭儿四目相对，彼此点头，任孝萱把琴重又装匣裹好，正要抱起，就听见那姐姐道："你去把这鸟儿放回河里，我在这儿等你。"

任孝萱道："臭儿，这鸟归这姐姐了，她说放，咱就放，你快去把它放了，我和小丫儿在这儿等你。"

那女子拦住吴臭儿："你待着别动。"又指了任孝萱道，"你去放，我不放心他！"人群又是一阵哄笑，任孝萱接过小鹧鸪，伸手解开了它脚上的草绳，轻轻抱着一路狂奔去了河边。

三个孩子随着那女子左转右转一阵狂走，到了仙露坊内的一处宅院门前。任孝萱抬头看了匾，居然两个字都认识，轻声念道："左府。"

那女子掀起幂罗，向他微微一笑，任孝萱呀了一声，吴丫惊叫道："姐姐！你是大仙女吗？你比萱哥的娘还好看！"

那女子被他俩逗得乐不可支："是吧，小嘴儿真甜！在这儿等着，我去拿银子。"

　　吴臭儿心不在焉，一屁股坐在上马石上，看见有用人拎了点心盒子急匆匆也进了门，不禁咽了口涎水。

　　任孝萱在石阶上坐下，把琴横放在膝盖上，又伸手入怀摸了摸银子，硬硬的都还在。他心里仍是不踏实，又捏了大小一一细数。

（二）迷踪

那姑娘三步两步跑进正堂，见左渊正在用膳，叫道："我买了好东西给您！"

看她笑逐颜开，左渊伸手叫她过来坐下，指了碗筷道："绿绮啊，你腿脚那么快，这次怎么这么久！我等不及了，就先吃了，你快坐下吧。"

绿绮沉着脸坐下："买了东西给您啊。"

"哦，我什么都不缺。你自己留着玩儿吧。"左渊拾起碗盛了粥给她。

"一张琴。我没带银子，给我钱，卖琴的在外头等着呢。"

"你还会买琴！你去拿吧。"

绿绮哼了一声，去书桌抽屉里取了一大一小两锭银子，正要出门，见用人端了新买的点心上来，顺手抓起一包，疾走到院门外。

"嘿！小脏孩儿，"绿绮向吴丫叫道，"你过来，把这点心带上，你仨一起吃。你吃三块儿，他俩一人两块儿。"又回身向院里探头探脑的门房道，"孙伯，您受累，送这仨孩子回美俗坊，亲眼看着他们进家门啊。"

那姓孙的嗯了一声："绮姑娘，这么大孩子了，走不丢！"见她把两锭银子塞到孩子手中，这才不情愿地出了门。

任孝萱把琴交到她手："绮姐姐，谢谢您！得空来我家玩儿吧，我娘有好些花都不卖的，让她送您！我娘很会插花的，很多大户人家的姐姐都跟她学呢。"

"你家姓任是吧？我和你爹交过手的。"绿绮笑眯眯说道。

"啊？"任孝萱叫了一声，"您没受伤吧？"

绿绮嘿嘿一笑："我受伤？你爹那三脚猫功夫还想让我受伤？！"

任孝萱小嘴一撇，几乎哭出来，掏出银子道："算了，这琴我不卖了。我爹不是三脚猫！"

绿绮笑得几乎停不下来："臭小子！没有啦，你爹很厉害的，把我摔得五迷三道的。中都城里我就服他！他功夫天下第一！这么说行吗？快回家吧。"

任孝萱破涕为笑："那还差不多！我爹不打女人的，他每次喝多了，我娘掐他，他就笑，都不还手。"

绿绮脸色一沉，抱着琴朝院里走，仍不忘呼喝那门房："孙伯，有劳您了，把他们送进家门！"

"大人，您过来看！"绿绮把琴轻放在桌上。

左渊慢腾腾起身："什么呀？张仅言出城了？"

"出了。"

"走的施仁门？"

"他从玉华门出来，直奔会城门出了城。城里乱糟糟的，估计是要从城外绕道。"

"带了多少人？"

"就一个车夫。车上似乎有不少东西。"

"嗯。那是大兴府的祭仪。内藏府你去了？"

"还没，被这个耽搁了。"绿绮轻抚了木盒笑道，"您看看，看了我就去找那姓康的直长。"

左渊抬起盒盖，不禁讶异："哪儿来的？"

"会城门小市，有个孩子卖琴。我看那张仅言喜欢，知道东西错不了。等他出了城，我就加价买了。"

"价钱几何？"

"十五两，外加一包点心。"

"绿绮！这五十两也不止啊。"左渊捧起古琴细细打量，"好琴！当世之中，竟有这样的斫琴高手……你先吃东西，把那几个府兵送去内藏府。约康喜夜里过来。不要让人看见。"

绿绮应了一声，拈了块点心走到院中。假山石一侧的铁笼中，两只孔雀正在不住啼叫，见绿绮出了房门，齐齐收了声，滴溜溜转着眼珠一路盯着她走到大门口。见她要跨出门槛，又连声尖唳。绿绮哼了一声，甩手将点心掷向铁笼，随即头也不回，直出门去了。

两只孔雀在笼中见她扬手，扑棱着翅膀缩在角落。那点心掠过假山，从铁笼的缝隙穿过，直落在地上的食碟里！一只孔雀见是吃食，缓缓走到食碟前，刚要侧头细看，点心咔一声裂为两半，吓得那大鸟呼啦啦开了屏。

周衔蝉正在家中枯坐，听见大门响动，连忙跑到院中，却是三个孩子已经推开了门，正和巷子里的一个老者道别。周衔蝉赶到院外，那人已经走远，连忙问道："谁呀，怎么不请到家里喝口水？"

吴臭儿大叫道："婶子，一个看门的，送我们回来的，您快看小萱子怀里！"

任孝萱也不言声，三步并作两步跑进了正屋，周衔蝉喃喃道："这是卖出去了？"

吴丫小声嘀咕："卖了十五两呢！"

周衔蝉扯了俩孩子进屋，就见任孝萱在桌子上摆了一溜碎银子，正抬头看着自己眯眯笑："娘，这是十两。"

"这么快！你们仨真乖。什么人买去啦？这是十两啊……"周衔蝉刚把银子收到柜子里，见任孝萱又从怀里掏出两锭大银子，"怎么回事？！"

任孝萱道："娘啊，那十两碎银子是一个姓张的给的，说如果我卖不出高价，就给他留着琴。他走了，就来了个姐姐，出十五两，我们就跟着去她家拿了这两锭银子。这是十五两。您看这块多大！"

周衔蝉皱了眉头："你糊涂！不卖给人家琴，你怎么能收人家钱！"

"婶子，那姓张的是个当官儿的，他着急出城，说要是不卖给他，就等回城后再来您家把钱拿走。"吴臭儿见状，连忙替任孝萱圆场。

周衔蝉把银子又放入柜子："他穿什么样的衣服？"

任孝萱看看吴臭儿和吴丫："没细看，红鞋子，黑腰带，身上没挂小鱼什么的……"

"哦，说叫什么姓名了？"

"只说姓张。"吴丫答道。

"你头上系的什么？"

任孝萱一把扯下围巾："下水捉鸟来着，一个大哥哥见我头发湿了，就给了我这个。我想还给他，他走了。"

"以后不要随便拿别人的东西。那后来，这十五两是卖给什么人了？"

"我们在门口等，仙露坊里头有个大宅子，牌匾上写的是'左府'。"

吴臭儿把剩下的一块点心放在桌上，喊道："不是右吗！"

"左！"任孝萱斩钉截铁。

"一张琴你卖给两家，你可真够贪的。那十两不许动，等那位张先生回了城，好好还给人家。"周衔蝉不禁摇头。

她正要问那块点心出处，就听见院外巷子里人声喧嚣，又听见吴家院落里一声哀嚎，连忙跑出。

吴家院子里又站满了官兵，墙内墙外也都是左邻右舍的妇人和孩子。周衔蝉见花缸旁躺着两个人，用麻布盖了，一旁的吴婆已经晕倒在地上。她只觉得一股热血上涌，连忙扶了影壁闭了眼大口喘气。再睁开眼，已经有人过去掐了吴婆的人中，又在脸上泼了冷水。那吴婆悠悠醒转，随即又是号啕大哭。

周衔蝉缓步上前，看见石家奴也在队里，正盯了她看。三胜见师娘焦灼，连忙走出队伍，只微微一笑，轻轻摇头又点头。周衔蝉这才放了心，走到队伍前头，拽了石家奴问道："这怎么了？"

石家奴道："师娘，这两位昨晚从城墙上翻出城，走了几步，撞上巡城的，问话也不回，撒腿就跑，一瘸一拐的，被追上、射杀了。"

吴婆爬到尸身旁边，抬头向石家奴骂道："你个小兔崽子，你赔我人命！"

三胜将看客轰出门外，走回院中低声道："吴娘，人不是我们杀的。一大早这二位被抬到了府衙，我认出是您家的人，这才和兄弟们给抬过来。"

石家奴蹲下，抓了吴婆的手道："城内宵禁，又出了贼人作乱，城外巡逻的也增派了人手，他俩赶得不巧，其实不跑还好，也就是带回城里，一跑，巡城的就放箭了。如果官家再来人问话，您就只说他俩是夜里自己跑了，不是您让他们出城的。切记！"

吴婆似懂非懂，突然抬头盯着周衔蝉叫道："大椿——"

周衔蝉一把捂住她嘴："别哭坏了身子！"

吴臭儿和吴丫已经吓得说不出话，周衔蝉抱着吴丫进了屋，又让石家奴和三胜把吴婆也搀到炕上："嫂子，人死不能复生，你别哭了，肚子里还有小娃。你等着，我回家一趟，人得尽快殓了。你别哭，别吓着孩子。"

周衔蝉出得门来，见人群已经散去，十数个兵丁在路边或蹲或立、窃窃私语。石家奴从怀里掏出一大把铜钱，轻轻递给吴臭儿，嘱咐道："好好照顾你娘，让她别哭了。快点把人下葬吧。"

石家奴转身和三胜拉着任孝萱，跟着周衔蝉一起进了院："师娘，昨晚三胜就跟我说了，早上把我俩都吓得够呛，看了死者没有大椿子，就放心了。怕别人带队过来乱问，我们就抢着把尸体送过来了。"

三胜道："外城巡城是蒲查带的队，告诉我说，大椿子被人救走了，他们一路狂追，那人拎起大椿子，嗖地就飞过墙进了城。他们以为是神仙，都跪下磕了几个头。跟我们头儿，就那新来的判官，也没敢说，就说只有两个人，都射杀了。大椿子不在入城明细上，所以他们也查不出。还有昨儿我问您的那两人，城内住处写了您家院子的，今天也没去转运司报到。此刻，正全城搜捕他们呢。"

周衔蝉啊了一声，伸手拽过任孝萱，颤抖了声音道："……大椿能在哪儿呢？"

三胜摇头道："大伙儿都猜不出。那人救走了大椿子，一定不会加害他。过一阵子消停了，应该就让他回来了。在这院里，反倒不安全。"

见周衔蝉默不作声，眼泪只是噼啪落下，石家奴搓着双手道："您放心，我仨在中都几天，就保您和小萱子几天平安。改天我们出征了……再来和您道别。今天事情太多，我仨可能就不过来了。椿子……我们多打听，您别担心。"

周衔蝉抹了眼泪："好孩子，你们去忙吧。以后你们遇到这种事……箭身抬高一寸……都是百姓，何苦为难百姓！"石家奴听得鼻子发酸，只是不住点头。三胜俯身嘱咐了任孝萱几句，任孝萱噘着嘴冲到周衔蝉身边，抱着她腿哭出声来。

送走了石家奴和三胜，周衔蝉拉着任孝萱回到屋里，打开抽屉抓了一块银子："你去，把这个给臭儿他娘。"任孝萱应了一声，捧着银子跑出了院门。

（三） 侦缉

大兴府衙里，蒲察沙离只在议事厅内踱来踱去。李天吉盯着桌上的十几张纸，互相比对着细细查看。

漫捻撒离喝哭丧着脸道："左大人站着说话不腰疼，当着一群下人，训了我半个时辰！大小我也是个判官，我不要面子的吗？！我也有尊严的呀！昨日进城共七百八十人，除去女人孩子，还有吃奶的小娃娃，男丁还剩二百六十四人。昨晚死了俩，您二位也都看到了，一个老头子，另一个看面相就是个痴茶呆傻。这样的，送上前线能打什么仗。还有俩，卑职已经全城搜捕了。留的住址是假的，各个客栈也派人挨屋查了，人影也没有。这撒传单的必是这俩人。现如今，街上都少有男的了，您去街上转转，都是些婆子和孩崽子。"

李天吉放下手中纸张："这俩人也未必要大动干戈，估计也就是煽风点火，现如今民心不稳，不能等闲视之啊。毂英大人临行前，又一再嘱咐要把这闹事发传单的揪出来。"

沙离只盯了漫捻："转运司把人都收了？"

"蚂蚱也是肉啊，二百六十人，都收了。歪瓜裂枣、神头鬼脸的，估计去了南边也就是做饭喂马。说是今晚就和运粮的车队一起走。"

李天吉咦了一声，用食指不住在一张纸上叩击："留守大人，您请过目！"

漫捻快步上前，赶在沙离只前抄起那纸："赵记！这是做纸的？！"

沙离只接过纸张，点头道："这就是了。贼人狡诈，昨天还用手写，今天就改了木板刻印，也是怕露出马脚。"

李天吉道："估计是黑灯瞎火，忘了裁掉这张纸上的店家印记。漫捻啊，带人去吧，还愣着！"

漫捻接了纸张，走到院中喊出了石家奴："城里有几个赵记？做纸的？印刷的？"

"属下知道的就一家，府衙里有时候还跟他们家买纸呢。您稍等，我进去问问他们。"

漫捻见他去了又回，远远地向自己伸出一个手指，身后又带出了二十几个兵士，喝道："走吧，一起去！不要声张。"

赵掌柜手扶着案板，哆嗦了声音道："大人，这确是我家的纸，但买纸的人多，我记不清啦。"

漫捻道："有没有可疑的人进出你铺子？"

"老朽……怎么个可疑法儿？"

漫捻被他问得一愣，指着石家奴道："看他，他就可疑！"

赵掌柜抬头看了石家奴一眼："这大小伙子，挺好的啊，不可疑啊。"

待众兵丁哄笑稍歇，石家奴道："有没有两个人，不是咱中都口音，除了纸，也买了刻刀、木板之类的？"

赵掌柜故作沉思："有。"

"二人什么时辰来的你这儿，都说了什么？"

"昨晚，宵禁梆子都响了，才进来，先要买活字，后来反悔，买了墨、纸、刻刀和板子，就走了。"

"还说了什么？"

"没了。"

"知道叫什么吗？"

"咱城里，只听说买菜刀要记录，没说买笔墨也要记录啊。"

"哪儿的口音？"

"听着像山东。"

"长什么模样？"

"官长，我老眼昏花的，又是夜里，看不太清了，一个高瘦精壮，一个短粗胖，长得跟个地缸似的。高的好像是头儿，地缸……矮胖子交的钱。"

"二人多大年纪？"

"跟你们差不多，十七八……二十啷当……不到三十岁吧。"

漫捻看着赵掌柜，气不打一处来："老东西，问你一句，你说一句，就不能把知道的都说了吗？信不信我把店封了！"说罢上前，拎起赵掌柜放在柜台上，左手捏了他咽喉，"说！想不出别的什么了？！"

赵掌柜手脚扑腾，眼见着一张脸憋得红了又白。石家奴上前正要劝阻，漫捻回身一脚，正踹在他小肚子上，石家奴一声惨叫，咣当跌在货架上，一大堆活字噼里啪啦如雨点般落下，赵掌柜盯着活字，不住点头，嘴里拉杂不清。

"想到什么了？"漫捻松开手。

赵掌柜趴在柜上连喘粗气："想……想……呃……起来了……"

三胜连忙过去把石家奴扶起来，见他又蹲下在裆间揉搓，眼里竟疼出了泪水。石家奴知道三胜要动气，连连摇头抓住他手腕。

"那两人要买活字，就挑了十多个，那小地缸从怀里掏出个手巾，把活字包裹了，后来又不买了……"

漫捻回身看了石家奴一眼，又向赵掌柜道："说要点！你真啰唆！"

"老朽依稀看见，他的手巾上绣了个'秦'字。"

"就是说，他们住在秦楼？"

"秦楼的手巾上绣什么我不知道，我只知道谢馆的手巾上绣了'秦'字。"

"什么乱七八糟的，到底是谁家的手巾？"

"应当是谢馆。谢馆手巾上绣了'秦'字，又在'秦'字上绣了一条红线，是'灭秦'的意思。"

"老东西，你跟我打哑谜吗？到底什么意思？！"

"谢馆不在手巾上绣'谢'字，是因为单个的'谢'字，口彩不好。就绣了'秦'。秦楼和谢馆从贞元年间开始，就互相看着不顺眼，两家一直较劲……秦楼手巾上绣什么，我是真不知道啊，秦楼不地道，有几回从我这儿拿纸，又退货，我就不伺候他们了，这几年走动就少了……"

漫捻抄起柜上的抹布一把扔到赵掌柜脸上："问你了吗？！问你不说，不问你，你嘚啵嘚叨叨个没完没了！我们去捉人，你敢胡说，回头我来烧了你铺子！"

漫捻派人守了谢馆各个出口，回身向石家奴道："受苦啦！苦肉计，下次你从侧面上来，我就能踹你的大腿，就不疼了。"

石家奴一愣，听见他笑道："你从后面上来，我踹低点儿，就踢到你膝盖，我倒是想踹你肚子胸口，我腿抬不了那么高啊。"

石家奴哭笑不得："大人英明。"

"对那种老奸巨猾，你好好问哪儿成！就得上霹雳手段。你们几个跟我悄悄进去，先把一楼的人捆了，不要叫嚷。"漫捻说罢，已伸手推开了楼门。

店小二见来了客人，正要招呼，却被人一把撂倒，脖子也被膝盖死死抵住。见来的是一群官府的人，连忙闭上嘴不敢作声。石家奴见他腰间披着手巾，拽出来细看，果然有个"秦"字，低声问道："不是还有条红线吗？"

"洗几回，就掉了……"店小二话音未落，已经被手巾塞住了嘴。

漫捻转到柜台后，将住客簿从墙上摘下，连翻了几页，捏着走到小二身边："山东口音，俩男的，一高一矮，住哪间房？"

小二眼珠一阵乱转，等到嘴里的毛巾被拽出，这才带了哭腔道："官爷，他们拿刀逼我啊，不让我造册啊，不是我要隐瞒的呀……"

"在店里吗？"

"出去了。"

"说了几时回来？"

"没说。"

漫捻示意他起身："你从实招来，否则我治你个知情不报，你隐藏要犯，八个脑袋都不够砍！"

小二扑通跪下："长官饶命啊，小的被逼无奈啊！"

石家奴从侧面走到漫捻身边："大人，我去让外头的兄弟们散开，免得打草惊蛇？"

漫捻嗯了一声，抡起住客簿作势要打小二的头，小二侧脸要闪，没料到漫捻只是虚晃，他来不及反应，住客簿已拍在脸上。

"进城不许带刀，他们哪儿来的刀？编瞎话你都不会。"漫捻讪笑道。

"昨晚上还在我脖子上比画来着。确实是刀，这么长，木头把儿。"小二伸手比了比。

三胜轻声道："那是雕版的刻刀！"

漫捻气得乐出声来："小子，被人收买了吧？我最恨笨蛋抖机灵。说，说了我就不送你进大牢。"

小二犹豫再三，从怀里掏出几块碎银："就这。说不收就拿刀捅我……"

漫捻哼了一声："不要走漏风声，我们在这里等他们自投罗网。你忙你的。不想死你就装作若无其事。徒单三胜，把银子收了，充公。"

小二带了七八个士兵去楼上房间里藏了，又去后院叫出了掌柜，那掌柜连忙张罗饭菜，又服侍着漫捻落座。陪坐的几人都脱了官服，掖在座位下面的藤筐里，各个把腰刀藏在桌布之下……

夜色四合。宫城的宣化门被缓缓推开。宫卫依次细细搜了身，这才将留守官吏们放出了门。内藏库直长康喜率先走出大门，和身后几位同僚道了别，不紧不慢地走入了近旁的巷口，躲在一棵柳树后偷瞄宫门。

看到大门正要合上，他一溜小跑回到门前，手扶膝盖，呼哧带喘地向门吏叫道："且慢！"那门吏笑道："康直长，今儿您第一个出门，怎么又回来了？"

康喜道："家母身子不太好，一直喝药，只够喝到今儿中午了，我一大早去取了药，忙不迭地来点卯。刚又着急回家，走了半路才想起来，药袋子忘了拿！"

"早上没见您拎袋子啊。"门吏道。

康喜推了他一把："小东西，我和你们宫闱局的几个人一起进来的，哪能有假！不要饶舌！"

门吏赔了笑脸："那您快去取吧，我把大门锁上，一会儿您出来，我开侧门给您。"

慢悠悠呷了七八壶酒，漫捻心下越发焦躁。谢馆的掌柜慢慢蹭过来："大人，小的有个不情之请……"

"让伙计去楼上送些吃食！"

店小二听了，连忙去后厨抓了两盘馒头送上了楼。

"你说吧。"漫捻把石家奴面前的酒壶拎起来，想了又想，又轻轻放下。

"判官大人，那俩贼人也不一定回来，贼都精着呢。"

"要说什么？"

"小人的意思是，是不是就别在咱店里抓捕了？"

"守株待兔，关门打狗，没听过吗？店里窝藏了恶徒，现在你还敢提条件！你不就是怕碰坏了桌椅板凳吗？你尽可放心，一定不会碰坏——"

"大人，动起手来，刀棒不长眼啊，咱这谢馆年初才装修的啊。"

"一定不会碰坏——我要砸了这店！"漫捻恶狠狠道。

看那掌柜苦着脸，石家奴欠身道："大人，外头已经擦黑，兄弟们也好隐藏，我们就在外头把住各个出口，咱们人多，也好施展。真到了屋子里，也确是碍手碍脚的。"

第三回

（一） 诱捕

时和坊的一座宅邸内，几个孩子正在院里蹴鞠，其中一个一脚把鞠踢进了客厅。完颜阿琐拈起皮球，扔到院里："天黑了，回屋去！"随即轻掩了房门。

完颜璋腾地起身，向甘去病道："不必多说！您二位请便吧。"

安国指着座位远端的紫衣人道："你什么人！要你多嘴！"

紫衣人轻轻摇头，虽不见开口，却出声道："人各有志，何必强求！我只是先你二人半个时辰进来，这二位——"紫衣人手指完颜阿琐和完颜璋，"这二位都曾为官，又都是女真皇族，你冒冒失失让他们和你闹事。试问，如果他们让你俩跟着一起围剿汉人，你俩会应允吗？"

安国听那紫衣人嗓音尖细、话语轻柔，嫌恶地哼了一声："你过来说话不行吗？咱们好好掰扯掰扯。"

紫衣人道："道不同，多言无益。二位如果觉得我多事，在下这就告退。"说罢走到门口。

安国几个箭步蹿过来，伸手向紫衣人面上抓去，紫衣人并不格挡，也不见腿脚动作，直直向后飘去！

安国抓了个空，再抬头时，见那紫衣人已站在院里的荷花缸后，脸上的面巾随风轻拂。花缸里只有几茎干枯的莲蓬横斜，紫衣人站在一侧，好似一株半开的莲花。

听见完颜阿琐二人轻声讪笑，安国恼羞成怒，伸手抓过桌上的长柄茶杓，扬手向紫衣人掷去。

甘去病刚要喝止，只听叮的一声，却是紫衣人一脚将皮球踢起撞落了铜杓。那皮球略微转向，正向安国直飞过来。安国伸手正要击打，不料那球却在面前轻轻转弯，砰一声正打中他左脸。

"莽夫！不足以共谋。你不要动，你不配和我过招。"紫衣人向甘去病拱手道，"甘先生谈吐非凡，怎么会与此种小人为伍？"

甘去病充耳不闻，转身向完颜阿琐道："天下非逆亮一人的天下，现今不只是汉人、契丹人受苦，女真人不也提心吊胆吗？你二人是公认的贤者，何故赋闲至此？我不说暗话！"他转头看了紫衣人一眼，"大名府王友直修书给我家耿头领，头领命我二人前往详谈。两处义军合兵一处南下，与大宋军队夹攻，完颜亮的乌合之众能抵挡得住吗？！也请二位放心，我们不会去联络契丹人。等我们灭了完颜亮，再来中都之际，也不会把你们女真人列为贱民。"

完颜璋摇头道："谢谢二位青睐，只是我等受皇恩多年，不能叛宗灭祖。况且我俩目前都是闲职，无权无势……你二位请便吧，也请你们放心，我们不会将你二人行踪说与大兴府衙。"

紫衣人摇头道："二位大人，这位甘先生未必是要劝你二位揭竿造反，完颜亮远在淮上，这中都城里之所以鸡犬不宁，无非是官员作乱。留守蒲察沙离只颟顸愚拙，转运使左渊阴鸷贪鄙，李天吉只有猥琐小智，漫捻撒离喝暴戾残虐，此四人在位一天，中都怕是没有安宁之日。"

甘去病点头道："阁下的意思是？"

"那暴君远在淮南，要除掉他不是一日之功，况且诸位也无计可施。千里之外取人首级，那是唐朝故事里的。留守府里的这些地方官，有何取代不得？！"

安国叫道："气杀我也！幼安……去病！你搭把手，咱俩先把这人擒喽！"

紫衣人听见他脱口而出的名字，点头道："果不其然。"说罢，纵身跃出了院子。

安国望向甘去病："咱们快走！这厮怕是去报官了。"

康喜在门里偷偷向外打量，见四下无人，这才把袍带松了又松，拎着袋子出了库门。他一路一瘸一拐走到宫门口，值夜的门吏正将侧门推开，见状笑道："直长，怎么了这是？"

康喜小步挪到门口："乌漆墨黑，连盏灯也不让用，我摸黑找这袋子，摔了个大屁股蹲儿，好半天没起来身！你帮我摸摸脚踝，是不是肿了？我这腿伸不直了！"

门吏呵呵了几声，俯身轻捏他脚踝："还好……把袋子给我吧，我送您出门。"

康喜将袋子递给他，道了声谢："我腿脚慢，你头里走吧。"

门吏将袋口敞开，又顺手捏了捏："这药味儿够冲的啊！"说罢转身走在头前。

康喜歪歪斜斜地跟到门口，勉强迈过门槛，这才接过药口袋："快关门吧！"

门吏应了一声，嘎吱吱合上了侧门。康喜知道他定在门缝里偷看，仍是一瘸一拐慢悠悠前行，好半天才走进近旁的巷子。

巷子里停了一驾马车，车上跳下一人，向康喜招手："这边！上车。"

康喜别别扭扭上了车，那人道："康兄费心啦，东西在身上？！"

"左公子请看！"康喜呵呵两声，伸手解开了衣襟。

安国牵着甘去病沿着墙根儿一溜小跑进了敬客坊，见街巷内外再无一人，喘着粗气道："我咋觉得头皮发麻啊？"

甘去病笑道："不用跑，那人怎么会去报官！"

"防人之心不可无啊！"安国向谢馆门前望去，"没到宵禁啊，怎么连个人影儿也没有！"

甘去病点头道："是有点儿瘆得慌。"

两人在轻掩的馆门外侧耳倾听，听见一楼的食肆里有人推杯换盏，店家在一旁赔笑，这才放胆进了院子。进到大厅，只有六七个壮汉围坐在桌边，其中一个脱掉了盘领衣，后背上遍布黑毛。另几个人看他二人进来，也是头不抬眼不睁。

见只有店家一个人忙前忙后地倒酒，安国轻声叫道："伙计！"

店家听见呼喝，应道："二位爷，我是这儿的掌柜，过卖在楼上忙活，您是要住店还是吃饭？"

甘去病道："我们去二楼看看客房可好？"

店家向楼上吼道："小二，出来接客人！"

甘、安二人绕过餐桌，径直走上楼梯进了二楼过道，甘去病驻足轻声道："不对！城里怎么会有这么多青壮男子……"

安国一愣，道："娘的，官兵！"

走廊尽头的小二听见呼喝，只探了一下头，随即又缩回房内。安国连忙伸手推窗，却已封死。他抬手沾了口水在窗纸上戳了个洞，见楼下的巷子里密匝匝挤了十数个当兵的，手中腰刀正缓缓出鞘。

甘去病大喝一声："楼下的，上来吧！"转身将过道上的花盆架子踹成几段，和安国各自挑拣了木棍背对背站在楼梯口。安国面对走廊，也大喝道："屋里的，别猫着了！"

楼下的店家听见楼上噼里啪啦乱响，知道家具、摆件是保不住了，伸手正要拉住漫捻，被他一脚踢在小肚子上，哎哟一声滚到了桌下。

石家奴和三胜伸手拦住漫捻："大人稍坐。"那几个兵士得了授意，从桌布下抽出腰刀，顺着楼梯朝楼上扑来。

甘去病手中木棍只如擀面杖粗细，不敢和来人的钢刀磕碰，他弓起后腰把安国撞到一边，侧身躲过劈砍，随即抡起一棍，正中来人脖颈，那人惨叫一声从扶手旁跌到楼下，正落在餐桌上。石家奴和三胜起身跳开，漫捻见桌面坍塌，仍惦记着要抓住酒壶，杯盘碗筷却稀里哗啦坠地。漫捻气得哇呀呀一阵乱叫，在桌布下摸索了一阵，终于碰到了佩刀，抽出来看时，刀身上已是油污一片。

见又有两人奔上楼梯，甘去病撤后一步，将花盆的碎屑踢起，瓷片连带泥土纷纷扬扬，两个兵士被迷了眼，各自头上又都挨了一棍，轰隆隆滚下楼梯。

大门咣当被踢开，又有兵丁一股脑涌进来，其中几个从另一侧楼梯上了二楼，与客房里冲出来的人合为一股，沿着走廊朝甘、安二人步步逼近。

漫捻见那掌柜的在桌子底下挣扎，伸手拽了他出来，看他惨状也不禁失笑，抓着他前襟扶他勉强站住，在他衣领上擦了刀，再松手时，那掌柜已然站不住，扑通一声又坐在地上。漫捻叫道："楼上的二位，怎么称呼啊？"

甘去病见二楼人多，和安国换了位置，重又背对背站立："不必多说！你死我活！"

安国低声道："走道尽头的窗子是开的。"

甘去病嗯了一声："你去把那几个花盆用了。"说罢挥舞木棍，抢先向人群冲去。

安国将手里木棍扔向漫捻，石家奴连忙挥刀拨开。安国左右臂各抱了花盆，叫道："来啊，你们过来啊！看谁开瓢？"

漫捻看了地上滚动的三人，哼了一声："楼上的，把贼人拿住，本官有赏！"

甘去病不等众兵士回过神来，双棍上下翻飞，已将四个人击倒。见手中木棍只剩下鼓槌长短，双双抛向对面，趁那兵丁侧身闪躲，他滚身抢上，正要伸手抢过他手中短刀，只听得耳边叮的一声，却是身边另一个兵士砍下的刀不知被什么撞偏了，那兵士一声惨叫，手中的刀再也握持不住，嗖的一声飞在半空，又直直向一楼厅中落下。

第一个被掀下楼的兵士，正揉着脑袋缓缓坐起来，那刀正向他头顶飞下。石家奴来不及举刀磕碰，抬腿照着地上同伴的脚心猛踢，那兵士被他踢得在地板上向后出溜了几寸，刀尖正扎在他双腿间的地板上。

安国手举花盆，与楼梯上的兵士对峙，双方都不敢轻举妄动。那边的甘去病接连击倒几人，却仍是夺刀不得。眼见着二楼的官兵越来越多，且占据了窗口，他手中没有兵刃，胳膊上的几道口子又不知深浅，鲜血早将袍袖染红了，不禁心中焦躁。

甘去病瞥见趴在地上捂着手腕惨叫的那人腰间系着吐鹘，伸手一把拽下，翻腕将对面递来的刀卷住甩到一旁。他把吐鹘舞得上下翻飞如同软鞭，对面几人见无计可施纷纷后退。

安国见状，大喝一声，将手中花盆抛下，转身朝甘去病跑来。两人探头下望，楼外的巷子里却还站着十几个兵士！

二人无路可逃，只得硬着头皮从窗口跃出——

（二）　密会

　　甘去病、安国二人甫一落地，暗叫不好，心想众兵士必定趁他二人立足未稳上前捕捉。安国一屁股坐在地上，口中叫道："俺命休矣！"话音未落，却被甘去病拎起来狂奔。

　　安国回头打量，见那几个兵士仍然立在原地！甘去病轻声道："巷子里那些人被人点了穴……"

　　二人专拣小路急行，见前面就是南城墙，守城巡卒的火把在墙上明明灭灭，不敢再往前走。甘去病拉着安国专拣细巷奔走，跑得上气不接下气。见一家住户院内略有灯火，门前摆满了纸人、纸马，再往前走，顺着门缝望进去，院里停了两口棺材！

　　二人不敢停留，贴着墙根又往前走。甘去病从矮墙上望进去，映着邻居的灯光，这一家院里的晾衣绳上赫然挂着自己的围巾！

　　"就是这儿了！天意。"甘去病托举着安国，和他一起跳进了院子。

　　左渊双手颤抖，轻抚了琴匣："贻庆啊，这是真的吗？"

　　左贻庆坐在一旁笑道："爹，一张破琴，您太当回事了吧！"

　　"破琴！无知！真该拔了你的舌头！不要唐突了宝贝啊。琴以唐琴为上，唐琴之中，首推雷公所斫之琴。雷威生平所造之琴，又以这'春雷'为最。赵佶爱琴成癖，在宫中为藏品修了百琴堂。百琴堂一众神品之中，春雷位列首位！"

　　"爹，那就不还了吧？"

　　"混账东西！说好了借来一观，怎么能言而无信！再说，这是宫中的珍藏，搁咱们家算怎么回事。"

　　"这姓康的有些过分！"

　　"嗯？"

"到了府门口，不下车！我按约定，给了一百两银子，还是不挪窝，又给了二十两，还不动！你猜，最后给了他多少？"

"嗯……"

"二百两！这才把琴交给我。"

"哎，每个人都不餍足。"

"您的意思是……"

"不聊这些。也就是那张仅言离开中都，这个康喜才敢动手，为父能近在咫尺这样鉴赏，已经是机缘了。还求什么？"

"哦。爹，墙角那块木头你要怎么用？这搁在厅里看着别扭……怪晦气的。"

"你懂个屁！去叫绿绮过来。"

"好嘞！"左贻庆忙不迭地跑去了跨院。

左贻庆趴在窗口窥视，屋子里黑黢黢一片，趁了月色，见绿绮脱下了长衫又摘下面巾，轻轻叠了放入一个竹篾箱子，这才从衣架上取了绿袍罩在身上。

左贻庆看她腰细肩圆，更显长身玉立，不禁呆了，猛听得一声尖叫："看够了没有！要不我再杵你几下？"

左贻庆吓得一哆嗦，连忙道："妹子，爹让你去厅上。"

绿绮重绾了头发，出门道："你爹，不是我爹。什么事？这么晚了！"

"那琴到手了。急着要见你。"

"你先走。你在头里走。"绿绮把左贻庆推了个趔趄。

绿绮跟着左贻庆来到堂上，见左渊呆立在供桌前，桌上并排放了两张琴。

"大人，您有吩咐？"

左渊招手道："绿绮，你过来看。你上午买的这张，已然堪称极品。这斫琴人的手段，与有唐一代的郭谅、沈镣、张越等名家相比，不遑多让。

但和这张琴相比……"

绿绮贴近细看，却只是两张黑漆漆的琴面，不见有什么异样："这个老旧些？"

"哈哈，内藏库之中，有两张琴最是名贵。一为玉振，被太子光英带去了开封；再有就是这春雷琴，比玉振又好出半条街去，你眼前的这个就是啦……只是不知道主上怎么没带在身边……"

"也没看出有多少不同。您找我有事？"绿绮微微摇头。

"本来要让你去接那姓康的直长，说是你出去了。我就让贻庆去了。他毛手毛脚，我这心一直都悬着。你哪里去了？"

"哦。姓康的能把琴带出宫，就不会有什么乱子。我去见人了。"

"什么人？"左贻庆低声问道。

"我就不能有两个熟人吗？我就该在院子里逗那铁笼里的俩鸟儿？"见左渊沉了脸，绿绮道，"俩人，约了个架。不靠谱。没什么本事，心思还不小。"

"嗯。兵荒马乱的，你少出去找人动手……你买的这张琴，说了是何人所制吗？"

"没有，一个孩子抱着琴。他娘带着他，住在美俗坊。"

"你跑一趟，问问那妇人，斫琴的人是谁，现住何处。"

绿绮应了一声，转身出了门。

任孝萱正挎了竹筐在院里摘下晾衣绳上的衣物，看见墙根儿蹲着俩人，吓得一声尖叫。

甘去病见正是卖鹧鸪的小孩，指着绳子上的围巾，温言道："弟弟别怕，是我，早上给你擦头发来的。"

任孝萱也认出了他，正要开口再叫，却被一只手捂住了嘴巴，回头一看，却是自己的娘。

周衔蝉左手捏着一只小碗，也是一脸茫然。见他二人身上多有血迹，低声道："萱，去把门闩上。你们，跟我进来。"

甘去病本来还要解释，见她面色庄严，不敢多说，低着头进了屋。外间的灶火上放着一只陶锅，噗噗散着香气，一旁的炉子上搁着一锅白米饭。想是女主人正要盛饭，听见孩子惊呼连忙冲出了门。

周衔蝉也不多说，从碗架上又抽出两只大碗，也盛满了米饭，让任孝萱端到桌上，又拈了毛巾托了锅放在当中。

"吃吧。吃了再说。"周衔蝉将筷子递给他二人，任孝萱已经放了板凳在他们身边。

安国扑通一声坐下，看见锅里的炖肉，不禁食指大动，拾起筷子正要下手，听见甘去病干咳了一声，只好又将筷子放下。

"好姐姐，我俩不是恶人，是被官兵追捕，误撞到您家院里来的。也是有缘，早上在市集上碰到了您家小公子……"

"谢谢你们给了围巾，否则这臭小子必要着凉……你们坐下吃吧，或者，我去打水，你们先清洗？"

"姐姐，不想给您添麻烦，本想在院里躲一会儿，没有追兵我们就走……这两天，您家门前我们好像经过的……"

"嗯。树枝里夹的纸条，是你们扔进来的吧？"

"正是！这两天满城转悠，走过的都忘了！"

"入城造册，为什么要填我家地址？"

"啊？！您这儿就是塘花坞？"

"是。"

"哎呀。太巧了！前年我来中都赶考，客房里都放了鲜花，我见包裹鲜花的纸上印了'美俗坊、塘花坞'字样，两个名字都清新可喜，读一遍就觉得齿颊生香。名字动听，就记住了。此次进城，猛然被勒令写下居住地，一时想不起鲁亭客栈，中都城内我又不熟，只记得这个名字，就写在了簿子上。真是给您添麻烦了……"

"也没什么。官兵来问过一次。你们从山东来？"

"正是。"

"吃饭吧。饭后我给你们介绍个安身的去处。你们什么时候出城？这城里不能久留。"

安国连连点头，给任孝萱夹了块肉，随即风卷残云一般甩开了腮帮子。

甘去病见女主人并未落座，也没有碗筷，正要询问，周衔蝉道："你们吃吧。中都城里都吃两顿饭，我不吃晚饭。"

甘去病扒拉了几口饭，见那砂锅里的肉也没剩了几块，轻轻放下碗筷，抬头向周衔蝉道："谢您款待……我想洗把脸。"

周衔蝉端了木盆过来，添了热水，将手巾递给他，又放了一小罐金疮药在桌上："都是皮外伤吧？"

甘去病只觉得鼻子一酸，连忙伸手捧水洗了脸。周衔蝉又拎了木桶进来，示意他过来，卷起他袖口，舀了净水冲洗了伤口，待卷起他前襟，又看见胸口有道伤口已经翻出肉来，眼泪突然扑簌簌落下来。她抓过金疮药，轻轻掸在伤口上，甘去病轻轻蹙眉，见那男孩停了筷子瞪大了双眼盯着自己看，向他微微一笑。

周衔蝉去找了绷带替他包扎了，轻声道："逆亮无道——"

安国听见她这么说，连忙嘘了一声。

"年轻人就应该有志气！"周衔蝉叹道。

甘去病见她家里刀伤药、绷带俱全，包扎的手法也娴熟，问道："家里只有你们娘俩？"

"我爹去南面打仗了，离家可远了！"任孝萱接口道，他上下打量了安国，"哥哥，你们不是在一起吗，你怎么身上没有伤？"

安国脸上一红："我俩忙着逃跑，我看到有扇窗户能打开，这才跳楼跑脱……"

甘去病环顾室内，家具不多但件件考究，摆设也是异常整饬，再回看这女主人，眼角虽依稀有了细纹，却仍是肤色细腻，面目姣好，一时竟出了神。

周衔蝉道："你们稍坐，我再去炒两个小菜。孩子要吃肉，没料到有客人来。"

甘去病惭笑道："不必了，已经够麻烦啦。敢问您怎么称呼？"

"呵，我姓周，夫家姓任，那是我的小儿子，他的伙伴们叫他小萱子。"周衔蝉点头道。

"周衔蝉！我娘的名字！"任孝萱笑嘻嘻插话。

甘去病看女主人嘴角有一小块儿黑记，不禁莞尔。

周衔蝉点头微笑，又嗔怪任孝萱道："快吃吧你，多嘴！"

任孝萱吐吐舌头，连忙低头，又不忘嘀咕了一句："我叫任孝萱。"

"你哥哥叫任孝椿吧？"甘去病笑道。

"啊？！"任孝萱一脸疑惑，抬头望向周衔蝉。

"吃饭吧，萱。"周衔蝉摇头，又转向甘去病道，"山东那边动静很大吗？"

"那是啊，"安国放下碗筷，"周大姐，不瞒您说，我叫张安国，是队伍里的先锋官，这是辛弃疾……"见周衔蝉一愣，又说道，"我们叫他幼安，是义军里的掌书记，起草文告什么的。我们要去大名，和王九的队伍说道说道，然后一起会师，再南下。来中都我俩是顺路，住两天就走。"

周衔蝉盯了辛弃疾，叹气道："辛先生，依你看，完颜亮此次南征，会无功而返吗……"

辛弃疾道："现如今群雄并起，南面也是齐心抵御，完颜亮无功是必然，能不能返就难说了。"

周衔蝉正要追问，就听见院外传来轻轻的叩门声。辛、张二人闻声慌忙起身："姐姐，有后门吗？"

（三） 要挟

周衔蝉示意他二人淡定，自己拉了任孝萱走到院中开了门，只见一个妙龄女子牵了马站在门前。

任孝萱撒腿跑上前去，扯了她的袖口道："绮姐姐，您来了？这是我娘！娘，她给了我们点心的！"

周衔蝉一把捂住他小嘴："姑娘，您来……"

绿绮拽过任孝萱搂在怀里："有件事想问您……您的琴，我家主人爱不释手，想问问您，斫琴的人是谁？"

"呀！很久以前买的，并不知道是谁的制作呀。"周衔蝉悠悠道。

"哦，那好吧，谢谢您，我没事了。叨扰啦。您请回吧，告辞。"绿绮捏了任孝萱的脸蛋儿，又塞了一袋五香糕在他手里，随即翻身上马，转眼跑出了巷口。

周衔蝉长吁口气，捧了任孝萱的脸道："陌生人，少说话！没看出来，你还是个小自来熟……这姑娘我怎么觉得在哪儿见过呢？"

任孝萱闻了点心，道："娘，天黑，您可能没看清，绮姐姐可好看了，吴丫说她像个仙女！"

周衔蝉重又闩了门，拉着儿子返回屋里，见张安国躲在外屋暗处，手里攥着一把菜刀，笑道："来人打听点事情。你们去悯忠寺躲躲吧。到了就找觉体禅师，只说是我让你们去的就好。"

"觉体？"辛弃疾惊道，"法宝座下的？"

"嗯，是他。孩子他爹、我，和他……我们三个幼时一起长大……不留你们了，我这院子里不消停。孩子的爹爹有几个徒弟，在府衙里做事，常来走动……万一见到你们，彼此都麻烦。"

左渊细细打量两张琴，不时轻抚琴弦又附耳倾听，左贻庆在一旁正给铜器除锈，呲呲声不绝。

"你轻点儿！出息！天天不是金子就是银子，恶俗！"

左贻庆取过烛火，照了那铜鼎："您瞅瞅，鎏金的！这才是宝贝。"

绿绮跑进厅堂，叫道："大人，我去了，一个女人带着个孩子在家。问了，说不知道是谁做的琴。"

左渊摇头道："哎。还说什么了？"

"没什么了，只是……"见左渊抬头盯着自己，绿绮轻声道，"敲门之前，我跃进院子里潜听，琴主人屋里有两个男子，是山东来的人，身上有伤，女主人帮他们包扎了伤口。一个叫张安国，一个叫辛什么的。鬼鬼祟祟的。哦，辛弃疾。说是路过中都，要去大名府和王九碰头。"

左渊一拍桌子，又连忙小心翼翼地看了那两张琴，笑道："呵，你再去一趟美俗坊，让那妇人来见我，必须来，说我有急事相告。"

见绿绮面露难色，左贻庆道："爹，让我去吧！不来我就叫几个人给她绑过来。"

"夯货！你再把人吓着！绮，你去。不要骑马了，让门房起一驾车。好好说。转运使接个民妇进府，不来也太失礼了吧。"

绿绮应了一声，甩手离开。左渊又唤过儿子，在他耳边低语了几句。左贻庆连连点头，撒腿跑了出去。

左贻庆在府衙前下了马，差点儿乐出声儿来。只见一群盔歪甲斜的兵士跪在院中，又有几个或躺在地上哼哼呦呦，或斜倚在墙边龇牙咧嘴。少尹李天吉坐在台阶上，手里捏了两幅画像叫道："就俩人！把你们打成这副德行！还有脸回来！"

左贻庆看见蒲察沙离只气冲冲从厅里走出来，手里紧攥着一根粗大的皮鞭，看架势是要动刑，连忙上前拦住："留守大人，使不得啊。方今城里缺人，您再把这些个打出个好歹，就没人可用了啊！"

沙离只把鞭子掷在地上："一群蠢材！还说被人点了穴！强词夺理！

老夫习武三十多年，怎么就没见过什么点穴？哪有什么点穴，就是不禁打！就是打得少！"

左贻庆回身看了院里的兵士，笑道："大人，您消消气。贼人还有帮手？"

沙离只哼了一声："技不如人，还找些怪力乱神的托词，我都替你们寒碜！漫捻，你最该打！捉两个小贼，你把自己喝得烂醉……"

左贻庆见漫捻撒离喝跪在地上，上身仍不住晃悠，笑道："留守大人消消气，不过这点穴之术并非虚言，不才就亲身遭遇过，滋味确实不好受啊。"

李天吉起身道："左公子，莫非是令尊有令？"

左贻庆扶了沙离只："二位大人听我细说，贼人踪迹有了！"

还没等他三人迈过门槛，院里的漫捻已经抢先跑进了厅，把椅子一一拉出来："各位，快坐下说，这回他们插了蹄膀……翅膀也跑不掉！"

左贻庆乜斜了他一眼："家父得到消息，两个小贼从山东来，要去大名府见那暴徒王九，两支叛民队伍是要合为一股，真要让他们得逞，对咱大金极为不利啊。"

"贤侄！快快说来。"沙离只把左贻庆扶到座位上。

"嗯。两个贼人，一个叫张安国，另一个姓辛，辛弃疾。"

漫捻摇头道："不对，差了。簿子上登记的是……"他从桌上抄起名册，"一个叫甘去病，另一个姓安。"

李天吉走上前来，接过簿子笑道："不错！用了假名。张安国把张省去了，这个甘去病，就是辛弃疾嘛！"

左贻庆正犹疑，听见他这么说，附和道："对，对啊。用的假名。"

"他二人现在何处？"

"城南美俗坊的——塘花坞！"

漫捻吼道："名字倒是对得上。地址不对啊！这簿子上登记的就是塘花坞，去过人问了，根本没这俩人。我们也是在谢馆跟他们碰上了，店里的伙计说，确是一直在谢馆住着来着。"

见沙离只和李天吉目不转睛地盯着自己，左贻庆起身，摇头道："难不成我大老远过来消遣诸位？我父亲得到消息，让我马不停蹄赶来，知会各位大人。此事与我转运司毫无干系，我父亲只是心念中都安定，这才多此一举，命我前来传递消息。贼人在不在那塘花坞，诸位去了便知！"他白了漫捻一眼，"莫非判官大人，怕我抢了功劳？"

漫捻见他动怒，上前施礼道："左公子，您别误会。多谢左大人美意，我只等留守大人一声令下，即刻带兵过去抄了那美花坞……美塘坞……哦，美俗塘！"

"您是真喝美了啊。不问问会点穴的还在不在？"沙离只瞪了漫捻一眼。

左贻庆笑道："那就不知道了。只说辛、张二人在。"

漫捻向沙离只和李天吉一躬到地，高声道："请大人呼喝，我这就去擒住二——泽（贼）！"

李天吉也笑出声来："辞不失[1]了？您先把舌头捋直喽。唱戏吗？还上口找辙！"

漫捻面带尴尬："根本就没醉，我是……我是麻痹他们！"

沙离只也被他气乐了："你呀，你扒拉扒拉，看你这儿还有多少人可以用。人手不够，就去防城军那边叫些人来帮手。还觉得没底，老夫就亲自出马。判官大人，请您好好歇歇，亲自歇着，你喝酒受累了！区区两个小贼，闹得满城风雨！成什么样子。真欺负我中都无人吗？！"

漫捻惨然一笑："是，是。哦，不，不劳留守大人出马，您有要务在身。我带队先去和防城军会合，这次定跑不了这俩臭卖枣糕的小泽……小贼！"

左贻庆道："适才提到的点穴术，晚辈不堪其苦啊。"

"哦，你和他们交过手？"沙离只一愣。

---

1 女真语，酒醒之意。

"不是。家父收养了一个姑娘，视若己出，以义女相待。这女子被一位老尼姑拐走了几年，去年又送了回来。短短几年，竟然出落得如花似玉，我父宠她更胜以往，我也是以礼相待。只是此女顽劣，时不时杵我两下子。每回被点穴，当真是酸痛难忍，欲仙欲死，啊不，生不如死，只觉得周身麻痒，又动弹不得。生不如死啊！"

"左公子，您是和人家动手动脚了吧？"李天吉笑道。

"不能够！我一直以礼相待，当作妹妹看待啊。李大人说笑了。"

沙离只皱眉道："公子的意思是……"

"若忌惮那俩贼人或还有帮手，留守大人不妨和家父说一声，让我那妹子施以援手。他们不都会点穴吗，让他们对着点！"

漫捻摆手道："不是的，那两人不会点穴，是有个帮手会，我们也没见着。有了防城军掠阵，我们还拿不下这俩小贼？！还用个女娃……不必烦劳左府上的高手。"

左渊在厅中踱来踱去，不时去桌边瞄一眼琴。他将春雷缓缓抱起，放入内室，这才在炉上熏了手，在斦榹前坐下。

周衔蝉被绿绮引入院中，听见厅里琴声婉约，示意绿绮驻足，两人在一株枣树下伫立细听。见周衔蝉时而微笑、时而点头，绿绮略不耐烦，转身去了笼边，隔着栏杆偷偷打量她，又撒了一把谷子在食槽里。那孔雀原本卧伏在地，见到了绿绮不免起身鸣叫，室内琴声随即戛然而止。

绿绮回转身，笑道："姐姐，进屋吧。"

左渊已经推开了门："贵客既至，云胡不喜！"

周衔蝉施了一礼，随绿绮进了屋。左渊揉了手指，又指着桌上的一堆玉料和几摞纸笺，悠悠道："老夫平生狭隘，就着迷这些东西，现在眼力差了，腕力也越发孱弱，可是只有治印、写字才能平定心性。"见周衔蝉不住点头，又轻按了琴弦道，"舞勺之年，沉湎丝竹不能自拔，家父棍棒交加，就差把我打死了。我的兄长们也很不屑，以为大丈夫在世，求取功名倒在其次，当为国为民鞠躬尽瘁，怎么能被艺文这等小技耽搁。我执拗不过，这才放下。可是直到如今，我心里仍然只有——"

他拽了座椅给周衔蝉，又指着桌上的舣艓："——这么一根弦。不，七根弦！人生在世，除此没有别的意义。"

周衔蝉听他说得动情，点头道："适才在户外聆听，左大人琴声中泣诉不止，当是心中多有不平……"

左渊浩叹一声："所谓知音，也不过如此吧。"

周衔蝉逊谢道："不敢。折杀民妇啦。君家是后唐棣州左刺史左皓的后人吧？"

左渊呀了一声，示意她继续讲下去。

"君王莫听捐燕议，一寸山河一寸金——这是令尊济国公左企弓大人的诗句，现今读来，仍让人动容。吾生也晚，但坊间仍有您父亲的故事流传。您的兄长戴国公左泌，名遂身退，堪称高士；您的仲兄……"

左渊哎哟了一声："这中都，究竟藏了多少能人啊！"

周衔蝉道："愚妇多嘴了！"

"不不，"左渊轻抚了舣艓，"只有这样的人物、见识，才配得上这张琴！老夫冒失一问，可否请您抚弄一曲？"

周衔蝉伸出双手："蒙左大人不嫌弃，草民多年不操琴，这双粗手只会淘米浣衣了。"

见左渊上下打量自己，周衔蝉又道："敢问左大人，唤民妇前来有何吩咐？"

"哦，不要这么说。此前我让绿绮去和你问这琴的制作者，不为别的，你看——"左渊指着墙角竖着的一块木板道，"也是有缘，意外得到这么一块桐木。是汉墓里出土的……就是棺材板子吧。我知道此物斫琴最好不过，遍访城内外技师，没有敢下手的。今日看了您的这张琴，我看了又看，初见已惊，再见仍然。所以还是想问你，可否告知老夫——

这琴的作者？"

周衔蝉微微蹙眉："年月久远，确实记不得了。"

左渊呵呵了两声："你从何处购得此琴？"

"只是市上偶然见到，就买了。"

"这琴唤作舲艖，可否为老夫略作阐释？"

"舲是小船儿，艖……也是小船。"

"嗯。你幼时的乳名是？"

周衔蝉脸色一沉："大人为何问及？"

"任夫人，何必蒙蔽老夫呢？"见周衔蝉面色有异，左渊又道，"户籍官告诉我，你夫家姓任，你的名字：周衔蝉！你的乳名应该是小船，或者小舟儿吧？"

周衔蝉只觉得浑身酸软，几乎站立不住。

"这琴，是为你定制的。斫琴人必是仰慕、爱恋你，揽之入怀，抚之在手，这才给它起了这个名字。嘿嘿，老夫的猜测可还有不周到的地方？"

周衔蝉轻轻摇头："大人想象奇崛。草民确实不知此琴出处。"

左渊哼了一声："你告诉本官这琴是何人所斫，我又不会伤他！你，和这斫琴师，我必有重谢。此事与你无损，与我有益，何乐不为？"

见周衔蝉仍是摇头，左渊正色道："哼！事已至此，就不要怪老夫了。城中有人闹事，两个山东人，一个叫张安国，另一个是辛弃疾。这后一个才华天纵，杀了实在可惜。他二人去了你家，对吗？"

周衔蝉回看绿绮，见她正低了头揉搓手心，道："以此要挟，哪是琴者所为，不嫌有辱斯文吗？"

左渊哈哈大笑："说了，事已至此……你家里的孩子也还年幼，他父亲能不能回来，谁也说不准，你要他年幼失怙，在这城中游荡，做一个乞儿吗？"

绿绮忽地起身："大人，不妥。周姐姐不想说，定是有难言之隐，咱们再去找琴师就得了，何必苦苦相逼！"

"要你教我？！"左渊喝道。

看见绿绮撇着嘴就要哭出声来，周衔蝉道："绮姑娘，刚在路上，你说自幼得左大人照拂，不可以和长辈顶撞哟。"

"任夫人，你再想想？"左渊道。

见绿绮破门而去，周衔蝉缓缓道："悯忠寺……法号觉体。我可以走了吗？"

"来人！"左渊面露喜色，向进来的管家道，"去备礼品，送任夫人回美俗坊。"

第四回

（一） 质子

任孝萱独自在家，慢腾腾把灯火调亮了些，看见母亲出门前在桌上摆好的笔墨纸砚，不禁连声叹气。

毛边纸上有细细的红线九宫格，上面是用淡墨写的空心字。任孝萱抓起毛笔，埋头一笔一画地将空心填满。正要填到撇画的收尾处，猛听见院门咣当一响，手下一哆嗦，本应轻快划出的笔锋却在纸上点出了一块墨团。

他跑到院门口，趴门缝朝外看，巷子里漆黑一片，只有几个黑黢黢的人影晃动："您是哪位？"

门缝里喷进一股酒气："小娃娃，家有人吗？"

"没人。就我自己。您是哪位？您找谁呀？"

"小娃娃真乖，把门开开。"

"不开不开我不开，我娘不回来，谁来也不开！"任孝萱把门闩又插得紧些。

门外似乎有人嘀咕了几句，那满嘴酒气的人又道："小子，你不开门我可就踹了啊！踹坏了，你家还要自己修，多麻烦！开吧。"

"那也不开！你们是什么人？"

"官府啊，抓坏人。你往后站，别让门板砸到！"

任孝萱只觉得这声音熟悉，来不及细想，连忙后退到花架子旁边，只听轰隆一声，半扇门飞到墙边，连带着门楣也跟着摇摇欲坠。

院子外头仓啷啷一阵兵刃出鞘的声音，任孝萱跑到花架后，见一个人晃晃悠悠走进院中，高声叫道："姓辛的、姓张的，都出来吧，是爷儿们就别猫着啦！"

任孝萱见其他人并没进院，伸手抓了根木棍，壮着胆子走出来："说了家里就我自己。你们就算是官府的，也不能大晚上闯进我家！"

"哈，你要开门我就不闯啦！你看我像坏人吗？"

"不像！就是！"

"嘿，小东西！你们别愣着了，进来吧，搜！"漫捻向门外招手。

门外腾腾腾跳进几个人，任孝萱正要叫出声来，却见三胜哥摇头示意他不要呼喝，他身边的石家奴也跟自己挤眉弄眼，似在询问，任孝萱随即回过神来，向他俩微微摇头。

"我像坏人？那你看这几个像不像？"漫捻笑道。

任孝萱见父亲的三个徒弟手里都拎着刀，更是气不打一处来："也像！我家没有坏人。你们随便搜！"说罢又看了一眼三胜哥。

一群兵士去正屋看了，又把西侧的厢房也翻了个底朝天，正要朝暖棚里走，三胜喝道："且慢！"

漫捻见他伸手拦阻，怒道："徒单三胜，你闹哪样？"

石家奴接话道："大人，暖棚里必定狭窄，咱们进去，贼人如果偷袭，怕是又要折损人手。不如让这孩子先进去，小贼们投鼠忌器，咱们再一拥而进，他们必定束手就擒。"

漫捻嗯了一声："说话就好好说，别老用四个字的……成语！"又伸手拽过任孝萱，"你在前面走，你们几个，跟着他！"

三胜点燃了灯笼，递给任孝萱："不许使诈！小屁孩儿，乖乖地听我们长官的话！"见他发愣，又在他耳边轻声道，"别怕，带他们转一圈儿，也就走了。"

任孝萱接过灯笼，回身向几个兵士道："都是花盆，你们轻点儿，弄破了也没事，和大门一起赔给我家。"

那几个兵士哪有心思和他逗趣，瑟缩着跟他深一脚浅一脚进了花棚。

花棚里更是漆黑一片。三胜在门口望进去，只见任孝萱手里的一提红灯忽明忽暗，映得壁上的人影攒动。一直走到花棚深处，也不见那俩贼人。再看任孝萱小小的一只，站在一旁，又见兵士们把草帘子挑得四散纷飞，三胜只觉得热血上涌。

任孝萱最后跳出来，把灯笼交给三胜，如释重负般道："大老爷！

里头没有坏人。"

漫捻叹了口气，伸手扯了他直奔正屋，走到门口处，回身向院里呆立的兵士们叫道："乌林荅石家奴、徒单三胜、蒲察蒲查！你仨跟我进来，其余人，出去院外守住各巷口！"见众人退去，这才推着任孝萱坐在灯下。

他伸手抓过桌上的纸张，点头道："你们仨，不学无术……也就石家奴，时不时能蹦几句成语，嗯。石家奴，本官一直想问你，你念过书？"

石家奴看了三胜和蒲查一眼，笑道："我和两个幼时的伙伴，都是弃儿。在街上游荡，干些偷鸡摸狗的事，后来被我师父带回了家，管吃管住，学了些拳脚。我师娘教我们认过几个字。"

"哦。我看你拳脚功夫也不怎么样，也是跟你师娘学的吧，啊哈哈！"漫捻狂笑一阵，见其他几人面色凝重，敛了笑容，"看看人家这孩子！这么晚了，怎么还在描红啊？"

"我娘出门前给我留的功课。"任孝萱捂着鼻子低声回话。

"这都是你娘勾的边儿？"

"嗯。"

"你们过来瞧瞧！本官一直放官在外，早听说这中都城里人文……"

"大人，人文荟萃……"

"对，人文烩菜！三胜，可以啊，你也有点儿东西！这城里人文烩菜啊。这样小家小业的，当娘的居然这么有心思，你们说，这孩子长大后怎么着也能熬个三品官做做，对不对啊？"

石家奴和两个师弟面面相觑，不知道漫捻心里又要打什么算盘，见他目光涣散，只当是醉话，三人连声附和。

"你们不要以为本官是个大老粗，这种字你们知道有什么讲究吗？"

石家奴作势细看，摇头道："看着挺好看的。我们这些糙人哪儿懂得书法，大人雅兴，您教教我们。"

"这个啊，这说来话长啊。早年间，我追随金源郡王，那时候粘罕大人还是左副元帅，把那宋宫里的图书、户口册子、金银珠宝、法物、车辂、卤簿、太常乐器、钟鼓刻漏，反正吧，好几千车的宋廷御用的东西，都运走了。你们小，你们不知道啊，那昏德公，就是赵佶啊，那虽然是个鼻涕虫，就知道哭哭啼啼，但是书画确实好。你们看，这纸上的空心的字，就是他的——这个，这叫瘦金体。你们瞧瞧，这笔画多……多直！多黑……多利索！"

　　见三人都在发愣，漫捻向任孝萱道："你娘写的？"

　　"嗯。"

　　"她怎么会写这种字？"

　　"就随手一写。"

　　"嘿！臭小子，你这是心里有气啊。你娘什么时候回来？"

　　"不知道。"

　　"去哪儿了？"

　　"被车接走了，不认识。"

　　"嗯，那我们等她回来。"漫捻拈起桌上的毛笔，饱蘸浓墨，低头在那纸上描了起来。

　　石家奴和两个师弟看他抓了毛笔如同攥着扎枪，浑身无一处不在用力，一张黑脸更显扭曲，一头乱发几乎与纸上墨迹纠缠在一起，真如同一个判官在涂抹生死簿。三人几乎笑出声来，就见他把笔扔到一旁，喘了粗气道："娘的！还是舞刀弄枪好。"

　　任孝萱连连点头。石家奴三人见状，再也撑持不住，笑出声来。

　　漫捻将纸递给任孝萱："家里有酒没？"

　　"没有。醋还有些。"

　　三胜乐得蹲在地上，被蒲查踢了一脚，这才站起身来肃立一旁。

　　"小孩儿，你把这纸上的字读给我听。"漫捻打了个长长的酒嗝。

　　任孝萱此前只顾着描字，不曾细读，这才逐字逐句地念道："喜迁鸟——"

　　石家奴摇头道："'莺'啊！"

"哦，喜迁莺——长江千里。限南北、雪浪云涛无际。天险难——（逾）不认识，人谋克壮，索虏岂能吞（噬）——不认识。"

漫捻轻拍了桌子："停！小子，你知道吗，你娘写的这是反诗！就这几句，就够进大牢的了！还敢说'索虏'！"

任孝萱低声道："'索虏'是什么？"

"骂人话。南边的人骂北方人，说我们梳了辫子，就跟脑袋上挂了一堆绳子似的。你娘……这么写，也是心里有恨啊她！"漫捻道。

"你乱说！这不是我娘写的，你看，这最后有人名。"任孝萱翻到最后一页，"一个叫李纲的人写的。"

"李纲！哈，我太知道他了，他和宗泽都不是好东西，老嚷嚷着要打，打又打不过咱大金。哼，这是反诗。你娘这罪过大了！"

任孝萱小嘴一撇："你说了不算！"

漫捻见他怕了，笑道："事情都有缓儿。你告诉我，家里来过两个人没有？外地来的，一高一矮、一胖一瘦……"

"不是说俩人吗？怎么又成了四个！"

"嘿，你还挺贫，高的就是那瘦的，矮的就是胖的，听不懂人话？！"

"没见过这四个人！"任孝萱脱口而出。

漫捻见他毫不犹豫，知道定是被嘱咐过："嗯。小孩子撒谎，长不高哟。"

"他们就是没来过！"

"哈哈。哎呀小东西，说吧，你想要什么？"

"要你们离开我家！"

任孝萱话音未落，就听见扑通一声，有人从院墙上跳下，哼哟了一声，随即推门闯进来。他回身一看，来的竟是吴臭儿！

吴臭儿看见屋里这一堆人，连忙伸手从窗台上抓了一把给花盆培土的小铲子，大小只如调羹。他举起铲子，叫道："萱子，我来救你！"

三胜一把拽过他，附在耳边嘟囔了几句。吴臭儿愣了一愣，听见任孝萱问道:"臭儿,你怎么来了?快回家去。"

吴臭儿颤抖了声音道:"萱子别怕!我听见你嚷嚷,又看见巷子里都是当兵的,我就跳墙进来啦。"

漫捻伸手拉过吴臭儿:"啧啧。好伙伴是吧?不错,够胆。儿宋如果有你这样血性的小汉子,就不会被我们追得屁滚尿流逃到海上啦。你们两个都很好啊。我喜欢。接着说吧,想要什么?"

不等两人回过神来,漫捻又道:"我要大大地赏你俩!"说罢探手入怀,摸索了一阵,摇头向石家奴道,"带钱了没?"

见石家奴摇头,又道:"不对啊,咱们在谢馆,不是把那伙计的银子充公了吗!在谁口袋里,还要我搜吗?!"

三胜见状,连忙从袖口里掏出一把碎银子,轻放在桌面上。

漫捻抢过吴臭儿手里的铲子,把银子攒拨成两堆:"男人啊!甭管老爷们儿还是小蛋子,手里得有钱啊。弄两张炊饼,来半只烧鸡,再买一壶梅子汤,坐在路边,嚼着,灌着,乐着,看漂亮姐儿走来走去,美!这堆给你——"说罢将几块银子推给任孝萱,又将另一堆划到吴臭儿身前,"这堆儿呢,给你——"。

任孝萱见吴臭儿直勾勾盯着银子,叫道:"我家真没来过人,不信你问他!"

吴臭儿打了个激灵,连连点头又摇头:"嗯嗯,没来过!"

漫捻将手中铲尖对准了吴臭儿的喉咙,向任孝萱狞笑道:"你要害伙伴死吗?我轻轻一割,这地方有根青筋,噗——就喷出血来。喷得到处都是。你娘倒是省事了,不用再给你打红格子,嗯?!"

（二） 易暴

吴臭儿哇地哭出声来。任孝萱见那人右手用力，铲尖几乎要划破小臭儿脖子上的皮肤，大叫道："你们不要脸，欺负小孩儿！"

石家奴上前一步："大人，这是邻居家的孩子，与此事毫无关联啊。这孩子的娘，我见过，那是个泼妇，孩子真要有个好歹，去府衙跟咱要孩子，这事儿咱们怕是扛不住啊。"

漫捻转头看了他一眼，见他正站在自己右侧，抬腿就是一脚。石家奴不敢躲闪，只好任他踹在自己左胯上，一屁股坐在地上。三胜见状，也不扶他，径直走到漫捻身边，轻声道："大人息怒，这俩孩子软硬不吃，咱们等这孩子的娘回来再说吧？"

漫捻哼了一声，用双腿夹住吴臭儿，把他左手按在桌上摊开，用铲尖在他五指的四个缝隙处慢悠悠地来回戳点。

石家奴坐在地上，看见桌下的木盆里还有染血的绷带，又听见那戳点声越来越快，怕他伤了孩子手指，连忙起身伸手抓过任孝萱："小子，你嘴真硬嘿！大人，屋子太小，我带到院子里给他点厉害？"

"算了。三胜一屁道破，这个你给送回隔壁去。咱们就在屋里等。我还就不信了。"漫捻向石家奴言罢，又将铲子递给三胜。三胜抬腿轻踢了吴臭儿屁股："你快家去！"

"我不走，他不走我就不走！"吴臭儿盯着任孝萱。

漫捻抓过银子递到他面前："你是拿不到钱，心里不舒服吧？"

任孝萱呸了一声："我爹去打仗了，他要是在，把你打得满地找牙。我爹要在，谁敢欺负我跟小臭儿……我爹要在，你，你，你活不过今晚！"说完看看吴臭儿脖子上的血痕，嘴一撇，眼泪夺眶而出。

漫捻伸手抓起任孝萱："你说我活不过今晚？！"任孝萱被他掐了脖子举在半空，眼看着小脸变得煞白，石家奴过去想要一把夺过，漫捻大喝一声，"你敢！给你脸了是吗？"

二人正在僵持，周衔蝉破门而入，看见漫捻凶神恶煞的样子，又看见石家奴师兄弟袖手一旁，再看到儿子惨状，不禁愣在原地，颤声道："官长大人，您给他个痛快的，您掐死他吧！"

漫捻一愣，将任孝萱放在凳子上，一只大手仍是紧抓了他细脖子不放："你是他娘？"

周衔蝉看了一眼儿子，见任孝萱已经耷拉下了小脑袋，缓缓道："好威风，好彪悍啊！动手吧。"

漫捻大喝一声，伸腿将桌子踢翻了："我就不信了，一个婆子和俩小崽子我都弄不利索！"

三胜看他手劲稍减，小萱子脸上似乎又有了血色，走上近前道："大人，不如把这妇人带回衙里，慢慢审她？"

漫捻盯着周衔蝉："那俩山东人在哪儿？"

周衔蝉眼泪扑簌簌落下，她环顾四下，又看了石家奴师兄弟，颤声惨笑道："我儿子都没告诉你，你觉得我还不如个孩子？！"

漫捻气得须发戟张，作势又要把任孝萱抓起来，低头却看见地上的木盆。他定睛细看，盆里漂着一卷绷带，盆里的水已经染成了血色。

"哼，这什么？"

"你掐死他，我就告诉你。"

"你以为我不敢吗？"漫捻伸手抽出腰刀，左手抓起任孝萱的两个小辫子，眼见着要向他颈中割去。

石家奴、蒲查和吴臭儿异口同声叫道："别！"

话音未落，漫捻手中钢刀当啷一声掉落在地，任孝萱也从凳上滚落。三胜托住漫捻，将他慢慢平放在地上，随即右手用力，把铲子从漫捻脖子上拔了出来。

吴臭儿惊叫一声，过来将小萱子扶起，见他慢慢睁开眼睛，抬头道："萱子醒了！"

周衔蝉愣在原地，石家奴过来抓了她胳膊不住摇晃："师娘，事情闹大了，您……您别怕！"

三胜伸手试了漫捻的鼻息："嗯。死了。"他抬头看看师娘，又看了师兄弟，"师娘，您带孩子们先去院里吧。"

石家奴连挽带推，把她和两个孩子拽到屋外，嘱咐了几句，又进屋合上了门。他把木盆里的血水倒在地上，又把绷带捞出来，扔在炉里，看它慢慢变成灰烬。

屋子里安静至极，只听见血水渗入地砖缝隙的嗞嗞声。石家奴向蒲查道："别愣着，去把后窗踢烂。"

蒲查如梦方醒，三脚两脚把窗棂踢断，返身听见石家奴向三胜道："拿刀啊，砍我。"

三胜一愣，"哥，不用。我杀了人，和你俩无关。我伏法就是！"

石家奴伸手拾起漫捻的佩刀，在桌边、炕沿、门框上狂砍数下，又把柜上的摆设敲得七零八落。他在自己臂上割了一刀，随手把刀扔在一边，又抽出自己腰间匕首，一刀刺入三胜肩头："贼人手段高强，杀了判官，你我三人拼死，仍是被他们逃脱了。蒲查，你过来！"

蒲查吓得呆若木鸡，听见石家奴道："你把我的刀插墙上。"

蒲查正要接刀，石家奴抬手就是一巴掌，蒲查哎哟一声，鼻血已经汩汩流下。他伸手在脸上一抹，半张脸已是血红一片。

石家奴把匕首扔在地上，伸手示意他把佩刀递给自己，蒲查不解，石家奴上前一步，抽刀在手，将臂上血抹在刀身："蒲查，你跑去外头呼救！"

蒲查仍是愣在原地，见石家奴作势举刀要砍，这才跑出房门。

院门外的兵丁蜂拥进来，见石家奴趴在地上，半只袖子已经被血浸透，三胜靠在炕边，肩头也是殷红一片，再看屋子里杂碎遍地，显是经过了一场激战，众兵士个个面面相觑。

三胜看着后窗道："追啊！"说罢一头栽在地上。

见一群兵士纷纷跳出窗去，石家奴道："快救漫捻大人……"

另几个兵丁过来抬了漫捻，朝院门外疾跑，又有几人过来扶着石家奴、三胜出了门。

周衔蝉和俩孩子蹲在墙边，看见院子里乱成一团，再看见三胜被人架着朝外走，又见他朝自己笑了笑，又向孩子们挤了眼睛，这才长吁口气，将两个孩子眼睛捂住，紧紧搂在怀里。

左贻庆气喘吁吁跑进大厅，见父亲正与一个僧人对坐，绿绮站在一旁默然不语，自己忙把气喘匀了。左渊伸手唤他近前："犬子贻庆。来！见过觉体大师。"

那僧人连忙起身，双手合十道："不敢不敢，给左公子问安。"

左贻庆见他身形瘦削，一双眸子澄澈犹如婴儿，只对视了一眼就觉得精光逼人，连忙看了桌上的两张琴："大师好，您请稍坐。我有点急事要和家父……"

"吞吞吐吐什么，说吧！"左渊示意他坐下。

"大师世外高人，这些琐碎事务怕要玷污了佛家师父的耳朵……"

"二位先说话。贫僧先去室外回避。"觉体说罢起身，却被左渊一把扯住，"贻庆，你快说快走，我和大师有要紧事。"

左贻庆看了绿绮一眼，见她臊眉耷眼地站在一旁："那俩贼人确在塘花坞！"

绿绮哼了一声："斫琴人也告诉了，还是派兵去了是吗？"

左渊瞪了她一眼，示意左贻庆继续讲。

"漫捻带人去的，一场恶斗，贼人跳窗跑了……漫捻丧了命。"

左渊轻抹琴弦，随着琴音叹道："是个做事的人。酗酒误事啊。贼人去向如何？"

"早跑没影儿了。之前我去府衙，漫捻自以为是，我说让咱家绿……让咱家出人手陪着，万一贼人有帮手，也好有个应对，漫捻托大，非要自己带队。就他那俩半人，遇到真能打的全废！"

左渊摇头道："你以后不要多事。中都城防、治安并不是转运司的事务。做多了，犯忌讳。咱家人也不该四处抛头露面。"

"塘花坞的人没事吧？"绿绮瞪大了双眼问道。

"估计吓够呛。"

左渊向绿绮挥手道："这些事你日后也不用管。你陪着大师，护好这春雷是第一要务。贻庆，你出去吧，我和大师还要详谈。"

等左贻庆从外面掩了门，左渊问道："大师，您的斫琴技艺师从何人？"

觉体面色沉静，只是左手微微抖动，他连忙袖手："并无师承。年少时做过一阵木匠。"

"哈。木作与斫琴天壤之别啊。"

"大同小异。小僧只是当成家具来做的琴，实是附庸风雅。得大人谬赞，心中惶恐。"

"大师不必过谦。老夫可否请大师操弄一曲？"

"怕是要让大人失望。小僧……并不会抚琴。"

"啊？"左渊听得一头雾水，指着舲艃道，"你不会抚琴，却能做出这样的好琴？"

"小僧所以惶恐。"

"但识琴中趣，何劳弦上声……细细想来，并不让人费解。那你的斫琴术究竟从何而来？"

"只读过几本著述，也不过唐李勉《琴记》，又有前宋石汝历《碧落子斫琴法》《僧居月斫琴法》。小僧做的琴，都是照猫画虎，不登大雅之堂。大人此次怕是走眼了。"

"不！本官不管你师从何人，只看这舲艃，就知道你深得斫琴三昧。真是功夫在琴外啊。此事非你不可，大师不要推托。"见觉体不再言声，又道，"舲艃虽好，和这春雷相比，却是云泥之别，大师以为然否？"

"大人，恕小僧直言。琴之为器，在于抚弄。琴者，禁也。念头一动，已入下流。所谓琴德中的苍、古，也并非意指年代久远。春雷虽好，不过也只是一张琴而已。适才听大人抚琴，反倒是舣艖的乐音动人，您操弄春雷之际，手法滞涩，音律失谐……"

左渊脸一红："大师真解人矣。实不相瞒，自这春雷被暂时请入我府中，老夫这也是头一次上手。久闻大名，真要抚弄，心中激荡至极，没了散淡。"

"小僧妄语了。敢问，这春雷琴不是藏在内府吗？"

"哦。主上南征，内藏库一众珍品并未运去开封。我请托要人，这才把春雷借了出来鉴赏，不日就要归还。这次请大师来，是想请你仿造春雷，为本官斫一张琴。你看，桐木已备好，汉墓里出土的……"

觉体走到墙边，对着那木材施了一礼，在木板上上下下轻敲数次，又转去侧面看了厚度，低声道："仿造制式不难，难的是琴音不能逼真。"

"大师何出此言？"

"雷威所斫之琴，不必皆桐。据传，他常于风雨天气痛饮，独自前往峨眉山的密林之中伫立，谛听松涛，择其声浪悠扬连绵者伐之，以为良材……故其琴音多是重实温劲，而非坚清激越、快人耳目之流。"

"松木脂厚而节多，不宜制作乐器啊？！"

"大人高见。在下推测，雷威所选木材应是白松、云杉之类，而非黄松、红松之属。您这块木材实属罕见，小僧轻叩，知其自有音色，若一味模拟春雷，非但不能得其一二，反落效颦之讥。"

"依大师之见，应当如何？"

"春雷您难得一见，不如留在府中多把玩几日。这块木头我带走，许我两月时日，必有好琴奉上。与春雷相比如何，小僧不敢托大。与舣艖相比，必是更胜一筹！"

左渊沉吟良久，摇头道："你有何需求？"

觉体道："其一，我只在寺内斫琴；其二，大人不必遣人催促。"

"我答应你。只是，我让绿绮送你回去。把春雷带上，你所斫之琴，形制仿效春雷即可。至于音色，倒在其次。仿旧如旧，让本官见识你的本领。半月期限，我让绿绮去取回春雷。你意如何？"

觉体见他语气坚定，道："太过仓促……大人既然如此托付，小僧照办就是。"

（三）策反

蒲察沙离只让人把漫捻的尸身抬走，府衙里人来人往，已乱成了一锅粥。他俯身看了石家奴和三胜的伤势："区区俩毛贼，闹得鸡飞狗跳。你俩别跪着了。起来！要告假几天吗？"

石家奴和三胜对望一眼，随即抬头道："小的无能，没料到贼人如此强悍！大人，巡城正是用人之际，我俩没脸告假。"

沙离只轻轻点头："我和李少尹商量了，漫捻之职，暂由李少尹的公子李磐代为执掌。你们以后要多多辅助他。去吧。"

石家奴和三胜行了礼，起身不见了蒲查，正在纳闷儿，又听见沙离只说道："明日一早，贼人画像发布全城，逮不到也要吓跑他们。击杀朝廷命官，是死罪。他们应该不会再停留。抓住最好，赶走也无不可。"

石家奴道："大人放心。我等定当将功补过。"

沙离只嗯了一声，伸手让他二人退下，转身进了正厅。

蒲查从屏风后闪身出来，结结巴巴道："我……有事要和您说！"

他话音未落，只听见院里又是一阵骚动，却是漫捻的家人进了院，随即一片呼天抢地的哭号声响起。

李天吉和李磐步入厅内，李天吉一屁股坐下，不住摇头。李磐拱手道："留守大人，属下这就带人彻查全城，翻他个底儿朝天！请大人示下。"

沙离只道："贤侄，已是深夜，不在这一时。"

蒲查侧身立在一旁，正要趁机插话，一个衙役在门外轻喝："报！"

沙离只一愣："何事？"

"有人求见。"

"什么人？"

"帖子在这儿。"衙役低头将手中字卡递上。

沙离只瞄了一眼："让他们进来吧。蒲查，你回去歇息吧。你两个伙伴都受了伤，你也算逃过一劫啊。李公子那边，明天你们要多用心。"

也要当心。"

蒲查磨磨蹭蹭不想离开，沙离只道："去吧。事缓则圆。没什么大不了的，不在这一时。"

蒲查如释重负，和厅中诸位行了礼，转身离开。

他刚迈出门槛，就见石家奴和三胜站在树下的阴影里盯着自己，忙道："吓我一跳你俩！"

"你吓了我俩一跳！你什么时候进里头去了？你不是有事瞒着我俩吧？！"

"留守大人有点杂活儿，让我进去搭把手。"

石家奴伸手拉过他："今晚的事，可不能跟外人说啊。"

"怎么会！我有恁傻吗？"

"师父对咱仨不薄。要不是三胜，萱子的小命儿不保。师娘和孩子真有个三长两短，日后咱们有什么脸见师父！咱仨，你挨打最少，师父最疼你！师娘也最疼你！臭袜子都给你洗。"

"师兄，放心吧。咱仨是绑在一起的蚂蚱。漫捻独断专行，咱们日子都不好过，他不死，咱们都活不踏实。"

"嗯。你鼻子没事吧？"

蒲查将鼻孔里的棉球拔了："师兄急智！我出点血，应当的。"

沙离只和完颜璋、完颜阿琐寒暄了几句，转身向李天吉道："李少尹，一下午我这里掉根针都听得见，怎么这会儿你们都来了，是约着一起吗？"

李天吉笑道："实不相瞒，还真是。"说罢又推了儿子一把，"你去外头瞧瞧，有受伤的。以后都是你的兵，去亲近亲近，别拉着个脸。"

李磐行了一圈礼，转身离开。

李天吉向沙离只道："留守大人，此番我三人前来，有事情要听您高见。"

沙离只看完颜璋和完颜阿琐笑而不语,笑道:"现今人人疲于奔命,你俩是真清闲啊。要不我跟主上送封信,给你俩复职?也好来帮帮我。"

见完颜璋轻轻摇头欲言又止,沙离只哼了一声:"故弄玄虚。有话直给!"

李天吉和另两人点头示意:"那我就说了啊。您可知这二位是什么身份?"

沙离只道:"我仨战场上换过命的。我带过他俩,能干!他俩……得了主上旨意?!"

李天吉道:"又被您说中了。但不是官复原职。"

完颜璋道:"蒲察兄,不想让您蒙在鼓里。主上南征前夺了我俩官职,只是障眼法。我奉命监视你,阿琐监视李少尹。漫捻原本要监视左转运使,没料到今天丧了命。"

沙离只腾地起身:"当真?"

"我们吃了豹子胆,敢来和您逗趣……如您所说,咱们是战场上的兄弟,我俩都发了几封快信到南边,但是做不下去了。所以这次……前来,如实相告。"

"主上疑我?"

"更怀疑东京葛王。"

"他在辽阳,与我何干?"

"正因为他留守东京,你在中都,为防备你二人串通,就给我俩下了令。"

沙离只慢慢瘫坐在圈椅里:"葛王谨小慎微,主上还是放心不下,我虽愚钝,总也算得上是兢兢业业……迁都开封之前,我屡次上书要参与南征,主上每次都回绝我,说中都重地,要我同知留守!既然如此,何不带我南征?赐我金牌,留我在中都,又派人监视我,是何道理?不对……说不通!"

完颜阿琐起身,向沙离只单膝跪地:"蒲察兄,事已至此,我二人不想再有隐瞒。城里有葛王的人……"

沙离只端起茶碗，手掌不住颤抖，目光掠过三人："你们……"

李天吉接过他手中茶碗，将冷茶倒了，端起茶壶又斟了半碗："不是我们。另有其人。"

完颜璋道："此人身份不明，但高深莫测。我和阿琐正在闲谈，此人蓦地现身！历数主上举动种种，又把我俩发给主上的信中内容复述了。"

李天吉道："主上离开中都时，也指派了任务给我……"

沙离只呀了一声："命你监视彀英将军？！"

"正是。那个人也去了我府上，并没多说，只是拎了笼子，里头装着我放出的信鸽。"

沙离只把手指捏得咯咯作响："三位，到底要说什么？"

阿琐道："此人手段非常，他要取我等性命简直易如反掌。他要我们……来说服大人你……起兵自立。"

沙离只大笑连声，突然沉了脸道："既然如此，他何不来找我，要你们传话又为了什么？"

完颜璋道："这也正是我等心中不安之处。同袍之中，大人你最是忠心耿耿。主上有命，你无所不从。现如今，主上命我监视你，我心中忐忑已久。那个人也知道你不可能背叛主上，所以让我们来劝你。"

"如何确认是东京派来的人？"

"他并没承认，但提到了李石——葛王的娘舅。"

"此人现在何处？"

"见首不见尾。一袭紫袍，蒙了面纱。说不定此刻就在周遭。"完颜璋说罢，转头四顾。

"你们仨已经起意？！"沙离只起身，将架上的佩刀摘下，"主上天纵之才，我没有理由叛他。你们三人，我……或许，不该让你们离开。"

完颜阿琐呷了口茶："大人，你今天毙了我们，向主上怎么交代呢？我们可是他留在中都的啊。"

"主上待你三人不薄，为一个不知来头的人，就生了反意？"

"迪古乃横征暴敛、穷兵黩武！民众苦不堪言。大人你没看到吗？"

"那又如何！成大事者，岂能优柔！主上雄才大略，这才迁都燕京、整顿吏治、发布交钞、鼓励农业、完善财制——哪一件事都可以名垂青史……倘若没有主上颁布的《续降制书》，我现在就可以杀了你们！说什么穷兵黩武？内政停滞，外交加持，你们这些小官哪里懂得这些治国安邦的帝王之术！"沙离只一脚把身边的矮凳踢翻了。

"错！不择手段，不是真英雄。想称帝就杀先皇，想南征就杀太后，想霸占人家妻女就杀人家丈夫，大金宗室有几家没被他屠戮过？像太医祁宰那样直言进谏的，没有一个得到善终！开封重修皇宫，运一根木头要千万，一个宫殿要花上亿，造战船没有木头，就去拆百姓的民房，这是明主的所作所为？！昔日，东昏王完颜亶滥杀无辜，完颜亮取而代之。现在完颜亮视民生如草芥，为何不能有人取而代之！"完颜璋越说嗓音越高，吼完之后也不免气短，坐在椅子上连连喘气。

"住嘴！念你我军中同生共死，今日……我让你们出门，以后再入我署衙，必有死伤！"沙离只抽刀出鞘，刀尖指了大门，又向李天吉道，"李少尹，你知书达理……当年你几乎中了状元，是众望所归，是万千宠爱。你我同朝为官……主上临行前，有事情托付你，你不思效忠也就罢了，怎能和他二人沆瀣一气！我刚把判官之职给了你儿子，你要陷我于何地？"

李天吉道："大人，时移世易！完颜亮有你这样赤胆忠心的臣下，是他的福分。您若无心，我们也不能强迫。身为少尹一天，我自会尽职尽责，至于日后有什么变故，谁也没法预料。我儿担任判官，也不会尸位素餐，我李家没有那样的家教。您也可以随时撤他的职！请大人放心，绝非我三人无事生非。若您不信，可传书前线，与主上确认……监视之事是否属实。"说罢起身，拉起另两位，头也不回离开了衙署。

沙离只将佩刀当啷一声扔在桌上，从腰间解下金牌细细咂摸，蒲查闪身进来："我想了又想……"

　　沙离只轻叹："好孩子，别担心，我会和左渊说，不把你送到前线。你去吧。"

　　"不是这事儿……"

　　"嗯……我心里闹躁。改天再说。你去吧。"

　　蒲查见他满面愁容，只好慢慢朝门口退，听见他又低声说道："我大意了。李磐做了判官，你盯着他。有什么异动，报给我听。"

　　"石家奴和三胜会常在他身边……"

　　"嗯。我不能让你顶替石家奴的位置……你也不该老往我这儿跑。去吧。"

　　蒲查只觉得晕头转向，被沙离只推出了门。

第五回

（一） 闻雷

才过晌午，悯忠寺里已见不到善男信女，只有零散的几个僧人在清扫落叶，一众面黄肌瘦的难民在背风处晒太阳。

周衔蝉进了禅院，把食盒放在一株丁香树旁的石凳上。觉体脸上罩了手巾，快步迎上前来："有事让孝萱来叫我就好了。"

周衔蝉见院里清静，点头道："三天了，城里消停了些。他们总在你这儿也不是办法。"

觉体抬手指向山石后的僧房："随我来。"

周衔蝉刚迈过门槛，不禁连打了几个喷嚏，连忙从袖口抽出帕子捂住了口鼻。

"左渊让我斫琴，我把一块老木头开了，去了腐朽的，也没多少可用的了。不好曝晒，只好在这房里阴干，味道不好吧？"

站在阴暗处的小沙弥抬头看了一眼周衔蝉，呀了一声，连忙低头清扫木屑。

周衔蝉轻轻蹙眉，看见窗边竖了两块掏空的木板，桌上有切割了的玉片，靠墙立着几块刚剖开的杉木板和桐木条。觉体走到墙角，将漆桶盖好，抓了斧凿压在上面，觉得盖得不严，又去木佛像后拎了两支鹿角出来摞在一起。

周衔蝉道："这后院我从没进来过。这也是佛堂？怎么还有造像？"

"安史大乱之后，这寺被焚，后来重修，就在宝殿后又扩建了几进院落，这是最后的院子，并不对信众开放。各院落的正房原本都安置了佛像，贞元之后，女真的权贵把前几个院子里的佛像都请走了。这尊因为剥蚀模糊，所以就留在这儿了。师父嫌我浮躁，赶我来这寺里清修，我就在这屋子里搭了地铺……人云事雨，哪有清净处？"

周衔蝉低头道："我给你惹乱子了。"

"别这么说。"觉体向那弯腰扫地的小沙弥道，"万六，你去耳房，请那两位施主过来吧。"

小沙弥低头猫腰出了门。光线从半开的门扇中间照进来，周衔蝉抬头仰望，只觉得胸间一痛，嗓子犹如刀割。那梁柱间已是蛛网连贯，佛像上也是尘土遍布，佛堂里昏暗蒙昧，只依稀看出是一尊观音坐像。

"那孩子叫挽留？听着不像个法号。"

觉体点头道："万六。等到尘埃落定，会还俗的。"

"嗯。到处在抓兵，在寺院里好些。"

觉体正要带她细看那两块桐木，万六在门外低声道："您二位请进吧。"

周衔蝉不自觉要迈过门槛，辛弃疾和张安国闯了进来，见到她，愣了一愣，随即跪倒："姐姐搭救，不知如何报答！"

周衔蝉看他二人梳了髻又着了僧袍，不禁莞尔："快起来。我来和觉体师父琢磨个法子，送你出城。"

张安国道："大姐，快憋死俺了！天天喝粥吃咸菜啊！我这腰啊，也就一拃啦！"

辛弃疾推了他一把："好意思吗！你把姐姐给孩子炖的那点儿肉都吞了！"见觉体面有尴尬，忙道，"给大师添了许多烦恼，实在有愧。"

觉体环顾四下："衔蝉，只有一把椅子，你坐吧。"说罢走到桌旁，用袖子擦拭了椅子。

"你俩起来。咱们就站着说吧。"周衔蝉将他二人搀起。

"我说趁着天黑，我俩就翻墙出城，和尚……大师不让，说这几天城防太严。"张安国伸手摸了摸那桐木。

辛弃疾嗅了几嗅："大师，不好过来叨扰，这几日听见您这边有斧凿声，您这是要斫琴？"

觉体嗯了一声："你懂琴？"

"略懂……呀！"辛弃疾低叫一声，"这木头怕是有上千年了吧？"

觉体看了看他，向周衔蝉道："这个年轻人着实不俗啊。"

周衔蝉笑道："他叫辛弃疾，字幼安。前几年来中都赶考，把其他考生都震了。幼安，后来没得名次？"

"让姐姐、大师笑话，我胡乱写了一通，交了上去。我写的东西，肯定通不过。也没等发榜，就回山东了。之后没再参试。言不由衷，做不到。我的祖父，也劝我不要再考。"

"幼安才华过人，在中都留下了一些诗词，这几年被传唱得很多呢。"周衔蝉笑语晏晏。

"他是我们队伍里的文书！耿头领啥都让幼安写。写得可快啦。"张安国接口道。

辛弃疾环顾室内，盯着漆桶上的鹿角道："这是要做鹿角灰！"

觉体点头道："正是。"

张安国摇头道："出家人还做木工活儿？念经不就行了吗！"

辛弃疾叹道："安国啊，你以后少吃点肉吧。五明当中有工巧明，这都是修行的法门。"

"可否请辛先生细细解说？"觉体嗯了一声，微笑了看他。

辛弃疾见张安国张口结舌，顺手拾起桌上的玉片，缓缓道："工巧明可分两种：身工巧——凡细工、书画、舞蹈、刻镂等艺能都是身工巧。也有把文辞赞咏、吟唱称作语工巧的。这是粗略的分法。《瑜伽师地论》卷二阐释得就详细了，把工巧明分作营农、商贾、牧牛、事工、习学书算计数及印、习学所余工巧业处等六种。后面的篇幅里又列举了占相、咒业、营造、生成、防邪、和合、成熟、音乐等十二种。《长阿含经》里把吟咏、筑城、务农、经商、音乐、卜算、天文地理等等都列为工巧明……大师？！"

周衔蝉也是一愣，见觉体转身走到佛像后，窸窸窣窣一阵翻动。

张安国道："就你懂得多！说这些有啥用啊！这明那明的，我就想明白明天咱们怎么能出城！"

觉体走了出来，额上粘了蛛网，他手里捧着一方木匣，微笑道："上次……此次有缘，想二位侠士即将出城，辛先生博闻广记，见识非凡，贫僧这里有个罕见的物件，请各位品鉴。"

周衔蝉看他掀开盒盖，不禁惊叫一声。觉体点头道："就是它。"

觉体将一张漆黑的古琴从匣中取出，缓缓捧起让三人看了。辛弃疾走到近前，那琴是凤势式，玉轸玉徽，琴额嵌着的一片象牙已然暗黄。

见张安国盯着龙池左右的铭文，周衔蝉幽幽诵道："其声沉以雄，其韵和以冲，谁其识之出囊中。"

辛弃疾双目圆睁，屏住了呼吸，只见它颜色厚重、古意盎然，再贴近细看了琴身的小蛇腹断纹，不禁啧啧称奇。又看到琴背颈部刻着的"春雷"二字，低吼一声："哎呀！这哪是逃难，这是误入名山！"

觉体道："辛先生谈吐不凡，此种好物，最应过眼。春雷藏在内府，世间难得一见，不日就要归还。"

周衔蝉泪光莹莹："早先……在百琴堂……并没有这铭文的。"

觉体讶异了一声，道："怪不得，这铭文倒像是说焦尾的！"

"想是它被金人所获，这种生搬硬套的铭文，倒是金人的口吻。"周衔蝉言罢，自觉刻薄，也不禁失笑。

觉体见她动情，又看见张安国作势要上前，连忙将琴放入匣中："此琴音色暗浊，但声波荡漾之处无孔不入。今日就不请几位上手啦。"

辛弃疾道："岂敢唐突古董！姐姐懂琴，前几日我见少公子在街头抱着一张好琴……大师，可否请周姐姐轻抚一曲……"

周衔蝉连连摆手，张安国轻推她后背："大姐，弹一个吧，让俺这俗人也听个曲儿！"

觉体沉吟片刻，将琴复又取出，放在桌上："衔蝉啊，兵燹四起，众生倒悬，难得有个平淡时刻，又有解人在侧，试试？"

周衔蝉缓缓坐下，轻抚了琴面："道君皇帝有一幅画作，诸位可知？"

"'吟徵调商灶下桐，松间疑有入松风。仰窥低审含情客，似听无弦一弄中。'姐姐说的是《听琴图》吧？"辛弃疾问道。

"正是。那是恶贼蔡京的题诗。"周衔蝉颔首道，"我有一年多没操弄了，见笑了。"说罢沉思片刻，又悠悠道："我家外子，一介莽夫，与人竞技失手，回家后常常恼羞成怒，摔盘子摔碗，气急败坏了也打孩子屁股，可是从来不动我的琴……"

见觉体连连点头，又道："他现在不知身在何处，城里只留下我们孤儿寡母。昨日让孝萱去邮驿又问了，仍是没有消息……我弹一曲《三叠》吧。时令不对，取个大意吧，这曲子我自己胡乱唱的，宫廷里的乐师听了怕是要笑话我——邂逅，诀别，不分春秋；隐忧，惭悔，无止无休……你们两个年轻人，前路漫漫，更要善自珍重啊。"

辛弃疾鼻子一酸，伸手摸了眼角，叹道："我等生逢乱世也就算了，怎能让孩子们还这样长大！于心何忍！"

周衔蝉向他微微一笑，面色极是温柔。她并不调弦，信手弹唱道：

> 霏霏又一春。渭城朝雨浥轻尘，客舍青青柳色新。劝君更尽一杯酒，西出阳关无故人。霜夜复霜晨，遄行遄行，长途越度关津。
>
> 惆怅役此身，历苦辛，历苦辛，历历苦辛，宜自珍，宜自珍！

辛弃疾听到兴处，环顾左右，径直走到桶旁，掀开盖子，在窗台上抓了一柄刷子，饱蘸黑漆，在壁画上一阵狂涂。

周衔蝉面色恬静，继续唱道：

> 商参各一垠，谁相因，谁相因，谁可相因。日驰神……

辛弃疾掷下笔刷之际，周衔蝉已轻抹琴弦，唱词却仍在梁间缭绕：

> 尺素频申，如相亲——

张安国看得傻了眼，见辛弃疾向周大姐频频点头，自己也跟着点头。又见那大和尚盯着笔迹，走过去问道："这写的什么呀？"

觉体充耳不闻，回身道："小……衔蝉，你来是有什么办法让他二人出城吗？"

周衔蝉起身将春雷纳入琴匣："我家邻居不幸，前几日有两人丧生。我和邻居家素来交好，我来之前和他家主妇说了，让他俩跟着唱经超度的僧道队伍一起出城。"

觉体点头，又摇头道："不妥。剃发还好，只是他二人年少……面相也有暴戾之色……二人一团元气，和我们这些吃斋的不同，混入队伍怕是太过显眼。"

张安国叫道："不成不成！剃秃瓢可不行！我俩还要去大名府呢，光着头怎么跟人家王九谈啊？太有损我们耿头领颜面了！"

周衔蝉长叹口气："好男儿能屈能伸，剃个头算得了什么？况且，这又怎么能算委屈？"见觉体摇头，又道，"也罢，还有个办法，对二位更是委屈……"

辛弃疾道："姐姐费心啦，您快说。"

"你二人可否藏在棺椁内？"

辛弃疾和张安国对视了片刻，双双点头："这个好！"

"出城后，出了棺材，给逝者行个礼吧。"

"磕一个也行！"张安国道。

（二）劫宝

觉体盯了墙上的字迹浩叹连声："这才是蓬荜生辉！这首词——必定流传百世！"

周衔蝉道："幼安、安国，外头石桌上，我带了吃食，你们嚼一口。酉时，有人来请觉体师父，你们就随他一起去我家邻院。"

"且慢！"觉体叫道，"辛弃疾！你我缘分不浅，蒙你惠赐佳作，我也要助你一臂之力！"说罢转身又去了佛像后，捧出一纸信封，"世间万物，各有主人。这幅地图是我从这春雷琴腹中找到的。手绘的，上面标注了日期和绘图者姓名。"

辛弃疾接过信封，抽出其中地图展开，只见画面右下角写了浅淡的一行字："靖康二，药"。

见辛弃疾不解，觉体道："这是靖康二年绘制的地图，我去了星标的所在，是马草河边的一处坟茔，附近的庵堂内有一尊魂罐，旋转后壁上现一孔洞。我粗略看了，洞里藏有黄金不下千两，另有珍宝无数。"

辛弃疾惊叹道："这'药'字作何解释？"

"还用解释！有钱治百病啊！钱就是灵丹妙药呗。"张安国叫道。

"贫僧看了旁边的碑文，埋葬的都是早年间辽国怨军的阵亡将士。怨军后来更名为常胜军，统军的正是——郭药师。"

"郭药师！"张安国也惊叫了一声，"他藏钱也就藏了，怎么藏宝图能掖在这琴肚子里？"

觉体道："着实令人费解。想是靖康二年，郭药师随大队人马劫掠了开封，将战利品一路运至燕京。他偷偷埋藏了这些财宝之后，不便即刻启用，这才又绘制了地图，把地图藏在琴腹中。此后如何，只能揣测了……"

"或许他以为这黑乎乎的琴是个破烂，皇族不会看在眼里，就藏在其中。"周衔蝉道。

觉体点头："也只能这么解释了。那之后，郭药师仕途多有起伏，或许一直没机会去动这些财宝。幼安啊，这藏宝图送给你，你在军中，日后必有大用！"

"大师，这可不敢当。"

"对我而言，这些不是净财。你好好用它，宝物才有价值！"

"大师，万万不可！"

"你们要去大名，带在身上确有不妥。地图先放在塘花坞，等你们回转经过中都时，再做理会？"

"好，好！"张安国把辛弃疾的双手握住，盯着藏宝图看了又看，"这乱糟糟的谁看得懂！等咱们回来，再和周大姐一起细细端详。幼安啊，你别横扒拉竖拦着，大师也是要助咱们义军不是？"

辛弃疾再不撕扯，对着觉体和周衔蝉各施一礼："多谢大师！姐姐费心啦。我们去吃口东西，小憩片刻，今夜难免长途行走。"

张安国拎了食盒，进到房中，见辛弃疾正在发愣，叫道："这位周大姐有点意思，你瞅瞅，还给咱带了两壶酒。中都的庙里让喝酒？！"

"你啊！周姐姐日子难过，你没见那孩子抱着琴卖吗？那晚上你吧唧吧唧把肉全吃了，那定是周姐姐卖了琴给孩子改善伙食的。"

"咳，这回有了钱，回头给她娘俩扔几锭不就得了。幼安，你老是这么婆婆妈妈，这怎么行！对了，你在那墙上写什么啊，我看两人还跟那儿看呢。"

"只是一首词，写给觉体大师和那琴的。"

"大什么师大师！瘦骨伶仃的，大师能住这么个破院子吗？"

"安国，你差别心太大。你是弥勒看多了吧，谁说胖乎乎的才能当大师！你有所不知。昨晚你睡得沉，我见他深夜回来，在院中踱步，就出去聊了几句。此人道行深湛，日后必成一代宗师。"

"得了吧你！你看人不准！辽阳那李石，你就说能说得动，结果怎么样？碰了个钉子吧！那个完颜阿琐和完颜璋，咱不也一鼻子灰！"

"你不懂这其中差异。我也算阅人无数，耿将军我敢顶撞，但这位觉体师父，眼睛里寒光四射，我不敢和他对视。"

"行了，别磨烦了，开吃吧，你看看，还有烧鸡！"

"这位周姐姐也绝非常人……"

辛弃疾喝了一壶多酒，沉沉睡去。张安国倚在一旁，听他鼻息均匀，悄悄爬起身来，听觉体房中肃静，又确认院中无人，这才推门出来。

他翻墙出了悯忠寺，向人打听了马草河方向，见路边拴了一匹瘦马，偷偷解了缰绳，一路沿着僻巷疾驰直奔河边。

此时正是午后二顿饭时分，沿途行人稀少，张安国细数了街巷，在河边一座浮桥边停下，向河边捶捣衣裳的老妇问道："婆婆，这附近可有坟地？"

那老妪并不抬眼："就坟地多！找新的还是老的？"

"老的吧。前辽的时候，埋了好些将士。"

"哦，往前走，过了浮桥，下坡就是。"

张安国牵马过了浮桥，滩涂上的杂草丛沙沙作响，风过处芦苇起伏，显出一片坟场，不远处正有一座摇摇欲坠的庵堂。

他将马拴在一株矮树上，深一脚浅一脚进了坟地，一群乌鸦扑啦啦飞起，他只觉得脖颈子一凉，低声道："娘的，治百病啊！"

他低头钻进庵堂，回身看没人跟来，打着了火折，不禁嘿嘿一乐："有了！"

庵堂之中只有十数个魂坛，其中几个已经破损。张安国捏着火折依次看过，略过几个挂满浮灰的，最后一个似有搬动的痕迹。他将火折放在一旁，双手扶住魂坛，口中叨念道："大兄弟你莫饶舌，暂借你些个富贵，却与你作功德哟！"

那魂瓶果然咯吱咯吱一阵响动，旁边的墙壁噼里啪啦掉下了一些灰土，缓缓露出了一道缝隙。他心中窃喜，过去将手指插入缝隙用力振动，看那缝隙足够宽阔，连忙转身拾起火折，凑近了细看——那壁龛足有八尺见方，却空空荡荡，哪有黄金珍宝！

张安国一屁股坐在地上，骂道："这秃驴！蒙我——蒙我们！"

话音未落，就听见庵外依稀有呼啸声传来，再侧耳倾听，似乎是鸥鹚在啼鸣，又似乎是凄惨的人声。他骨碌着起身，吹灭了火折，慢慢爬到门口，惨叫声仍不绝于耳，只是光天化日之下听起来非但没了恐怖，倒像是逗趣。他在芦苇丛中起身，看那匹马被解开了缰绳，正在草地上信步闲走，连忙卧伏在地，朝马儿慢慢匍匐过去。

（三） 遁迹

因此前与觉体有了约定，不好遣人去催促，左渊这几日心中焦灼，越看那舲艘越不顺眼。左贻庆知道父亲心思，命人备了一桌酒席，又叫了绿绮过来陪坐。

左渊也不动筷，连喝了几杯之后问道："贻庆，哪里有纰漏？"

左贻庆见绿绮不明就里，缓缓道："有她在，就不会有纰漏的呀。"

绿绮哼了一声："不会贫嘴呱舌你就别乱开牙！"

左渊摇头道："左贻庆！有你就有纰漏！"

左贻庆赔笑道："爹，您看您，这说着说着就急了！能有什么纰漏？第一，张仅言回来，发现琴不见了，这事有点麻烦；第二，那姓康的最不是个好东西，这狗东西嘴上要是没个把门儿的，麻烦就更大；第三，塘花坞那女的，和那个大和尚肯定有一腿，大和尚肯定把这琴的事告诉她了。我能想到的也就这些。"见左渊一脸拉得老长，又道，"爹啊，您别上火，这都不算事儿。第一，张仅言这会儿应该刚到辽阳，老熟人见面，再加上参加祭礼，怎么也得待个七八天，返回中都，又要四五天。半个月之内，咱们还有斡旋余地。那大和尚就算是仿制，也不至于天天对着那琴吧！眼睛里看熟了，咱就把琴取回来。神不知鬼不觉……"

左渊连连摇头："如果那和尚说必须照着春雷斫琴，我让人把琴取回，岂不事倍功半！你接着说。"

"第二，姓康的这直长，最是贪财，那就好办，再给他些银子，封住他的嘴就好啦。"

左渊撇嘴道："且不说欲壑难填，即便这次填满了他胃口，日后这也必成为他手里的把柄。康喜知道咱们左家与张家的世仇，他如果在中间拨弄是非，才是真麻烦。你的铺面还开着吗？兵荒马乱的，差不多就停了吧。"

"停了停了，饭都吃不上了更没人去耍了。爹，您要这么想，偷琴出宫的是他，这是他在咱们手里的大把柄。他和咱是一根线上的蚂蚱，偷琴出宫这事儿抖搂出去对谁都不好，他也得保着他那个小直长的位子不是？"

"绿绮，你说说看。"

"第三呢？"绿绮问道。

左贻庆怡然自得："第三嘛，那女的和那和尚……我想不出有什么办法……"

左渊皱着眉头瞪了左贻庆："绿绮，你说。"

绿绮左右手各捏了支筷子，一边听他父子对话，一边将盘中的鱼肉剔得干干净净。听见左渊追问，她把双筷合在一处，将鱼骨夹到左贻庆的餐碟里，又递了鱼肉给左渊。左渊眯眼低头细看，不禁一惊，只见那鱼身的头脊腹尾都各在其位，似乎比活鱼更鲜活。抬头再看左贻庆身前，碟子里也是完整的一副骨架！

"绿绮，什么时候了，还有闲心这么淘气！"左渊嗔道。

"爹，我替您打这丫头吧，她这不是淘气，她这是要咱们爷俩儿——骨肉分离啊！"左贻庆媚笑道。见绿绮搓着手指盯着自己，连忙闭上了嘴。

"要我说，姓康的和那和尚，杀了就好。"绿绮悠悠道。

左贻庆瞪大了双眼，看看她，又看看左渊，叹道："绿绮啊，你这招儿够狠，斩草除根啊！张仅言和那女的怎么办？"

"跟姓张的没关系，他只需要知道春雷失窃就好了。内藏库丢了东西，是他失职，不用咱们杀他。康喜一死，琴的事正好推到他身上。至于塘花坞的女主人，本来就不愿多事，家里还有小孩，更不敢乱说乱动。"

左贻庆道："爹，早我就说，春雷到了咱家，就别让人再听响儿了，您还费那劲，还要做个假的还回去……"

"住嘴！你胡说些什么！"左渊看绿绮笑着又把一只烤鹅拽到身前，忙道，"好姑娘，别收拾它了，你去悯忠寺，悄悄儿的，去看看琴怎么样了？春雷可安好，进度怎样？"

绿绮应了一声，伸筷子将鱼肉碟中的鱼眼夹了出来，填到左贻庆盘中的鱼头骨上。左贻庆敢怒不敢言，看她飘然而去。

吴家院子里鼓乐齐鸣，吴婆挺着大肚子左顾右盼，见周衔蝉领了一队僧人进了院子，向那些吹拉弹唱的道士们叫道："你们歇会儿吧，先去院子外头等。佛家师父来给我爹、我弟超度了。"说罢又是放声大哭。

两副棺材被席棚罩在中间，觉体带着一众僧人口中诵经，脚下不停围着席棚绕行，辛弃疾和张安国弯腰钻进了席棚。

得了觉体示意，吴婆伸手唤过知宾："出吧，日头眼看着就落了。"

知宾在院内外跑了几个进出，让街坊的年轻姑娘扶稳了吴婆，随即大喝一声："起！"杠夫们吭哧了半天，这才晃晃悠悠抬起了棺材。

只走了几步，杠夫们已然气喘吁吁，其中一个低声骂道："怎么恁的死沉！"他同侧的杠夫也是龇牙咧嘴："这年月还有这分量！看着不像是当官儿的人家啊？这趟活儿不轻省！"

巷子两侧都是送葬的邻居，见队伍过来，纷纷扬了手中纸钱和花瓣。吴臭儿抱着灰盆，任孝萱打了灵幡走在队伍头前，吴丫牵着哥哥身上的麻布，瞪着大眼睛左看右看，吓得脸色惨白。

吴臭儿倒是淡定："萱子，咋还有花瓣呢，你娘给预备的吧？"

"嗯，早上我在家，跟着一起撸的花瓣。"

吴丫过来抓了任孝萱的胳膊："萱哥，你娘不跟咱们一块儿去吗？"

任孝萱伸手把她拽到身边："我听那白事知宾说，好像说你舅还没娶媳妇，送葬的除了家人，女人不能是生了孩子的。我不就是我娘生的吗，就不让她去了。"

吴丫似懂非懂，只见哥哥高举灰盆，大喊道："姥爷、小舅，你们上路吧！"吼罢将灰盆重重摔下，鼓乐声随即响起，队伍缓缓向丽泽门走去。

周衔蝉见队伍出了巷口，这才在后面远远跟上。

吴婆哭得累了，快走了几步到觉体身边："大和尚，周大妹子说那俩是什么人？"

觉体笑道："很好的年轻人，帮咱老百姓的。"

吴婆咬牙切齿道："这是要往哪儿逃吗？"

"他们去搬救兵。一会儿过城门，肯定少不了盘查，您多费心啊。"觉体说罢，只微笑着点头，任凭吴婆在耳边聒噪，再不言语。

周衔蝉远远尾随，见送葬的队伍在城门处停下，又见人群乱糟糟散开又聚集，吴婆抡起白幡追打门吏，知道出门无碍。她返身往家走，突然想起悯忠寺墙壁上的辛弃疾字迹，不免打了个激灵，连忙叫了一驾骡车，催促了朝铜马坊疾走。

左渊正在桌前枯坐，左贻庆连吼几声，这才听到厨子由远及近地回应。厅门咯吱一声打开，厨子端着热好的羹汤进来，回身道："谢谢绮姑娘！"

左渊呀了一声，开门的竟是绿绮。

"绿绮，你刚离开，贻庆觉得汤凉了，就叫厨子去热了一热，你怎么回来得这么快！"

"爹，您还不知道吗，她会飞！"左贻庆涎着脸，盯着绿绮手中的一卷纸问道，"这什么呀？这么味儿！"

左渊接过那卷纸，若无其事地放在一旁："春雷还在吧？"

"在的。"

"进度怎样？"

"您那块棺材板子……那块木头已经凿出了凹槽，另有两种木材也砍削出了形状，我看还有些玉块儿，也切割了。屋子里呛鼻子，我打了个转儿就回了。"

左渊点头道："嗯，工期应该没有问题啦。这是什么？"言毕将纸缓缓展开，只一股生漆的味道扑面而来。

"那和尚的墙上，写了这个，应该是刚写不久，我看不太懂，只觉得杀气腾腾。他桌上有凿子，我就把这壁纸裁切下来，带回来让您看看。"

"绿绮啊，以后不要多事。你去了，看了，就悄悄回来，不要顺人家东西……"左渊边说边读了纸上字迹，随即低叫一声，"这可怪了，辛弃疾怎么会在觉体的墙上写字？！"

左贻庆接过父亲手中壁纸，安了夹子，用画叉挂在墙上。他与父亲退后数步，在远处定睛细看，更觉得纸上云烟涌动，似有活物游走其间！

"贻庆，你读给绿绮听。"

左贻庆用画叉轻搔了头皮："笔墨都粘连在一起了，这没法看啊……有几个字，我……认不出。"

左渊哼了一声，左贻庆点着卷尾的一行字念道："水龙吟，草赠觉体大师，辛幼安，绍兴卅一年，燕京大悯忠寺。这小贼居然在中都用儿宋的纪年！这回还往哪儿跑！爹，你们慢慢吃，我去告诉沙离只，让他快去悯忠寺捉人！"

左渊拦了他道："你怕别人不知道春雷在悯忠寺吗？"

"爹，那群大老粗，啥也不懂，看到也不认识！"

绿绮道："春雷，被那和尚藏到了房梁上，不易发现。"

左贻庆跳着脚道："爹，这么好的证据，不正好用来拿捏那和尚？"

左渊望向绿绮："你说呢？"

"公子立功心切，让他去吧，反正那群蠢材定是抓不到人，东西就更找不到。"

"爹，别犹豫了，您把这纸给我，我拿去做个证物！"

"蠢材就是你！"左渊指着儿子叹道，"你去就去了，只说听闻消息即可。你拿着这字纸过去，告诉他们说咱家绿绮去偷窥，然后割了这壁纸？！怎么养了你这么个饭桶！"

"爹！我不就是想干点事儿吗，沙离只此前答应让我补判官的缺，可转手就给了李天吉那个傻儿子！那个李磐，那大草包，三斗的弓都拉不开，话都说不利索，还敢当判官！吃啥啥不剩，干啥啥不行——巢云楼的姐儿都笑话他！我不服！"

"不许去！不要因小失大。"左渊指着门口，"你回屋去。成事不足……"

左贻庆瞪了绿绮一眼，将杯中酒一饮而尽，气呼呼地出了门。

"这姓辛的了不得啊！"左渊端详着那幅字点头道。

"怎么了不得？"绿绮凑上来。

"斫琴的地方是什么构造？"

"有两间厢房，有个小院子，院里有几座假山石，还有几棵松树半死不活的。正屋里头到处是蛛网。哦，有个木雕的佛像，好像被火烧过。看不出是个什么佛。"

"嗯。从这首词里看，应该是观音。绿绮啊，你什么都好，就是不读书！你的直觉极准，像你……我读给你听，你听听是不是你说的杀气腾腾——"

绿绮搬了椅子过来，扶他坐下，听见他悠悠念道：

> 补陀大士虚空，翠岩谁记飞来处。蜂房万点，似穿如碍，玲珑窗户。石髓千年，已垂未落，嶙峋冰柱。有怒涛声远，落花香在，人疑是、桃源路。又说春雷鼻息，是卧龙、弯环如许。不然应是，洞庭张乐，湘灵来去。我意长松，倒生阴壑，细吟风雨。竟茫茫未晓。只应白发，是开山祖！

绿绮摇头道："不太懂，只听见春雷鼻息……什么白发开山祖。"

左渊沉吟良久："写得好啊！这是姓辛的小子，写给觉体的词，吹捧了他一通。这个和尚，咱们不能小觑啊！"

左贻庆奔进府衙，见只有沙离只在座，心中大喜，连忙躬身施礼道：

"留守大人，那两个贼人，晚辈又得到了线索！"

沙离只不住摇头，道："贤侄，你来得正好！本官成就你的首功。左贻庆，听命！"

左贻庆一愣，扑通跪在地上，听见沙离只一字一顿说道："城中贼人猖狂，李磐上任数日，追逃事宜一筹莫展，本官令其回家反思。现命你接任大兴府判官一职！任命文书随后送抵左府。"

左贻庆一时恍惚，又听见沙离只向门外喝道："石家奴，听令！"

院中哗啦啦一阵慌乱，左贻庆此时也回过神来，连叩了几个头。

沙离只柔声道："左判官，你引兵直奔贼人所在，此次定要擒他二人回来！我也出门，任命的事，我去知会你父亲一声儿。"

第六回

（一） 阅墙

左渊听见沙离只来访，忙让绿绮把壁纸收了，出门向沙离只道："留守大人光临鄙舍，幸何如之！"又转身向绿绮道："去叫贻庆出来迎客，再让后厨添几道小菜。"

沙离只见这年轻女子撇着嘴，笑道："不要叫左公子了，我已经委任他做了判官，现正带队去悯忠寺捉人。"

左渊一愣，随即坦然："犬子何德何能，竟能担此重任！全仗留守大人栽培！"

沙离只和他携手进了厅堂坐下，不禁皱了鼻子："怎么这么大漆味儿？"

左渊道："这几日天冷，老朽不敢开窗，有几把凳子舍不得扔，前阵子让人涂了清漆，味道散不出去。大人稍坐，家里没有什么像样的食材，幸勿见怪，咱们就浅的几杯吧。"

"我最近什么也吃不下。漫捻殉职，留下的几坛酒倒是让我喝了。"沙离只叹道，"那两个小贼并非大患……左兄最近可有辽阳方面的消息？"

"哦？没有啊。怎么，东京有异动？"

"我只是一问。我这边每日收到的消息也不及时，听说前线胜负参半，毂英将军倒是把契丹叛军打得节节败退。"

"咱们只要保得中都一方安定，就算万事大吉了，留守大人以为然否？"

"理是这么个理。只是恐有变化啊。"

"蒲察兄，你金牌在手，还有什么顾虑？"

沙离只见用人排成队进来上菜，点头道："贸然来访，真是叨扰啦。左兄，我贸然问一句，刚才的姑娘……"

左渊亲手摆了碗筷，笑道："哦，这孩子从小命苦，我收养了，这几年一直在我身边。脾气不那么……恬静，她跟谁都那样，不是跟您生气。"

沙离只不住点头，随手将杯斟满，见用人合上了房门，叹道："前几日，有人告诉我，主上在我身边安插了谍报……左大人身边也有耳目。"说罢一饮而尽，盯着左渊。

左渊被他看得不自在，起身道："人来人往，人多嘴杂，难免有些不实之词，大人不必挂怀。你我行为端正，即便是有人盯梢，又有何妨。"

"话虽这么说，但心里总是别扭。此次前来，一是令郎的任命，二是和左兄通个气。"

"李少尹的公子，年少有为，很干练啊。拿下了不好吧？"

"过去几天，只是搪塞，线索无法掘进，底下的人也没了干劲儿。我直接让他回家了。这几次的线报都来自你家公子，判官一职非他不可。"

"蒲察兄忠肝义胆，朝中尽人皆知。莫要让宵小之徒的闲言碎语坏了心情。我最近在市上得了一张好琴，蒲察兄有兴致听一曲否？"

"万六，万六！小万六……"周衔蝉在僧房里连叫数声，却仍是没有任何回应。她在观音像前后绕了一圈，人影也没见一个。再回身看那题字的墙壁，不禁瞠目结舌。她正要去耳房找人，只听见院子里乱糟糟的一阵脚步声，有人颤抖了声音道："大人，这就是了。"

周衔蝉连忙转到雕像后，找个角落把自己嵌了进去。

房门被轻轻推开，有人举了火把进来。映在墙上的木像影子缓缓移动，一人尖着嗓子叫道："你们看看，这墙皮都被割掉了，上面肯定写了反诗！都打起精神，给我搜！"

周衔蝉知道避无可避，索性走出来道："找过了，没有人。"

石家奴被她吓了一跳，随即定了定神，与三胜和蒲查使了眼色，向左贻庆道："大人，这儿有个妇人。"

左贻庆嗯了一声，接过火把，上下照了周衔蝉，口中连啧数声："哪里来的！庙里现在这么乱吗？真够可以的！"

周衔蝉浅施一礼："回官长的话，我是城南美俗坊的住户，来寺里上香。家里人在前线，迟迟没有消息回来，心里忐忑，就想找这院子里的师父给课一卦……"

"胡说！哪有和尚算卦的！你莫不是塘花坞的？"左贻庆向石家奴道，"你们见过这位大姐吧？"

石家奴看了一眼师娘，点头道："嗯，还真见过，上次漫捻大人遇刺，就在她家院子里……"

左贻庆皱了眉头："大姐，怎么哪儿都有你！"

"两个歹徒闯入我家，我和孩子自知没法抵挡，所以只能由着他们把孩子的饭抢着吃了。这个已经和府衙的人录了口供的。今日我来上香，没想着遇到您。耽误诸位公事了，我这就离开。"

"且慢！让你走了吗？"

"有何吩咐，请示下。"

负责搜查耳房的几个兵士站在门外，轻声道："大人，确实没人，也没有住过的痕迹。"

左贻庆哼了一声："你和这和尚什么关系？"

"我的外子和我，是他幼时的玩伴。"

"哦，玩得够花的呀，中都现在这么乱吗？！旧情未了吧？"左贻庆荡笑道。

"大人如果没别的事，我就先回了。"

石家奴绕着雕像走了一圈，掀开漆桶看了看，向左贻庆拱手道："大人，没有人了。就这些破木头！"

"破木头！你懂个屁！"左贻庆一把拉住周衔蝉，"我要单独审她！你们都出去。"

蒲查低头道："大人，这屋子里呛得慌，不如去外头审讯。"

三胜正要拉过周衔蝉，左贻庆抬手给了他一记耳光："疯了是吧？都出去！你仨没一个好饼，真以为我忘了吗？！还敢去我场子里搞钱！

回头收拾你们！出去！"

石家奴将其他兵士轰到了院外，回身凑到左贻庆的耳边："大人，这是庙里啊，这要传出去，不好听啊。再说，这女的太老了，要不，今晚我们几个请您去巢云楼玩玩儿？那拳场的钱本来就是您的，是您赏给我们的，我们拿了孝敬您……"

左贻庆呵呵两声："你懂个屁，半老不嫩的黄瓜最好吃！"

石家奴看见三胜左手捂脸，右手缓缓抽刀，连忙大吼一声："别！"

左贻庆以为他要阻挡，叫道："你敢拦我？！"

"不是拦您……哎呀！"石家奴一声尖叫，只听左贻庆闷哼一声，一头栽到地上，却是三胜抄起窗边的木板砸在了他头上。

三胜将木板重又倚回窗边，伸手抽出腰刀："不剁了这淫贼，我他娘的真要疯了！有完没完！"

石家奴紧紧抱住他双臂，见周衔蝉惊得目瞪口呆，向蒲查道："你送师娘出去！"

蒲查扶了周衔蝉："二位师兄，这个可杀不得啊！"

三胜挣脱了石家奴，喘着粗气道："这么一烂人，怎么就杀不得？"

"这是左渊左大人家的公子啊。"

石家奴俯身试了左贻庆鼻息："没死，就是晕过去了。"

三胜道："师兄，还是老办法，咱俩再各自拉几刀吧。你让开，我剁了他！"

石家奴起身拦住他，叹气道："哎哟，这个确实有点麻烦。这要是醒过来，就更麻烦！"

"哎呀，别磨蹭了。"三胜一脚蹬开石家奴，伸手拎起左贻庆，挥刀向他颈中割去。

"别动！"蒲查大喝道，周衔蝉随即呻吟了一声。

三胜蓦地收刀，一惊之下抱着左贻庆坐在了地上。

石家奴起身道："蒲查！你要怎的？"

蒲查将匕首抵在周衔蝉腰间，缓缓转到雕像后："二位师兄，听我一句，左公子不能杀！"

三胜也爬起身来，喝道："蒲察蒲查！杀不杀他另说，你拿个刀跟师娘比画是几个意思！"

蒲查双手不住颤抖："师娘，徒儿对不住您了……"

周衔蝉微微一笑："你们师兄弟，有商有量的。蒲查说得对，地上那个不可以杀。"

"你放开师娘！"三胜把刀掷在地上，石家奴见状，也把腰刀摘下扔到一旁。

"二位师兄，上次你们杀了漫捻，我可以不说。这次要是左公子再死了，留守大人还会相信吗？"

"他爱信不信，用不着你虑量。你把师娘放开！我也不打你，我就抽你几个大嘴巴！"三胜低吼道。

"漫捻的亲朋好友大多去了前线，可是左渊还在中都里，他儿子死了，他一怒之下，塘花坞还能保住？！"蒲查一口气说完，静静看着两位师兄。

"三胜，蒲查说的有道理，这个人就这样吧，赶紧送去求医，就说仍然是被贼人偷袭。蒲查，你看这样行不？"石家奴语音弱如蚊鸣。

"不行！我放了师娘，你俩转脸连我都得杀！"

三胜一脚踢翻了地上的一个火盆，炭灰飘散，众人仿佛罩在迷雾之中："怎么着？我要杀了这姓左的，你就要杀师娘？"

蒲查摇头道："你俩不要逼我！"话音未落，佛像一侧黑影一闪，蒲查来不及回头，头上挨了重重一击，扑通一声栽在地上。

石家奴和三胜连忙拾起腰刀，正要冲上前去，就听见师娘道："小万六！你……这孩子从哪儿出来的啊？"

石家奴道："师娘，这谁？"

"哦，寺里的小沙弥，给觉体打打下手。孩子估计是吓坏了……"

她还没说完，那万六哧溜又钻回了佛像肚子里。

石家奴和三胜面面相觑，一齐望向师娘："师娘，您看这怎么办？"

周衔蝉摸了蒲查的脉搏："蒲查是个好孩子，他心里一定有事不好直说。快抬出去救治吧。姓左的醒了，你们就说是贼人偷袭。你俩陪着蒲查，他醒了，你俩好好劝他。别说漏了嘴。"又向三胜道，"不许打他！你打他我就打你！"

石家奴连连点头，三胜将后窗踹开，两人先后抱着昏厥的蒲查和左贻庆跑到院中。周衔蝉听见院子里脚步声渐远，这才对着那佛像肚子里的孩子道："万六啊，你没事吧……"

见他不言声，周衔蝉又道："好孩子，谢谢你。今天的事太多了，别说出去。你看见是谁把墙上的字铲走了吗？"

万六仍是一言不发。周衔蝉走过去，那佛像肚子里黑黢黢一片，只看见一双晶晶亮的眼白，偶尔一闪。

"你也别怕，就跟这儿躲着。应该不会再来人啦。我先回家，觉体师父回来，你帮我告诉他一声，请他去我家一趟。你只说塘花坞，他就知道是我了。你也要加小心啊！"

（二） 离魂

沙离只引着左渊进了营房，向里间一指，叹道："没送回你府上。都在这儿，郎中来救治也方便些。"

屋子正中点了火炉，郎中一手捏着左贻庆的腕子，另一手摸了蒲查脖子。室内的兵士见到两位大人进屋，连忙侧身退到一旁。

绿绮只在门里找了把椅子坐下，左渊见她喜形于色，哼了一声，走到炕边，俯身看了儿子，只见他头上缠了绷带，双目紧闭，手足不时抽搐一下，苦笑道："留守大人，这判官看来是个高危职务！"

沙离只吧唧了嘴，道："左兄不要太过担心，上一个大夫看了，说头部受击打，歇几天就好啦。"

左渊指着大夫道："这位是？"

"这是梁先生，做过太医的，后来被主上赶出了宫。现如今在中都城里，这是顶尖级的了。"

那老者向左渊微微点头，轻声道："左大人不要担忧，我已经开了方子，此二人不日即可痊愈。现下只需静养就好。"

石家奴端了板凳过来，左渊瞥了他一眼，问道："你在队伍里？"

"是。"石家奴勾腰退在一旁。

"经过说给我听。"

"我们进了禅房，没见着人，我们正说话，令郎……判官大人惨叫一声，被人用木棍敲击了头颅。"石家奴又指着蒲查道，"我们这位兄弟赶紧过去搀扶，也被打晕了。我们过去时，对方已经跳窗跑了。"

"可是那辛张二人？"

"当时大家都慌了手脚，那僧房里也没有灯火，没看清。忙着带他们回来看大夫，也就没追。"

有兵士端了药碗进来，石家奴抱起左贻庆的头，轻轻捏开他嘴巴，将药灌入他口中。三胜也扶起蒲查，给他喂了药。

梁大夫道："黄芪、党参、甘草、龙眼肉、杏仁、莲子，也就是养血安神定志而已。还是要静养。二人苏醒后，我再加以针砭，以促恢复。"

他话还没说完，就听见左贻庆已经哼唧起来。左渊连忙捏了他手："贻庆！"

左贻庆哇地哭出声来："有人打我！"

"凶徒必定伏法，你保住一命，已是幸运。"左渊安抚道。

左贻庆哭了几嗓子，又是连呕数声，却也吐不出东西，只是双手抱头大叫："疼！疼！"

梁大夫见左大人望着自己，连忙道："重击之后，会有晕眩，只需静养几日即可。"

左贻庆眼珠转了又转，在室内众人身上掠了一遍，目光停在石家奴身上："谁打我？！"

石家奴和三胜不禁一惊，就见左贻庆又望向左渊，狠狠道："你打的？"

梁大夫连忙解释："重创之后，偶尔会有短时恍惚，并不罕见。仍需静养。"

左渊握住儿子的手："我是谁啊？"

左贻庆目光呆滞，口角流涎，咧着嘴道："好姐姐，你就从了我吧！"

左渊怒道："小畜生！"又向梁大夫问道，"不是打傻了吧？"

"大畜……大人不必担心，静养数日即可。"

左贻庆一阵大呼小叫，倒惊得蒲查猛地坐起身来，哇地吐出一口药液，三胜连忙将他按倒。沙离只走上前来，盯着蒲查问道："我谁？"

蒲查面色惨淡，轻声道："我有事要告诉你。"

"你说。"沙离只见石家奴和徒单三胜正快步走向门口，叫道，"你俩过来陪护！"

梁大夫道："还有两碗药，应该熬好了，让他们去盯着吧。"

"其他人去取，你俩过来。"沙离只又舒缓了神色，向蒲查道，"有话就说吧。"

蒲查双眼无神，直勾勾盯了他，说道："我娘过得很辛苦的。"

沙离只面露尴尬，向梁大夫道："这俩人确实伤得不轻，神志似乎都有错乱。梁太医，现在人也醒了，可以用针了吧？"

出门的两个兵士已经把药碗端了进来，梁大夫点头道："吃了这两副药，我就开针。这是活血化瘀的药，鸡血藤、赤芍、刘寄奴、石菖蒲、泽泻……"

"你别说了！报菜名是怎么着！张嘴闭嘴静养，静养还要找你？！"左渊挤对了梁大夫几句，自己也觉得有失身份，转脸盯着儿子，"贻庆！可曾见到贼人面目？"

"嗯。面目如画，让人魂不守舍……就想亲她！"

绿绮再也撑持不住，噗一声笑出声来。左渊怒不可遏，啪地抽了他一个嘴巴，左贻庆被打得目瞪口呆，随即轻声叫道："爹！"

沙离只见状，也照着蒲查扇了一巴掌，蒲查也不躲闪，道："留守蒲察大人，我有事要告诉您……"

沙离只向梁大夫哼了一声："这还用静养？这他娘的就是欠打！"又向蒲查道，"你说吧。"

"我娘说到死也不原谅你。"

沙离只摇头道："哎呀！太医，这说胡话……要多久才能恢复？"

"需要……静养，再做观察……我这就用针，太阳穴、三阴交用了针，应该会有所改善，头脑几日内应该可以澄清。"

左渊与沙离只对视了一眼，伸手唤了石家奴和徒单三胜，一起走到门外。

沙离只道："出去一回，非死即伤，你们是一群饭桶吗？！"

石家奴拉着三胜跪在地上，不住点头。沙离只怒道："上次说闯入民宅也就算了，这次，贼人怎么会躲到悯忠寺的僧房里？"

"回大人，忙着把二位伤者抬回来，悯忠寺里的僧俗都还没来得及讯问。"

"那还等什么？！"

"是，这就去。"

"且慢！这次本官亲自去，我倒要看看一个破庙，还能藏多少东西！我看谁敢敲我脑袋！"

左渊连忙扯住沙离只："留守大人，贼人已经跑了，这么小的事情，就让他们去寺庙彻查就好了。"

"哦，左兄有事？"

"去府衙里，咱们细聊。留守大人，老夫建议你们网开一面，这些日子进出城盘查得太严，小贼想出城都没办法。不妨宽松一些嘛，出了城，也就不在咱中都作乱啦。"

"嗯，左兄言之有理……不过，击杀漫捻，又伤两人，这两个贼人实在可恶！你们几个，去悯忠寺彻查！"

左渊见他仍是怒不可遏，向绿绮耳语了几句。绿绮正要出门，险些被门外慌慌张张跑进的小校撞上。

"报——李少尹有请留守大人回府衙！"

沙离只不免一惊："何事？他怎么不来见我！"

"有十个人进了府衙，说是从前线回来，带了圣谕。"

"哦，军中的人？有递牌吗？"

"都带了木牌。"

沙离只拉了左渊，一路回了府衙，见衙门外果然拴了十数匹疲态尽显的战马。沙离只不禁生疑，低声道："这时候从前线回来？"

左渊道："瞧了再说吧。"

二人刚进院，李天吉迎了出来："二位大人，前线来人，带了主上的手谕。"说罢引了二人到了偏厅。

那十个当兵的，见李少尹带了人进来，纷纷起身。左渊不禁一惊，这群人个个身高超出常人一头不止，虽只穿了常服且满面尘灰，却不掩飒爽。

沙离只看了那头领一眼，心里不免一惊，转眼看了看屋子里的大桌子，道："诸位不必多礼。李少尹，备饭了没有？"

李天吉道："说话就上来。各位壮士，这位是蒲察留守，这位是转运使左渊左大人。"

那领队上前一步，施礼道："三位大人，我们从南边江上回来，奉主上之命赶往上京。今晚在中都留宿一夜，明早启程。这是主上的手谕，命我交与中都留守完颜毂英大人。"说罢从怀中取出一个信封。

李天吉道："毂英将军领兵前去扫荡契丹叛军，中都留守一职现由蒲察沙离只大人代掌。"

沙离只见那领队的向自己微笑致意，哦了一声，从腰上解下金牌，向众人晃了一晃："给我吧。"那领队点头道："蒲察大人，请接旨！"

沙离只看那信封，知道是手谕无疑，连忙半跪着接了，缓缓将封蜡里的线绳拽出，拈出信笺细看。

厅上人都屏住了呼吸，只听见几个兵士肚子里的咕咕声——门外有人叫道："上菜来！"

李天吉暗示进门的仆人们放轻了脚步，又低声命人去拎了水桶、面盆。沙离只面露喜色，站起身来道："各位有要务在身，途经中都，本官定当好好款待！咱们先开席，饭后我派人带诸位去泡个澡，今晚就住在谢馆——现下城里最好的馆舍。明早我备好快马和吃食，送各位出城！"

李天吉悄声道："大人，谢馆正在修缮装修……漫捻他们给人砸了……要不送去巢云楼吧？"

沙离只轻拍了脑门："对！巢云楼吧。各位不要太过放纵就好。"

那领头的人笑道："多谢大人体谅！"

沙离只指着外头一字排开的面盆："长途奔波，各位辛苦啦，快去洗把脸，咱们这就用饭。"

十个人去净了手，又被带队的引入屋来。沙离只坐在主位，左渊和李天吉分坐左右，十个人依次坐了。沙离只高声道："动筷吧！不要拘束，谁吃得少我跟谁急！本官连日闷损，今天跟你们喝个痛快！"

那十个人更不多说，手中筷子上下翻飞，不一会儿工夫桌上菜肴已经见了底。左渊和李天吉却不动筷，只把身前的碗碟递给远端的兵士。沙离只笑眯眯地看了："瞧瞧院里那些个废物巡城军！你再看看这一群，这他娘才是当兵的，风卷残云！真想重回你们的岁数啊，再去战场上跑几个来回！来吧，诸位，把酒斟满，本官敬你们！"

酒过数巡，沙离只心中惦记蒲查，叫人去看了，随即向众人道："还不知道诸位怎么称呼？"

那领队的起身施礼："一路狂奔，路上不及饱餐，兄弟们都饿坏了，这才只顾吃喝，失礼啦。我是御前军中一小卒，此次被任命为领队。我就是咱大兴府人氏，姓任，任兴周！"说完盯着沙离只，沙离只并不看他，只是不住点头。

（三）误识

　　觉体打发众僧回了悯忠寺，这才跟着吴婆一行人回到美俗坊。任孝萱看见周衔蝉在门外站着，搂着她腰哭出声来，吴臭儿一屁股坐在门槛上，也是不住抽泣。

　　周衔蝉叹道："你俩都是大小伙子了，不哭了。人死了都是要埋的，不埋就是游魂野鬼，埋了才能托生啊。每家都会死人，不哭了。乖！"见两个孩子收了哭声，向吴婆道，"嫂子，快带孩子进屋吧，别再冻着。我和大和尚有些话说，过会儿来帮你。"

　　吴婆眼睛红肿，拉了她手道："亏得大妹子操持，这钱、这人情我拿啥还你啊？！"

　　"好嫂子，咱们是相依为命，还什么还！不说这些啦。"

　　觉体俯身抱起任孝萱，随着周衔蝉进了院子，低声道："亏得这位邻居，真是彪悍，一通狮子吼，守门的那些兵才没开另一口棺材。"

　　"另一口？"

　　"辛弃疾机灵，两个人都躲在那年轻人的棺材里。如果他俩分开进棺材，掀开哪一口都要露馅儿！"

　　周衔蝉长吁了一口气："这些天……真是做梦一样……什么时候能安生啊……"

　　三个人刚进屋坐下，就听吴臭儿在墙头大喊："萱子，你来吃东西啊！"

　　周衔蝉道："人家有丧事，不要闹吵。"任孝萱向觉体鞠了一躬，转身跑出了屋。

　　"你没事吧？怎么脸色这么苍白？"觉体问道。

　　"我本来远远跟着你们，突然想起来你壁上的字迹。上回我给幼安包扎伤口，忘了把绷带扔掉，官兵来了，就露了破绽。我赶紧去悯忠寺，想着把壁纸铲了，还是晚了一步……这幼安也是多事，兵荒马乱的，念几句得了，题壁真是麻烦。"

"怕麻烦他们就不起义了。幼安任性狂放，意兴激荡，写就写了，大行不顾细谨，正是豪雄所为！怎么，惹乱子了？"

"墙上的字被割掉了。"

"也好，留着也是麻烦。回头我把墙纸都铲掉扔了，也就没事了。别的没什么吧？"

"我前脚进去，官兵随后就到了。好在兴周的仁徒弟都在队伍里。"

"嗯。一定是那左渊派人去偷窥我，看到了墙上字迹，又泄露了行踪给巡城军。"

"幸亏那个小万六，一棒子打晕了一个，我这才跑脱。"

"啊？！要捉你？"

"哎，一言难尽……左渊的儿子跟我动手动脚，被三胜打晕了，三胜那暴脾气，非要杀了那姓左的。兴周的那个三徒弟，小蒲查，想得周全，觉得不该再动手，就和他两个师兄生了嫌隙，捉了我要挟他俩。万六就从佛像肚子里跳出来，一棒子打在蒲查头上，给打晕了。"

觉体连连点头："天意啊。"

"什么天意？"

"哦……没什么。辛弃疾得以逃出中都，都是你从中斡旋啊。赶上邻居出殡，也真是天意。对了，那个张安国，心术不正，日后他们队伍里怕是有变。"

"你和幼安说了吗？"

"提了一嘴，他不以为然。"

座中的大汉依次介绍了自己，沙离只惊道："你们这个队伍有点意思！怎么凑到了一起？"

任兴周道："从硬军各部中选拔的。"

沙离只目光掠过座中人，道："大兴府任兴周、大名府万人凡、婆速路朱红拂、临潢府张翅、汴京杨泗、胡里改路占大力、曷苏馆季秋、咸平路周南、平阳府张小格、益都府杜呹呹。我记的没错吧？一群大老爷们儿，名字倒是很别致呢。"

　　任兴周一脸诧异："大人真好记性！"

　　沙离只志得意满："哈，当时在军中，——营人马，我一个时辰之内就记得八九不离十。你们这才几个人！朱兄弟，你是'洪福齐天'的'洪福'还是'红拂女'的'红拂'？"

　　众人一阵哄笑，任兴周道："红拂女。说是家里从小当女娃养的。"

　　"嗯。那位怎么叫个'呹呹'？"

　　"大人，我家里世代以贩马为业。"杜呹呹答道。

　　"要是卖驴的话，就叫'杜哦啊'了，哦啊哦啊哦啊……"张小格学了几声驴叫，见杜呹呹面露不快，连忙收了声。

　　李天吉道："你们不说，我还以为都是紫茸军呢！"

　　左渊皱眉道："李少尹，老夫一直纳闷儿，紫茸军是什么建制？"

　　"左兄不知道吗？主上命各处统军从士卒中选出了五千人，都是弓马娴熟的好手，组成了一个队伍，号称硬军，也叫细军。主上曾说单凭这五千人的细军就可以取下江南。"

　　"硬还好，怎么还细了？"左渊笑道。

　　"精挑细选出来的。配置也不同，盔甲都用茸丝连缀。着紫茸甲的是高手中的高手，其次是黄茸、青茸。紫茸负责中军帐安全……"

　　张翅瞥了杨泗一眼："也不都是好手！"

　　杨泗啪一声把汤碗掷在桌上："吃饱了撑的吧你，要不要出去再试试手？"

　　任兴周见同伴们纷纷憋笑，向沙离只低声道："我们这里头，杨泗是主上钦点的，是紫茸，校武场上和张翅捉对，俩人谁也不服谁。这一路上听他俩拌嘴，是我们的乐子。"

张翅嗤笑道："紫毛军，吃得好，穿得好，全是一堆大草包！"

杨泗也气乐了，伸手捏了一截腌黄瓜朝张翅扔过来。张翅伸出筷子一把夹住扔到嘴儿里："哼，就会使阴招偷袭！这阴招挺入味儿的。"

看大伙笑作一团，沙离只问道："你们都是哪家的武艺呀？"

任兴周道："我家世代传习相扑，跤技。兵器都能鼓捣一些，没什么太擅长的，您知道的……"他略微迟疑，又道，"万人凡使熟铜棍，朱红拂用枪，张翅的链子锤玩得好极了，占大力抢朴刀，季秋双刀，周南使锤，张小格使锏，咳咳有两把斧子，杨泗——刚您都看见了，使黄瓜！"

众人又是一阵哄笑，杨泗道："大人，您别听他们起哄，我从小习练射技。"

"发贱很厉害的。"张翅言罢，众人又是一阵喧闹。

沙离只派出去的人进了屋，跪在椅子旁低声道："左公子已醒转，只说头疼得厉害，事发前的事都不记得了。蒲察蒲查仍是胡言乱语，一阵儿清醒，一阵儿迷糊。"

沙离只摇头道："去吧，再去盯着。"

左渊一直愁眉不展，向任兴周道："你家住哪里？"

"美俗坊。"

"塘花坞？"

"左大人知道我家？"

"中都像样的花把式没几家，你家不错。不回家看看吗？"

"正要和留守大人请示，这一去东……上京，不定什么时候回来，饭后我想回去看看女人和孩子。"

沙离只点头道："你守家在地的，回去看看！吃好了你就去吧，明早到巢云楼和你的伙伴们一起会合就好。"

任兴周起身施礼，其他兵士不住起哄，张翅坏笑道："头儿，别太累，留点体力，咱们还得赶路哦！"

虽只是入夜时分，街上已然冷冷清清，任兴周一路狂奔，不禁心中酸楚。刚拐进巷口，就望见吴家的门楣上挂着几串纸钱，心里更是纳闷儿。他跳下马，牵了走到吴家门口侧耳倾听，院里并无响动。在墙边的歪脖树上把马拴好，想要拍门询问，却又悻悻住手。

任兴周走到自家门口，正要推门，转念想着给孩子个惊讶，纵身越过院墙，蹑手蹑脚地走到房门前，却听见屋子里隐约的哭声，一个男子轻声道："衔蝉，不要伤心，过去的事不要多想，徒增伤感。"

任兴周只觉得心里一紧，不自觉蹲下了身，听见屋内男子道："有些事，不想也罢，等到水落石出，定有相会之日。"

任兴周知道说话人是觉体，只觉得万念俱灰。他缓缓起身，缓步走到院门口，见门并没闩，正要开门，就听见一阵脚步声，连忙闪身躲在门后。

任孝萱急匆匆踹开门跑进屋里，屋里这才调亮了灯火。三个人的身影映在窗纸上，好似一幅阖家团圆图画。

任孝萱把一只黑釉大碗放到桌上："娘、郭叔，吴娘让我给你们带两张饼回来，馅儿饼。"

觉体起身道："你们娘儿俩吃吧，我回寺里了。"

"郭叔，您刚来就走啊？素馅儿的，您能吃的。"任孝萱拉了他手。

"你们吃吧。好好照顾你娘，有事你就去寺里找我。"

周衔蝉抹了眼泪，苦笑道："他们出了城，我这边应该也会清静一阵了。孝萱，这些天家里进进出出的人啊事啊，切不可对旁人说！跟小臭儿、小丫儿也别说。"

"嗯，知道啦。娘，刚咱家门口有匹大马！"

周衔蝉啊了一声，飞跑到门外，却哪还有马的影子。她看了地上的蹄印子，知道孩子所言不虚，再去巷口瞭望，只见一片烟尘刚刚落定，街上已是阒无一人。

觉体也走到了院外，见周衔蝉失魂落魄地走了回来，道："不要太担心，别再哭了。我跟你承诺，过一阵孝椿一定能回来。不回来你跟我要人。"

周衔蝉嗯了一声，就见任孝萱端了瓷碗出来，悄声道："娘，我去把碗还给人家。"

"明早再去驿所，看看有没有你爹的信。"

任兴周回到府衙，饭厅里仍是灯火通明，他正自犹豫，却见院里两人直奔自己跑过来，他连忙躲闪，那两人连滚带爬跪在地上大叫道："师父，想死我俩了！"

任兴周只觉得鼻子一酸，连忙把石家奴和三胜扶起："这阵子你们费心啦。蒲查呢？"

"他受了点伤，不碍事，说很快就能好。一群大夫，七嘴八舌，闹哄哄的，您就别去看他了。"

石家奴见师父神色有异："师父，屋里的几位说您回家了，我俩寻思着明早再去看您，这怎么就回来了？"

任兴周拉他俩直奔饭厅："同袍都在，我不好在家多耽搁……离群不好……进去，陪师父喝几杯！"

任兴周见三位大人已离席，带他二人见过了同伴。张翅打趣道："任大哥，这就回来了，是不是忒快了点儿？嫂子放你走？"

任兴周苦笑道："你们去泡个热水澡吧，我和他们小哥儿俩喝几杯，过会儿咱们巢云楼见！"众人又嬉笑了一阵，这才散去。

三胜和师父说了这些日子的一堆怪事，任兴周道："我此去也不知道会怎样，你俩机灵点儿，抽空就去瞅一眼你们师娘和孝萱吧，得空再四处打听打听大椿的下落。"

三胜道："师父，这趟是什么活儿？带上我吧！"

任兴周道："不瞒你俩，我们十个是军中选出的，这次行动叫个'丝麻作'。明着说是要去上京签军，其实……是要去辽阳，去刺杀东京留守完颜褒——女真名字叫乌禄的那个。"

石家奴抓住任兴周的胳膊："杀葛王？！师父，使不得啊！"

"你说。"

"东京是葛王完颜褒的老家啊，他母亲、他舅舅李石都是渤海的大族，在那地方根深蒂固。师父，您可能有所不知，这位葛王去了东京之后，辽阳的名门望族都被他舅舅给攒在了一块儿，李家自不必说，还有刘家，刘家的一个闺女已经和葛王的儿子早早订了婚，这是儿女亲家；刘家虽然势大，但和张家没法比，张家就是张浩他们那一支，现今尚书左丞啊那是，彰德军节度使张玄征和兴平军节度使张玄素都是辽阳张家的。完颜褒的母亲李洪愿，就是出家的那个，叫个什么圆明大师的，她和张玄征的夫人，姓高，是远房亲戚，这还不算，俩女的一商量，把张玄征的女儿嫁给了葛王做侧室——这是亲戚套亲戚、亲家又亲家啊……"

"主上估摸着也是这么想，这才想着要除了他。"任兴周言罢默然。

"师兄，就好像你看见了似的！亲戚也未必一心一意，亲戚窝里斗起来更乱糟糟。"三胜笑道。

"这些关系，一层层一道道，都指向完颜褒，他身边估计你们都到不了！还有啊，李石是葛王他舅，也把闺女嫁给了他！又是亲上加亲，密实着呢……"

"那这完颜褒跟他叫舅还是老丈人啊？"三胜打趣道。

"你别打岔！师父，听我句劝，你们长途奔袭，人困马乏不说，葛王身边多有高手。你们人生地不熟，此去……师父，真是不妥啊！"

三胜哼了一声，插话道："师父，别听石家奴嘚啵，带我去吧！这城里太憋屈了。"

"我也知道凶多吉少，可是这是钦命，硬着头皮也得上不是。三胜，踏实在中都待着，你不惹乱子就好了，不要跟我蹚这浑水。"

石家奴给师父满了酒："真去不得啊！你们十个人，你瞧瞧，个个儿人高马大，太惹眼了。进了辽阳，是要直接斩杀？宗室的人被完颜亮杀了一个又一个，这完颜褒还能活着，您就知道他城府有多深了。他也肯定早就知道完颜亮放心不下，一定早有戒备。"

三胜哼了一声："石家奴！我发现你老是长别人威风，让你说的，啥也别干了！"

任兴周点头道："有个姓高的内应，高存福，东京副留守，是完颜亮在辽阳安插的耳目。完颜亮得了线报，知道完颜褒必有动作，这才想着要下手除去。我们十个就是一群死士而已。去了就没想着能回。"

"师父，这又何必！萱子还那么小！他们姓完颜的杀来杀去，从北掐到南，从南掐到北，咱们就别跟着掺和了……"

"石家奴，师父知道你一片苦心，但我不去也是死。本来我也犹豫，这一路上我也在刺探那九个人的主意，想着如果大家齐心，出了中都就散了，这样的不义之战，背了逃兵的名声也不算耻辱。或者到了辽阳，如果完颜褒得人心，我们就投了他。可是今天……我意已决，要去！不要劝我。"

第七回

弑雷引·遼陽

（一） 铁锏

女真建国初始，仿照前辽实行陪都制度，首都设在东北的上京会宁府，另有东京辽阳府、西京大同府、南京开封府和北京临潢府。完颜亮迁都至中都后，削去了会宁府的上京称号，保留东京、西京和南京，将北京改设在大定府。完颜亮之前的金帝完颜亶喜欢东京的风水，曾在这里修建了恢宏的行宫，甚至超出上京的宫殿规模。

张仅言无暇浏览辽阳景致，途经白塔之际，他不禁外望，伸手摸了摸座下的一个木匣。

车辆在府衙前停住。见李石正从议事厅出来，张仅言连忙一跪到地："仅言给李大人问安！"

李石连忙疾走几步，半蹲着将他扶起："仅言啊，路上不好走吧？"

"大人，我紧赶慢赶，换了两次马，还是走不快。"

"带来了吗？"

"带了。一路上还真有点儿提心吊胆。"

李石连连点头，双手捧了张仅言脸颊，见他眼角皱纹既深且密，连声叹道："辛苦啦！我姐真没白疼你！"言罢拉着他进了议事厅，嘱咐了几句，挥手让侍卫们出了门，"仅言，受累啦，我让他们备饭。咱们仨一醉方休！我有两年没见你了。"

"乌禄回来了？"

"路上不好走……本来说的是昨天早上就能进城。刚马弁回来报说，过一会儿他们队伍也就到了。"

"各地签军征兵，大军开拔，所过之处都是兵荒马乱，路踩得不像样子。"张仅言环顾厅内，见四壁都围了厚厚的帷幕，心里不禁纳闷儿。

"哦，副留守弄的，不知道什么讲究。"

"高存福？"

"是他。听说乌禄要回城，出城去接了。"

张仅言伸手拨开了帷幕细看："这厅里不能再待了，这明摆着是要埋伏人手啊……大人，您可知高存福有个女儿？"

"你说……"

"高存福的女儿高福娘，本是徒单太后身边的侍女。不知怎么着，就充当了完颜亮的耳目。枢密使仆散师恭奉命出征契丹，临行前去和徒单太后道别，说到了南征。高福娘偷听到了，添油加醋告诉了完颜亮。太后就被杀了。"

"哦，太后被杀跟这女子有关！"

"还没完。完颜亮又封了高存福的闺女，就是这个高福娘，做了郧国夫人，一家人都跟着鸡犬升天了。"

"你的意思是……"

"高存福，定是不可靠！"

李石微微一笑，斟了茶示意他过来："开封那边的事，我们这边更是两眼一抹黑。你不说，我还真不知道高存福和完颜亮还有这么一层关系。"

张仅言接过水杯，咕噜一声咽下："大人，此次传唤我是要……事情进展怎样？"

"嗯，不急，等乌禄回来，咱们慢慢聊。你多住几天吧。"

"主母坐化，我没能过来送最后一程，心里一直不安。"

"不要挂怀。她去世前，我都在她身边，她屡次提到了你，让乌禄想办法把你提调到辽阳府来。"

张仅言紧闭双眼，眼泪仍是不住流下："我从小孤苦，是主母接济我、抚养我……"

"仅言，你自幼和乌禄一起长大，大伙早就把你当成自家人，你别说两家话。"

"乌禄什么时候进城？我想着先去清安寺拜祭。"

"乌禄给他娘建了垂庆寺，现在塔园里安葬。别急，今晚我陪你一起去。乌禄也要守灵，你多陪陪他。"

"是！"

"中都怎样，可还平静？"

"完颜毅英领兵去平叛了，留守一职现在是蒲察沙离只在做。城里空虚得很。"

"左渊还和你较劲吗？"

"是。我出来之前，还拦着。"

"嗯。忍一忍吧……沙离只确实是个干将，只是太过呆板。"

"大兴府托我带了些祭仪过来……"

"民脂民膏！"

"路上我给花了一些，换了两次马匹，还接济了几户穷苦人家。"

"哈！我姐泉下有知，也会高兴。"

李石将手帕递给张仅言，门外闪进一人，见到有生人在座，连忙低头道："李大人，能否借一步说话？"

李石起身道："彦隆啊！快进来。这是中都来的，内藏库使……"

张仅言起身施礼："张仅言有礼了！"

李石拽了李彦隆坐下："仅言，李大人是推官，东京的刑事都归他管。彦隆忠厚、勤恳，我很喜欢他。文笔也好——'师之遗行，有初有终；镌石刻铭，期以无穷'——我妹的塔铭是他写的。东京这边的大小事宜，乌禄也放手让他做。"

李彦隆回了礼："久闻仅言兄大名！"

"彦隆啊，你怎么没和高大人出城？"李石略显诧异。

李彦隆摇头道："高大人说葛王爷长途跋涉，必定人困马乏，这几天他就琢磨着要乐呵乐呵，搞一场击鞠犒劳队伍。本来我要出城去接，他说让我盯着球场。"

"哦。有心啦。只是这几日，乌禄要给他母亲守灵，未必有这个心情啊。"

"高大人也虑及此事，只说大军凯旋，总是要庆祝一下。"

"嗯，你来有事？"

李彦隆望了张仅言一眼，欲言又止。李石道："但说无妨。仅言从小就和乌禄在一起，他做过侍读，后来被我姐任命做家里的大管家，就差认作干娘啦。"

李彦隆连连点头，低声道："卑职在球场内巡查，依稀觉得有异……"

"哦？"

"按例，终局后会有彩纸、绒花从高处抛下，但我看见系到高杆上的不止这些零碎……"

张仅言正要开口，见李石轻轻摇头，听见李彦隆又说道："下官看见还有一袋子一袋子的东西挂在绳子上，用滑轮拉到了杆子顶上的大托盘里。不知道是些什么。"

李石笑道："存福爱玩闹，爱弄些新花样，估计是要助兴吧。彦隆不必多虑……你和存福是乌禄的左膀右臂，还是要彼此辅助，切不可互相猜忌啊。"

李彦隆红了脸："李大人教训的是，属下不是要拆台，只是……只恐对留守大人不利啊。"

李石听见衙署外人马喧嚣，腾地起身："走吧，咱们也去迎一下！"

早有一群府兵和衙役分列在衙门口两侧，府兵将手中刀盾磕碰有声，衙役们也个个欢欣鼓舞，有的手里还拎着炒勺锅铲，也是叮当当一阵乱敲。

高存福率先下马，跑到完颜褒跟前，伸手扶住他马镫，完颜褒向人群点头致意，随即翻身下马。高存福跟他耳语了几句，刚将他盔甲卸下，一个少年飞奔过来，大叫一声"父王"，一头扑进完颜褒怀里。高存福将手中盔甲高高举起，衙门内外登时群情激昂，山呼海啸般的"曹王""葛王""郑国王"呼声此起彼伏。

完颜褒看见李石也在人群之中，搂着那少年的肩膀走过来半跪了：

"舅父大人，别来无恙！"

李石连忙将他二人扶起，转身向李彦隆道："让将士们稍作休整，即刻开饭！"完颜褒抓住李彦隆的手："怎么又瘦了！看看人家存福，肚子又大了一圈！"

李彦隆低头道："卑职恭贺留守大人班师！"又面向李石道，"大人，你们开宴吧，我让他们快上菜，在下还要去球场看看……可否让胡土瓦和我一起？"

李石一愣，随即明白了他心思，拽过那少年道："胡土瓦，跟着去吧。我和你父亲有事要谈，今晚你们爷俩儿再亲近！"

胡土瓦朝舅爷身后一看，大叫一声"张伯父！"，随即拨开人群，冲到张仅言身边。张仅言不禁眼中湿润，摸了他头道："怎么长得这么快！这么快！"

完颜褒听见儿子呼喝，见是张仅言，过来盯着他看。他比张仅言高出几乎两头，两人越挨越近，鼻子几乎碰到一起，完颜褒哈哈大笑："仅言，你怎么来了？！中都没饭了？"

张仅言也破涕为笑："我来拜祭主母，也看看胡土瓦，与你无关！"

李石笑道："你俩别闹了！乌禄，怎么就回来这么几个人？"

完颜褒道："舅父，我们连战连捷，契丹的那个括里带队朝北跑了。我们要追，婆速路的兵马都总管完颜默音也在追撒八，他知道我要守灵，让我先回。我就把军队留给了他。"

李石道："两路叛军如果合为一处，岂不麻烦？"

"舅父不必担心，默音有勇有谋，身边更是猛将如云，契丹人已然作鸟兽散，毫无斗志。他不日也要回转。"

李石若有所思："好好，那咱们进去吧！"

完颜褒攥住张仅言的手腕："稍等，还要等一个人，他在队伍末尾，殿后——看！"

众人顺着他手指方向望去，见队尾的兵士已纷纷散入各自营房，只剩下一个彪形大汉犹如黑铁塔一般端坐马上，一人一马矗立在甬路一侧。李石见他背后插着两柄铁锏，惊叫道："莫不是……"

完颜褒笑道："是他，乌延查剌！"

张仅言和李石相对点头："一将难求！有了他，乌禄如虎添翼啊。"

乌延查剌见完颜褒向自己招手，纵马疾驰过来。那马遍体金黄，身上鞍辔皆无，鬃毛纷披犹如一匹锦缎跃动不止。转眼奔到众人近前，乌延查剌双腿夹紧马腹，那马一声长嘶，前腿高高抬起，乌延查剌顺着马臀滑落，顺势半踞在地，从身后抽出铁锏，锏尖拄地："末将乌延查剌，拜见李大人！"

李石连忙将他扶起："铁锏万户的大名传遍了辽东，今日一见，名不虚传！"又轻轻抚摸了马鬃，"所谓神骏，这就是了吧！"

乌延查剌道："李大人谬赞。家父常提起您啊。"

"是是，我曾在你祖父军中做事，后来令尊和我一起打了无数次漂亮仗！不过他那两把烧火棍，搁一起也不如你这其中一把啊！"

完颜褒左手拉了乌延查剌，右手拽过张仅言："这是我儿时玩伴，张仅言，现在中都管着内藏库。我娘喜欢他胜我百倍，他让我娘揍我，我娘就揍我！"

众人一阵嬉笑，完颜褒又道："仅言，我把几千人都给了默音，他还是舍不得放查剌走，说不要我的兵，再倒贴三千兵卒，就是不放人！"

张仅言连连点头："这样的人物，搁谁不舍不得啊！那怎么又……"

乌延查剌笑道："蒙留守大人错爱，我早有追随之心，默音将军见拗我不过，就让我来了。让我吃喝一阵，再偷些金银，抽空儿就跑回去。说让葛王爷人财两空！"

完颜褒见张仅言一愣，笑道："哈，查剌跟你逗闷子呢，你看——"他指着路边的一溜骡车，"那是撒八逃窜时，默音缴获的物资，都给了查剌作'陪嫁'！"

众人又寒暄了一阵，一起步入衙署。

（二） 谈兵

高存福扶完颜褒上了马，低声道："王爷，这一路劳顿，怎么就吃这么两口啊！卑职陪您去吧？"

完颜褒低头看了他，又见一旁的胡土瓦偷偷站在他身后学他挺着肚子，道："存福啊，这阵子府里的事你费心了，回去好好歇着吧。明早咱们不是还见吗？"

"是，我备了一场击鞠。大人您也好好歇息，明早上挥几杆哦！"

"你和彦隆都快回去歇着吧。我和胡土瓦今晚就住在清安寺，咱们明早见……竞技场选在了哪里？"

"本想用丹凤门外的演武场，大清安寺就在旁边，怕吵到了主母大师，所以下官选了南城望海门外的空地。座椅、看台都搬过去了，请王爷明早一定来啊，城里的百姓今天就都去那边转悠了，都很期待呢。"

"存福，有心了！"完颜褒双腿夹紧马腹。

高存福目送着完颜褒一行出了府衙，回身打了嗝向李彦隆道："你不盯着球场，呃——你跑过来要干啥？"

李彦隆哼了一声："安排妥当了。我还跟那儿候到明早上？！"

高存福瞪了他一眼："你就是想太多！简单的事情，哪用得着那么复杂！"

"话不投机，半句多。回见！"李彦隆说罢转身离开。

完颜褒扶着李石下了马，寺里早有人候在一旁接过马匹，一路将众人引到了寮房。完颜褒见桌上已经烧了茶，招呼胡土瓦依次倒了，向李石道："舅父，您歇一会儿就回吧。让查剌和仅言陪我就好。"

"嗯，我聊几句就回。前线的状况你知道了吗？"

"存福在进城的路上和我说了几句。您这边收到的战报及时吗？"

李石嗯了一声："都是节节胜利的消息，郭瑞孙……我听说……"

他抬头看了乌延查剌和张仅言，"听说，胜负参半吧，长江过了又退回来，西路军就更惨一些。"

乌延查剌见完颜褰向自己点头，问道："李大人，可否细细讲讲，末将前一阵忙于对付括里和他的契丹叛军，有段时间没听到前线的消息了。"

"嗯，正好咱们一起捋一捋。此次郎主南征，你知道些什么？"李石轻抿了一口茶水问道。

乌延查剌连连摇头："只知道九月二十五出动，六十万大军，兵分三路，完颜奔睹带领中路军，他这年纪还能打？迪古乃用人，有些莫名其妙！"

李石笑道："所谓六十万，顶多三十万。其实是兵分四路——"他从怀中掏出一块布帕，在桌上展开，帕子上密密麻麻标注了地名、数字、日期和红绿线路，他接过胡土瓦手中的吹管在手帕上指点道，"其实是兵分四路。奔睹是中路军的左领军大都督。是上了些岁数，六十多了吧。让他做左大都督，估计是讨个口彩吧。

"什么口彩？"胡土瓦不解。

"完颜奔睹，人称'御岳将军'，大金的将领里，他是正儿八经击败过岳飞的。"张仅言笑道。

"尚能饭否，不知道。走着瞧吧！你可知中路军的左领军副都督是谁？"李石笑着望向乌延查剌。

"听说是李通。"乌延查剌皱眉道。

"正是他，这厮不学无术，放他在完颜奔睹身边，无非是监听、传递消息。"

"其实是完颜亮自己指挥中路军……"乌延查剌笑道。

"是这意思。"

"中路军的右领军大都督是纥石烈良弼，副手是乌延蒲卢浑。"

乌延查剌叹道："蒲卢浑将军也已经年过七十了。"

李石嗯了一声，指着帕子上最粗的一根绿线道："中路军十月初八要过淮河，进庐州，准备打和州。"

李石将茶杯推到一旁，又指着手帕的左侧道："你说的三路，是把西路合为一股了，也对。西路的东线是刘萼在带队，是要在长江中游进抵蔡州，主攻襄阳。再攻荆州。然后东向沿江而下，与中路军会师临安。刘萼现在头疼，战事胶着，迟迟无法推进，主要是阵地战和消耗战。"

"西路西线的仗不好打……"张仅言指着帕子左侧的另一根绿线道。

"是啊，"李石贴近了帕子细看上面的小字，"徒单合喜带队，是要从凤翔攻取大散关，伺机进攻四川。但是吴璘的军队是硬骨头。"

"李大人，西线的这支军队应该只是为了牵制吴璘吧？"乌延查剌问道。

李石向完颜褒点头："嗯，查剌你果然懂兵法啊。"

完颜褒笑道："舅父，查剌在信州把括里打得弃甲曳兵，可不只是用他手中铁锏啊。"

胡土瓦见两柄锏靠在墙边，问道："查剌叔叔，我想摸摸。"

"去吧，别砸到脚。"

胡土瓦走到墙边，细细看那铁锏。铁锏手柄上缠了丝绦，锏身的一面通体乌黑，另外两面却是平整如镜，光可鉴人。

"三棱的锏我头回见！"胡土瓦伸手拎起其中一柄，又悻悻放下，"我举起来都费劲……"

完颜褒喝道："你来听舅爷剖析战况！"

李石指着帕子上的东路绿线道："东路有水军七万。全盘看下来，只有这东路军，算得上是一路奇兵，完颜亮这一招赌得赢赌不赢另说，但想法很了不得！"见众人不解，李石又道，"七万水军的路径是——从通州潞河到海州入东海，掠过海岸线再入钱塘江，溯江而上，侧面攻击临安——是一步好棋啊。"

乌延查剌贴近了手帕，细看了东路绿线旁的标注，低声道："七万人里，汉人签军一万，水手四万也是汉人！这可真是豪赌啊。"

完颜褒道："东路领军是浙东道水军都统制苏保衡，当年修中都，此次打造战船的都是他。此人监护工役最是在行，带兵打仗怕是差一些。副将是郑家……"

"奔睹的儿子。"张仅言插话道。

"不是。重名而已。他爹是吾都补，郓王。皇统二年就没了。吾都补的汉名也叫完颜昂，所以奔睹就收养了郑家。完颜郑家年富力强，只是他带惯了内河的水师，一旦海战，胜负难料。"完颜褒摇头道。

乌延查剌若有所思："前几日我与默音将军聊起来，他说此次南征不比以往，宋军斗志似乎不弱。默音将军还提到，南面的水军里有一位叫李宝的，曾在岳飞手下做事。此人不容小觑。"

张仅言笑道："完颜郑家是御岳将军的养子，去和岳飞的部下对峙，也是个口彩吧。完颜亮本来是无父无君，肆无忌惮，这两年开始疑神疑鬼。为了避太子光英的讳，把'鹰坊'改称'驯鸷坊'。年初，因为要出兵，又把'北邙山'更名为'太平山'……信口彩这事，他以前不做的。"

李石低声道："败象丛生。看他身边的人，李通、郭安国、梁玷……都是些宵小之徒。"

完颜褒面色沉静，向张仅言问道："听说觳英将军也去平叛了？"

张仅言道："正是，这几日我都在路上，没有他的消息。"

李石道："他是不想守着中都。他也不想真打，出去散心了那是。"

乌延查剌犹豫了片刻，低声道："大人，前线的战报，您这儿怎么得到消息这么快……且细致？！"

"前线有我安插的人。"完颜褒拍了乌延查剌的肩头，"辽阳也有他迪古乃的人啊。"

李石缓缓起身："仅言说高存福的闺女被封了郧国夫人，你知道吗？"

完颜褒一愣："哦，我只知道那女子是徒单太后身边的宫女。"

"仅言和我出门迎你们之前，李彦隆说明日的球场恐有意外……"

胡土瓦肃立一旁："舅爷，我和彦隆叔去看了球场，他说的那些袋子，我都看了，里头装的是彩色面粉，放了颜料的，是要终场后抛撒的，应该无碍。立柱顶端的托盘倾斜之际，也有若干细绳牵制，袋子口敞开就倒出了面粉。风一吹也就散了的。"

"确定是颜料吗？"

"是的，我闻了，花青、藤黄、石绿之类的。还有些干花瓣儿。"

乌延查剌拱手道："大人，明日我早早带队去球场再作勘测。"

李石道："徒单思忠是乌禄的女婿。张谋鲁瓦虽只是个府吏，却最是忠心。他们俩跟乌禄很多年了，以后听你调配。莫出乱子。"

"是。他俩现在就带队在外头等着呢。我先陪大人去拜了主母，然后就招呼他俩回城里。"乌延查剌道。

李石点头道："乌禄，回来的路上，你和查剌说了吗？"

完颜褒微笑着摇头："兹事体大，容后再叙吧。"见场面尴尬，又道，"舅父，要不您先回去歇息吧，我带查剌和仅言去拜过我娘亲……"

李石沉吟片刻："你是太祖之孙，战功不俗，大金上下，人人都知道你仁孝忠勇，沉静明达。迪古乃弑杀亲族，你侥幸躲过数劫，因此比别人更明白何为祸乱。你一直外放做官，了解民情，知道吏治得失。环顾残存的宗族诸王，你众望所归，这是人和；你经营东京以来，政绩有目共睹，财政优裕，民生安定。辽阳府北达上京，南下可抵中都，这是地利；迪古乃此刻已失掉了民心，他的前线更是已然不堪重负，无力顾及国内。此时此地，还要顾虑吗？！事不宜迟，缓则生变啊。"说罢起身伸手向乌延查剌和张仅言致意，"我也去垂庆寺转转。"

完颜褒岔开话头道："仅言，内藏库都好？"

"我日日小心料理，不许火烛进入，左渊也派了些人守卫宫城。"

"他不派人还好，怕是要监守自盗吧。走吧，垂庆寺就在侧院。胡土瓦，前面带路。"完颜褒说罢，拉起张仅言一起步出寮房。

（三） 慎终

垂庆寺的女尼早开了庙门，齐齐跪在甬路边。胡土瓦奔过去将她们一一扶起，口中不住叨念："不要多礼，各位姐姐辛苦啦。"

塔院当中矗立着十多座浮屠，余晖从塔缝中间射进院落，犹如一道道昏黄的帘幕，将塔院切割成忽明忽暗的若干区域。众人在院中行走，如同在阴阳异境之中穿梭。

靠后居中的塔座上堆放了花果和香烛，完颜褒掏出帕子将石碑上的浮灰擦了："彦隆学问不错，可堪大用。今年六月写了这塔铭。"

张仅言细细看了，念道："遗世超俗，依于佛觉。笃志学问，久而弥确……你书丹？"

"是。跪着写的，腕子用不上劲儿，写了十多遍，总是不满意。"

墓塔两侧的木幢上悬挂了若干白布条幅。风吹幡动，张仅言抬头盯了一副挽联，轻声诵念："众香国中来，千佛经上见。"

"张家送的挽联。"完颜褒道。

"落落情缘，空空妙相。"

胡土瓦道："那是刘氏宗族送来的。"

"一见一回首，三藐三菩提。"

李石点头道："上京，完颜晏写的。"

"这是谁家送来的，怎么此前没见过？"完颜褒凝视着其中一副问道。

李石欲言又止，胡土瓦答道："前阵子，来了俩人，非要拜祭，就留下了这个。"

李石嗒然道："山东来的。耿京队伍里的人，来找咱们，希望能彼此响应。一个叫辛弃疾。另一个姓张，面目可憎。给了些程仪，劝走了。"

"哦……仅言你看，这一副是中都送来的——"

晚风初起，塔院里的光影似乎都在浮动。那挽联被风吹得卷曲复又舒展，张仅言定睛细看，上面写的是：

　　邻笛忽闻声，无限凄凉，偏沉寂高僧梵呗；

　　人琴空寄感，霙时解脱，应早渡觉路津梁。

"中都还有什么人？"张仅言皱眉道。

"有位法宝大师，来过辽阳几次，与祖母谈禅说法，也常有书信往来。"胡土瓦见父亲神情低落，也放低了音量。

张仅言连连点头："哦，仰山栖隐寺的。这是大德。张浩与他交好。他们挨打的事你听说了吗？"

完颜褒一愣："你知道的，我对于佛道之事，都不太上心。"

"当时，好些中都的官员都去拜谒法宝，完颜亮很生气，把法宝打了二百大板，张浩也被打了二十。"

"张伯父，这是您递来的：'荫浓萱草，谶悟莲花'。"胡土瓦指着一副对联念道，又指着居中悬挂的一副黄绸对联，"这是我祖母的遗偈，还没写完，就……"

"院下李花，龙语仅言石点头；经上贝叶……"张仅言轻声念出绸缎上的字句，不禁鼻子一酸，"仅言无能，不敢领受主母如此重托啊！"

完颜褒扶了他肩膀道："母亲去世前，屡屡告诫我，越是紧要，越要淡定、廓然。仅言啊，不要悲伤。"

乌延查剌已经跪在塔前连连叩头："主母大人在上，晚辈乌延查剌前来拜祭，愿主母莲台常坐，早生净土。承蒙王爷不弃，我定当竭力守护。也请主母佑他平安。晚辈余生不做他想，只求以身护主，只求我乌禄大人——得偿所愿。"

胡土瓦听他说得真诚，呜地哭出声来。完颜褒走过来，照他屁股轻踹了一脚，又转身向张仅言道："舅父让你来的吧？"

"嗯。"

"说了吗？"

"还没。我猜得应该不差。"

"你意如何？"

张仅言仰头盯着塔上铭文，愤愤道："有德者居之！"

完颜褒席地坐下，从怀中掏出一瓶酒，向胡土瓦道："小子，让你带的杯子呢？"

胡土瓦一忙，嗫嚅道："我以为您说着玩儿呢，没带……"

"嗯。但以后你要记住，我说的话没有戏言。"完颜褒拔开瓶塞，"胡土瓦，你过来。我要讲两个故事。这些你并不知道……你十五岁，可以喝酒啦。"

完颜褒说罢，自己先灌了一口，把瓷瓶递给张仅言："我爱妻死后，我开始酗酒。后来舅父告诉我，迪古乃嗜酒无度，我就把酒戒了。今天庆功宴上，我屡次想举杯，还是忍了。"

张仅言仰头喝了一口，把酒瓶递给查剌。查剌晃了酒瓶，笑道："还不够一口的。"随即轻轻抿了一口，用前襟擦了瓶口，递给胡土瓦。

胡土瓦扶着瓶子，不知如何是好，听见父亲幽幽说道："合剌无道，当诛。但我没想到是迪古乃先动的手。"

张仅言欲言又止，完颜褒道："仅言，你在完颜亮近前多年，你说。"

张仅言道："乌禄，这是你和迪古乃的差异。他肆意妄为，你谨小慎微。"

"还有呢？"

"时机已到，那就追风赶月，别犹豫。"

"嗯。我本想索居一地，无忧少虑，终此一生。奈何事态逼人啊！"

胡土瓦道："父王，您不是要说故事吗？"

完颜褒正色道："嗯。先说你的祖母吧。"他指着经幢上的字迹，"通慧圆明是你祖母的法号。我还没到你的年纪，你祖父就去世了，是你祖母一人抚我育我。女真的规矩是，丈夫没了，要嫁给族内的其他人。你的祖母出家，无非是免于颠倒在皇族之手，合剌，完颜亶，是当时的皇帝，敕建了清安寺，又赏了紫襕袈裟。咱们这一系才得以保全。"

"父王，人们为什么称他东昏王？"

"胡土瓦，你真是糊涂哇。这些日子，不读书吗？"

"彦隆叔叔带着我熟悉府事……书没怎么看……"

"我留给你的那套《资治通鉴》，是余姚官刻本，大金上下只有两套，另一套在宫中，据说迪古乃随身携带。千古政事，都在其中。你不去读书，反倒耽搁在日常钱粮管控里头！正是读书的年纪，岂能因小失大！查剌，你说与他听。"

乌延查剌笑道："王爷不必苛责孩子，前朝的故实，身边人也不好多讲给他听。胡土瓦，你父亲说得对，政务琐碎，实则千篇一律。日后你定当独当一面、统筹全局，不必囿于东京这点儿案牍……完颜褭被称作东昏王，那是当今主上，迪古乃，杀人诛心。南朝曾有个齐废帝，萧宝卷，被萧衍废了，之后萧宝卷被贬为东昏侯。'东昏'这个词就是从那儿来的。"

张仅言惊道："哎呀，没想到铁锏万户竟然饱读经史！"

完颜褭手指乌延查剌："胡土瓦，你听见没有！时人只知道查剌的武功战绩，以为他只是一介武夫，谁知道他胸中另有锦绣！大金的将领之中，通天文、晓地理、知古今的人才比比皆是。你奋起直追怕是都来不及！明日之后，你回去书房，趁着你张伯父在辽阳，多和他请教几天吧。"

胡土瓦满脸通红，灌了一大口酒，又见父亲抚着胸口说道："我的一生，良师、诤友无数，又有两位亲眷，对我影响至深。"

完颜褭向塔陵叩了头，起身将塔基上的杯子一一取下，将其中米面倒在一旁。查剌见状，解下身上的扁壶，倒出净水冲洗了。张仅言接过胡土瓦手里的酒瓶，把酒杯斟满。

四个人复又席地而坐，完颜褭仰首道："刚说了你的祖母……再有就是你的母亲。"

张仅言点头道："出了中都之后，我绕道去了宛平县的土鲁原，去乌林荅墓前祭拜了。"

"情形如何？"完颜褒语气嗒然。

张仅言长叹了气，半晌不语，仰头将杯中酒一饮而尽："荒烟蔓草。"

见完颜褒神情落寞，又道："良乡那边，王妃辞世的地方，当地人偷偷地唤作固节驿。"

完颜褒示意胡土瓦将张仅言酒杯斟满："你母亲最是女中豪杰。完颜亶屠戮宗室之际，你母亲让我把家传的玉带献给他，说这东西本来就是宋宫中的，留在家里只会惹来猜忌。我献了玉带，这才算躲过一劫。迪古乃上位后，变本加厉，宗室人人自危，又是你的母亲，让我把珍藏的契丹的骨睹犀佩刀、玉盏献给他。迪古乃因此以为我胆小、怕他，这才放过了我。你可知他前前后后杀了多少宗室？"

张仅言望了胡土瓦一眼，见他一脸懵懂，道："杀太宗子孙近百人，只是宗翰的子孙就有三十多人，其他宗室五十人不止。这还不是全部。"

查剌叹道："无辜者比比皆是，其中以芮王完颜亨为最。说是被踢下体，活活被踹死。"

完颜褒向查剌道："有个说法，说用锤的人当中，完颜亨第一，用锏的人里，你第一。"

查剌摆手道："不敢与芮王相提并论。曾有人在迪古乃面前起哄，让我二人交手。亨王爷体谅我，不和我动手。我自忖非他对手。看过他练流星锤，我在他面前过不了五个回合。也见过他击鞠，驰骋奔突，马术更是胜我数倍不止。大金名将如云，在下平庸，绝不敢和芮王相提并论。"

李石道："迪古乃身边另有猛将，姓韩。"

"韩夷耶！本是宋人，据说在水泊梁山，吕方和郭盛一起带大、调教的。使戟。有一次军中竞技，他只用了三个回合就把完颜亨的铁锤挑飞了，盔也打掉了。却一直不受重用。"张仅言叹息道。

乌延查剌哼了一声："嫉贤妒能，迪古乃称得上是前无古人了。"

胡土瓦见他们越说越远，追问道："他为何让我母亲前往中都？"

"当时我在济南尹任上，他是要你的母亲去中都做人质。"

"胡土瓦知道详情吗？"张仅言问道。

"你说给他听吧。"完颜襄意兴阑珊。

"你的母亲乌林荅，最是贤良。她和你父亲青梅竹马，经常一块儿逃学到野外疯跑。我做侍读的时候，屡屡棒打鸳鸯，去你祖母面前告状。后来，他们成亲，不只是他们自己得偿所愿，也是很多人的心意。一对儿璧人儿啊，真是天作之合。后来，你就出生了。再后来，你父亲在济南尹任上，完颜亮忌惮你父亲，传唤你的母亲去中都。这是个难题，无解。不去就是抗旨；去了，你父亲从此受制于人。你母亲没有一丝慌乱，毅然前往，让人将你父亲拦在门外，不与他见面。临行前让我替她去泰山祷祝，说她不会背叛你父亲，说请求皇天后土见证她的心思。随行的人都猜到她会在途中自绝，一路细致看护。到了中都旁边的良乡，只剩七十多里，侍女和随从大意了，以为没事了。你娘……投河了。"

胡土瓦此前只知道母亲是自尽身亡，却不知其中肯綮，此刻听张仅言娓娓道来，不禁低声抽泣。

张仅言见众将官在塔院里巡查已毕，列了队，正向这边遥望，探手从怀中抾出一个油布包，向完颜襄说道："娘娘辞世之前，留有书信一札……"

完颜襄惊呼一声："你从何处得来？"

"有个侍女，叫个玉奴，一直悄悄儿在固节驿旁边的村子里为夫人守墓！我到土鲁原的时候，认出了她，就交给了我这个。"

完颜襄默不作声，脸上已是涕泗横流，他接过布包，见上面的题签已经漫漶，依稀辨出是"上郑国王书"五个字。他正要拆开细读，却被张仅言扯住。

张仅言望向胡土瓦，完颜襄见儿子哭得几乎背过气去，查剌正给他揉捏胸背，伸手将布包掖入袖口，沉吟道："罢了……就在这几日。"

第八回

（一） 击鞠

辽阳城南的望海门早在辽代即已建成，很多老人仍是固执地称它为龙原门。城门外的空地上人头攒动，鼓手们裸着上身排成两列，头上分别包了黑白幞头，将场边的十数面大鼓擂得山响。

场地两端正有人在球门洞后拆下旧网，剪成若干片段，又团成几团，用弹弓射向观众。看客们不时哄抢。

高存福拉着张仅言的手道："兄台，你瞅瞅，半个辽阳府的人都来看热闹了！"

"球网怎么这么多人争抢？"

"本地风俗，破旧球网可以安胎、续命。也是图个热闹……怎么大人还不过来？"

张仅言抬头看看日头，摇头道："是啊，昨晚我拜祭了主母，就回馆驿了，王爷和小王爷在守灵，估计是爷俩儿说话，睡得晚吧。"

话音未落，只听得人群一阵喧腾，李彦隆踮起脚尖："说曹王，曹王到！"

乌延查剌一马当先，飞一般穿过通道，旋即停住，向三人一拱手："王爷片刻即至，开球吧。"

高存福踮着脚勉强抓住他马缰："哦不，王爷开球才好！"

查剌嘿嘿一笑，指着看台道："那不是，已经落座了。"

高存福呀了一声："咦，啥时候的事，咋不从正门进？！"再向另两个门口望去，徒单思忠和张谋鲁瓦已经带队守住了入口。

人群随即爆出一阵欢呼，却是完颜褒刚刚坐定，就有一团球网飞过，完颜褒轻舒长臂抓在手中。人群中不知谁喊了一句："葛王威武！"场外众人群情激昂，异口同声地跟着高呼。场边的鼓声也是一停，随即不约而同地重又擂响，鼓声顿挫，看客们也随着鼓声一字一顿地齐声高呼"葛——王——威——武——"。鼓声一阵紧似一阵，看客们的呼声越喊越快，最后全场一阵欢笑，引得鼓声也跟着乱了节拍。

完颜褒手举球网，向四面的观众回礼，顺手将球网递给李石，李石一愣，接过球网塞到胡土瓦手里。

场上欢呼声仍是此起彼伏，李彦隆道："仅言兄可知王爷在辽东呼声如此之高，原因何在？"

张仅言笑道："他就是没有坏心眼儿而已。"

"仅言兄没听说吗？今年开春，东梁河发大水，几天工夫，水就要没过城墙，留守大人站在城上祷祝了几句，又吼了几嗓子，水就退了。老百姓都把他当成了神！"

"吉人天佑，也是辽阳的百姓有福。走吧，咱们也别愣着啦。"张仅言推着高存福进了场地。乌延查剌吩咐身边人守住正门，凝望了场地中的高杆，回手摸了背上的铁锏，这才大踏步直奔主看台而去。

高存福气喘吁吁爬上主看台，施礼道："王爷，属下敢请您抛球……"

完颜褒摆了摆手："存福，你去吧，终局时候我再下去。"

高存福见乌延查剌和张仅言分立在完颜褒左右，尤其是那乌延查剌，一张大脸涨得乌黑，心里一怯，道："得令！属下这就去。"

他腆着大肚子一路磕磕绊绊，呼哧带喘地走到场中，和客队的队员低语了几句，伸手接过铜锣和木槌放在一旁。身边有人将锡皮卷成的号筒递到他嘴边，却不小心磕到了他嘴唇。高存福一脚将那兵士蹬了个跟头，惹得场边看客又是一阵哄笑。

高存福接过号筒，在怀里鼓捣了一会儿，拈出一张纸片，举在眼前，又朝着完颜褒的方向高喊道："葛王爷带队出征，亲冒弓矢，契丹叛军被咱们打得是落花流水啊，丢盾弃甲，望风而逃，抱头鼠窜，狼奔豕突！昨日凯旋，今日，在这里，我谨代表东京民众，咱们给王爷贺功。今天竞技的两支队伍——来访的是济南府的缟素队，球风彪悍，球技精熟，胜过中都队的！那是咱们葛王爷乌禄大人就任济南府尹时候的事，当时的济南府在葛王爷的主理之下，那真是政通人和，'非虫'声全国！"

他话音未落，场上看客已有人笑出了声。张仅言与乌延查刺彼此对视，都不禁莞尔。高存福听见观众席上嘻嘻哈哈喊喊喳喳，低头细看，纸上写的确是"非虫声全国"，心里更是纳闷儿，抬头向主看台瞄了一眼，看见完颜褰面无表情，再看看纸片，高声改口道："哦，没有虫，是蜚声全国。没有虫！"众人听他越描越黑，更是笑作一团。

见完颜褰也在微笑点头，高存福清了嗓子大喊道："客队介绍完毕。东道主，是咱们的辽阳——贲罡队！"

高存福刚报出辽阳队的名字，场内外已是欢呼一片，待两队人马踢踢踏踏走到场地当中，人群突然鸦雀无声，随即又是一阵喧笑。却原来是济南队的马匹个个瘦小干枯，甚至还有两头驴混杂其中。

李彦隆贴近完颜褰低声道："大人，这济南的队伍是乙队，甲队连同马匹都去前线参战了。"

完颜褰见辽阳的队伍人马齐整，心下安慰，又听见李彦隆道："咱们的队，马也是昨晚才换的，是从您带回城的战马里选的，看着好看，就合练了几个时辰，也不一定熟练。"

完颜褰哦了一声："这是欺负人了，这样不好。"

"大人，这就是个表演，就是看个乐儿。"李彦隆自知多嘴，不再说话。

"彦隆啊，"完颜褰道，"这样消遣人不好！我虽在济南做过府尹，但这次人家远道而来，是客人！不可以太难看，咱们不能拉人来给咱们垫背。你去告诉存福，把两队拆散，重新组队。再换一枚球！对方着白衣，我方着黑袍，场上用黑球，哪有一点儿主场的气度，是成心让济南队眼花缭乱吗？！去，把球换成杂色的。"

李彦隆连忙跑下看台，在场地中央和高存福耳语了几句，高存福向看台中央施了一礼，拎起号筒叫道："王爷宅心宽厚，心疼济南来的队员长途奔波，人困驴乏……马乏，命场上队伍重新整为两队，以示公平！"

场内外观众又是一愣，随即叫好声不断。辽阳队的队员下了马，和济南队队员拍拍握握。双方队员各有几人互换球服，此时晨风凛冽，几位队员裸裎了上身，一身腱子肉在日光映射之下更显得跳脱涌动，惹得场外女看客们连声尖叫。

高存福拾起铜锣，抡起木槌重重敲了一下，随即伸出短腿将球踢入场中，两队呼哨声大作，竞技开始。

双方队员没了输赢负担，在场上纵横驰骋，攻守转换流畅至极，进球数目不相上下，场边的锦旗转眼就插到了十一比十。李石笑道："呵，乌禄，亏得你重新整队，这济南替补队不弱啊！进球的都是他们。"

完颜褰惭笑道："没想到，那两头驴竟然是奇兵！"

张仅言连连点头："我才想起来！对阵中都的时候，也有两头驴替补上场，扳平、反超了比分。"

他话音未落，乌延查刺沿着过道跑过来："大人，巡查了几遍，并无隐患。"

完颜褰跟他点头致意，突然站起身来。此时，白队一名球员策马带球直奔球门，黑队球员随即蜂拥而至，将球门围得水泄不通。场下的看客个个屏住了呼吸，只听得场上球员手中的月杖彼此磕碰。乱战之中，黑队的驴在群马夹缝中穿梭游走，那球手瞅准时机，挥起手中球杆正要射门，不料人马拥挤，刚抬起的球杆被白队队员架住。

这骑驴的球手索性撒手，眼见着自己的球杆被甩到半空，大叫："犯规！耍赖！"高存福伏在场边，盯着马蹄下的球，那球被众人的球杆拨来拨去，却怎么也打不远。骑驴的球手见无人理会自己的投诉，正要掉转驴头去远处捡回球杆，驴蹄子正巧踢在球上，球应声滚动，穿过一众马蹄和球杆，不偏不倚地滚入球门。

场上球员愣了一愣，黑队队员随即纵马纵驴绕场驰奔，场外观众也是一片沸腾。

白队球员并不服输，齐齐将那黑队骑驴球手围住，又有人跳下马把高存福拽了过来理论。白队里也有一位乘驴，乘驴的队员上前揪住原本的同伴指责，两头驴却趁机撕咬起来。其他队员见状，也觉得热闹，索性都后撤到场边，看两头驴互相踢踏，驴上的人也彼此推搡，场内外的哄笑声此起彼伏。

乌延查剌见完颜褒轻轻摇头，从背上抽出铁锏连连叩击，又高举了拼成一个十字，喝道："高副留守，止！"

他声音并不高亢，却格外雄浑，高存福正在场内分开两头驴，听到呼喝，抬头看见完颜褒身边人举起了铁锏，那铁锏映了日光，似乎有两道虹光在完颜褒旁边环绕。高存福拎起号筒照着两头驴的屁股一顿拍打，又举起号筒尖声叫道："比赛终结！队伍归位！"

场上队员连忙下马，牵着坐骑走到场边列好队伍。只有那两头驴还在不住嘶鸣，似乎与高存福的喊叫声应和。

场内外喧嚣声不止，高存福扯着脖子高喊："辽阳队，啊不，黑队进球数，率先破十一，本场竞技……！"白队的队员们交头接耳，随即嘘声一片，那骑驴的叫道："驴踢进的不算数！"

高存福回头瞪了他一眼："白驴你住嘴！有能耐你也踹一个进去！驴鞠也是鞠！本场赛事，胜负分明——下面有请留守大人出场授奖！"

李石也憋不住乐："这个高存福啊，也是真有点儿意思。"

张仅言低声道："春天在中都讲武殿前的球场，那个马球的局就是高存福设的。"

李石惊得站起身来："查剌，你听见了吗？"

乌延查剌点头道："昨晚，仅言兄已经和王爷说了。您放心，一会儿下场，我不离左右。"

高存福见群情激昂，向台上的完颜褒叫道："有请留守大人移步，来场中同乐！"

完颜褒整了衣衫，伸手拉住了胡土瓦："你和我一起下去。"说罢起身下了台阶。

乌延查剌将双锏一起捏在左手，右手拨开人群在前面开路。完颜褒见那双锏耀眼，笑道："你拎俩三棱刀，多吓人！别碰着人！"

乌延查剌欲言又止，将双锏交给场边侍卫，护着完颜褒走到场地中央。

高存福将号筒交给完颜褒，低声道："请您训话。"说完伸手要拉乌延查剌站到远端的人群里。乌延查剌嘿了一声："你跟我动手？！"

"查剌将军，咱们站远些，留守大人要宣讲。这场地中央就王爷和小王爷就好。"

"不要你管，起开！"乌延查剌怒目圆睁，高存福被他吓得一激灵，哼了一声，又伸手拽了胡土瓦："小王爷，跟高叔到边儿上去站着。"

胡土瓦看爹爹点头，跟他走到一旁。高存福又扯过一个小校，指着完颜褒身边柱子，嘱咐道："大人一宣布赢家，你就解开立柱上的那绳子——有彩带、花瓣啥的。"那小校低头走到完颜褒身旁。

完颜褒举起号筒笑道："前方战事猝急，我等在后方，也应该彼此照应，而非你死我活！此次竞技，精彩至极！缟素队不愧是大金第一球队，骑术精湛，球技令人叹为观止。辽阳队竭尽全力，也有不俗表现。此次比赛，都是胜者，一律有赏！"

两队球员一阵欢腾，将手中月杖在马鞍上磕得啪啪作响，口中嘿哈声不绝。

那小校连忙伸手解开绳子，绳子原本绕在柱上，一经松脱，随即牵引了柱顶的木箱，只听轰隆一声，木箱歪斜，纸屑和绒球纷纷扬扬飘落。

场内外欢呼声四起，乌延查剌抬头一看，见纸屑当中又有彩色粉末弥散，他轻嗅几下，只闻到一阵甜香。正要提醒完颜褒当心，只觉得眼前一黑，却是木箱中又落下一连串的石球——

（二）　行刺

　　乌延查剌大喝一声，伸手将完颜褒推到一旁，自己纵身躺压在他身上。那些石球犹如头颅大小，一经落地，地上已经砸出了脸盆大小的深坑。那拽绳索的小校躲闪不及，被石球击中头顶，如一匹破布一样委坠在地，脑浆和鲜血喷溅而出。

　　石球在空中撞击，改变了方向，有几个正朝着完颜褒砸下来。乌延查剌伸出双脚，待石球落下，用脚心顺势轻轻接了甩到一边。

　　场内外鸦雀无声，只听得胡土瓦一阵惊叫，乌延查剌转头细看，却是济南球员们把手中月杖扭开，从中抽出长刀，正蒙着脸赶过来。

　　乌延查剌起身将完颜褒拽起掩在身后，探手去后背一摸，才想起铁锏并未随身携带。

　　此时场中一片慌乱，辽阳队员抢起球杆和济南球员混战，惨叫声此起彼伏，辽阳队员转眼已尽数受伤倒地。徒单思忠和张谋鲁瓦从球场的侧门带队赶来，看到高存福手持匕首抵在了胡土瓦腰间，再也不敢妄动。李石和张仅言正要奔下看台，见状只好沿着台阶缓缓下行。

　　场上的济南队员浑身是血，举刀向完颜褒涌来。乌延查剌抢过号筒，喝道："停！"那十数个济南球员猛地收脚，其中几个趔趄着蹲坐在地上，听见乌延查剌低声道，"放下手中兵刃，我饶你们不死。"

　　此时粉末扬扬洒洒、四处飘散，乌延查剌的发辫沾满了纸屑，他探出左手把卷发绾了个松松垮垮的髻，重又咧着大嘴向缓步上前的刺客笑道："住手吧。"他面色狞厉，笑容却是温柔至极。

　　高存福尖叫连声："不杀他，你们必死！上啊！"

　　刺客们面面相觑，脚下却不停留，一步步朝乌延查剌挪过来。乌延查剌露出一口白牙，笑道："劝了，不听，那就等死吧。咱们有约在先啊，如果我取了你们性命，你们死后不要找我，去找那个姓高的。是他，把你们逼上绝路。"见刺客们慢了脚步，又道，"你们非要过来，我就只能动手，咱们赌一把——你们每个人，我说每个人，都会死在——自己刀下！"

完颜褒嗯了一声，解下颈上围巾交给乌延查剌。查剌低头看了，见围巾里织了金属丝，笑着伸出右手，任他把围巾缠在自己手上："不管你们是什么人、从哪儿来，放下刀，我给你们盘缠放你们走，永不追究。"

那几个刺客听罢，互相嘀咕了几句，仍是脚下不停。乌延查剌向完颜褒笑道："王爷，用帕子把口鼻掩好。稍等，很快。"

高存福推着胡土瓦上前，颤了声音道："别听他胡扯，这人最是心狠手辣，杀了他啊！"见刺客们仍是慢腾腾往前挪，又叫道，"孩子在我手里，他们谁也不敢动手，快！机不可失啊！"

乌延查剌轻推了完颜褒到木柱后："大人，以后别叫我铁铜万户了，今天我使这锡兵刃！"

刺客们回身看了高存福，见他用刀逼了那孩子，彼此点头，随即一拥而上。乌延查剌转过身，见其中一位操刀直刺过来，他顺势闪身，任那刀戳入木柱。那人正要拔出长刀，乌延查剌左手捏了他腕子，那人哎哟一声撒手，却被查剌一把拽过来在刀刃上抹了脖子。

查剌看了那刀，又看了其他刺客的握刀手法和步伐，笑道："高丽的吧？可惜了！"正要伸手拔下长刀，又有人呼喝着奔过来，他也不躲闪，将号筒交入左手，又用号筒抵住刀身，手腕轻翻，将刀身套入号筒，右手抓住刀刃，从号筒中将长刀抽了出来，反手一刀刺入那人胸口。

场内场外阒寂无声，乌延查剌哼了一声，将刀递给完颜褒，随即纵身上前。他如法炮制，左手挥舞号筒套住刀刃，右手夺刀，几声闷哼之后，地上已躺下了六七人。

剩下的几个刺客吓得呆立在原地，腿肚子不住哆嗦。乌延查剌将发髻散开，伸出右手，示意那靠前的一个将刀递给自己："不打了吧？你们几个，把刀远远扔了，我仍然饶你们不死！"此时一阵风起，吹得他满头乱发狂舞，那人见他目露凶光，不自觉地跪下身去，将刀头掉转。

乌延查剌接过刀柄，猛听得完颜褒在身后大叫："小心！"乌延查剌也不转头，回手一刀砍下，却是一个未死的刺客爬起来举刀偷袭，被查剌一刀砍掉了一扇肩膀。

乌延查剌盯着远处的胡土瓦，又向高存福微微一笑，转过身看那偷袭的刺客在地上抽搐，哼了一声。

看台上的李石和张仅言已经缓缓步入场中，却仍是不敢靠近。乌延查剌看了一眼李石，右手握住刀身，将左手中的号筒向他直抛过来。场内外的众人视线随着号筒在空中划出一道圆弧落在李石身边，李石见地上的锡片上布满了刀痕，正纳闷儿，猛听见乌延查剌大喝一声："低头！"

喊声未落，乌延查剌将手中长刀嗖地掷出。胡土瓦刚才和他对视，这会儿听见呼喝，连忙低头，只听见身后的高存福一声惨叫，回身看时，见他右肩插了一柄长刀，手中的匕首当啷一声落在地上。

张谋鲁瓦再不迟疑，飞奔过来将高存福扑倒，压在膝下。那边的徒单思忠带队将缴械的刺客捆了，李彦隆也扶着完颜褒走到李石身边。

乌延查剌走过去扶起胡土瓦，低头看了他后腰，见没有血迹，叹道："好孩子，你真机灵！吓着了吗？"

胡土瓦脸色苍白："查剌叔叔，这就是传说中的撒手锏？"

乌延查剌嗯了一声，拉着他走到完颜褒一侧，单膝跪地："属下维护不周，请大人治罪！"

完颜褒看了远处的高存福一眼，笑道："本王感激你还来不及，哪有治罪的道理！"

乌延查剌低声道："粉末有毒，请诸位大人速速离场！"话音刚落，鼻孔处已流出血来。李石大吼一声："场中人速速离场！鲁瓦护住查剌！思忠将其他人收监！"

完颜褒一行赶到清安寺，连忙找了医师给众人服药祛毒。乌延查剌吸入粉末最多，此时已经神志不清。完颜褒在庵堂中间踱步，又有几位大夫进来，徒单思忠从球场取回了几抔粉末，大夫们在一旁喊喊喳喳争论不休。

胡土瓦惊魂未定，拉了张仅言的手道："伯父，查剌叔叔不会有事吧？"

"他身经百战，今天的本领你也见着了，这样的人物不会中小人的毒计。"张仅言安抚道，"他身子骨强过咱们百倍，只是在场上御敌，需要大口呼吸，这才症状明显些。你父亲首当其冲，也吸入了一些，好在有帕子护着口鼻，你看也没有大碍。不要担心……我没说错的话，那丝帕是你母亲留给他的……你娘一直护佑着他！"

一位大夫从桌边起身："大人，可以断定，这是雷公藤，混入了砒霜和乌头，我等再去配药，佐以炭灰和碱水催吐，再急煎金银花、绿豆和甘草，查剌将军应该可以痊愈！"

完颜褒点头道："守真先生辛苦啦，诸位费心。"他依次盯了另几位大夫，"这位是大名鼎鼎的神医守真先生，河间的刘完素！刘先生医术精深，是宗师级的人物，这次险些被契丹叛军掳走，所幸被查剌将军救了出来。现在他救查剌，这世上的机缘转换，也是巧合。你们多和他讨教吧。"

张谋鲁瓦和几个兵士押了高存福进来，见他肩上仍是血流不止，完颜褒唤过一个大夫："给他包扎。"

那大夫上前正要查看伤势，高存福抬起一脚将他蹬了个趔趄。张谋鲁瓦怒不可遏，一把将他摔在地上："夯货，还敢猖狂！"

完颜褒扯了把椅子，又把高存福从地上扶到座位上："存福，何必呢？"

高存福哼了一声："完颜乌禄，你想干什么以为旁人不知道吗？我最看不起你这套假惺惺的架势，'王莽谦恭未篡时'！要杀要剐，你随便。"

完颜褒转身走进内室，看乌延查剌悠悠醒转，不禁心情大好，又走回厅堂，向高存福道："你我心知肚明，不必多言。这句诗是迪古乃教给你的吧。"

"是又如何？"

"你可知道这诗还有上一句吗？"

"不知道又怎的！"

"我也教你一句。"见高存福不经意地盯着张仅言，完颜褒又道，"'王莽谦恭未篡时'——上一句是：'周公恐惧流言日'。你受了什么密令，本王不想知道，我只想问你，你所知道的迪古乃，对流言可有哪怕一丝恐惧？！又有哪一句是流言？！"

"听不懂你在说些啥！主上大人大量，这才留下你这样狼子野心的兄弟，你最近干了啥，你自己不知道吗？真当别人都是傻子吗？你口口声声出去平叛，你打了哪怕一仗吗？你私下里招兵买马，是要送往前线吗？你和老李头子在清安寺没日没夜地嘀嘀咕咕，是在为东京百姓谋福吗？"

完颜褒被他问得一愣，随即笑道："你已经尽力了，迪古乃不会埋怨你。本王命不该绝，现在你信了吗？我如果记得没错，三年前，九月丁丑，你当时是教坊提点，迪古乃派你作为生日使，十一月癸酉抵达高丽。今天的这伙子刺客，就是你从高丽雇来的吧。"

高存福哼了一声："我是国丈，谁敢杀我？！"

完颜褒轻轻点头："知道了。郧国夫人嘛。不杀你。杀你是犯禁。杀你也还轮不到我。"完颜褒转身向张谋鲁瓦道，"送副留守大人回府，不得派人监视。高大人要走，任何人不得阻拦。"

李石从内室走出："存福，你说句软话吧。"

高存福呵呵怪笑："姓李的！还记得吗？贞元元年，主上进中都的时候，你在城门外迎候，主上只说了一句，这不是葛王的娘舅吗。瞧把你吓的，跟个阉鸡似的，赶紧告老还乡！现在你还抖起来了！不用你劝我！你也配？！你们这些见不得人的勾当，真以为能撼动得了主上吗！"

李石见他肩上仍是血流不止，叹道："真没看出来，我以为你就是个脑满肠肥的蠢材，还真是条汉子。我且不问迪古乃许诺了你什么，我只问你，年初，中都，在讲武殿前的马球赛事，也是你的主意吗？"

"是！李通大人和我不谋而合。主上当时决意南征，朝野上下有些不开眼的，当面背后胡说八道。球场上杀了耶律延禧和赵桓，俩过气的辽宋废帝，也是断了那些人的念想！有何不可？！"

"你很乐意在球场上设伏？"

"今天要不是那个乌延走狗在场，你们全被我包圆了！"

李石哈哈大笑，转身向完颜褒道："乌禄，放他回府？"

完颜褒向张谋鲁瓦点头道："去叫个大夫，一起送他回府吧。"

张谋鲁瓦正在犹豫，张仅言已经去内室拉了一个郎中出来："先生，请您和高大人回府，尽快给他疗伤。"

（三） 投毒

"父亲，衙署的人都到了，在大殿里候着呢。"胡土瓦道。

完颜褒蹲在床边，看乌延查剌缓缓睁开双眼，长吁了一口气："查剌，你怎么样？今天让你受累了。"

查剌急眨了眼皮，噗地乐出声来："吓到小王爷了吧？"

完颜褒见他面色转好，笑道："什么吓到！今天的事，够他吹一辈子牛了。你俩心有灵犀，这就是命中注定！"

乌延查剌苦笑："大人，以后无论如何，不要让铁锏不在我身边……否则，今日……只要几个弹指的工夫……"

"我信，我信！"

"刚我听到您让姓高的回府了？"

"审问他，太给他脸了。他已经是废物一个了。迪古乃最恨蠢材，不需要咱们动他。"

"大人，我觉得此事蹊跷。城里怕是不只有高存福……"

"嗯。府兵也有一些跟了他，原本要暴动的。见势不妙，跟徒单思忠都交代啦。"

"我晕倒之际，突然头脑澄明，只觉得有一双眼睛在暗处盯着我看！大人，今日之后，更要时时提防啊！"

李石步入门来："乌禄，让查剌好好休息吧，咱们去外间琢磨一下此事怎么处理。"

"事发时场内外有万八千人，城里现在是谣言四起啊。"张仅言连连点头。

李彦隆见几人不再说话，低声道："卑职和小王爷一同查看了的，昨晚没见到石头啊……"

"高存福那么贼，定是你俩去了之后又动了手脚。彦隆啊，不必挂怀。"李石言毕微微点头。

李彦隆躬身施礼："下官已经派人在高存福家四周布下暗哨……"

"大可不必，"完颜褒笑道，"此事如何告知主上，是否禀告主上，倒是费思量。"

李石道："高存福蓄了不少鸽子。"

李彦隆恍然大悟："我这就让人盯防，如有信鸽起飞，定要捕捉！"

"不必。地上的拦不住，大上的随便吧。"完颜褒望向李彦隆，"那几个刺客审了没？"

"张谋鲁瓦审了，只说从婆速路进来的，是高存福花钱雇的。"

"城内可还有同伙？"

"说没有了。高存福吝啬，也不太可能雇许多人。"

"那两个骑驴的不是济南队的吗？"

"是济南队的。但他俩没刀，动手时并未参与，当时都吓傻了。也审了，说是被高存福高价骗来的，和那些高丽刺客临时组了队。"

泥炉上的铁壶噗噗作响，胡土瓦走过去从抽屉里取了茶叶撒入壶中，正把桌上的茶杯一一翻过来，就听见院内一阵脚步声："报——"

胡土瓦放下托盘，连忙跑到门外："何事？"

那小校半跪在阶前，伸手递上了一封信札："门外有人送来一封信，请留守大人亲启。"

"人呢？"

"还在门外。"

"什么人？"

"说是婆速路，默音大人队伍里的。"

"快请进来！"

胡土瓦捧着信快步进屋，见舅爷、父亲和张伯父已经起身，忙把信交给父亲。完颜褒见信封上的女真文蜡封，心中不免犹疑："彦隆，你去接一下信使吧。"

李彦隆应了，走到桌边咕噜吞了一杯水，一路小跑去了门口。

李石接过信纸扫了一眼，转手递给张仅言，张仅言看了，不禁喜上眉梢，回身向床上的乌延查剌笑道："娘家来人嘞！"

乌延查剌腾地坐起身："默音来了？"

"明天就到，"完颜褧面带微笑，"你躺着吧。我们去大殿说点事情。"

李石道："查剌应该在场。别去大殿了，让胡土瓦去把人都叫到这里吧。"

胡土瓦见父亲点头，刚跑出门，险些和李彦隆撞了个满怀："李叔，我去请众将官过来。"

"快去吧。您这边请。"

李彦隆引了那着戎装的人进了庵堂，完颜褧迎上来："辛苦了！怎么称呼？"

那人一跪到地："完颜斜哥拜见留守大人，家父派末将前来送信。"他抬头看见了床上的乌延查剌，"查剌，你？！"

李石将他扶起："是默音的公子啊，快快请起。今日出了些意外，查剌中了点儿小毒，没有大碍。"

查剌大笑一声，捂着头缓缓躺下，又爬起来伸手拎起床边的钵盂，干呕了几声："斜哥……你们非要磨蹭几天，一起来不好吗？！"

完颜斜哥道："空着手来不成啊！您别装病啦，快起来吧，明天见到车队你就知道了。"

张仅言拈起一杯茶，递给完颜斜哥："少将军，辛苦啦，今天好好歇歇。"话音未落，胡土瓦已经带了十多个将官进了庵堂。众将官一见查剌蜷伏在床上捧着钵盂呕吐不止，纷纷跪倒在地，知军李蒲速越抬头向完颜褧道："大人，动手吧，我等万死不辞！"

张仅言从抽屉里又取出一摞杯子："各位兄弟，都起来吧。你们和乌禄东奔西走，都是过命的交情。今天就以茶代酒，算是盟誓。"

众人纷纷起身，各自斟了茶，双手举起茶杯。完颜斜哥见状，一仰头把茶灌了，却见其他人矮身将杯中水倒在地上。

乌延查剌放下钵盂，笑道："斜哥，你老是这么急躁，你爹打你打得还是少啊！"他大笑几声，又低头一阵狂呕。

胡土瓦和几个僧人搬了椅子进来。见众人落座，完颜褒一言不发，从怀中取出一纸信笺，递给李彦隆。

李彦隆一怔，见完颜褒向自己点头，念道：

尝谓女之事夫，犹臣之事君。臣之事君，其心惟一，而后谓之忠；女之事夫，其心惟一，而后谓之节。故曰，忠臣不事二君，贞女不更二夫，良以此也。妾自揆蒲柳微躯，草茅贱质，荷蒙殿下不弃，得谐琴瑟之欢。奈何时运不济，命途多舛，打开水面鸳鸯，拆散花间鸾凤。

妾幼读诗书，颇知义命，非不谅坠楼之可嘉，见捐金之可愧。第欲投其鼠，恐伤其器，是诚羝羊触藩，进退两难耳。故饮恨以行，挥涕而别，然其心岂得已哉？诚恐楚国亡猿，祸延林木，城门失火，殃及池鱼云尔。妾既勉从，君危幸免。逆亮不知此意，以为移花就蝶，饥鱼吞饵矣。

众人愕然，有几位不通文墨的，低声向身边人问了，随即连连摇头。

李彦隆哽咽了嗓音，又念道：

吁！燕雀岂知鸿鹄志哉！今至良乡，密迩京国，则妾洁身之机可以逞矣。妾之死为纳常计，纵偷生忍辱，延残喘于一旦，受唾骂于万年，而甘聚麀奔鹑之诮，讵谓之有廉耻者乎！妾之一死，为后世为臣不忠、为妇不节之劝也！非若自经沟渎莫知者比焉。

逆亮罪恶滔天，其亡立待！妾愿殿下修德政，肃纲纪，延揽英雄，务悦民心，以仁易暴，不占有孚矣。殿下其卧薪尝胆，一怒而安天下。勿以贱妾故，哀毁以伤生，而做儿女态也。裁书永诀，不胜呜咽痛愤之至。

胡土瓦在一旁已是啜泣不止，李石起身道："这是胡土瓦的母亲，乌林荅，在良乡写下的绝笔……今日在球场，诸位已经看见了。高存福也已承认，他所作所为都是完颜亮指使。刚才信中所谓'逆亮'，诸位还有异议吗？"

李彦隆低声道："完颜亮倒行逆施，视人命如草芥，方今民不聊生，人人自危，王爷宅心仁厚，起兵自立势在必行，非此不能解万民于倒悬。众望所归，王爷不必迟疑！"

张仅言端了一杯茶，递到完颜褒手里："此事并非私仇，是为公怨。要让天下老者有安养，幼者有庇佑，除此别无他法。说起来，自大金建国，到今天也没过几天安生日子。殿下，喝了这杯茶，也不枉大伙儿泼茶为盟，免了属下们许多回肠吧。"

完颜褒仍是不动声色，端杯的手却有些颤抖，他刚将茶杯凑到嘴边，就听见完颜斜哥哼哟一声，歪歪斜斜走了几步，伸手要扶住桌角，却摸了个空，一头撞在桌腿上。

众人一阵惊呼，乌延查剌也停住了呕吐，只端着水盂愣呆呆不明所以。

李彦隆伸手要扶起完颜斜哥，却见他手脚抽搐，后背蜷缩，整个人佝偻成了一团。

胡土瓦飞跑到厢房，叫了刘完素和几位大夫过来。刘完素看了一眼完颜斜哥，见他角弓反张，四肢强直，双脚愈发内收，再看他脸，更是狰狞至极。他掀起壶盖轻嗅："牵机药。各位，灭了灯火。"

查剌叫道："不可！"

刘完素回过神来，拉了身边的几个校尉："快把这人抬到厢房，不要点灯，不要喧哗。"又催促了身边的大夫，"给查剌将军的炭灰和碱水还有吗，给这位灌下去！再去煎些甘草水，多放些绿豆和黄芩进去。"

众人一团慌乱将完颜斜哥抬走了，刘完素盯着完颜褒道："大人，还有谁喝了这水？"

张仅言连忙夺过完颜褒手中的茶杯，抢答道："没有了，都倒在了地上！"

李彦隆上前一步："刘先生，我喝了一杯……"

"没有异样？"

"没有。"

"守真先生，牵机药是什么？"完颜褒问道。

"大人，不必担心。施治及时，并无大碍。牵机药，很是歹毒，食用后头足相就，如牵机状，以此得名牵机。用马钱子的种子磨制而成，南唐后主李煜即是中了它的毒身亡的。"

"其他人，去院内等候！"乌延查刺探出双脚在地上找靴子，李石过去一把将他摁住："查刺，你先躺下。"

张仅言端着茶杯愣在原地，听见李石低声道："彦隆喝了一杯跑出去接了完颜斜哥进来，要中毒早就中毒了，也就是说，彦隆喝的时候水中没有毒。胡土瓦，你的茶叶是哪里来的？"

"张伯父从中都带来的……昨晚我们也喝了，没事的呀。"

"斜哥的水是谁倒的？"

张仅言颤了声音道："好像是我……倒的？"

"胡土瓦随后出去叫了众将进来，他们泼在地上的茶是谁倒的？"

胡土瓦望向张仅言："张伯父倒了几杯，之后都是众将自己接过壶自己倒的。"

查刺躺在床上，悠悠说道："李大人，让我起来吧，所有人都有嫌疑，我来审。"

李石大喝一声："来人！"

门外腾腾跑进四名小校，见李石手指张仅言，不由分说将他捆了。张仅言连声大吼："抓错了！抓错了！"

"推出去！不要下狱，关在侧院。"李石哼了一声，向查刺笑道，"这没良心的跟随乌禄这么多年，没想到也反了水……查刺，我姐姐待他如同亲生！这人我审不了，下不去手……你行吗？"

查刺一愣，随即挣扎着起身："人模狗样的，第一眼我就觉得他不是善类，他这是要把辽阳府的大小将官全毒死啊！我去审他，一炷香的工夫就好。"听见张仅言在院子里仍然大喊不止，查刺高声道，"张大人！别急，我这就过来……他可能是没挨过揍吧？！"

胡土瓦呜地哭出声来，拉着舅爷的袖子道："不是张伯伯吧？"

完颜褒一把搂了他在怀里，叹气道："人心难测啊……自会水落石出。"又向李彦隆道，"去让院子里的人各回其位，明早随我一起去城外迎默音将军的队伍。"

"是！大人……默音将军带多少人来的……卑职需要准备一下驻地，安置来客。"

"嗯。默音五千人，又有完颜福寿、卢万家奴和高忠建的两万人。安置是安置不过来了，明早咱们去接他们，就地扎寨吧。"

李彦隆应了一声，转身去院子里遣散了众人。

李石兀自闭目养神，完颜褒在屋内枯坐，见胡土瓦扶着乌延查刺走了进来，李彦隆连忙起身道："将军，这就审完了？"

"嗯，"乌延查刺望向李石，"我就一巴掌，把桌子拍碎了，还没动手，就招了。说是带了密令来，完颜亮以为辽阳必要起兵自立……张仅言还没机会跟高存福私聊，他没想到高存福这么急着动手。"

李石哼了一声："茶里的毒是他下的？"

"我问了，他略迟疑，也承认了。"

"其中有诈？"

"我觉得还有隐情，城里可能还有同伙。"

"说带什么密令了吗？"

"要取留守大人和胡土瓦，还有另几位孩子的性命……"

"张仅言，怎么会听命于迪古乃？"

"说他父亲，那个张觉，本来心向南国，结果又被赵宋出卖，没了命。所以，张仅言心里对江南积恨已久。这次迪古乃南征，他遂了心愿，本想随军，迪古乃让他守着中都的内藏库，说班师之后让他做留守，许了高官厚爵呗。"

完颜褒神色黯然，向李彦隆道："张仅言……与我情同手足，居然来下毒……你回吧，明早出城的事，你少不了忙活，去和李蒲速越一起，把咱们的兵马都带上，在各城门布好防御阵势。我无意起兵自立，默音和完颜福寿、高忠建已经合兵一处，动机不明，咱们不得不防……"

查剌看了李石一眼，向完颜褒喝道："大人！福寿本来奉命去前线，和高忠建商量了，归顺于你，你怎么还怀疑起他们了？莫非你怀疑他们要拿了你的辽阳不成？你人马不足千，他们加一起有三万人，真要打，他们片刻拿下辽阳！早知道你是这样狐疑的人，我这折腾个什么劲！"

完颜褒脸上一红："明早我会劝他们离开，查剌将军如果觉得失望，还请另择佳木。"

李石抓起茶杯摔在地上："乌禄，事已至此，你却还是优柔寡断，一个张仅言你就意兴阑珊？！老夫真是瞎了眼，你日后不要叫我舅舅！我去把我闺女带回家！粪土之墙不可圬也！"

李彦隆正要上前宽慰，完颜褒已经起身施了一礼："请便！"

李石过去扶了乌延查剌，缓缓走到门口，乌延查剌飞起一脚将门板踹了个窟窿："完颜褒，你就曳尾涂中吧！"说罢和李石走出了院子。

完颜褒叮嘱了李彦隆几句，拉着哭哭啼啼的胡土瓦去了旁边的垂庆寺守夜。李彦隆兀立良久，不住连声叹气。

第九回

（一） 改元

李蒲速越手持铁檛，咚一声撞开了寺门，正在院中洒扫的小沙弥吓得扔下了手中扫帚。他纵马在寺内狂奔，又惹得做早课的僧人们纷纷起立在门口观望。

李蒲速越奔至塔前的帐篷，高声叫道："大人！城内外全是兵！"

完颜褰从帐篷里钻出来，见李蒲速越怒目圆睁，檛尖却在不住颤抖，笑道："何事惊慌？"

"大人，完颜默音、完颜福寿和高忠建领兵已经进了城！留守府前前后后水泄不通！"

"彦隆呢？"

"早起我去找他，远远看见城里都是兵，根本过不去，我就来您这儿了。"

"嗯。随我回府吧。"完颜褰在水缸里舀了水倒在盆里，"胡土瓦，过来洗脸漱口。"

李蒲速越翻身下马："大人，对方来势汹汹，望海门外人山人海，我马脚力还好，我先带您和胡土瓦从北边的瑞鹊门出城吧。"

"福祸都躲不过，你要是想走，你就自己走。我给你个令牌，没人敢拦你。我是东京留守，我不回府里，成什么样子！"

"大人！万万不可……大人，您能听我一句吗？前天我告诉您，高存福在球场有机关、有埋伏，您就不信！"

"速越，有心了，你的好，本王都记着。你还要走吗？"

"大人你在哪儿，卑职就往哪里走！"

"好！随我回府。"

李蒲速越又是一路狂奔，见留守府前仍是旌旗摇动，却让出了一条通道。他也不迟疑，将铁檛从得胜钩上取下，催马穿过人群，走到府门口。

乌延查剌和完颜斜哥从台阶上站起身，笑道："王爷呢？"

李蒲速越将铁槊横在马颈上："你们弄这么多人，要怎样？"

完颜斜哥仍是脸色蜡黄："还能怎样？杀人！看——"他抬手指着留守府前的两根旗杆。

李蒲速越抬头细看，不禁一惊，旗杆上挂着两个人头，还在滴滴答答地流下污血。李蒲速越强装镇定，举起铁槊依次拨开那俩人头上的乱发，不禁啊了一声。

乌延查剌哈哈笑道："王爷！真被您猜中了！"

李蒲速越连忙回身，见完颜褒和胡土瓦已经下了马，正悄声和李石交谈。李石推了完颜褒走上台阶，完颜褒向李蒲速越微笑了点头："诸位，昨晚慢待了众将士，只因城里事变，本王给各位赔礼。"

他话音未落，远处人群呼啦啦闪开，有四人疾驰而至，随即翻身下马跪在阶前。众兵士见状，也齐齐跪倒在地。

徒单思忠和张谋鲁瓦急匆匆跑到留守府外，半跪在完颜褒两侧，徒单思忠道："王爷恕罪，我二人今早开了城门，引了队伍进城。"

张谋鲁瓦手指旗杆上的人头："昨夜子时，默音将军在城外截获马车三驾，传唤我二人前往。是城中奸细连夜逃窜，就是这俩人！"

乌延查剌向阶下众人高声道："东京副留守高存福，以犒军之名，在球场布下重重机关，意欲刺杀留守大人。昨夜在清安寺议事之际，众人险些中毒，下毒的人就是——推官——李彦隆！"

李蒲速越看完颜褒和胡土瓦面色平静，心里更是迷糊，听见乌延查剌又道："李彦隆和高存福都是完颜亮安插在东京的耳目，决意刺杀留守大人。高存福以为赛场设伏，必定可置葛王爷于死地，李彦隆听闻大人已经获悉，索性将球场伏击一事和盘托出，借此隐藏身份，伺机施毒。未料斜哥先喝了茶水，中了毒，我等这才躲过一劫。最先告知大人球场有埋伏的，正是这位知军大人！"

李蒲速越见乌延查剌手指自己，连忙下马，将铁槊扔在地上。

"李石大人设计，将张仅言张大人拘禁。李彦隆见谋杀未遂，连夜将高存福和张大人接到车上，逃出城外意欲南行，被默音将军的巡逻队抓个正着。高、李二人心机歹毒，现已正法！"

完颜默音起身一躬到地："王爷！我等冒失，带队三万人进城。"

完颜褒点头道："将士们，东京府出了这样的乱子，本王感激各位援手。只是……"他手指杆上人头，"此二人是朝廷命官，奉钦命来到辽阳，各位虽是出于义愤将之枭首，却是不合礼法。"

完颜默音和完颜福寿、高忠建彼此点头，高声道："王爷，逆亮无道，置大金国民于水火，我等此来只求一件事。这三万人数目不多，却足以看作是民情民意。王爷，请听民众呼声——"

他话音刚落，留守府前跪伏的兵士们齐声呐喊："万岁！万岁！"

完颜褒站在台阶之上，见身边人都跪倒在地，不禁眼中噙泪："有诸位这样披肝沥胆的将士，是大金之福。本王无德无能，不敢僭居太祖太宗创下的大金皇帝之位。"

张仅言抱着一个金灿灿的箱箧从府衙里走出，李石见状，连忙爬起身来走上台阶。他掀开箱盖，从中捧出皇袍，哗啦一声抖开，披在完颜褒身上："众望所归，何谈僭越！此是太祖、太宗所着龙袍，今日完颜乌禄龙袍加身，大金必定重造辉煌！"

阶下众人见状，连声高呼"主上"。坊巷内外围观的居民也纷纷跪倒，"主上"之声如同阵阵雷声，从留守府前荡漾开去。

队伍浩浩荡荡穿过天华门，簇拥着完颜褒进了宣政殿，众人又再次拜倒。李石道："天意如此，皇统四年，完颜亶在辽阳城里起了新宫。主上入主东京以来，除去宗庙拜祭，从未踏足这宫中一步，免遭逾制之讥。今日万象更新，正是天造地设，臣等敢请主上发布年号。"

完颜褒目光掠过众人，正色道："当此乱世，大金应罢兵，休养生息，以求安定。《尚书》中有所谓'一戎衣，天下大定'一语。众位爱卿，就以'大定'为年号吧！"

众人又是一阵欢呼，李石又道："这宫殿是完颜亶敕令所建，主上在此登基，正是名正言顺，天道轮回，又成就了一段佳话。逆亮杀人诛心，将完颜亶降封为东昏王。我等愚请主上恢复完颜亶帝号，以续大金帝祚。"

完颜褒见殿中诸人尽数五体投地，朗声道："合剌是我堂兄，他始勤终怠，耽于酒色，弃女真美德于不顾，却仿效汉人诸多陋习。末年更是酗酒妄杀，以致人人心怀危惧。所谓前有谗而不见，后有贼而不知。他身死完颜亮之手，非一朝一夕故也。太祖、太宗法度详明，可垂久远。至合剌、迪古乃竟然全遭背弃。朕今日登基，对天盟誓：如有一日，我乌禄步此二人后尘，人人得而杀我！"

众人跪在地上一动不动，完颜褒又道："合剌在位之初，四方无事，敬礼宗室大臣，内政外交皆有可观成就……是以谥号武灵。庙号闵宗——以示朕对他的怜恤、痛惜，也有与诸位勉励之意。平身吧。"

见身边几位都起身落座，完颜福寿匍匐向前道："主上，国无二主，逆亮荒唐，我等愿扫荡各处、赶赴淮南，与赵宋前后呼应，诛杀完颜亮。肝脑涂地，在所不辞。唯愿全国升平！"

"福寿将军，此事再议。大金内政，若借宋军之手夹击迪古乃，岂不是留下千古笑柄！前方线报，迪古乃强令诸军渡江，以致人心动荡，众将士多有临阵脱逃者，不日必有变动。诸位先把境内事宜平定，自然水到渠成。不可冒进。"

李石道："逆贼高存福家里的信鸽，适才老臣已命人放飞至开封和前线，辽阳距离两地都差不多一千二百里，两日之内信息可以送到。西京、北京方面，臣已派人前往。通事萧恭也已派人持赦诏抚定各州县。半月之内，即可诏告天下。"

完颜褒微微点头："甚好。逆亮获悉之后，或继续南攻，或回转国内。五日之内，必有分晓。这几日，众爱卿要约束属下，先保辽阳百姓一方平安，以垂范天下。"

听见殿中人耳语声不绝，高忠建清了嗓子，一字一顿道："主上，大金立国所在，在上京，卑职敢请陛下回归上京，以示正统。"

李石点头，复又摇头道："高将军此言差矣，逆亮远在江、淮，方今国内寇盗蜂起，百姓焦渴盼望，主上应该尽快奔赴中都，沿途也好安抚万民。逆亮此次南征必定兵败，大金的腹心要地仍然是中都，主上驾临中都，才好向天下发号施令，中都才是千秋万代的中枢。定都上京、开封，只会让大金被旁人牵着鼻子走。"

"李大人，上京是我金源故地，是大金龙兴之地，是王气所在，是大金立国的根本，怎么可以放弃？当初逆亮迁都燕京，是担心上京会宁府的宗室元老群起攻之。现今主上顺民意而登基，重回上京名正言顺啊。"

"非也！燕京地处雄要，北倚山险，南压区夏，关山险峻且川泽流通。俯视宇内，那里才是堂皇之地。当初，辽国破败，却也凭借燕京控制了南北东西，收取了赵宋源源不断的岁币。燕京是天下之脊，所谓巨势强形。上京偏在一隅，漕运交通不便，完颜亶……闵宗在位之时，也屡屡驻跸燕都。现今大定初始，岂能倒行逆施？！"

完颜默音见高忠建再也不发一言，点头道："燕京地广土坚，物阜民丰，是礼义之地。时过境迁，上京不适宜作为帝都啦。"

见完颜褎面如止水，张仅言接话道："不才久居中都，深知民风民情，贞元迁都之后，燕京一带万民杂处，汉人、契丹人、渤海人等，与女真相安无事，融洽至极，可为大金境内民生范本。想当初，帝京在冰天雪地的会宁，各州府的申陈，半年才能得到批复。对远方民众的疾苦，太祖、太宗往往鞭长莫及。帝辇出巡，更是多有不便……"

"中都是逆亮选址……不好吧？"高忠建嘴里嘟嘟囔囔，抬头望了完颜褎。

"幽燕之地，虎踞龙盘。南控江淮，北连朔漠。天子所在，理应居中以受四方朝觐。主上经营天下，一统万年，驻跸之地，中都实为首选……逆亮前次迁都开封，也只是为征宋走个过场，他原本就没打算在那里常驻。

大内一应物事，都在中都。我来东京前，曾一一点数……请主上定夺。"折腾了一宿，张仅言此时蓬头垢面，一段话也说得气喘吁吁。

完颜褒轻捻髭须，点头道："国运是吉还是凶，在德不在地。中都虽是逆亮开发，朕就去不得吗？不过，高将军所言，倒是让朕想起一事。思忠，你队中的鹘鲁补何在？

徒单思忠道："秉主上，在乾贞门守卫。"

"齐王完颜晏致仕后，住在上京。鹘鲁补是完颜晏的子侄。你去传我口谕，命他即刻赶往上京，命会宁府同知高国胜遣人护送完颜晏来辽阳，朕要拜晏爷为左丞相。"

徒单思忠诺了一声，退步出了宣政殿。

李石上前一步："主上，太祖、太宗'日'字一辈，完颜晏远在上京，完颜昂在逆亮军中。晏老、昂老德高望重，如他二位能来辽阳，各路的宗室必定群起响应。"殿上众人都不住点头，又喊喊喳喳小声议论。

完颜褒轻咳了一声："诸位爱卿听令，朕任命如下——命李石为户部尚书，完颜默音为右副元帅，高忠建为元帅左监军，完颜福寿为元帅右监军，卢万家奴为显德军节度使。"

众人听封完毕，一起跪在地上谢恩，又听见完颜褒缓缓说道："年号'大定'，此刻却远非休兵安枕、论功行赏之日。无论逆亮决意如何，前线的将帅日后必定回归，其中大多数人是被他狂言裹挟。朝廷正是用人之际，朕才德平庸，既往不咎还是做得到的。若干要职，有待前方将帅回归之日，再做册封。今日之后，诸位都是朕的股肱，更应谨守本职，勿作他想。"

众人齐呼万岁，高忠建偷偷瞥了一眼完颜福寿，见他面色坦然，果然听见完颜褒说道："朕听说，昨夜在城外，为了左军、右军之称，居然起了嫌隙？！"

完颜默音抬首道："主上，高将军并非蓄意抢夺左军称号，只是因为队伍人数众多，恐手下兵士心中不服。"

高忠建将头深深埋下："主上，卑职顾念不周，甘受责罚。"

完颜福寿接连叩首："主上，高将军阵容齐整，军威盛大，远非卑职的队伍可比，属下心甘情愿居于右军，并无左右军之争。"

完颜褒笑道："本来嘛。大定的治、乱取决于殿中诸位，不可因为这些蜗角虚名乱了阵脚。"

他话音未落，殿外有人气喘吁吁喊道："敢请主上恕罪！张谋鲁瓦有急事求见查刺将军！"

（二） 献技

"宣政殿上行酒，这是前无古人之事！"李石高举酒杯向众人一一致意，"今日有祥云笼罩，诸位想是都看见了。昨夜，我与查剌将军正在说话，家丁跑进来报说，垂庆寺方向有雾霭升腾，我和查剌跑出去看，你们猜怎么着？居然有一条黄龙——在云中宛转游动！哟，查剌进来了，诸位可以问他！"

查剌跪倒施礼，见完颜褒指了座位，过去缓缓坐下："李尚书老眼昏花，哪是什么黄龙——"见众人讶异，又笑道，"分明是一条金龙！"

众人纷纷起立，向完颜褒敬酒。完颜褒笑道："查剌，炭碱绿豆汤和这酒水相比，味道如何啊？"

查剌红了脸道："昨晚一心想着催吐，绿豆汤喝得太急，忘了细品。"

众人一阵欢笑，李石笑道："查剌，张谋鲁瓦怎么欲言又止的，你怎么去了这么久？"

查剌不住点头，向完颜褒道："禀主上，高存福门前去了十个人，守军给带到了府衙。见了杆上首级，十个人起了争执。见情势有异，张谋鲁瓦连忙带兵围住，那十个人也亮了家伙。张谋鲁瓦不想今日起了刀兵，安抚了几句，就来找我。"

高忠建腾地起身："什么人，敢在今日造次！"

完颜褒示意他坐下，向查剌问道："那十人现在何处？"

"十个人彼此吵闹不休，在鲁亭客栈软禁……安置了。问了几句，带队的人说跟鲁瓦说不着，要见主上您……"

大殿内突然安静，查剌望向完颜褒，却见他点头微笑，忙道："主上，那十个人来路不明，卑职明天就打发他们走。"

"否，"完颜褒笑道，"大定第一批访客，怎么可以怠慢。查剌，你去请他们过来。"

李石起身道："主上龙体，岂可降尊纡贵接见流民？！"

完颜褒破例喝了几杯，此刻已是微醺，摇头道："无妨，有请！"

查剌起身离开，在殿外和护卫们耳语了几句，又叮嘱了徒单思忠，这才转身进殿。

完颜褒见众人局促，笑道："怎么，朕连这点雅量也没有吗？"

众人如梦方醒，各自斟酒布菜。李石向查剌问道："什么行状？"

"远道来的。都是武人。"

"觐见国主，亦无不可，只是兵刃在宫外要卸下啊。"

"尚书大人放心，安排了侍卫们，定会细致搜身。"

徒单思忠赶到鲁亭客栈，见贴了封条的门闩丢在地上，不禁失笑。这客栈本是高存福的产业，他全心经营，其他各京也都开了分号，辽阳的这处客栈平时人来人往，今早被关停后，已然门可罗雀，却听见大厅里喧噪声不绝。

客栈里的过卖急忙迎上来道："官爷，小的正要去报官！那几个人又掐起来了！"

徒单思一把推开他，快步进了正厅，见十个人分成两伙，各自靠了东西墙，彼此叫嚣不停。徒单思忠喝道："领头的，出来！"

任兴周向前几步，拱手道："有何指教？"

"你们几个要见主上？"

任兴周和队友彼此看了："正是。"

"为何内讧？"

"闹着玩，急了。"

"你们从哪里来？"

"我们要面见留守大人，当面……有问必答。"

"哼。还没听说吗？现在不是留守大人，是刚登基的主上！"徒单思忠向宣政殿方向抱拳，"别都去了，你和我去就好。"

任兴周摇头道："我等长途跋涉至此，只求一见……新……国主。"

徒单思忠哼了一声："一根筋！身上的东西都放下，跟我走吧。"

任兴周一行，随着徒单思忠进了宫城。季秋快走几步，低声道："大人，听您口音……在下也是曷苏馆人士，还请大人稍加眷顾。"

徒单思忠回头见其他人跟在后面，道："你们来辽阳干吗？"

"大人，我们是来刺杀……"

徒单思忠一愣，停了步伐，伸手抓住刀柄："作死吗？"

"是啊！还没进城，在路上就吵起来了。领队说来都来了，总要见一眼，前边你们的几个当官的也问，我们都没说。这要说出来不是送命来了嘛！"

徒单思忠向身后的几个卫士叫道："再搜搜身，我先去禀报主上，带着他们在殿前立定，距离丹陛二十步开外！"

徒单思忠一路小跑到了殿前，见空地上已经摆了几十把椅子，殿内仍是笑语欢声不绝。乌延查剌见他点头，起身说道："访客到了，敢请主上移驾。"

众人纷纷起立，待完颜褰走到殿外居中坐下，其他人这才各自落座。侍卫们已经摆了几案和点心，又将殿内的几座铜炉抬了出来，重又加了炭火。

乌延查剌向阶前的十人喝道："带队的是哪位？上前回话。"

任兴周上前两步，鞠躬道："我等都是南征军中兵卒，受了选拔，组成'丝麻作'，前来东京，意欲刺杀葛王。"他话音未落，座中诸人已然目瞪口呆，随即爆出一阵大笑。

高忠建叫道："够胆！当此之时，你们打算怎么动手啊？"众人又是一阵哄笑。

任兴周道："身在军中，奉命行事。今日本拟与高副留守会合，不意他已被枭首，李彦隆也已伏戮。我十人在进城前，已然起了内讧。事情有变，我等无能，不能完成任务。"

"那还要面见主上作甚？"

"有始有终而已。我队中各个本领非常，他们有意在此投军，我一日任队长之职，就有职责助他们得偿所愿。"

"都是汉人吗？"

"是。"

"城中有汉人签军处，明早去那里报名即可。"高忠建讪笑道。

完颜福寿起身道："且慢。你等身份不明，既然来了，还是要把话说清楚。说清楚，可以投入我麾下；说不清楚，府衙前的旗杆还有一些。"

高忠建呵呵大笑："福寿兄，这是看他们人高马大，要先下手就地征兵啊。"

完颜福寿也不答话，抬头见李石也在微笑，问道："李大人意下如何？"

"军中的事，老夫不敢置喙。这几位壮士倒是很养眼啊！"李石向任兴周叫道，"'丝麻作'——什么意思？"

任兴周一愣，摇头道："李通起的名字，在下不知道什么含义。"

完颜褒轻轻摇头，向身边的张仅言道："你猜出来了吗？"

张仅言笑道："李通不学无术，无非就是借着谐音，以取悦迪古乃。"

"嗯，你给大伙儿说说罢。"

张仅言见众人都向自己张望，笑道："皇统年间，主上被授予光禄大夫，受封葛王；正隆三年，主上又出任东京留守，获封曹国公。李通的意思是——还说吗？"张仅言向李石问道。

李石强忍着不笑："说，为什么不说，让大家听听，迪古乃身边都是些什么阿谀奉承的东西。"

"要得到丝麻，就要把葛藤的茎秆抽筋扒皮，这说的是葛王；丝麻也是司马的谐音，司马家族灭了曹魏……这是针对曹王。"

众人听他解说，先是一愣，随即又是一阵嘘声。

张仅言探出食指，轻指了南方："要说摇唇鼓舌的谄媚能事，李通还只是迪古乃身边的末流。张仲柯才是其中花魁。"

待众人嬉笑稍歇，李石向完颜默音道："这十个人如何处置，还是请将军定夺吧。"

默音道："今日主上大赦天下，这个小队所带任务自然已告终结，且前来拜见主上，开门见山，毫无隐瞒，称得上光明磊落，是一群好汉！我的意思是——主上适才在殿中口谕了——既往不咎吧。"见完颜褒轻轻点头，又道，"你们中有人愿意留下，退后两步。"

任兴周听见身后有窸窸窣窣的脚步声，知道伙伴们已经后撤，也不回头，只是站在原地，却见杨泗前移了一步，站到了自己身边。

高忠建喝道："后退者报上名来。"

"大名府万人凡！"

"婆速路朱红拂！"

"临潢府张翅！"

"胡里改路占大力！"

"曷苏馆季秋！"

"咸平路周南！"

"平阳府张小格！"

"益都府杜呋呋！"

完颜福寿正要开口，乌延查刺低声道："不退后的，怎么说？"

杨泗见任兴周低头不语，施礼道："在下汴京杨泗，家有老母，本来无意参军南征。新天子登基，定可天下息兵，本人如蒙赦免，愿回归故土，侍候母亲，安心做平头百姓，一生不碰刀枪。"

乌延查刺道："忠孝原本就难两全，现今国家正是用人之际，好男儿何必困守家门。你本领在身，你的母亲应当不会拦阻你成就一番功业吧？"

"小的一介武夫，并没有雄心。此次随军南下，又一路北上至辽阳，沿途所见，让人心灰意冷。"

"嗯，我看你背肌宽阔异常，脊椎似有错位，你射箭？"

"大人明辨！"

"能拉多少石的弓？"

"力弓九石，实射四石。"

"嚯！准头怎样？"乌延查剌听得站起身来。

"七十步之内，不虚发。"

"不要托大呀。这座中人，可有一位是国内第一的！早几年，主上出城骑射，所到之处都有民众围观的。"李石笑道。

完颜褒轻轻摇头，叹道："此次荡寇，朕试射了几箭，髀肉复生，不比当年啦。还是要看后生啊。"他欠了欠身，"思忠，去取弓箭给他。"

完颜思忠从护卫手中接过一柄弓和一个箭袋，交给杨泗，又让四个护卫持了盾牌立在完颜褒身侧。

乌延查剌指着宫门口左侧竖立的黄钺，笑道："主上，请这位壮士射戟可好？"见完颜褒轻轻点头，向杨泗道，"六十步。想射哪一柄？白旄还是黄钺？"

杨泗试了弓弦，沉吟道："礼器，不敢亵渎！"

完颜斜哥立在父亲身后，摘下了头上铜盔，对着杨泗指点点："让你射你就射，怎么那么多废话！"

杨泗看他口眼歪斜、面目可憎，道："敢请这位大人，移步去那边的门口可好？"

完颜斜哥一愣："干吗？"

"请您臂膀平伸，手持兜鍪，盔缨朝外。"

完颜默音知道他是要试探斜哥的胆量，回身道："斜哥，去吧。"完颜斜哥瞪了杨泗一眼，骂骂咧咧地朝宫门走去。

杨泗从囊中取出三支箭，向乌延查剌问道："要看连发还是单发？"

完颜福寿怕他伤了斜哥，连忙叫道："你要射什么？"

杨泗见完颜斜哥拎着铜盔不住回头，高声道："盔缨、甲泡，盔缨。"

李石低声向完颜褰道："怎么盔缨要射两次？"

完颜褰笑道："是神射手无疑！舅父莫急，转瞬即见分晓。"

乌延查剌走到杨泗身边，叮嘱道："瞄准啊，不要误伤。"说罢向四位手持盾牌的侍卫轻轻点头。

完颜斜哥走到黄钺一侧，转过身来，见众人目不转睛，悻悻地将头盔斜举过头顶，盔顶的红缨已是不住颤抖。

杨泗轻扯弓弦，砰的一声，完颜斜哥连忙撒手，铜盔当啷落在地上，杨泗却并未放箭，只是拉了空弦。

众人一阵哄笑，完颜斜哥满脸通红，伸手拾起铜盔重又举起，又慢慢转过了身，将后背对准了远处的一众看客。

杨泗也不瞄准，抬手连发三箭，随即将弓双手递给徒单思忠。徒单思忠刚伸手接过，就听见身边众人不约而同发出一阵惊呼，转头看时，只见完颜斜哥缩着脖子揉着腕子蹲在地上——

第一支箭插在了墙上，箭尾的雕翎仍在不住颤动；第二箭力道极强，贯穿了头盔两侧护耳上的小孔，完颜斜哥被震得手臂发麻，连忙撒手，第二箭托着头盔也扎在墙上；第三箭居然后发先至，将第一箭射落的盔缨又钉在墙上！三支箭上下一字排开，彼此间距不差毫厘，犹如事先量好的一般。

乌延查剌拉了杨泗在一旁嘀嘀咕咕，杨泗却只是摇头。张翅上前一步，跪倒在地："临潢府张翅，愿为主上和各位大人献技！"

高忠建道："你有何本领？"

"在下自幼习练流星锤！"

乌延查剌走过来笑道："我这儿没有链子锤啊。"

张翅解下腰间绸带，向高忠建跪行几步，望着几上的果盘："大人，小的想借两个果子……"

高忠建抓了两个石榴扔给他，张翅用腰带两端缠住了果子，随即起身，手捏腰带中段，将两个石榴舞得呼呼生风。他时而立舞，时而提撩，时而抛接，惹得看客叫好声连连。

张翅舞得兴起，口中叫道："给大人斟酒！万国来降，群鸟朝凤，凤凰一点头——国泰民安！"说罢将腰带抡到高忠建身前的酒壶上轻轻磕碰，壶身倾斜，在酒杯中倒了酒。张翅手中绸带后撤，酒壶随即回归原位。张翅又唱道，"车骑驰骛，群策毕招，凤凰二点头——四海升平！"他如法炮制，手中绸带和末端缠住的石榴犹如长臂般听从指令，等他喊完"公车济盈，以嬉以敖"三点头之后，高忠建座前的酒杯恰好斟满。

众人正啧啧称奇，张翅已经卸下石榴捧在手上。

"嗯，赏你了！你就到我军中吧。"高忠建一饮而尽。

完颜斜哥自觉颜面尽失，不禁恼羞成怒。他佯装平静，溜溜达达走回殿前，见任兴周强忍着不笑，吼道："你是领队啊？你很能打是吗？我来领教领教！"

任兴周施礼道："不敢不敢。只因虚长几岁，才被推为领队。本人功夫粗劣，实战勉强能对付几下，不会杂耍。"

完颜斜哥听见众人哄笑，更是不由分说，挥起右拳朝任兴周面门直捅过来，任兴周也不抬手格挡，双膝微弯矮身躲过。完颜斜哥一拳打了个空，不禁恼羞成怒，见任兴周仍然半蹲，随即提膝又向他头上顶去，任兴周避无可避，只好仰头躺倒，右脚尖顺势在他左膝盖后的腿窝轻轻一勾。完颜斜哥一个趔趄，眼见着要趴在任兴周身上，任兴周就地滚动，完颜斜哥哎哟一声跌在地上。

任兴周已经起身，正要伸手扶他，完颜斜哥回身就是一脚，任兴周本想后撤躲过，见他腿脚直奔自己胯下，也不禁气恼，左手抓住他靴子，抡起右掌就要向他膝盖砸下。

"住手！"乌延查剌大喝一声，一个箭步赶上，抬臂接了任兴周的一掌。任兴周嘶了一声，握着手掌轻轻跳开。

查剌扶起完颜斜哥，向任兴周使了眼色道："这是默音元帅的公子，也是三军中的厉害角色，昨夜若不是中毒，今天也不会只和你打个平手。你这领队够可以的！"

完颜福寿也连忙走过来，搂住了完颜斜哥的臂膀，向任兴周笑道："你——为何不想留在军中？"

"家中孩子幼小，拙荆细弱……"

张仅言示意盾牌手退下，提高了音量问道："听你口音，是大兴府人氏？"

任兴周抬眼望他："正是。"

"我明日启程赶回中都，你不愿意从军，就和我一起回中都吧……你住家在哪里？"

"城南，美俗坊。"

"塘花坞？"

"正是。"任兴周不免一愣。

张仅言和完颜褒低语几句，完颜褒指着杨泗，向任兴周点头道："他也留下了，你决意要走？"

"正是。"

"你莫不是还要去前线复命？回去怎么说啊？"完颜福寿笑道。

张仅言高声道："主上允了，明日你随我回中都吧。我出中都之前，在街上遇到了你的孩子，抱着一张琴在卖。回吧，他们娘儿俩日子确实不好过。若要谋职，我在大兴府帮你找份差事也好。"

任兴周眼圈一红，双膝跪地："谢主隆恩。谢……大人回护！"

完颜褒起身笑道："护送这位张大人周全抵达中都，你的任务才算完。'丝麻作'没了，有人能给他的新任务取个名字吗？"

高忠建道："路上陪老张，回家陪老婆——作！"众人喧笑声中，张仅言走下台阶，和任兴周耳语了几句。

（三）剪径

天刚破晓，任兴周早早出了客栈，牵着马朝城门口一路直走。沿街的店铺昨晚张灯结彩欢庆直至半夜，此时已是卯时，却只有几家慢腾腾地开张。见街上赶早市的居民个个精气完足，又想起离开中都前夜的见闻，任兴周不禁心中酸楚。

猛然一阵马蹄声传来，任兴周连忙侧身闪在一旁，只见十多匹军马狂奔至城门，领头人从怀里掏出一块牌子向门吏晃了一晃，门吏随即撤了拒马，一行人呼喝了几声奔出了城。

任兴周正要前行，就听见身后有人高喊："任大哥！"他回头一看，却是杨泗一路小跑赶了过来。

"兴周大哥，我刚去客栈找您，说出门了，我就赶紧跑过来啦。"杨泗双手扶着膝盖，上气不接下气，"这个给您！"

任兴周接过他手中褡裢，沉甸甸地险些脱手："兄弟，这什么呀？"

"查刺留了我在殿前点检司，我预支了月俸，俩月的，您路上用吧。"

"你才刚入职，就预支，不好。人生地不熟的，你手头得有点钱。你留着，我身上有。昨晚张大人让我在这城门等他，说不用准备路上吃食，他都带着。你快回吧！"

"大哥，我听说，很快新主上也要去中都，国都还是中都。你先拿着用，回头咱们中都还能见面，到时候我还得去您家蹭酒呢！"杨泗低声道。

"管够！"任兴周把褡裢塞回他手里，"那几个人怎么安置了？"

"张翅去了姓高的帐下，其他人也都散入各营……不说他们了。"

"咱们同袍一场，你们离得不远，还是要互相接济。"

"大哥放心。还有一事，我只是听说，您路上要当心啊……"

"哦？"

"昨天咱俩让那个斜哥下不来台，点检司的几个伙伴说这人最是小肚鸡肠！您路上加小心，提防他报复！"

"知道了。你快回吧。第一天就职，肯定要点卯。快走！咱们中都见。我备了好酒等你！"任兴周远远望见乌延查剌和张仅言并辔而行，伸手推了杨泗。

杨泗鼻子一酸，啜泣道："大哥，你保重啊，我一定来！昨晚我听见那位张大人说你家小侄子卖琴……我再攒点钱，等我到了，把琴给嫂子赎回来！"说罢转身进了小巷。

乌延查剌向任兴周挥手道："任兄，就送到这儿啦。路上您多费心，把咱们张大人陪好。中都是否平稳，全倚赖张先生操持。"

任兴周一躬到地："乌延将军宽心，在下一定竭尽全力！"

"民变四起，路上还是要当心劫匪啊。"

"是！在下也有一事相求……承蒙不弃，我的兄弟杨泗，有幸追随铁铜万户。此人最是仁义，敢请查剌将军给予关照。"

"那是自然！去吧。一路走好！"

张仅言出示了金牌，与任兴周出了城门，后面三辆车后都牵了马匹，不紧不慢地跟着。张仅言道："来的时候我走了差不多六天，这回咱们日夜兼程，三四天应该可以到中都吧？"

任兴周见其中一驾车轻快，道："您上车，咱们快跑，能更快些。"

"嗯。先聊几句。路上应该会太平，你别太绷着。"

"是。"

"诏令已经发往全国，不日即会平定。东京最是稳妥；主上已命人去了上京，完颜亮毁了上京的旧宫，上京那边对他最是厌恶，可保无虞；西京也是咱主上的大本营；北京的白彦恭应该也不会太麻烦；开封是张浩在管事，他是老臣，宅心仁厚，又是渤海这边的人，可以顺应。反倒是咱们中都，不太好办。"

"我们来时路过中都，见到了蒲察留守和转运使左大人。"

"嗯。蒲察沙离只还可以争取，左渊最是狡诈。我央求主上派查刺跟我回中都，主上不允。中都怕是有变啊！我听说你有些徒弟在府衙里做事？"

"是，三个徒弟，也只是巡城的兵士。"

"到中都之后，可能还需要兴周你搭把手啊。"

"张大人……实不相瞒，我护送您到中都城下，我不打算进城，想回坝上老家……"

"怎么？你不是说孩子小，要回去照顾吗？"

"只是托词。我不想回中都。"

"两口子闹别扭了？那肯定是你的不对，你娘子能弹那么好的琴……"

任兴周默然不语，返身向车把式们招手示意，车队随即赶了上来。

正是初冬时节，原野上偶有农户烧荒，官道上不时飘过股股浓烟。车队行了小半个时辰，眼见着要转进山坳。一团烟雾刚刚散尽，就听见一阵呼哨，一列马队从矮坡上冲下来拦住了车队。

任兴周见是官兵，却又蒙了面，也不下马，喝道："内藏库使……御史张大人车队，有劳各位放行！"

张仅言从车内探出头来，看了官兵的服色，叹了口气缓缓下了车："唉！带队的过来！"

那些兵士也不言声，纷纷跳下马，直奔车队涌过来。任兴周回身抽出朴刀："大人，您请回车上坐好！"

他话音未落，已有人奔至身前，任兴周右手勒马，左手挥起一刀，将他头盔拨掉："疯了吗？刚出城！这是御史的车队，谁敢拦阻？！"

那几个兵士一愣，随即放慢了步伐，散成左右两队，蹚着落叶慢步逼近。

任兴周回身看了车队，见后方没人包抄，跳下马来："带队的出来，说个明白！”

张仅言上前几步，亮出手中金牌："不要动手！我是钦差。"

队首的一个挺身道："请张大人回车上，我们取了这厮性命，就放大人通行！"

张仅言笑道："哪个队伍里的你们是！这位也是奉了钦命，护我回中都。你们是要抗旨吗！"

任兴周听见那人声音，又见他手持双刀，低头道："季秋，是你吗？"

那人一怔，索性扯下了面纱："是我！今天你走不了！"

"你我走南闯北，也算有缘。人各有志，何必苦苦相逼！"

"不要多说，我们也是奉命行事，拿命来吧！"

任兴周环顾左右，向那举棍、持锤、握刀、拎着斧子的四人道："万人凡，周南，占大力，唉唉！偏要和姓任的过不去吗？！"

季秋道："任兴周！有什么遗言，你说！今日必是你死我活！"

"谁让你们杀我？"

季秋回头看了同伴："那就让你死个明白！昨日你以下犯上，不知道是死罪吗？"

"杀我可以。不要动张大人和车把式。我死了，你们要有人护送张大人到中都。"

张仅言上前拉了任兴周："让我跟他们说几句！"

任兴周侧身道："不要上前，就在这儿说。"

张仅言道："斜哥在吧？"

几个兵士愣了一愣，随即闪在一旁，队伍最后的一人催马上来："张大人，是我！有何指教？"

"所为何来？"张仅言见他慢悠悠摘下了面罩，不禁皱眉。

"这厮太过张狂！不杀他，我这张脸往哪儿放？不杀他我往后怎么带兵？还有那射箭的！"完颜斜哥连吼数声，又伸手摘下头盔掰了又掰。

"你父亲定是不知道你出城拦截我车队吧？"

"此事与张大人你无关，你走你的。"

"今日你杀了他，你让我日后如何与你父亲同朝共事？！"

"你随便！一个草民，杀了就杀了。你觉得主上会因为我杀了个平头百姓，降罪给我父亲吗？"

"默音怎么生了你这么个混账东西！小崽子，你今天要敢动他，我转身就回辽阳城，看看你爹保不保得了你！"

"你要这么说，这事还麻烦了。今天得多挖一坑！"完颜斜哥摇头道。

张仅言摇头苦笑，向任兴周道："油盐不进啊。我也不会打啊，你能对付得了吗？"

任兴周俯身将裹腿束紧，又将袍子脱下系在腰间，把张仅言推进了车，持刀挺立道："昨日我就但求一死，到今儿已经是苟活了。张大人，我死就死了，请您回到中都后……"

"动手！"完颜斜哥大喝一声，众人已将任兴周围在当中。

任兴周惨笑道："老几位，一直不服，是吧？我只问一句，小格和张翅他们怎么没来？"

"张小格听说要杀你，拦着我们，咳咳把他捆了。张翅要跑来给你报信儿，季秋把他敲晕了。没看出来，你还真有人缘儿！"

"行！！！单挑是欺负你们，来吧，群拥吧。"任兴周怒目圆睁，刀尖不住颤抖。

万人凡一棍横扫过来，任兴周也不躲闪，任他铜棍敲在左腿，挥起一刀将他右臂砍下，栽歪了身子向周南道："你来，我也是这招儿！"

周南狂叫一声，双手挥锤直挺挺砸下来，任兴周闪身将朴刀扔出，当一声将他铁锤撞歪，随即挥起一肘，正撞在他下颚，周南哼了一声一头栽在路边。

占大力和杜咳咳见他一副拼死的打法，不禁心惊，两人彼此示意，从左右夹攻过来。任兴周拾起铁锤将占大力的朴刀磕飞，左手抽出周南腰间的匕首，噗地刺入他脖颈。

张仅言惊叫一声，却是杜咳咳的斧子势大力沉，咔嚓一声正砍在任兴周肩头。任兴周也不回头，挥手甩出一锤，正敲在他头上，直打得他脑浆喷到一侧的兵士身上。那兵士哎呀一声，手中长枪当啷掉在地上。

任兴周跪在地上笑道："红拂妹子，你也在！"说罢将手中铁锤向完颜斜哥甩出。

完颜斜哥惨叫一声，连忙低头躲过，扯了嗓子尖叫："放箭！"

任兴周挣扎着起身，伸开了双臂，歪歪扭扭地朝车边走去："不要伤到张大人！"

箭羽破空，嗖嗖声不断，任兴周扑通一声跌在车边，后背上的箭丛如同猬刺。张仅言连忙下车将他扶起，就听见乒乒乓乓几声闷响，旁边树上接连掉落了几个士兵，手里都握着弓弩、箭镞。

"任大哥——"远处一人驱马疾驰，扳弓又射翻了车边的几个兵卒，他纵马直奔车前，箭尖对准完颜斜哥喉咙，向张仅言问道："射杀吗？"

张仅言托起任兴周的头颅，见他气若游丝，回身向完颜斜哥道："还不走吗？"

完颜斜哥这才回过神来，叫了一声，抱着马脖子疾驰而去。杨泗怒目拧眉，照他背影就是一箭，只听叮的一声，完颜斜哥的盔缨又被射落。他趴在马背上再不敢乱动，一路跑远了。

杨泗跳下马，扶住任兴周哭道："任大哥！起来！起来啊！带我回中都喝酒！"

张仅言蹲在地上，落下泪来："查刺让你来的？"

杨泗也不搭话，将任兴周翻转过来，见他一只臂膀几乎脱落，身上的箭都在左背，颈上和后脑也各有一支，不禁号啕连声："任兴周！不要死啊！"

任兴周应了一声，眼皮却已耷拉下来："好兄弟，护张大人回……护我妻儿……求你了……"

第十回

其雷引中都

（一）钦差

任孝萱跑进屋子，看见母亲盯着炉火出神，把手里的一条肉放在案上，小声说道："娘啊，三胜哥他们在院外呢，问您让不让进。"

周衔蝉转头轻拭了眼角："你把这药给他们，让蒲查继续喝。"说罢将炉上的瓦罐拎到地上，在把柄上缠了布条。

任孝萱嗯了一声，提着药罐出了门。

石家奴起身向坐在门槛上的三胜道："我回去送药。我嘴笨，你脸皮厚，你进去吧，给师娘多磕几个头，她不会真生咱们的气。"

任孝萱拉着石家奴的胳膊道："你们一起进去吧，我娘没生气，这阵子就是哭，谁也不见，隔壁吴娘也不见，寺里的郭叔来了几次，也不见的。"

石家奴叹气道："萱子，你陪你三胜哥进去吧。我一见师娘就腿软，我怕她。"说完踢了三胜一脚，拎着瓦罐走出了巷口。

任孝萱搀了几次，三胜也不起身，只是靠在门框上不动，却听见房门一响："你们进来吧。"

三胜一骨碌起身，拽起任孝萱跑进了门，一头跪下："师娘，您打我吧！"

周衔蝉呜地哭出声来，伸手拉起他："傻孩子，我怎么舍得打你！孝椿和你师父都没有音信，我只是心急。"

"师娘，您别着急。大椿被人救走了，一定是待在稳妥地方。师父上次回来，我们真不知道你们没见面啊……我刚和石家奴还说，我告几天假，往辽阳去，如果师父回来，我正好碰上他。如果他还在辽阳，我就过去搭把手。完事再陪他回来。"

"你别这么折腾啦。咱们都踏实等着吧。快半个月了，我这眼皮跳得厉害……蒲查怎么还糊涂着，好些了没？"

"要么就傻愣愣看房梁，要么就胡言乱语。大夫说不是大事，早该好了的……"

"不要再买肉了，你们那点儿月给，自己花都不够。你去把石家奴叫来，师娘做饭给你们吃。"周衔蝉去柜子里摸了铜钱，递给任孝萱，"去，拎你爹那葫芦，打酒去。"

三胜一把夺过葫芦："让小萱子在家给您打下手，我去叫石家奴，蒲佥听见要喝酒，说不定也爬起来啦！"

蒲察沙离只将一张短笺塞入竹筒，叫人拿去放飞鸽子。正在发呆，就听见府兵来报："内藏库的张仅言在府衙里，请您过去。"

沙离只一愣："叫左大人了吗？"

"也去叫了。"

"难得休务一天，他架子倒是大，为什么不来见我？"

"小的不知……"

沙离只走出宅邸，远远看见府衙门口停了四驾马车，车辕上还拴了七八匹战马，心中正自疑惑，却见左渊从远处也下了车，急匆匆向自己走过来。

"蒲察兄，今儿怎么说这是？"

"我也是一头雾水啊，进去说呗！"

张仅言坐在几案旁，正和杨泗就着茶汤嚼着干粮，见二人进门，欠身道："二位大人，别来无恙啊。"

沙离只拽了把椅子，扑通一声坐下："仅言路上辛苦啦，葛王爷那边都好吧？"待看到"丝麻作"队里的杨泗和张仅言坐在一起，不禁皱了眉头。

张仅言掏出帕子擦了嘴，低声道："同知中都留守蒲察沙离只，中都转运使左渊——接旨！"

沙离只腾地起身："你没去辽阳？"

左渊缓缓跪下道："卑职左渊听旨。"

张仅言从身边竹箧里捧出一柄卷轴，搁在桌上："葛王在辽阳称帝，已诏告天下，年号大定。各路官员纷纷上表，我回来时，已有十数万将士齐赴东京朝拜。主上命我为钦差，回中都宣诏，命二位大人管束属下，不得擅离职守。这是圣旨，你们自己看吧。"

左渊不禁浑身一震，偷看了沙离只，见他已展开黄绢逐字细读，颤声道："敢问张大人，新主上对转运司可有口谕？"

"凡是宫殿中陈设，不得增加设置，不得征用役夫，以免打扰百姓，前线供给全部断绝。"

沙离只道："縠英将军那边可得到了消息？"

"西北面行营都统完颜縠英已被任命为左副元帅，中都留守一职由你全权担任。"张仅言将手中半块饼子递给杨泗。

左渊向沙离只道："蒲察兄，中都也应尽快上表辽阳……"

沙离只点头道："本官自有主意。"又向张仅言问道，"定都何如？"

"无可奉告。"

"哦。这位不是汴京的杨泗吗？"

张仅言咕噜噜漱了口："现在是殿前侍卫，主上派他护送我回的中都。"

"张大人，你们一路奔波，府里这就命人备饭，给二位接风！"左渊道。

"不必了……辽阳新主登基，是众望所归，完颜亮倒行逆施，大势已去，还请二位好自为之，顺昌逆亡之类的话不必我说。告辞了。"

沙离只侧身站在一旁，看张仅言和杨泗出了衙门口，回身看见左渊还在地上跪着，笑道："怎么不掐了？"

"大人说笑了，我与钦差……我与仅言同朝为官，公务上偶有龃龉，并无私恨啊。"左渊缓缓起身，轻轻拍了后腰，"恭喜蒲察兄！"

"恭喜什么？"

"此前是同知，现在是真正的留守啦！"

"神仙打架，让我等地方官员何去何从啊……"

"此事不难决策，前一阵子完颜阿琐和完颜璋正有拥立葛王之意，蒲察兄不会不知道吧？"

沙离只皱眉道："一个仆役怎么伺候俩主子！此事非同小可。"

"您的意思是？"

"前线应该也快得到消息了，你我把手头的事弄利索，不必急着站队。"

"蒲察兄，话虽这么说，可这是千钧一发之际，稍有迟疑，必生后患啊。"

"迪古乃如果听闻消息，势必反击，局势还会有变……"

"没听张仅言说吗，辽阳的军队都十多万了！"

"那又怎的！前线有六十万呢。况且，十多万？后方所有的将士加起来也没有十多万，也无非就是默音、福寿的部下吧，才有多少人？加上从前线叛逃的，就算再加上觳英将军驻扎在归化的三万人，也没有多少！北京……国内还有一些迪古乃的亲信，会偃旗息鼓吗？！"

"蒲察兄啊，此事不是军力对比，迪古乃确实不如辽阳那边更得人心啊。此时骑墙，怕是要两条板凳——坐个空啊。"

"太祖以来，才过了几天好日子！完颜亮杀完颜亶，现在完颜褎又要取代完颜亮，王旗变幻，老百姓云里雾里……"

"蒲察兄，你是中都留守，中都如何应对，全赖你的决策。老夫头疼得厉害，我先回了……既然新主有令，我也不会再征调民夫送往前线，中都本就物力匮乏，自己城里还不够用呢，我当一天和尚撞一天钟。蒲察大人，事关政局，老兄劝你一句，不要意气用事啊，要慎重啊。"

"左兄回去歇息吧，明日我先去你府上，之后再叫上李天吉一起去见张仅言。"

左渊瞄了桌上圣旨一眼，见沙离只轻轻摇头，不好贸然取阅，施了一礼走出府衙。

左贻庆迎上来道："爹！跟那姓张的打招呼，他装大尾巴鹰，没理我！"

左渊一溜小跑直奔车驾："绿绮在家吗？"

"在的。逗那俩鸟玩儿呢。"

左渊连滚带爬上了车，挥手叫道："快走快走！"

杨泗在马上随着车队，一路进了美俗坊。车队在坊门下停住，张仅言下车道："杨泗，这就快到塘花坞了，依你看，兴周的事……说还是不说？"

杨泗鼻子一酸："……孩子还小，属下觉得，还是等一等吧。"

"嗯。随我进去，就说他在辽阳公干。"张仅言从车厢里取出一个包裹，递给杨泗，"这个你给他家人，就说是俸钱。等到主上进京，我再把完颜斜哥的恶行报上去，兴周为护我而死，他的抚恤金……如果少，我就自己补上……咱们见一面就走，我要去宫里看看，心跳得厉害。"

杨泗下马拎了包裹，打听了塘花坞方位，引着张仅言走到门前。

开门的是任孝萱，见了张仅言，小脸一红："您……张先生，我对不住您，我把琴给了别人，您的银子我娘没动，就等着您回来取呢。"

张仅言见他左手拈着筷子，嘴角还粘着饭粒，道："你娘在家吧，带我见见她？"

任孝萱嗯了一声，敞开院门，叫道："娘，张先生来了！"

周衔蝉急忙出门，见到两个陌生人，问道："哪位张先生？"

石家奴和三胜跳出门来，施礼道："给张大人问好！"

周衔蝉回过神来，浅笑道："哦，张先生……犬子懵懂，您的银子，我这就给您取来，请别见怪。"

张仅言环顾四周，见这妇人举止雍容，再见院落整饬，又想到任兴周惨状，不禁喉咙一热，道："不要客气，我不是来要账的。"

石家奴盯着杨泗，惊道："您是……咱们见过的！"

杨泗上前一步，半跪在周衔蝉身前："见过嫂夫人，我叫杨泗，一路追随兴周大哥……往北走……他现在辽阳公干，让我把这饷银交给您……家用。"又转身向石家奴道，"你们是兴周大哥的徒弟？"

三胜上前半蹲着扶起他："我师父怎么没回来？"

杨泗道："他有事，一时半会儿回不来。"

周衔蝉听见任兴周的名字，惊得手足无措，又听见他这么说，心里登时宽慰，笑道："杨兄弟，快请进屋吧！俩小伙子今日公休，我做了点饭菜。张大人，您快请进！小家小业的，您别嫌弃就好……"

张仅言正在犹豫，被杨泗轻推了一把，跌跌撞撞迈过了门槛。

众人坐定，任孝萱重新摆放了碗筷，安静地站在一旁，只眨巴了眼睛上下打量杨泗。

张仅言抱起他坐在自己腿上："这孩子很好，有家教。"看见一旁的书桌上放着字帖和描红的纸张，点头道："兵荒马乱的，难得啊。"

周衔蝉给他们斟了酒，探手给任孝萱擦了嘴，缓缓道："还不知大人怎么称呼？"

"内藏库使，张仅言。"

周衔蝉呀了一声："泰宁军节度使张觉，是您的……"

"任夫人知道我父亲？"

"哦，张将军是了不起的人物，只是前宋无能……"周衔蝉望向石家奴和三胜，"张大人是名将之后！"见二人懵懂，又道，"彼时，金国能人辈出，前宋确实不是对手。这位张先生的父亲，心念故土，投了宋，结果又被宋杀了献给完颜宗望。这才给了金国发兵的理由，也就有了靖康的事。"

"我父亲，在南朝，现在还背负骂名。"张仅言将杯中酒一饮而尽，再不敢与周衔蝉对视。

"金国兴起之初，外交和谋略都远胜赵宋——索要张先生的父亲，是手段而非目的，这是所谓外交施压；张先生的父亲被藏在甲仗库内，金人已经得到消息，宋人无法再行掩藏，这是所谓谍报；张先生的父亲丧生，他所带的常胜军因此与前宋离心离德，这是所谓攻心。"见张仅言脸色沉重，周衔蝉忙转移了话头，"人生在世，谁也不能幸免，最后都成了别人的棋子。"

张仅言点头叹道："有此等见识，才配得上那么好的琴！敢问任夫人是哪里人？"

周衔蝉脸上一红，低声道："得知孩子的爹平安，我心里轻松，这才胡言乱语，让张大人见笑了。我在山后长大，贞元元年随夫来到中都。"

张仅言沉吟片刻，道："这位杨泗，是兴周贤弟的好伙伴，一路陪我来到中都。我家里逼仄，可否让他暂住在贵府几日？等我拾掇了房子，再给他安排住处，可好？"

周衔蝉连连点头："家里地方宽敞，就请在这里住下吧。"转身见杨泗眼中似有泪光，问道，"杨兄弟？"

张仅言连忙插话道："顺便告知各位，葛王已经在辽东称帝，不日就会移驾中都。"

周衔蝉啊了一声，盯着石家奴和三胜，又瞪大了双眼向张仅言问道："外子追随了完……新主上？"

杨泗嗯了一声，道："嫂夫人，我和张大人一路奔波，略感疲乏，想先早些歇息……"

周衔蝉面露喜色，忙从柜子里取了钱袋出来，双手递给张仅言："小孩子不懂事……"

张仅言略作犹豫，伸手接过了钱袋："主上驾临之前，我是钦差，这城里的众将官都要听命于我，家中有事尽管让杨泗告诉我。我与您这塘花坞的缘分着实不浅啊。"

周衔蝉拉着石家奴和三胜将张仅言送到门外，转身向石家奴道："你俩去陪客人，我去厢房收拾床铺。"

二人又进到屋里，都不免一愣，见那杨泗已将一壶酒喝光，红着脸正伸手去够另一壶。石家奴捧起酒壶，在他碗中斟了："泗爷好酒量，明日我和师弟去秦楼定位子，给您好好接风！"

杨泗盯着石家奴道："你们不是师兄弟三个吗？"

"唉，那个受了点伤，在养病，无大碍。"

"你师娘呢？"

"在那边屋子里给你准备被褥呢。"

"小萱子？"杨泗望着任孝萱，"你真的很乖啊，去帮帮你娘吧。"

任孝萱头摇得拨浪鼓一般："我笨手笨脚的，去了又要挨骂……我想听您说说我爹……"

杨泗噙着眼泪，自觉失态，连忙又灌下一碗酒："你爹很想你，也着急回来……二位兄弟，不如今晚就陪我大醉……"

他话音未落，周衔蝉掀起门帘进来，笑道："你们先吃着，我再去弄两道菜。"

杨泗脸红到了耳根，忙起身逊谢："嫂夫人，您别麻烦了，小弟不胜酒力，您和孩子快吃吧，让他俩扶我过去，我想先睡了。"

（二） 暗示

张仅言怒气冲冲，被杨泗和几位小吏簇拥着出了内藏库在屋檐下站定，那几个小吏扑通通跪在地上，一个道："大人，昨晚您来，我们一时忙乱，忘了查找那张琴，小的该死……您去辽阳之后，咱们日夜看防，康直长也每天过来巡视，这怎么就……"

"他人呢？"

"平时早到了，今天不知道怎么回事，他家中老母亲说是最近不太好。"

"你们起来，带着杨泗去找康喜，让他到府衙见我！"

杨泗一路狂奔进了大兴府衙，见张仅言坐在大厅当中，两侧坐了几个官员，也不及细看，在阶前半跪了道："禀告大人，康喜死了！"

座中人纷纷起身，张仅言过来拉起他："说！"

"他家人说早上去叫门，没动静，以为还在睡，就没催促。我们进去了，发现人已经死了。"

"这是畏罪自绝！"左贻庆道。

"且听他说完。"左渊踱步过来追问，"怎么死的？"

"没有打斗痕迹……但死者双眼中各嵌了一枚银锭。我看他面色不似中毒，腿脚柔软却不僵硬，应该是先被点穴定住，又被施暴致死。"

"你懂点穴？"左渊问道。

杨泗连连摇头："不懂，听说过此种死法。"

"春雷可在他家中？"张仅言问道。

杨泗脸上一红，低声道："在下忙促回来报信，并没细致查看。"

沙离只道："左判官，你快去封锁场地，彻查他宅院，不要放过蛛丝马迹！"

左贻庆应了一声，出门唤出了一伙衙役，狂奔而去。

张仅言回到厅内坐下，向沙离只道："留守大人，我走的这几天，中都都发生了什么？"

"钦差大人，就丢了张琴嘛，很好找的，不必挂怀。"沙离只语调黯然。

"一张琴？！我回中都前，乌……主上千叮咛万嘱咐，说内藏库里的家什加在一起，也不如这张琴！偏偏就把它给丢了！你我拿什么恭迎主上？"

左渊道："听张大人的意思，新主要移驾咱们中都？"

张仅言并不应他，向沙离只摇头道："昨夜我就宣旨，今日城中怎么不见动静？"

沙离只张口结舌，左渊接话道："官吏虽少，也要召集，通报……民众懵懂，如何发布榜文，我等正在筹措。"

张仅言哼了一声："留守大人，春雷失窃一事，你我已经是死罪了，尽快找回，事情还有缓冲余地。案情进度，随时通报我。"

沙离只嗯了一声，起身道："不知兹事体大，我当时大意了，我也去康喜那边看看。"

张仅言大踏步出了府衙，杨泗赶上来，从怀中抽了一本册子递给他："大人，彻查了。他家里没有琴，只有些银钱，数额不小，莫不是把琴卖了吧？这是我从他钱箱里搜到的，像是账本。"

张仅言转身盯着杨泗："你是有心人，做事稳妥！主上进中都后，你大有可为！"

杨泗惨然一笑："昨夜我与兴周大哥的两个徒弟聊了，差点说漏了。您放心，我没说他们师父的死讯。"

"斜哥是默音的儿子，他父子势大，现在主上兵不多，将不广，也要依赖他们。那两个小伙子一旦知道他们师父没了，怕是要过去闹事，只会横生枝节。暂且按下，来日方长。信我，不会亏待塘花坞！"

"是。"

左渊连忙赶回府中，见绿绮悠闲，怒道："杀了就杀了，你在他眼睛里插银锭作甚？"

绿绮笑道："那烂人被我点了穴，嘴里还不干不净的……他爱钱，就让他钻钱眼呗。"

"你啊，真是多事。搜了没有，没留下什么东西吧？"左渊摇头道。

"昨晚您说了，我就去了，我去的时候他正数钱，这人着实可恶。"

"你去趟悯忠寺，把春雷取回来。觉体如果在，就跟他说，要琴；如果不在，你就直接抱回来。不要多事。"

"那和尚没了春雷，怎么仿制？"

"他来找我，我再和他说。张仅言见不到琴，才是真麻烦，真要查起来，不定牵出什么来。完颜褒在辽阳称帝了，估计很快就来中都。春雷尽早还给张仅言，这阵子肯定一大堆事，琴早点儿露面，事情早过去，咱们不能因小失大。完颜褒的舅舅，叫李石的那个，一直也心向张仅言，这次完颜褒登基，他们都得了势，怕是要对我不利，咱们不得不防啊。"

"嗯。您那宝贝儿子昨儿晚上又去敲我房门，您说说他吧。前两天我以为他挨了一棒子转性了呢，看来只是失忆，还是那德行，还是记吃不记打。"

"孽子！我扒了他皮。"

"前几日偷我抹胸，丫鬟告诉我的。您要是不希望他眼睛里塞着亵衣，您就骂骂他吧。"绿绮说完，转身离去。左渊脸上青一阵白一阵，伸腿将凳子踢了："造孽啊！"

绿绮见院中无人，轻轻跃下院墙，却见假山后的一个小沙弥挂着扫帚正盯着自己，索性喝道："大和尚呢？"

万六一愣，问道："您哪位？"

绿绮看四下再无旁人，道："我来看琴。"

"他不在，去栖隐寺见老和尚了。您定的琴？"

"是啊。进度怎样？"

"没说有人来，你要进去看看吗？"万六扔了手里的扫帚，指着房门道。

"是，你带我进去。且慢！"绿绮盯着他，"小和尚，你这一转头更像！你是谁家的？"

"我……是这里的小沙弥，给师父打下手……不是谁家的。"

"家人在城里吗？"

"不在，在外地。"

绿绮盯着他看了又看，摇头道："奇怪……开门吧。"

万六推开房门，一股生漆味道扑面而来，绿绮不禁蹙眉："真烦！琴呢？"

"已经用了胶，这东西不是一天半天的事。"

绿绮见桌上放了两张琴面，不禁一怔，又回头笑道："你练扑？"

万六一愣："你怎么知道？"

"哼，扫地能扫出这么两条粗胳膊吗？！"绿绮笑道，又指着门外，"回来了？！"

万六甫一回头，绿绮在他颈上敲了一下，托了他后背轻轻放在地上，随即纵身跃起，在梁上取下琴匣，走到门外。

正要跃身离开，她又放下琴匣，将那小沙弥拖拽到院中，踹开耳房，将他放在木床上，又盯着看了一会儿，在他唇上轻轻亲了一口，自己也不禁脸上一红，这才抱起琴匣跳上墙头，直奔康喜的宅子而去。

杨泗引了左渊父子走到屋中，张仅言放下手中筷子，抱拳道："左大人来访，难得。"

左渊面上一红，指示左贻庆上前："犬子带队，从康喜房中搜出了这春雷……"

左贻庆将琴匣轻轻放在桌上，张仅言不禁一愣，笑道："还真识货！假公济私，说的就是这个了吧。没有损毁吧？"

左渊心中惶恐，觉得张仅言话里有话，哆嗦着将琴匣打开，煞有介事地细看了琴身："哦，这就是春雷？！请张大人查验。"

张仅言瞄了一眼，合上匣盖："这么大漆味儿！康喜是个粗人，不知他偷取这琴做什么？"

左贻庆上前一步："钦差大人，他家里人也审了，一无所知。"

"在内藏库，名琴还有几张，康喜能偷春雷，说明背后有高人指点啊。"

"张大人的意思是？"左渊颤声道。

"哦，不必多说。回来了就好。二位请坐，只有干果，见笑了。杨泗，斟酒！"

杨泗摆了杯子，倒了酒推到左渊面前，见左贻庆站立一旁并不坐下，道："判官大人，您也请坐吧。"

左贻庆摇头道："不敢不敢。谨听张大人教诲。"

杨泗捧起琴匣放在一旁，听见张仅言轻声道："你们来，蒲察留守知道吗？"

"蒲察留守忙着和几位府吏在起草文书，说是明日要张贴。"左贻庆道。

左渊哼了一声，举杯向张仅言道："鲜有时机与仅言贤弟对饮……父一辈子一辈，张大人，可否吃了这杯？"

张仅言并不搭茬儿，指着盘子问道："左大人，你可读懂这些摆放？"

左渊呀了一声，放下酒杯，定睛看那盘中的坚果，却见榛子和松子零落间杂，有些榛子中间用酱汁画了细线，沉吟道："这是……五京和各州府？"

张仅言点头道："正是。依你看，大金此次易主，事态怎样？"见左渊迟疑，又道，"但说无妨。左大人，不必犹豫，你我两家的事，尽人皆知，你我更应该不计前嫌。所谓'世仇'，就到今日为止吧。"

"仅言贤弟，绝无'世仇'一说，坊间那些传言，不必理它，宵小之徒眼中只有过往……五京之中，北京恐有事变……"

"愿闻其详——"

"东京自不必说，龙兴之地，堪称第二个金源；西京，主上在那里做过留守，彼处多有部下，定当响应；开封，张浩坐镇，那最是个墙头草，而且又是东京人，辽阳张家和李家最是亲近，张玄征的女儿也与……也与主上成了亲，不会有岔头；上京，大多数是皇族旧人，完颜亮毁了那边的宫殿，屠戮宗族，上京方面早已忍无可忍，只要前临潢尹完颜晏奔赴东京上表，上京是水到渠成；咱们中都，有您张大人在，我虽愚鲁，张大人若不嫌弃，我定会尽心竭力，保障中都人心安稳、物料充足，以迎新君！"

"北京？"

左渊又瞟了盘子一眼，见中都位置旁又有几颗干瘪的松子，诧异道："贤弟，您是担心中都？"

"你先说北京吧。"

"白彦恭、纥石烈志宁——这俩人麻烦。契丹撒八谋反，枢密使仆散忽土、北京留守萧赜、西京留守萧怀忠讨伐无功，被完颜亮杀了。白彦恭被完颜亮指派为北面行营都统，纥石烈志宁任副都统，这俩人现在就在北京，带着北京、临潢、泰州三路军队啊。实力比咱们毅英将军强得不是一点半点儿，尤其那个纥石烈志宁，能征善战，手下又有个夹谷清臣，更是文武双全，这股……不能小觑！"

"我反倒觉得中都最是难办……"张仅言嗫嚅道。

左渊捏起筷子，夹了"中都"旁的一粒松子，放入张仅言碟中："坚果呢，还是要吃这种小颗的，有嚼头儿。"

杨泗侧立一旁，只觉得好笑，不禁乐出声来。见张仅言瞪了自己一眼，连忙敛了笑容。

左渊用筷子指了另几粒松子，低声道："中都有这么几拨人——留守蒲察沙离只，一会儿再说；在野的，有完颜阿琐和完颜璋，此二人，前一阵子找到我，要闹事。也找了沙离只，被沙离只拒了。李天吉与这俩人也是过从甚密，李天吉虽只是少尹，可是手下能调动的人不少。咱说沙离只，他和纥石烈志宁，尤其是和那个夹谷清臣，关系最是亲近。沙离只、白彦恭、纥石烈志宁他们几个，都是完颜亮的死党。所以，才把他们留在国内。沙离只迟迟不贴出布告，我觉得他有异心啊。仅言贤弟，不可不防！但中都呢，将寡兵稀，闹腾也闹不起来，只是要防备沙离只……和北京方面的白彦恭他们勾搭……串通一气。"

"嗯。左大人剖析得在理。不瞒你说，我回中都之前，和李石大人汇报了中都情形，本来要捕杀沙离只……但是主上对沙离只青眼有加，不许我动他啊。"

"大金不缺人才，当此之时，清障才是第一要务。仅言贤弟，需要我做什么，尽管示下。"

"我不敢违背圣谕，我不能动他，况且我这细胳膊，也动不了他。沙离只是一员虎将啊，他手中的铁骨朵，威力不小啊。他屋里墙上挂的那盾牌，是太宗赏给他的，那上头刀削斧砍的，每次我看到都一哆嗦啊。"

左渊连连点头："贤弟，聊到这儿，愚兄都明白了。告辞啦，我尽快筹措，不劳贤弟费心，静候佳音吧。"

杨泗送走了左渊父子，回到室内，见张仅言盯着干果盘子出神，问道："大人，我和几个人搜了康喜的屋子，根本没有琴。"

张仅言把左渊夹到碟子里的松子拈起扔到一边，笑道："你觉得这对父子演得怎么样？"

杨泗沉吟片刻："他对五京的分析，听着很有道理啊。"

"嗯。左家能人辈出，他父亲、他兄长，都是能干的人。这位左大人呢，除了贪财，别的也没什么毛病。"张仅言盯着杨泗，"有什么办法，能把放飞的鸽子拦住？"

杨泗一愣："死的活的？活的就要设网，死的容易。"

"设网不好……死的？是要用箭射吗？"

"您一声令下，我去留守府旁守候，有信鸽起飞我就带回来给您！"

"你拎着把弓四处转悠，也不太好。"

杨泗撸起袖子："大人，您看，平时我用这个——"

张仅言见他右臂上绑了家什，讶异道："这是？"

"袖箭，"杨泗将小臂展开，拨弄了箭匣上的蝴蝶片，"三十步之内，应声而落。"

张仅言叹道："这好！这好！里头能装几支箭？"

"八支。要是放出一群鸽子也不用担心，还有这个——"杨泗从怀中掏出一把手掌大小的弩，"这个可以连发，也是八支。"

张仅言瞪大了双眼："你还有多少？"

杨泗面上微微一红，转过身去，将上衣撩起，露出腰间鞶带上插着的一排排短箭。张仅言惊道："在辽阳，你也带在身上了？"

"去见主上时，袖箭没带，但这弩带了。"杨泗见他目瞪口呆，"兴周大哥屡次嘱咐我，让我不要动手……"

"哦，"张仅言轻轻擦了额上细汗，"那张琴，我放心不下，就先放在我这院子里吧。你不要去塘花坞住了，就住我这里。你住过来，春雷才算真有了保障。你这浑身上下，都是箭，你在院里，我就放心啦。"

杨泗赧然一笑："兴周大哥说我是只豪猪。"见张仅言笑出了眼泪，他整了衣裳，"那我还是先去……射鸽子吧？"

"不，先不要妄动。我明日先去趟府衙，先和蒲察聊几句，试试他的心意。你看好这琴。主上最是爱琴……可不能再丢了！"

（三） 夺琴

左渊刚迈进院子，就见绿绮笑嘻嘻地从屋内转出来，向他皱了鼻子道："还修行呢，得理不让人！"左渊正要问她，觉体大踏步走出门来，双手合十道："敢问左大人，出尔反尔，究竟何意？"

左渊伸手遣散了左右，与觉体重又进得门来，笑道："大师，事发突然，本来是让这姑娘去你禅房取回春雷，当时你不在，她就给抱回来了。这两日公务缠身，我也没来得及和你提前招呼，此事老夫处理得有失妥当。你那边进度如何？"

"她取了琴就走也就罢了，还把我院中的孩子给打晕了。"

"这丫头调皮，伤得不重吧？！我要好好教训她，让她给您赔个不是。点穴这事儿，老夫不懂啊，那孩子现在还不能动吗？"

"已经缓过来了。道歉不必。只是……可否告知，这女子是您的……"

"哦，她年幼时，我就收作养女，是个苦命的孩子。后来被一位女尼带走了几年，再回来就学了些本事。平时我舍不得骂她，也是惯坏了。"

"斫琴的进度，按部就班，只是没有了参照，有若干细部我拿不准。大人您要我仿旧如旧，我怕他日制作完成，并不如原本期待。"

"大师知道的，这琴应该在宫里的内藏库。张库使刚从辽阳回来，所以只能赶紧还到内藏库。我刚去了张家，把琴交到他手中。再要借阅，怕是难上加难了。大师巧作，尽力就好，现下情形有变，不必苛求逼真啦。"左渊见觉体面色有异，起身从书柜里取出一个木盒放在桌子上，掀开盒盖道，"这是前阵子衙役们在你房里搜出来的，是一张壁纸，是辛弃疾写的吧。他怎么会在你屋里写字？"

觉体正要开口，左渊又道："这小子字写得不错，词也好，对你评价不低啊……"见觉体摇头不语，左渊笑道，"幸亏府衙里都是一群粗人，没人认得这些字，我就收了下来，否则他们要追究起来，你很难消停啦。这字你拿走吧，留着还是毁了，你自己定。老夫权当不知道。琴的事，你也尽快赶一赶。"

张仅言见沙离只局促，笑道："留守大人，我来没别的事，并非来催促你发榜。你是中都留守，如何发布、何时发布，自然是你来决断。"

沙离只摇头道："像样的吏员都去了开封，现在府衙里的几个文书，笨手笨脚，连一篇像样的榜文都写不出，我也是头疼，今日如果再拿不出，怕是只好请您亲自动笔啦。"

张仅言道："康喜被杀一事，查得怎样了？"

"搜出了琴，左大人说他给您送到府上，没去吗？"

"交给我了。这才更可疑，所以我来找你。"

"哦？"

张仅言从怀中取出一本册子，递给沙离只："留守大人过目不忘，一眼就认出了我身边的杨泗。他们队伍并非去上京，而是被完颜亮派去辽阳执行刺杀。十个人，到了辽阳，都转投了新主上。"

沙离只目光呆滞，缓缓取过了手册，听见张仅言又道："第一个发现康喜死了的，正是杨泗。他和我内藏库的几个库吏，在康喜家里翻出了这个册子。他们几个人在康喜屋子内外都翻腾了，并没有琴。左贻庆带队又去搜查，就搜出了琴，实在令人费解啊。你看看册子。"

沙离只翻开册子，见上面写的都是八月以来的收支，无非是些柴米油盐、就医买药的账目，正在疑惑，张仅言伸手翻到末页，指着上面的字迹念道："辛巳，张出城，夜，琴，庆公子，二百两。乙巳，仙露坊，索得一百两。丁未，得二百两——是康喜偷出来的不假，但却是送去了仙露坊。"

"左贻庆比我还糙，哪懂琴……左渊？！"沙离只抬头道。

"蒲察留守，您这选人的眼光差了些，从漫捻到李磐，再到左贻庆，都不怎么样啊。"

"张大人责备的是，我最近经常恍惚，今早甚至……"

"怎么？"

"我想辞官回乡。"

"你此刻辞官，让新主上怎么看？你此刻辞官，就更说不清。"

"我，问心无愧……办事屡屡不力，深感自责。"

"左渊去了我的住处，送琴，我问了几句，他说了一堆。我问他国内的局势，他有些看法——"

"嗯？"

"他说各路、各府，都会群起响应辽阳。反倒是中都，变数最大。"

"他为何这么说？"

"说你，蒲察留守，和北京的白彦恭、纥石烈志宁一直交好，很可能会举兵一处，对新主开战。"

沙离只一惊，手中册子掉落在地："这是构陷！"

"构陷与否，我听了就忘。你如果不信我所说，可以去和左渊对质。我离开辽阳前，主上与我彻夜倾谈，叮嘱我不要掣你的肘，此时此刻，中都除了你，其他人无力主事。乌禄对毂英将军和你，青眼有加。你我都不是为了一个官位孜孜以求的人，新主登基是大势所趋，何苦背道而驰！"

"我要辞官，并非针对乌禄……太祖以来，大金宫廷翻云覆雨，民众不知所从，我资质平庸，绝非能臣，做个循吏都不够格……我只求回乡放马牧羊，渔猎耕种，了此残年。"

"你是纵横战场的人，军功赫赫，就这样做个逃兵吗？我不逼你，还是那句话，如何决断，你自己做主。这本册子留给你，这是左渊的把柄，我因此制裁他，世人会以为我放不下世仇。你呢，无论决意如何，应该尽快，时机稍纵即逝。沙离只，好自为之啊。"张仅言说罢，抬步出了府衙。

沙离只看他转出府门，长长喘了一口粗气，向外喝道："左判官何在？"

一名府吏跑进来半跪道："大人，左判官带人去查抄康喜家了。"

"琴找到了，还查抄什么？"

"没说，只说康喜肯定还有赃款，就又去了……"

"备马。"

杨泗抱着琴匣，在屋里屋外走了几个来回，仍是找不到合适的地方安置，就见门房带着一个孩子进了院子。

"杨叔叔！我娘听说你不在家住了，让我带了行李和盥洗用具来给您。您看——"任孝萱笑道。

石家奴和三胜背着行李，也拎了食盒进了门，直勾勾盯了他看。杨泗连忙招呼三人进了正屋："我正愁，张大人这儿什么都没有……你俩怎么不去公干？"

石家奴将食盒一层层打开摆在桌上："左贻庆上任之后，用的都是他家的府兵，我俩倒是清闲了。"

三胜从食盒里拣了两只鸡腿，递给任孝萱："萱子，你快回家告诉你娘一声，就说东西都送到了。"

任孝萱应了一声，转身走到院中，突然一声尖叫："绮姐姐！"

绿绮从树后走出，索性将面罩摘下，嗔道："小讨厌，就你眼尖！"

任孝萱比对了鸡腿，将一只大的递给她："姐姐，您怎么在这儿？这个给您！"

杨泗跃到院中，喝道："你是何人？"

"这是左府的绿绮姐姐。"任孝萱答道。

绿绮摇了头，叹道："哎，真是麻烦。"

石家奴和三胜也跳到院中，见任孝萱和那女子近在咫尺，不敢贸然上前，听见杨泗道："姑娘，这里是张府，您来有事啊？"

绿绮把任孝萱推到门外，温言道："姐姐不吃肉，你吃吧……替我和你娘问好，快回家吧。"见他跑远了，顺手闩上了院门，回身看了石家奴和三胜，向杨泗道，"我来取琴。"

杨泗不禁一愣："你是左府的？"

"对的呀。"

"左渊和康喜勾搭，张大人已经心知肚明，这次是要生抢吗？！"

"对的呀。你知道的有点儿多。"

三胜一张脸涨得通红，踱到她近前："姑娘，我们三个大老爷们儿，你要怎么抢？"

"没想杀人，既然赶上了，要怨就怨你们命薄吧。"

三胜一愣，伸手要推她出门，也不见她挥手格挡，自己脸上却挨了一记耳光。三胜大吼一声，亮开了架势，又朝绿绮扑过来，只觉得她身形一晃，自己后背的魂门穴已被按了一下，再要转身，手脚却不听使唤，直挺挺跌在地上。绿绮也不歇手，又在他膻中、鸠尾穴上点了。三胜只觉得脑海一片空明，口鼻里却是她手肘间的香气。

石家奴惊叫一声，抽出腰刀道："你是谢馆那人？"

"啰唆！"绿绮走上台阶，见刀锋直逼眼前，身子向左微微闪开，伸手在那刀身上轻弹了一下，石家奴只觉得刀柄火辣异常，连忙撒手，左颈的天窗穴挨了一击，随即一头跌到阶下。

杨泗喝道："康喜是你杀的？！"说罢一步步退回室内。

绿绮低头试了石家奴的鼻息，猛听得身后锐物破空之声，她伸手拾起地上的腰刀，叮一声将来物磕掉，却是一枚短箭。那短箭落在地上，箭头随即裂开，又射出几枚细针！绿绮挥起长袖，将四散的细针裹住。又听见一阵疾响，却是杨泗又接连射出四箭。绿绮腾地起身，在空中将来箭一一捏住，随即轻轻落在地上，她把短箭放在石凳上，笑道："嚯，够可以的啊。还有几支？"

绿绮长袖飘飘，在空中辗转腾挪，姿态极是舒展，落下之际裙摆纷飞，宛若一枝绿蕙兰随风招摇，杨泗不禁看得呆了。他垂下臂膀，叹道："这样的武艺，我平生未见！我杀你不得，动手吧。"

绿绮俯身拾起一枚短箭正要细看，又听见嗖的一声，连忙将手中短箭直抛出去，两支箭在空中对撞，箭身双双坠落在地。箭尖散射出的细针四散纷飞，有几根针扎在了石家奴和三胜的臀腿之上，二人虽已昏迷，却也不禁抽搐了几下。

杨泗正要从怀里掏出弓弩，却见一把刀正朝面门飞来，他连忙低头闪过，绿绮猫腰已经跃到他身前，伸手在他腰间一点，却嘶了一声，翻腕又在他百会穴、风池穴上连点数下。

见杨泗瘫倒在地，绿绮掀开他衣襟，看见他束腰的鞶革上排满了短箭，揉了手指愤愤道："什么呀这都是！气死我了。"说罢照着杨泗踢了一脚，抱起琴匣走到室外。

正要跨过门槛，绿绮不禁摇头微笑，她回转身走到桌边，见钉在墙上的刀还在颤动，伸手拔了下来，哼了一声，将杨泗用箭尖在地面上刻的"左"字轻轻抹掉。

看见三胜还盯着自己，她复又蹲下，将琴匣放在地上，左右手各捏了他口鼻。三胜也不挣扎，仍是盯着她双眼，自己眼中依稀有了泪光。绿绮撇着嘴笑，看他面色已然发紫，这才松开手咯咯笑了一阵，轻叹道："有点儿好看……可惜了。"

见三胜仍是不眨眼地瞪着自己，绿绮噘嘴说道："看什么看！闭眼啊！"三胜连忙闭眼，只感觉一把刀抵在自己腰腹间，又听见她低声道："大蛮牛。我最恨笨蛋，偏偏遇到笨蛋，到处都是笨蛋……你这次死，就是蠢死的，你知道吗？如果我想让你不死呢，我就一刀下去，就是这儿，这叫滑肉门，左右各有一个穴位。这儿也可以……出很多血，你昏厥，但是不死，比死还像死。刀拔出来，就又活了。唉，跟你说了也白说……"

三胜闭着眼，任凭她的刀尖在自己肚子上指来点去，想张嘴说话却又发不出声音，只得大口吸气不止，呼吸虽已调匀，心跳却越发急促。待睁开眼睛，只看见一双绣鞋渐行渐远。

第十一回

（一） 磨镜

张仅言的骡车刚到巷口，车夫看见家门口围了一群人，连忙回身嚷道："大人！咱家出事了？"

张仅言跳下车，分开人群跑进院子，就见杨泗和另两个人躺在地上，正有人在一旁揉搓，见他进院，一位邻居指了石凳上的细针道："张大人，拿针就把仨人给干倒了！这个能说话，那俩也还有气儿，已经有人去报官了。"

杨泗转动了眼珠："大人，琴被抢走了……"

"你们怎么样？那俩不是巡城的吗？"

"是，任大哥的徒弟，来给我送被卧……我仨都被点了死穴……有人进来给我们解了穴，但又点了别的穴，他俩一会儿也能缓过来。"

张仅言向邻居拱手道："有劳了各位，请回吧。"

车夫进来和张仅言把三人抬到屋子里，杨泗低声道："大人，是左渊家的一个姑娘，穿绿衣裳。"

张仅言把了石家奴和三胜的脉搏，苦笑道："不要担心，琴在他手里更安全。谁给你们解了穴？"

"我仨已经昏死过去了，他俩脸朝下，我只有知觉，却睁不开眼，没见着人……这人不想让我们死，又不想让我们立刻醒转，所以又点了别的穴位。"

"你的箭射不中那姑娘？"

"她的身手……神乎其神，我认识的人和她相比，天壤之别！"

"真有那么神？！左渊还有这么一手……"

他话音未落，门口看热闹的人群散开一条通道，左贻庆带着一群喽啰跑了进来："张大人！下官来迟了，请您责罚……怎么了这是？"

张仅言嗯了一声："你们有会解穴的吗？"

"回大人，这真没有，卑职也是饱受……烦恼，学过，学不会。这是让人给点穴了？"

"左判官辛苦啦。春雷又丢了。"

左贻庆大叫一声："什么人这么大胆！属下这就去查！"

"且慢！你怎么查？"

"呃……封锁城门，只进不出……再……细细盘查。"

"不必了，过几天自己就能回来。"

"大人？"

"这两个是你的人吧，抬走吧。"

左贻庆一头雾水，指挥人连拖带拽把石家奴和三胜运出了院子。刚叫了一驾驴车，人群呼啦啦闪开，周衔蝉拉着任孝萱跑了过来。

左贻庆一愣，盯着周衔蝉看了又看，左手捂了自己的太阳穴，低声道："这……我认识你吗？"

周衔蝉走到车边，看见石家奴和三胜昏迷不醒，把手探到他二人口鼻旁边，这才长吁一声，回身道："这位大人，这俩年轻人，我带回家去照顾可好？"

左贻庆凑到周衔蝉面前，细细看了她眉眼："本官问你，咱们以前在哪儿见过吗？"

周衔蝉反问道："我能把他们带回家吗？"

旁边的兵丁凑到左贻庆耳边："大人，这是石家奴和三胜的师娘，美俗坊塘花坞的。"

"哦，那就对了！种花的是吧，怪不得如花似玉的！"左贻庆涎着脸笑道，"他俩这花拳绣腿三脚猫功夫敢情是跟师娘学的！"

众人一阵哄笑声中，张仅言走出院门，向周衔蝉拱手道："任夫人，您来了！"

周衔蝉还了一礼道："张大人，杨兄弟可好？"

"他们仨都被人放倒啦。不碍事，死穴已经解了，过一阵也就清醒了。左公子，你怎么还愣着？！"张仅言边说边向周衔蝉使了眼色，"您请进院看看杨兄弟？"

左贻庆见张仅言对周衔蝉客气至极，也赔了笑："这位大姐，不必担心，这二人是我部下，我定会好好照料。您请吧。"

绿绮跳下马，见门口拴了几匹马，另有车夫牵着两驾骡车停在不远处，向门房问道："什么人来了？"

"绮姑娘，我叫不出名字，两个女真人，没穿官服。"

绿绮进了院，见正厅的房门紧闭，正在犹豫，丫鬟芸娘哭啼啼走了出来："小姐！"

绿绮见她眼睛红肿，头发也是乱糟糟一团，问道："你怎么了？不去伺候着。"说罢走到自己院中，将琴匣递给芸娘，低头看见她脖子上红了一块儿，"怎么回事？"

芸娘将琴匣放在桌子上，转身扑进绿绮怀里，嘤嘤地哭出声来："少爷……"

"他又欺负你了？"

"褪了我的裙子……我使劲喊，孙伯从大门口赶过来，被公子踹了个大马趴……"

"他得手了？"

"没。"

绿绮把她抱在胸前，轻轻嗅了她头发："不哭，我收拾他！疯了。我的人也敢碰！"

芸娘仍是哭个不停，娇声道："只要你不在院里，他就来，我不好老在你面前说他，他来了什么都翻，老跟我……拉拉扯扯……"

"你别哭了，回头我阉了他。"

"可是老爷……"

"你别管。急了我连他一起！"绿绮弯腰把她抱起，轻轻放在床上，"要不，你嫁走吧？"

芸娘一愣，收了哭声："你……我知道……你喜欢上了别人……"

绿绮坐到桌边，在铜镜里看了芸娘，嗫嚅道："不知道，只是老想着她。"

芸娘腾地起身："谁？"

"说了你也不认识。我看你和那来磨镜子的小伙子眉来眼去的，你要愿意，就嫁给他吧。嫁妆我来出。有一回你说他剪子也磨得好。"

芸娘嗯了一声，伏在枕头上又呜呜地哭起来。绿绮正要过来抚慰她，就听见正厅的屋门打开，院子里人声不绝，透过窗缝望出去，只见左渊和几个人点头哈腰，一路进了正厅。

左渊又到院门口嘱咐了门房几句，走到绿绮门前，轻声道："绿绮！你又跑去哪里了？"

绿绮道："我这就过来。"说罢抱起琴匣，犹豫了片刻，又走到床边，轻轻捏了芸娘的肩膀，"咱俩这算什么，你总不能这么过一辈子吧。爱嫁就嫁，不爱嫁……就再想法子。"

左渊哐当推开门，见绿绮抱了琴匣，惊叫道："什么？"

"春雷呗。"绿绮将琴匣放在案上。芸娘连忙起身抹了眼泪，倒了茶递给左渊。

"胡闹！"左渊将手里的茶杯摔在地上，"你怎么这么不听话！"

"你又没说不让我去。"

"事情已然了了，你又多事！"

"三个人都被我处置了，您喜欢，就留着呗。神不知鬼不觉。"

"气死我了你！我现在保命要紧，要这劳什子作甚！你还回去！"

"哼！"绿绮把脚边的瓷片踢开，"送回去，不更麻烦？！"

"你是怕事情少吗？还给张仅言，我才好下一步动作，你又搞这么一出，我怎么收场？！"

"没人知道。您怕什么？"绿绮抬头看了房梁，"我把它放在上面，等事情消停了，再取下来。"说罢抱起琴匣，拧腰一跃上了房梁，将琴匣放下，坐在梁上荡悠着双脚道，"您看这样行吗？"

左渊长叹连声，摇头道："不要外出了，有大事，这几日陪着我，你在家我安心些。"

绿绮跳回地面，沉了脸道："贻庆少爷又来骚扰芸娘，您觉得我该怎么办？"

"一个丫鬟，怎么这么多事？"左渊自觉失态，盯着芸娘点头道，"回来我骂他！"

"一个丫鬟？我娘也只是个丫鬟对吗？"

左渊脸上一片通红："又来了！你小孩子，懂什么！不说这个。"

绿绮哼了一声："我要把芸娘嫁走，免得她遭了左贻庆毒手！准备嫁妆吧。"

左渊眉头紧锁："兵荒马乱的，过了这几天再说。你去守着院门，再有人来，通报我。"又伸手唤过芸娘，"你也别哭了，去拾掇拾掇，过一会儿跟着后厨一起上菜。"说罢摇头出了屋子。

李天吉正在与完颜阿琐、完颜璋低语，见左渊进来，指着李磐道："左大人，犬子适才�’着嘴，并非针对贻庆贤侄，请大人千万不要误会。"李磐躬身施礼，随即站在父亲身边。

左渊笑道："哪里话，也并非贻庆觊觎那个判官的职务，沙离只翻云覆雨，这才有了误会。不怪孩子。"

完颜璋与完颜阿琐相视一笑，道："李大人父子到了，左兄现在可以说了吧？传唤我等前来，不知有何指教。"

"辽阳立了新主，诸位都知道了吧？"

"稍有耳闻，还请大人告知详情。"

"张仅言去了东京，回来就成了钦差，带回了消息。各地现在是云集影从，很多原本带兵要奔赴前线的将领、万户，都改道去了辽阳追随新主。这几日，其他四京也都在派人前去上表啦。彀英将军率军在外，已经被新主另外封了官职。我旁敲侧击，得到的消息是——中都还会是国都。"

"左大人的意思是？"

"正想听几位高见……沙离只现在是正牌儿的中都留守，只是迟迟没有动静。"

"不瞒大人，我三人此前曾去留守府，拜会了沙离只。他就差动刀子了。我们几个灰溜溜地出了门。"

"不知各位心意如何？迪古乃临行前都给你们布置了任务吧。"

"既然大人已经知道了，我们就不必隐瞒。刚才提到了我们去留守府，当时也和沙离只说了这事。我们奉了迪古乃的号令，侦伺中都大小官员，此种内耗，最是无益。我们几个原本就琢磨着策反沙离只，然后和辽阳有个呼应，没料到辽阳先有了动作。"

"诸位既然来了，不要着急走，我让后厨备了饭，咱们边吃边聊，我想派人去请沙离只过来，不知几位意下如何？"

李天吉与完颜璋目光交会，缓缓道："此人固执至极，油盐不进，请来怕也是不欢而散，反倒让他有了防备，于我等下一步举动有损。"

完颜阿琐点头道："左大人，不如请张钦差过来，咱们和他表个态，也听听他的意思？"

完颜璋见左渊为难，低声道："我去张府邀约吧。"

左渊摇头道："也好。那就有劳了，我命人上菜，等你们到了，一起开席。"

（二） 隐情

完颜璋刚走到院中，就见一个绿衣女子从院外走进来，看了他一眼，直奔正厅而去。完颜璋走到院门口，只见沙离只正俯身将缰绳拴在树上，连忙高声叫道："留守大人！您来了！"

沙离只也是一怔："你怎么在这儿？"

左渊快步冲出正厅，走上前来："留守大人光临，有失迎迓！"

完颜璋得了左渊示意，一路引着沙离只走进正厅。

李天吉和完颜阿琐站起身来，笑道："正说要去请您和张大人。"

沙离只环顾室内，见八仙桌上已经摆满了餐碟，点头道："那我就不请自来啦。诸位好雅兴啊。"

左渊赔了笑脸，扶他坐在主位："正要去请大人。"

沙离只从怀中掏出一本小册子，递给左渊："宴无好宴啊……左大人先看看这个。"

左渊接过册子，飞快地翻看了，待看到末页的"丁未，索得二百两"时，不禁面色通红："这是何人所作，真是处心积虑！"

见座中人面面相觑，沙离只高声道："左公子说在康喜房中翻出了那张琴。我这册子也是在康喜房中翻出来的，左大人毫不知情？"

"犬子疏于管教……但这账本不可信。"

"不。家教严明啊。左大人爱琴，是出了名的，令郎也爱琴，这也说得过去。"

左渊正色道："留守大人，现下春雷已经归还给张钦差，事情已经过去了，蒲察兄如果怀疑其中有诈，尽可秉公执法，如这册子属实，老夫和犬子甘愿下狱！"

沙离只目光掠过厅中诸人，盯着完颜阿琐道："新主在辽阳登基，知道了吧？"

阿琐被他盯得发毛，嗫嚅了道："刚和几位大人谈及此事……中都方面还没有动作？"

"依你看呢？"

完颜璋起身道："中都应该立刻贴出榜文，告知民众，派人奉表前往辽阳。"

沙离只点头道："嗯，看来几位已经替本官筹划周详？"

"不敢。我等只待大人一声号令，莫敢不从。"

沙离只转向左渊："各位大人，咱们受朝廷俸禄多年，也都曾是迪古乃的亲信，怎么想也不想就做了墙头草？"

李天吉道："契丹兵变、各地民乱风起云涌，留守大人就没想过这些事情的缘由吗？太祖、太宗一世英武，也不曾铲除赵宋，如今迪古乃穷兵黩武，视人命如同刍狗，南征只是耗尽国力，损兵折将之后，必是一败涂地。"

"诸位都是饱读诗书之人，没听过忠臣不事二主吗？"

"完颜亶被弑，一众老臣纷纷倒向完颜亮，他们都不是忠臣？！效力暴君只是愚忠，为生民谋福才是大忠！留守大人不会这点儿道理也不明白吧。"

沙离只拍案而起，喝道："你们是要反？"

"不是我等要反，是顺应民意而已。东京那边登基在前，我们能做的只是响应而已。"

"哈！"沙离只起身道，"本官一日是中都留守，中都的事情就不劳烦你们几位操心，皇位之事，这是他们皇族的事，你急不可耐，是要忙着向辽阳请功吗？！"

左渊踱到绿绮身边："大人不必如此揣度，我们只是吃一顿便饭，既然大人无意推进，我们怎么敢催促，不聊这些了，外面的消息还不清楚，咱们中都不该先起了争执。"转身向芸娘道，"去催他们上菜吧。"

沙离只起身走向门口，回头道："各位开怀畅饮吧。闷损之酒，不喝也罢！"

左渊见席上气氛冷清，举杯笑道："各位不必犹疑，今日咱们开诚布公。阿琐，你觉得沙离只这样执着，究竟为了什么？"

完颜阿琐将杯中酒一饮而尽，叹道："我与他同袍已久，此人最是执拗，我以为，他也并非不愿意上表，只是观望，应该是觉得完颜亮不会就这样善罢甘休吧。"

左渊道："非也。诸位可知沙离只和白彦恭、纥石烈志宁的交情？"

"有所耳闻。"

"他们几个如果联手，还真够辽阳头疼的。"

"大人的意思是……"

完颜璋话音未落，院子里一阵脚步声，左贻庆推门进来，看到在座的众人不免一愣，将手背到身后，低声道："父亲……"

"有事直说，不要掖着藏着。"

左贻庆略微犹豫，这才摊开手掌，手里却是一截细小的竹筒。左渊拈起竹筒，见筒口的蜡封已经划开："哪儿来的？"

"张大人家进了贼，我的两个手下受了伤，我刚给带回府衙，就见鸽子落下……我看四下无人，就打开了看了。"

"这什么事！给留守大人送回去！"左渊将竹筒扔在桌上。

李天吉拉着左贻庆坐下，向左渊道："左大人，火漆已经拆了，送回去反倒不好。您就别难为孩子啦。"

完颜阿琐盯着左贻庆问道："贤侄，写的什么？"

左贻庆望了左渊，见他只顾着布菜，低声道："字太小，没细看，北京那边来信。"

完颜璋探手取过竹筒，倒出纸条贴近了细看，随即低叫一声："左大人所言不虚！白彦恭催促沙离只和他合兵一处！"

众人惊讶不已，传看了纸条，完颜阿琐道："这要真是合兵一处，少不了生灵涂炭！"

完颜璋起身，向座中人一一施礼："各位，事已至此，咱们不能坐以待毙。大伙儿齐心协力，中都才能转危为安！"

石家奴和三胜进了屋子，把腰刀倚在门口，见蒲查在床上一动不动，不禁都叹了口气。三胜推开了一扇窗子，又轻轻半掩了，石家奴搬了两把凳子放在床边，拉着三胜一起坐下。

"蒲查啊。最近我俩都闲着，可是比忙的时候还乱……往后这阵子就是师娘和小萱子来照顾你了。"

"我俩想去辽阳，你这样我们也没法带你去啊。你倒是起来啊！"三胜叹道。

"你不知道吧，葛王完颜褰在辽阳称了帝。咱师父，前一阵子带着一伙人路过中都，说是往上京去，其实要去辽阳杀完颜褰。结果去了就被收编了。那时候你已经迷糊了。师父那个小队伍里有个叫杨泗的，他和张仅言，管内藏库的那人，从辽阳一起回来了，说了师父的事。我俩……"

"自打那左贻庆当了那个破判官，身边都是他那些小跟班，还有些他家的府兵，还有些转运司的废物。我俩也没事干，天天就瞅瞅你，再去墙根底下晒太阳。这么着也不是个办法。我俩想着，去辽阳，找师父。师父跟了完颜褰，肯定也能给我俩找个活儿干。"

"那杨泗说，新皇帝很快要来中都，中都还是国都。咱们不能跟这儿等着啊，咱得往前走走不是？去了辽阳，咱也算第一拨追随完颜褰的了。日后回到中都，也方便谋个差事。"石家奴抬手合上了窗扇，"你呢，你就踏实养病，我俩给师娘留点钱，够你喝药的了。"

"左贻庆不找我俩做事，留守大人倒来找我们了。瞧那脸色，估计是要跟人打架……蒲查啊，这我得骂你！你现在这样儿，我也不能抽你大嘴巴。我抽你大嘴巴，师娘又要拉着脸，我最怕她不言声，你知道的……留守大人要我们组织人手，我俩说不去，留守说你告诉他了，漫捻是我俩杀的！你这嘴怎么没个把门的！"三胜用力捏了蒲查的下巴。

石家奴拨开三胜的手，向蒲查道："那厮要掐死小萱子！不杀他，咱们还算人吗？当初咱仨，在街上偷鸡摸狗，有上顿没下顿，身上的黑泥能搓成丸子，就差要饭了，是师父给咱接回家，师父教咱们练扑，师娘教咱们识字，你……你怎么能……悯忠寺你拿刀架在师娘脖子上！你想什么呢！"

蒲查喉咙里咕噜一声，三胜瞪大了眼睛看他，却见他眼角淌出了一滴清泪。三胜贴近了细看，掰开他眼皮，看他眼窝里蓄满了泪水，回头向石家奴道："哥，这小子能听见！你看，他哭了！"

石家奴一把打开他手："他这样了，你还跟他动手动脚！蒲查啊，我俩估摸着，留守叫我俩好事，这城里看着消停，其实乱糟糟。那左渊，那李天吉，都不是省油的灯。辽阳这么一闹，这些当官的都想着怎么站队。留守现在几乎成了孤家寡人……"

"沙离只有点儿像咱师父。硬逞强，横、犟、倔、拧巴、一根筋。"

"你说说，当官的狗咬狗，咱们跟着掺和个什么劲啊。这趟活儿如果利索了，我俩就不干了，转头儿我俩就去辽阳，和师父碰头。你老老实实待着，等回到中都，咱们师兄弟还在一起啊。"

"师父和师娘都说，咱仨里头，你最聪明。我就是个伺候人的，三胜是个直肠子驴，沾火就着。师娘最看好你呀。"

石家奴正要起身，蒲查一把抓住他手，三胜惊叫一声："这咋还动了？"

蒲查轻轻侧身，从枕头下抽出一沓纸条递给石家奴。

石家奴惊得目瞪口呆，看见三胜抓住蒲查的肩膀边晃悠边嚷："蒲查，你小子装病？！"

石家奴见那纸片都只是细细一条，每张都卷成了一小团，连忙走到窗边一一展开了细看，回身向正在胳肢蒲查的三胜道："别闹了！这是给留守的信，应该是用鸽子捎过来的。"

三胜抬头道："谁给的信，说的什么？"

"不知道啊，落款只写了'遥设'。"

"北面行营都统，白彦恭。"蒲查低声道，说罢坐起身来。

三胜喜出望外，一把将他推倒："臭小子，就你戏足！师娘都快担心死了！不打你难解我心头之恨！"

"行了！"石家奴瞪了三胜一眼，把纸条交给蒲查，"白彦恭怎么又遥设了？"

"他本名就叫白遥设，他是部罗火部的族人。"

石家奴连声叹气，向三胜道："说他联合了会宁尹完颜蒲速赍、利涉军节度使独吉义，要去辽阳打完颜褒。"

"哎呀，这是要勾搭蒲察留守？"

石家奴点头道："应该是的，但是后来几份密报都是催促蒲察留守回信，也就是说咱们留守这边没动静。"

"他是我爹！"蒲查眼泪又流了下来。

"你不是姓蒲察吗？"三胜问道。

"说的是蒲察留守！"石家奴复又坐下，"我俩还纳闷儿呢，怎么留守大人把你接到他院子里来……蒲查啊，你还有多少事瞒着咱们兄弟？"

"我娘是汉人，大金不许女真和汉人通婚，我生下来就没有名分……"

"怎么就不能通婚？那些赵宋的帝姬不都嫁给太祖的儿子们了嘛！完颜宗干、宗翰、宗弼……"

"那都是皇子。我爹当时只是个芝麻官，不允许通婚，也影响升迁。我爹我娘……情投意合，我娘怕连累了我爹，就带着我去了大名府。病死了，临死也不让找我爹！"蒲查缓缓道来，语气平常，脸上却已是遍布泪痕。

"你爹这事儿不怎么样！"三胜撇了嘴。

"我爹，那之后，一直单身一人，并没再娶。"

"你爹这事儿办得可以！"三胜点头道。

石家奴听着他俩一唱一和，摇头道："他现在已经是留守了，你们就光明正大地相认啊！"

"我娘留下遗言，不许我和他相认。"

"蒲查！你病好了，还跟这儿装病，你几个意思？！"三胜狠狠拧了他耳朵。蒲查抹了眼泪："二位哥，让我怎么办？我爹管着中都这一堆破事，已经是焦头烂额了，我左右为难，索性就装傻吧。"

"那你就告诉留守……告诉你爹，我俩杀了漫捻？！"

"这阵子，我爹总来我床边坐着，他嘟嘟囔囔的，说觉得左渊有事，他要把左渊拿下，可是左贻庆手下有些人，他原本想着一起砍了，我一着急，就说不能都砍，你俩是我师兄……顺嘴就说了漫捻的事。我也说了你俩要杀左贻庆，他觉得你俩可以信任，今天这才要你俩带兵跟他一道出去。"

石家奴眉头紧皱："你爹到底怎么想的啊？他要反完颜褒？"

"他只想静观其变。他一根筋，他一直单身，他一条道跑到黑。"

"中都是要内乱啊。你行吗？要不你还是躺着吧，我和石家奴去找你爹。他是你爹，咱仨加一起也就这么一个血亲了，这趟活儿我们俩跟你爹！对方人多，又能怎的！"

"不！你俩别去。我去。"蒲查伸手拉住三胜。

三胜掰开他手："你躺了这么多天，肉都松了！要去就一起去。"

"不。我爹说，张仅言来过，跟他说左渊搬弄是非，这是我们和左家的私仇，我爹无非是想让中都消停,他还不至于蠢到要和完颜褒对着干。你俩别跟着掺和，别到最后两头儿不讨好。"

"说什么呢！你要是说这是你家的事，那我俩就更要掺和。反正怎么做都是错！走吧，一起去见你爹。"三胜从墙上摘下软甲递给蒲查。

蒲查不再多说，起身从床下拽出佩刀，刚把软甲披上，就听见院里有人尖声呼喝："守住门口！"

226

（三） 内讧

三人跳出房门，见院里院外已站满了人，这些人穿得杂七杂八，手里的兵刃也是五花八门。石家奴见左贻庆站在人群正中，不禁一怔："左判官，这是闹哪样？"

左贻庆哼了一声："你们仨把刀扔了，饶你们不死！"

沙离只也推门出来，看了院中人的服色，点头道："咱们想到一块儿了。你爹呢？"

左贻庆见他身后屋子里只有几个文书停了笔外望，讪笑道："说话就到。"

三胜走下台阶，走到一名兵士身边，上下打量了他："哪儿找这么些个神头鬼脸的啊！左大判官，我们怎么了，就要死？就这么仨瓜俩枣就要饶我们不死？！"

沙离只道："哎哟，转运司能凑出这么多人？真难为你们了。"说罢转身从房里唤出了几个人，"这几位都是府里的笔吏，别吓着他们，放他们走。"

左贻庆见那几位文员急忙忙跑出了院外，昂首道："外头站的都是防城军，你懂的，这不是走街串巷的小卒子。我尊称您一句留守大人，束手就擒吧，免得大家伙儿动手！"

"为什么呀？"石家奴问道。

"跟你说得着吗？滚一边儿去！"

左贻庆话音刚落，院外缓步走进数人，左渊走在头前："蒲察留守，中都转运使左渊，大兴府少尹李天吉，金吾卫上将军完颜阿琐，牌印祗候完颜璋，不请自来，有事要和大人商量。"

沙离只见他身后的完颜璋和完颜阿琐着了盔甲，笑着将房门敞开："那就都请进吧。"

"不必！"李磐从李天吉身后转出来，"院子里宽敞，动起手来方便些。"

沙离只低头微笑："也好。那就说吧。"

李天吉瞪了儿子一眼，高声道："敢问蒲察大人，主上在辽阳登基，诸路府州纷纷遣人上表，唯有中都唯唯诺诺、首鼠两端，莫非大人别有所图？！"

"继续说。"

"新主不日即将移驾中都，蒲察大人如此不作为，是要陷我等地方官员于何地？"

"那依你们说，本官应当如何作为？"

完颜阿琐道："交出金牌，让出留守一职。你我同袍一场，我不忍心看你众叛亲离。"

沙离只苦笑道："刚出门那几位正在构思上表东京的措辞。你们这么一闹，就耽搁上表了。"

左渊道："沙离只，我儿查获一封飞鸽传书，白彦恭写给你的，你们是要逆势而动，向辽阳宣战，此事不假吧？"

"你们说不假，那就不假。只是，诸位是不是太过心急了？吃相不好看。"

完颜璋道："我等此次前来，就是要为新主剿灭叛贼！沙离只，我知道你武艺没撂下，还是想劝你不要抵抗，也好免了一番厮杀。你战功赫赫，我等向主上求情，可保你性命无虞。"

蒲查走到院中，向左渊等人施礼道："各位官长，在下有几句话想和蒲察留守禀报。"

左贻庆上来推了他一把："小虾米皮子！哪儿轮到你说话了！"

见左渊点头，蒲查快步走到父亲身边，正要附耳说话，沙离只将他推到一旁，笑道："各位还有什么罪名给我扣上？一起都说出来吧。"

李天吉道："只此一条就够你诛九族了！"

"那怕是要让各位失望啦。本官孑然一身，无亲无故，凑不够九族。

手头的银子不足十两，抄家罚没也不值当……没有了是吗？那我也数落诸位几句吧——"

左渊道："咱们不是来斗嘴的，蒲察留守如果一意孤行，我们只能先擒了你下狱，留待主上驾临之时，再作判罚。"

沙离只道："不！我要说几句！免得你们觉得自己是冤死的。"

李磐向李天吉耳语道："爹，甭听他废话了，我一刀结果了他，免得他反咬一口！"

沙离只似乎听见李磐的低语，笑道："算反咬一口吗？！诸位且听我说完，咱们再做了断不迟。左大人——"他手指左渊，"你中饱私囊，只在转运使位子上，不说实物，你贪的银子没有千万也有百万了吧？迁都之际，你和李通卖官鬻爵，内府、中都各官吏的升迁、任免的报价都是你替李通对外公布的吧，那些脏钱也是你代收的吧！迪古乃命人监视你，你以为是平白无故的空穴来风吗？宫中视为珍宝的春雷你也敢盗，不是利令智昏是什么？你儿子左贻庆在城里欺男霸女，你佯装不见！想当初，令尊左企弓大人年过古稀，仍在为大金奔走，太祖谥之为恭烈，四年前，改赠特进，封为济国公……我朝将帅无数，有几个人能有这样的嘉奖！迪古乃待你左家不薄，你怎么会如此堕落？倘若企弓大人在九泉之下得知儿孙干的这些脏事，你拿哪张脸面对他老人家？！"

左贻庆见父亲喘着粗气、脸色惨白，大喝一声："住嘴！你血口喷人！诸位还等什么？现今新主登基，他还是跟完颜亮一口一口主上叫着，心思多明显！接下来他不定怎么编排大伙儿呢，上啊！"

沙离只见众人作势扑上，向厢房门口的石家奴和三胜叫道："哼，小崽子，你俩是他们早就安插好的吧？一起来吧！"随即扯着蒲查跃回室内，反手关上了房门。

左贻庆跳到门前，单手叉腰，举着腰刀吼道："父亲、李大人，请您二位退出院落。其他人随我来！今日不毙了沙离只这老贼，日后他又要胡说八道害人！"说罢伸手猛推门扇，却是在里头锁住了。他正要撞门，完颜璋道："贤侄小心，沙离只箭术了得！"

左贻庆笑道："来好几回了，我看了，他这屋子里没弓！"伸手叫了身边两个兵丁，抬起门旁的陶缸朝木门撞去。

李磐向石家奴讪笑道："沙离只要给你俩开脱，呵呵，都别演了，骗得了谁！你俩和那蒲察蒲查是一伙儿的，他把那小子拽进了屋子，你俩成了弃子啦。兄弟们，给我拿下这俩小贼！"

石家奴和三胜在院里背靠着背，被团团围住分身不得，眼见着那边房门就要被撞开，再也按捺不住，挥刀砍倒了几人。

院外一阵脚步声，呼啦啦又跑进一队防城军，手里各持了弓箭，见院里一团凌乱，也不知道该射哪些人，只好搭箭上弦靠着墙细细分辨。待看出石家奴、三胜是围攻对象时，正要开弓，又听见数声惨叫，却是几个率先闯进正厅的兵丁被扔了出来，在台阶上跌得晕头转向。

石家奴和三胜连砍带摔，接连撂倒了几人，正要去关上院门，只听得嘭嘭声连响，三胜连忙从地上拽起一人挡在胸前，肩头已是中了一箭。

石家奴拾起地上的一张盾牌，正要团身攻上，回看三胜左支右绌，只是抱着个死尸挡箭，又扯了一面盾牌抛给三胜。两人挥刀拨开乱箭，渐渐合为一处，躲在两块盾牌之后。防城军又是连射数箭，见伤他二人不得，只把弓弦扯满，和他二人对峙。

左贻庆见状，怒骂道："窝囊废，瞄着，敢动就射死他俩！其他人跟我冲啊！"随即和李磐、完颜璋、完颜阿琐一起冲入正厅。

沙离只好整以暇，跷着腿坐在椅子上，正用一块抹布擦拭手中的铁骨朵，苦笑道："我有两柄铁骨朵。天眷二年，金牌郎君派我在清口袭击岳飞，宋军四散奔逃，岳飞殿后，我和他打了二十多个回合，当时我用的是那柄长的，一失手，被他挑了去……我军威武，宋军不敢恋战，我拽出这柄短的，直追得宋军仓皇逃窜。没想到，今天要……同室操戈。"

蒲查见四人摆开架势，仓啷一声抽出腰刀，站在父亲身前喝道："敢动我……敢动留守大人，先过我这关！"

左贻庆哼了一声："早他娘的瞅你不顺眼，拉着个驴脸，真以为自己很能打吗？"言罢一刀直劈过来。

蒲查举刀挡开，只觉得那砍落下来的刀绵软无力，不禁失笑："左大判官，你是淘空了身子吧！"左贻庆正要收刀再刺，只觉得眼前人影扑面，却是蒲查已冲到身前，一把捉住自己手腕，他哎哟一声，连忙撒手。蒲查右手抓住他手腕向下拉扯，左手托住他手肘向上托举，只听咔嚓一声，左贻庆一声惨叫，登时脸色煞白，慢腾腾蹲坐在地上，右臂已然断了。

李磐见势不好，正要迈步退向门口，蒲查一个扫堂腿，李磐连忙跃起勉强躲过，他双脚落地未稳，蒲查早已转了一圈，趁着转身的力道，一拳抡在他下巴上。李磐闷哼一声，摔倒在左贻庆身边。

完颜阿琐也是一惊，道："沙离只，这孩子的手法，你教的？！"

蒲查笑道："不必多言，动手吧！"

沙离只缓缓起身，向蒲查道："你不是这两人对手，你扶地上这俩去院里，再帮帮你的朋友。不要滥杀！"蒲查嗯了一声，拖了李磐扔到阶下，搬动左贻庆时，又牵动了他断臂，左贻庆连声哀号，惹得背靠院墙的一众弓箭手也松了弓弦观望。

沙离只连声叹气："同袍一场，怎么会闹成这样！"

完颜璋手中刀尖不住颤抖："早知道这么快，应该活动活动。"

完颜阿琐笑道："沙离只，你还有什么话说？"

沙离只将袍角掖在腰间，低声道："你把房门关上。"

蒲查看三胜肩上中箭，貌似并无大碍，再见石家奴又抄了一面盾牌作势抛给自己，笑道："护着你们自己，我有这个不怕箭。"说罢将左贻庆提起挡在胸前，回身转向正厅，却见门被轻轻合上，屋子里随即乒乒乒乓乓一阵乱响，继而惨叫连声，一柄铁骨朵破窗而出，直直落在檐下，随即房门被缓缓推开，完颜璋面色煞白，歪着肩膀走了出来。

他环顾院内僵局，脸上笑容极是诡异，又歪歪扭扭走到明柱旁边。蒲查拉着左贻庆连忙闪开，见完颜璋右肩朝柱子猛地一撞，只听咔嚓一声。脱臼的肩胛骨复了原，剧痛之下，完颜璋呲了一声，顺着柱子缓缓坐下。

完颜阿埌提刀出米，头上的铁盔已被敲裂。见完颜璋满脸冷汗，他扑通一声坐在门槛上，咧嘴苦笑了几声，猛地喷了一口鲜血，仰面向后摔去——

沙离只闪身到他身后，伸手扶了他后脑轻轻放在地上，叹道："招招要害，你俩是真想杀了我啊。"见蒲查把刀架在左贻庆颈中，院中安静异常，向石家奴问道，"左渊和李天吉呢？"

石家奴见他满脸杀气，又伸手在地上捡回铁骨朵，颤声道："在……在院门外……"

沙离只指着墙边的十几个防城军喝道："出去！让左渊整顿人马，还有多少人，一起过来。我就在这儿等着！别怕，不杀，我只伤你们。"说罢将铁骨朵在左手的圆盾上轻轻敲击，声音不大，却刺耳异常。

那伙兵士勾腰跑出院门，巷子里已是空无一人，正要咒骂，却见一个绿衣女子纵马飞奔过来，连忙闪到一边。

绿绮翻身下马，哼了一声："饭桶，边儿待着去！"说罢走入院中，见阶上阶下横七竖八躺满了人，笑道，"沙离只，你还真不错……我不想杀你了。"

石家奴透过盾牌缝隙看见是她，惊得一屁股坐在地上，回身向沙离只道："大人，这女子了得，她会点穴！"

三胜刚把箭折了，这会儿正试着把箭头抠出来，听见师兄大叫，索性站起身来，盯着绿绮道："多好的大姑娘，怎么就跟了左渊这么个狗东西！"

绿绮看见他俩，也是一惊，随即红了脸道："你俩怎么没死？！"

三胜只觉得嘴里咸苦，伸手摸了一把，却是鼻血流入了嘴巴，随即张开血盆大口，露着满嘴红牙笑道："我俩也纳闷儿，越盼着死，越不死，这次您受累使点劲儿吧，给我们来一痛快的！"

绿绮皱了眉头问："是有人给你们解了穴？"

石家奴道："是啊，你不会以为天下只有你会这些歪门邪道吧？"

三胜见她神情落寞，笑道："大妞儿，这架还打吗？我师娘听说了，说她喜欢你，嘱咐我们不要伤你。"

"谁嘱咐的？"

三胜把刀尖插进肉里，剜出的箭尖叮一声落在绿绮脚边："我们师娘啊。你不也认识小萱子吗……我师娘说谁娶了你谁有福气。我心说那得多倒霉啊，那不得天天挨揍！"

绿绮嗯了一声，走到三胜身边道："别动。"言罢在他巨骨、秉风穴上轻点了两下。三胜知道她助自己止血，鼻子突然一酸，再看她忽然面色愁苦，正要逗趣，猛听见院外脚步声急促，却是左渊和李天吉重又带了一群人涌到了门口。

绿绮向左渊点头道："这俩人别杀！"

左渊轻轻点头，随即盯着台阶旁的左贻庆叫道："我儿不要担心！"

沙离只让蒲查撤了手，又招呼几个军士进来，指着左贻庆、李磐、完颜璋、完颜阿琐道："把这些个抬出去，快救治，我没下死手。"

绿绮见院里清了场，点头道："哎哟哟，真没想到，这么大岁数了还真能打几下。听说过你，以为只是在军中马战……"

沙离只指了墙角的石锁道："这一阵知道你的主人动了脏心眼儿，时不时动唤动唤，也是力不从心啦。姑娘，你别不信，搁十年前，就这些院里院外的，我眨眼的工夫就灭了……是你吗，你会所谓点穴？"

绿绮低头看了三胜的箭伤，在他肩上轻点了两下："奇怪，怎么止不住啊！"又朝石家奴正色道，"你给他包扎吧。我和这位力不从心的动手，你们不要跟着裹乱！"说罢缓步走上台阶。

蒲查大喝一声抬刀便刺，绿绮见那刀势大力沉，侧身闪过，右手大拇指在他腋下轻点，蒲查惨叫一声栽在地上。

沙离只面色惊恐，向蒲查道："没事吧？"

蒲查额上汗水涔涔而下，嗯了一声："……不要交手！"

绿绮看看沙离只又瞧瞧蒲查，笑道："你俩是父子吧？"见沙离只紧皱的眉头闭口不答，又道，"我师父，告诉过我，说只要是一群人围攻一个人，那这个人一定是对的。我本不想过来，有只孔雀闹病……别打了，你们爷俩儿逃命吧。有我在，没人敢拦你。"

左渊在院门口大喝一声："绿绮！糊涂！"

绿绮向侧身躺在地上的蒲查微微一笑，低声埋怨："刚你怎么不杀了左贻庆呢？！"

沙离只见门外的一群防城军跃跃欲试，又看见儿子在地上慢慢爬向绿衣女子，叹气道："姑娘，左渊是这城里的蛀虫，你为何追随他？"

绿绮轻声道："说不清，冤孽呗。"又指着沙离只手中的铁骨朵道，"你在战场上用狼牙棒是吗？"

沙离只点头道："近身格斗，铁骨朵称手些。"

绿绮看他手中盾牌泛着幽光，笑道："小盾不错，有年头了吧。这么精致，是女人用的？"

沙离只掉转了铁骨朵，指着盾面上的图案道："嗯，姑娘好眼力，这是前宋的东西，兀术郎君在黄天荡得到的，献给了太宗，太宗又赐给了我。说是梁红玉的随身小盾。惭愧，我用着还行。"

"那上头画的是什么？"

"让几位做学问的汉人看了，说叫个'驳'，是个神兽，专吃老虎豹子。"

"送给我吧？"

沙离只一愣，将圆盾递给她："姑娘喜欢，拿去便是。"

绿绮伸手接过，见那盾牌尺寸虽小，却沉重异常，边缘是细密的锯齿，盾面上錾刻着一匹马，白身黑尾，头顶的独角凌厉挺拔，细部纹路精细至极，问道："怎么这么沉？"

"陨铁的。拿着玩儿吧。"沙离只长叹一声。

绿绮见一众弓箭手又在墙边拉开了架势，将那小盾牌抛到三胜身边，嗔道："笨蛋，你们护好自己吧。"又向沙离只道，"您也真够憨厚，你盾牌在手，我不好施展的。"

沙离只笑道："猜到了。好姑娘，我看你不像个糊涂人，真要和我厮杀吗？"

绿绮向门口的左渊伸手示意，左渊见她连连摇头，拦住了又要冲进来的左贻庆。

绿绮低头见自己的裙摆沾了鲜血，蹙眉道："听说过你们。什么辽东铁铜广宁锤，沙离只狼牙催命鬼……哼。"

沙离只摇头道："都是勾栏里无聊的人瞎编的。"

"你和他二人相比怎样？"

"完颜亨武艺深不可测，我远非他的对手。铁铜万户……乌延查剌……不熟，半斤八两吧。南征军中还有个韩夷耶，那才是个猛将，功夫极好，我也只是听说。"

"怎么说呢，你们这些莽夫，连功夫的边儿都没摸到。一个人本领越高，就越不屑与人争斗，就越不相信武功可以征服其他人。你连这个都不懂吗？"

"不想动手，奈何人家打上门来啊。"见绿绮拽了裙子前看后看，丝毫不作防备，沙离只笑道："你一个女娃娃，在我铁骨朵下头破血流，很难看的。"

绿绮嫣然一笑："那我可来了啊？"话音未落，已欺身逼近。

沙离只没料到她身法如此迅捷，挥起铁骨朵向上一划，那女子仰头躲过，脸上还带着微笑。沙离只探出左手，掌心向上直取她咽喉，却见她一个转身绕到了自己身边，沙离只顺势挥动左肘横击，又撞了个空！

知道她到了自己身后，连忙挥动骨朵护住了后背，只觉得手肘内侧一麻，铁骨朵当一声落在地上。他惊叫一声，跳前一步正要回身，只觉得眼前一道绿幕，胸口一阵酥痒，立在原地再也动弹不得。

绿绮在他身边站定，伸手摸了自己右脸："这招摆尾够可以的呀，你……你混蛋！划到我脸了！屋里有镜子吗？"不等沙离只回答，连忙捂着脸颊进了室内。

沙离只看见一群鸽子从屋脊上呼啦啦飞走，只觉得万念俱灰，又见左贻庆和完颜阿琐跌跌撞撞跑进院里，低头叹了一声，垂下眼睑。

第十二回

（一） 噩耗

石家奴刚把三胜胳膊捆扎了，就觉得身边人影晃动，抬头看时，却是完颜阿琐拾起一把刀向沙离只狂扑过去。

蒲查作势起身，无奈腿脚不听使唤，只好一把抓住了完颜阿琐的脚踝。完颜阿琐回手一刀，咔嚓一声将他手臂砍断。蒲查撕心裂肺地大叫一声，却是完颜阿琐一刀又砍在了沙离只颈间。

沙离只扑通摔倒，颈上鲜血喷涌而出。绿绮捂着脸正走出房门，身上又溅了鲜血，她看了倒地的沙离只，向完颜阿琐怒道："有意思吗？"

蒲查在阶上连滚带爬，一级级爬到父亲身边，用一只独臂颤巍巍试了他鼻息，顺手抄起了地上的铁骨朵向完颜阿琐的小腿抢去。

完颜阿琐闪身躲过，正要咒骂，左贻庆跌跌撞撞赶到，左手抢过他手中尖刀，一刀刺入蒲查前胸。

三胜捂着胳膊呆若木鸡，石家奴惊叫一声，疾跑几步跪伏在蒲查身边，看见他嘴唇翕动，连忙贴耳到他嘴边，听见他断断续续说道："替我给师娘……磕头！枕头……信……给辽……阳……我爹……没反……"

石家奴听他断了气，大叫一声，抽出没入蒲查胸间的刀锋，转身向左贻庆劈面便刺。绿绮一脚把左贻庆踹到一旁，左手食指顶着石家奴的下巴："你俩不想活了？！"

石家奴回头看看地上的蒲查，见他胸口鲜血汨汨而出，脸上依稀还有笑容，不禁鼻子一酸，一屁股坐在地上。三胜此刻回过神来，眼泪冲决而出："这也太欺负人了！姓左的，我要扒了你皮！"话音未落，三人已被团团围住。

左渊走上台阶，拾起地上的铁骨朵高高举起，喝道："叛将蒲察沙离只，意欲对主上图谋不轨，我等再三规劝，沙离只一意孤行，伤人无算，今日被毙，实乃咎由自取！"

三胜俯身把蒲查搂在怀里，高声骂道："老狗！他们爷俩儿，你们一大群人，你……你们还是人吗？！"

左渊笑道："年轻人，本官奉劝你悬崖勒马，你二人——"他手指面无表情的石家奴，"念你二人与张钦差相识……念你二人受人蒙蔽，今日你们不分黑白出手伤人，本官既往不咎……"

左渊话音未落，却见门口的兵士们一阵骚动，随即闪出一条通道，却是杨泗护着张仅言快步闯了进来。张仅言一路小跑，跳上台阶，看沙离只已经断气，抬头道："左大人？！"

左渊一愣，手中铁骨朵当啷一声掉在地上，再也说不出话来，完颜璋见状，哆哆嗦嗦从怀中取出纸卷，递给张仅言："张大人，请看——"

张仅言抬手将纸条打落："谁给你们的胆子？"

完颜阿琐单膝跪地，顺手捡起纸条，颤声道："张……张大人，沙离只图谋不轨，人证物证俱在，他拒捕在先，这才有了这……混战。"

完颜璋也是一头跪倒："沙离只已伏诛，敢请钦差大人主持中都大局！"

张仅言俯身扯起石家奴，宽慰道："人死不能复生，你俩还有大事要做，等我消息，我让杨泗知会你。"见左渊呆立一旁面红耳赤，又道，"先去院外等候。厚葬蒲察沙离只！派人清洗这院子！我是钦差，你们是中都的地方官，既然你们能起事，那就自己去把屁股擦干净！"

张仅言上下打量左渊身边站着的绿衣女子，又见杨泗扶起了三胜正向自己点头，向绿绮道："手拿下来。"

绿绮仍是捂着脸颊，昂然道："破相了……为什么要让你看！"说罢转身走出了院落。

左渊一行呼呼啦啦出了院子，张仅言伸手唤过石家奴，听他乱七八糟描述了经过，一起走到三胜和杨泗身边："那绿衣女子就是打翻你们仨的？"

杨泗点头道："大人，即便设伏，我仨人也拿她不住……"

"我不是那个意思，她这样的身手，留在左渊身边实在是麻烦……你们仨把这院子里翻腾翻腾，看是否还有沙离只的其他罪证……其他可疑物件，细细查找，之后再让门外当兵的进来清洗。"见左贻庆在门外探头探脑，张仅言拉着杨泗走到门口，低声道，"任兴周的事，你告诉他们吧。我打算让他俩跟着上表的队伍去辽阳，正好把他们师父带回来。"

杨泗嗯了一声，转身看见三胜还呆立在原地，石家奴缓缓走到另一口水缸旁边，接连舀了几瓢水当头浇下。

张仅言眉头紧锁，回身看了地上的沙离只，连连摇头，转身出了院门。杨泗走到石家奴身边："他们是父子？"

"嗯。我和三胜也是才知道。"

"留什么遗言没有？"

"……蒲查只说他屋里有点儿银子，要给我们师娘……没别的。您搜查留守大人的屋子吧，我去找银子。"

三胜抱起蒲查的尸身，脸上仍是涕泗横流，听见石家奴这么说，抬头愣愣地望着他。

石家奴见他诧异，轻轻点头："三胜，你还行吗？去告诉师娘一声吧，我一会儿去找白事铺子。"说罢进了蒲查的屋子，从枕头下抽出那一沓纸条，塞入怀中。

杨泗走进房间，见石家奴呆坐在床头，问道："找到了吗？"

石家奴起身走到墙角的竹篾箱子一旁，掀开箱盖，里头除了几件衣服，另有一个蓝布小包，他拎起来掂了掂："都在这儿了。"

"石家奴，有件事，想来想去，还是要告诉你们……"杨泗结结巴巴说道。

石家奴看他神情肃穆，不禁一愣："您说。"

"你师父……张大人从辽阳出来的时候，本来是你师父陪着，要一起回中都……我和任大哥在辽阳得罪了人，在……辽阳城外……你师父被他们……杀了。"

石家奴号叫一声，扑通坐在地上。三胜听见师兄惨叫，连忙跑进来，见杨泗正在揉搓石家奴的后背给他顺气，问道："怎么了？"

石家奴连声喘着粗气："师父……师父死了！"

三胜一把抓住杨泗，晃着他的肩膀，喝道："谁？！"

"辽阳新封的右副元帅完颜默音的儿子。"

三胜两只眼睛瞪得通红，向石家奴道："师兄，你在这儿葬了蒲查，护着师娘她们，我去辽阳剐了这孙子！"

杨泗见他胳膊上又滋出血来，一把拉住他，摇头道："三胜，报仇的事别急，张大人当时在场，他说等主上来到中都后，一定要奏一本。现在完颜默音队伍庞大，新主刚登基，张大人不好多生事。"

"生事？！杀人偿命，谁家的王法都要偿命！我给我师父报仇，跟别人没关系！"

石家奴爬起身来，大口喘气不止，伸手拽了三胜道："师娘也还不知道……小萱子才八岁啊，就没了爹！"

"泗爷，您也在场？"

"我赶到的时候，你师父已经快不行了。"

石家奴把三胜摁在床边坐下，向杨泗道："您……给我们兄弟出个主意？"

"听我一句劝。你俩现在不是动怒的时候，血债血偿，天经地义！要报仇，不在这一时一刻。你俩先琢磨怎么安慰你师娘。刚张大人说，左渊一伙一定会尽快去东京上表，张大人会让你俩陪着，正好把兴周大哥……接回来。张大人还说，兴周大哥是在护送他回中都的路上丧生，官家会有抚恤。杀人者已被我一一射杀，带头的那个，就是完颜默音的儿子，叫斜哥。跑了……张大人当时不让我杀他……过一阵应该会随军进入中都……中都是你俩的地界，到那时候，街头巷尾的，你俩要收拾他，机会很多，你俩要弄死他，我也绝不拦着。"

三胜又哇地哭出声来："师兄，我想着……我想着把蒲查和他爹，葬到大名府。"

"我也这么想，先火化。等事情都了了，咱俩去大名找到蒲查的娘……的墓……一家人，也算在一起了。"

"泗爷，不瞒您说，我也要给蒲查报仇，我饶不了左贻庆，他捅的刀子！"三胜恨恨道。

杨泗沉吟片刻："此去辽阳路上，如果左贻庆也在，不要在路上动手，路上动手犯忌讳，毕竟是去上表的，杀了他，你们就是和新朝廷作对。不光不能动手，也还要提防左贻庆先下手！"

石家奴和三胜彼此点头，听见杨泗又问道："你们师娘那边，就暂时别告诉她，等到把人带回来，等到朝廷的抚恤下来，再说吧。"

三胜挥起手掌，在自己脸上啪啪抽了几个嘴巴，石家奴抓住他腕子："你去告诉师娘，蒲查没了。路上找个郎中，快给手臂上药，接下来这阵子，咱们少不了跟人动手。"

左渊急吼吼走进家门，站在院里大叫："贻庆！你胳膊怎样？"

左贻庆脖子上缠了绷带，胳膊吊在胸前，从屋子里走出来，左手捏了一柄绿锈斑斑的铜鬲，瞪大了眼睛问道："爹，怎么说？"

"你骑马行吗？明日带队去辽阳上表。"

"我不去，大老远的，您派别人去吧。"

"蠢材！辽阳必在等中都的人，你此时去，完颜褎一乐，赏赐的东西……"左渊盯了他手中的青铜器，"玩物丧志！放回去！"

左贻庆笑逐颜开："去！我不去谁去！还有谁去？"

"你先去选两匹马，带好路上用的东西，我回头跟你细说。"左渊说罢，进了绿绮的院子。

芸娘正在绿绮脸上轻涂了药膏，轻声嗔怪道："只是蹭破了皮，过两天就好啦，你别哭，沾了眼泪反倒好得慢！"

绿绮一把将镜子扔到地上，正要发作，见左渊推门进来，哼了一声，转过了头。

左渊走到她身前，低头看了她脸颊，笑道："大意了吧，沙离只是真有两下子，宋军那边听见他名字说是都哆嗦……芸娘，你去我屋里，抽屉里有个汝窑的瓷瓶，你拿过来，那是太医院做的药，治伤最好不过。"

芸娘连忙跑出了门，左渊双手捏了绿绮臂膀："好闺女，事情都在料想之中。沙离只一死，咱们家总算去了块心病。你上去，把琴给爹拿下来。"

"不拿！"

"别耍小孩子脾气，快拿下来。"

"我抢的，就是我的，谁也不给！我脸受伤了，跳不起来！"

"什么时候了，你还闹！"

"没闹。我要送人！"

"你送谁？你敢送，有人敢要吗？！这是宫里的东西！胡闹。沙离只一死，我正好借着机会把琴还给张仅言的内藏库，这事儿不就平了嘛。可不要再惹事了。"

芸娘捧了瓷瓶回来，问道："老爷，这怎么用啊？"

左渊接过瓷瓶，用桌上的棉棒蘸了药粉，在绿绮脸上轻抹了，又顺势捏了她下巴，笑道："乖，去，拿下来吧。"

绿绮嘴一撇，就要哭出来，芸娘连忙扯住她胳膊："可不能哭！"

"拿下来也行，但是你得用我买的那张琴跟我换！"

左渊哈哈大笑："换，换！你还要什么，去我屋子里自己拣。"

绿绮飞身上了房梁，将春雷取了下来："用我陪您去吗？"

"可别！你不惹麻烦就好。你就跟家待着，你不是要给芸娘准备嫁妆吗，你忙吧。多准备一些。要啥给啥，多多益善。"

见左渊出了门，芸娘转身抱住了绿绮，呜呜地哭出声来……

（二） 献女

左渊和门房低语了几句，那门房跑到正房，引了张仅言出来。左渊深鞠一躬："张大人，下官不便行礼。"

张仅言看他怀中布袋，笑道："不用说，定是在沙离只院子里搜出来的吧？"

左渊低头，瑟缩道："正是！张大人料事如神。"

"进来说吧。"张仅言返身步入室内。

左渊将琴匣在桌上放好，随即肃立一旁："张大人，请您过目，完好无损！"

"不必了。你们几个商量得怎么样了？"

"是，正要请您示下……"左渊刚转过身来，就见内室的门口人影一闪，"大人，您有客人，我先去院外等候？"

"不用，说吧。"

"禀大人，前番，大人不愿做这大城的留守，卑职几人也深以为然，钦差大人您定有其他要事在身。我们几个想了又想，完颜阿琐手刃了沙离只，此次讨逆，他出力最大。他是卫王完颜宗强之子，论资质这中都留守也非他不可。他也知会了他的两位兄长，也都是新主上的叔伯兄弟，他大哥阿邻是安武军节度使，二哥可喜是忻州刺史，两人也都正带着队伍赶来守卫中都。职是之故，我等一致推举由完颜阿琐暂任中都留守一职，完颜璋任同知留守。待日后御驾到了中都，再听凭主上定夺。"

"李天吉呢？"

"还是少尹，我要他接过转运使的职务，只是推辞不就。哦，他只是希望由他家的公子入队，前去东京上表……"

"上表的人选定了吗？"

"犬子左贻庆带队，李少尹家的李磐随同。今晚修整，明早即出发。"

"嗯。我指定了两个人，他们跟着队伍一起去辽阳。"

"好！敢问大人，是哪两位？"

"就是在沙离只院子里的那两个巡城的，一个叫乌林荅石家奴，一个是徒单三胜。"

"哦，他们可是参与叛变的啊……"

"你这么说，沙离只也是叛将了？"

"沙离只心怀叵测，人证物证都在的。"

"仅凭白彦恭的一封信？有沙离只要与白彦恭沆瀣一气的证据吗？"

"大人，此前您提示我，沙离只可能与北京方面勾结，对辽阳不利啊？"

"那你们把他下狱就好了，至于要取了性命？！我出辽阳前，主上千叮万嘱，说迪古乃在前线必定损兵折将，大金国内各路，不能再起刀兵——契丹人闹事，各地多有民变，赵宋隔岸观火更是盼着大金板荡，全国上下，现在能带兵打仗的少之又少！你们把沙离只除了，是要让我跟着一起吃板子吗？"

"张大人……"左渊只觉得热血上涌，连连喘了粗气。

"你急不可耐地向沙离只动手，真以为我蒙在鼓里吗？"

"大人明查，我以为大人急需中都遣人去东京上表，除了沙离只没有别的障碍，这才……"

"你的事，沙离只一清二楚，你是要灭口吧？"

"大人慧眼，左渊心向辽阳，绝无私念啊！"

"你让康喜盗取了宫中宝物，又杀了他。前几日，来我这里抢走春雷的，也是你的人吧？"

"大人，我这是跳进卢沟河也洗不清了！"

"你不用洗，你也不敢跳。这半年，你在任上侵吞了多少？这些事，我如果在主上面前嘀咕哪怕半句，怕是连你兄长都要连坐！"见左渊脸色犹如猪肝，张仅言又道，"乌林荅石家奴和徒单三胜还是叛贼吗？"

"呃……他二人是无意间卷入，受蒲察沙离只父子蛊惑……"

"他俩手上功夫不错，跟着上表队伍去辽阳，路上也好出些力。此外，他们的师父，是城南塘花坞的掌柜……"

"任兴周？我见过，带着那个什么'丝麻作'的队伍要去上京，在中都住了一夜的。"

"不是去上京，是迪古乃派去辽阳刺杀主上的。在辽阳，全都归顺了。乌禄……主上派遣任兴周护送我回来中都，路上出了意外。任兴周死了。"

张仅言话音刚落，就听见屋顶窸窸窣窣一阵响动，左渊推门外望，却是屋檐上滚落了一块瓦片，落在地上跌得粉碎。

张仅言道："没事。年久失修，猫儿雀儿常蹚下土石来。"

左渊重又过来躬身而立："是。他二人同行，会更稳妥些，回程也可将任壮士遗骸运回中都。张大人若不放心，我可以让我家的侍女随行。"

张仅言点头道："嗯……我正要问你，那个绿衣女子是什么人？"

"是个孤女，我见她可怜，自幼收养在家里。"

"武艺从何而来？"

"说来惭愧，有一年上街玩耍，被人拐走，再回来，就学了些功夫。"

张仅言沉吟道："性子不太驯服？"

"是，也是我给宠坏了。"

"你可知，我自幼在乌禄家长大？"

"有所耳闻。"

"主母待我如同亲生，事情都不避着我，一直要我寻觅好女子与乌禄成亲。现在的几位妃子，自是容仪、德行兼备，只是，主上身边缺少一个上得殿堂、下得武场……能贴身照顾他的人……"

左渊喜形于色："哎呀，哎呀呀，如能在御前服侍主上，那真是这丫头修来的福分啊。我这就去和她说，让她一起随队去辽阳。绿绮十八岁，正是好年纪，手上的功夫您是没看到，沙离只在她面前还没走上三个回合！她在主上身边，定可保主上平安无虞！敢请张大人写张纸条，让我家绿绮呈给主上？也是完成了太后生前对您的嘱托啊……”

见张仅言点头，左渊近前一步谄笑道：“平时总是带着幂罗，看不清楚，我养大的孩子，我知道，不敢说沉鱼落雁，那也是万中无一！有点儿小脾气，也是这个年纪的姑娘常有的——刁蛮、娇嗲。你我年纪相仿，最知道这其中妙处。主上雄姿英发，身边确实应该有年轻女子。宫闱内可采御，辇驾前可护卫，真是天作之合啊！”

绿绮坐在屋顶的几茎枯草中间，浑身蜷成一团，头埋在双臂和膝盖之间，背心不住起伏。

左贻庆腾地起身，怒道：“我要在路上弄死他俩！”

左渊哼了一声：“小不忍则乱大谋，现在他俩抱上了张仅言的大腿，你疯了吗？姓张的让他们跟着去，也是要讨个封赏，你不要胡来。今晚你和我演练一下，到了辽阳，要有规矩，那可不是王爷了。晚上你跟我练练和完颜褎的问答。我有点儿乱，你先回房，等我叫你。”

“在沙离只院子里，砍伤我那么多兄弟，不弄死他俩，我以后怎么混？”

“混账！你有把握吗？别说你吊着个膀子，就是你手脚利索，敌得过他们俩吗……还什么兄弟，就是些狐朋狗党，到了动手的时候，一个能打的也没有！你去辽阳，把事情做得漂漂亮亮，回到中都你就有了身份，就更不需要跟那些江湖上的杂碎搞在一起！”左渊食指在左贻庆眉心点了又点，“你怎么就不能长点心呢！那俩人，那就是张仅言的人了。俩巡城的丘八，你跟他们纠缠什么？！你跟什么人较劲，你就是什么样的人！别让李磐抢了你的功劳就不错了。你能保证不再动手动脚吗？能……我就让绿绮陪着你去……”

左贻庆喜上眉梢：“爹，您是我亲爹！”

“你再敢打绿绮的主意，我掐死你！去吧，晚上细说。”

左贻庆悻悻离开，刚到门口，又被父亲叫住：“让绿绮过来。”

芸娘搀着绿绮轻轻叩门，左渊见她俩脸上都有泪痕，笑道："跟谁啊这是？"

芸娘望了绿绮一眼，叹道："老爷，小姐让我今天就离开。"

"哦，这是好事啊。你也是大姑娘了，是该找个人家。嫁……盘缠都准备好了吗？"

绿绮不等芸娘说话，一把把她推开，缓缓掩上了房门："找我有事？"

左渊踱到多宝格前，从珊瑚架上摘下一枚双鱼玉坠，低头摩挲了，递给绿绮。绿绮见他眼中依稀有了泪光，心里一软，问道："这……什么？"

"你娘的，遗物。"左渊指着鱼尾道，"这儿裂了，我找人修琢了，所以这条小一些。"

绿绮面无表情，将玉坠递还给左渊："说事情吧。做了这次，我就离开。"

左渊呀了一声："你又胡闹！你是我女儿，要嫁人才能离开我！"

"我做什么不要你管。"

左渊要抓住她手，却被一掌打开："好闺女，咱家的好运气来了啊！"

"是你的好运气。这次要杀谁？"

"嗯，还是你最贴心。"左渊偷瞄了绿绮一眼，见她不自觉又盯着自己手里的玉坠，缓缓道，"我不是武官，可也活在刀刃上啊。春雷琴的事算是平了，可是有几个人迟早要出事，他们没有理由替咱守着这些秘密。乱世之中，不求闻达，能平安就不错……你要去清理三个人——"

绿绮接过玉坠细细咂摸，眼泪扑簌簌落下："我……是你养来杀人的吗？"

左渊轻揽她入怀，哽咽道："绿绮，这些事……你娘没得早，爹知道你心里恨，可是我不解释，我说了你会信吗？贻庆的娘，是我爹给我安排的婚事。贻庆的姥爷和我爹是多年的好友，一直在军中做事，我爹也是为了我的前途着想。贻庆他娘，最是泼辣，见不得我身边有人。你娘当时已经显怀，我买了院子安置她，你出生的时候我在你们身边，我恬记你们娘儿俩啊！没料到，最后被那婆娘追踪，她家大势大，她要毁了我，咱们就只能散开……"

"这几年我在您身边，仍然觉得孤身一人……"

"芸娘走了就走了吧，爹也给你找了好人家，那可是再好不过的人家了——到时候一群丫鬟伺候你！"

"不听不听！"绿绮挣脱了左渊怀抱，捂住耳朵又突然松开手，盯着他道，"那三个人是谁？"

左渊自觉失态，正色道："咱家能否度过这一劫，全在你。贻庆饱食终日，不添乱已经是万幸。你去解决这三个人，咱们才能……哪怕只是过小日子。春雷的事，沙离只已经死了，知晓根底的只有张仅言，你去灭了他的口；悯忠寺的觉体，也知道详情，他也不能再活；塘花坞的女主人，与张仅言和觉体都有交情，怕是也知道了底细，不能留着。"

绿绮不禁蹙眉，讶异道："姓张的是钦差，能杀？"

"此时不动手，日后更难。现在音书不便，真要等到完颜褒进城，张仅言不告我一状才怪。他身边现在人手不多，没人是你对手。"

"那大和尚的琴还没做好呢。"

"都什么时候了，琴不要也罢。"

"塘花坞……小家小业，孤儿寡母的……"

左渊一愣："你怎么知道他们孤儿寡母？！"

"我去过的，不就是个女人带个孩子嘛。"绿绮轻轻摇头。

左渊叹道："做事最忌优柔，要灭火，就一丁点儿火星也别留。早除了康喜，哪有这些麻烦！要动手，就抢先一步，你死我活，时机稍纵即逝！你以为我非要沙离只死吗？他要挟我，我不动手，他也要动手。况且，张仅言就是要让他和我彼此厮杀，无论谁死了，张仅言都是赢家！好闺女，不要迟疑。"

"我试试。"绿绮嗯了一声，转身出了门。

（三）斗穴

　　绿绮跃过后院墙，纵身上了屋檐，西天的一抹绯红逐渐暗淡，终于湮灭成一片粉白，好比芸娘的疲惫脸色。想到自己时常扯了她在左府的屋顶看落日，再想到她此时必定已出了城，绿绮心下黯然。回头看见西院的人家闹哄哄地在院里进进出出，她连忙又跳下屋檐，顺着墙根溜到山墙拐角处。

　　她正要探头窥伺，就听见房门咯吱一声，杨泗喊道："既然来了，就请进屋一叙吧。"

　　绿绮心里一惊，不禁屏住呼吸，却听见杨泗又道："绿绮女侠，请进吧。"绿绮轻轻摇头，叹道："那就叨扰啦。"言罢转到院中。

　　杨泗在门口袖手而立，示意她进去："张大人在等你。我还有别的事，你请进吧。"杨泗轻轻点头，转身离开。

　　绿绮见屋子里黑黢黢一片，心里更是纳闷儿。张仅言取了一支蜡烛放上烛台，他身旁的人将颈巾拉起罩住了脸庞。

　　"绿绮姑娘，请坐吧。刚我们还聊起你。"张仅言点着了蜡烛。

　　绿绮环顾四周，见并无埋伏，又抬头看了屋梁，见也没有张设罩网，椅子和地面也不像有机关的样子："张大人——我来取您性命。"

　　张仅言望了那蒙面人一眼，哦了一声："再说吧。咱们先聊会儿？"

　　"不熟，没什么聊的。"

　　"是啊，不熟。所以也没有什么过节吧，怎么要杀我？"

　　"你知道我要来？"

　　"不知道啊，为什么这么问？"

　　"这人是你请来的帮手？"绿绮指着坐在暗处的人问道。

　　张仅言哈哈大笑："当然不是。这是我的熟人。下午我和左渊说话，他就已经在了。你要赔我一片瓦哟。"

　　"赔不了。你命都快没了，还要什么瓦！"

"那么，我和左大人所说，你都听见了吧？"

"是。"

"你不想进宫？"

"不想。"

"我与新主相识多年，是个怜香惜玉的人。你不愿成为他的妃子，那也不用杀我啊。完颜褒不是完颜亮，欺男霸女的事他不会做。你不想入宫，就直接和左渊说嘛。现在我知道了，我也不会逼你。那么，还要杀我吗？"

"是。"

"那就是说，和入宫没关系……那就是左渊让你来灭口？"

"明知故问。"绿绮偷偷打量那蒙面人，见他身形细瘦，一身皂袍更显得凄苦，紫色头巾素朴无文，衬得额角眉梢更是苍白。那蒙面人抬眼向她点头致意，绿绮与他对视片刻，只觉得他眼神犹如鹰隼，瞳孔中似有涡旋。绿绮不禁觉得目眩，连忙望向张仅言。

"说你是他收养的孤女。依我所知，悭吝如左渊，不可能收养孤儿。你是他的孩子吧？"

"是。"

"嗯。你的功夫很好啊。你师父是什么人？"

"不让说。"

"在中都吗？"

"不在。"

"哦。我与左渊据说是'世仇'。他父亲被我父亲杀了，当时是各谋其事，各为其主，战场本来就是非生即死。左渊和我说，父一代子一代，我也从没觉得我们两家有仇，看来他还是放不下啊。你也听到了，我跟他说了，他盗琴的事，我不会呈报主上，那他还有什么不放心的呢？左大人的心思，真是神鬼莫测啊。今天呢，很不巧，你杀不了我。"张仅言望向蒙面人，又道，"往后，也就更没有机会杀我了。所以，你看这样可好？你回家去吧，跟你爹说你找过我，你不想做皇妃，我同意了。此事就当没有。你来杀我这件事，也不会再有人知道。我既然答应了，就不会出尔反尔。让你爹把心放肚子里头，好吗？"

那蒙面人突然开口："左渊也让你杀其他人了吧，都不要杀。"他语气喑哑暗沉却中气十足，绿绮只觉得耳中一阵爆裂，知道这次着实遇到了高手。

"我很小的时候，母亲就死了。左渊抚育了我。我答应他的事，也要做到。这次之后，我就离开中都。"

张仅言望向那蒙面人："这……"

蒙面人起身道："仅言，你回避吧。"

张仅言摇头道："不！我从没见过高手过招！"

绿绮起身从发髻上抽出两柄簪刺，道："咱们用兵器吧？"

"你随意。我不会用兵刃。咱们去院子里可好？"蒙面人将面巾细细掖好。

绿绮轻轻点头，伸手推开了房门。

杨泗透过窗户，看见三人在院子里站定，连忙冲出来站在张仅言身前。张仅言伸手把他推开："别挡着我。"

上次杨泗在院子里乱箭齐发，绿绮不曾细看这院子。此时夜色弥散，西院邻居家一群人哼唧唧竖起了一根长杆，又有人扯动绳索，两个红灯笼徐徐升起，照得这小院子里殷红一片。两只灯笼在风中摆动，满院子红光也随之动摇。

绿绮四处打量，院子虽然面积不大，却别有几分清幽，荷花缸里结了薄冰，冰上的红灯倒影转而映红了一段屋檐，檐下的燕子巢也被抹上了红光，灯光闪烁流转，燕窝仿佛一颗怦怦跳动的心脏。

"邻居家要嫁女。他家闺女不会也要杀媒人吧？！"张仅言笑道。

绿绮低头见到红光照在自己身上，绿袖子似乎笼罩了一层昏黄，心中不禁一动，听见那蒙面人道："你动手吧。"

绿绮身形轻晃，向蒙面人扑来，左手钢簪直指他咽喉。那人知她只是虚晃，并不接招，再见她右手持刺向自己颈间横贯过来，只在电光石火之间，也想不出化解的招式，只得向右跃开。绿绮微微一笑，足尖点地顺势跃到杨泗身前，掉转簪身，用簪柄在他锁骨下窝的中府穴上轻轻一点，杨泗唷了一声，随即向下蹲坐。绿绮伸手握住他臂膀，轻轻扶他坐在地上。

蒙面人点头道："好聪明！"见她与张仅言近在咫尺，挥手向她拍出一掌。

绿绮听见掌风，只觉得他掌势凌厉异常，急忙向一旁跳开。蒙面人站到杨泗身旁，沉了嗓音向张仅言道："你回屋吧。"

见张仅言连连摇头，那人也不催促，低头看见杨泗面色惊恐，口中念念有词，却听不见声音，正要伸手解了他穴位，却看见地上人影飘忽，连忙转身拍出数掌将绿绮逼退。

绿绮一步步向后避开，眼见着钢簪就要击穿他掌法破绽处，却又每每刺了个空。她站在台阶上，不禁又气又乐。又见他大踏步朝自己逼近，再不敢贸然出击，将两柄簪子倒转了拈在手中，双手一前一后亮开架势，双手的食指骨节向前，小指拨动簪刺。

那蒙面人见她骧首奋臂，一袭绿衣随风鼓荡，犹如一只蓄势待发的螳螂，笑道："真是可惜！"言毕伸出右手，又是一掌击来。

绿绮见这一掌绵软无力，浑不似刚才的掌法那般刚猛，不禁一怔，左手举刺直向他掌心刺去。蒙面人连忙撤手，绿绮正要变招，却见那大手又迎上来，任簪尖从指缝间穿过，他四指握住绿绮的拳头，大拇指在她手腕的内关穴上轻轻一按。

绿绮心叫不好，手已不由自主张开，手中簪子朝地上直落下去。绿绮左手没了知觉，胳膊却仍灵活，她左臂前推，用手腕的桡骨茎突撞向蒙面人的手腕内关穴。蒙面人呀了一声，连忙撤手，却见她肩膀下沉，右手在身前轻舒，将就要落地的簪子又握在右手。

绿绮抬起左臂，在手腕处轻嗅，不禁皱眉。

张仅言见他二人各自兀立不动，踱到杨泗身边："你没事吧？"

杨泗张了大嘴盯着院中的两人，又缓缓转头，连连眨眼看了张仅言，嘴里仍是呜啦呜啦不停。

张仅言歪头望着绿绮和蒙面人，向杨泗问道："刚才，这……打了吗？"杨泗苦笑了摇头又点头，嘴里仍是叽里咕噜。

张仅言似懂非懂："有事一会儿说！"见绿绮微微蹙眉，左肩似乎略有歪斜，"你们，这就打完了？"

"快了。"蒙面人低声道。

绿绮只觉得左手麻痒，且从手腕处向上蔓延，她将一对簪子夹在指间，探出右手拇指在左腕的内关轻按，又重按，随即咦了一声。

蒙面人道："我来解吧？"

绿绮向后退了两步，右臂平伸，簪尖指着蒙面人道："不用。"说罢将双簪紧握在手，挥动簪柄，在左腕上用力一戳，随即活动了左手手指，羞红了脸笑道，"嗯……我许是……打不过你的！"

那蒙面人摇头道："不。我在你这年纪时，远不是你对手。"

绿绮轻轻叹气，挪步走向门口，蒙面人见她要走，正要过去给杨泗解穴，只听嗖的一声，一物破空而至，他拈起袖口伸手捏住，随即又有一枚簪子迎面飞来。

他探出手中钢簪，叮一声将来簪打落，刚俯身拾起，抬头却见绿绮又一挥手，一枚短箭直奔张仅言而去。

杨泗见来箭直奔张仅言脖颈，顺势向右躺倒，张仅言被他压得一屁股坐在地上，那短箭正扎在杨泗肩头。

蒙面人一个起落，跃到他二人身边，将手中双簪合为一股，向绿绮掷了过来。绿绮见两枚簪子抖动着飞来，不敢硬接，连忙缩头蜷身，不料那双簪子在半空中又散开，上面一支噗一声戳入院墙，下面一支正击在她左肩云门穴。她只觉得肩膀一麻，连忙伸手捏住钢簪，这才发现并非被刺尖击中，那蒙面人抛射之际，将簪柄朝外甩出。绿绮撇着嘴，哇一声哭出声来。

蒙面人在杨泗胸前轻点数下，杨泗悠悠道："我想告诉你，她偷了我一支袖箭，可是我……说不出话来啊！"

蒙面人顺手把短箭拔出，笑道："这是你的箭？"

"是啊！这丫头太鬼，她点了我的穴，扶着我坐下的时候，从我袖口抽了一支箭，我就知道她要偷袭，我呜啦呜啦半天，你们谁也不理我！"

蒙面人把他肩头的穴位封住，问道："有毒吗？"

杨泗脸色一红，低声道："有……我怕最近有人对大人不利，今天才在箭上涂了药水。"

张仅言笑道："被自己的箭射中，说出去要被笑掉大牙。"

蒙面人借着微光，见他箭伤周边已经变黑，向张仅言道："扶他回屋子，快敷药吧。"

绿绮回身看见一柄簪子已经没入墙砖，仿佛钉入墙体的一枚铁钉，只看得见钉帽。她不禁摇头："好吧。"言罢将另一柄插入发髻，抬头见蒙面人又步步逼近，只是哭丧了脸并不躲避。

蒙面人道："张仅言答应你了，不会追究。你回家吧，不要再伤人。"说罢抻出手帕，将她脸颊伤口旁的眼泪擦了，顺势在她肩头轻按了一下。

绿绮鼻翼翕张："刚才，我就猜出你是谁了。"

蒙面人嗯了一声，伸手将面罩摘下。

绿绮眼睑低垂，不敢再与他对视，转身走向院门。听见嗖的一声，她知道不必躲闪，果然是那人拔出了墙上的簪子掷了过来，轻轻刺入了自己发髻。

第十三回

（一） 追思

任孝萱在桌上摆了碗筷，向石家奴道："二位哥哥，娘让咱们先吃，她收拾了厨房就来。"三胜把他抱了放在椅子上，转身走到外屋，见师娘呆立在灶台前发愣，不禁低了头："师娘，您过来一起吧。我俩有话和您说。"

周衔蝉摘了围裙，轻拭了眼泪，转身笑道："好，你去吃吧。我这就过来。"

石家奴给任孝萱碗里夹满了菜，道："下午小萱子去叫我俩，我跟他说了不让您做饭，我俩拎点吃的就过来了，还是做这么多。"

"多吃，吃得饱饱的。蒲查那边怎么样了？"

"泗爷让找了人做了记录，说是要存入卷宗。左渊那边派了好几拨人，把沙离只院子里翻得不像样子。人还停着，这天气，停得住。也找人给整了装。"

"完颜阿琐杀了蒲查他爹，蒲查死在左贻庆手里，这事儿不能就这么拉倒！"三胜连声叹气。

"唉，"周衔蝉双手捂住脸颊，不禁又落下泪来，"你们小哥仨，我心疼蒲查多些……"

石家奴去架上摘了手巾，递到周衔蝉面前："师娘，不哭了啊，蒲查临死前，让我们替他和您道歉，说他不该把刀架您脖子上。"

"怎么会，他是我看着长大的啊，我怎么会生他的气。他只是怕事情闹大，咱们都要吃官司。是个有心思的孩子……他是沙离只的孩子，我早就知道了。"

石家奴和三胜面面相觑："师父也知道？"

"嗯。贞元元年，他们娘俩就在中都，就住在咱家对面。"

"那房子不是师父买的吗？"

"是，他们娘俩租住的。那时候，蒲查也就是孝萱现在这么大。长得不像他爹，像他娘，干干净净的。一来二去的，我和他娘聊得来，我当时——"周衔蝉指着任孝萱道，"肚子里有了他。当时还说，我要是生了闺女，就嫁给蒲查当媳妇儿。"

任孝萱张着小嘴听得入迷，听见娘这么说，不禁打了个激灵。

"蒲查的娘也常来这边搭把手，和我一起扦插、剪枝。你师父为了她们母子用水方便，给那院子打了口井。老往人家孤儿寡母院子里跑，我还跟你师父撒过泼，我把他耳朵掐红了，那阵子天天戴着耳朵帽，进屋都不摘下来……"周衔蝉说得又哭又笑。

三胜看了石家奴一眼，见他也在抹泪，笑道："师父从不打女人，他喝了酒就是笑。"

周衔蝉点头："沙离只偶尔回到中都，每次都偷偷来。有一回你师父险些和他打起来，后来才知道，他是蒲查的爹。"

"蒲查说他娘和他在大名住着啊？"

"后来沙离只的官越做越大，来得也越来越少，他们娘俩就又回去了大名府……再后来，你们就知道了。"

"这就对了！"三胜叫道，"师兄，你还记得不？美俗坊咱们偷了个遍，鸡蛋、风干肉……蒲查就不让咱们偷塘花坞！"

"过了几年，他娘就没了，他就又来了中都。有一天，你师父从外面回来，说有几个臭小子偷鸡摸狗、惹是生非，说有个小家伙，长得像蒲查。我俩一商量，就都带回来吧。"

三胜再也撑持不住，紧闭双眼忍住眼泪，吸溜着鼻涕道："本来我俩要去大名，想给他们一家合葬……下午泗爷去告诉我俩，明天让我们和上表的队伍一起去辽阳。"

"左家谁去？"

"左贻庆！"

"你俩是来和我告别？"

"嗯。也有别的事。"

"路上啊，不要动手。他知道了你们和蒲查是师兄弟，你俩更要提防。去辽阳也好，随队的都会有封赏，以后的日子会好过一些。能见到你们师父吧？"周衔蝉见他二人都不动筷，伸手撕了一只鸡腿递给石家奴，又把任孝萱碗里的一只夹了放在三胜碗里，"好好吃饭，路上吃不好睡不好的。"

石家奴和三胜对望，都低下了头，三胜叫道："酒！"

石家奴嗯嗯连声，去柜子上拎过两坛酒："师娘，明早我俩就走，今晚我们就住您那西屋行吗？"

任孝萱跳起来，正要大叫，却见母亲瞪着自己，咕哝道："我去给哥哥们收拾床铺。"

"你坐下，早收拾好了。"

"明早我俩和他们在崇智门外碰头。还给我们都发了衣裳。正事儿一点也不干，就弄这些面子活儿，可真上心。"三胜递了酒盅到师娘面前。

"新主登基，中都去上表，是要有些仪轨。你们出门在外，不要乱说话……都是大人了，别沾火就着……蒲查的事，先别急，见到你师父后让他给个主意。你俩这一去，说什么时候能回来？"

"怎么也得十天半月吧。师娘，您别担心——"石家奴从怀里取出一个布袋，回身放在柜子上，"这是给我们的路费，我俩又添了点儿，蒲查给您留的也在里头，您拿着用吧。"

周衔蝉摇头道："你俩带上，留着路上用！"

"我俩还有。他们估计是要封口，给我俩的格外多，也叮嘱我们到了辽阳，一口咬定沙离只要反叛，这才被杀什么的。"三胜起身打开柜门，将钱袋丢了进去，"师娘，大椿子的事，您也别急，完颜褒一进中都，就彻底消停了，到时候他也不用躲了，肯定屁颠儿屁颠儿地就回来啦。这臭小子，自己在外头躲得舒坦，也不给咱们捎个信儿，回来看我怎么收拾他！"

"嗯。你俩不要惦记我们。路上不要和人冲突。一定要多忍让。"

"师娘，还有件事，我不知道该怎么办。"石家奴盯着任孝萱，眼泪扑簌簌流下。

三胜伸手捂住他嘴："回来再说吧！"

石家奴掰开他手："你松开，我要说的是蒲查的事。"又望向师娘，"沙离只不是要反……"

"你们手里有东西？"

石家奴从袖口掏出一团纸卷递给周衔蝉："这些就是那白彦恭给沙离只的信。"又从另一只袖口抽了一个信封出来，"这是沙离只的回信，还没发出，也在蒲查枕头下藏着。信上写得清楚，他不想参与反叛，还劝白彦恭也不要起兵呢！"

周衔蝉一一细看，不住摇头，听见石家奴又道："蒲查临死前，让我们替他给您磕头，也让我收好这些信件，证明他爹清白。太冤了，这爷俩儿！"

三胜探头看了，见信上都是密密麻麻的小字，皱眉道："师兄，咋不交给张大人呢？"

石家奴点头道："我觉得这里头有事。左渊和沙离只一直关系还好，怎么俩人突然就都起了杀心？还记得吗，沙离只当时原本是要咱俩和他出门的，我估计就是要去左渊家。没想到姓左的先带人打上门来。"

周衔蝉起身去柜里取了一个信封，将纸卷按次序细细叠了放入信封："你觉得是有人从中挑拨？"

石家奴抹了眼泪："左渊和张仅言一直钩心斗角，此前左渊把张仅言踩乎得够呛，这回张仅言成钦差了，姓左的又忙不迭地去抱大腿。我俩当时在院子里，听见沙离只痛骂左渊，我越听越觉得是有人背后说什么了，否则沙离只也不可能什么都知道……兴许是张仅言，想借沙离只的手除了左渊！"

"嗯，有道理！那这些信还真不能给张仅言！"三胜嘴里嘟嘟囔囔，自己也觉得说了废话，一口把碗里酒灌下，"沙离只就不该让左贻庆当那个判官！"

石家奴又给他倒了一碗酒："李天吉他儿子，李磐也不是善类。"

三胜又是一口吞了："沙离只也是，让蒲查做判官多好！"

"嗯，是要避嫌吧。是个正经人。糙话说，是挑着大粪都不会偷吃的人……你们的师父也是这样的人。"周衔蝉若有所思，"石家奴，这些信要带在身上吗？"

"带上！到辽阳，想办法交给完颜褒，让他看看这伙人都干了些什么，窝里斗！"三胜叫道。

"不妥。三胜，咱俩此去辽阳，路上肯定不太平。咱们真要被绑了，信就被搜出来了。蒲查和他爹的冤屈就再也洗不干净了。"

三胜瘪着嘴连连点头，把碗里的鸡腿递给任孝萱："别愣着，啃了它！"

"那就先放在我这里吧。你俩路上不要惹事，他们应该不敢把你俩怎样，你俩毕竟是张仅言指定随队的。万一有事，就说你们手里有这个，他们有了忌惮，也不敢下死手了……那是什么？"周衔蝉指着地上的一个信封问道。

石家奴一怔，连忙俯身拾起塞入袖口："……没什么，刚不小心带出来的。"

周衔蝉已经看到了信封上的字，疑惑道："'出辽阳，启'？"

"张仅言给了我几封信，让我带给完颜褒、李石的。"

"哦，"周衔蝉起身将手中信封放上书架，又犹豫着翻开一本字帖，把信封插在当中，"那你可要收好啊。"

"娘，我想去喂小猫……"任孝萱起身道。

"嗯，去吧，快去快回。"

"养猫了？"三胜一把搂住小萱子问道。

"不是。流浪猫，生了一窝小猫，死了好几只了，现在就剩猫娘和一只小猫了。"任孝萱把鸡腿撕成一条条。

"你先用水洗洗，猫不能吃咸的。"周衔蝉端了一碗水过来，又递了一张干净的抹布给任孝萱，"粮食少，老鼠少，鸟也少。大猫没有奶水，那几只小猫……都是饿死的。"

　　任孝萱恍然大悟，惊叫道："娘！我去捉鱼行吗？"

　　"那当然好。"周衔蝉面色沉重，叹道，"猫不聊生啊。太晚了，明天，你叫上小臭儿一起再去抓鱼吧……有几件你的衣裳，实在太小了，吴丫儿穿着都小，也破得不像样子，做袼褙都用不上了。我放外屋了，你带去铺在猫窝里吧。"

（二）鸩杀

　　绿绮去左渊房里取了舲艖，却满屋子找不到琴匣，索性抱着走到院门口，和门房扯了块毯子包上，信步出了仙露坊。

　　街上行人摩肩接踵，走街串巷的商贩各个卖力吆喝，大小食肆里都坐满了人，坊门一侧贴着的安民告示下更是人头攒动。闻到满街的人味儿，绿绮不禁皱了眉头。

　　商记胭脂店的女掌柜在门口招徕，见到绿绮，高声叫道："绮！你快进来，有好东西！"

　　绿绮歪了头道："许姐……没带银子。"

　　许婆笑道："哎哟，说什么呐！你进来看看有没有中意的，你拿走，什么时候得空你再来，我记上就得了。这一天天的，你那么照顾姐的生意，那小芸出城，你买了那么多东西！"说罢把绿绮拽进了门。

　　许婆在货架上取下瓶瓶罐罐，口中喋喋不休，把胭脂水粉抹在手上让绿绮一一细闻。绿绮只看到她嘴巴开合，一个字也没听进去。许婆按她在椅子上，嗔道："今儿脸色怎么恁不好，都没血色了！姐给你拾掇拾掇！"说罢双手上下翻飞，给她扑了腮红，又在唇上点了口脂。

　　绿绮也不躲闪，任她在脸上折腾，也不照镜子，起身抱了琴，指着一堆瓶罐、盒子说道："这些都包起来吧。"

　　那许婆喜上眉梢，在账本上填了费用明细，递到绿绮面前："绮啊，都是人，凭啥你就能长这么好看呢！最后会嫁到谁家呢？别随便就嫁啊，皇帝都应该把你供起来！你画个押？"绿绮见她手背上涂了口脂，探出小拇指抹了，轻按在账册上，向那男掌柜问道："商大哥，有砒霜吗？"

　　绿绮走到坊口，任孝萱蹦蹦跳跳从远处跑过来，在衣襟上擦了手，想抓住她胳膊，又停了手，叫道："绮姐姐，今天真好看！我远远看着，也以为是大仙女呢！"

绿绮把一袋果子递给他："你小嘴儿被蜜蜂蜇了吗！出来得急，没带钱，就随手和人赊了点，不多，快吃吧。"

任孝萱连声追问："您这是要去我家吗？是去我家吧？"

"是啊。你娘在家吗？"

"在，两个哥哥也在，他们在吃饭，您快去吧。"

"什么哥哥？"

"石家奴和三胜哥，蒲查哥被人杀了……我娘正伤心……他俩明早要出城去东京，这就来和我娘说一声。您快去吧，我喂了猫也回。"

绿绮转头见坊门的石柱旁，一只大白猫和一只小黑猫守着食盆正盯着自己看，笑道："男不养猫。"

任孝萱小脸一红，见她飘然而去，自言自语道："现在养不起……我娘说，等我爹回来，家里就会有肉，我要养一大群猫！名儿我都想好了。"

周衔蝉连忙将绿绮让进屋里，石家奴二人腾地起身，三胜怒道："怎么哪儿都有你啊，你来做什么？"

周衔蝉瞪了三胜一眼，让石家奴去取了碗筷，苦笑道："怎么跟人家一姑娘大呼小叫，你也不嫌丢人！"

"她一姑娘家？！她比老爷们儿手还黑！"

石家奴给绿绮斟了酒，笑道："女侠大妹子，谢谢您给我弟止血。这次来不是要赶尽杀绝吧？我们哥俩儿再加十个，也不够您打的。"

绿绮轻叹一声："不想和你俩说话。你们吃完就走吧，我有话和周姐姐说。"说罢将琴袋递给周衔蝉，"物归原主。您收好。"

周衔蝉解开布结，见是自己的那张琴，不禁呀了一声："你家主人知道吗？"

"知道。琴匣子找不到了。"

"哦……你在柜子里放了多少银子？"周衔蝉向三胜问道。

绿绮一把拉住她："我又不是来退货，这琴送给您。就一个请求，让他俩出去……看着就烦。"

石家奴和三胜横眉竖目，见师娘点头，这才悻悻起身。

周衔蝉推了他二人到门外："女的说话，你俩在怪不方便的。去吧，早点歇着。踏实睡，明早我叫你们起来吃早饭。不要担心。"

绿绮又将包裹递给周衔蝉："这给您。"

"什么呀？"

"胭脂。"

"咳，我孩子都那么大了，哪还用得上这些，你留着吧。看看你，上了淡妆就这么养眼。"

"姐姐说笑了，您很好看的……以前我就见过你，你在路边卖花，我在街对面看了一上午呢。"

"你说的怪瘆得慌！也是够巧的，我想着这两天带着孝萱收拾收拾屋子，也想着得空和邻居一起去铺子里买些水粉，男人们要回来啦，我们这些秋黄瓜也得捯饬捯饬不是？可有个徒弟丧了命，我还哪有心思。"

"后来，你家萱卖琴，那是我第一次来您家……我从小没娘，看见您就觉得亲近。"

"也是个小可怜啊。左府上下也多是男人吧？"

"我有个丫鬟，被我骂跑了。她和磨剪子的小子眉来眼去，总要嫁人的，我就给了嫁妆，让她走了。"

"嗯。你要是乐意呢，就常来家里吧。也别老打打杀杀了，和我一起摆弄摆弄花儿，很养性子的。好小伙子很多的，找个疼你的，成个家，好好过日子吧。"

"沙离只院里死的那个年轻人，就是您说的徒弟吧？"

"是啊，就是他。叫个蒲察蒲查，是那个留守——沙离只的儿子。"

"看出来了，拼死也要护着他爹……我本来也想拼死护着我爹，可是……"

"可是什么？"

"他为了自己，要把我献给皇帝。"

"你爹是？哪个皇帝？"

"左渊是我爹。"

"哦，不难猜。要让你进完颜褒的……后宫？"

"是。"

"也是好事。嫁人嫁给皇帝，做女人也算到头了。"

"您肯定不这么想……看见男人我就烦。哦——"绿绮从脂粉包裹里取出一个白色瓷瓶，"这个不给您了。"说罢将瓷瓶的红布瓶塞打开，放在鼻翼一侧轻嗅。

"如果不想嫁，你爹也不会逼你，再说，你身手那么好，谁敢逼你！"

"周姐姐，我想带你和萱离开！"

"啊？！怎么说？"

"咱们去清池，沧州那边的海边，我娘出生的地方，找个渔村住下，再不管这些城里的破事。你不要嫁人，我也不嫁人，咱们一起把萱养大。"

周衔蝉惊得目瞪口呆，随即回过神来："清池，我听三胜说过，他出生的地方叫盐山，倒是不远……傻孩子！傻孩子，你可别吓唬姐姐，我不能跟你走啊，刚才那俩小伙子明天要去辽阳，孝萱的爹也在那边，他们过一阵就一起回来了。我大儿子，最近不知道去向，愁得我睡不着觉。你呢，轻手利脚，说走就可以走，我有丈夫孩子，腿上就算灌了铅了。"

绿绮双手执起酒壶，仍是不住颤抖，她抽泣着给周衔蝉倒了酒："那咱们喝几杯吧。"

"怎么还哭了，妆都花了！不哭，哭就不好看了。"

石家奴和三胜坐在台阶上，听见屋子里有碰杯的声音，这才蹑脚回了厢房。

绿绮已然面色酡红，见周衔蝉又要倒酒，沉了脸道："姐姐，我有事情要告诉你……"

"嗯。"

"张仅言和人说话，我在屋顶偷听了……说到了萱的爹。"

"是。他前一阵儿带队去上京，啊不，辽阳，路过中都，说是到了家门口又走了，估计是生我的气了。"

"我和任大哥打过架……打过交道……他不是小肚鸡肠的人，是个好男子……我听见张仅言说，他们一行到了辽阳，投了完颜褒，任大哥就和人结了仇。"

"啊？"

"后来张仅言要回中都，新皇帝让你家任大哥护送他。出了辽阳城不远，那仇家带了人追他们……"

"然后呢？"

"任大哥……死在了郊外。"

周衔蝉手中酒壶哐当落在桌上，听见绿绮又低声道："张仅言身边那个射箭的，应该也知道。"

见周衔蝉面色惨白，直愣愣地盯着自己，绿绮握住她手道："张仅言让你家的两个徒弟去辽阳，也是让他们顺路把任大哥的骨殖带回来……"

周衔蝉甩开她手，跌跌撞撞跑到院中，大叫道："你俩……出来！"

石家奴和三胜跑到院中，周衔蝉扶着枣树勉强站住，一字一顿问道："你们师父没了？！"

石家奴不知所措，只轻轻点头，三胜蹲下捂着脸呜呜地哭出声来。

绿绮在室内独坐，望着周衔蝉的空座位，伸手将瓶中粉末倒了一些在她杯中，又在杯子里斟满了酒，她犹豫片刻，捏起自己的杯子和它轻轻磕碰，随后一饮而尽。又拈起周衔蝉的酒杯，将杯中物轻轻泼在了墙角。那酒水混了砒霜，在地砖上刺刺作响。

她把空杯用酒涮了，扔在一旁，又把瓷瓶掖入袖口，缓缓走到院中，将周衔蝉拥入怀中，轻声在她耳畔说道："好姐姐，你伤心，我也伤心，要不还是和我走吧。"

周衔蝉面无表情，从她怀中挣脱，指着院门道："姑娘请回吧。"

她话音未落，就听见院门推开，任孝萱抱着一只小黑猫走了进来，一只白猫在门外缓缓探头向院内窥视。任孝萱口中啧啧连声，那大猫跃过门槛，蹲踞在他脚边："娘！我回来，这小猫就踪着我，大猫也跟着我……让它们就在咱家住着吧，行吗？我求您了……"见母亲脸上有泪，又嘟囔着说，"我明天就去抓鱼，管饱它们吃个肚儿圆！"说罢把小猫放在了地上。

那只大白猫浑身沾满了枯草尘灰，怯怯地看着女主人。周衔蝉双手扶着膝盖，在树下干呕了几声，却什么也吐不出来，她缓缓蹲下，更觉得天旋地转，只得靠着树坐下。大白猫轻嗅了小猫，怂恿它上前。小猫走到树下，脑门在她腿上蹭了几下，又喵呜了一声，轻轻钻进她怀里。周衔蝉脸上早已涕泗纵横，此刻终于哭出声来："兴周啊！"

绿绮一路失魂落魄，又经过脂粉店，见许婆笑嘻嘻迎上来，道："明日一早，去仙露坊，我把水粉钱封了放在门房。"那婆子抓了她胳膊不放，叹气道："绮姑娘，你吓死我了，我刚把我家老商又骂了一通，他就是个缺心眼儿东西，非把那瓶砒霜给你！你要是留着没用，就还给咱们吧，水粉钱不要了，就当姐送你的。"

绿绮苦笑道："有用。您这就跟我去拿钱吧。"说罢迈步就走。

许婆回店里交代了几句，一路追了过来："姑娘，其实不急，你这点东西，和你家公子在我铺子里买的那些比起来，连个零头都不够……砒霜还是还给老姐吧，行不？"见绿绮也不搭话，只是低头疾走，她弯了腰喘着粗气喊道，"大美妞儿，你等我会儿，这怎么比我还急！"

绿绮站在原地，回头看了她，笑道："他姘头太多，我可比不了。"

许婆撇了嘴："可不，那些巢云楼的小娘儿，时不时就把东西送回我家铺子，让退了换钱。有一回我和左公子说了，我说您就别费劲了，就直接给钱不就得了！把我骂了，说我……不解风情！"

亥时已过，街上人群仍是熙熙攘攘，绿绮站在人群中，不时被撞个趔趄，许婆赶过来捏了她手说道："咱俩这逆行，不好走，咱溜边儿吧。"说罢牵着绿绮拨开人群走到屋檐下，"绮啊，你怎么就不嫁人呢？好些人跟我打听你……刚我看你身边人来人往，你站在那儿一动不动，像云裳仙子似的！哟，这妆怎么都花了？！"

绿绮低头抹了眼泪，笑着问道："嫁人有意思吗？"

许婆盯着人群发了愣，叹道："有意思没意思呢？不好说啊。不嫁人呢，就觉得自己没人疼。喜欢上一个人，要是不嫁给他，总觉得不过瘾啊。"见绿绮面如死灰，又道，"宵禁除了，你看多热闹，我呀，我别跟着你回去了，你自个儿四处逛吧。你一回头，说不定就有那好看的小伙子在街角等着被你碰见呢。"

"人多，生意好，您快回去看着铺子吧。明早您再派人去取。"

许婆见绿绮失魂落魄一般沿着墙边走远，点头道："嫁人……嫁给谁都是错的。"

绿绮包了几块碎银子，叮嘱门房收好，这才慢悠悠进了左渊房里。她在多宝格前发了一会儿愣，又吹灭了灯火，走到院中，抓了一把谷子，撒在食盆里。那两只大鸟见她过来，扑棱了翅膀，其中一只在笼中不住鸣叫，随即呼啦啦开了屏。

那孔雀在笼中踱步，胸前毛羽映着夜色，越发显得幽蓝，身后的覆羽不住颤动，尾屏上的斑点犹如躲在暗处的一对对眸子。

门房听见嘎嘎哇哇的叫声，忙跑过来看，随即笑道："有些日子没开屏了！大晚上的倒来劲了，吓我一跳，我以为一群人在笼子里呢……公子老带人来看，什么招数都用了，有一回带了好些年轻娘子和乐师在院子里唱了又跳，也不开屏，还有一回扔了一只锦鸡进去，还是不开屏。

公子还说要把它们杀了吃肉呢。总归是绮姑娘你养的，你一回来，这就开屏了！"

"好看吧？"

"真是好看！去年还是前年，那伙尼姑来化缘，跟姑娘你说这鸟是神鸟，对不？"

"嗯，都是传说……"

"说这鸟连佛祖都敢吃！绮姑娘，听说也不能老喂粮食，也要吃点虫子，毛色才好看。"

"那多恶心……老爷他们去哪儿了？"

"去府衙了，说是明早公子要带队去辽阳。哦，左老爷还说，新皇帝很快就要来中都了，到时候要把这两只大鸟献到皇宫内院去呢。"

"知道了。您去忙吧。"绿绮打发走了门房，回屋又拎了水壶出来，打开铁门，猫腰钻进了笼中。

她从怀中掏出瓷瓶，将药粉倒入食槽用水冲了，低声道："不是说你们自己的肉就有毒吗，为什么不毒死自己呢……宫里不需要咱们装点。我不在了，你俩怕是要挨饿……咱可不去讨别人欢心，一起吧……"见两只孔雀低头饮啄，她轻声叨念，

> 往昔之时，雪山南面，有金曜孔雀王于彼而住……金曜孔雀王者岂异人乎？即我身是……[1]

---

1 出自《佛母大金曜孔雀明王经》。

（三） 破局

昨夜遍寻绿绮不见，左渊心中忐忑，一大早起来又直奔绿绮院子，把房门擂得山响，仍是没有回应。

左贻庆睡眼惺忪走到院中，嘴里啧啧连声，见没有回应，连忙趴在笼门口细看，又大叫一声钻进铁笼，朝左渊大喊："爹，死了！"左渊眉头紧锁，叹气道："是！早晚被你咒死！"

左贻庆抽了自己一个嘴巴："呸呸呸！爹，您过来瞅瞅，这俩鸟死了！"左渊也钻进笼子翻看了尸体，却没有伤痕，食槽、水盆已被踢翻，到处是四散的粟米和毛羽，知道是中了毒挣扎所致。

门房也跑进院来，气喘吁吁道："老爷，绮姑娘常去的几处地方，都找了，都说不在。卖胭粉的许婆说昨晚见了她，我和许婆对了对时辰，那应该是绮姑娘回来之前了。"

左贻庆手指孔雀问道："什么人干的？"

门房瞪大了双眼，结结巴巴道："啊？少爷……这是死了？！"

左贻庆上来就是一巴掌："混账！会说话吗你！怎么不好好看着？"

门房捂着腮帮子道："昨晚，老爷和您是后半夜回来的，那之前，只有绮姑娘在院里……"

左贻庆不等他说完，跑到绿绮门前又是一顿捶打，随即一脚踹开了房门，屋里空无一人。

左渊支走了门房，轻声道："走了……"

"要嫁给皇帝，急成这样？！"左贻庆讪笑道。

三个家丁陆陆续续进到院里，彼此交头接耳，见左渊从绿绮院中走出，忙上前单膝跪地。左渊看了他三人的神色，摇头道："简短节说。"

一人道："小的去了张大人府上，说请张大人为上表队伍训话，他家里那姓杨的，去了张大人屋里，出来说，让左大人和李少尹送行即可。说是张家的邻居嫁女，昨晚请街坊们喝酒喝到二半夜，张大人多吃了几杯，就不来府衙了……"

见左渊眉头紧皱，另一个家丁道："老爷，我去了悯忠寺，没见着那大和尚，只有个小沙弥，说已经两天没见着觉体了。"

又一人道："塘花坞挂了白幡，听巷子里的人说，她家掌柜的死在了辽阳……我趴墙头看了，那婆娘在做饭，乌林荅石家奴和徒单三胜在打扫院子。"

左贻庆摇头道："敢情，她……一件也没干成啊！"

左渊示意他收声，向那三人道："你们去把马备好，牵到府衙，我俩这也就过去。"说罢拉着左贻庆进了正屋。

"绿绮走了……本来，她在路上护着你，我还放心一些……此次往东京上表，你虽是领队，绝不可颐指气使，对李磐客客气气的，塘花坞那俩，你也要以礼相待，不要多生事端。那三人除不了，咱们就更要小心，不要再给人把柄……"左渊见儿子披挂了软甲，搬了两座铜镜前照后照，又气不打一处来，"你听见了没有！"

左贻庆涎着脸道："爹，府衙里应该已经开饭了，咱快过去吧，李磐食量太大！绿绮不跟着去辽阳也好，她那暴脾气，别急了再跟皇帝臭来劲，别再给人点得动弹不了，走了就走了吧，省了麻烦。路上您别担心，李磐只带了六个人，我这边有二十个！我不欺负他们，他们就得烧高香了。"

"不是十个人吗？"

"我想着路上安全些，就又叫了十个人，他们在城外和我们碰头。人多些，显得咱中都阵仗大不是……气派！"

任孝萱和小臭儿、吴丫把碗筷摆好，安静地立在一旁。吴婆在厨房把烙好的饼分成两摞，嘴里嘟囔着："妹子啊，不哭了啊，别再把自己哭出个好歹……我这嗓子里像扎刺儿了，就想骂人！"

石家奴走进厨房，半跪在门口道："师娘，够吃了够吃了，我们这次是官差，路上不用咱自己带吃的。您别忙活了。"

周衔蝉从灶台旁抬起头："饱带干粮，有备无患，你俩快去吃，吃完了就走，别让队伍等你们啊。"

三胜在一旁看见师娘眼窝深陷、嘴唇干裂，鼻子一酸，拽着石家奴扑通跪下："师娘，给您磕头了，我们这就出门，快去快回，把师父……带回来。"不等周衔蝉回话，二人已飞奔到院外翻身上马。

周衔蝉抱着一袋子炊饼，跑到门口，正要大叫，那哥俩早已跑出了巷口。

二人在张仅言门口下了马，轻磕了门环："泗爷！"

杨泗听见叫门，忙把他二人迎到院内，张仅言正在喝粥，笑道："二位，吃了没？这身衣裳不错！"

石家奴躬身施礼："大人，我们吃过了，这就出城去和上表的队伍会合。"

"他们在府衙聚齐啊，你俩不一起吗？"

"啊？左贻庆跟我们说的是在城外碰头啊！"石家奴眉峰紧蹙。

"嗯……这小子跟他爹一样，一肚子哗啦啦乱响，全是算盘，你俩路上一定要当心。也别怕，你俩是我派去的，谁也不敢动你俩。"

"是。谢张大人回护。昨晚左府的那个女子去我师娘院里，把我师父的死讯告诉了我师娘……"

张仅言呀了一声："她没干别的吧？"

"并没有。和我师娘喝了几杯酒就走了。张大人、泗爷，我俩来就是想告诉您二位，我师娘那边不用再瞒着了。"

杨泗不住点头："也好……长痛不如短痛。我送你们出城！路上正好说说话。"

张仅言道："三封信，都收好了啊。先到辽阳，一封给主上，一封给乌延查剌。从辽阳回来的时候，出了城，再打开给你俩的信。记住了？"见三胜眼中含泪，张仅言叹气道，"任兄的事，我在信里提了，你俩放心，朝廷一定有个说法。你俩在路上，不要和其他人冲突。你们师父的事，主上必有主张。"

石家奴三人行至施仁门，杨泗皱着鼻子嗅了又嗅道："羊汤！下马，热乎乎的，喝两碗！就当给你俩饯行啦。三胜那肚子咕咕响我大老远就听见了。"

三胜走到城门，和门吏寒暄了几句，回到店门口道："咱快吃，说左贻庆他们一群人已经出了城。"

石家奴见店前拴了十数匹马，觉得蹊跷，又见厅里闹哄哄一团，抓了小二问道："店里什么人？"

"一群浪荡儿，平时老来吃白食。刚才有一伙人出城了，穿的衣裳和你俩一样。那领头的让屋里这些人在这儿喝汤，说是等着什么人……店里转不开身了，您三位，在这门口吃行吗？喝了汤身子就暖和啦。"

杨泗拽过凳子让他俩坐下，自己和小二进到店内，屋子里突然鸦雀无声，只听见嘶嘶哈哈的喝汤声。

"三碗汤，大碗，六张饼！快上，不用找钱了。"杨泗将一小块银子塞给过卖，转身出了店门，向石家奴和三胜低声道："不行！我还要再送你俩一程，咱们快吃，你俩追上队伍，我再回。"

那过卖端上了羊汤，石家奴和三胜风卷残云一般吸溜了，杨泗又把自己碗里的汤倒给他俩，见屋里的一伙人也吃完了正往外走，问道："诸位，是要去辽阳吗？"

众人一愣，其中一人道："你谁啊？"

杨泗哼了一声："张仅言张大人府里的。你们是左公子的人？"

那几个人面面相觑，再不答话，各自牵了马匹，大剌剌走出了城门。

三胜嘴里嚼着油饼，道："泗爷，您快回吧，张大人那边得有人。

我俩没事的。临行前，张大人给了我俩铜牌，说是遇到事情就出示，您别担心。"

杨泗盯着那群人的背影，摇头道："没想到……"

石家奴道："泗爷您回吧，左府那个丫头还在城内，您多照顾张大人吧。我师娘那边，这阵子，也得劳您费心。"

杨泗嗯了一声，转身进了店内，指着柜台上的弹弓高声喝道："这是谁的？"

那掌柜的过来打了个喏："客官，这是家里小孩子的玩意儿，随手给扔在这儿了。"

"弹丸有吗？"

"那还真没有，小崽子就在街上乱跑，捡到什么就用什么，石子儿啊坷垃啊什么的。您……"

杨泗抄起弹弓，见那弦是羊肠拧成的细绳，又挂了胶，弹性虽好，拉力却实在是疲软。他掏出一把铜钱，扔在柜上："这个我用用。"

杨泗解下弓弦，折成三股，重又安上，试扯了几下，点头道："你家那么多羊皮，用皮筋多好……凑合用吧。去找个袋子，把那盆里的羊拐给我装上。"

店家一头雾水，笑道："你不是要用这羊拐当弹子吧？"

杨泗苦笑道："要不您送我一捧珍珠？"

店家一愣："客官说笑了，我都给您装上。"

三胜见杨泗捏着一柄弹弓出了店门，笑道："泗爷，您这是要打点儿野味？"

杨泗点头道："我送你们一程。走吧。"

三人刚出了城门，就见先前店里的十个人不紧不慢地走在一里开外。三胜要加鞭赶上，杨泗伸手拦住："不急，我先过去问一嘴。"说罢打马疾走，向人群奔去。

那群人听见身后踢踏声，齐齐勒住了马，一字排开，挡在路中间，一人喝道："跟你没关系，别没事找事，起开！"

杨泗哈哈大笑："他俩是钦差张大人特派前往辽阳的，你们是缺心眼儿吗？"

那几个人嘀咕了几句，又见他手里捏着小弹弓，不禁撇了嘴："就凭这小弹弓儿，你要挡横？"

"你们幸运，今早我起得急，否则让你们浑身是窟窿！你们让开，咱们相安无事，你们和他俩一起到辽阳；敢生事，我飞鸽传封信，你们几个到了辽阳就是去送死！"

那为首的一人，哇呀呀一阵乱叫，仓啷一声抽出佩刀，纵马直奔过来。杨泗探手取出一枚羊拐，搁在皮兜正中，只听砰的一声，那人一头栽到马下，右眼已是一片乌青，乜斜着左眼在地上摸索腰刀。

石家奴和三胜拍马赶到，杨泗连连扯动弹弓，对面马上的九人惨叫声此起彼伏，有的被射中眉眼，有的捂着手腕蹲在地上，鬼哭狼嚎声不绝于耳。石家奴和三胜各自持了刀棒在手，见到这群人的惨状，也不禁偷笑，石家奴道："泗爷，要砍了吗？"

杨泗手提弹弓，轻点了地上的人群道："哼，一堆饭桶！庆幸吧，我手里的要是弓箭，你们还有命吗？！上马，跟上，我要去送给左贻庆一个羊拐！"说罢，甩动弹弓在石家奴和三胜的马臀上各抽了几下。

三人并驾齐驱，刚转过船坞，就见前面树林里有十数匹马信步啃着草皮。三胜眼尖，伸着马鞭指着树上道："瞅瞅，这可是真会玩，荡着秋千等咱们呐！"

杨泗和石家奴抬头仰望，只见左贻庆、李磐一干人等被人捆了吊在了树梢。杨泗见左贻庆瞪大了双眼盯着自己，笑道："左公子，闭眼！"

左贻庆连忙闭上双眼，只听砰的一声，嘴里塞着的头巾被射落，他活动了唇齿，叫道："石家奴、三胜兄弟！放我们下来，有话好说！"

石家奴和三胜将绳索砍断，一群人乒乒乓乓跌落树下。不等杨泗发问，左贻庆连滚带爬起身道："我还有十个人呢，你们杀了？"

杨泗指着身后的烟尘道："上表的人，谁敢动？！伤了、杀了就是欺君，就是反叛，我可不敢，你们敢吗？"

左贻庆喘了粗气道："那不能够！不敢不敢！决计不敢！张仅……张大人让您来的？"

"正是。张大人让我给你再捎个口信儿，路上你们要彼此照应，不要内讧。他俩身上带着张大人给主上的信，你们要好生保护他俩。听见了？"

左贻庆把头点得如同鸡啄米："那是自然，刚有人把我们吊起来，也是这么说的。您了放心！"

第十四回

（一）作伪

左渊正在室内枯坐，只听得院外一阵喧闹，连忙走到院中，却是左贻庆踹门闯进来，门房本来迎上去开门，被板磕了头，一屁股坐在地上。左贻庆大叫道："爹，快给弄点吃的呗！"

左渊见他蓬头垢面，却神采飞扬，笑道："回来够快的啊！我以为怎么着也得半个月吧。上表还顺利吧？"

左贻庆指着身后的完颜斜哥道："这我新认识的好哥们儿，他爹是完颜默音，主上封了右副元帅！主上命斜哥跟我们一起回来中都，整顿市政，爹，饿啊。吊着个膀子跑来跑去，疼死我了！顺，可顺了！"

完颜斜哥一躬到地："家父命我替他跟左大人问安！"

左渊嘱咐了门房几句，拉着斜哥的胳膊笑道："默音将军，与我有过数面之缘，日后同朝为官，定也是情同手足！贤侄，你们快进屋。"

左贻庆掰开左渊的手，将皮袋从身上解下递给他："爹，您等会儿，我们去换身衣裳先。"说罢推着斜哥进了自己的屋子，不一会儿又来到正房，搬了椅子到炉火旁边，扶着斜哥坐下，向左渊道："您猜怎么着？绿绮在东京！"

左渊强忍讶异，低声道："你说。"

"她去见了主上，听说聊到半夜，先我们一天出了城，没说去哪儿。"

"哦，这丫头，没伤到人吧？"

"说是和乌延查剌……爹，您知道乌延查剌吗？"

"铁锏万户！谁人不知。"

"乌延查剌现在护着主上，走到哪儿都跟着，绿绮估计是跳墙进去的，就跟乌延查剌动了手，您猜怎么着？"

"说！谁跟你打哑谜。"

"乌延查剌，被自己的铁锏打在脑袋上，晕过去了啊哈哈……"

左渊看了一眼完颜斜哥，见他正盯着多宝格上的各色藏品，向左贻庆摇头使了眼色："嗯，没伤人就好。"

"还没伤人？乌延查剌送我们出城的时候，脑门子上还顶着一个大包呢，说是就进了殿，跟完颜……跟主上聊了半宿，说主上给她送出了大殿——客客气气的。"

"哦，不说她了。说正事，你们怎么样？"

"正要跟您说，主上赐我及第，封了个从仕郎。李磐拣了大便宜，封了合门祗候，管宫殿开门关门、上朝退朝，维持秩序的，没啥实权！还别说，李磐这一路上跟我俩还挺投脾气。就连那俩巡城的，您还记得不，跟咱们在院子里，就抓沙离只那回，跟咱们较劲的那俩巡城的，那俩土鳖也都封了。那个叫石家奴的，主上特别喜欢，因为姓乌林荅吧，封了个巡城都指挥使！那个徒单三胜封了个啥我忘了，让他跟着李天吉弄那个通检推排，调查户籍。说是主上他们来中都之后，再让他俩御前使用。乌延查剌还请他俩喝酒了！"

门房轻叩屋门，带人进来布了酒菜。完颜斜哥正在摩挲架上的一柄绿玉如意，左贻庆伸手拽了他重又坐下："这个是唐的，流传有序啊。安禄山用过，给杨玉环挠脚心用的，蔡京用过，给李师师也挠了后背。你看这手柄，多圆润，一准儿干过别的嘿嘿，喜欢你拿走！"

斜哥笑道："那我就不客气了……这饭菜咋这快！"

左贻庆斟了酒，笑道："这看盘子就不是咱家的，这阵子城里松弛，好些店铺十二时辰都营业的。来吧，咱们爷仨今夜痛饮！"

三人碰了杯，左渊看了看儿子的臂膀，叹气道："我儿贻庆，笨手笨脚，斜哥贤侄多带带他啊。"

斜哥起身施了一礼，道："左伯父快别这么说，主上很欣赏他的，把所有的手谕都让他带着。"

左贻庆啊了一声，在书案上取过皮囊，细细解开一层层油布，却是五个信封，他拈了一个递给左渊："爹，这是主上给您的信，其他这几个是给完颜璋、完颜阿琐、李天吉的。奇了怪了，这个给谁，您猜？"

左渊起身肃立，嗯了一声，正要拆开信封，听见左贻庆咕噜咽了一口酒，道："奇怪吧，给觉体的，那大和尚！哪儿跟哪儿啊这都。"

左渊一惊，手中信封飘然落地，他强作镇定，俯身拾起信封："钦差张大人没有信？"

左贻庆若有所思，吸了口气道："嗯，还真没有。"

左渊拆开信封，俯身读了，向东北方向鞠了躬，道："你们快吃，然后把这些手谕依次给各位大人送去吧。不要耽搁。"

左贻庆和斜哥对望，两人都撇了嘴，斜哥道："伯父，我俩跑得快，这才半夜进了城，要是慢点儿，怎么也得明早进来。所以，明早我俩一起去给送信吧。没那么急的。这大半夜，就别去骚扰各位官长了吧……"

左贻庆连连点头："爹，我和斜哥说了，今晚带他去巢云楼，好好洗个澡什么的。这一路，您是不知道啊，那真是日夜兼程、浑身黑皴啊！"

左渊正要坐下，斜哥见他要坐个空，连忙搀住了他："伯父，椅子在这儿。"

左渊一激灵，将信递给左贻庆，道："主上圣明，命我把中都这边的转运事务暂停。"

左贻庆瞥了一眼，皱眉道："这怎么没用玉玺啊？这俩小鸡子怎么回事？"

斜哥也凑上来细看："嗯，闲章啊这是！"

"主上用的印，那就不是闲章了。为何是两只鸟，确实费解。"

左贻庆把斜哥面前的餐碟里堆满了吃食，吧嗒着嘴道："爹，斜哥是我好兄弟，路上我俩聊了，接下来中都城里没啥要紧的，就是把市容拾掇拾掇，城门什么的刷刷漆，街巷打扫打扫，宫内外清洁一下，别的就没什么了。主上不日来中都，喜庆点儿……"

斜哥缓缓从嘴里抽出一根骨头，呜哩呜哩说道："庆，你就跟你爹直说呗！"

左贻庆给左渊斟了酒，把筷子递到他手里："爹，斜哥和张仅言，有点儿不对付……"他看了一眼斜哥，斜哥满嘴流油，却也不住点头，"张仅言上次去辽阳，出城的时候带了个人，就是城南美俗坊塘花坞的那个男的，姓任，那人不靠谱。他是带着队伍去辽阳要刺杀主上的。到了之后发现不对劲，一伙人就都归顺了。有个晚上，他们几个就在大殿前这通显摆，还有张仅言身边的那个杨泗，俩人七个不服八个不忿的，斜哥跟他俩闹了个大红脸。完后张仅言出了辽阳，斜哥就想给他们点颜色，是吧斜哥？"

斜哥抻着脖子把嘴里的饭菜咽了，道："是呗，我就想打他们一顿出出气，结果手下那些笨蛋没轻没重的，把那个姓任的给弄死了，这张仅言和杨泗就回来了中都。"

左渊呀了一声，面色不禁轻松："然后呢？"

左贻庆道："张仅言说，饶不了斜哥，说回头要奏一本……我们出发去辽阳的时候，张仅言不是捎了几封信吗，都呈给主上了，应该是还没说斜哥的事，要不主上也不会派斜哥和我一起来中都不是？"

"那两个巡城的，不是塘花坞的徒弟吗，他们没把他们师父的尸首带回来？"左渊问道。

"带了。石家奴一路踪着我俩，跟屁虫似的。那个徒单三胜劲儿劲儿的，一路上抱着个破罐子，一个屁也没有！娘的，跟个大冤种似的。"

斜哥拈起桌布擦了嘴，站起身又扑通跪下："伯父救我！"

左渊连忙扶了斜哥："贤侄，快起来，不必如此。"

斜哥也不起身："伯父救我！回头主上进了中都，张仅言不用和主上说，就是和我爹说，我爹也得扒了我的皮啊。"

"斜哥啊，你的事就是咱家的事！"左贻庆拽了斜哥起身，向左渊使了眼色。左渊重又坐下，沉吟良久："张大人忠贞不二，是个能臣啊。"

斜哥呵呵了两声："二不二的不知道，您可知道他和那乌延查刺，俩人跟哼哈二将似的，他俩要再碰在一起，那准没好儿，小肚鸡肠的。还有李石，也是他们一伙儿的，到时候还不得想收拾谁就收拾谁啊！"

左贻庆看了左渊又看了斜哥，垂首道："爹，斜哥是我好兄弟，相见恨晚啊，他有事我不能袖手旁观。我琢磨着想个什么办法，把张仅言除了！还得尽快才好。"

"姓张的身边有个会射箭的，但是也不麻烦，我和庆在回来的路上想了办法，让他施展不开，先把他弄死，要张仅言的命也就简单了。只是……"斜哥咔哧咔哧连挠头皮。

"只是，没想到好办法，总不能打上门去吧？！"左贻庆接口道。

见左渊闷声不语，斜哥从桌上抓起鹅锥，扑哧一声扎在手心，任凭血水滴到杯中："伯父大人，我和庆回来的路上，碰见个算命的，我心里打鼓，就去算了，抽了个签，就四个字，写的是：'血流如注'！伯父恩公，您今天给我出个法子，我这血就算没白流，我父亲获封右副元帅，正准备去平那契丹叛军，事成之后，必是新朝的首功啊。日后，您和他彼此扶助，咱两家共同进退，不好吗？"说罢一口吞下了血酒。

左渊正要伸手拦他，斜哥一把将酒杯摔在地上，叫道："我和贻庆，在回来的路上就结拜了，以后您也是我爹！干爹！受俺一拜！"说罢跪在地上，叩头如同捣蒜。

左渊长叹一声，摸了他后脑，道："也罢。起来！你俩也不小了，日后不要再胡闹！你今天叫我一声爹，我再不助你，也太无情。"

左贻庆见状，也俯身跪倒，和斜哥两人各自抱了左渊大腿："爹，救救斜哥啊，您给想个法子吧！"

左渊挣脱了他二人，侧身站在几案旁，指着皮囊和四封信道："你俩吃饱了就去歇息。明日一早，你二人去送信。我今夜制作一封，给张仅言，他接到信后，就会再次赶赴辽阳……那之后，我就不管了。城外头，你们小哥俩自己想办法吧。"

斜哥向左贻庆看了一眼，又匍匐着过来抱住左渊大腿："干爹，庆哥说您和辽阳的主上有过通信，您模仿他笔迹那是妥妥的，可是信上那印章不好办吧？"

左贻庆嘿嘿一笑："斜哥，我爹治印，说天下第二没人敢说第一，我爹拿莱菔刻的章都比别人刻得好！"

"'来福'是谁？"

"萝卜！你个棒槌！完颜亮都跟我爹要过印章，心放肚子里吧你，走！别耽误工夫，一刻千金啊。这是中都，让你尝尝帝王般的享受。"左贻庆说罢，起身拽了斜哥，一起奔出门外。

左渊关上了房门，将其他信封一一打开细读，点头道："左贻庆，个臭小子，还真有点儿长进！"

（二） 神数

周衔蝉见三胜拐出了巷口，推了任孝萱道："我看还亮着灯，你去问问你吴娘，她傍晚说有事，愿意的话，请她来咱家坐坐。要是不方便，明天来也行。"

任孝萱抹了眼泪，撒腿跑到隔壁院里，不一时领着吴婆和两个小伙伴进了门。

吴婆苦笑道："妹子，那俩臭小子都封了官，这下好了！"

周衔蝉搀她迈过门槛："年轻人，高兴了就跳，难受了就耍脾气，以后他们俩要是做出混账的事，你该骂就骂他们。"

吴婆进了屋，哭丧着脸道："不是说大军都回来了吗？我家那俩咋还没信儿啊，一家人凑在一块就这么难？"

周衔蝉倒了杯茶递给她："别急，告示上不是说了嘛，一拨一拨回来的，现在新皇帝要进城，前线回来的兵也不能一股脑就涌进来不是？别急，就这几天的事，你们一家就团圆了。"

吴婆见她面色愁惨，知道说错了话，忙从怀里抽出一本册子："小舟儿，明天就把兴周出了吧，入土为安啊。人没了，咱们活着的，就把孩子带大呗。有姐姐在旁边，谁也甭想欺负你，除非我死了……"

周衔蝉连忙捂了她嘴："别乱说。咱们相依为命吧。"

"舟儿，你识文断字，你看这个——"

周衔蝉接过册子，见封面上歪歪扭扭写着"翛然子巧连神数"，不禁哑然失笑："这都是闲人拼凑的，看着玩儿还行。"

吴婆欠身道："是吧。前阵子我爹和我弟来，那晚出城前，给了我，说挺准的……闲着也是闲着，妹子，你给咱们都算算呗。"

周衔蝉见她急切，指着封面上的字说道："我小时候见过这位翛然子先生。叫个张继先，靖康二年就没了，修为很深。我父……我服他，人们都信他……当时的皇帝，道君皇帝赐号给他，'虚靖先生'就是他。

他前前后后好几次被召到开封，建醮内廷，得了赐号。年纪轻轻，就成了正一天师清微派大宗师。但他就爱自己待着。每次被叫到都城，每次都请求回去山里。靖康时候，他掐指一算，说必有国难，又看见宋人无心恋战，就让他的一个徒弟转告徽宗，要他'修德弭灾'。不听劝，就有了靖康耻。张天师能召唤风雷、闪电。雷法说的就是这个。"

"这么说真是个神仙？我就爱听这些事，妹子，你再说说。"

"有一次，解州……前宋时候，改道为路，陕西永兴军路管辖解州。这地方出盐，闻名全国。有一次，盐池的水乱溢，道君皇帝就急了，有人说得找张天师。张天师，就是写这册子的张继先。他当时住在龙虎山，皇帝问他，你住在龙虎山，看见过龙虎吗？张继先说，我住山里，老虎经常能看到，但龙，今天才看到。皇帝听了心里高兴，就封了他一大堆官职。皇帝又说，盐池的水流失，老百姓着急，你能治水吗？这位张天师就写了个铁符，让徒弟扔在水坝的豁口，噼里啪啦一阵电闪雷鸣，好些怪兽就死了，漂到水面上。水也止住了。皇帝说，你这请的是哪位神仙啊，能不能让他出来，我们看看？说请的是关羽，关羽就是那地方的人。说您稍等，我让他出来，就握着宝剑叽里咕噜念了一阵咒语，关羽就现身了，站在庭院里。皇帝惊着了，赶紧抓了一把铜钱扔到关羽身边，说这都给你！关羽后来被称作'崇宁真君'，就是因为这个。因为皇帝扔的钱都是崇宁通宝。"

"哎呀娘啊，那么神，这个好听，应该让孩子们也听听！"吴婆吸溜了口水叫道。

"这人早就死了，他不太在意人间的事，应该不会写这种算卦的书，这个可能是一本伪书。"见吴婆一脸迷惑，周衔蝉又道，"是个拧巴人，连自己的命都不算，不会想着帮别人算命……他才活到三十多岁。对长生，应该是没什么兴趣的。"

"是吧？管他呢，说是准，试试呗。"

"可这是算命的，也算不了归期啊。"

吴婆道："那就算命。我不认字儿，看不懂啊！你给算算。我这几天心里老是慌。"

"算谁？"

"算算我家那杀千刀的。"

周衔蝉取出纸笔，道："吴大哥大名叫什么，我还真不知道。"

"吴运启！"

周衔蝉在纸上数了笔画又乘除了一番，翻开册子，只见那对应的条目上写的是："灯油耗尽，运气皆空。一缕鸡唱，复归冥冥。"

吴婆见她盯着册子出神，踱过来道："说啥了？"

周衔蝉指着下一条目道："挺好。写的是——天覆地载，万物仰赖。鹤鸣九霄，声闻天外。"

"啥意思呢？"

"这都是好词儿啊。"

"哎呀！我就听见声闻天外了，他还声闻天外？大嗓门倒是真的，跟个大叫驴似的……妹子，再算算我大儿子好不好？他大名叫吴凡成，巷口那老吕头子给起的名字，说是平凡人能成大事的意思。起个名字还吃了我一只鸡！"

周衔蝉在纸上演算了，翻到对应的条目，见写的是"太阿倒持，与谁有益？返程无路，哭哭泣泣"。忙指了上面的条目道："春风拂细柳，好雨润新苗！"

"你给姐说道说道！"

"我也说不好，这又春风、又好雨的，也都是好……"

吴婆捧着肚子在凳子上坐下，长出一口气，脸上已是喜上眉梢："那真不错！哎哟，你给这几个小崽子也算算吧！"

周衔蝉飞快地翻了册子，又读了序跋，叹气道："这里头说'情不必至深，恐大梦一场，卦不敢算尽，畏天道无常'。别给孩子算了，孩子的命都是自己挣的，大人还能算算。"

吴婆连连点头："那就算算咱俩！我娘家姓罗，我没名字……姑娘的时候，都叫我二嫂，后来我外号叫活驴，登记户口的时候，坊正说不好听，给我登的是罗火绿……"

周衔蝉侧耳倾听，院子里悄无声息，忙推开房门叫道："萱！"

任孝萱和吴臭儿正坐在兵器架下发愣，吴臭儿起身道："婶子，萱子刚又哭了……我爹快回来了，让萱子认我爹当爹吧？！我一准儿不欺负他！"

吴丫走到门口拽着周衔蝉的衣襟嗲声道："萱哥儿最可怜了，我长大了就嫁给他！"

周衔蝉不禁苦笑，从怀里掏出几枚铜钱，递给吴丫："你和哥哥们去买点零食，买了就回来，不要在外头乱跑。太晚了。"

吴婆正在屋里乱转，见周衔蝉进来，道："哎呀，别管他们，自己玩去吧。你快算算咱们！"

周衔蝉复又坐下，拈了笔道："嫂子，这得是名字，咱们年轻时候的小名儿和外号可不成……"见吴婆撇了嘴，又道，"还有个法子，你说三个字，也能算。"

吴婆皱着眉头又绕着桌子走了几个来回："哎呀，我说不出啊，说啥啊？"

"随便说。脱口而出的就好。"

"……臭小丫！"

"您这还是俩孩子啊，说了不能算孩子的。"

"不是他俩！我就顺嘴儿那么一说，你就给姐算这个吧。这是我的命！"

周衔蝉拗她不过，在纸上细数了笔画，看那条目上写的是"莫惆怅，命里八尺，难求一丈。人在厨下转，命丧砧刀旁"，忙指着对页的一则条目念道："不作风波于世上，只无冰炭在胸中。"

"这又是咋回事？又是冰又是炭的，这咋还上冻了！这册子不能说人话吗！"

"说的是好好过日子，别想太多，心里就踏实了，日子就顺遂了。"

"神仙也放那没味儿的屁！谁踏实？这世道，谁心里不是七上八下……妹子，别光算我们家，你也算算。"

"我就不算了，没啥算的。兴周没了，孝椿还是无影无踪……我不算了，算也是添堵。"

"咱们不怕事，有事就扛着呗。册子留你这儿，我这肚子坠得慌，我先回去了。明天你再给我讲讲。"吴婆推开房门，不见了三个孩子，嘴里嘟囔了几句，随即出了院门。

听见任孝萱睡熟了，周衔蝉把他眼角的泪水轻抹了，披上棉服，重又点了灯火，在本子上计数了任兴周的笔画，将册子翻到第九十八课，写的是"狸奴镇宅，有情无命。水落石出，草木皆醒！"

她把头倚在臂上，只觉得胸口一阵紧似一阵，再看炕上任孝萱的小后背不住起伏，泪水夺眶而出。

任孝萱摇头晃脑，嘴里拉杂不清，周衔蝉伏在他枕边，依稀听见他说的是："我爹……别人不是我爹……"她在儿子额上轻轻啄了一下，重又回到桌边静坐。待泪水消歇，低头又写了一堆名字，依次算了笔画，从柜里取出算盘做了乘除，一一翻到对应的条目细看——

任孝椿的命理写的是："伐柯伐柯，顺少逆多，延芳末路，奈何奈何。"周衔蝉细读了几遍，不禁哑然失笑。待读到任孝萱的"佳枝皆断，可叹可怜。独木撑持，花落庭间"时，心头又是一紧。

她时而轻叹，时而点头，将石家奴（"面目无几，跛鳖千里"）和三胜（"莫轻狂，细端详。绿友好，绮文章。着红袄，儿女双"）的命理抄在了纸上。端详良久，又将纸片团成一团扔进了泥炉。

任孝萱乱七八糟又说了一阵梦话，此刻呼吸平稳，周衔蝉却睡意全无，索性又把蒲察父子的姓名笔画测算了，沙离只所在条目写的是"精卫衔石，枉劳心计！"蒲查的是"掌上明珠坟里埋。"

周衔蝉只觉得头皮发麻，飞快地测算了官府里一群人的姓名，她心中忐忑，下笔已不似此前细致，字迹几乎歪歪扭扭，算盘更是拨拉得噼啪作响——

张仅言——燕巢幕上，鱼游釜中，眼见得地，脑后生风。

杨泗——有所避！有所避！帷幕场，烟霞地。

左渊——不叫盘算，偏要盘算，直算得三尺肠闲二尺半。儿童拍掌笑，父老白眼看。

左贻庆——城狐社鼠，陶犬瓦鸡。

李天吉——水中月，镜中花，几般光景，落入谁家。

李磐——傍虎吃食，有损无益。

又想起三胜提到的完颜斜哥，也翻到了对应的条目，见那一行字迹此前沾了水，却也依稀辨认得出："进进出出，血流如注。蝇蚋盘旋，以抹以涂。"

周衔蝉读罢，暗叫了一声"准吗"，双手不由自主捂住了双眼。她手指颀长，面庞却是极小，一张脸几乎全被捂住，只听见一个颤颤巍巍的声音问道："娘！您没事吧？"抬头看时，却是任孝萱坐在炕沿儿上望着自己。

"你怎么醒了？"

"我要尿尿。"

"外头冷，别出去，虎子在那边……"周衔蝉说完，又在纸上疾书，把那本册子翻得哗啦啦乱响。

任孝萱钻到母亲怀里，指着册子上的一行字问道："娘，这个字念什么啊？"

"蜃。"

任孝萱轻声念道："奇奇海市，妙妙蜃楼，一派佳境，却在浪头……娘，这什么呀？"

"算命的书。"

"这是谁的命啊？"

"新皇帝的。"

任孝萱一头雾水，又翻到夹了纸签的一页念道："鼎折足，车脱辐。日过午，风吹烛。爱妻逝，爱子无。情深不寿，举步踌躇！这又是谁啊？"

周衔蝉把他头上碎发理顺："我儿子真不错！'辐'字都认识！也是新皇帝，这是用他女真名字算的。那俩字不念'寿著'，念'踌躇'就是犹豫不决的意思。"

得了夸奖，任孝萱得意扬扬，又翻到夹了纸条的一页道："念字念半边儿，考试当大官儿！马到临崖收缰晚，船放江深回后迟。这是那个去打仗的皇帝吧？"

"你知道什么意思？！"

"就是字面意思呗，马都跑到悬崖边了。"

周衔蝉盯着儿子的双眼："萱，知道吗，你很聪明的。你要好好读书，以后少和你哥舞枪弄棒的。"

任孝萱嗯了一声："那这个是完颜亮的女真名字对应的吧？"见母亲点头，又念道，"堪愁堪忧，大被蒙头，睡而复醒，醒而云游……娘，我想知道绿绮姐什么命。"

"好啊，你写她的名字，写的时候数准笔画。"见任孝萱只写了"绿"字，周衔蝉笑着补上了绮字，又在算盘上拨了几下，指着册子里的一条，"这个。"

"'一怀山果三胜酒，裙绿袄红忒新鲜'！娘，这个好，对吗？这怎么还有三胜哥啊？"

"是啊，特别好呢，你不用担心她，她到哪儿都有人疼。这句里头的'三胜'说的是打仗时候的三种胜利，道胜、德胜和力胜。你绮姐姐就没输过。"

任孝萱乐滋滋地道："娘，我还想睡会儿……您别算自己的命啊，我就是您的命，我长大了好好伺候您。您不是喜欢闺女吗，我找一堆丫鬟陪着您，您就天天弹琴、插花、养猫、吃好吃的！"

周衔蝉鼻子一酸，把他拥在怀里，一起走到炕边："好孩子，睡吧，娘再坐会儿。"

周衔蝉把算盘放在一边，在纸上做了演算，按得数找到了赵佶所在的条目，写的是："山崩水落，花燃草烧，瑞鹤惊弓，人瘦金销。"赵构对应的条目是："得意不可再往。"

她盯着这本薄册子，只觉得惊悚，却又欲罢不能。在纸上写了觉体二字，涂去重又写了郭台安。犹豫片刻，翻到所在的条目，写的是："不生不灭，行秀在学。泻瓶有受，传灯不绝。"

此时天色泛白，巷外已经传来了稀稀拉拉的叫卖声。周衔蝉捧了瓷盆走出院门，豆腐倌儿正推了独轮车沿着巷子嚷嚷。地面上覆了一层轻雪，推车上热气蒸腾，远看如同一团裹了人车和叫卖声的白雾飘然而来，她不禁看得呆了。觉得脸上一紧，连忙伸手把冻成冰珠的眼泪抹了。

她把瓷盆放在炉边，正要把桌上的纸笔敛起，又从中抽出一张纸条丢入炉中，见那纸条偏偏贴在炉壁上并不起火，只焦黄、卷曲了边缘，不禁苦笑了轻声叨念："雪水烹茶，桂花煮酒，一般清味，恐难到口——真的吗？周衔蝉！"

（三）入土

钵铙声歇，空中霰雪飘拂。送葬的人群陆陆续续朝城里回返，一众僧道各个面有倦色，头顶、肩头落了雪，远看如同一群垂头丧气的白鹭。周衔蝉和吴婆站在坟头一侧，盯着地上杂乱的脚印望向城门，却见官道上有一驾马车疾驰过来。

杨泗见了，伸脚踢了三胜："起来吧，把孩子们也拽起来，地上凉。"

三胜又磕了几个头，起身把任孝萱、吴臭儿和小丫扶起来："不哭啦，这多近，想来咱们随时能来。"

杨泗指着车驾道："嫂子，那是张大人的车，本来说今早一起的，左贻庆和那个完颜斜哥一大早就上了门，在屋子里说事情。这是耽搁了。"

"三胜，你和萱去接接吧。"周衔蝉转身擦了眼泪道。

张仅言已下了车，小跑着下了官道，一路跌跌撞撞整了衣冠，口中叫道："兴周兄弟！我来送你一程！"待奔到墓前，不顾三胜拖拽，一头跪了下去。

周衔蝉和吴婆连忙扶住，几乎将他拎起来，张仅言仍是跪拜，口中叨念不止："兄弟，你是为我啊！放心吧，你的妻儿，我会全力守护……放心走吧！"

三胜过来将他搀起："大人，您别跪，您站着说……就行。"

张仅言转身向周衔蝉道："任夫人，辽阳那边来了手谕，让我略作安顿，尽快出城往东京迎驾，沿途也要安抚百姓，这才耽搁了，您别见怪……兴周兄弟的事，必有公论，主上进城后，我必将此事和盘托出，杀人偿命……"

"大人，可是杀我师父的并不是那个斜哥，不是他动的手。官府也拿他没辙吧？"三胜又在坟上培了土。

"冤有头债有主，是他召集的凶手，他就是首犯！"张仅言望向周衔蝉，见任孝萱在一旁瞪着眼睛倾听，伸手拉他到怀里，"杀人偿命！

此事我必定禀告主上，凶手定要伏法，朝廷也一定会有抚恤……孩子们都好好的，好好念书，长大了博个功名……老夫一定不遗余力。"

三胜道："斜哥那个狗东西，我在回来的路上就想弄死他，石家奴也是个狗东西，一直拦着我。张大人，您知道吗，他们几个人，回中都路上，简直是无恶不作！"

"谁？什么？"张仅言诧异道。

"我师哥没有。我说左贻庆、李磐和完颜斜哥。吃喝嫖赌，啥坏事都干！要不是石家奴拦着，他们在清河非把人饭馆儿掌柜家的闺女给糟蹋了！"

"嗯，此事你回头细说我听。我好好奏他们一本。"

"不必了，张大人，抚恤我们不要，我挣钱养活我师娘和小萱子。我咽不下这口气，就在这几日，我要拎着斜哥的狗头来这坟前！"

张仅言望了杨泗，见他面无表情，又见周衔蝉伸手捂住了任孝萱耳朵，点头道："可是杀了人，你就不能照顾你师娘了啊。"

杨泗过来捶了三胜肩头一拳，向张仅言笑道："大人，年轻人，脾气莽撞，您别担心，三胜也就那么一说，官府自有说法。"又捏着三胜手腕子，向他使了眼色，"三胜啊，我这么说，你看行吗？如果主上来了中都，那个斜哥没被判罚，你想收拾他你就弄他。"

周衔蝉深施一礼："未亡人谢过张大人，您明天还要长途跋涉，还请早些回城准备吧，谢您拨冗前来。"

张仅言连连点头，向杨泗道："祭仪给到了吧？"见杨泗点头，又朝坟茔拜了几拜，"任夫人，还请节哀，孩子还小，来日方长，有事情随时找我，无论力所能及与否，绝不推诿！"

他话音未落，任孝萱大叫一声，撒腿跑向官道，却在垄台上连跌了几个跟头，口中不住喊叫："哥！哥！"

那来人抱起小萱子朝这边跑，一阵疾风掠过，将他头上白布吹掉，露出了光头。三胜抓住师娘的肩膀摇晃，笑道："说什么来着，别担心别担心，怎么样，这不就回来了嘛！"

大椿子狂奔过来，一头跪在母亲脚下，抱着她双腿放声大哭："娘！这怎么了？！"

周衔蝉满脸泪水，在他后背上连拍带打："你还万六！你骗我，你骗我！那么多次见到我，你怎么不告诉娘啊，见到我你怎么就躲着我！一家人，能见面，死了又能怎的？！"任孝椿放声大哭，后背起伏如同抽搐，却仍是不肯抬头。

周衔蝉抹了眼泪道："我早该想到的，万六！椿，去给你爹磕头吧。"

张仅言向三胜问道："叫个'椿'？"见三胜点头，又道，"万六！上古有大椿者，以八千岁为春，八千岁为秋。"

任孝椿放了手，一头扎进雪里，脑袋摇得如同拨浪鼓。三胜一把拎起他，提到土堆旁扔下："哦，蒲查那一棒子是你小子打的呀！你怎么不再用点劲儿，你真要把他打傻了，他也就不会死了。"任孝椿收了哭声，呆呆盯着墓碑："蒲查哥死了？"

三胜点头道："杀你蒲查哥的人，就在这城里。杀你爹的人，被这位杨叔给灭了，但是那带人围攻你爹的罪魁祸首，也刚来了这城里。"

周衔蝉走过来，苦笑道："三胜，你别打打杀杀的。萱，过来陪你哥磕头吧。"

任孝萱一路爬过来，吴臭儿见状也跪在地上。

三胜道："椿子，郭叔救了你？！他啥时候会飞了……他不来吗？"

任孝椿抬起头看了母亲："他早上急忙忙走了，没说去哪儿，就跟我说天下太平了，街上不再抓人了，让我回家，说他这阵子也不回悯忠寺了。我到家看见白幡，又没有人，满街问，是巷子口的吕大伯告诉我来这儿的，还扯了块白布给我……"

张仅言道："这位是大公子吧，说的郭叔可是觉体？"

三胜道："正是。他和我师父、师娘，从小就熟识。"

"哦，大和尚也得了主上的手谕，去了西山，应该是和僧众道友们通报新主登基事宜了。"张仅言见三胜面色失落，又道，"君子报仇，十年不晚，不要急于动手，那东西是个混账，可也不是饭桶。他爹默音能征善战，他爷爷娄室更了不得，是开国的元勋，他是有些家传本事的。你们要拿住他，还是应该求助觉……"

吴婆尖叫一声："石家奴，你个狼心狗肺的！"

石家奴翻身下马，晃晃悠悠走了过来，身后的一众巡城兵也下了马，驻足在远处袖手观望，任那群马匹在雪地里踢踏、撕咬。

三胜几个箭步冲过去一把将他推倒在地，正要扑上厮打，却被周衔蝉拦住。石家奴半躺在地上，打了酒嗝，仍是欠身向张仅言施礼道："给大人问安。小的回来后忙着巡城，没来得及去您府上问好，请您别见怪……"

三胜踢起一堆雪，石家奴也不躲闪，嘿嘿笑着站起身抹了脸，顺势从怀中掏出个细瓷小瓶，拔掉了瓶塞，自己灌了几口，又在坟前洒了几缕，仰头把酒喝光了："师娘，人死不能复生！谁心疼谁知道。心里疼怎么办？忍着呗。忍不了怎么办？再忍呗！活着的得好好活不是，我是巡城总管了，以后家里有事，你让小萱子来找我，我去不了，也会派手下去。刚我去塘花坞了，不知道你们出殡这么早，我把钱搁在炕上了，三十贯，够花一阵子了，没有了，就让小萱子再去找我拿……大椿子，你怎么剃了个光头？！你要出家啊，娶媳妇不好吗？！你是不知道啊……特好。"

张仅言微微摇头："任夫人，老夫还有些事情，我先回了。如露如电，托体山阿，出离火海，免了苦厄……是真解脱。您请节哀吧。"

周衔蝉放开三胜，和张仅言施礼道别，三胜又要扑上撕扯石家奴，被杨泗和几个赶过来的巡城兵拉住了。那边吴婆抢上前来，伸手给了石家奴一个大嘴巴："小犊子！你还是人吗？昨晚三胜把魂罐送回来，你人呢！没看出来，你他娘还是个官儿迷！芝麻大的破官！出息！你师娘和小萱子哭得昏天黑地，你在哪儿呢？！一大早你就灌马尿，你迷迷瞪瞪的，你还忍？你还是人吗？你师父咋不跳出来掐死你呢！！！"

石家奴揉了揉脸，骂道："泼妇！今天小爷儿高兴，不跟你一般见识，就不锤你了！下次判你个侵袭官吏，给你逮起来！"

吴婆惊得目瞪口呆，却见一群巡城兵扶石家奴上了马，呼啸着朝城内跑去。

三胜扶住周衔蝉，哼了一声："师娘，别气。随他去，有我呢。"

吴婆过来推了三胜："咋的了这是，他怎么就这样了？"

"吴娘，您问我我问谁啊，去辽阳还好好的，见了新皇帝，得了几句好话，飘了呗，回来路上一句话没跟我说，天天跟那左贻庆还有那个斜哥，还有李磐混在一起！官儿升脾气涨呗。"

杨泗伸手扯过任孝椿："你是兴周大哥的大儿子？"

"是。谢谢叔叔，您受累了。"

"嗯。你爹，是我好朋友，好大哥，我和他一见如故。他给我讲过你和小萱子……杀父之仇，不能不报，忍气吞声，你会一辈子愧疚，想了就做，不要留遗憾。你害怕吗？"见任孝椿摇头，又道，"每个人只有一生，每个人都不应该要了每个人的命，每个人的命都不该给别人，除非他是你亲人、爱人。是你亲爱的人，你就应该惦记他、替他操劳，甚至送命……你敢吗？"

任孝萱站起身，挎住哥哥的臂膀，叫道："敢！"

杨泗摸了他头，笑道："好！这才是任兴周的儿子。父仇可以不报，他坏，就不能再让他作乱！今早得到消息，完颜斜哥，昨晚在巢云楼……"他自觉不妥，转头向周衔蝉和三胜低声道，"把一个姑娘……逼跳楼了……三胜，你腰里那是什么？"

"哦，蒲察沙离只的铁骨朵，那天给他们父子收尸，我就顺手掖在裤带上了，一直带着。去辽阳的路上，回中都的路上，都没用上。"三胜将铁骨朵摘下递给杨泗，杨泗掂量了，又捧着细看，道："是好东西，你好好用吧，你看，这儿一拧，手柄可以卸开……就成了链子锤，这东西最能绕弯儿打人，对付盾牌最好用，这是你们女真人的宝贝。沙离只那柄盾牌你也收着了吧，那更好！"见三胜连连点头，杨泗回身看了任孝椿，"大椿子！你是个小伙子了，杨叔明天出城，这个送给你。我教教你。"说罢解开罩衫，从后腰拔出一柄弓弩，又从腰间取出十数支短箭，一一嵌入弩盒，拉着任孝椿到近旁的树林中。

三胜将羊皮背心脱下，盖在师母肩上，俯身丌始拾掇物什。

周衔蝉耳中听着弓弩击发的响声，抬头看天上彤云密布，再往城墙那边看，石家奴的人马横冲直撞，将城门口的人群赶得七零八落，不禁叹道："怎么会呢？"

远远望见石家奴在马上晃晃悠悠，又抡起马鞭抽打人群，周衔蝉不住摇头，口中念道：

世法空旷，如彼鬼城。

晨昏敷影，现此都京。

凡夫愚痴，随风而征。

终朝乃悟，穷叫失声……

身后树林里传出一阵嘈杂，却是杨泗接连发弩中的，引得孩子们一阵惊呼。

第
十
五
回

（一）盾阵

张仅言从府衙里出来，左渊和一众官吏送到门外。看见众人满脸跑眉毛，作揖说笑全都面目可憎，杨泗心里厌烦，掀起车帘，半扶半推着张仅言上了车，胡乱唱了个喏，忙不迭地打马引着车辆走出巷口。

车夫回身道："人人，咱们先去土鲁原是吧？"听见张仅言咕噜了一声，随即加了几鞭，直奔丽泽门疾走。

车辆行至美俗坊，杨泗下了马，向车内低声道："大人，我想去和塘花坞道个别。"

"不必了吧。徒增烦恼，咱们过一阵就回来了……也好和他们母子有个交代……那你去吧，我们先去城门下等你。不要耽搁。"

杨泗叮嘱了车夫几句，随即转入塘花坞。任孝椿正从花窖里出来，见杨泗进来，吼道："娘，三胜哥，泗爷来了！"

三胜从窖里跳出来，周衔蝉也连忙跑到院中，用围裙擦了手，笑道："杨兄弟，快请屋里坐！这么早就要出城？我这正要备些干粮给你们送去。"

杨泗施了一礼，看见任孝萱拎着柴火棍跑出来，小脸上都是黑灰，惭笑道："嫂子，吃的我们都备好了，张大人让我过来跟您说一声，过一阵就回来。任大哥的事，也就有了眉目。"

周衔蝉喉咙一热，点头道："人没了，眉不眉目的，都不重要。你路上好好看护张大人就好，昨天我和孩子们把这西厢房收拾了，等你回来，就跟这儿踏实住着，三胜也住这儿，男人还是要住得敞亮些……张大人那院里也是紧紧巴巴的。"

杨泗连连点头，向三胜道："石家奴忙着他的事，你一个人，还是要慎重啊。"

三胜看看师娘，见她眼中含泪，道："泗爷，您别担心，我照顾小萱子要紧，别的都好说……您怎么走到这边儿了，不应该往北走吗？"

"哦，张大人得了谕令要出城，他要先去宛平的土鲁原，王妃葬在那边，说是先去让地方上好好维护，估计是要建个墓园吧，这是迟早要迁入皇陵的。"

"除了您，还有什么人跟着？"

"没有了，大人一向轻车简从。有个车夫；还有两头骡子，驮着些吃食、用具。就这。"

周衔蝉回屋拎了布袋出来，递给杨泗："昨天出殡时候我听说你们要出城，心里觉得纳闷儿，沿途招安的事情，大可不必让钦差去干，至少不必让张大人离开中都。这大城现在六神无主的……"

"大嫂，您的意思是？"

"哦，没什么，只是觉得蹊跷。昨晚三胜也提了一嘴，他说主上似乎没有给张大人的信件。"

"三胜！怎么说？"

三胜挠了头："据我所知，左贻庆带回来的手谕，有给左渊的、李天吉的、完颜阿琐的、郭……觉体大和尚的，并没有给张大人的信啊。"见杨泗发愣，又道，"信都是左贻庆带着，要不是我记错了？"

杨泗啊了一声，从褡裢里取出一封信笺，递给周衔蝉："嫂子，印信什么的，大人让我随身带着。您给看看，就是这个，难不成……"

周衔蝉略有犹豫，伸手接过了信笺，通读一遍又细细看了纸张，低声道："没见过新主的笔迹，口吻倒是对的，只这印章，即便不用御玺，也应该是文字印，这却用了个闲章……"

杨泗长出一口气："大人昨天看了也纳闷儿，今早去府衙，和另几位问了，也比对了，都说是这个印章，两只鸟。"

周衔蝉点头道："这是两只乌鸦，都是三只脚的，三足乌，这儿还有个太阳……哦，这肯定是完颜褒的闲章了……他女真名字是乌禄，葬在土鲁原的那位王妃叫个乌林苔吧？那就对了，所以是两只乌鸦。看着是对的。"

杨泗面露喜色，将信笺细细叠好重又放入怀中："谢谢嫂子点拨，那我就去了。三胜，你机灵着点儿。回到中都，我即刻再来。别急着动手，还有我呢，算我一份儿！那狗东西，不能再让他害人了。"

车辆行至固节驿，杨泗不禁打了个寒战。这驿站离中都不远，却已是满目荒芜。驿亭的柱子断了一根，房檐在寒风中摇摇欲坠，院墙倾圮了大半，一群寒鸦呼啦啦飞起，梁柱间咻溜溜闪过几只不知什么小兽，只在雪地上留下了一连串细叶般的脚印。

"大人，怎么这么瘆得慌。"车夫见地上薄雪覆盖，路面隐约不清，索性下了车，在地上捡了一根棍子在地上乱杵，这才牵着马深一脚浅一脚从墙边绕过。

杨泗驱马上来，走在车辆前面，突然大叫一声！

张仅言问道："怎么了，大呼小叫的！"听见没有回应，车辆也慢慢停了，只好掀开车帘探出头来，却见车夫呆在原地如同泥塑，杨泗坐在马上盯着前方，鼻口间竟然没有了哈气。他下了车，绕过杨泗，只见前方十数尺外竖着十几面盾牌，牌口处搭着箭矢，箭尖尚在不住颤抖！

杨泗听见张仅言脚步声，再不犹豫，翻身下马抓住张仅言衣领，拎着他倒退回马车，正要推他上车，就听见身后有人咯咯怪笑："张大人！时候到喽！"

杨泗一把将张仅言推进车里，不及回身，右臂上已中了一刀。他也不回身，左拳向后，袖箭响处，身后偷袭者闷哼一声扑在地上。

杨泗转身再看，十几个人见有人倒地，手忙脚乱地跑到盾牌后躲闪，又有数人撑着盾牌蹚着细雪一步步上前。有人吼了一嗓子，盾牌下落搁在地上，不见了脚踝，那喊话的人随即慢慢探出头来。

杨泗见那盔缨熟悉，笑道："七孙，你就不能来点儿新鲜的吗！"

完颜斜哥也不再犹豫，索性直起身来，笑道："你也配！姓杨的，这就是你死无葬身之地……的地！"

杨泗回头再看，那边的盾牌上也露出了个人头，看眼睛还辨不出是谁，待看到硕大的鹰钩鼻子，知道是左贻庆无疑。见右臂上的袖箭匣子已被砍断，杨泗唉了一声："大人，说什么来着，这俩玩意儿不收拾了，咱们没有安生日子！"

　　完颜斜哥尖声叫道："射他！"

　　杨泗矮身钻进车厢，一把将张仅言按下，只听得外头一声惨叫，却是车夫中箭一头栽进近旁的壕沟。

　　张仅言被杨泗按在身下，听见车板上嘭嘭嘭中了不知多少箭枝，又听见骡子嘶吼，驾辕的马连声惨叫，只觉得车身倾斜，慌乱之中，感觉杨泗抓了自己的双手放在门把手上，知道他示意自己抓紧。他闭紧双眼，只听得轰隆一声，车身已然侧倒，杨泗撞破了车窗跃了出去。

　　杨泗跃出车厢，下落之际连发数箭，却只是叮叮叮撞在盾牌上。他知道只有前后有人夹击，正要向侧面跑出，想到张仅言还在车里，正自犹豫，又是嗖嗖嗖一阵箭雨射至。他胡乱回了几箭，纵身又跃入车内。

　　张仅言浑身犹如筛糠，听见杨泗大口喘息，问道："你中箭了？"

　　杨泗嗯了一声，张仅言睁开双眼，却见他双腿上已是血流如注。杨泗伸手折了几支箭，也不禁倒吸了一口气，低声道："您没事吧？"

　　张仅言听见再没有弓弦声，颤声道："我没事……我和他们说。"

　　杨泗重又将他按在车座下，将胸前的一排箭羽装入袖口，透过车厢前侧的小窗连发数箭，那箭顺着盾牌的豁口直入盾阵，完颜斜哥惊叫一声，踢开中箭的盾牌手，重又将盾牌排成一列。杨泗回转身，又从车厢后侧的小窗单发几箭，左贻庆一侧也有人中箭，队伍随即分成了两列。

　　左贻庆叫道："斜哥，说什么来着，这孙子就是个刺儿头，不好搞！"

　　斜哥道："别担心，他跳进跳出我都看见了，他中了不下十箭！撑不了多久！他长弓在马上呢，他完了他！"

　　左贻庆连声大笑："斜哥，你这可以，盾牌真是好用！"

“不懂了吧，嘿嘿，这叫步兵旁排！防弓箭最是得力！”

“你那边还有多少箭？”

“没多少，射他俩还是绰绰有余！”

杨泗苦笑几声，示意张仅言不要乱动，又听见左贻庆叫道：“斜哥，这是军里的打法吗？”

斜哥一阵狂笑：“契丹人爱用箭，我爷爷、我爹最能布阵收拾他们。这姓杨的差远了，不用管他，过一会儿血就流干净了，可惜了，这要接上一桶，拌上胡椒，蒸一蒸，下酒老好啦。你试过没有？”

“人血能吃？”

“噫！那你是真没吃过好的！”

张仅言听他二人一唱一和，更是气不打一处来：“左贻庆，我只问你，你们怎么知道我们从这边走？”

斜哥笑道：“老东西，临死了你还挺好奇！”

左贻庆道：“张大人，你爹杀了我爷，不杀了你，我还算个人吗？”

“杀了我，你也不是个人！我是钦差，谁敢杀我！”

“钦个屁差！在城里你是，这荒郊野岭，你就是个游魂野鬼！”斜哥说得咬牙切齿。

“不跟你掰扯了。让你死个明白吧——给你的手谕，是我爹写的，像吗？亏得你跟了完颜褒那么久，硬是没看出来，别吹了。”

张仅言呀了一声，随即笑道：“你爹还是怕我跟主上告状？我答应了他的。”

斜哥道：“你这脑袋也是不太灵。你不只是要告左大人的状，你定是也要告我的状！你活着，我们都不踏实。这回明白了吗？”

杨泗低声道：“大人，这样僵持不是办法，他们应该是没多少箭了，我出去拼杀一阵，您看准了时机，跳出去，跑。”

“姓张的，别想跑啊。回城你更是死路一条！你以为只有我俩要弄死你吗？你以为这群人是谁？这都是完颜阿琐、完颜璋和李天吉的家丁，所有人都想你死，你就死这儿得了。从了我吧，你死这儿，我不让你暴尸荒野！我给你挖个大点儿的坑儿！"完颜斜哥说罢又站起身来。

"斜哥，那字念'暴'？我以为念'曝'呢。"左贻庆打趣道。

"反正吧……张大人，我挖个坑，埋了你。头冲南，你爹不是老惦记着南朝吗？！啊哈哈……"

杨泗面无血色，将身后皮兜上的短箭一一嵌入袖口，又把扎在腿上的长箭折了，比对了长度，也插入箭匣："大人，这次有点儿麻烦，我怕是不能护着您了……就差一点儿……刚我绕着这驿站转了，就没看后身，这群孬孙就躲在那边……就差一点儿，就差一点儿啊！"

张仅言连连摇头："杨泗，没你，我连今天都活不到，我欠你太多，别担心，我跟他们再说几句……"

他话音未落，就听见外头一阵惨叫。

完颜斜哥惊呼道："放开他！"

（二） 落单

张仅言贴在车窗上外望，只见左贻庆一侧的盾牌纷纷倒地，盾牌手横躺竖卧了一地，有几个人的手脚还在抽搐，左贻庆站在原地，颌下横着一把尖刀。

杨泗已是气息奄奄，他觉得脑后火热，伸手摸了，知道是一支箭穿透了后颈，笑道："玩了一辈子箭……我杨泗百步穿杨，最后被人给射穿了！大人，外头……"只听得外头三胜叫道："泗爷，你们怎样？"

张仅言答道："杨泗中箭了！三胜，毙了他们！"

三胜躲在左贻庆身后，探头看了对面盾阵，叫道："张大人，甭担心，藏好！"他话音未落，只看见对面的斜哥站起身来，将手中长弓拉得浑圆，照着左贻庆就是一箭。

左贻庆哀号一声，低头看了箭羽："斜哥！你射我……"

三胜不禁后撤，低头看见那箭枝已穿透左贻庆咽喉，箭尖从后颈处露了出来，心里也是一惊："呵，姓左的，这就是你好兄弟嘿！"

那边斜哥叫道："兄弟，对不住了，今天不弄死这几个人，你爹也会担惊受怕，你是个大孝子，你就忍了吧。"

三胜只觉得左贻庆身子沉重，再也拉他不住，连忙抓起一柄盾牌立在身前。左贻庆扑通栽在地上，吐了几口血，再没了声息。

三胜只觉得脸皮发麻，就听见一阵嗡鸣，却是对面射来的箭叮当撞在盾牌上。

他不时探头，打量了距离，将短刀插入发髻，左手推着盾牌，右手拖了两面盾牌，朝车厢凑了过来。

张仅言在车内回看，叫道："杨泗，你醒醒，你醒醒！三胜来了！"杨泗勉强睁开双眼，断断续续说道："嘿嘿……到底还是兴周大哥……显灵了……"

三胜将盾牌搁在车前掩住车窗，随即站起身来，向斜哥笑道："别费劲了，你们快把箭射完，咱们开打吧！"

斜哥啧啧连声："盾牌都别离手哦，这孙子可能也有袖箭。散开，围住他！"

那十个盾牌手猫腰散开，仍是将盾牌竖在各自身前，斜哥连忙卧倒，叫道："倒是留一个护着我啊！"

三胜将手中盾牌扔了，从身后解下圆盾持在左手，向张仅言道："您看看泗爷怎样，我尽快。"说罢矮身上前，对面噼啪啪又射了几箭，见伤他不得，索性扔了弓箭，将他绕在中间。

杨泗挣扎着坐起来，见三胜已被围住，又见他抡刀一顿乱砍，却都被盾牌挡了，喘了粗气向张仅言道："告诉他……用……铁……骨朵！"

张仅言不明就里，仍是高声喊叫："三胜！用……铁……骨朵！"

三胜愣了一愣，随即领悟。他扔了手中朴刀，从腰间抽出铁骨朵，顺手拧成两截，照着对面的盾牌抡了过去，链条搭在盾牌上沿，骨朵头随即回转，那持盾的人闷哼一声仰面躺倒。

三胜瞄了一眼，见那人躺在地上，脑后一片血水洇开，将雪地染得通红。

不等其他盾牌手回过神来，三胜扔了手中圆盾，乒乒乒一阵猛攻，又有五六人在盾牌后倒在血泊中。

斜哥看傻了眼，怒吼道："扔了盾牌！砍他！"

三胜见余下的几人果然扔了盾牌，将铁骨朵合为一股交至左手，右手从发髻里抽出短刀，在铁骨朵柄上连磨数下："那是最好，来吧，小宝贝儿！"随即和那几人战在一处。

斜哥见那几人拿他不下，蹑脚蹬到车厢旁，伸手从车里抓了张仅言的发髻，一把将他拽了起来，杨泗伸手握住张仅言的脚踝，无奈斜哥力大，张仅言惨叫一声被拽到了车外。

斜哥大喝一声："住手！"

三胜打得正酣，回身看到张仅言被斜哥捉住，登时愣在原地。斜哥咧着大嘴狂笑，俯身抓起一支箭，将箭尖对准了张仅言喉咙。

"一群废物，四个打一个还这么费劲！"斜哥话音未落，却听见那四个盾牌手一阵惊呼，其中一个叫道："少将军当心！"

斜哥回头，却是杨泗从车里起身，趴在厢口，左手对准了自己。杨泗满脸是血，神情恐怖至极，他上身不住摇晃，嗖嗖嗖连射数箭。

斜哥来不及躲闪，只觉得屁股一麻，撒手放开了张仅言。张仅言滚了几滚，猫腰躲在车后。斜哥回头看见屁股中了一箭，知道杨泗已经没了准头，不禁哈哈大笑，伸手拔了短箭，又向车厢走过来。

三胜大吼一声，运刀刺翻一人，撒腿朝这边奔来，一个兵士紧追不舍，被他回手一锤打得脑浆迸裂。杨泗又射了几箭，斜哥腰上险些中箭，连忙退后，再回身看时，却是杨泗的乱箭射中了最后的两个士卒，三胜接连补刀，雪地上再无站立者。袖箭的机簧响声刺耳，三胜已经冲到斜哥近前，一刀刺在他胸口！

三胜狂吼一声，刀尖从斜哥胸前划过，自己也跌了个趔趄，知道他身前戴了护心镜，正要起身再战，斜哥已然翻身上马，侧着屁股趴在马背上跑远了。

三胜杀红了眼，在尸体中找到左贻庆，看他断了气，骂了一句，又听见轰隆一声，却是杨泗趴在车厢上，再也撑持不住，一头压翻了车厢。他半身扑出车厢，颈后鲜血喷涌。

三胜看斜哥已跑远了，扔下手中兵刃，俯身抱起杨泗。

杨泗脸色煞白，嘴唇几近透明，呼吸有如游丝："对不住，娘，风有点儿凉……主上，杨泗无能，完不成嘱托……"三胜再要细问，只见他瞳孔散开，头颅蓦地垂下，眼角挂着几滴清泪，嘴角却还带了笑意。

张仅言爬了过来，脸上五官几乎皱在一起，搬起杨泗的脑袋细看。

三胜吼道："为了你，还要死多少人！"

张仅言眼泪扑簌簌落下，坐在地上幽幽叹道："你回吧。"

三胜苦笑道："回？留着你在这儿等死？那我师父……那泗爷……

白死了吗？这算什么？"

张仅言垂头道："我要让主上追封他们。"

三胜将杨泗拽到车外，肩扛手挽将车身扶正，牵了匹马套在辕上，抽出铁骨朵将车身上的箭枝一一砸断，重又将杨泗拖入车内，向张仅言道"谁稀罕！你也进去！"

张仅言灰溜溜钻进车里，道："回城他们可能还要杀我。"

"那也得回。我是顺路捎上你……我不回，那狗杂种不定又要祸害谁！"

"三胜，你救了我，我必报答你。"

"闭嘴吧你。你就会画饼！你给完颜褰的信上说了我师父的事吗？如果说了，怎么会有这么多事！你以为大伙都傻吗？"三胜把圆盾的血在左贻庆身上抹了，重又扣在背上，从地上拾了朴刀，插在车辕旁，又捡起一柄长弓，把散落地上的箭镞收入箭囊搭在刀上，扔了一柄盾牌给张仅言，扯动缰绳。那马挣扎了几下，随即四蹄蹬开小跑起来。

"你怎么会来？"

"我师娘越想越不对劲，跟我说，那信从辽阳到中都，五六天了，可是她手上还是沾了印泥，应该是刚盖上去的印章，让我去找石家奴，一起追上你们。石家奴骂了我一通，我就自己来了。"

"我必不负塘花坞。"

"别说那有的没的……咱说好啊，我如果死了，我师娘她们娘仨，你还真要照顾，否则我做鬼也要天天揪着你！"

"三胜，我再求你一次，你送我去西山找觉体。他能护着我。"

"你要是想去，你自己去，我没工夫，我得回去塘花坞……你别急，先跟塘花坞躲着，我让人去西山送信……他怎么护你？"

"左府的姑娘，你见过的……"

"怎么，这里头还有她的事？"

"觉体几招就击退了她。"

"啊？！"

"觉体是法宝的徒弟……"

"这我知道。大明法宝，被完颜亮打过板子的。他只会念佛烧香，他……不会武功吧？"

"觉体此前修道，游走海内外，后来皈依三宝，拜在法宝门下。法宝和主上说过，觉体的能耐国内无人能及。你不是说他和你师父、师娘是旧相识吗？"

"那又怎的！我们都烦他，我师父嘴上不说，心里也别扭。"

"嗯，他去西山前，说等主上进了中都，他就还俗。"

"他敢！做梦吧他。敢碰我师娘，我阉了他！"

"你真要回城？你浑身是血，这车上箭痕累累……"

"你闭嘴，要你教我？！……丽泽门的守军我熟，闭嘴吧。"三胜回身看了车里的杨泗尸首，"你先跟我去我师父坟上，我要把泗爷葬了。"

张仅言咕哝了几句，三胜瘪了嘴不住摇头，只觉得左手麻痒，细看有血汨汨而下，转过手肘，这才看见臂上中了一刀，皮肉已然翻开，刀口里依稀可见尺骨！

"你胳膊没事吧？"张仅言颤声问道。

"您受累，把嘴闭上行吗？觉体进城前，我保你性命，否则我师父和泗爷就白死了……我只再说一句，你闭嘴，攒点劲儿，一会儿你还要挖坑呢……闭嘴，别惹我……我……我要哭会儿……"

（三） 窖藏

任孝萱连忙从花棚前的台阶上起身，听见来人敲得急促，问道："哪位啊？"

吴婆笑道："萱子，开门啊，是我。"

任孝萱开了门："吴娘，您来得正好。您等着，我去给您拿。"

"什么呀？"

"我娘说给您的工钱。两贯呢。"

"哎哟哟，不用那么多！"

"我娘说，顶数您干得多，比街坊里其他的婶娘手都快。您该得的。"

"哦，你娘不在家？"

"她说去几家煤铺问问价，窖里不热乎，花长得慢。"

"你哥呢？"

"嗯……去了西山。您等着，我去拿给您。"任孝萱说罢又要关门，吴婆一把推开："臭小子，怎么还不让我进来了！"

任孝萱一愣，红了脸说："那您进来吧，我娘说尽量别开门的……"

"连我也不开？！你看，小臭和他妹也来了，让他俩陪你看家吧。"吴婆推开门进了院，瞅了一眼墙角煤棚，确是只剩了小小一堆，叹道，"到处都用钱，唉！"

吴臭儿和小丫拥着任孝萱进了正屋，吴婆想在台阶上坐下晒晒太阳，又觉得腰身沉重，顺手推开了花棚的门。

花棚里水汽氤氲，阳光透过窗纸射进棚里，恍惚如同仙境。近处的牡丹芍药都顶了花骨朵，靠东墙的一大片菊花已经绽开，阳光映照之下，直晃得人睁不开眼。吴婆转身正要退出，花窖里传出窸窸窣窣的响声，她知道那里头都是名种，担心老鼠啃坏了根须，一手扶墙一手托着肚子，沿着阶梯慢慢下到花窖。

窖里点着几盏油灯，朦朦胧胧中，就见炕上坐起了一个人！吴婆顺手抄起一柄耙子，颤声道："谁呀？！"

那人犹豫着向墙边挪动，灯光暗淡，再也照不见他面目："哦，我是借住在这儿的。"

吴婆听见声音陌生，追问道："我咋不知道？"

"这位大姐，不要害怕，只因我腿脚不便，秋冬时节痹症发作，关节疼痛难忍，只能在火炕上，会好些……"

"您跟周大妹子说的？"

"是，任夫人让我在这儿暂时住着，过几天就走。"

吴婆头皮发麻，只觉得这花窖里鬼影憧憧，听那人说话又确实不是任兴周的语调，这才松了口气："哎哟，您这怪吓人的，我还以为是耗子呢，那快好好烙着吧！"正转身要爬上楼梯，吴臭儿趴在窖口探着头叫道："娘！两贯钱！姊子给的！"

吴婆适才又惊又吓，只觉得呼吸急促，她伸手招呼儿子："臭儿，你下来，推着娘，我没力气，自己爬不上去。"

吴臭儿答应了，把钱串子放在一旁，出溜到窖里，扶着吴婆正要抬腿，回头看见人影，也是惊叫一声："娘，这人怎么在这儿？"

吴婆道："你认识？"

吴臭儿向那人影笑道："您是那个大官儿吧，在市上买了萱子琴的那个，对吧？"见那人也不言声，轻托了母亲朝走，嘴里仍是嘟嘟囔囔，"就是那个大官儿，他急着出城去东京，把银子先给了萱子，后来我们又把琴卖给那个好看姐姐了。"

"你妹呢？"

"嗯……我和萱子刚才闹着玩，把个花瓶打碎了，萱子他俩正在屋里收拾，我就捧了钱出来找您了。"

吴婆和儿子走到花棚外，回手关上了门。看见任孝萱牵着小丫也走到院中，笑道："萱子，晚上让你娘别做饭了，今晚都去我家吃，我这就去买只鸡。记着了啊。"

任孝萱看见花棚的门紧闭，提着的一颗心终于放了下来："好嘞，那您快回吧，我娘回来看见我开着大门怕是要骂我。"

小臭搀着吴婆刚绕过街口，伸手指着药妆店门口说："娘，您瞅那是谁？"

吴婆眯了眼，看见石家奴拎着两坛酒，正在店门口和那商掌柜嘀嘀咕咕又时不时低头一阵坏笑，道："甭理他！狼心狗肺的东西。"

石家奴朝这边看了一眼，辞别了店家，连走几步到了吴婆近前："吴娘，您挺着个大肚子到处转悠什么呢，让孩子出来买东西不就得了，这城内治安一天好过一天的。"

"呦，那都是亏得您这位大老爷！您新官上任，您管得好呗！"见石家奴连忙将手中物件放入怀中，吴婆又道，"这是有相好的了？还买上胭脂了！你师娘那边煤堆都见底了，你也不说过去瞅瞅！"

"哦，去，过几天就去！"

"过几天？过几天还用你去！你师娘多辛苦啊，如花似玉的小娘子，现今灰头土脸地四处转悠，就为了买点儿便宜煤。你倒好，花天酒地的，还要涂脂抹粉是怎么的！"

石家奴嘿嘿了两声，道："街上人多，您还是多留神吧。"

"花还都没开，想着新皇帝进城，会用鲜花，你师娘挨家挨户跟人说，把左邻右舍那些三姑六婆都雇到院子里做活儿，本来就没啥钱，还要紧着给我们这些搭把手的开工钱，多难啊。哪用得了那些人啊，她就是心软，男人们都不在家，她手头儿有点儿钱，这是变着法儿救济大伙儿啊。自己省吃俭用的，连花窖里的那铺炕都租出去了！"

"花窖的炕还有人租？对门的院子也是我师父家的，那个租出去多好。"

"谁有那些钱，还租个院子！不跟你废话了，你就散德行吧！"吴婆说完，慢悠悠走开。石家奴心里起疑，跟在她身后问道："吴娘，火炕租给谁了？"

"小臭儿说是个大官儿，买过你师娘的琴，前一阵子去了辽阳的。"吴婆白了他一眼，突然想起刚在坊口看到的布告，问道，"三胜怎么被画了像？犯啥事了？！你们师兄弟，穿一条裤子长大的，你看见他可得让他跑啊！"

"他在城外杀了十好几个人，正通缉他。小臭儿，扶着点儿你娘啊。"石家奴转身见李磐站在身后，不禁惊出一身冷汗，"李大人，这么巧！您这是……"

李磐张口结舌，指着胭脂铺子道："我……我这阵子忙着……给相好的买点儿水粉……没事没事，你们聊，你们聊。"

吴婆看石家奴和那人勾肩搭背走开，低头和小臭说："你三胜哥心眼儿好，杀的那些个家伙肯定都是坏蛋！"

石家奴一路狂奔进了府衙，院子里人来人往，窗前摆了十数把梯子，府吏们在房檐下牵了绳索，正在悬挂灯笼。石家奴抓住一个问道："斜哥大人在哪儿？"

那人指着侧边的后厨道："刚进去，说是要找块儿冰嚼嚼。"

石家奴绕过厢房，站在厨房门前低声喊道："斜哥大人，在不？属下给您送酒来啦。"

斜哥走出门来，手里端着一碗冰块，嘴里嚼得咔嚓作响："石家奴，真有你的，喝了你这酒，别的就跟水似的！"

"大人，您有所不知，这家酒坊原来是给宫里酿酒的，完颜亮去了开封，他家没跟着去，这阵子城里也没啥人喝酒，所以都是窖藏的好酒啊。憋着价儿，想等着主上进了城，好好赚上一笔！我软磨硬泡，这才又匀出来两坛。这肯定是要进贡的，大人您是真懂酒！"

"真是不坏。这酒喝了之后神清气爽，尤其是，那个，特厉害，你知道吧嘿嘿……"斜哥又抓了一把冰块塞进嘴里，口中已是拉杂不清，"好是好，一宿我都不歇着，浑身使不完的劲儿，喝上它这屁股都不疼了！就是，老想吃冰的东西。对了，你师弟的通缉令你看见了吧？"

"大人，你都看见了，自打出了东京，我就跟他没话，大路朝天，我和他各走一边。他杀了人，抓他那是应该的。"

"嘿，这就对了嘛。这小子下手真黑！咔咔砍翻了一群人，抢着个破铁骨朵又砸死了好些，其实就是些劫道的。我和左公子正好给张大人送行，这就跟那群人打起来了。我俩收拾那些小杂碎还不轻松！也不知道这狗东西从哪儿就冒出来了，这小子杀红了眼，一刀，啊不，一箭把左公子给射死了。又一箭射我屁股上了！我前半晌去左府，你是没看到，转运使也不吱声，就在那儿弹琴，眼泪噼里啪啦往下掉啊。你说你这师弟他多混！杀人如麻啊！"

"是，他从小就像个牲口。"

"你知道他在哪儿吗？悬赏的，二百两啊。"

"属下确实不知。他杀了人，应该是跑远了吧。"

"那倒未必，灯下黑啊。我让人去美俗坊问了，有个孩子，快吓尿了，说他不在。小孩子，应该是不会撒谎。"

石家奴低声道："是的。塘花坞里孤儿寡母的，不可能窝藏三胜，属下也让巡城兵士们四处打听消息，有三胜的踪迹，即刻禀告大人您……"

斜哥连连点头，向门外叫道："磐哥，踅摸什么呢？"

石家奴一惊之下，手里的酒坛子几乎落地，见李磐转身离开，这才将酒坛递给斜哥："张仅言张大人，我们也四处寻访了，没有踪迹，肯定是跑去城外了。传言倒是不少，都去查了，都是捕风捉影。"

斜哥吧嗒了嘴："钦差大人受了不少惊吓，这要是让主上知道了，中都城里这么多文官武将，都得被打屁股啊。石家奴，你办事可以！"

"大人，如果得您首肯，小的愿带些人，再去搜寻张大人。"

"你行了吧，你个巡城的，轮不到你……刚碰见李天吉，他说最近好些逃难的都回来了城里，还是要加强盘查，以免不法之徒混入城中作乱，你多去各城门盯着吧你！"见石家奴唯唯诺诺，斜哥咧了大嘴，"巢云楼新来了几个，有一对儿姐妹，叫小书、小画：小画一出声儿就跟小猫似的，别提了；小书更是极品，就是嘴损，我们行酒令，她说我那诗连顺口溜都不算，说我那不算文学！改天请你去。哎呀，不跟你说了，快去忙吧。"

　　石家奴仍是提心吊胆，走到门外，见李磐已不见了踪影，心下更是焦躁，伸手唤过一个随从耳语了几句。

第十六回

（一） 凌辱

任孝萱听见门口轰隆隆的车声，又听见母亲说话，连忙开门。周衔蝉卸了门槛，让人把骡车赶进院内，正要卸煤，任孝萱把一封信递给她："娘，您看看，这是院外扔进来的。"

周衔蝉飞快看了信，抹了眼泪叹道："你三胜哥，要出去躲一阵。"她把信放入怀中，伸手抄起一把铁锹。

任孝椿风也似的跑了进来，喊道："娘，您放下，我来！"

"怎么说？"

"郭叔说是被他师父骂了，正闭门思过，要明天才能回城。"

"你没跟寺里管事的细说？"

"说了，那老和尚说他想想。"

"想什么？这么大的事情，你怎么不催催？"

"那老和尚拉着脸，让我先回，我看他去了后院，应该是和郭叔说了吧。我惦记您和我弟，我就赶紧往回赶……萱子，你快去把我骑的马还给人吕大伯，我来卸煤。娘，你歇着。"

见母亲点头，任孝萱去门口牵了马，朝巷口外走去。

任孝椿送走了骡车，刚要安上门槛，就见眼前黑影一闪，连忙伸手格挡，却被人一脚踢在腕子上。那人脚劲奇大，任孝椿惊叫一声，连着倒退几步坐在地上。

周衔蝉正从花棚里出来，看见门外都是兵士，院子里儿子已经和人厮打在一起，高声叫道："住手！什么人？"

那边任孝椿被人赶上又遭殴打，他也不出声，任凭拳脚落在身上，弯腰抱住了那人的双腿，右脚别在他小腿中间，身体前倾，把那人扑倒在地。那人哈哈大笑，一挺身又将任孝椿压在身下，一拳头正中他下巴。任孝椿闷哼了一声，再不动弹。

那人起身扑打了衣襟："这院里怎么这么埋汰！"又盯着门外的一群喽啰叫道，"还愣着？搜啊！"

周衔蝉跑过来扶起任孝椿，见他只是晕了过去，左脸下垂，下巴已然脱臼，抬头道："你是什么人，大天白日进家行凶，没有王法吗？"

"完颜斜哥，奉中都留守之命，来捉拿要犯！"

周衔蝉一愣，伸手掐了任孝椿人中，仍不见醒转，淡然道："我们孤儿寡母，没有什么要犯。"

"嘴还真硬，"斜哥站在一旁，看她跪在地上，腰身细弱又浑圆，"你家窝藏要犯，也要一起伏法！"说罢抽出腰刀，架在周衔蝉后颈，"转过头来，让本官看看。"

周衔蝉听见张仅言连声嚷嚷，连忙回头，见他披头散发被从花棚里拖了出来，起身向斜哥道："你，是你杀了我男人？！"

"呵呵，别说不是，是又怎的？"斜哥见她脸上沾了煤灰，却仍是面目如画，不禁啧啧了几声，又回头向那群兵士嚷道，"别让他跑了！"说罢抓着周衔蝉，一脚踹开了房门。

任孝萱趴在大门口，看见张大人正被捆起来，哥哥卧在地上，母亲被抓住了头发正在檐下挣扎，哇地哭出声来："娘！"

斜哥看见门口的孩子望向这边，又看见周衔蝉不再扭动，连连摇头道："生了俩？够可以的啊。"

周衔蝉大叫一声："跑！去报官……"

斜哥俯身捏住她脸颊，吧嗒了嘴道："报什么官？我就是官！"回身向门口吼道，"抓住那小崽子！"

任孝萱撒腿就跑，几个兵士跳到门外，见他已跑出了巷口，又悻悻地回到院里。

张仅言怒道："斜哥，你要抓就抓我，你敢动她，你必死无疑！"

斜哥一把将周衔蝉推进屋里，向张仅言道："张大人，您别急，一会儿收拾你。"

"完颜斜哥，我是钦差，主上不在之处，唯我号令是从，你疯了吗？你要抗命？！"

"呦，那么厉害。你们几个过来，把他捆这柱子上！让他听听声儿。"他一脚门里一脚门外，刀尖抵着周衔蝉后背，"把脸洗干净！先说好，不是我不行，我得快点儿。你男人没了，我得帮个忙不是……"

张仅言被人用绳子从脖子到脚捆在柱子上，吼道："完颜斜哥，娄室怎么有你这么个败家孙子！对你我网开一面，上次他们去辽阳，我本可以奏你一本，想到要与你爹同朝为官，我想着他进了中都，我再跟他单聊，让他管束你也就罢了。你杀人家老爷们儿，还要糟蹋人家女人，你猪狗不如！"

门板咚咚咚一阵乱响，院外传来女人的叫门声。一个兵士望向斜哥，得他示意，轻轻抽出门闩，却被门板撞了头，他伸手抓住来人，却是个挺着大肚子的女人。

斜哥笑道："押过来！"

那当兵的正气不打一处来，拾起门闩重又插上。他一手抓住吴婆的衣领，一手揉着脑门子，把吴婆一路拽到斜哥身前。

斜哥伸手拂她额上乱发，叹了一声："唉，啧啧，这可就差点儿意思了，拉倒吧，赶走赶走！"

吴婆愣了一愣，看见周衔蝉从架上抄起一把菜刀，忙喊道："大妹子！"

斜哥惊觉身后有异，回身看见周衔蝉一刀向自己劈来，连忙侧身，伸手攥住她手腕，顺势在吴婆颈间一抹，吴婆呜咽了一声，一片血污喷在张仅言脸上。

周衔蝉见吴婆捧着肚子缓缓蹲下，又一头栽在地上，不禁蓦地呆住，手中菜刀当啷一声落在地上。

"啧啧，你看你，还杀了人哦。"

斜哥话音未落，院门轰一声被撞落了半扇，却是三胜闯了进来！

三胜环视了院中情形，目光掠过众人，随即伸出双手，掌心向上，似在祷告，又平伸向院内的兵丁，手指勾动了几下，喝道："来吧！"

见他怒发戟张，双眼通红，众兵丁纷纷后退，齐聚到斜哥身前，其中一个一脚踩在吴婆身上，吴婆惨叫一声，脖子上重又喷出鲜血。

斜哥拽着周衔蝉来到檐下，怪叫数声，转了刀尖指着三胜道："就是他，他杀了你们的兄弟，还有左公子，左公子没少招待你们，去！弄死他！动手啊！"

见众人只是僵在原地，斜哥又吼："上啊！每人一百两！杀了他的，五百两！"

三胜回手从背上取下圆盾，不退反迎，一盾撞在来人面上，又抽出短刀，矮身将侧面纵身扑过来的一人脚踝割了。他蹲在地上，将盾牌护住头顶，滴溜溜乱转，转眼将几人刺翻在地。斜哥见他来势汹汹，连忙拖了周衔蝉躲到煤堆后。其他十数位兵丁再不敢上前，纷纷靠墙挤作一团，看三胜俯身试了地上那少年的鼻息，又狂叫数声，忙不迭地将刀枪凑在一处，齐齐指向三胜。

斜哥嚷嚷了一阵，见没人再上前，一把将周衔蝉推倒在煤堆上，刀尖挑开了她胸口盘扣，笑道："就这儿等我，别动！"言毕绕过煤堆走了出来。

三胜叫道："师娘别怕！待我结果了这几个。"他弯腰扶起吴婆，见她气若游丝，头耷拉在一旁，双腿间更是鲜血淋漓，怒吼道，"孙子！一个也别想活！"

斜哥站在院中，指着躲在墙边的兵士骂道："一群草包！让你们看看小爷怎么收拾他。"

斜哥亮了架势，又咧着大嘴唱道："花房一开门儿嘿，出来个大美人儿嘿，红嘴唇儿，双眼皮儿，你说可人儿不可人儿！"

三胜站起身来，面露微笑，走到场中："操你大爷的，气我是吧！"

斜哥撇了嘴："我大大爷还是我二大爷？我大大爷活女，兵马都总管！二大爷斡鲁，是光禄大夫，你够得着吗！来，受死吧！"

三胜一个箭步赶上，斜哥看他盾牌护住左身，又见他手中刀身短小，双手持柄抡刀当头砍下。三胜横刀格挡，将他力道卸在盾上，斜哥的刀锋偏出，刀身在盾牌上侧滑向一边，他正要抬刀横切，三胜右手抡了个半圆，一肘顶在他胸口。

斜哥后退几步，一屁股坐在煤堆上，他身形庞大，越要起立，屁股陷得越深，眼看着三胜快步赶来，忙连声高呼"来人"，却见三胜一个趔趄半跪在地上。

三胜向后躺倒，一刀捅在那赶来偷袭的兵士腋下，见又有人上来，他向右连滚数次，只听见刀斧声叮当当砍在地上。再爬起来时，看见斜哥捂着胸口又躲回煤堆后面，低头再看，右腿上已经血流如注。

又有一人奔至，手中短斧重重砍在盾牌上，只震得三胜臂膀发麻。他先前左臂受伤，捏着盾牌本就费力，这一震之下，几乎脱手。三胜见他挥斧接连猛砍，不敢硬接，只好向左疾走，那人一斧子砍在此前倒地的兵士身上，那兵士着了铠甲，斧子破了铠甲又嵌入骨肉。被砍的人连声惨叫，使斧的人连拔数次，斧子仍是不动，三胜回身飞扑过来，抡起盾牌切在他小臂，一刀插在他肩头，又从腰间抽出铁骨朵，在盾牌上连砸数下，那盾牌边缘本就锋利，只听咔嚓一声，使斧的兵士大叫一声，左手拾起断臂哇地哭出声来。

三胜将铁骨朵插回腰间，探手从他肩上拔下短刀，回身道："还有谁！"只觉得后脑嗡了一声，眼前一片黑雾落下，回头一看，却是完颜斜哥搬着一块煤石砸在自己头上。

三胜只觉得晕晕乎乎，身上腿上又连中数刀，他连滚带爬绕到煤堆后。周衔蝉伸手扶了他，将他脸上血迹和煤灰抹了，三胜勉强睁开眼，血光之中看见师娘脸色惨白，却又淡定至极，如同悯忠寺观音殿里的面容，不禁抽泣道："萱子呢？"

"我让他跑去找人了。"

"嗯，大椿子没事，只是昏迷。师娘……"

"你怎么又回来了？！"

"我不能走啊……我不怕死……可是……我这会儿可能打不动了，……师娘……怪我没本事……信……您……看了吗？"

"傻孩子！"周衔蝉将他抱在怀里，只觉得他呼吸越发急促，轻轻推了他靠在煤堆上，起身道，"完颜斜哥，咱们做笔交易吧？"

斜哥重又绕到煤堆后，一手一个，将周衔蝉和三胜拎到院中，正要发话，却见石家奴带着十几个巡城兵急火火闯了进来。

石家奴愣了一愣，向斜哥抱拳道："大人，您这是？"

斜哥见他驯服，笑道："我来迎请张大人不行吗？你管得着吗？！你怎么来了？"

石家奴伸手示意属下退到门外："这是我师娘家，听说这院子里有活儿，要卸煤，我就带了几个兄弟过来搭把手。"

"哦，没活儿了。不，有活儿！"斜哥把三胜推给他，"这你师弟，你把他结果喽，我保举你！"

石家奴一松手，三胜蹲在他脚旁左摇右晃，随即瘫坐在地上。

"石家奴，杀了他！"斜哥大吼连声。

石家奴见师娘脸上没有了血色，伸手在自己脸上拍了几个耳光，随即目露凶光，单腿跪下，从三胜手中抢过短刀，一刀刺下。三胜闷哼一声，脑袋向右侧一歪，腿脚抽搐了几下，再没了声息。

周衔蝉大叫一声，却被斜哥一把拽住，又摔在煤堆上。斜哥见那刀锋已没入三胜肉里，只留把柄在外头，笑道："石家奴，你很好！去把张仅言解下来，带着这几个人到院外等我！我给你造个小师弟！"

石家奴不住点头，从地上拾起一把刀，转身向檐下走去，经过那几位兵士身后时，手起刀落，那几个人来不及还手，轰隆隆栽倒在地！

其中一个捂着后腰撒腿跑向门口，石家奴蹲踞在地，从三胜腰间抽出铁骨朵，大喝一声抢了出去。那人惨叫一声，一头扑在摇摇欲坠的半扇门上，脑浆和着鲜血淋漓喷洒，将一条门槛染得通红。他咣一声跌在门里，脸上黑布随即脱落。石家奴看出死的正是李磐，咬牙切齿道："该死！"

斜哥惊叫一声："没让你杀他们！"

石家奴满脸谄笑："大人，他们活着，迟早要把这事说出去，杀张仅言不是朝廷下的令吧？这些人留着必生后患。"

斜哥满脸煞白，皱眉道："石家奴，你到底要怎样？"

石家奴走到张仅言身边，伸刀将绳索一截截割断："斜哥大人，你就在这儿杀了张仅言，我一准儿守口如瓶。"

"好！你要什么，我都答应你。"

"你放了那女人。"

"呵呵，就知道你没憋好屁！你绕来绕去，是要护着这娘们儿！我问你，不杀她，她到处乱说怎么办？"

"她有孩子，她不会乱说的。"

"糊弄我，是吧？！有孩子跟这事有啥关系？！石家奴，你想让我放了这娘们儿，可以，你听我的吗？"

"小的唯命是从！"

"你杀了你师弟，你师母还有地上这孩子你也救不活，这就是三条人命啊。你劙面吧，三刀！"

周衔蝉见石家奴举起刀，叫道："傻孩子，不要动手！你用张大人和他交换……"

"噫，看不出，娘们儿还真聪明！石家奴，你觉得我会跟你换吗？是我怕你放了张仅言多些，还是你怕我一刀捅死你师娘，更多些？"

石家奴道："说话算数？"

"割吧。我以我爷的名义起誓。"

石家奴再不迟疑，一刀从左脸颧骨划下，直划到右腮。

斜哥连连摇头："蒙事啊！从左眼、右眼各划一刀，使点儿劲啊！我这就放开你师娘……"

周衔蝉见石家奴又划了两刀，脸上已经是血肉模糊，放声哭道："傻孩子！你糊涂啊……"

斜哥见石家奴被鲜血迷了眼睛，推着周衔蝉走到檐下，不禁大笑道："告诉你次序啊，我要先杀了张仅言，再杀了你，完后和你师娘云雨一番，完后再杀了她，完后再云雨二番，你看好不好啊？'云雨'你懂吗？一群大傻子！"

石家奴勉力睁开双眼，却只见一片红光，颤声道："你答应放了我师娘……我求求你了！"

斜哥连连摇头："人呢，死都是笨死的。对不对啊，张大人！"说罢举刀刺向张仅言——

（二） 逃逸

只听见嗖的一声，斜哥连忙俯身，屁股上又中了一箭。他连忙回头，却是此前昏厥在地上的少年爬起身来，手中弓弩正对着自己，又是嘭嘭嘭数箭射了过来。他来不及细想，矮身沿着墙边一阵逃窜，那少年手持弓弩，一路又射了过来。斜哥上蹿下跳，臂上仍是中了一箭。他惊叫连声，缩头猫腰从院门跑了出去。

任孝椿转身面对院门，重又卧倒，弓弩对着门口："娘，我盯着，您快救他们！"

周衔蝉回过神来，扯开衣裳，把贴身小袄撕了几条，紧紧缠在石家奴脸上，又伸手解了张仅言手脚上的绳索："张大人，您看着石家奴！"说罢跌跌撞撞走到吴婆身边，见她断了气，只觉得眼前一黑，又轻轻伏在她小腹上倾听，也听不见任何响动。她伸手在自己脸上抽了个嘴巴，转身爬向三胜。

听见师娘一遍遍喊着三胜的名字，石家奴叫道："师娘，别担心，他死不了！"

周衔蝉转过三胜的头细看，见他脸上还有笑容，再试他鼻息，竟然仍是缓慢悠长，正手足无措间，抬头看见任孝萱拉着绿绮跑了进来。

周衔蝉脸上涕泗纵横，抖着手指着吴婆道："好姑娘，快看她肚里的孩子，还在吗……"

绿绮看见院里的惨状，也不免心惊，她走到三胜身边，低头看了他腰间的刀柄，笑道："谁扎的？这么准！"随手将刀口旁的穴位点了，一把将那刀抽了出来，三胜哎哟一声醒了过来。

周衔蝉一把将他搂在怀里，叫道："没死，你没死！你别死啊！好孩子……别怕，绿绮来了！"

三胜睁开眼睛，迷离中看见一片嫩绿从眼前飘过，笑道："滑肉门，捅一刀不死人……石家奴他没想杀我……"

绿绮哼了一声，走到吴婆身边，摸了她脉搏，叹道："没了！真是可怜啊。"又抬头向呆在一旁的张仅言道："你就是个废柴！"

张仅言点头又摇头，指着石家奴道："侠女，您再给这位看看吧。"

绿绮看见石家奴的头包裹得好似一个干尸，笑着解开了布条，翻开他眼皮看了又看，道："也不真傻，你怎么不把自己眼珠子剜出来？！没事的，脸是没法看了。本来也没啥看头。"

三胜爬起身来，在院里瞄了几眼，向周衔蝉问道："斜哥死了没？"见师娘摇头，又一屁股坐在地上，叫道，"石家奴，你个狗东西，你猪狗不如！你还要怎么着啊！"

任孝萱扶起哥哥，道："起来吧，绮姐姐在，咱们就谁也不怕了。"

任孝椿跌跌撞撞走到三胜身边，半跪着翻看了他伤势，道："娘，三胜哥死不了的。这得养几个月。"说罢又扑到石家奴旁边，看见一旁的吴娘身上身下都是血，不禁哇地哭出声来。

绿绮伸手把他下巴复了位，皱眉道："真是你！还冒充小和尚！我第一眼就猜你是这家的。"

任孝椿也不回话，转头向母亲问道："娘，臭儿和小丫怎么办啊？"

周衔蝉抱着三胜，不住地前后晃悠，如同呵护襁褓里的婴儿："娘会把你们都养大，都养得好好的。"

任孝萱伸出小手打着石家奴，正要骂他，听见三胜喊道："石家奴！你倒说说看！"

石家奴捉住任孝萱的手腕，叹道："三胜！你个愣头青，你傻吗？你就知道喊打喊杀！"

"那也比你强，你认贼作父，你个缩头乌龟！我瞎了眼，我跟你称兄道弟！"

"蠢吧你就。杀了左贻庆杀了完颜斜哥，咱俩也得伏法，小蒲查也不在了，师娘一家怎么办？！"

"那你也不用跟他们屁股后面转！你就是官迷心窍！张大人在这院

里，是你走漏的风声吧？！"

"张仅言！"石家奴大吼一声，"我师父为你丧生，你让我们去东京，你给新皇帝的信里就没提这事！你把我们师徒当什么了？！蒲察沙离只哪有反意？你颠三倒四，你害我小师弟也没了命！泗爷也因你而死！你怎么不死呢！你死了就不用死伤这么多人了！"石家奴放声哭号，"徒单三胜你个大傻子！我去药妆铺子，跟商掌柜偷偷买了寒食散，混在酒里，斜哥已经上了瘾，用不了多久，他自己就死了。不好吗？"

三胜一愣，哭了又笑，道："费那劲干啥，一刀砍了多利索！"

石家奴哼了一声，向绿绮道："绿绮姑娘，这位张大人是钦差，完颜斜哥要置他于死地，他也是命不该绝。大兴府里的官员并不知情，请你放他走吧。府吏们会护着他。只是，完颜斜哥丧心病狂，怕是还要暗算他。"

任孝椿道："哥，你别担心，他屁股上中了一箭，胳膊上中了两箭。应该不敢出来蹦跶了。"任孝萱接口道："昨天晚上，我哥和我给箭尖儿都抹了毒药，想着去府衙门口埋伏着，见到那人走出来就射他呢。"

绿绮拽过任孝萱，问道："什么毒药？你哪儿来的毒药？"

"就是我娘给花杀虫的，硫磺和石灰煮的水！"

石家奴大笑一声，又牵扯了脸上伤口，忙托住腮帮，嘟囔道："他要是虫子就好了。"

绿绮见门口有兵士探头探脑，拉着张仅言走到门口，向那领队说道："这位张大人，是内藏库的总管，现在是东京指定的钦差，都认识吗？"

那领队连忙扶住张仅言："大人，小的收到消息，一个孩子报的信，就组织人手，这两天都忙着粉刷街面、城门、馆舍，找了好半天凑了这么几个人，就过来了。让您吃苦了，小的该死，任凭您发落。"

张仅言点头道："院中人都是因护我而受伤，快派人去找郎中过来救治！"

绿绮道："不必了，您请回吧。"

张仅言手扶门框，叹道："此事因我而起，本官不能袖手旁观，那妇人丧事我来安排，他家的孩子我抚养至成年。任夫人，让您担惊受怕了，我这就去府衙，命人捉拿完颜斜哥。任壮士的事，老夫今日立下毒誓，如不让斜哥偿命，我就来这门上悬梁自尽！"他在门框上连拍数下，只听见那半扇门吱扭扭响了几声，带着门框一起脱落，连带着左右的矮墙也塌了一段。

张仅言面有惭色，向绿绮抱拳道："烦请女侠照料院中诸位！"

绿绮转身回到院中，见周衔蝉又跪在了地上那妇人身边痛哭，只觉得心如刀绞，掏出一块银子递给任孝椿，道："你去叫白事的人来收拾尸身。"又伸手唤过任孝萱，"你去请两个郎中过来，就说都是刀伤，也有骨折，说来了多给钱。去吧。"

见两个孩子奔出门去，绿绮轻搂了周衔蝉肩膀："好姐姐，还是跟我走吧，咱走远远的，离开这个伤心的地方。"

周衔蝉满脸愁苦，回头看她良久，从怀里掏出信纸，轻声道："石家奴的事，张仅言可以保他，他就在我这儿，把伤养好。你爹死了儿子，又信了完颜斜哥，一心以为是三胜杀了你哥，一定不会放过他。"

"我不想去找他。"绿绮轻轻摇头。

周衔蝉将信递给她："不是要你去找他……你带三胜走吧。"

绿绮一愣，回头看三胜满脸血污坐在地上，叹了一声，接过信走到一旁，展开了信纸，那信上的字歪歪扭扭，笔迹却也算一笔一画——

师娘，我是三胜啊，我写字不好。我有话要跟您说，是最后的话了。

师父的死，我要负责，他路过中都要去辽阳，石家奴劝他别去，我没劝，我还想和他一起去。他去了，就被人害了，这事儿我过不去。

从辽阳回中都的路上，我和石家奴吵了几嘴，我也说不过他。

写完这封信，我就出去躲一阵，等事情消停了一些，我再回来。这阵子您是要受累了。我就想，师父要是活着，得多伤心。

师娘，谢谢您，小时候您收留我们，我们没出息，长得乱七八糟，您一定失望。但是我们都尽力了，我最难受的是，我怕是还要和石家奴你死我活。蒲查要是活着，他能告诉我咋办。我现在想找个人问问，都不知道找谁。我不能找您，您会拦着我。我不想被拦着。

我永远都忘不了，师父要打我，您护着我，胳膊都被他捏青了。我不记得我的妈妈。

师娘，不只是蒲查，我也一直偷偷喜欢您，反正我要走了，我就说出来。这次我还就不怕遭雷劈了。

十六岁那年，您洗了衣裳让我晾，我偷偷闻过您的衣裳。

您放心，我不会让石家奴太难看。他是我师哥。他鬼迷心窍，他认贼作父，我更要替我师父清理门户！

不要管我们。

大椿去西山，大和尚很快就能回来，张大人也就安全了。您就不用担惊受怕了。

我一直喜欢左府那个姑娘，第一眼就喜欢，她来咱院里和您喝酒，我坐在台阶上，就知道她不会伤您。我想买最好看的衣裳、最贵的胭脂给她！我喜欢她，她身手那么好，我不配。可也没有机会了。喜欢不成了，真挺伤心的。我没跟女的好过。我想过，如果我有了小孩儿，带到您身边看您，您肯定开心对吗？您肯定买好看的小裙子、小袜子、小鞋子给她，对吗？

师娘，您好好的，小萱子那么乖，您好好的吧。

师娘，对不起啊，三个徒弟没一个像样的，对不起啊。

对不起啊，师娘。您忘了我们吧。但别忘了蒲查。

三胜 字

绿绮抬头望天，空中鸽哨声此起彼伏，更显得街巷、院落死寂一片。她捏着信走到三胜跟前，在他面前晃了，道："你写的？不要脸！真肉麻啊你……"

三胜单手拄地，伸出另一只手要抢，绿绮笑道："……你……你愿意跟我走吗？"

　　周衔蝉尖叫一声，起身跑向大门口。绿绮用信纸拍打了三胜的大手，抬头看见门口站着两个孩子，正是前些天陪小萱子卖琴的兄妹。那女孩儿目瞪口呆，男孩儿手里的坛子轰然坠落……

　　溅了酒水的门槛血色变淡，随即刺刺作响，有若干细小泡沫生了又灭，血腥气在院里弥散，辛辣扑面而来。

（三）　双飞

三胜兀地醒来，只觉得焦渴难耐，被子已然湿透，前胸后背仍是不住冒汗，他借着炉子里的微光，眯眼看了屋里的各个角落。

绿绮床上的被子整齐平坦，三胜还记得昨晚熄灯后偷看她侧身而卧，大厚被子仍是遮不住她腰身的线条，像一柄琵琶。此刻只有床边的椅背上搭着几件衣裳，细细辨认，老屋里的一丛浅绿越发显得清晰。

他挣扎着正要起身，就听见隔壁拳馆的大门咯吱吱一阵响动，继而轰的一声，有人哼哼唧唧在地上打滚。那人嘴里塞了东西，仍是呜哩呜哩叫骂不停。又传来几声纵跳的声音，有人说道："葱头鼻子蛤蟆嘴，草包肚子罗圈腿，哎哟，你说你长这样，你怎么好意思活着？你还好意思祸害别人！中都城里都是好看的人，你就不该来，所以呢，你还是算了吧。"

三胜听出是绿绮的声音，连忙侧过身去，将耳朵贴在墙上，屏住呼吸细听。绿绮轻轻抽动铁索，似乎又在打结："是，活着也行，你就老老实实活着不行吗，你就扎人堆里，别露头，实在看不到就踮起脚尖，看一眼赶紧回家，不好吗？走路沿着墙边，手里也别捏着树枝在墙上一路划过去。别生事，别多事，谁有那闲工夫陪你瞎折腾。"

三胜只听得毛骨悚然，又听见一阵哀鸣有如猪叫，地上接连一阵乱滚，想是那人在躲避绿绮擒拿，嘭嘭两声之后，那人再没了动静。绿绮嘶了一声："真行！你个大老爷们儿你穿这种东西，你得多怕死啊！"又叹气道，"我认识的人大都讨厌，但顶数你最讨厌。你最讨厌的是，你怎么能跟女人和孩子动手呢，祸害女的，你算什么东西！没说男的就要护着女人、孩子，至少你不该仗着胳膊粗力量大就欺负她们啊。"

一阵挣扎后，铁链子又哗啦啦响起来，绿绮喘着粗气骂道："夯货！都吃什么了！饭桶都没你沉……不要乱动，要不更疼。左贻庆死了，我都不知道应该感谢谁，你说是三胜杀的，三胜说是你杀的，我想来想去，还是信他吧。他笨是笨了些……但,人品没你次……别动,别捅瞎了你……不多,就三刀,左贻庆一刀……那婆娘一刀……还有她肚子里的孩子一刀!齐活!别说,现在这脸看着还顺眼些。"

三胜只觉得浑身冰凉,一身热汗转瞬间化作冷汗,又听见绿绮低语道:"别怕,过一阵会有人发现你,全须全尾的。我给你留个全尸。我答应那个新皇帝,不杀他的人。所以呢,你是自己死的,我可没杀你。"

噗的一声之后,是哗啦啦淌水的声音,水流先疾后徐,最后只剩了滴答滴答声。

滴答声不绝于耳,又有铁器敲击地砖的声音,绿绮随着敲击声轻轻唱道:

> 拜托你可人儿的花贼玉腰奴啊,就在花棚里轻轻舞蹈,千万别吵醒我睡着的孩子,他醒了会追逐你们离开花园呢。还有你可人儿的楼燕儿啊,就在房檐下低声歌唱,千万别吵醒我睡着的孩子,他醒了就会追逐你们离开庭院……

三胜正在纳闷儿,就听见绿绮敲了墙壁:"听够了没有,再睡一会儿!"他咕哝了一声,连忙一骨碌躺平,只觉得后背腰腿上的伤口又要撕裂,挪动着缓缓趴在床上。

绿绮进了屋,从水桶里舀水净了手:"别问。再睡会儿。要早走些。咱们先去景风门,城里每家要出一个男丁,扫街、换地砖、刷城门。你师娘家的孩子被安排到了景风门给城门刷漆。咱们去和孩子打个招呼……那么漂亮的俩孩子,你师娘真会生……你师兄本来也不丑,早知道这样,我让芸娘嫁给他多好!"

三胜佯装熟睡,绿绮过来掀开他衣裳,重又在他腰腿上撒了药粉。见他铺盖已经湿透,叹了一声,去自己床铺上抱了被子过来给他盖上,又去抱了枕头,放在他枕侧,轻轻上了床,躺在他身边。

三胜不敢睁眼,只觉得鼻孔里一阵清香,心跳如同击鼓,正要开口说话,却被绿绮捏住了嘴唇:"闭嘴!我是爱屋及乌……你不需要知道所有事。"

车辆在原地打了个弯，三胜趴在车里，身下是厚厚的被褥。看见绿绮下了车，探着一根木棍把木容居的牌匾扶正，在铁门上绑了几道锁链，这才轻喝一声，马车沿着护城河岸一路前行。

车旁都是挑土抬筐的民夫，人声喧闹，不时有人和绿绮打趣，绿绮也不还嘴，一路呸了过去。

"就这儿等着吧。"绿绮捏着鼻子说道。

三胜闻到刺鼻的油漆味儿，看车窗外黑烟缭绕，问道："呛鼻子！咱不能换个地方吗？"

"不要动，别说话。"绿绮大声朝远处喊道，"萱，这边！"

噔噔噔一阵脚步声过后，任孝萱喘着粗气大喊："绮姐姐，怎么还没走啊？"

"等你呗。回家告诉你娘，不要担心有坏人了。不是每家只出一个人就行吗？怎么你俩都来了？"

"绮姐，您知道的，隔壁吴娘没了，小臭儿在家守灵呢，娘就让小萱子来替他了。"任孝椿拎着木桶答道。

"哦，小和尚，你去打一桶油漆过来。"

"绮姐姐，我呢？"

"你就在这儿等。"

"姐姐，我三胜哥呢？"任孝萱看见哥哥跑开，抬起头来，满脸疑惑。

"萱，你乖，别问了，回家告诉你娘就好，让她踏踏实实的。"绿绮说罢，将挂在车辕上的木桶摘下。

任孝椿拎了漆桶过来，见绿绮示意，倒了半桶给弟弟，接过绿绮手中的木桶，取下盖子，将桶里的红汤倒入两只漆桶："绮姐，这什么呀，怎么比漆还黏，还这么腥？"

"你去折两根棍子，把它搅匀。"

绿绮蹲下，抱住任孝萱，轻声说道："好好照顾你娘，我得空就回来看你们。"

任孝萱抽泣了几声，正要放声大哭，绿绮轻轻把他推开，转身向任孝椿道："搅匀！带着你弟，拎着桶，给漆工送过去吧。"

三胜躺在车里，透过车窗看到外面的天光和树影，不禁一阵恍惚，再想到师娘、石家奴和吴婆前一天的惨状，鼻子一酸："绮……绮姐姐，这一天天的，这是做梦吗……我这心里，五谷杂粮的。"

"你老实躺着，不要说话。"绿绮咯咯笑了一阵。

"我想我师哥师弟了……我们原来有个领队的，叫漫捻撒离喝，他没念过啥书，还老爱咬文嚼字，老说四个字的成语，驴唇不对马嘴，'心里五谷杂粮'这词儿就是他说的。他欺负小萱子和我师娘，我就……咱这是往哪儿走啊？"

"周姐姐说走越远越好……去海边吧，我娘出生的地方。"

"挺好。那我算你娘家人了。"

绿绮咯咯笑了一会儿："有个把月，你伤也就好了，正好咱也就到地方了。你那位师兄就麻烦一些，他那脸没法儿治……再见面估计都认不出了。"

绿绮跳下车，在路边食摊买了袋吃食扔给三胜："'炊饼要吃烫烫，男人要找壮壮'！记得这句吗？其实我见过你的，有一回看戏，宫调，这是戏里的唱词。那次我坐在你身后。你怎么那么烦啊，看客都安静，就你，不该笑的地方也笑！"

三胜满脸讶异："……昨天你怎么不早到？！"

"我刚进城，就见萱在街上哭，听他说了，我就跟着去了院子里……你俩平时咋咋呼呼，连那么几个虾兵蟹将也收拾不了，还埋怨别人！"

"那孙子不是抓着我师娘了吗，不好动手啊。投……投什么来着那叫？"

"投鼠忌器。"

"对，就是这个词。老是这样，那天杨泗被围攻，我赶过去的时候，张仅言也被摁在地上，要不，斜哥他四条腿也跑不了。"

"那姓杨的也算有本事了……你师娘说，你要改个姓氏。"

"不会有人追杀吧？你哥死的时候，张仅言在，他知道是斜哥射死的。昨天在院子里，斜哥是自己跑的，张仅言也看见了，不是说还要缉拿他吗？咱们用得着跑吗？"

"你要回去，你就下车……这乱糟糟的日子，你还没过够吗？"

"那倒是！洗心革面，重新做人。我姓个什么呢？我要金盆洗手！"

"你会洗手？你怕是要把金盆偷走。"

"嗯。一个不够，多偷几个，造个金屋子，你藏在里头。"

绿绮呸了一声，觉得车身又开始颠簸，喝住了马，翻身下了车，将车轮上的麻布重又加固，又把自己座位下的被子扔进车里："你再裹一层吧，软和些。"

三胜看她去了幂罗，一张白脸上竟然有了红晕，笑道："你给我选个姓氏吧，你自己就不用了，随我就行哈。"

绿绮白了他一眼，重又坐在车厢前，那马打了响鼻，又渐渐加快了步伐。绿绮靠在车厢上，任那马儿信步直走，驿道旁的杨树叶子早就落光，枝杈条理分明，看得人心痒，她细声叹道："就姓杨吧。"

"为啥姓杨？"

"不爱听你就自己选一个姓！我单名一个'榕'字，拆开就是'木容'……'杨'拆开差不多就是'木易'，容易些不好吗？"

"容易好，容易好，我这人吧，就不爱麻烦！哦，明白了，左榕！木容居是你爹给你建的吧，那怎么又给了左赆庆，让他给弄得乌烟瘴气的！我们哥仁儿还纳闷儿怎么叫那么个名字。'杨'好！这'徒单'我也腻烦。你知道吗，我爹原来是个猛安呢，死了，产业就被他那些狐朋狗友们给分了，我娘也就气死了。女真人，可不比从前了，现在也是鬼心眼子多。'杨'好！杨三胜我是。"

"还是叫杨一胜吧，你还三胜！"

"怎么就一胜？名字总得给我留着吧。"

"你胜过三次吗？你就赢了一次。"

"这你就不懂了吧，'三胜'是女真话，就是娶个大仙女的意思……有了你，我才算赢家。胜这一次就够啦！"

"胡说八道吧？没看出来，你还贫嘴呱舌。"

绿绮听见车厢里一直在喊自己的名字，不禁摇头："你就叫我绿绮就行，别老绮绮的，听着肉麻，冷！"

三胜叹道："我是想爬起来，所以就喊'起'，可是浑身没劲儿啊。"

"你老实趴着，怎么话那么密啊！"绿绮嗔道。

"绮，你会嫁给我吧？我第一眼就喜欢上你了。"

"您放心，不到海边我不会把你扔下车的，不用甜言蜜语……瞎编吧你就，我都懒得问你。"

"天地良心啊！我就是第一眼，你知第一次我见到你是什么时候吗？"

"不记得了，在木容居？我没上场啊，看见你连赢几场，我就走了的。"

"那回我是后来听说的，石家奴和蒲查说有个姑娘去了，后来石家奴说应该是你。"

"在张仅言院子里？还是蒲察沙离只院子里？"

"哎，真是多情反被无情恼啊。"

"嚯，这都会说！"

"我师娘老说这句……你应该是不知道，有一回，我师娘在路边卖花，你隔着街盯着她看，我就在墙角看你。后来你溜溜达达走到她身后，小萱子睡着了，我师娘抱他在怀里，我看见你靠在墙上……我师娘唱的摇篮曲最好听了……小萱子更小的时候，我们仨，我、石家奴和蒲查我们仨，晌午，就坐在屋檐底下，师娘把小萱子放在悠车里，哼着歌，我仨就坐着听，那时候多好，所有的事都没发生……拜托你可人儿的花贼玉腰奴啊……"

绿绮呀了一声，听见他又幽幽说道："这个花贼玉腰奴到底是个啥啊？我猜是蜜蜂吧。"

"蝴蝶。"

"哦，那就对了，石家奴还说是蚂螂呢……那就对了，蜜蜂不可人儿，蜜蜂有刺，它拎着个峨眉刺，它到处乱扎……"听见绿绮吁了一声，马车几乎要停下，三胜连忙求饶，"不说了不说了，驾！驾！还说第一次见你，你前前后后看了我师娘得有俩时辰吧！我也盯着你看了俩时辰。要不是石家奴和蒲查叫我去喝花酒，我还能看一下午！"

"呸！花贼。"绿绮叱骂了一句，"你倒说说，花酒怎么个喝法？"

"咳，甭提了，那回是我仨得了点儿小钱，石家奴说那钱来路不正，得散了，蒲查说去找姑娘吧，俩人一拍即合！"

"是仨人一拍即合吧！"

"就算是吧。我仨都没和女人好过。可是那天我看到你了，我就魂不守舍。后来我们就去了巢云楼，看见你那混账哥从楼上下来，我就觉得脏，我想走，他俩说来都来了，试试吧。也就跟着上了楼。石家奴选了个胖乎乎的，他喜欢肉多的；蒲查选了个岁数大的；我没选，我就想飞快喝醉。"

"编，继续编。"

"真没编！真没选。我脑袋里都是你。后来老鸨给派了一个，瘦，还龅牙！受了受不了！"

"说正题，然后呢？"

"后来，石家奴出来了，红着个大脸，笑得跟什么似的，说真好，说早咋不知道这么好呢？！蒲查垂头丧气，问啥都不说……"

"说你自己！"

"我没啥。我就跟那龅姑娘看手相来着，她捏了我胳膊的肉，说真粗什么的，我就给推开了。天地良心啊！"听见绿绮不再追问，三胜又道，"绮，我喜欢女孩儿，咱生个闺女吧，像你当然好，像我应该也不丑。我看你挺喜欢男孩吧，我就没见过你看人像看小萱子那样，那眼神儿！你喜欢咱就先生个男孩，哥哥还能护着点儿妹妹……你真的嫁给我吗？我现在可是啥都没有啊。我回头啊，我回头练练打鱼，我弄条船，白天我就出去打鱼，赶在日落前回来，你和哥哥、妹妹在码头等我。没打到鱼，你们也别数落我，我脸皮薄。打到了，我就远远给你手势，我就喊'绮，快拿大木盆啊'，然后咱们四口人去卖鱼，最好的鱼不卖，留着给你和他们兄妹吃……"

绿绮低了头，看见那马臀左右摇动，不知如何作答，又听见三胜在车厢里一阵翻滚，估计又是要挣扎起身，只听见他追问："你说啊，嫁还是不嫁？你不嫁，你就把我也放血吧，我没那孙子胖，估计也就半桶……或者你给我送回去，我去找那龅牙姑娘，不看手相了，看别的！嫁不嫁，说话啊，这不要急死个人吗，嫁不嫁啊到底？！"

绿绮只觉得心跳加速，脸仿佛大了一圈，轻声道："嫁！"

那驾辕的马听见，愣了一愣，随即抖擞精神，四蹄狂奔起来，三胜在车里几乎被颠散了架，颤了声音道："绮姐！绮姨！绮……姥姥！慢点儿行不？不就生孩子吗，用得着这么急吗？！"

完颜亮攻宋战势图

① 金南京开封府	⑯ 襄阳｜吴拱部	㉛ 杨存中部
② 金｜完颜亮军	⑰ 信阳	㉜ 滁州｜刘汜部
③ 蔡州（今汝南）	⑱ 赵樽部	㉝ 盱眙
④ 金｜刘萼军	⑲ 成闵部	㉞ 建康（今南京）
⑤ 凤翔（今宝鸡市辖区）	⑳ 鄂州（今武昌）	㉟ 扬州
⑥ 金｜徒单合喜军	㉑ 黄州（今黄冈）	㊱ 镇江
⑦ 临安（今杭州）	㉒ 江州（今九江）	㊲ 泰州
⑧ 长江	㉓ 戚合部	㊳ 江阴
⑨ 仙人关	㉔ 王权部	㊴ 太湖
⑩ 南宋｜吴璘部	㉕ 庐州（今合肥）	㊵ 李宝水军驻扎处
⑪ 兴元（今汉中）	㉖ 巢湖	㊶ 刘锜部
⑫ 金州（今安康）	㉗ 无为	㊷ 绍兴
⑬ 王彦部	㉘ 和州（今和县）	㊸ 明州（今宁波）
⑭ 光化	㉙ 芜湖	
⑮ 房州（今房县）｜武钜等部	㉚ 采石｜李显忠部	

第十七回

赤雷曲引·长江

（一） 应变

近侍局副使大庆山佝偻着腰身，隔着门帘低声道："禀主上，兀不喝求见。"

"来！"完颜亮低吼一声，欠了欠身，目光掠过帐内众人。

大庆山从帐外领进一人，这人面色慌张，见太保完颜昂等人也在座，缓缓跪倒，低声道："右司郎中完颜兀不喝拜见主上，见过各位大人。开封府有信至，尚书令张浩大人命我呈交主上。事情紧急，卑职这才斗胆请求近侍局副使大人代为求见……"

完颜亮听他话音颤抖，说到后来如同蚊鸣，笑道："该来的总要来。是时候了，你说给他们听吧。"

完颜兀不喝双手捧着信札，沉吟道："这是上月二十五日，东京发至开封的……所谓'赦令'。"

"赦令！乌禄发的？他凭什么！"近侍局使梁珫讪笑道。

"葛王完颜褒在东京宣告登基，这信是给南京留守的各位大人，信上说……"

刑部尚书郭安国一声尖叫，从椅子上腾地起身，他双目圆睁，见完颜亮面如平湖，这才悻悻坐下。

完颜昂仰头又灌下一碗酒，伸手拉住正要跃起的神武军都总管耶律元宜，打了个酒嗝，口齿已是拉杂不清："元宜，慌什么！兀不喝，你继续喝啊……继续说啊！大伙儿……可都等着呢，说啊！"

"信上斥责主上，又让各地军民归顺东京，要南征将士速速罢兵，回返国内。"

尚书右丞李通瞪大了双眼，道："主上！您早就知道了？"

"嗯。中都飞鸽传信过来。我在中都留了那么多人，一个个噤若寒蝉，最后竟然是沙离只送信过来。呵呵。最近再无消息，想必是遇害了吧。"

梁珫走到兀不喝身边，叫道："还说什么了？"

"信上就是这些。其他州府也都得到了……东京发出的……令。"

李通摇头道："高存福、李彦隆都是白吃饱吗？！"

兀不喝点头道："下官听说，二人已被杀。此前，主上派去辽阳的十个人，全队已叛变，追随了完颜褒。"

梁琓笑道："乌禄才有几个人，就敢谋反？肯定是他舅撺掇的，早我就看李石他不是好东西，活蹦乱跳的，偏要告老还乡！就知道他没憋着好屁，真把辽阳当成他家大本营了？！不劳主上挂怀，卑职愿领一队人马，往辽阳平叛。我去砍了李石和乌禄……乌禄，要死的还是要活的，敢请主上示下。"

完颜亮轻轻摇头："哟，你那么厉害。要带多少人？"

"辽阳没多少兵，前一阵乌禄率队去打契丹那个括里，号称十万，哪有十万，也就四五百人！高存福告诉我的。就那仨瓜俩枣，我带两千人过去，砍瓜切菜一般！"

兀不喝望了完颜亮一眼，向梁琓低声道："万户完颜福寿、高忠建、卢万家奴率领所辖军队两万人，完颜默音从常安领兵五千人，他们进了辽阳驻军，杀了高存福和李彦隆。乌禄任命完颜默音为右副元帅，高忠建为元帅左监军，完颜福寿任右监军。卢万家奴获封显德军节度使，又任命了利涉军节度使独吉义为参知政事。"

梁琓一愣，随即哼了一声："那又怎的！主上，我路过中都，叫上沙离只和我一起。乌禄的人马都是散兵游勇，毫无战力可言！"

兀不喝见完颜亮示意自己起身，将书信放在案上："主上明鉴，张尚书也附了信，说他得到消息，沙离只……在中都被杀。"

完颜亮不禁皱眉："何人所为？"

"完颜阿琐、完颜璋、左渊、李天吉。内藏库史张仅言从中挑拨。"

李通讪笑道："这小子蔫儿坏。他自幼在乌禄家长大。你们都知道他爹吗？他是张觉的儿子，他爹就长了一脑袋反骨，随根儿！"

完颜亮搓了双手，在脸上连连抹擦："李大人啊，你说的真麻痒人！

一脑袋反骨，那还是脑袋吗！兀不喝，还有什么朕不知道的吗？"

"中都留守、西北面行营都统完颜毅英率领三万军队驻扎在归化，受了乌禄的任命——左副元帅。前临潢府尹完颜晏已从会宁府奔赴辽阳，被封为左丞相。"

"加一起也就六七万人，"梁琉掰着手指头，"那我就去北京，白彦恭彪悍，只要主上传诏给他，荡平辽阳指日可待。"

"你嚷嚷什么呀？你很能打吗？"完颜亮瞪了梁琉一眼，又望向兀不喝，"乌禄会去中都吧？"

"是。预计在本月二十一启程。"

"知道叫什么年号吗？"

"……大定。"

"哈！"完颜亮轻轻摇头，指着墙角的一堆书，向李通说道："也算心有戚戚！你去，那里头有一本《尚书》，有张纸，你找出来。"

李通一头雾水，低头在书堆里翻出了册子，哗啦啦一阵乱翻，抖出了一张纸条，轻声念道："一戎衣，天下大定……"

"这是《周书·武成》里的词。我打算平了赵宋之后，改元大定。被乌禄抢了先。呵呵。皇统九年，那几个人怂恿我，把合剌赶下皇位，当时我提了几个年号，其中就有大定。乌禄说，天德更好，大定不如留至日后一统南北再用。敢情，他自己相中了这年号。"

"国无二主！乌禄狼子野心，敢请主上决断！"

"嗯。昂爷、元宜，你们二位怎么说？"

"乌禄兵变，不可小觑，倘若他与赵宋勾结，我军恐被前后夹击。当此之时，主上需尽快研判，是继续进兵江南，还是回军平叛……呃……"完颜昂说罢又连打了几个酒嗝儿。

耶律元宜欠身将完颜昂酒杯再又斟满，轻声道："是啊。葛王……东京留守此次谋反，必是蓄谋已久。唐岛海战，将士又多有折损……"

完颜亮将手中酒杯掷在桌上："叫你们来，是一起陪朕安抚昂爷，刚不是都说完了吗，怎么又提这壶！胜败，兵家常事，还要我怎么说？！咱们一路势如破竹，只一个月，两淮已尽归我军所有。王权节节败退，五万精锐只剩了两万不到。宋军豕突狼奔，和州城内的粮草都不及带走，取用的时候怎么没见你们欢欣鼓舞？！东路大军也是一往无前，那个刘琦，被咱们逼到扬州，现在又龟缩在瓜洲渡。刘琦早年间曾在顺昌击溃我军，现如今人老脸皮也厚了，还跟赵构邀功呢，说什么捷报频传！再捷报几次，他都要退到临安了。一路所向披靡，你们看不见吗？一场海战失利，就低迷成这样！”

“主上所言极是，老夫自幼从军，与阿骨打、吴乞买纵横南北，诸多子侄更是把脑袋掖在吐鹘上啊，从了军，个人的生死就要置之度外。此事休要再提。郑家被戮，那是他兵法不精，蒙主上青睐，他才得以出任海路大军主帅，哼，死了好几万人，战船全被焚毁，他不死，回来我也要他死。这样带兵，愧对我大金祖宗，还活着？要不要脸！”完颜昂一口气说完，夺过酒壶咕咚咚连灌数口。

完颜亮见众人噤声，向耶律元宜道：“元宜，你接着说吧。”

耶律元宜脸上红一阵白一阵：“是。东京兵变的消息若在军中散播，怕是各部会有动摇。此消息急需封锁，外传者格杀。卑职以为，我军应分兵两路，一路南征扩大战果，另派将领挥军北上，双管齐下，定能事半功倍。主上也宜筑坛，我军中有一匹黑马，终日嘶咬，正好杀了祭天。我营中猛安唐括乌野也已购得一只羊一头猪，主上祷祝之际，就把那俩畜生扔到江里祭神，渡江必定指日可待！主上英武，人所共知，若能当众向将士稍作动员，军心无需担忧。”

“李通，你说！”完颜亮蹙眉道。

李通和郭安国彼此对视，见郭安国无意开口，道：“主上御驾亲征，深入异境，如若无功而还，南征将士必定如鸟兽散，赵宋小儿也会趁机偷袭。分兵两处并非上策，原本我军士气饱满，南北各自作战，弄好了，双线得胜，弄不好，俩凳子坐个空。用兵之道，贵在专精。当此之时，不必求全责备，不必首尾兼顾。再有，白彦恭那边，怕是也有了异志。小臣以为，应当先发兵渡江，渡江之后，把船都烧掉，以示主上破釜沉舟之志，断了退路，将士们也就少了后顾之忧。主上泛舟西湖，立马吴山，国内民心自然转向。完颜褒人马再多，也是离心离德、不堪一击。"

郭安国点头道："乌禄谋反的事，赵宋想必也得到消息。我方军中，封锁消息只会导致流言四起，不如开诚布公，以示主上与众将士同仇敌忾之心。"

梁琉惊叫一声，拍着脑袋道："乌古论元忠！"

完颜昂被他吓得一哆嗦，当啷一声把酒壶放在桌上："我说，你怎么老一惊一乍的！"

"昂爷，乌古论元忠，在您军中吧？乌禄是他老丈人，这小子肯定知道点儿东西，估计是个奸细，把他抓过来，狠狠拷问他！"

完颜昂讪笑道："他们翁婿，一南一北，千里之遥，老丈人反叛，姑爷要遭殃？你少出点馊主意吧。"

完颜亮见帐中诸人各个愁眉不展，清了喉咙道："后方乌禄起事，朕自有主张。大庆山，宣郭瑞孙进帐！"

"卑职郭瑞孙拜见主上！"郭瑞孙跪倒在地，不住偷眼打量，见父亲郭安国面色沉静，这才放下心来。

"我的堂弟，乌禄。完颜褒……在辽阳叛乱。你带些人马，回去开封，安抚城内官民。不可滥杀。"完颜亮掀开案头的一个木盒，"这是金牌，这是我的手谕，你拿着。跟你爹道个别，就走吧。若开封城内闹事，你不必弹压。速速护送太子光英，前来和大军会合。"

郭瑞孙接过金牌和锦囊，双手举过头顶，高声道："肝脑涂地，不辱使命！"随即起身到郭安国身边复又跪下，连磕了三个头，"父亲大人，您多保重！"又起身向帐中各位长官行了礼，弯腰出了帐。

完颜亮起身站在完颜昂身侧，伸手捏住他肩头："唐岛失利，我海上战舰几近全军覆没，海路军已然名存实亡，朕又何尝不惋惜？海路本是奇兵，乘风破浪，必定是个传奇，被后人称道，可惜，不如天算！这也给南征提了个醒，还是要按部就班……有些话也传到了我耳朵里，军中有人说咱们船小，说对方船大——无稽之谈！当年梁王搜山检海，把赵构追到海里惶惶不可终日，梁王的船就比赵构的船大吗？我们是来打仗，不是来比大小！耶律元宜、郭安国，听命！朕命你二人为浙西道兵马都统制、副都统，明日与太保治下大军合为一处，只是仍要分散驻军。遣武平军总管阿邻带小股军兵尝试渡江，刺他虚实。若至对岸，不可杀掠，寻安妥处扎帐即可。若不济，稍作修整——必有鏖战！"

（二）遇仙

凤凰山上浓雾笼罩，山道上涌下来一群紫茸军士。一群人嘀嘀咕咕，不时推推搡搡，突然收了声。经过路旁的一块大石，有人一声令下，十几人将石上坐着的三人围住，又有十数人背对伙伴，半蹲在地上，将手中硬弓拉得浑圆。

三人端坐如常，仍是好整以暇，只有石上的铁壶噗嘟嘟冒着热气。

紫茸军统领李金乌反身疾跑几步，示意轿夫停脚，低声向轿内禀道："大人，前方路侧，有三人，身份不明，文士打扮，并无利器。"

李通从轿子里探出头来，眯着眼撇着嘴看了又看："带我过去。"

李通在青石旁下了轿，石上的三人并不跪拜，其中的老者只点头向他示意。李通走近细看，老者须发皆白，面色有如婴儿，他一身清凉装扮，却毫无瑟缩之相，手中捏着一柄拂尘，向李通轻挥："老朽有礼了。"

李通再看他身边的小童，手上缠了毛巾正把白泥炉上的铁壶拎起，不禁退后了两步，怒道："主上今日上山祭拜，已经封山，你三人从哪里上来的？！"

那老者身边的男子从竹篮中取出三只茶碗，又从地上拣了三片落叶搁在石上，将茶碗一一放稳，并不答话。

李通诧异道："嘿，我说你们仨！是听不见还是听不懂啊？"

那白发老者浅笑道："你是李通吧？"

"大胆！竟然直呼大人名讳！"李金乌大喝一声，正要上前，却迈不动步，低头看见自己的双脚不知何时被枯藤缠住，连忙俯身撕扯。

李通惊道："哪里来的妖道！来人，把他们拿下！"

那男子抿了一口茶水，微笑了起身："无意设伏，怎敢和李大人拼斗，我们只是在此等候完颜亮。"

李通看见几十名军士呆在原地，个个目光迷离，只觉得头皮发麻，鼓足了气力吼道："南蛮！好大胆子，莫非是要行刺我家郎主？！"

"李大人多虑了，我等备下粗茶，只想和你们的主上清谈片刻。"那老者看见山上又下来了人，向那群目瞪口呆的兵士道，"你们去吧。"

李通回头一看，只见紫茸军士个个温顺如同牛马，好似得了指令，结队拾级而下。

"妖道！你到底要做什么？"

"您受累，不必嘶吼。去通禀一声可好？免得惊到了你家郎主。"

李通五短身材，最是懒于走动，此刻仿佛得了助力，三步两步跑上前去，在完颜亮脚下跪倒："主上，前方路旁有人求见！"

完颜昂从队中走出，问道："什么人？韩将军，你们紫茸军在游山玩水吗？"

"只让我来通报。应……应……应是修道之人。"李通结结巴巴答道。

郭安国脸色一沉："想见就见吗？主上乏了，走了这许多山路。昂爷这么大岁数，也是一路陪同，你倒好，自己小轿子坐得舒坦！"

完颜亮一身乌黑战袍，更显得面目苍白，他轻拍完颜昂肩膀："太保大人，不必多虑，朕又不是纸糊的，碰上了就见见吧。走吧，一起。"

李通爬起身来，屡次要开口说话，只觉得舌头如同打结，嘴里拉杂不清。他心下焦躁，双手比比划划，惹得随行众人一阵哄笑。

完颜亮一行似在云雾中穿行，不远处有吟唱传来，那嗓音清澈浏亮，又似乎有人以物击石，铿锵顿挫之中，听得人周身寒彻——

一面鱼鸾镜，数重凤凰山。

恍然夜船发，移迹洞天间。

宝殿香云合，无人万象闲。

西山下红日，烟雨若潜潜。

完颜亮微微颔首，缓步走到青石旁："好文采！老丈仙乡何处？"

那老者只是浅笑，身边的男子从石上跳下，将手中茶筅放在一旁，答道："张先生是正一天师道第三十代天师。从龙虎山起家。"

郭安国一脸疑惑："怎么会？张继先？不能够！不是靖康时候就死

了吗……"

张继先摇头道:"真宰不明,性识交炽,一念萌动,六识流转,一真独露,万劫皆空。郭大人,死生本无差异的。"

完颜亮示意众人收声,道:"是虚靖先生……幸会!愿听翛然子老神仙指教。"

"不敢。只是听闻今日有人上山祭拜霸王祠,心中多有不解,故此在路边守候。既然谋面,还请小坐片刻,如能屏退左右最好。"

完颜亮盯着那年轻人问道:"你又是何人?"

"不才张孝祥。"

"你是那个状元?"郭安国叫道。

张孝祥轻轻摇头,苦笑道:"正是鄙人。"

见完颜亮质疑,郭安国道:"主上,此人是南宋绍兴二十四年状元,赵构亲自擢为第一,要不然就是秦桧他孙子拿了头名。那一届堪称人才……出了几个像样的,同榜中进士里还有范成大、杨万里。今年年初,去中都的贺正旦使虞允文也是他们一起的,陆游也……"又向张孝祥道,"中书舍人,是你官家派你来的?"

张孝祥笑道:"在下已赋闲两年有余,中书舍人早已另有其人。此地是我祖籍,不才去职后,卜居芜湖。风闻天师仙踪在此,不意相会,昨夜畅谈,约定今日在这道旁等候。"

"哦,原来是于湖居士。我读过你,浩怀逸气,襟抱开朗,又有不尽含蓄。与东坡居士相比,也是不遑多让。"完颜亮说罢不住点头。

"不敢!过誉了,今日在此相会,并非是为吟风弄月而来。"

完颜亮大笑连声,伸手从大庆山手中接过大氅,铺在石上,顺手拈起一杯水,大庆山正要拦阻,他已是一口灌下,又向众人道:"山脚等我。郭安国、韩夷耶留下。"

张孝祥肃立一旁,看一众官兵迤逦走远,扯了一个蒲团,放在地上。

完颜亮点头道:"并非国事,但坐无妨。"

得了完颜亮示意，郭安国这才缓缓坐下，问道："天师为何在此？"

张继先凝视完颜亮，不住点头，又向郭安国道："贫道上次隐匿，时在靖康元年。当时宋金战力悬殊，我无意再与道君皇帝往来，所以就找了个僻静地方避世。转眼就过了三十五年，眼见着金国制度文章日益完备，眼见着大宋奸佞层出不穷，眼见着如今刀兵又起，就想着有些话要对你家主上说。"

完颜亮笑道："阻我南征的，都杀了。老神仙莫非也要劝我退兵？"

"正有此意。阁下听从，可保性命无虞。"

"你不是刚说的，死生并无差异。天师隐居林下，过问这些世事不嫌烦吗？"

"嗯，谁说不是呢，本不想劳神。前几日有人托梦给我，阁下可还记得一个人？"见完颜亮好奇，张继先笑道，"你宫中太医，祁宰。曾受教于我三年。"

郭安国接口道："人是好人，就是不识时务。当时城中异议四起，他只是时运不济，正好赶上了出兵前要祭旗，就撞在了刀口上。"

"那也不必株连他全家吧。"张孝祥又拈出一只茶杯，倒了水递给郭安国。

"不渴！"郭安国伸手推回，手指探到了杯子里，"不必了。我郎主雄才天纵，宏图巨构岂是把脉开方子的所能体会！"

张孝祥将杯中茶水泼在地上，重又斟了茶放在一边："祁先生悬壶济世，心系民众，并非明哲保身的宵小之徒。反倒是郭尚书你们一伙人，唯命是从，摇唇鼓舌。金地百姓的日子很好过吗？"

郭安国哼了一声，见完颜亮原本面色沉静，此刻却眉头轻蹙，悻悻住了嘴。

张继先接过铁壶，左手捧着壶底，将完颜亮面前茶杯斟满。那铁壶内盛满沸水，他却丝毫不觉烫手，小童手上裹了毛巾，小心接过铁壶，连忙放在炉上，嘶嘶哈哈掀开了壶盖，将身旁竹筒里的清水重又灌了进去。

完颜亮看他手心并无烫伤，也不见红肿，不禁暗暗心惊："天师为何要我退兵？"

"老夫道行浅薄，却也能预知一二世事。只是，你与我梦中所见不同。咳，梦错了，把你梦成了这位将军。"张继先指着韩夷耶不住摇头。

"这是我紫茸军副统领，韩夷耶，我大金第一猛将。"完颜亮点头道。

韩夷耶原本肃立一旁，见主上向自己点头，将双戟插回背上的束甲襻，脸上竟有了红晕。

完颜亮拈起茶杯，只觉得热气逼人，轻轻放在一旁。

张继先指着青石上空笼罩的树冠说道："蓬莱步入，清浅其桑田乎。春夏之际，此处想必是浓荫漫地，野蚕食叶，沙沙作响，村姑村妇结伴而来，又有小儿攀援上下，桑葚甘甜，可饮可食。这植株若有灵性，会知道今日有人坐在它身下，谈论这万千国土上的无尽灾燹吗？"

完颜亮微微抬头，看半空中正有叶片飘落，张继先伸手拈住，放在掌心，那叶子落下时尚有青绿，转瞬间却在他手上卷曲枯萎，随即又寸寸断裂，转眼化作一小撮粉尘。张继先探手撮唇将那黄尘吹了出去："世间荣枯，天时使然，人力都在其次。"

郭安国再也按捺不住，愤愤道："我主兴兵，意在一统天下，使地不分南北，家人不必分隔，自此宇内清净，这是天大的功劳。愚夫愚妇，鼠目寸光……"

完颜亮轻轻摇头，见郭安国不再聒噪，笑道："我与你梦中有何不同？"

"贫道老眼昏花，梦中也不甚清晰，只看见你削了发，赤裸身躯，面目虽也英俊，却全不似你今日模样。怎么会如此清癯……"

"酒色令人枯。"张孝祥讪笑道。

"这么说不怕有辱斯文吗？我主焚膏继晷擘画南下事宜，你个大状元，怎么也会信那些街谈巷议？！别现眼了。"郭安国啧啧连声。

张孝祥正要还嘴，见天师仍是不住打量那完颜亮，且面露惋惜神色，再不言语。

"愿闻其详。"完颜亮提起铁壶给张继先斟了茶。

"南地画图、话本中，多有对你的描绘，以为你是暴君，昏聩嗜杀，索取无度。今日一见，倒是十分惊奇……没想到清秀如此……且眉宇间并无杀伐之气啊……你前事漫漫，若能自谨，必成一代明主，为何自寻死路呢，真是令人费解啊。"

"主上，莫要听他装神弄鬼！"郭安国盯着张继先，"你也忒是大胆，信口雌黄，今日我主心情大好，否则你死无葬身……"

"郭尚书，你也在我梦中，确实没有葬身之地。还有那位李大人……"张继先遥指山下，只是轻轻摇头。

张孝祥望着郭安国，见他双腿不住颤抖，笑道："天师是世外高人，连他的话也不信，真是智识堪忧。"又向完颜亮问道，"敢问阁下，如何辨人？"

"吟风弄月，自是不必。辨人识才的事，你还是去问你们官家吧。"完颜亮呵呵两声，随即仰望天穹，轻叹道："简单至极，阻挠我的，都是忠义之士。"

张孝祥腾地起身，向张继先道："大师，救他吧！"

张继先连连摇头："咎由自取，外人无能为力。老朽只有一事不解，大战在即，阁下为何要来这凤凰山拜祭西楚霸王？他可是古往今来第一输家啊……"

完颜亮淡然一笑："无他。以其挫败，以其不过江东。如此英雄不得天下，诚可惜也。"

"莫非你真以为天下只是一出大戏，你要把戏演足？"张孝祥问道。

"不然呢？我会蠢到连情势都看不出吗？"完颜亮面色平静。

"唐岛海战，你海军尽数覆灭；前日试渡，又是无果而返；更别说后方完颜褒即位。现今你是盲人跛骑、夜半临池，为何还不回头？"张孝祥一口气说完，不禁连咳数声。

"呵，到底还是一介书生。赵宋腐败，你没有感受吗？你上书要为岳鹏举平反，秦桧怎么对你，你忘了吗？你曾任职的那个小朝廷里，还有多少人如你一般，屈居人下，看苟且之徒弄权，看能臣廉吏不得善终？你现在却来劝我！不觉得荒诞吗？"完颜亮浅笑道。

张孝祥一时语塞，望向张继先。

张继先不时点头，向郭安国身后小校看了又看，又向完颜亮道："阁下文治武功，当今世上无人能及，只这一次你错了。赵宋自有气数，不亡于你手。信我一次吧，退兵，保命。回去金地，你仍大有可为。契丹作乱不足为惧，草原上该放些思量。"见完颜亮盯着自己，又道，"你迁都燕京，实是了不起的决策。你修正吏治，汉人、契丹人、渤海人都被起用，这是你前辈们没有的气度。你整顿科举，其优异处，宋地多有不及。李唐之后，战乱连连，民不聊生，你能重设登闻检院，百姓苍头皆可发声，这也是赵构做不到的。女真的刑法律令一向粗疏，部落惯例而已，你竟能将之完善！论格局，论视野，你实属难得。劝农重商，合理税收、自制钱钞，这都是有道的明君所为。你在庐州对被俘的百姓所说和安民告示[1]，江南江北都在风传。乃至逃难百姓多有返乡，与你军卒买卖交易，近乎亲如一家。也不知我朝官吏听见这些，心里作何感想。至于慢亵神器，倒置冠履，纲常动乱，你也只是顺应了这宇宙间的逍遥、无定。诛杀异己更不足道，不过是历代帝王的常态惯技。瑕不掩瑜。真是可惜，你本可以名垂青史，却为何时至今日仍不醒悟……昨夜你在帐中所写，你自己信吗？"

"什么？你们……"

"郭大人，不必惊慌，天师通天彻地，不必在场。"

完颜亮也是一惊："昨晚我涂抹了一些，大师说的是哪一幅？"

"天知地知，你知我知，何必细说？只是你自己也不信了吧？"见完颜亮轻轻摇头，张继先又道，"南北投孤注？！"

---

1 "今不令军损坏尔等，若我军坏一个南民，我却杀一个军。"

"事已至此，大师不必劝我。"完颜亮苦笑了轻轻摇头。

"不必沉迷。若要持续进兵，近日即有失利。"

看见完颜亮嘿然沉思，郭安国怒道："不要危言耸听！我大军不日渡河，看到了吧？军容齐整，人心踊跃。你们的主帅王权望风而逃，河对岸就是一群乌合之众而已！"

张孝祥大笑连声："因为一个懦夫，才有尔等今日嚣张，我大宋猛将如云，下一次望风而逃的说不定就是你姓郭的。参谋军事虞允文正要赴任，你方船只虽多，都是拼凑而成，反观我大宋虎贲，海鳅船穿梭往来如飞，更有巨舰艨艟，此役胜负，明眼人一目了然。"

"虞允文！一个穷酸书生也敢带兵！赵宋真是穷途末路，我军其他几路也是高奏凯歌势如破竹，没听说我？江南嘲笑你们守军的那些笑话，我听着都觉得寒碜。那个棺材瓢子刘琦一路逃窜，还连连上表给赵构，说什么连战连捷！连战连捷为什么会一路撤退，快退到临安了吧，呵。"郭安国说到兴处不禁伸手抓起茶杯一口灌下，高声叫道，"流水不争先，你们小胜两次，就志得意满？！争的是不绝如缕！我倒要看看你宋军还能撑持多久？"

张孝祥撇嘴道："什么争先，什么不绝如缕，收起你这套朽论滥调吧。陈词谬言！"

"阁下执意要进军？"张继先听他二人斗嘴，不禁摇头。

完颜亮凝眉道："正是。"

"贫道与你对赌，你军必溃败于采石矶。宋军大捷。"

郭安国啧啧连声："老白毛！谁说我们要从采石进军？！"

"若你军获胜，可来此地检视老叟的尸身。我说对了，又当如何？"

郭安国老脸涨得通红："如什么何如何！行军大事，你懂什么？莫非要打探我军动向？幼稚！"

完颜亮沉吟片刻："真如天师所言，我兵败身死便是。"

"战后，我与孝祥前去探帐，另有同行者两位，届时无需惊扰。若蒙不弃，我也愿为阁下禳解——保你归途无恙。"

"倒也不必。若无其他，不扰您雅兴，告辞了。"完颜亮正要起身，只觉得袍袖犹如铁衣，腿脚麻木有如瘫痪，他抬眼望向张继先。

张继先眯眼微笑，左手手指捏了几个手诀，完颜亮顿觉轻松，起身下山。

刚下了数级石阶，又听见张继先的语音随着山风拂过耳畔：

尔心自昧，

堕在迷途，

箭矢无情，

丛林失路。

幸犹未晚，

有女在裒。

遗则远遁，

孤而云游。

完颜亮一愣，不禁驻足，向韩夷耶讪笑道："这小老头儿，跟我玩藏头这一套！"

韩夷耶正自出神，连忙向完颜亮施了一礼："怪力乱神而已，还请主上宽心。"

张继先又轻声吟念，话音细若游丝，却又在林间不住回荡："返诸本形，正宜速化。聚散有常，出处无定，浮生倏忽，阁下勉之！"

完颜亮蓦地回头，只见郭安国勾腰含胸站在青石一侧，从张继先手中接过了几个布袋。又见那老道手持拂尘在郭安国身后小校的腰间指指点点，完颜亮不禁蹙眉。

（三） 采女

见御帐里灯火通明，李通喘了口粗气，向值夜的紫茸军士道："你们去吧，不可放松盯防。"说罢推着身边的小卒，在帐前站定。

完颜亮正俯首疾书，听见李通拖了长声唱报，向大庆山道："让这叫驴别嚷了，进来吧。"

大庆山掀起帐帷，瞪了李通一眼："写东西呢！你咋呼什么呀！怎么那么不开眼！"

李通拉扯着那兵士，笑道："要你说我！你开眼！你开哪个眼？"

完颜亮案头的一只白猫，听见李通的公鸭嗓，喵一声跳到地上，一头钻进了箭囊后的空隙。

完颜亮放下毛笔，上下打量了那兵士，随即微微一笑，低头细看案上的笔墨。

李通轻声道："主上，我早就说郭安国不是个好东西！这是他帐里的兵，主上慧眼请看……"

完颜亮充耳不闻，只是低头将刚写的字迹撕下，重又拾笔。

"主上！"李通将那兵士推得侧了身，"您瞅瞅，这哪是兵嘛！"

完颜亮低声道："研墨。"

李通走上前来，弯腰从水滴里倒了水，拈起墨块道："狼子野心，一肚子脏心眼儿，随根儿！郭药师的儿子，怎么能是个好东西？！"

完颜亮回看，见那兵丁站得笔直，勉强撑起盔甲，胸前后背却平添了曲线，笑道："李大人，你也是煞费苦心啊。"

李通停了手："主上，早我就觉得这郭安国不对，在山路上我就觉得别扭，他近卫里头有这么个人，在树林里蹲着尿尿……我抓来一看，可不吗，小娘们儿！跟咱玩花木兰那套！居心叵测！"

"你在郭安国身边安插了人？"

"他也没闲着，我身边也有他的人，我不在乎……卑职身子歪不怕影子正！行得端，坐得正啊。"

"好！你觉得应该怎么处置？"

"主上您定夺啊，卑职一定彻查……我觉得郭安国必有所图，上刑，问她个底儿掉！"

那女子面色淡定，转身道："姓李的，你还能干些什么，也就这些婆婆妈妈的事！"

李通把手中墨块轻轻放下："主上，老奴不给她点颜色，怕她是不会招。这是个贱皮子！"

完颜亮转身坐下，长吁口气："李参政，你真是多事啊。我不想知道这些。"

李通忽地跪倒："主上，出征前，您三令五申不许带仆佣和侍婢，郭安国这是欺君啊！"

完颜亮伸出毛笔在他嘴上画了一道："聒噪！我就想消停一会儿。你听听，你把谁招来了。清静一会儿怎么就这么难！"

话音未落，帐外传来郭安国的呼喝声，大庆山拦他不住，只好放他冲到门前："浙西道兵马副都统——郭安国求见！"

完颜亮向李通点头，李通一个箭步掀开帐帘："骚老头子！你还敢来？！"

郭安国推了他一个趔趄："你抓我的人算什么！"

李通目瞪口呆："主上……这人不是疯了吧？他他娘的还挺有理！还横呢！"

郭安国绕过那女兵，一头扑伏在地："任凭主上发落。"

完颜亮径直走到帐边卷起窗帘，一阵江风涌进，几乎吹倒烛台："你多大岁数了，素这么几天都挺不住啊？急不可耐。"

郭安国叩头如捣蒜："老臣该死，敢请主上息怒。"见完颜亮不发一言，又嗫嚅道，"罪臣出征前，我儿找人卜了一卦……说有女子在侧，可保性命无虞……臣年长筋乏，有心无力，未尝一日淫乱军中啊！"

"老贼，你还淫乱军中！你都土埋大半截了！淫不淫乱你都是抗旨不遵、欺君之罪！"李通讪笑道。

完颜亮眉峰轻蹙："李参政，你先下去吧。"

李通愣了愣神，轻声道："啊？哦，微臣告退……"

见李通出了帐门，完颜亮示意郭安国起身，郭安国浑身颤抖，勉强爬起来，腿肚子仍是不住哆嗦。

"你知道，朕为何让郭瑞孙回去开封吗？"

郭安国瑟缩道："犬子……奉命回去守护皇后和光英太子……"

"他守得住吗？"

"我儿愚钝，无能在前线立功，回去开封定当不辱使命。"

"守得住守不住，另说。我也是要让他逃命。朕给你郭家留后啦。"

郭安国一愣，脸上已是涕泗横流："谢主上垂怜！老臣懵懂，大军不日渡江，建康、临安唾手可得，何谈逃命？"

"不说了，近侍当中，朕最以你为心腹。李通说你不对，你不会真叛了吧？"

郭安国重又跪倒在地："主上杀我，剖心可知！"

"你也去吧。多言无益。此女暂留在我帐中，我有话问她，你有异议吗？"

郭安国匍匐着后退："悉听主上处置！"待退到帐门口，又缓缓站起身，低声道，"罪臣斗胆，恳请主上留她性命……此女与我儿瑞孙，疑似情投意合……"

完颜亮哈哈大笑："这乱！去吧。这军中是酒馆娼寮吗！"

郭安国掀开帐门，见李通正逼近帐窗意欲潜听，抬脚就踹了过去。李通被他踹了个跟头，爬起来正要还手，见大庆山和几个紫茸军士在一旁捂嘴偷笑，整了衣裳，一路疾走，又不禁回头愤愤道："皓首匹夫！苍髯老贼！三姓家奴！等着掉脑袋吧你！"

郭安国挺着大肚子追了几步，见他跑远了，低声道："小地缸！要掉一起掉！谁也跑不了。"

完颜亮见那女子左看右看，丝毫没有惧意，笑道："你不怕？聊聊？"

那姑娘倚靠在书案上，口中啧啧有声。躲在箭囊后的白猫探出头来，随即一跃而起，跳到她怀里。

她哼了一声："你说话真难听，怎么就酒馆娼寮了？我可不是娼，再说，娼怎么了？都是被你们没出息的男的逼的。"她轻轻抬起那白猫的小脸细看，不禁笑出了声，"你真潦草，墨不好吃，以后别吃了！"说罢伸手要抹去它嘴角的一抹黑色。

"天生的，它叫'衔蝉'。在开封还有一只'衔蝶'，黑猫，嘴角有一块儿白色。说不吉利，我就没带它来。"

"女真人不是应该养鹰吗？"

"我也没养猫，是它养我。五世的好人才能托生成猫，你听过吗？"

那姑娘咦了一声，顺手从桌上拣起一张字条念道："这字好看！'不分南北投孤注，拟借山川作小诗！'呦，这么愁惨啊？"

完颜亮笑道："也不是故意的，一不小心就悲壮了。你叫什么？"

"姓姜，没有名字，都叫我仔仔。"

"哪两个字？"

"就是仔仔嘛。没人写过，不知道哪两个字！崽崽，或者贼贼，或者，哎呀，不晓得！"仔仔说罢，又从案上拈起一页纸，撇嘴道，"这字小鼻子小眼儿的！这不是您写的吧？"

完颜亮探头看了，笑道："别乱说，那可是今天那位状元写的，能认全吗？"

"小看人！"仔仔在床边坐下，轻声念道，

雪洗虏尘静，风约楚云留。何人为写悲壮，吹角古城楼？湖海平生豪气，关塞如今风景，剪烛看吴钩。剩喜燃犀处，骇浪与天浮。

忆当年，周与谢，富春秋。小乔初嫁，香囊未解，勋业故优游。赤壁矶头落照，肥水桥边衰草，渺渺唤人愁。我欲乘风去，击楫誓中流。[1]

"这写得怎样？"完颜亮听她读得流畅，不禁讶异。

"不怎么样。假醋乔文，大而无当，空言伪议，全是套话水词儿，还状元，不如你刚才的那两句！'燃犀'是骂你是怪物。"

完颜亮点头道："但是写出了那股快活劲儿。我小股部队渡江失利，宋人高兴也是应该……你竟还懂诗文！陪我说会儿话吧。不愿意，你就回去郭安国那边。"

"我不回去。跟你说什么？说你玩弄了女子就杀掉？"

"谁说的？"

"都这么说。还说你糟蹋钱，开封修宫殿，一根柱子就花好几万两银子，说把二百多里土地灌成稀泥，就为了拽着船走！看着倒也不像手头阔绰的……"

"哪里人？"

"就江淮这边的。"

"怎么落入郭家？"

"郭瑞孙买的我。"

"直呼姓名好吗？毕竟是你主家。"

"怎么不好，赵构我也敢叫，连完颜亮你，我也敢叫。"

"哎哟。那么厉害，你见过我？"

"见过的。在山路上，我跟着队伍走的。"

"哦。朕不记得见过你。否则当时我就看出来了……"

"看出什么？"

"看出你是个女子。"

"哪会？！我穿得厚实着嘞。"

1 张孝祥 《水调歌头·闻采石战胜》

完颜亮伸出手掌在眼前虚晃："瞒不过我。我据说尝尽天下女色！"

仔仔见他目露凶光，吓了一跳："那辰光，你只顾和那群人斗嘴，没心思看我。"

"他们说的话，你都听见了？"

"听见了。"

"你把盔卸了。"

仔仔略作犹豫，抬手摘下了头盔，一头长发倏地散开。见完颜亮盯着自己，脸上不禁一红："有什么好看的！"

"你觉得，那位天师说得怎么样？"

"蛮好。我没用心听……我当时在偷看你这个皇帝，都说你不近人情！可是，我看着你，想你要是个猎户，货郎也行，我就杀了郭安国，跟你私奔！"

"哈！朕就是个猎户，但做不了货郎。你把甲卸了。"

仔仔微微摇头，却不由自主摘了肩甲，又缓步走上前来，背对了完颜亮："皮绦你帮我解！"

完颜亮见她后背起伏不定，只觉得喉咙一热，伸手捉起案上的短刀——

"转过身来。"完颜亮放下手中小刀。

仔仔前行几步，抬掇了衣襟，转身粲然一笑："那些别的暴君、昏君都是你这样的吗？"

完颜亮哑然失笑："我跟他们不熟，说不清。你不怕？"

"怕管什么用！我都死过好几回了。"

"那我不如你，我都没死过。饿了吧？"

"嗯。"

"大庆山！"

大庆山听见传唤，连忙飞跑进来："老奴在！"

"去备些酒食来。"

"主上，吃食还有一些，酒……明一大早，众将前来议事啊。"

"去！"

大庆山偷瞄了一眼姜仔仔，转身去了帐外。

"好，吃完咱们就私奔吧！"姜仔仔道。

"好！私奔前，还要请你把案头清理一下。"

仔仔重新盘了头发，见桌上有几枚锈红簪子，顺手抄起一枝插入发髻："呦，这么重，不是玉？"

"珊瑚。你小心头皮。"

"你这人还怪好嘞……"仔仔收拾了案上的笔墨，捡起掉落在地上的纸笺，飞快扫了一眼，"我都念对了，就不杀我好不好？"

完颜亮学了她口吻："念错也不杀。吃饱还要私奔嘞。"

仔仔不禁乐出声来，念道：

> 旌麾初举。正什么力健，这俩字我不认识，马字边还有一个"快"
> 的右边和一个"是"，不能算我不会念。这太生僻！什么力健，嘶
> 风江渚。射虎将军，落雕都尉，绣帽锦袍翘楚。怒磔戟髯，争奋卷地，
> 一声鼙鼓。笑谈顷，指长江齐楚，六师飞渡。
>
> 此去。无自堕，金印如斗，独在功名取。断锁机谋，垂鞭方略，
> 人事本无今古。试展卧龙韬韫，果见成功旦暮。问江东，想云霓望断，
> 玄黄迎目！[1]

1　完颜亮《喜迁莺·赐大将军韩夷耶》

第十八回

（一）情缠

完颜亮啧啧连声："郭瑞孙买了你？"

仔仔道："怎么？价钱合算就买了呗。他不买……你养我啊！"

"识字也罢，你怎么会认得这许多草书？"

"这不算什么，我自小和姐姐、姐夫念书，后来我爹死了，我被辗转卖了。"

"你姐夫、姐姐不管你？"

"他们也自身难保。"

"那两个字是'駃騠'，说的是好马。《淮南子·齐俗》里把它和骐骥并列。与汗血马齐名。《古今注》里说：曹真有駃马，名惊帆，言其驰骤如烈风举帆。"

"哦，駃騠啊。我听过，现在老百姓也有这么叫的，但不是好马。是公马与母驴生的杂种力畜，也叫驴骡。"

"误读词句，曲解文义！当斩。不是骡子，是骡二代。一千只公骡和一千只母骡之中，只有一对可生育。骡骡之子，千里駃騠。因为不可多得，所以不可多得。你过来。"

"不！"仔仔捏了纸笺，走远了几步，"这是《喜迁莺》吧，我觉得这最后一句应该改改。"

"你改吧。写给一个紫茸将军的。副统领，韩夷耶，勇猛至极。写完总觉得哪里不对。我带了两匹马南征，一匹就是这駃騠，我赐给了他。还有一匹黑色的，我叫它小将军……你改吧。"

"'江东'不好听，应当用仄声，改成'江左'！'望断'，不吉利，改成……'望切'，是急切，更是殷切的意思；这个'迎目'也不好，听着就疼，改成'迎路'吧。"

"问江左，想云霓望切，玄黄迎路——你到底是谁？"

仔仔从发间抽出簪子，在字纸上指点点："虽然用了很多典故呢，倒也不生硬，'射虎'说的是李广吧，'落雕都尉'说的是北齐斛律光，'断锁'这应该是说西晋王濬攻吴时用火烧断了吾彦的横江铁索。'垂鞭'说的是前秦苻坚投鞭断流，嗯……这个用得不好，苻坚要打南边，自己差点儿做了俘虏。"

"你到底是谁？！"

"你这人，怎么疑神疑鬼的？我昨天称重，还不到一百斤，你怕什么！怕我用簪子扎你？这首词你给郭安国看过吗？"

"没。"

"那他怎么可能教我改词？他改得出才怪。后来我才知道他是郭药师的儿子，江南都恨死他们家了。"

"你过来。"

"不。送饭的怎么还不来？"

大庆山应声掀开帐帘："主上，让厨子飞快备了两道小菜，夜已深，切莫怪罪属下。"

完颜亮见他放了杯盘，笑道："掏出来吧，都看见啦。"

大庆山撇了嘴，探手从前襟里掏出两壶酒，轻放在桌上："要小的陪侍吗？"

"庆山大人您来坐吧。你们喝，我去给你俩再炒几道小菜？"完颜亮从抽屉里取出两双银筷，作势递给大庆山。

大庆山打量着站在远处的女子，悻悻走到门口："明早，议事啊。"说罢一勾腰钻了出去。

完颜亮斟了酒，向仔仔点头："过来吧。你还会什么？"

仔仔移步过来，大喇喇坐下，抄起筷子夹了糟鱼放入完颜亮面前餐碟，又夹了一块入口："会的可多了，《喜迁莺》我会好几阕呢！"

"谁的？"

"唱了怕你又要杀我好几次。"

"慢点吃。说好了不杀的。"完颜亮抿了一口酒。

"你怎么不吃？看你瘦的，都脱相了。"趁完颜亮不注意，仔仔盯着他的五官看了又看。

"这几年我就不怎么吃东西。我只知道李纲写过几个《喜迁莺》，还有别人？"

"就是他嘛。女真人不恨他吗？"

"当然恨——我恨不得他是我的人。还有李宝，还有血战至死的姚兴，他们都应该是我的将帅……李纲的诗词我没看过，看过怕是更恨。"

"好吧。你怎么那么贪心啊！我能唱，等我再吃几口。你这儿有琵琶吗？"仔仔在水盂里把鱼片涮了又涮，递到白猫嘴旁。

完颜亮见那猫嗅了又嗅，仍是不吃，笑道："用琵琶？"

"粗俗！没有算了。有琴吗？"仔仔呷了一口酒，与他目光交接。

完颜亮也不回话，回身到床下抽出一个木匣，从中取出一张黑黝黝的古琴："你擦了手再弹。这是唐琴。"

仔仔看他跪在床边，探手去床下摸索，腰身嶙峋有如鲫背，再看他站在自己面前，目光澄澈，像个乖巧的婴儿，不禁心中一酸。她放下手中碗筷，去角落的面盆里净了手，拾起扁壶重又冲洗指尖，在毛巾上擦了又擦，小猫一样轻嗅手指："大男人的毛巾，还这么香！"这才过来坐下，盯着琴道，"又是从宋宫里抢的吧？"

"嗯，但不是我抢的。我叔他们抢的。什么抢？！这叫战利！宣和内府的物件，都归了我大金。"

仔仔接过古琴，轻轻抚摸："说你是要去江南抢刘贵妃！那是有人骗你的，江南就没有什么刘贵妃刘贱婢！"

完颜亮一怔："哈，早知道了，谁稀罕！我希望他们这么说。我只想南征。那个'立马吴山第一峰'也是假的，是李通编的。我要是写那么烂的诗，我得多次！"

"你真是心大！你不怕被人误会？不怕后人骂你？"

"我死后，怕什么谣诼纷纭！不说这些，你唱吧。"

仔仔顺手调了弦，抬头盯着他双眼道："那后方起事的，该不是因为你杀了他老婆，才生气的吧？"

完颜亮周身一震，平复了表情道："应该不是的。我也没杀他老婆，乌林苔雅擅诗词，我只想和她聊聊，他们自己想得多，怨不着我。现在乌禄篡位，回头再看，到底是谁心里有脏事儿？乌禄，曾是我的左膀右臂。助我杀上一个皇帝的人，我都杀了，只有他，我下不去手，现在看，果然是养虎为患……以后读史的人，不知道有几个能看得明白……身为婢女，你知道的太多了，但我仍然不会杀你。我颁了铁券的人，我都杀了。我赐铁券给他们，是要让他们不要生出二心，他们也只是暂时不会生事，他们一动心思，我就杀了他们。铁券只是缓期。没发铁券的人，才是我的隐忧。我不发铁券给你。此刻帐中只有你我……你唱吧。"

仔仔见他说得动情，也不禁呆了："说的什么呀，毫无头绪！"

"琴怎么样？"完颜亮晃了晃酒壶，听见所剩无几，索性对着壶嘴连灌几口。

"这琴够老的，比郭安国还老。"仔仔轻抚琴弦，泠泠之声响起，她随即敛了笑容，"江上调玉琴，一弦清一心……是哪里错了吗？怎么会有这么好……这么好的东西。"

完颜亮面色沉静，眼神却已迷离，看她信手试了散音、泛音、按音，虽不成曲调，却时而松沉旷远，时而清冷入仙，时而细微悠长，好似人语，又如脉搏缥缈多变，不禁叹道："你和谁学琴？"

"我娘。她哭死了。"

完颜亮站起身来，走到她身边："你是谁派来的呢？"

仔仔也不答话，低声唱道：

边城寒早。恣骄虏、远牧甘泉丰草。铁马嘶风，毡裘凌雪，坐使一方云扰。庙堂折冲无策，欲幸坤维江表。叱群议，赖寇公力挽，亲行天讨。

缥缈。銮辂动，霓旌龙旆，遥指澶渊道。日照金戈，云随黄伞，径渡大河清晓。六军万姓呼舞，箭发狄酋难保。虏情慑，誓书来，从此年年修好。

"练了多久？就为了取悦我？"完颜亮伸手将她额上乱发一缕缕撩到鬓边。

"这不是取悦！这是激怒你。你不是要听《喜迁莺》吗，这就是李纲的。"仔仔轻轻摇头，头发重又散开。

"嗯。李纲振臂一呼，登城督战，我军溃退。他当年立了大功。可是事后呢，被削去兵权，远谪扬州。词写得也很一般，有句无篇，越是声嘶力竭，就越是对着空山叫嚣。"

仔仔将琴推到一边："你真小气！笑话人不如人。"

"江南才俊比比皆是，却被赵宋用成这样。我要教他们。"

"我能说你都是跟他们学的吗？再说，你金国的大臣呢，又有几个是善终的？"

"想激怒我？朕的情绪不由你左右！"

"就俩人，还朕朕的，真真真烦人。"

"李纲的《喜迁莺》，水准也就中人之上。酸腐！还有吗？"

"吃你点儿东西真不容易，还要听你笑话别人。你夸过人吗？你见得人好吗？"姜仔仔重又打量了琴，"这琴叫什么呀？"

"当然夸过！姚兴、李宝，还有骑骡子的韩夷耶……我都夸。你一张利嘴，很会吵架啊，不怕挨打？"完颜亮伸手轻抚了她脸颊，姜仔仔周身一抖，却不躲闪。

完颜亮收了手："琴叫作'春雷'。前宋赵佶有宣和内府，府里建了百琴堂，堂上名琴无数，这春雷位列第一。"

"怪不得。"姜仔仔把琴倒扣过来，细看铭文，突然惊叫一声，"这不是春雷！"

完颜亮凝眸端详，那琴颈填绿的两个刻字竟是"春雪"！

他苦笑几声："呵，窃我'大定'，盗我春雷。行，真行！但我确实下不去手啊。"

"什么？"

"没事。弹得不错，唱得也还好。"

"你弹琴吗？"仔仔问道。

完颜亮面有惭色："年轻时弹。这些年我听得多些。"

"你现在也不老。你有那么多好琴，怎么不弹？"

"天下的好不能都一人得了，你不是也这个意思吗？"

"嗯。老郭头子长吁短叹的，说有人在后方起事，你是因为这个发愁吗？"

"不太愁。刚不是跟你说了，后方那个以前是我的随从，很多年了，他应该起事。不起事我要失望的。"

"我不太懂，这是好比唱戏吗，你要给自己加戏！"

"是这样的。比如小家小业，男的买了条肉，一家人晚饭就开心。你没做过皇帝，你不懂。越多满足就越不满足。凡事盼望，每顿晚饭我都想扔筷子，因为一天结束了，好像什么还都没做。凡事盼望，就盼望事情纷至沓来，盼望四面楚歌……所以我去了霸王庙……毁别人不过瘾，毁自己，最解恨……你懂吗？"完颜亮将指节拉扯得噼啪作响。

"不懂……也有点儿懂，我也试过……我喜欢我爹的一个徒弟，他不喜欢我，我就假装喜欢我爹的另一个徒弟，我就让他亲我……其实我不喜欢他，我就想气那个我喜欢的，我就想让自己脏！"

"嗯。肉身的事，不脏的。只要甜蜜喜悦，就不会染着……你爹是武师还是郎中？"

"不能说。留着你慢慢猜吧。"

"好，那就说定了，看我要几天能猜出你是谁。"

姜仔仔抚摸琴腹，低声道："你猜不到的……我觉得'春雪'比'春雷'好听！"

完颜亮点头道："就一张琴而已，真又怎的，假又如何！你说说，为什么'春雪'比'春雷'好听？"

"就好听。'春雷'太吵了。春米可以吃，'春雪'……会让钵臼泪流满面吧。说不清，就是好听。"

完颜亮见她满脸疑惑，道："你还有什么问的？"

"那老道挺神的，他看出我不是个兵了。郭安国也跟我说了他是神仙。郭安国把锦囊转交给你了吗？"

"你要看？就在那个抽屉里。"

仔仔从抽屉里取出三个缎袋，见那封漆还在，笑道："你不敢看？那我读给你听吧。念一个五十两，刚才那些已经是二百两了。"

完颜亮轻轻摇头，笑道："唱的也算？两句的，也五十两？"

"对，不论长短，一个价！"

见完颜亮点头，仔仔拆开第一个锦囊，念道："'马到临崖收缰晚，船放江深补漏迟。'这是哑谜吗？哦，明白了，这是那老道告诉你不要骑马到山边去，也不要在水上交战。对吗？"

完颜亮呛了一口，伸手拈起仔仔面前的酒杯："手头紧，账目都先记着。念下一个。"

"呦，这还都是四个字的！人们都怎么了？不能好好说话吗——'堪愁堪忧，大被蒙头，睡而复醒，醒而云游。'这老道是要让你跟着他出家吧！"

完颜亮伸手取过纸条，盯着那字看了又看，道："字也好。这么会儿工夫，三百两出去了！念第三个吧。"

仔仔拆开最后一个锦囊，笑道："以为你不差钱！最后这个算送的，买六送一。巧了，今天怎么就跟《喜迁莺》干上了，这个我唱着念吧——"说罢重又揽过春雪琴，轻咬了下唇，眼中依稀有泪光闪动。

见她动情，只把前奏弹了又弹，似是故意延宕不想开口，完颜亮信步走到帐外，在栏杆处外望。天上月轮时隐时现，放眼望去，只觉得触目皆是荒凉寂寞之乡。远处的军帐无边无际，帐顶上覆了轻雪，月光映射之下，更显清冷。正有值夜的军卒在其间游走，马灯明明灭灭，军帐犹如座座新坟依次显影。

连夜驰至西采石，完颜亮略感疲惫，他揉捏了臂膀又闭目养神。耳中只听见江声澎湃，又有仔仔的浅唱从帐内飘荡而出——

情缠识缚，叹时人不悟，酒中真乐。纵欲招愆，迷心失行，却道为他狂药。须信醉舞狂歌，也有良知真觉。无倚泊。任暖气同流，三关三络。

落魄。清闲客。醉乡深处，风月长酬酢。空花消亡，光明显露，人我自皆忘却。不问市酤村醪，尽可浅斟低酌。从鄙薄。竟口口谈醒，言言成错。

番外・楔子

未济

翠螺山南麓，蛾眉亭临江危峙。在此处遥望长江，可见李白《望天门山》诗中描绘的东、西梁山夹江相对，宛若女子的蛾眉一般宛曲、妖娆。前朝沈括有诗云："双峰秀出两眉弯，翠黛依然鉴影间。"词句既勾描了山形，又形容了水势。

采石矶又名牛渚矶，山势险峻，绝壁临江，长江流至此处，水面收束、水流舒缓。采石矶扼据长江南北要冲，是建康府的天然屏障。江东豪强欲取中原，首选在此渡江；北方群雄，若觊觎江南，必克采石。孙策袭牛渚，韩擒虎灭南陈，曹彬架浮桥灭南唐，金兀术穷追宋高宗……逝者如斯，而翠螺山岿然不动。

蛾眉亭内的虞允文眯起双眼瞭望对岸："督战台上是什么人？"

"看不太清，金盔的必是完颜亮。"戴皋将马鞭甩出一声脆响，抢先答道。

张振探手拨动了弓弦，摇头道："戴兄，金亮老谋深算，我看未必。是个替身都有可能！"

"知道彼岸因何燃火吗？怎么还有人歌舞？"虞允文眉头不展。

戴皋正色道："大人，不必忧心。探报说了，昨天他们杀了黑马祭天。今天这火堆是祭风，祈祝风向于他们有利。都是女真人的邪门歪道。歌舞的就是他们跳大神的觋巫吧。"

"王琪、时俊那边怎样？"虞允文盯着山下人头攒动的岸边问道。

"回大人，二位统制正在下面巡视防御工事。"

虞允文轻推了戴皋一把："请他二人上来，我有话嘱咐。"见盛新走上前来，又道，"派人下水，驶近彼岸，放箭，传书给那台子上的人！找个目力好的，看看台子上都什么人，回来报我。"

盛新接过信笺，虞允文低声道："盛统制，第一战接敌的是你水军队伍，不必全部阻击，张振、戴皋、王琪、时俊——四位统制也都在岸上布防了，鹿角、苦竹签、铁蒺藜、深堑、长枪弩箭，金人上岸就再没有回头路。切记，不可贪功冒进。"

盛新接过张振递过来的弓箭，快步跑到江边。四个兵士踏动脚轮，小船转眼到了江心。江心之中，正有十几艘大船停泊，船上兵士见小船首尾都插了令旗，又见统制在船首伫立，知道是前去对岸叫阵，一群人齐齐拍着船舷，高声歌唱：

江沄沄，虏贲贲，敌休休，震昆仑。

江洋洋，虏扬扬，敌惶惶，佛狸亡！

盛新抽出一支箭，箭尖直指对岸，连声怒吼："戈船遮去路，海鳅镇鸦鹘，轰天霹雳炮，克敌神臂弩！"

耶律元宜见对岸有船驶来，向李通叫道："咱们不喊点儿啥？派人去接战书吗？！"

郭安国刚从督战台下到地面，被人扶了爬上甲板，隔着船舷气喘吁吁道："喊啥！泼妇骂街吗？！弓箭手就位，让他们有来无回！"

盛新搭乘的轻舟转眼到了江畔，他抬头看了督战台，高声喝道："大宋水军来送战书！"言罢弯腰运力，却只是勉强扯动了弓弦，身边兵士看见了，连忙过来搭手，这才扯满了弓，嘭一声将鸣镝射向高台。

韩夷耶原本在台下站立，听见那弦声猝急，知道箭枝力道迅猛，伸手抓住台脚的支柱，接连几个腾跃，猱身翻上台边。

台上飘动的绛色大纛噗一声被穿透，箭镞呼啸着直抵完颜亮面门，韩夷耶探手一把抓住了箭羽！

完颜亮见他手心有了血痕，笑道："什么箭，这么厉害？"

"回主上，应该是神臂弩，这是双人所用，还有数人合用的，说是射程更远。探报说另有克敌弓，也是强硬异常……"

完颜亮将信纸拆下，回手递给仔仔："读给我听。"

仔仔着了重甲，又罩上了完颜亮的金丝披风。她费力抬起手来，将面罩掀开，搭在盔上，接过纸张读道："昨夕四鼓，浓云塞空欲雪，东北忽穿漏，一大星坠！云何？盖汝之死兆也……"

完颜亮回头看她："怎么不读了？"

"没了。就这些。"

完颜亮讪笑道："姓虞的，有点儿东西……我却担心另一个人……"他从胡床上起身向江上高喊，"举军来降，高爵厚禄，朕所不吝！速报虞允文，明日清晨，与我在玉麟堂共进朝饔。"看到战船上的一众弓弩手瞄准了宋军小船，又喝道，"停手，放他们回！"

盛新咽了口唾沫，连忙命人调转船头，又向督战台深施一礼："谢金主送命！"

一个兵士摇头道："这就是那女真皇帝？说的汉话还文绉绉的，我都听不懂！"

盛新哼了一声："他让虞参军在建康府衙里给他备好早饭。"

另一个士兵接话道："我还以为凶神恶煞呢。怎么那么瘦！就是个一般人啊。上回咱们皇帝来点兵，我看见了，白胖白胖的，可富态了。"

完颜亮抓起金杯，递给韩夷耶："饮了它！"

韩夷耶眉头紧锁："胆敢诅咒我家主上！"俯身从地上拾起那箭，这才见到箭杆足有旗杆般粗细，来不及细看，狂吼一声，将箭直直抛下。

盛新刚要坐下，听见嗡鸣声由远及近，四个士兵齐声惊呼，来箭已将船尾的令旗撞断，又咚一声将船底戳了个窟窿。一股江水顺着孔洞直冒上来，盛新连忙摘下头巾包住弓弭堵住漏洞，笑道："紫茸，还真不是饭桶！"

听了盛新描绘，虞允文不住点头："盛兄弟，全看你们了，敌方军鼓一响，传令戈船在江心拦截，海鳅船趁机穿梭，港汊里的伏兵听见轰天雷就出动！"

他话音未落，对岸已是人声喧噪、鼓声雷动，转瞬间已有七八十条鸦鹘船涌上江面，直奔江心而来，其中十数条穿越了封锁，已然抵达此岸。

见身旁的时俊嘴唇抖动、双眼通红，虞允文指着远处观战的民众，紧紧握住他臂膀："谁说咱们人少？这些扶老携幼来助威的都是咱们的人！他们不是别人，就是你我的父伯子侄！他们是不是亡国奴全看咱们的了！"

时俊抽出双刀，嘶吼一声，带队冲到山下厮杀。

江面之上，宋军的戈船是第一道防线，每艘戈船容正兵二百五十人，又有将佐、艄公百人。

金军的鸦鹘船数量众多，但大多由运粮船改造，因了平底行驶缓慢。且是手橹，江水激荡不定，和此前操练所在的平静水面大有不同。艄公又多是民间的渔夫、水手，仓促上阵、忙中出错，屡屡失控以至船只进退两难。

戈船庞大，投石机居高临下，又有拍杆上下翻飞，鸦鹘船躲闪不及，或被流石洞穿，或被拍杆击翻。偶有穿越戈船拦截的小船，随即遭到宋军海鳅船冲击。

海鳅船每艘有正兵五十人，加上棹夫、押队，共可载八十多人。以踏轮为动力，船帮加增了防撞板材，在江上往来穿梭，金人水师阵形被撞得支离破碎。偶有鸦鹘船从宋军两道防线突围抵达东采石水边，登岸的金兵立足未稳即陷入重围，张振、王琪领队开弓怒射，戴皋、时俊率骑兵往来奔突……

江风浩荡，忽然平息！

江上、岸边的双方军卒不约而同都是一愣，随即一声天雷响起，风势陡转，金军的船只逆风不动，慌乱之下，更有鸦鹘船在江心打转、挤作一团。宋军埋伏在港湾里的舰只一股脑涌出，乘风直奔江心。

盛新此时已登上一艘戈船船头，手持红旗挥舞，其他几条大船见了，调转船身靠近，与他所在船只一起驶向对岸。

完颜亮面无表情，悠悠道："李通、梁琉害我，这船哪能运兵！"

仔仔起身站在他身后，低声道："南人惯用水战，你别焦躁，咱们船只毕竟多些。"

韩夷耶护在完颜亮身边，戟尖指着江面道："那些大船吃水深，船上必有重载……"

完颜亮手中红旗被山风吹得呼啦啦作响，突然改变了飘动方向！他向岸边的火堆望去，原本的黄黑烟柱突然化作青白色雾霭，火势微弱几近于无。

他拈起一旁的黄旗，犹豫再三，又放在一边，嗯了一声："你下去，告诉他们暂且不要撤兵，风向有变！水流也有转向，谨防宋人火攻！"

韩夷耶纵身跃下，和迎上前来的完颜昂低语了一阵，猛听得一阵巨响，江面上灰烟四起，数百艘鸦鹘船火光冲天。

完颜昂长叹一声，向围上来的一群军校道："这必是那李宝所用的霹雳炮……宋人大船如陆战之阵兵，小船则是陆战之轻兵，此役……"

他话音未落，江面上顺水漂来了无数草筏，待到迷雾飘散，已有筏子撞上了岸边停泊的船只，草筏随即轰然爆炸。李通所在船只浓烟四起，郭安国被石灰迷了眼睛，惨嚎连声。身边小校拎起茶壶连忙浇在他脸上，疼得郭安国张牙舞爪，他怪叫一声，一脚把小校端落水中。

戈船逼近，风帆落下，数十位宋军有如猿猴，手足并用爬上了桅杆顶端。

盛新一声令下，戈船在江上进进停停，桅杆竟随之不住颤抖，顶端的宋兵取出弓箭，双人一组，借着桅杆的抖动之势扳弓放箭。

李通、郭安国一众人等见状，连忙躲入船舱，完颜昂回射了几箭，却大多落入水中，只好转到督战台后躲避。那桅杆上的弓弩手随即齐声呼喝，将箭矢对准了督战台上的完颜亮。

完颜亮站在台边，拎了两张盾牌护在身前，仔仔蹲踞在他身后，只听见咚咚咚一阵狂响，盾牌已被射穿。完颜亮正要拾起黄旗挥舞，只觉得一阵晕眩，人已在半空！

督战台立在峭壁之上，距离基座不过两丈多高，只是地面狭窄，再往下就是滔滔江水。昨日金军在此搭台祭天，众人纷纷夸赞选址，谁也不曾料到督战台会受到攻击。

仔仔蜷成一团，瑟缩着躲在角落。

完颜亮直直坠下，眼见着就要落入江中，韩夷耶惊叫一声，从身边士卒手中抢过两柄长枪，向完颜亮掷去。长枪插入完颜亮身下岩壁，他伸手攀援，虽然握住了枪杆，却仍是摇摇欲坠。

众人惊呼声中，韩夷耶手持双戟沿壁落下，戟尖划得嶙岩火星四溅，他绕到完颜亮身下，将双戟插入石缝。

完颜亮双脚踏在戟上，正要说话，已被韩夷耶一把抱起，几个腾跃跳回了平地。

惊魂未定，完颜亮被韩夷耶推到了山石背后。

此时狂风大作，遥看江上，金军的船只是七零八落。

韩夷耶适才抓握山石，手指已是鲜血淋漓："请主上吩咐！"

完颜亮见他指甲尽数劈裂，又有山石碎屑深嵌其中，抓起他手掌——清理，沉吟道："你上去吧，舞动黄旗，撤兵！护着她。"

韩夷耶应了一声，翻身上了督战台。

又一阵箭雨袭来，仔仔惊叫连声。韩夷耶脱下铠甲，抛在她身边，又摘下头盔，将红旗扯了，把幞头缠在旗杆上，顺手拾起一侧的黄旗，挥舞双旗，将来箭一一拨开，高声叫道："鸣锣！收兵！姑娘，你先护住自己！别怕，主上让我来救你的。"

仔仔抓起铠甲盖在身上，哇地哭出声来。

山石背后，完颜亮已被紫茸军士护住，李通气喘吁吁地跪下："老天爷在上，郎主无恙！"

郭安国也赶过来，瞪着通红的双眼惊叫："护栏是我让人加固的呀！主上何故失足？"

徒单守素带队率先奔回，连滚带爬上了岸，向完颜亮方向高声禀报："主上，对岸山间多有旗帜，宋人援兵到了！"

完颜亮看自己袍袖湿了一片，知道那是韩夷耶的血迹，又见手背上也有血滴，轻轻舔了，自言自语道："那是疑兵。有人……推我。"

采石矶畔，宋军欢声雷动，虞允文默然返回蛾眉亭，帷幕内有人缓缓说道："江面绯红，是血色？抑或黄昏？"

虞允文面向帷幕扑通跪下："以暴易暴，以戈止戈。此役，敌军船毁百艘、人亡千余，又有紫茸统领登岸、伏戮。"

幕后的人长叹一声："莫不是韩夷耶？"

"晚辈不知。确是身着紫茸绵甲、纻丝战袍的。"

"追击？"

"不。我方船快，几位统领要引水军掩其前路、断其归途，晚辈以为不可，是所谓归师勿遏。也是恐有埋伏，我军人数不多，再有死伤，则明日难以应敌……可否请您出帐？将士们都在叨念您的名字，群情激昂……"

那声音又道："不必喜悦。风浪吞噬性命，杀戮褫夺魂灵。还请参军慎重，手下留情。"

虞允文连连叩头："贼酋不会偃旗息鼓，必定去而复返，我已安排水师逆流而上，封堵上游，另派盛新带队今夜偷袭杨林河口。李将军正在途中，不日即到，我会申领一众人马赶赴京口，再做筹备。不才虞允文，替大宋百姓、官兵，多谢天师施展雷法——指引、助力！"

（二） 舌战

完颜亮俯身在沙盘上，将"采石"两个字扶正，笑道："昂老，您了岁数一大把，还这么急。真把这个敲打坏了，郭大人怕是要哭啊。不必动怒，前几日在山路上，有人提示了我，说虞允文的舟师不弱，我以为也只会望风而逃，没料到他真能抵挡一阵。说起来，采石这一带暗流着实湍急、多变，不必再用强攻。元宜已放出斥候，打探宋军布兵情形，我军赶赴扬州，瓜洲渡江也无不可……您也少喝点儿吧。"

李通哼了一声："都怪梁琰这个阉人！竟然私通宋人。主上，干脆砍了他算了！我看军中不止一个梁琰，各领军的将帅都要好好过一遍！姓虞的，太也猖狂，早知道，还不如年初……他去中都贺正旦的时候就把他砍了！"

郭安国哼了一声："放这没味儿的屁有啥意思！"帐中突然陷入沉静，大庆山掀开帐帘进来，环顾了众人，低声道："主上，有个道人求见。另有三人，其中两个着了软甲……但没佩刀……这是拜帖。"

完颜亮抽出信笺，扫了一眼，笑道："李大人，那么爱砍，这次你砍吧？"又向大庆山道，"有请！"

众人一头雾水，却见大庆山带了四个人进来，为首的道人鹤发童颜，面目粲然有如少年，进了大帐也不跪拜，只低声唱了个喏："贫道龙虎山张继先，前来追讨赌债。"

完颜亮轻轻摇头："时日纷披，世道浇漓，上次谋面不过数日，真是恍如隔世。果然被天师言中了！赐座！"

郭安国连忙起身，刚要把李通拽起来，就见李通瞪大了双眼，向门口的一人问道："虞允文？！"

门口的两人身着盔甲，外罩了战袍，那细瘦的点头道："正是。李大人别来无恙。"

张继先缓缓坐下，大庆山搬了一把鼓凳放在一旁，张孝祥也不客气，一屁股坐下。

"虞允文，你还敢来？是你自投罗网，来人！"李通尖声喝道。

李金乌听见呼喊，带了几名紫茸兵士闯进来："请李大人吩咐。"

"李统领，把这几个给我拿下！"

虞允文摊开两手，向身边人道："我等束手就擒吧。"

张继先见完颜亮微笑不语，道："李大人少安毋躁，聊几句，再拿下不迟。"

完颜亮伸手叫过韩夷耶："取杯子过来，再添两把椅子……"又向李金乌道，"出去吧。"

李金乌正要追问，又见完颜亮面色平和，只好悻悻退出。

张继先盯着韩夷耶细看，面露欣慰神色。

李通道："主上，两军交战，虞允文竟敢明目张胆来劫营，太小觑我大金！什么不斩来使，给他脸了！这次不能饶了他！"

完颜亮向虞允文身边人点头："这位想必是……李宝吧。"

他话音刚落，完颜昂将手中酒杯掷在桌上。

李宝施了一礼："阁下慧眼，只是如何猜得？"

"沧桑满面，想是饱受海风吹拂，又面有喜色，非你不可。"

"好眼力！"李宝瞪大了眼睛望向张继先。

完颜亮挑起大拇指，又伸出食指对着李宝："你坏我好事啊。"

"承让。看金兵布局，海上队伍最是出奇。也是我军侥幸，才有这次乘风破浪。此役得了天助！换言之，师出有名，风向在我大宋一边。"

完颜昂咕噜一声又灌了一杯酒，讪笑道："泼李三！打过仗吗？占点儿便宜就这样了？你是跟过岳鹏举的吧？老夫在大金可是有个外号叫——'御岳将军'。"

李宝起身施礼："失敬！原来是金牌郎君。在下只是岳爷麾下小卒。岳将军对北地的几位将领，也是盛赞有加。说您着实勇猛。"

完颜昂本就酡颜，被李宝一阵抢白，脸色由红渐紫："嗯，那一茬宋军将领可不简单。"

"昂老，您还跟他套交情是怎么着。岳鹏举、韩世忠又怎的，一时一地侥幸得胜，最后还不是我大金手下败将！"李通见完颜亮略显不耐烦，也逐句降低了音量。

虞允文道："李大人，我们此次前来，并非要谈往事。"

"那要怎的？"李通望着自家主上，声若蚊鸣。

"诸位用膳了吗？"完颜亮嗓音低沉。

虞允文一愣："哦，不必了……我带了一份驻防图过来，是在俘获的贵军斥候手里拿到的，他们画得不精准，我做了修订。另一份，我手里的贵军布阵图，有劳各位过目。还有这短札敢请大王一览，我揣测的时局走向而已，请勿见笑。"说罢将两份舆图递给完颜昂，又把一纸信笺放在完颜亮面前。

完颜昂接过两卷舆图，粗粗看了，递给郭安国："元宜派出去的人不行啊，怎么出去就被逮着了。这位虞先生的防范有点儿意思。"

郭安国接过舆图，并不打开，只轻轻搁在一旁。

完颜亮浏览了短札，点头道："你果然会用兵，虞参谋不可多得……只是你攻击我军于半渡，可否算作胜而不武？"

"我部只有不到两万人，且都是王权将军留下的败卒，你方有精兵三十万，且军威正炽，西采石沿岸三十里都是你的兵，等你们过了江，在岸上我们定是无法抵挡。说起来，还要感谢这位李大人，那些平底渡船是你督造的吧？"虞允文向李通点头致意。

李通吼道："是又怎的？"

"李大人，你临时拼凑的船都太小，只能运兵不能作战，是你给了我排兵布阵的机会。职是之故，我让战船列成三队，在江上形成纵深，攻守得以兼备。即便是我海鳅船，船身也大过你舟船数倍，江心停泊的戈船，威力你也见到了，还有什么不服气吗？至于我在江上拦截，我想金主阁下您本人也不是胶柱鼓瑟之人吧，《孙子兵法·行军篇》中就有沉沙决水、半渡而击一说，正所谓'客绝水而来，勿迎之于水内，令半济而击之'。我看阁下案头也多有兵书战策，莫非只是摆设？！泓水之战，宋襄公惺惺作态，楚军半渡之际，对公孙固的良策充耳不闻，不愿出击，自诩仁义之师，美其名曰不愿乘人之危，结果坐失良机；潍水之战，韩信佯装半渡，诈败诱敌，敌军渡河来追之际，在上游放水灌敌，龙且战败身死。此类战例比比皆是，还要我再多说吗？半渡有半渡的危局，半渡也有半渡的胜机。诸位连这个道理都不懂？！"虞允文说罢，又向李宝点头道，"一笔写得出两个'李'字！李通大人的船貌似不太好用，而我家李将军带来的霹雳炮真堪称威力十足啊！"

韩夷耶布置了茶水点心，随即退在一旁。

见完颜昂哈欠连天，完颜亮道："太保爷，您累了，就别听虞先生授课了，先回吧。我和客人再闲聊几句。"

虞允文和李宝双双起身，完颜昂经过李宝，伸手在他胸口擂了一拳，叹道："郑家的父亲和我同辈，我们都是'日字辈'，和阿骨打、吴乞买都是兄弟。郑家他爹，汉名和我一样，都叫个'昂'。他爹去世后，我待他如同己出……唐岛一战，他兵败丧生，都是拜你所赐啊。好小子，咱们走着瞧！"

李宝深施一礼："前辈，两军交战，必有损伤，李宝羡慕完颜郑家，死后有您替他出口气，当日若是我命丧海滨，绝不会有人在他身上替我撒气。只是……老将军，您屡屡率军侵犯我大宋，屡屡无功而返，不会厌倦吗？"

完颜昂又灌了一口酒，将手中酒瓶递给站在帐角的韩夷耶："这个涮一涮，插些枝叶，装点一下吧，大老郭这帐里也太冷清。"说罢哈哈大笑出了帐门。

"大都督走了，那么咱们，接下来聊点儿什么呀？"完颜亮将一盏茶推到张继先面前。

"迪古乃。女真话里作何解释？"

"来。'出入无疾，朋来无咎'的'来'。"

张继先与完颜亮对视，见他眼中布满血丝，叹道："那也就是'乘兴而来'的'来'。《世说新语》里有个雪夜访戴的故事，阁下肯定听过吧。重要的并非见与不见、得到与否。回去吧。天命不可违。刚刚说笑了，我来不是催债，是来解冤释结。"

"如果天命注定，我回去又能怎的？"

"继续进兵，事倍功半，于事无补。"

"不说这些。难得高士在座，我们聊聊诗文吧。天师辞赋语义精深，飘飘然有出世之概。"

张继先摇头道："岂敢！这有状元，这才是解人。孝祥在场，老夫我还是住口吧。"

李宝插话道："某虽不才，也能体会一二，大王诗词有雄霸之气，我同僚中无人能及。尉子桥一战，我军姚统制阵亡，你的《吊姚兴》[1]一诗在我军中流传，更有将士说某天捉到你，也要饶你不死。"

"那就谢谢你军将士。姚将军以四百人抵挡我十万大军，真难为他了，他的主帅王权可是被我一封信就吓跑了的。你军之中，如果再多几个姚兴，我怎么敢进兵！"完颜亮重又细细打量李宝，"李将军，此前我没听说过你的名字，海战之后，让人找了你的诗词……比你家岳将军当年诗作差了一些。'雄风磅礴势，奋翼吞河川'，徒有嘶吼；'靖康之耻埋壮志，葵丘点兵吹角鸣'——也就是打油而已。诗可以言志，但不是这么个言法，笔无藏锋……竟然能灭我水师，你运气属实不错。"

李宝一时语塞，瘪着嘴望向张继先。见他无意点评，又向虞允文道："他这话我不知道怎么接啊！"

虞允文与张孝祥对望片刻，道："我们李将军带兵在行，文辞粗犷并不掩瑜。'大柄若在手，清风满天下''一朝扬汝名天下，也学君王

1　完颜亮《吊姚兴》：独领孤军将姓姚，一心忠孝为南朝。元戎若假征兵援，未必将军死尉桥。

著赭黄'提兵百万西湖上，立马吴山第一峰！'您的这类诗句也没好到哪里去！"

张孝祥和张继先耳语几句，悠悠道："允文兄，那几句应当是他的少作，不足引征。迪古乃有《念奴娇·天丁震怒》一词，直可封神！我朝文学，温婉有余，刚烈不足，他所作诗词雄浑朴质，此种品格可补我大宋文风软糯。北地之坚强，绝胜江南之柔弱！"

完颜亮苦笑道："状元大人谬赞了。不必说我，只说诸位最好。朕……我想听听。"

虞允文起身道："阁下，我等前来并非来谈诗论文。采石之后……"

完颜亮道："诸位无意，我也不好强迫。军事有何可说！战场上见分晓吧。今日得见各位，也是机缘，恕不远送。不必再来。各位保重。"

郭安国上前两步，掀起了帐帘："天师请便！"

张继先轻轻摇头，示意其他三位起身，李宝从怀中掏出一个小布包，放在完颜亮案头："这是你们水师头领完颜郑家和苏保衡的符印，原物奉还，敢请阁下收兵，我军水陆同心，其利断……今非昔比。想金地百姓也是受够了，何乐不为？！我等得到消息，辽阳那边，明日，完颜乌禄率领部众进发中都，后院着火，祸起萧墙，阁下真的无动于衷吗？"

完颜亮嗯了一声，闭了眼睛再不说话。

张继先转身向完颜亮道，"阁下保爱为上，战前给你的锦囊可曾拆启？"见完颜亮笑而不答，也不再追问，带领三人步出了帐外。李金乌早在帐外守候，听了郭安国嘱咐，带着一众紫茸军把四人送到营寨之外。

虞允文疾走几步，赶在张继先身旁："天师，您为何不救他？"

"他意已决。"

"什么意……决什么？"

"自绝……枭雄心思，非你我所能体悟。他是要效仿西楚霸王，要追随前秦天王苻坚……你军中防范不可松懈，金人擅战，适才你们也见到了，营寨有条不紊，军纪整肃，没乱。虽然变故丛生，但他各军将领

386

以及辽阳的完颜褒也不会善罢甘休，退兵前仍会有所动作。"

虞允文叹道："天师，此次晤谈，那完颜亮只说了十五句话……几场仗下来，虏酋可谓铩羽而归，只是……为何……晚辈心中，只是觉得忧伤？"

张继先指着地上长长的影子，又望向隐在林间的红日，道："你是为完颜亮不平。你的国主不会御驾亲征，他倒是老想着浮海避敌……迪古乃这个敌国首脑，是输家不假，但你在他身上见到了自己，犹如日光映入铜镜，铜镜灿然，又照亮内室，内室又有琉璃屏风，一片光明，是所谓投射。他的故事远未结束，只是，接下来……都是篡改吧。"

四人走到江边，早有宋兵在岸边泊了小舟。待四人上了船，那船家笑道："莫非是天师做法？刚刚晴空万里，突然就飘雪了！"

张继先道："孝祥，完颜亮那首'天丁震怒'，可还记得全文？"

"嗯，我念给您听，临安虽然少雪，可是多有传唱呢……"

张继先在船头站立，抬头仰望天宇，只见霰雪飘洒，也不禁觉得身上瑟缩。张孝祥的唱诵声时断时续，却又连绵不绝——

天丁震怒，掀翻银海，散乱珠箔。六出奇花飞滚滚，平填了山中丘壑。皓虎颠狂，素麟猖獗，掣断珍珠索。玉龙酣战，鳞甲满天飘落。

谁念万里关山，征夫僵立，缟带沾旗脚。色映戈矛，光摇剑戟，杀气横戎幕。貔虎豪雄，偏裨英勇，共与谈兵略。须拼一醉，看取碧空寥廓。

张继先浩叹连声，又挥动了几下拂尘，那雪竟渐渐停了。

（三）哗变

耶律元宜将帅案后的靠背座椅搬出来，扶着完颜昂坐下。

完颜昂掏出酒壶晃了又晃，笑道："元宜啊，我也正要找你说说呢。明日渡江，筹备如何？"

耶律元宜叫道："太保大人已到，都出来吧！"

窸窸窣窣一阵响动，帐内闪出两人。武胜军都总管徒单守素扑通一声跪在地上："太保爷救我！"

"你惹什么乱子了？"

"爷，哪有乱子！乱子惹我啊。军令惨急，主上命我带队明日做先锋渡江。属下不敢担此重任！采石之后，我军中人心动荡，下午又跑了一千多人，抓回来六十多个，全被主上下令砍了。还说明日渡江，只许进不许退，否则格杀勿论！主上怕不是杀疯了吧？说军士逃跑就杀蒲里衍，蒲里衍逃跑了就杀谋克，谋克跑了就杀猛安，猛安跑了就杀总管！又说三天内渡江不得，要把随军大臣尽数处斩。再杀下去，就到昂爷您这儿了！这可如何是好……"

耶律元宜帐下的猛安唐括乌野道："昂爷爷，下午在您帐内，主上强令武胜军和我们神武军明天渡江，您都听见了的。虞允文方面，现在驻扎在京口，这就是针锋相对啊，他们那船，您也都看见了，探报回来说，又增添了几艘大家伙，就是叫作戈船的那种，一艘船上能有好几百人，船身都安着踏轮，那东西进退自如，在水里能拐弯儿，这谁受得了！海鳅船绕着金山转了一圈又一圈，跟飞似的！主上下午看见了，还说人家那船是纸糊的！咱们又是渡江一半，他们肯定还要居中拦截，没办法啊！怎么着，采石那场仗，难不成要再演一遍。那大船船楼上还有拍杆，好几丈那么老长，上面都绑着大石头，砸下来，还别说咱们那小船，就是海鳅船都得粉身碎骨啊。"

耶律元宜连连点头："昂爷，这仗确实没法打啊，瓜洲渡不适合过江啊。且不说宋军舟楫迅驶如飞，江上横成三列，我军难于突破，就说这江面吧，窄倒是真窄，可是水流急啊。咱们船小，会撑船、能掌舵的人也越来越少。要我说呢，渡江就是去送死啊。太保爷，要不您和主上说说，咱们先缓缓，造些大船，练练战术，想个破解的办法，再渡江不迟啊。"

徒单守素从帅案下抱起一坛酒，撕去封条，唐括乌野见状，连忙从架上抓了几只碗。徒单守素倒了酒，双手捧到完颜昂面前："爷，您请喝了这酒，我们几个都听您的。"

完颜昂轻啜了一口："还不错，我以为只有我能喝酒呢？"

耶律元宜道："不不，我们没喝，主上命令不许喝酒。您是昂爷，才有特许。这酒我们是缴获的，也都没敢喝，一直存着想孝敬您老。"

徒单守素道："这也不让，那也不让，他自己倒好，那个花不如一直都在。一宿一宿亮着灯，弹琴唱歌的！"

完颜昂双目圆睁："什么花不如？"

"就他帐里的那个女的。江山、美人，都没耽搁。"

耶律元宜带着哭腔道："昂爷，这次您真要给我们出个主意了，我这边和他们武胜军那边，都跑了好些人，这要是细数起来，一路砍头，我俩这脑袋都保不住啊！"

"你们几个小东西，这是厌战啊，这可就麻烦喽。"

唐括乌野道："爷，咱们不是怕死的人，可是不能这么憋了巴屈地就死了啊。探报还说，那个李宝又带了些玩意儿装备虞允文的船队，应该就是唐岛用的东西。那弩炮都是三弓床的，目测射个二里地没问题的。那要再射火箭，还别说渡江，咱们岸上的人马都没跑。投石炮也很歹毒，一里范围内那是避无可避，他们现在不投石了，他们投霹雳炮，掉下来就爆炸。这几年宋军长进太多了。"

完颜昂哼了一声："别废话了，长他人志气，灭自己威风！这要搁早先，你们这就是动摇军心，都得掉脑袋。细细说吧。一起喝吧。跟我就别假装矜持了！"

徒单守素给另两人倒了酒，吧嗒了嘴："没什么说的啊，过江就是个死！"

"不过江也是个死。"唐括乌野接口道，"辽阳那边新天子即位了，咱们就别傻愣着了，都别坐以待毙，干把大的，再和宋军那边议和，然后咱们一起回去。主上帐里，有我的人……"

完颜昂一口把一碗酒都灌了，眯着眼睛道："我真是有点儿累了，头晕得厉害，什么都没听到。"说罢起身走出大帐。

耶律元宜抱着酒坛子追了出来，递给完颜昂身后小校："这个给昂爷带回去喝！深一脚浅一脚的，你护着点儿！"见完颜昂已走远，又扯着脖子喊道，"昂爷，别喝太多，事成之后，还得您主持大局啊！"

徒单守素见耶律元宜进了大帐，脸上一片乌黑，愁眉不展，追问道："元宜兄，怎么说？"

"事不宜迟，即刻动手，太保的心思谁也说不准啊。我神武军不可调动，那李通一直盯着。你武胜军怎样？"

徒单守素摇头道："也不行，郭安国安排了人，我看再过两天，就要把我这都总管给替换掉了。"

耶律元宜伸手唤过唐括乌野："你快去骁骑营，快去！让王祥带队来见我。"

唐括乌野道："将军，我要和大磐说一声吗？他是都指挥使，他不放话，我估摸着王祥未必能把兵带出来……"

"蠢材！你跟他说，那事情不就败露了吗？你直接找王祥，就说他爹我要死了！"

唐括乌野转身正要出帐，复又转身道："将军，紫茸军不好对付啊！王祥身边的人肯定不是对手！"

耶律元宜伸手拍了脑门："哎哟！我怎么没想到，守素，你快想想，我这脑子有点乱。"

徒单守素道："嗯，这确实麻烦……"他俯身从地上拾起一个羊皮挂袋，讶异道，"这什么？"

耶律元宜伸手夺过，打开皮袋，从里头掏出一枚金印，惊叫道："太保的印信这是！"

"嘿，这老头子，也够迷糊的——"徒单守素道，"莫非……"

耶律元宜惊叫一声，连忙坐在桌前抓过纸张。他双手颤抖，手中毛笔几乎就要脱落，道："守素，你来写，我说你写！"

徒单守素一脸懵懂，道："我字不好看啊！"耶律元宜一把拽过徒单守素，把毛笔交在他手："别废话！写——南征以来，紫茸军官兵勤恳持守，宵衣旰食，甚慰。"

"耶律将军，什么衣食？不会写啊！"

耶律元宜夺过毛笔，一把把他推开："费劲！给我吧还是——'兴兵以来，紫茸军勤恳持守，甚慰。南征诸部攻城略地，乘风破浪，唯紫茸军寸功未立，他日论功行赏，或仅可叨陪末座。大胜在即，恐为同袍耻笑，特着李金乌带队速往泰州。淮东一带，多有流民麇集，资财粮草无数，速速取之以驰援渡江舟师，莫为他部捷足。令！'别愣着了，过来盖章啊！"

徒单守素连挑大指："耶律将军！真一条妙计啊。李金乌最是贪功，他还贪财！看到这个一准儿迷了心窍。"

"别白话了，快去吧。"

"啊？我去送信啊。"

"要不然呢，你以为太保落下金印是要干啥！你堂堂武胜军都总管，带个大都督的亲笔信给紫茸军，正合适！快去。看着他们开拔，你立刻回来，那时候王祥也差不多到了，人到齐了，咱们立刻动手。你知道今晚迪古乃大帐在哪儿吗？"

徒单守素捧着手信走到帐口，回身道："今晚在龟山寺那边，在庙里住着，亮着灯的就是了，一宿一宿的。"

听见帐外有哦啊哦啊的叫声，完颜亮翻身下床，笑道："你不是要看驴骡吗，韩夷耶来了。"

"真够悦耳的，我还以为开春要种地了呢。"仔仔掀开被子，伸手唤过小猫。

韩夷耶在帐外低声道："末将有要事禀报！"

"说。"

"主上，我军统领李金乌带队前往泰州提取粮草，我再三拦阻不成。现御前已然无兵可用。"

"去了海陵！谁的指使？"

"得了太保手令。"

"这些事要用紫茸军吗？"

"是此末将心下疑惑，恐其中有诈，特来向主上请命。"

"什么命？"

"敢请主上手谕一封，他们启程不久，我马儿脚力快，一个时辰内必定可劝他们回返。"

"呵呵，真是步步为营。他们也还不算笨。不必劝返，你去把现有的人手召集一下，如有哗变，不必抵御。先去郭安国和李通军帐，让他们俩好自为之。"

"卑职不懂，请主上明示！"

"你去吧。且慢！"完颜亮在案上翻检出一张纸笺，轻轻叠好，塞入信封，走到帐外递给韩夷耶，"这是写给你的，人各有命，不必努挣，新君已立，你去投奔吧。你不倒戈，朕已经感激不尽，诸将之中，你能耐最大，却要屈居人下，你不要恨我就好。"

韩夷耶只听得脸上发麻，问道："主上，何必如此？末将今夜就在这儿站着，谁敢造次！"

"回去北方，你也不要锋芒毕露，多些隐忍。早年间，你一戟把完颜亨头盔给捅掉了，害他郁闷了很久。前一阵，'丝麻作'选拔，你力主那位大兴府的汉子做领队，李金乌心里别扭，他之后伙着太保数次压制你，你还不懂吗？有能耐，更要忍着。"

"主上！"

"去通报郭安国和李通吧。"

韩夷耶伸手从得胜钩上摘下双戟，斜插在帐门前的空地上："主上，不要担心，属下去去就回。"说罢翻身上马，那坐骑却不亮掌，只是低头不住哀嘶。韩夷耶紧扯缰绳，驮骡长鸣一声，前蹄高高掠起，在完颜亮头上不住凌空蹈踏。

完颜亮伸手摸了它脖颈，叫道："好孩子，去吧！不要害怕，也不必执着，更要不落情缘。这世间悲苦雷同，喜乐却有千万种——你明白吗？"

那马儿把头埋在他胸口蹭了又蹭，随即疾驰下了山坡。

仔仔趴在帐口倾听，见完颜亮转身进来，道："他才应该是紫茸的统帅，我好爱！"

"是啊，韩夷耶双戟，堪称万人敌。他不应该就这么死掉。我还会让他护着你，你也不要怕。"

"你命他们明日渡江，就是要逼他们造反？"

"我说不清……"

第十九回

（一）余欢

看见完颜亮盯着自己，仔仔把被子蒙过头顶，随即又探出头来，和他对视。完颜亮笑道："我一直想问，你怎么是个处子？"

仔仔抓住被角遮住脸："为什么不是！"听见完颜亮良久无声，知他仍在看着自己，"老郭头儿那么大年纪，有几次想扑我，他不行呗。"

"郭瑞孙呢？"完颜亮低声问道。

仔仔呸了一声："他敢！他欠我的。"

"也欠你钱？"完颜亮打趣道。

"不能告诉你。说真心话你敢吗？"仔仔索性掀开了被子，"看吧看吧！不腻烦吗？"

"你盖上，帐里凉。没有我不敢的事。你先说。"

"我爹死在一个坏人手里，我娘也哭死了。我来军中是要报仇的。"仔仔狠狠说道。

完颜亮嗓音低沉："这是事实，不算真心话。但我会帮你的。"

"不要你帮。我自己报仇。该你了，说真话。你不喜欢什么？那些不敢让人写在起居注里的，你敢告诉我吗？"仔仔追问。

"我不喜欢身边的人，我知道他们也不喜欢我。"完颜亮伸手抱起小猫。

"你说谁？"那小猫听见仔仔语音，回身看见她上身裸裎，从完颜亮怀中挣脱，轻轻跃到她被子上不住踩踏。

"还能有谁？我身边这几个，都是蠢材。"

"蠢材你还用他们？你说的是李通、郭安国、梁珫还是……"

"有一个算一个。我用他们，只是因为他们好用。我用他们，只是想让那些有能耐的，心里不平。"

"你真变态！"仔仔把小猫推到一边。

"你哪儿学的这词？"

小猫喵呜了几声，仔仔又揽它入怀，在它鼻口处轻吻："不知道。脱口而出。你不是常人，你的日子也不是常态，就变态了嘛。"

完颜亮顺嘴吟道："'江城含变态，一上一回新。'老杜的诗。"

"啊！"仔仔惊叫一声，用被子蒙住了衔蝉，"为什么要让有能耐的人心里不平呢？"

"这是驭人之术。驭人，就要让小人得志，让能人郁郁终生。这才能有所制衡。"完颜亮又掀开被子，"我也厌倦了。"

"那个李金乌獐头鼠目的，却做了紫茸军的统领，韩夷耶却只能做个副手？"

完颜亮一把抱起小猫："是这意思。"

"你是皇帝，所以能随心所欲。这也没什么了不起。对女人呢，你也是这样？"

"不全是。女人、孩子和猫，值得留恋。从开封开拔前，他们送我，我儿光英拉着我的衣襟，哭了……"

"皇后呢？"仔仔幽幽道。

"应该也在哭吧，我没看她。"完颜亮在猫脸上嗅了又嗅，"你这个小猫，你好香啊！"

"你心真狠！"

"我只和光英说了一句话……"

"说了什么？"

"吾行归矣。"

"没头没尾的，不懂。什么意思？"

"意思是：我很快就回来。我对臣下说过，等光英到了十八岁，我就把皇位传给他。我只想在宫掖苑囿的田间地头闲逛，再不问世事。"

"哦，吾行归矣！这句好像在哪里听过？！"仔仔双手抓了头发，叫道，"这句像钱镠说的，就是那个吴越王。"

"唐末的事你都知道？！说说吧。"完颜亮见那小猫眼中似有泪水，掏出丝帕轻轻擦拭。

"钱镠有位庄穆夫人，吴氏。吴氏每年寒食节都要回娘家。那一年，吴氏又回家了，估计也是两口子拌嘴了，在娘家住了很久。钱镠惦记她，就吞了二十五只猫。"

"我宫中也有几十只猫，妃子们知道我爱猫，越养越多……怎么要吞二十五只猫？！"

"百爪挠心呗。就出了宫门，看见湖岸边柳娇花媚，就把小猫们又吐了出来，一转眼，白猫钻进了栀子花丛里，狸花猫跳上刚淋了雨的海棠枝头，橘色的小猫看见桂树还没开花，就急了，急哭了，哭着哭着饿了，就趴在树下自己舔舔自己，把自己舔成了一块桂花糕啦。这钱镠心里舒缓了，就写了封信，催促媳妇儿回来。和你一样，他也没多说。他写的是'陌上花开，可缓缓归矣'。"

"都掌控了临安，那赵构如果学学钱镠，我就不会打他！"

"你知道他？"姜仔仔当胸一拳，"那你还让我复述一遍？"

"我只想听听你这张巧嘴会怎么糟改这个故事。百爪挠心，倒是头回听说。我猜你爹不是武师……"

"你也不要得意！你的'吾行归矣'，未必会像吴越王的那句那么流传。"

"那要看我是否比他功业大。无论如何，八百年后，哪怕只有一人记得这句，也可以称为佳话了。"

"只在田间地头逛？那可不像你做的事。"仔仔探指轻抚了他鼻梁。

"每次看到臣子们满脸沟壑纵横，皱纹里都是欲念，都是不满足，我只是替他们悲哀。"完颜亮起身到桌案前，缓缓坐下。

"你这样有意思吗？把别人逗得如醉如痴！你到底想干什么？"

……

"跟我说嘛！"仔仔起身披了暖衾，走到完颜亮身边，伏在他膝间，脸颊仍是一片潮红，又抬头盯了他看。

"有一年在中都，我去西山，回城的途中下辇，看见几个农人在地里耕作。我就过去和他们聊了一会儿，我最羡慕的是那样的人。"

"他们应该跑才对。"

"呵。我赏了他们银子。我上车了，他们还匍匐在路边。"

"这有什么了不起！"

"没什么了不起。了不起的是他们。我想活成他们的样子。犁七亩田，养八只鸡，每天半夜被婆娘骂。有朋友来了，婆娘表演贤惠，冒着雨去剪韭苗，孩子们在一旁假装听讲，其实是惦记盘子里的菜肴。然后喝醉，醉得不省人事。第二天一早醒过来，朋友已经离开，就像从没来过。婆娘又开始骂……"

"这一段真好。比'吾行归矣'还好。"那白猫也凑过来，头在仔仔脚踝上蹭了又蹭。

"那几个农人，我想送江山给他们，他们能接住吗？几两银子都只给他们增加烦恼。可是他们不知道，他们早早过上了我梦境里的日子。"

"刚我问你，女人呢？你也是把女人当玩物吗？"

"从来没有。我是被她们霸占了。"

"看见你就看见不要脸本人了！"

"如果非要说霸占，我要霸占的也不是她们。见过我，她们就不会快乐，我就想让她们此后快活不起来。我霸占的是她们的丈夫。"

仔仔站起身来，暖衾哗啦滑落在地毡上，她挥起拳头，砰砰砰砸在完颜亮胸前。完颜亮并不躲闪，只点头微笑看了她："你到底是例外。"

仔仔跳开，又趴在床上呜呜哭了几声，反身道："你不配被爱！有人爱你吗？我猜你也不敢喜欢谁！"

"不知道。"完颜亮摇头。

"你爱过哪怕一个人吗？除了你自己！"

完颜亮面色一沉："爱过。她叫叉察。从小我就喜欢她。她也喜欢我。我气她，我跟一群女人在一起，就是要气她。太后拦着，不让我娶她。她疯了，随便找了人苟合，气我。我就杀了她。我不想看见她痛苦。她也不是不喜欢我，她想让我归她，一心一意地。我做不到。她死了，她先我解脱……我本想带她随军……第一次见你我惊了，我以为你是她的魂魄。"

仔仔怔怔地望着他，一字一句道："所以，你每次都把我眼睛蒙上？！"

"嗯。是我不敢和你对视。"

姜仔仔忽地起身，伸手夺过他手中酒杯，又顺势坐在他膝上，朝他脸上吐了酒气："抱我！"

完颜亮扶她起身，拾起貂裘包住她，拥着她出了寺门。龟山寺下望，正是瓜州渡口，此时雾霭沉沉，一列列战船被风浪冲击得横竖无序，二人立足处却分外平静。

仔仔见他衣衫单薄，脱了貂裘给他披上："抱我，像被窝里一样。"

完颜亮拗她不过，用貂裘将她裹在怀里。寺前的经幢上悬挂了两只灯笼，映得院子里殷红一片，只在灯笼底口的地面上有两圈雪白，有如射灯烛照。二人在地上的影子好似一只野兽长了两个头。仔仔偎在他怀里，犹如小小的一只狸猫。

"你看过经变画吗？"

"我爹跟我讲过一些。"

"画里有妙音鸟，有的有两个头。"

"共命鸟。像这影子。"

"你读苏轼吧？"完颜亮轻声问道。

"嗯。"

"除了农夫，我也想做苏轼。我想做他门下走狗。"

"没出息！哪像一个皇帝……你诗词很像他的。"

"各有衷情而已。"

"还是没出息！你写的不比他差。"

"非。我连他的边儿都没摸到。我的诗词是和蔡松年一起从军时练了几天。"

"苏东坡就是被你这样的坏皇帝逗得如醉如痴！"

"才不是。他那么聪明，他知道这是个游戏。君臣都要投入，要演得逼真。后来可能有点儿，他演得自己都信了。要是他能和我坐在一起喝酒，我猜，我俩只是喝酒，谁都不会说哪怕一句话。你看对岸，那就是宋地了，我本打算让我大金的日头照耀对岸的十六路，各路的经略安抚使应该跪在我面前……没有违心的措辞，他们都跟我说出心里话。"

仔仔转过身，伏在他胸前："怎么说起苏轼？"

"你看这院落，看地上的影子。他有篇短文，就写的这个。"

"我看不见。我只看着你的胸脯，你说的是写承天寺那篇吧。"

"仔仔！你是故意这么聪明的吗！"

"刚我觉得你下巴在我头顶上下挪动，就猜出你一定是在看地上的树影。"

完颜亮双臂用力，勒得她嘤咛一声，随即放松，半推半抱地拥着她前行。姜仔仔如堕云雾，念道："相与步于中庭。庭下如积水空明，水中藻荇交横，盖竹柏影也。何夜无月？何处无竹柏？但少闲人如吾两人者耳。"

完颜亮听罢，食指轻抚她唇缘，又探入她口中，叹道："你是谁家的小孩儿，怎么这么让人喜欢！"

仔仔默不作声，只探手勾了他颈项："我猜你猜到了。我不是武师的女儿。"

完颜亮眼里有泪光闪动："知道了。你会得偿所愿！只是……你是我四十岁上得来的婴儿，往后，你也一定要像个孩子。无论接下来发生什么，你要护好自己。很快了。这次是真的，不会再有恐惧。"说罢抱起她大踏步直入寝帐。那白猫咕噜了一声，轻轻跃到凳子上团身卧下。

（二）鸟辨

仔仔听见一声惊叫，连忙吹着了灯火，却见完颜亮坐在床上，后背急促起伏。

她伸手轻抚，只摸得一手冷汗："你做梦了？"

完颜亮把被子重又盖在她身上，顺势一头扎进她怀里："不会再有恐惧了，不会再有梦乡，乳尖般微微翘起。我以为我能，我以为我能跨过这沉沦的一切，向我的前辈、我的同侪和后代开战……仔仔，而你是我的金甲。"

"你疯了，净说胡话！"仔仔捧着他的脸，手上满是泪痕，"什么梦啊，要伤心成这样？"

见完颜亮默不作声，仔仔伸手捏了他腕子，只觉得他脉象浮滑细涩："我不知道你竟然会害怕……你害怕什么？"

"我害怕我的害怕……有一段时间了，战报、读写、醉饮、房中，都不让我激奋，我想判罚自己，我没法再骗下去了，这么多将士，我不想装模作样了，我其实就想做个软弱的人……我为什么不能心安理得地享受它！早就知道乌禄会起事。我连完颜亨都杀了，我舍不得杀他。我等的就是这一天。果然来了。"

"我去倒杯水给你，嘴唇都干了。"

"不要。你不要动。我刚做了个梦，就醒了。"

"知道他会反叛，为什么留着他？"仔仔嗔怪。

"说不清。这是个游戏，他才是对手。我一直在试他。他终于交了考卷。他是另一个我。"完颜亮说罢如释重负。

"不说他了。我去倒水给你。"仔仔作势起身。

完颜亮一把拉住她："不要动。"

"我总要为你做点什么。我还什么都没做。我担心你……我一直想说，我担心你会……惨死……"

完颜亮灌下半碗冷茶，快步走到窗边，拉开厚厚的帷帘，窗外雪色苍茫，浮云塞空，几乎低垂至树梢，云层的罅隙中透出几缕天光。东北方向有大星倏地坠落，流星余迹的尾光在空中久久不灭。

"仔仔，别为没做事情担忧。有很长一段日子，每天我都知道没做好该做的事。不过又过了一段日子，你会发现这个天下，它的湖泊、山峦、旷野，甚至这夜空都是一些没完成的东西，你心底就会浮起一种古怪的得意。不要担忧，担忧是个顽疾，是沉疴，且无药可治。我也曾信誓旦旦，南征的念头在脑袋里挥之不去，落日时分、黄昏影里，我为那些没完成的事情感到抱歉。但毕竟还有睡眠，还有黎明，还有清早的空气，还有你的呼吸，它们用新的希望抚摸我，奇异的事乘着夜风的翅膀、拖曳着耀眼的光芒抚越窗棂，我不用再为命运担忧了。是时候了。与其苟延残喘，不如从容焚毁。不是吗？"

仔仔只觉得一阵寒凉，周身一颤："说说你的梦吧。"

"我梦见有人叫我，就和她走。是个女子。云山雾罩的，应该是天上吧。然后就听见有个人说话，像个小孩子的声音，说'海倾陵崩，你还不下马？'我就下马，牵着往前走，到处是香花瑞霭，太不真实了，然后云雾散去，好像有一群孩子在念童谣，'火球火炭'的，我觉得浑身燥热，又寒彻心腑。看不见说话的人，我听见有响动，依稀又听见乌禄的低语声，我反手抽了一支箭，搭弓射了出去。叮的一声，再没有语音了。那个小孩的声音又开始说话，说：'大势已去，还不快走！'"

仔仔看他面色扭曲，眼神空洞至极："我真不知道，你居然也会害怕……"

"我翻身上马，一路狂奔！一团云朵散了，眼见着你被捆在一棵树上，我想扯住缰绳，可是缰绳断了，我怕撞到你，抱着马脖子往左掰，然后一个趔趄，连人带马跌到了悬崖边！醒了……"

"张继先的锦囊里写了这个。可是梦都是反的。你别多想。"

完颜亮腾地起身，披上大氅出了寺门。仔仔靠在枕上，听见马厩里的小将军一声长嘶，完颜亮大踏步走回屋内。

仔仔爬起身来，把被子裹在身上，走到他身边："就是个梦，不要当真。"

完颜亮杀气腾腾，摊开双手盯着她道："小将军浑身是汗！"

"你是这阵子睡不好，什么也不要想，过来我拍你睡。"仔仔在床铺上重又卧下。

完颜亮仍是兀立不动，猛然转向姜仔仔问道："听见了吗？"

"什么？"

"你听。"

"鸟叫？"

"忒也奇怪，怎么半夜啼叫！你知道这是什么鸟吗？"

"……不晓得。"

完颜亮从架上摘下雕弓，又从箭囊里抽了一支箭，低声道："怎么少了一支？我有九支箭，九岁时我认识了叉察……我刚才只在梦里射了一箭……"言罢走到门外。那鸟似乎觉察有异，再也不叫。四处空山寂静，完颜亮在雪地上站定。

临近晦日，乌云已然零落，夜空中小星星沸腾，又似乎在瑟瑟发抖。一阵江风掠过，远处山脊上的树梢拂动不止，一只鸟倏地振翅腾空。他扯圆了弓弦，嗖地放出一箭，那鸟尖喉一声，一头栽落。

完颜亮回到室内，将弓搭在塑像的手上："这是鸤鸠，'鸤鸠在桑，其子在棘'……说的是儿子不在身旁……鸤鸠就是杜鹃……你知道杜鹃的故事吗？"

"我只知道人们叫它布谷鸟。它自己不孵蛋，占别人家的窝……你过来，讲给我听吧。"仔仔拍着枕头温声道。

完颜亮俯身蹲下，轻抚了她脸颊："以后你要把我讲的故事再讲给别人听。"

"嗯。"

"古时候，很早以前，蜀国地方上有个国王叫杜宇，据说是从天上来的，人们称他为望帝。他教老百姓种庄稼，但不会治水，很苦恼。突然江上逆流漂来一具死尸，又活了过来，声称可以整治水患，杜宇就信了他。治水要很多人参与，兵权也就给了他。这人凿开了巫山，水患止住了，又逼迫杜宇退位，杜宇不想争执，就传给了他，自己进了山。这治水的人不依不饶，造谣说杜宇是因为勾搭了自己的老婆，心里有愧才退位的。杜宇组织了几次人手，想夺回王位，总是不成。他绝望至极，回也回不去了，说也说不明白，就没白天没黑夜地哭，哭着哭着就变成了一只鸟，就是杜鹃了。哭得嗓子里都流血，是所谓'子规啼血'。血滴到山花上，白色花变成了红花，漫山遍野，又热闹又惨烈，红得血淋淋的，鲜艳至极……故事虽然在蜀地，但我老家，东北会宁府那边，也有这花，叫个金达莱，冬天一过，漫山遍野、满坑满谷、铺天盖地，红花开，红的心，红得好美丽啊……只是，这鸟都在春天哭叫，已经是二十七了，快到腊月了，古怪！"

"我以为是个劝农的故事，怎么你讲得这么血腥！"仔仔摸了自己的胳膊嗔道，"冷！"

"它的叫声，被很多人听到，农人听见了'布谷布谷'，就去耕田了；商贩听见'不贵不贵'，就籴米；铁匠听见'不困不困'，就爬起来铸犁，为了给孩子挣口好饭吃；学童也听见了，听到的是……编不下去了。"

仔仔接口道："学童听见了'不苦不苦'，就捏着鼻子背诵书经。"

"嗯，"完颜亮慢慢卧倒，一头埋在仔仔腋下，"兵卒们也听到了，他们听到的是'不如归去，不如归去'，回家的念头再也按捺不住……"

仔仔侧过头，偷偷擦了泪水。完颜亮略微停顿，似在侧耳倾听："它死了吧，或许在偷听咱们说话，现在不叫了……你知道完颜亶、我和完颜褒，如果碰到一只杜鹃不叫，我们仨会各自怎么做吗？"他嗓音干涩，几近失声。

"完颜亶是上一个皇帝吧，就是那东昏王？完颜褒是……乌禄？"

"是，东京辽阳的葛王，乌禄。"

"嗯，你们怎么做？"

"完颜亶会学鸟叫，逗它叫；我会射它一箭，就为听它哀鸣……"

"……完颜褒呢？"

"他会静静地等，直到它叫。"

仔仔在他头发上轻嗅："这就是意兴阑珊吧，你真要放弃？"

"别人不懂，乌禄应该懂。我给他机会篡位，他没浪费。"

"好好过日子不行吗？让自己活，也让别人活。"

"不可以。和人斗，偷偷把机会让给他，没有比这更有意思的事了。"

"为什么要一心向死？为什么不回去北边？"

"回不去了。"完颜亮挣扎了起身，倒了酒一口吞下，"这酒能回到粮食吗？"

"那……光英在开封怎么办？他才十一岁啊！"

"我离开之前，听说他已经和几位太师聊了，他开始质疑我。他命中注定，要经历这些。"

"你如果放弃，光英还保得住命吗？"

"他如果有心，就该找个退路。我爷爷，太祖阿骨打，给我起名字，叫个'来'，他说：我的孩子们来到世间，是要受苦，不是享受尊荣！其实……我希望在后方篡位的是——光英！"

"你又希望乌禄称帝，又希望光英上位，你不纠结吗？"

"无论是谁，我留下的底子都够他们统治一世了。宗族里需要铲除的，我已经弄利索了。剩下的就是萧规曹随，谁称帝，都会成为一代明主。别人不知道，上位的人会懂的。"

"想过你自己吗？他们会怎么给你在史书里做传？"仔仔又斟了半杯酒递给他。

"在乎这些，我就不南征了。北人粗犷，不可不见黄山之秀美。我本想看了真正的天下，然后，回去春天，做一个农夫；再去夏天串门儿，做个猎户，遇见有孕的母兽就劝它当心；路过秋天，就带着爱人去收割，那时候地里一片金黄；她们累了，就先回家。忧伤是一棵小树，心满意足是夜色初起时的无人伫足处。冬天的时候，我们坐在火炉旁。但我做不成你说的货郎，我不会做买卖。"

"你为什么非要杀了我爹？"

"祁宰。"

"是！你什么时候猜到的？"

"太后我都杀了，拦我者死！你提到你和姐姐、姐夫长大，我就猜到了，你姐夫文笔不错，你父亲平时不言声，我猜他说不出那些话，我问你姐夫，他还说他不知道，说你爹骂我那些话不是他编造的，我就让人打了他板子。那之后不再有人出头了。这才顺利发兵。"

"我爹都说了什么？他不能不死吗？"

"我早就看见他的奏折了。一直嚷着要见我，我知道他想说什么，就躲着不见。皇后病了，他进了宫，跟我一直磨烦，旁边还有好些大臣，不杀他我怎么服众！换作你爹是我，我横扒拉竖挡着，他也得杀我。"

"他说了什么？"

"每个人都觉得自己在理。每个人都跨不过自己的人格。"

"'人格'是什么？你觉得他说的不对吗？"

"'人格'就是'智识'，和地位、修为都有关。他讲的那些我早想到了，可是我不能听。大金走到今天，靠的不是龟缩，不进则退。这次南征之后，两国可以交好一阵，这就是战事的意义。如今内政疲敝，女真人不思进取，长此以往，国将不国。南边再出几个岳鹏举，再多几个李宝、虞允文、姚兴，大金用什么抵挡？长久平和对双方都是困局，必要有所动作。所谓一动不如一静，那是小儿见识，老婆孩子热炕头是猪栏梦想！"

"那都是人命啊，死在海里的、死在江里的……你就不怕遭天谴吗？！他们都有父母兄弟，或者还有爱人，多少个家就因为你要攻宋，都没了。"

"可是他们有后代，一代人有一代人的事，所有人都要死，不死在江边，也要死在炕上。我很快也要死，你别太恨我，见到你父亲的魂灵，我会和他……"

仔仔嘘了一声："你听！怎么这么安静？我怕，我想尿尿。"

完颜亮伸手扶她起来，牵着她走到帐外，拔出韩夷耶插在地上的一支戟，指着薄雪道："尿吧，只有我。我不看。"仔仔手扶着另一把戟缓缓蹲下，在地上滋出了一个雪洞。

完颜亮手持戟柄，在雪地上写了字，只划得那地砖刺刺作响，见她起身，笑道："我写过一首雪的词，现在想想写得不好，你若是读过肯定要笑我。我也不想再写那些咋咋呼呼的东西了，我烦透了！再有机会写雪，我就要写在雪地里尿尿。"

仔仔面带红晕："大皇帝，要写屎尿屁，恶俗！你在地上写了什么，雪书法留不住的，明早太阳出来，就没了。"

"雪书法？！名字不错！等不到明早了。你过来看，最后一眼。"

有风拂过，吹得两盏灯笼滴溜溜乱转，仔仔盯着雪上的划痕，轻声念道："佳，想安善，未果未结，力不次。这什么呀？"

"王羲之的书法，说的是下了一场雪，又突然放晴了。第一句是'快雪时晴'，什么都要交代来由，让人厌烦，我就没写。那幅书帖我赏给了乌禄，那时候他要去东京赴任。仔仔，雪天让人迷醉、恍惚，你不觉得吗？"

"这几句话什么意思，我没懂。"

"就是说，下了雪又晴天，很好，如果一切都安定顺遂该多好。可是事情还没结果，心里就觉得闷损，但已经力不从心。"

"这说得太愁惨了，还是屎尿屁吧，虽然也无聊。"仔仔紧紧搂住他胳膊。

完颜亮把戟插回原处："无聊最有趣。小时候，也是这样的雪天，我老家会宁府的雪可比这大多了，太宗爷爷，带着我们一群臭小子玩雪，他拎着槊在雪地上画了一条线，让我们站在后边，比谁尿得远。尿得远有赏。"

"都有谁啊？"

"都在的。合刺，就是完颜亶。我。还有乌禄完颜褒。合刺比我大三岁，我比乌禄大一岁，那时候我们都不到十岁。你猜谁尿得最远？"

"你！"

完颜亮摇头苦笑，伸手抱起仔仔，进了门把她放在桌子上，拨开窗边的布帘，那墙面登时金光灿灿。他取下挂在壁上的盔甲，仔仔有意挣扎，却被他单手按住动弹不得。

完颜亮片刻之间已把札甲套在她身上，护腋尺寸实在太大，索性扔在一边："还真不是我，是乌禄。他最小，可是他有办法。他把小鸡鸡拨弄硬了，然后滋得最远。太宗爷爷说他狡诈，没赏他。合刺太紧张，压根儿没尿出来。我甩着尿，可是手一哆嗦，尿靴子上了。太宗爷抱着我，舔了我的靴子。童子尿，味道应该不错……仔仔，你现在身上穿着的，是你的仇家——我的——金浮屠，大了些，但是你穿着好看。这是我最后能给你的……小小儿的屋子了。"

他正要举起金盔罩在仔仔头顶，猛听得羽箭破空声，连忙俯身将仔仔扔在床上，吓得那白猫一声惨叫，钻到神像背后。

完颜亮抬头再看，一支箭正钉在送子观音像的眉心，尾羽还在不住颤动，他伸手掰下箭杆，看了上面的印记，咦了一声，又随即放声大笑："大庆山！没想到。"

（三）遇弒

耶律王祥在帐外叫道："那暴君就在里头，放箭！"

弓弦之声不绝于耳，完颜亮将供桌推倒，桌面向外，拉着仔仔躲在后边，又拔下她发髻间的两柄簪子，在她头上罩上了金盔："别乱动！没事的。"只听得桌面上嘭嘭一阵疾响，完颜亮大喝道，"来者何人？！"

耶律元宜答道："神武军都总管耶律元宜、武胜军都总管徒单守素、骁骑营副都指挥使耶律王祥。"

"大庆山安在？"

"在。"

"为何叛我？"

"因势利导。"

"你是乌禄的人？"

"不是。"

"你偷取我一支箭？"

"正是。"

"为何？"

"恐各部妄动，我持箭去通报了。"

"骑我的小将军？"

"正是。"

"……为何不冲进来？"

耶律王祥双腿不住哆嗦，盯着地上交叉竖立的两柄画戟叫道："让韩夷耶出来，我要会会他！盛名之下，怕不是其实难副吧。"

他话音刚落，只见山道两侧的密林上空呼啦啦飞起一群乌雀，山路上一骑飞奔而至，那马犹如旋风，在大帐前忽地驻足，耶律王祥忙着抹去脸上碎雪，来不及细看，只觉得眼前一黑，连忙提刀上划。马上跃下的人在空中转身避过刀锋，一脚踹翻了他，又反手在他肘间轻点，伸手夺过他手中朴刀，就地滚动，转眼间已将近处几人砍翻。那人双手捏住刀身，不见用力，已把刀柄掰弯，当啷一声扔在一旁，笑道："微末功夫，还敢班门弄斧！韩夷耶在此！！！"说罢从地上拔出双戟，挺身而立，肩上的紫茸随风飘动，叫道，"哪个敢动！"又向帐内喊道，"主上，卑职救驾来迟，您没事吧？李尚书和郭大人已然殒命，监军徒单永年、近侍局梁大人不知所终……"他转头面对耶律元宜，"是你们干的吧？！"

耶律元宜从队伍里踱了出来："韩将军，不要抵抗，我一声令下，你就变成刺猬了，信吗？大丈夫要识时务，我等都是大金子民，都被这昏君播弄，何苦自相残杀？你放下兵刃，随我回去中都，我保举你！"

"耶律老贼，主上待你父子不薄，为何夤夜逼宫？"

"傻小子，各军都叛了，只有你还不知道吧。你紫茸军，李金乌，也借个由子带着队伍溜了！"耶律元宜指着帐门道，"帐里这位，初而篡君，继而杀母，背盟兴兵，构祸累年。他穷兵黩武，视人命如草芥，他不死，天下都不得安生。我把话撂这儿，今天事情必然有个了断。我敬你是条汉子，放下兵刃，束手就擒，老夫说话算数，我保你活命，回到中都，我必保举你啊！"

耶律王祥爬起身来，只觉得右臂麻痒难忍，手也不听使唤，不免恼羞成怒，对身边骁骑队伍里的弓弩手喝道："还等什么？射他！"

韩夷耶听见动静，不等众兵士放箭，已然跃入人群，他手中双戟上下翻剪，转眼之间，十数位兵士已被枭首。耶律王祥见他怪叫连连，有如失心疯，再不敢阻击，连忙绕到徒单守素身后躲避。

徒单守素见地上人头滚动，也吓得不住后退。但见韩夷耶身法极快，手法却是不变，如同给马匹拴上缰绳，又好比扎帐时捆住绳索。他只将双戟搭在那些兵士肩头，双手左右掣动，头颅便如蒂落的瓜果一般在地上滚动，之后颈间喷血，身躯随即扑倒。

耶律王祥惊得目瞪口呆，转身要逃，韩夷耶已跃至身前，右膝正顶在他胸口，耶律王祥闷哼一声仰头倒下，韩夷耶双戟斩下，卡在他脖颈之间。耶律元宜见状，高喊道："且慢！"

雪地突然被灯火照亮，却是完颜亮推开庙门走了出来，他将身上的黑裘大氅展开，露出嶙峋的前胸，喝道："韩夷耶，住手！"

韩夷耶一怔，随即被骁骑们抛出的铁索和绳网罩住再也动弹不得，却也将耶律王祥紧紧压在身下。

完颜亮将裘氅甩脱，只着了丝裈站在雪地之中。他双手前伸，掌心向上，勾动了手指道："来！谁来抢个头功！"

徒单守素见众人瑟缩，挺刀直冲了上去，完颜亮伸手拨开他臂膀，徒单守素一个趔趄，只觉得肩上一阵刺痛，低头看时，却是一柄锈红色的簪子扎在左肩。

完颜亮正要回身，骁骑中又冲出一人挥刀砍下，劈中他左肩。完颜亮晃了一晃，回手将簪子抵住他咽喉，缓缓问道："你——谁？"

那人见刀刃深深嵌入他肩上，他却面无表情，颤声道："延安府少尹……纳合斡鲁补。我嫂嫂被你抢入宫中，我兄长含恨而死！"

完颜亮撤回了簪子："是吧，你问过你嫂嫂了吗？"

耶律元宜连声大叫"放箭！"，只听一阵嗡鸣，完颜亮返身步入寺内。

仔仔躲在供桌之后，见完颜亮进来，一把拉扯他坐下，见他胸前后背上都是箭丛，哭道："你别死！我去和他们说！"

完颜亮拽住她铠甲，又见自己满手是血，只双手拄地，长长吁气道："宿命而已，我杀了我堂兄得了皇位那天，就知道会有这么一天，不是意外。"

仔仔见他面露喜色，有如解脱，道："你要死了？"

完颜亮将手中簪子递给她："是，你要帮我，杀了我……就是给你爹和……所有冤死的人报仇了。"仔仔正自犹豫，只觉得帐内一阵寒风涌入，蜡烛陆续扑灭，有人喝道："姑娘，你也是好人家孩子，被这狂徒糟蹋，委屈你了，不要躲藏了。出来吧！我们不伤害你，大伙儿还给你起了外号：花不如！"

完颜亮伏在仔仔怀里，伸出血指，在胸前的灵墟穴和神封穴之间画了一个圆："花不如……不好听！这儿，刺我，我问过你爹爹，可一刺毙命。好仔仔，刺我！别人不配。"

仔仔见他疼痛难忍，面相已然扭曲，接过簪子，噗地插进那胸口红圈，随即站起身来，双手举过头顶，高声道："不要杀我！我是辽阳完颜褒的人。"

耶律元宜一愣，被那金甲折射的灯光晃了眼睛，乜斜了眼睛："你胡说些什么？"

"我是太医祁宰之女祁姜娥。我父阻这昏君南侵，却命丧街头。我只是要为父报仇！辽阳，东京留守那边，所得消息，都是我在郭安国帐内发出。发兵南征之前，我与郭瑞孙协议，我乔装随军，在他爹郭安国身边窃取情报。郭瑞孙也是葛王的人。"

耶律元宜回身向徒单守素道："我有点乱，你快去请昂爷来。"

祁姜娥说罢，俯身抱住完颜亮，只见他嘴角全是鲜血，脸上却笑逐颜开。

"仔仔，不要怕，父仇得报，开心吗？"

"不开心！"

完颜亮伸手将头上的发带解下，套在她腕上："应当开心……这就是奄奄一息吧，哦，原来是这样的……临死之际，还有臂膀回护，我很开心……仔仔，跟这将死之人说句爱吧……"

只瞬时间，祁姜娥泪如雨下，道了声嗯。

"那谢谢你爱我……仔仔……人生无非是头脑炸裂之际……的一次玄想。忘了我……你回去好好生活。"庙宇里有噼啪声响起，祁姜娥抬头，却是那观音像此前被箭矢射中眉心，箭痕处裂纹四起，木像的脸庞有如趵了面。裂纹从眉心散开，歪歪斜斜破裂到了嘴角。

"不要这么说。有遗言吗？说给我听。"

完颜亮拔下胸口的簪子，手上已是通红一片："还记得杜鹃吗，红花开，红的心，红得好美丽啊……这江边天堑……日后会变成通途……可一切都是徒劳。但你不要骄傲……遇到你之前，我的人生也有意义，它的意义就是推着我……一路见到了你！好仔仔，去找个货郎过日子吧。仔……吾行归矣。"完颜亮断断续续说完，呜咽了一声，再没了呼吸。祁姜娥见他并不瞑目，顺着他视线望去，只见到双眉间钉着箭头的送子娘娘的一张粉脸已全然崩裂，面目全非。

帐外一阵纷乱，耶律王祥吼道："你要做什么？迪古乃已经死了，你不要多事！"

骁骑副都指挥使大磐翻身下马，向耶律元宜深施一礼："将军，悉听尊命！"

耶律元宜见那女子又从桌子后起身，向大磐道："去焚了这庙！"

大磐从兵士手中接过火把，正要抛掷，猛听得一声怒吼："住手！"

大磐只惊得手腕一抖，耳膜几乎震破，火把掉在地上，回身看时，却是韩夷耶从一堆铁索中挣扎了起身。他面目狰狞，将耶律王祥夹在腋下，隔着铁索叫道："杀他就杀他，为何还要焚尸！尔等受他青睐多年，你们是畜生吗？"

只听呼的一声，却是完颜昂在众将簇拥之下走到寺前，他将手中酒瓶抛进灯笼，那灯笼瞬间燃成了火球。完颜昂低声吼道："莽夫！你懂个屁！老夫此前滴酒不沾，就为了他，天天喝得醉醺醺，只为了保命，留着他尸身何用，第一莫作，第二莫休！烧了！翻篇儿！"

众兵士将完颜亮拖到院中，大磐脱下斗篷裹住完颜亮，又在尸身上倒了蜡油。祁姜娥尖叫一声扑到尸身上，任凭众人拖拽，再不起身。

耶律元宜道："废物！把这婆姨拽起来，收监，运回中都，听凭新主发落。烧！"

众人趁乱七手八脚将耶律王祥从绳网中扯出，一路推着韩夷耶跌跌撞撞走下山坡。韩夷耶被绳捆索绑，手脚不便，勉强转头，见那女子还在火堆旁边跟人撕扯，高声叫道："替我拿着戟，这事没完！"

祁姜娀如梦方醒，连忙返身进到庙里，将躲在供桌下的小猫抱在怀中又冲了出来。再见到完颜亮尸身上已然火光四起，伸手抹了眼泪，俯身拾起双戟夹在腋下，又深深吸气，只觉得口角唇边都是香气，笑了对完颜昂和耶律元宜喊道："你们会善终吗？"

完颜昂道："这娘们儿谁啊？！怎么穿着迪古乃的铠甲？大呼小叫的，烦死了，烦死了！"

耶律元宜道："说是辽阳那边在咱军中安插的人，祁宰的闺女。要为父报仇。她杀了迪古乃。"

"哦，那就带回中都对质再说。"

耶律元宜扶着完颜昂进了寺院外头的别帐，在完颜亮案头翻翻检检，道："昂爷，貌似也没什么东西，大庆山说他这些日子光顾着和那丫头腻歪了。爷，接下来咱怎么办？"

完颜昂环顾帐内，叹道："当务之急，速速派人去南京，光英不可再留。张浩最是墙头草，知道前线兵变必定立刻倒戈，一切就顺了。光英……杀了，免生后患。其二，行营中的往来文牍一应留存，当作证物，哪些留用哪些损毁，由新主定夺。你们都年轻，不知道自己干了什么。我大金再无此类人物了……也是可惜。其三，此时退兵，宋军必一路追踪，找个宋俘过来！即刻修书一封，命他递过去。天一亮，咱们依次举兵北还。元宜，事已至此，我这大都督还算数吗？"

耶律元宜俯身跪下，将佩刀双手呈上："昂爷心里不痛快，可以杀了属下，大都督怎能不算数！"

"好，那我命你为左领军副都督，即刻起，军中一应事务，各部唯你号令是从。你们都听到了吗？"完颜昂目光掠过帐内众人，见徒单守素仍在发抖，笑道，"你是被那韩夷耶吓破了胆吗？留着他，带回中都！也好给你治病。"又转向耶律元宜道，"元宜啊，你文辞明白晓畅，你来拟定给南边的和议吧。"

耶律元宜骨碌着爬起来，将刀扔在一边，取了完颜亮案头笔墨埋首疾书，又起立展卷道："昂爷，我读给您听？"

见完颜昂点头，耶律元宜高声念道："国朝自太祖皇帝创业开基，奄有天下，迄今四十余年，其间讲信修睦，兵革寝息，百姓安乐。不意正隆失德，师出无名，使两国生灵皆被涂炭。今奉新天子明诏，已行废殒，大臣将帅，方议班师赴阙。各宜戢兵，以敦旧好。"

完颜昂赞了一声："速速递去京口，不要给虞允文，交给杨沂中！"

耶律元宜瞠目结舌："昂爷，没有这么一位将官啊？"

"怎么没有！他的队伍也到了。"见众人不解，完颜昂摇头道，"就是监斩张宪、岳云的那个！"

耶律元宜恍然大悟："哦！杨存中！现在叫杨存中。好！好！"

完颜昂向徒单守素道："别愣着了，我那羊皮袋儿还在你手里吧，钤印啊！"见他如呆似傻，又吼道，"盖章儿啊！"

第二十回

书画引帝都

（一）　朝会

李石和乌延查剌在行营逡巡了一阵，见御帐的门帘掀动，忙不迭赶上前来。

查剌笑道："主上，昨日行军路程太多了，要不您再睡一会儿吧。"

完颜褒道："不了。一夜……沉睡。离中都还有多远？"

李石道："还有五十里。先锋各部已经开拔，今日午后即可抵达。"

查剌道："主上，昨晚深夜，您已睡下，彀英将军引兵来投，人数众多，现在行营外候着，您可要移驾去慰劳几句？"

"哦，他来了。"完颜褒轻轻点头，又轻轻摇头，"不必了，你去知会一声吧，编为后军，一同进发即可。"

张仅言从旁边的民居里走出来，一躬到地："给主上问安，昨夜伙同几位大人问计，都说今日宜绕道从中都南面的景风门入城。南城门合乎礼法。中都城内现在花团锦簇、焕然一新，民众欢欣雀跃。"

"好，你去安排吧。长江那边可有消息？"

李石上前一步："前方来报，得到消息，完颜昂和耶律元宜带队已于昨夜抵达中都，大军现在城外驻扎，只等主上号令。开封方面，前太子光英已然伏戮。郭瑞孙带人动的手。"

大军一路逶迤，缓缓向中都进发。

景风门外，民众在路旁排成两列。完颜阿琐带队纵横骧突，不时高声呵斥。周衔蝉左手牵着两个儿子，右手拉扯着小臭儿兄妹站在人群之中，只见城门门板上厚厚落了一层苍蝇，不禁自言自语："什么时节了，怎么还有这么多虫子？"

任孝椿和弟弟眨了眼，笑道："娘，最近天气忽冷忽热，中都又成了国都，这都是吉兆吧……"

周衔蝉掐了他一把："苍蝇怎么是吉兆？这肯定是油漆不干净，混进了脏东西！"

任孝萱道："娘！您是我见过的最聪明的娘！"

任孝椿踢了他屁股一脚："娘，这是我见过话最密的小孩儿！我替您打他。"

周衔蝉见队伍正沿途过来，笑道："别闹了，这怎么这么多人？！"

旁边一位老者道："各地都在兵变，这肯定是又有人来投呗。前线的军队也回来了。看那边的军旗，应该是咱们留守毂英将军的队伍。这回可是聚齐了。"

说话间，一辆大车经过，张仅言走在车侧，瞥见周衔蝉，连忙驻足道："任夫人，最近可安好？我让府兵在您门前守护，不曾离岗吧？"

周衔蝉按着儿子的头施了礼，笑道："张大人费心了，小伙子们都热心，还进院子帮我干活呢。"

张仅言道："您家对过还有空房子吗？"

"有的。你随时让人来住就好。"

"哦。好！不是我，有前线回来的人，要安置。您放心。官家出钱。"

周衔蝉连连点头："住十个八个也宽绰。"

"就一个人，要不您受累回去收拾一下？一个有孕的女子要住。"

周衔蝉转身要走，却被里正拦住。张仅言和他叮嘱了几句，里正连连点头，放了周衔蝉和一群孩子离开路旁。

队伍过了龙津桥，直抵大安殿。殿内摆满了各色鲜花，完颜褒深深吸气："这一路衰草枯杨，还是花儿好！"说罢摘了两朵芍药，回手插在完颜昂和完颜晏鬓上。

完颜褒在欢笑声中坐上龙椅，众臣随即伏在殿下山呼万岁。见完颜褒略有不安，李石起身叫道："各部将官，可有朝奏？"

完颜毂英挺身起立："主上，末将带队在城外驻扎，现听凭使用。"

完颜褒手捻髭须，不住点头："毂英将军堪称表率，朕封你为左领军大都督。不日前往弹压契丹叛乱。"

完颜毂英一躬到地："定不辱使命。"

完颜褒眯着眼睛向人群中细看："昂老安在？"

完颜昂轻咳一声，随即步出行列："静听主上施令。"他低头行礼，鬓上一朵粉红的鲜花也随着颤抖，李石再也憋不住，又乐又咳，殿上随即欢笑一片。

"太保爷率队回返，一路奔波，本王，朕，心下宽慰，可有事务禀报？"

完颜昂轻轻抱拳："无他。开封已然安定，主上宽心。又有前线文牍若干，已命人呈上。敢请主上御览。老臣以为，自古新君登基，当修前朝实录，迪古乃恶行罄竹难书！恳请主上钦定史家，早日缮写，发布天下，以令世人知其劣迹，朝野内外才更能体会主上取而代之实属天命。"

完颜褒笑了点头，见张仅言正向完颜晏使眼色，颔首道："昂爷是明白人，朕也正有此意。迪古乃自己所用史官都是他身边近侍，其中多有隐瞒点窜，现有的起居注不足为凭，各位也帮朕想想，什么人可做迪古乃一朝的实录。晏爷从上京赶来，一路辛苦啦，您老也说几句吧？"

完颜晏将鬓上芍药重又插紧，向张仅言点头，颤声说道："不辛苦不辛苦！没啥别的事，上京那边的老人儿听说主上登基，都说是众望所归。微臣老眉咔咻眼的，那就干脆倚老卖老——敢请主上更名！"

待众人喧哗稍歇，完颜晏嗫嚅道："日字辈的老家伙没有几个了，蒙主上称我一句晏爷，我这心里老得劲儿了。所以今日斗胆建言。昨儿晚巴晌儿，我翻书，偶得一字，若我主龙颜不怒，诚愿奉上。主上汉名，'褒'字略显生僻，不便识读。"说罢从怀中掏出一本册子，几乎贴在脸上，翻到夹了纸条的一页，惹得众人一阵欢笑，"哦，别急，这儿了。笑啥呀，都别跟那疙瘩起哄了，都正经点儿啊！这是《尚书·尧典》呐，'百姓昭明，协和万邦，黎民于变时雍'，老臣恳请主上选用这个'雍'字，别用那'褒'了。"

张仅言带头叫好，众人欢呼声四起，完颜褒绕过一群御前侍卫，走到完颜晏近前，双手接过书册："字形相近，字音类似，晏爷真是一片苦心啊。晚辈哪有不从之理！谢您老赐名！"

"雍天下之国，徙两周之疆！真好名字啊。仅言，中都升平，全因你精心护持，你没有物事要呈交吗？"李石说罢向张仅言使了眼色。

张仅言轻轻摇头，迅即出列："卑职不敢掠美，中都各留守官吏用心不少。宫中陈设，一应俱全。所有家什各在其位。主上所爱，在此。"说罢挥手叫人上来，那随从三步一叩首，在殿前跪下，手中托了一个琴袋。

"主上，这是前宋宣和百琴堂第一珍品春雷琴，屡经波折，终究得呈御前。"

完颜雍难掩喜悦，示意胡土瓦上前："去收好。明夜咱们抚琴，我要大宴群臣。仅言辛苦了。中都城可有异样？"

完颜阿琐跨前一步，抢先答道："主上明鉴。中都城一切安好，房山的皇陵也已修葺一新，臣等恭候主上前往祭拜。"

完颜雍不住点头："各位辛苦，今日晚了，明日随我赶赴皇陵。迪古乃逆天而动，命丧兵败，这都是他咎由自取。昂爷仁心良苦，带了他骨殖回来。迪古乃在位，兼齐文宣、隋杨广之恶而过之，史上昏君，以他为最，我给他谥号'炀'，不入皇陵！元旦在即，各位辛苦统理各自事务，勿令军民再受熬煎。眼下契丹叛乱、各地仍有民变，新朝初立，千头万绪，全赖诸位费心。到这殿里的，都是有功之臣，封赏之事，静候即可，不日宣诏。"

张仅言见完颜雍向自己招手，上前听他念了几个名字，随即挺身高呼："退朝！李石、耶律元宜、左渊、完颜默音、完颜阿琐、张景仁、杨伯雄、乌延查剌暂请留下，主上有事垂询。"

众将相陆续走出大殿，张仅言领了完颜雍一行进了侧殿。完颜雍回见左渊意兴阑珊，笑道："左大人，怎么心事重重？"

左渊连忙跪倒在地："老臣年长筋乏，未能前往东京上表，万望主上切莫怪罪！"

"怎么会！你家公子带队上表，朕很欣慰。"

"四海升平，无意给主上添堵，我儿已毙命……"左渊说罢已是面色颓唐。

"哦？怎么说？"

"死因尚且不明。"

完颜雍盯着完颜阿琐："你不是说这城里一切安好吗，怎么还有这么大命案？！"

完颜阿琐连忙跪在左渊一侧："主上，仅言大人不曾向您禀告？"

张仅言上前将左渊搀起扶到座位上："人死不能复生，左大人节哀顺变吧。"又转身向完颜雍低语，"主上，我自东京回返中都后，碰到些事情，说起来够写一个话本了。好在大体安然，容我改日详述。"

完颜默音走到完颜阿琐身边，踢了他脚后跟："阿琐，我儿子迟迟不见现身，你到底找了没有啊？！"

完颜阿琐看了一眼完颜雍，又白了一眼完颜默音："非得这时候说吗？！"

完颜雍正色道："朕听说山东流寇都跑到中都来了？"

"哦，几次捕捉，损兵折将，还是给跑了。"左渊伸手抹了一把清涕。

完颜雍面色一沉："我且问你们，为何要对蒲察沙离只动手？"

左渊不禁瑟缩："主上，实在是事出有因。我与同僚数次规劝，要他上表东京，他迟迟不见动作。我们怕他和白彦恭串通一气对您不利，就去了他院子，就动起手来，也是意外，本来想着抓住下监，等主上到了中都再做发落的。"

"可惜了……元宜，迪古乃的亲随之中，可有人来了中都？"

"哦。有。紫茸军的副统领，韩夷耶，使双戟的。我请阿琐帮着羁押呢。"耶律元宜双手握拳，在身前抖动。

"那又何必，如不抵抗，可吩咐使用。仅言，你和查剌一起，去劝劝他。

让他明日随我一起去皇陵。"

张仅言道："此人不可一世，霸道至极，怕是要费些口舌。"

"元宜，你上午所说的军中女子，是怎么回事？"完颜雍伸手指了耶律元宜。

"哦，敢问主上，郭瑞孙传递情报一事，属实？"

"是。这和女子有什么关系？！"

"那女子是太医祁宰之女。迪古乃杀了她爹，是以怀恨在心，郭瑞孙将她安插在郭安国帐内，前线的情报多由这女子发出。后李通察觉，捉了这女子，那之后一直留宿在迪古乃帐内。事变当晚，迪古乃中箭尚未断气，此女以一柄簪子刺入迪古乃胸口，这才毙命。押解回中都途中，呕吐不止。据军中医者说，已有孕在身。"

完颜雍将茶杯放下，顺手捏住了虎口，沉吟道："现居何处？"

张仅言抢答道："回主上，前次卑职和您禀告城南塘花坞女主人一事。我受她夫妇恩惠良多，所以我就租用了她家房舍，暂时安置了那祁姓女子。郭瑞孙知晓此事，他和我一起去操办的。郭瑞孙付了一年的房租，塘花坞女主人并未收受押金。"

"啰唆！此女有功，善待之。塘花坞，改日我去拜访那女主人。仅言，你知会宛平县衙和美俗坊坊正，免去塘花坞三年赋税。"

"谢主上开恩。"

完颜雍轻轻捶了后腰，舒展了眉头："各位辛苦啦，今天就到这儿吧。仅言，你帮我合计这几日事务，我能想到的是——明日皇陵拜祭，还要顺路去见法宝，他和觉体现在西山吧？"见张仅言点头，又道，"明晚宴席，让查刺带着胡土瓦安排，不要乱了座次，不懂的就问我舅父。乐舞不必繁复。对了，仅言啊，你说塘花坞那女主人抚琴？明夜请过来吧，以示新朝与民同乐。又有实录修撰、分封、平叛，还有铸币……事情怎么这么多！你们去吧，景仁、伯雄留下，说说迪古乃的起居注。"

（二）空门

完颜雍一行随大明法宝及众僧走到山门之前，随从们已然气喘吁吁，口鼻处都是一大片哈气，远看有如云雾缭绕。耶律王祥一路搀着父亲，走在最后。耶律元宜扶着老腰，但见僧房院落顺着山势绵延不绝，叹道："这可真是烧高香啊！"

乌延查剌率队在庙门外驻足，将双铜放在阶上，向一众侍卫道："刀杖都放下，就地休息，你们六个随我进来。"

完颜雍回望群山，问道："久闻大名，此前没来过，此地因何得名？"

张仅言也是上气不接下气，指着远处回道："主上请看，这一带是太行山余脉妙峰山麓，五峰并举，三面环山，咱们上来得略晚了些，若时值正午，南望平原，开阔鲜明至极。虽是平视，却有仰望之感，那真是天高地厚，只觉得个人如沧海一粟，顿时生出觉悟心。山叫个仰山，城里来的信众就跟这寺院叫仰山栖隐寺了。"

法宝不住点头，低声问道："郎君入主中都，正是日理万机之际，缘何移驾来这小庙？"

"教大师费心了。家母在世时，多次提起您，她也和您多有书信往来。让我有机会一定替她拜访您的。张浩本来今天也要随我去皇陵祭拜，在开封来中都的路上着了凉，正在城里诊治，说很惦记您啊。觉体不在山中？"

"孽徒！正在后山塔林的山洞里面壁，老衲罚他抄经，已经抄了快半个月了。"

"哦？何故？"

"好勇斗狠，欲念炽热难平，哪有一点儿佛家子弟的清净。"

"大师莫不是有所误会吧？觉体在中都城中，与一众官员多有助力。没有他，中都不定乱成什么样子呢！"张仅言皱眉道。

"也是因为这个，我想逐他出山门。"

"大师不必动怒。我此次来，也是要带他回城。不知可否得您应允？"完颜雍轻拈了髭须，面带微笑。

法宝双手合十，又向身边的小沙弥低语了几句，回道："觉体天资非凡，别具慧根，假以时日，必成一代宗师。可惜了。出家之人，却在红尘里流连忘返，何止是六根不净，几乎是损辱佛门了！是否下山，是郎主您和他的事，如果他要走，老衲不断他念想，由他去罢。"

众人正说笑间，那小沙弥带了觉体进了僧房。张仅言起身抓住他胳膊惊道："觉体，你咋瘦成这样了？"

觉体笑道："仅言兄言重了，我今早还称了，只掉了六斤而已。见过主上！"说罢向完颜雍施了一礼。

完颜雍命人将几函佛经放在桌上，笑道："大师，这是家母珍藏，唐天宝年间的版本，有王摩诘亲笔注释的。一点礼佛的心意，请您笑纳。"

法宝看了觉体一眼，不住摇头，道："佛家观心，不看版本。"

张仅言觉得气氛尴尬，连忙打圆场："大师，中都得以顺利接管，全赖觉体助我，否则一城百姓不知要经受多少苦厄，这是大功德啊。就别让觉体挨饿了吧！"

完颜雍点头道："觉体，你有功于本朝，随我下山吧。城内的大觉、悯忠，城外的潭柘、戒台，你选一处，你做住持绰绰有余。"

觉体合十道："回主上，小僧无意于此。此前得您谕令，仅言兄也多次邀约，我这才决意回护中都。我也没做什么，都是仅言主持大局。完颜亮任性肆意，他不配被万民景仰，主上温文尔雅，必成一代明主。小僧恭贺主上进京。"

张仅言向法宝道："大师啊，您得了好徒弟还不高兴？您知道觉体为什么愿意出手吗？他说早年间，有一次，张浩和几位大臣常去拜访您，完颜亮生气了，把几个大臣都打了板子，您也挨了打吧？"

法宝呵呵笑了几声："那又如何，身为人臣，拿着俸禄，不一心公务，反而天天和我谈禅说法，也是该打。"

完颜雍一愣，笑道："敢请大师为朕解说完颜亮此人。"

"此人读书有文才，虽淫暴自强，然英锐有大志，定官制、律令皆可观。又擢用人才。他励官守、务农时、慎刑罚、扬侧陋、恤穷民、节财用、审才实，仅凭此七种举措即可位列明君行列。将混一天下，功虽不成，其强至矣。"

张仅言哼了一声，道："那他打他的臣子也就算了，怎么还能和大师您动刑？"

法宝道："我怎么了？德山棒，临济喝，各是接引——祖师还需要被棒喝呢！"

完颜雍道："迪古乃是我堂兄，我一度也曾以他为榜样，只是他利令智昏，刚愎自用，我遂取而代之，大师以为妥当否？"

法宝不语。

"大师为何默然？"完颜雍俯身轻捶了小腿，又活动了脚踝。

"我看你坐立议谈，处处都是他的影子。"法宝面色肃然。

完颜雍面红耳赤，再也端坐不住，起身道："此番来访，正是此意。恳请大师明示，他兵败身死，我似乎仍是无法破除。"

"你究竟不俗。你还能真实，实属难得。东西不辨，南北不分，疑情迸发，此后你要昼夜参究。若论破除，此事不难，这就好比一个人做针线活儿，针针相似。忽见人来，不觉失却针，只见线。这边寻也不见，那边寻也不见。多时寻不得，心烦不好，昏闷打睡，拽衣就枕。方枕时，猛然眨眼，突然回过神来：'哦，原来它就在这里！'我曹洞宗，讲究一念无明，净念相续，打成一片，等到功夫纯熟，不经意间那念头回光返照，眼横鼻竖，什么乱七八糟，参究参究，参个屁究！天真佛就在自己的面门。你不是他人影子，你也不用遮蔽他人的光芒。若要破除，也并不难，只需消习气，养圣胎，寄迹烟霞。但你能做到吗？！"

见完颜雍脸上一黑，觉体忙道："主上，我师父缥缈出尘，于人间事务多有出离。幸勿见怪。如有赏赐之意，小僧倒有一事恳求。"

"只管讲来。"完颜雍复又落座。

"我想离开中都，回去故土，敢请主上拨款若干。太原交城有座王山，小僧想在那边另立丛林。"

"嗯，终日面壁，毕竟有些长进！"法宝哼了一声。

完颜雍点头道："甚好。可想好了名字？朕题匾给你。"

觉体向法宝施礼道："徒儿泼面，敢请师父赐名。"

法宝向完颜雍道："你可知令堂法号从何而来？"

完颜雍不禁一愣，道："上个月在辽阳，已追封我母为贞懿皇后，至于她生前法号由来，还请大师明示。"

法宝道："某时，令堂来信，求一法号。我写了'通慧圆明'四个字给她。通慧来自富楼那，他是佛祖十大弟子之一，最是通达聪慧，被称作说法第一；圆明来自玄奘，《大唐西域记》里说：'当证三菩提，圆明一切智。'觉体啊，贞懿皇后已脱缁，圆明两个字你接续吧。至诚无隐蔽，妙识造圆明。就叫'圆明禅院'吧。"

觉体正要跪下致谢，只听见院外一阵喧嚣。张仅言连忙走到院中，却是韩夷耶将耶律王祥拎了起来举到半空正要掼下，连忙大喝道："住手！"

韩夷耶将耶律王祥放在香炉上，直烫得他嗷嗷乱叫，觉体走到门外，喝道："何人扰攘，这是佛门净土！"

张仅言上前拦住他："咱们聊过的，那是韩夷耶，从前线回来。他是完颜亮身边的人。昨晚我和乌延查剌一起去劝了，说好的，不再闹事，这不知怎么了，估计是心里别扭，两人又掰扯起来了。"

韩夷耶撒手，耶律王祥随即从香炉上滚落到地，哭丧了脸叫道："张大人，您给评评理！他还不依不饶。姓韩的，你咋呼什么？我还真不怕你！"

韩夷耶道："小贼！既然坏了他性命，怎么还要烧他尸身！"

耶律王祥吧嗒了嘴："你没完了是吧，现在年号是大定，不是他娘的正隆了！你是不是傻？还演忠心呢，谁看啊！你个榆木脑袋！"

法宝走到院中，轻声道："这位大人促狭了。榆木可作木鱼，其声悠远动人，远胜紫檀乌木所谓栋梁佳材。"

韩夷耶绕过香炉，照着耶律王祥的屁股又踹了一脚，耶律王祥连滚带爬躲在觉体身后，抱着他小腿道："大和尚救我，这人怕不是要疯！"

觉体伸手将韩夷耶推开，道："很爱动手是吗，还要怎么说才肯消停？"

韩夷耶见他臂膀细弱，内劲却是源源不绝，不禁呀了一声，问道："阁下何人？"

"念佛吃斋的而已。"

"为何阻我？"

"主上与我师父在房内说话，你们太吵。"

院中的若干侍卫见状上前，搂腰抱腿要擒住韩夷耶，却被他大喝一声甩倒在地。乌延查剌赶进院内，伸臂将他环抱，韩夷耶捉住他手腕逆向掰开，乌延查剌闷哼了一声，走到觉体身边道："大和尚，帮我。"

觉体看他胳膊低垂，知道是脱了臼，伸手帮他复了位，笑道："韩将军，忒猖狂了吧，这是寺庙，不是你紫茸军帐！"说罢去耳房拎了两柄木槌出来，道，"来吧，咱们试试手，你惯用双戟，这个是敲木鱼的，您凑合着用吧。"

"觉体！不要伤他。"法宝大喝一声。

觉体见师父关切，笑道："收吗？"见师父点头，指着耶律王祥向韩夷耶道，"三招。击败我，你去杀他我都不管。我败了你，怎么说？"

韩夷耶接过木槌，苦笑了说道："打不过你，我替你当和尚！"

"好！聪明人不打诳语。你来吧。"

韩夷耶见他身形修长匀称，双眼精光四射，想到刚才被他轻轻一把随手推开，再不敢小觑，蹬着碎步，气贯双臂，喝道："来了！第一招，勾旋斩！"说罢纵身上前，双槌交叉直向觉体颈项横格，觉体见他手速快极且飘忽不定，连忙俯身躲避，左手在一柄木槌上轻敲，化右掌为拳，在他手肘处点击，却只觉得头状骨一阵酥麻，连带着手背肌腱酸痛一片，不禁嘶了一声。仆地之际，挥手在韩夷耶脚踝上轻按了两下。

韩夷耶持槌而立，轻轻活动了脚掌，低头见手中木槌断成数段，噼里啪啦落在地上："大和尚武艺，我生平未见，在下早有剃度之心。谢您成全。"又转身向在僧房门口探望的完颜雍道，"承蒙不弃，末将感激，罪人韩夷耶恳请主上恩准。"

张仅言赶上前去，在完颜雍耳边嘀咕了几句，完颜雍笑道："大师，此人桀骜，您可愿收留？"

"我佛虽慈悲，却也只度有缘人。好孩子，你过来吧。"

韩夷耶只觉得头脑一片澄明，将身上皮甲卸下，脱掉上衣扔在一旁，缓缓在法宝脚下跪倒。

法宝伸手摸了他颅顶："未得一场荣，先刖两胫足。你可知道？这世间的悲苦雷同，喜乐却有千万种——佛家戒律不少，汝能持否？"

韩夷耶泪水夺眶而出："龟山寺前，有人也曾训示。"

法宝将袈裟脱下，盖在他后背，温声道："正是所谓因缘。"

完颜雍轻咳一声，张仅言和乌延查剌连忙整队。

此时院中重又清静，石桌上又落了一群麻雀采食粟米，蹿跳啁啾不停。觉体手掌仍旧麻痒，更觉得鸟鸣聒噪，索性走上前去，双掌拍击，那群鸟雀随即呼啦啦四散。

他觉得背上被轻拍了一下，转身听见师父说道："觉体！若是雀子，我孤负你；不是雀子，你孤负我。"觉体想要回应一句，却只是张口结舌。法宝见他手足无措，推他跟上了出门的队伍。

觉体蓦地回头，见那袈裟滑落一旁，韩夷耶裸着上身跪在阶前抽泣不止，背上的肌肉更显崚嶒饱满。又看见师父目光温柔至极，正望着自己轻声叨念："幸是可怜生，互相孤负去。好徒儿，不要回头，去吧。人间情事，总有人得以免除。"觉体脸上汗下如雨，心里有如桶底脱落，豁然开悟。他再不犹疑，大踏步追上了队伍。

张仅言望了对面的木门，向任孝萱道："那个姐姐都好吧？"

任孝萱拽着觉体进门："张大人，您也快请进啊。我去叫她。"

张仅言迈过门槛，见院子角落处正有人俯身将煤块搬入手推车，惊道："石家奴，是你吗？"

石家奴并不抬头，脸上罩了黑纱，闷声道："给张大人问好，郭叔好。"手下却不停歇。

张仅言拍了任孝椿肩头，向觉体道："你先进去吧，我想跟石家奴聊几句。"

石家奴推起小车，张仅言一路尾随到了花棚门口，说道："还在生我的气吗？跟我回去吧，我和主上给你要个好封赏。"

石家奴摇头道："谢张大人抬爱，这些日子我和师娘细细学了莳花弄草，过一阵等塘花坞这边利索了，我要离开中都，回去南怀州河内县老家。在下只想做个养花卖花的货郎，再不想过此前那种日子。"

张仅言道："天下太平了，好人应该得势。你年轻轻的，怎么说这么丧气的话！知道吗？主上应允了，你师父会有封赏，你师娘每个月都会收到钱粮。又免了三年的赋税。隔壁的俩孩子，我每月都给些添给，只是你师娘要受累了，带孩子我确实不会啊。"

石家奴道："张大人费心了，您快去屋里坐吧，我这儿灰大！"

张仅言刚要转身，又驻足问道："石家奴，我问你，你知道斜哥下落吗？"

石家奴道："不敢隐瞒，我确实不知道。当时您也在院子里。我师弟受伤几乎毙命，我也划了眼睛，看不清。我俩无能，没能收拾他。当时，让他给跑了。"

"哦，他爹进城了，正四处打听。都说没见着。外头现在都贴了寻人告示了。"

石家奴道："有件事，我说给您听。今早来了几个早先巡城的伙伴看我，跟我说，景风门外左家的木容居里，发现一具尸体。死了不久，但居然成了干尸。仵作看了，说是失血过多而死。因为血流光了，所以没太腐烂。说屁股上、胳膊上有箭伤，我知道完颜斜哥是受了箭伤的。只是木容居的那干尸，那死者脸上也划了好些刀，跟我似的，看不出是谁。我当时觉得可能是他，本来想去看看，可是我这脸，没法见人啊，又怕在路上吓着小孩子，就没去。您可以去问问。"

张仅言啊了一声："好。那我去看看。主上觉得最近城里又死人又丢人的，有点生气，回城的路上把大伙儿一顿骂。我还是先过去确认一下吧。"说罢转身出了院子。

觉体将手中布袋递给周衔蝉："小舟儿……衔蝉，我知道最近发生了很多事。师父骂我没有长进，我也万念俱灰，就没下山，好在孩子们都安好，你都好吧？"

"兴周没了，你知道吧？"

"嗯，前几天我偷偷下山，去了他坟上一次，没好意思来看你们。兴周和我，情同手足，只是人各有命……这张琴给你，可还记得春雷吗？"

"嗯。"

"张仅言以为他呈给新皇帝的是春雷，其实那是我仿造的。这个才是……我把字刮掉了，应该不会有损音色。你留着吧。你试试手？"

周衔蝉又嗯了一声，取出春雷放在炕桌上，探手轻抚，眼泪滴滴答答落在琴面上。

院子里任孝萱大叫一声，随即引了来人进了屋："娘，嘿嘿，还是我厉害吧，只有我能让祁姐姐出门哈。"又指着柴堆道，"姐姐，您看，您的小猫和我家猫玩得可好呢，像一家人似的。那黑猫是我前天刚捡回来的，它们像不像一对儿？一个黑嘴巴，一个白嘴巴。"

周衔蝉见他咋咋呼呼，怕他不小心碰了祁姜娀肚子，轻推他出了门。

觉体见来人小腹微凸，连忙起身垂首站在一旁。周衔蝉道："仔仔，这是我家亡夫的旧友，觉体，我们仨从小一起长大的。"又向觉体道，"仔仔是太医祁宰的闺女，在前线来着，手刃了仇家，前一阵才回到中都。有了身孕，张大人就租了对过的房子让她静养。"

祁姜娀低声道："给大师问好。姐姐你真好雅兴，我进院子就听见琴声了。"

周衔蝉道："你弹吗？我还有一张，喜欢你拿去。让肚子里的孩子多听听，很好的。"

祁姜娀道："没有心思。就觉得越来越懒，应该把您家的碗筷刷了拿过来，只是懒。"

周衔蝉道："哎呀，天冷，你别沾水，吃完了就喊小萱子，让他去拿就好。想吃什么，尽管跟我说。"

祁姜娀伸手摸了琴弦，问道："姐姐，这是古琴？"

"嗯，有好几百年了吧。你懂琴的。"

"不敢说。前一阵，我也碰到了一张唐琴，黑乎乎的，很像的。这叫什么名字？"

周衔蝉望向觉体，觉体摇头道："老琴，但是还没有名字，如不唐突，请女施主赐个名字吧。"

祁姜娀道："可不敢！我那张琴焚在火里了，用它的名字是不是不太吉利？"

觉体道："福祸有自，无关名号。"

祁姜娀偷眼看他，向周衔蝉点头道："那琴的名字是——春雪。"

觉体呀了一声："那也是我做的琴。"探手从壁橱里抄出剪刀，俯首在琴腹上刻画，又抬头向周衔蝉道，"填绿漆，鱼师青或天水碧都好。没有就抹些胭脂。"

祁姜娀摸着那两个篆字，红了脸问道："姐姐，我有事求您，这会儿方便吗？你们在说正经事吧？"

周衔蝉抓了一张毯子塞到她怀里："好姑娘，你像一个人，我看见就喜欢。你尽管说吧。"

"院子里的石家奴，我和他打过几次照面。他面目残破，但是心地善良。"

"可不，我家的三个徒弟，各个都是好小伙子。"周衔蝉惊叫一声，"仔仔，你是说？"

"嗯。我想请您帮我问问，也不急的……我生了孩子，会交给郭瑞孙，那之后我想离开这大城，随便去哪都好……我想请您帮我问问，他会不会嫌弃我……"

"他敢！只是……仔仔，他说他以后只想回去老家怀州河内那边，也要养花卖花，就是个货郎了，你这么下嫁，心里不觉得亏了自己？"

"哪有！但是我不想再生孩子了，这样对他也太不公平，但还是想请您帮我问问他……"

周衔蝉伸手帮她抹去了眼角的泪滴，自己却也止不住哭出了声，抽泣道："石家奴好命啊！我家兴周泉下有知，也会放心了。"

觉体见她二人动情，不禁站起身来："这些人间情事，谁人得免！衔蝉，可还记得此前那张琴，琴腹中有地图？"

周衔蝉连连点点头，觉体道："前几日去兴周坟上，我把那地图里的东西，都放在了他墓里。找个时间，趁着石家奴也在，你们娘几个去取回来吧。东西不少，要费些力气。"

周衔蝉一惊："那不是给辛弃疾他们的吗？"

"新主有赦令，在山者为盗贼，下山者为良民。山东义军现今分崩离析，估计他也不会回来取。大定已然开年，他们反的是完颜亮，现在新主登基，太平指日可待。各地义军应该也不会再闹事了。你留着用吧，你该得的。用不了，就散给周边的可怜人吧。"

（三）谣谶

贞元殿前植株林立，树枝上都拴了宫灯，烛光闪烁不定，透过各色绸缎，将御路映得五光十色。司天台提点跪在阶下颤了声音道："报主上，明日竟有日食！"

张仅言眉头轻蹙："非要这时候说吗！说吧，怎么破？"

"主上宜与民同乐，宜裁撤娱乐、减缩膳食，不宜临朝处理政务，当以钱币击鼓。"

张仅言道："退下吧。此次日食，定是炀王所致，迪古乃失德，奸党当道，导致遗患连连。现今我主在位，上合天意，下应民情，今日与群臣畅饮，且有民众应邀前来献技欢庆，正是同乐之意。还不退下！"

完颜雍若无其事，伸手向群臣致意，见乌延查剌引了众将官一一落座，这才缓步迈上丹墀。张仅言朗声道："今日除夕，大定肇始！众将相收声，谨听主上训示！"

完颜雍清了喉咙道："此是雅集，并非朝会，何来训示！诸位辛苦，各自随意，不必拘束。仅言，城中提调的民众，到位了吗？咱们也别在殿里坐着了，去外头吧，与民同乐！"

早有人群在宫墙边等候，听见张仅言招呼，一伙人拥到丹陛近前五体投地，齐声道："中都居民，欣蒙圣意感召，踊跃前来，为我主献技！"

完颜雍笑道："展演开始吧。"

张仅言又叮嘱了几句，那中都民众散作几拨，舞狮牵龙，在殿前空地欢闹喧腾。耶律元宜牵着完颜昂和完颜晏，在座椅之中往来穿梭，觥筹交错之间，不时望向完颜雍，见他面色平静，更是心中得意。胡土瓦走到张仅言身边低语了几句，张仅言回看完颜雍打了哈欠，将手中鼓槌重重敲在鼓面，广场上的队伍瞬时安静。

"各队伍直出宫城，各自等候封赏！"那狮子和龙不住点头，随即一哄而散。宫灯映照之下，雪花似乎又密集了一些。广场上一片岑寂。

李石起身道："如此良夜，当有乐音。"

张仅言从宫门后引出一人，道："中都城内，人才济济，此是美俗坊塘花坞主人，日常以莳花为业，其夫效忠大金，其人护佑邻里，实为我朝民众典范。幸得主上御示，今日为诸君抚琴一曲。唯求诸位勉励。"

左渊率先鼓掌，向身边人道："这个好！这个好！这才是中都趣味！你们都听听。舞龙耍狮、羯鼓胡笳，都是等而下之的东西，呵呵。"

周衔蝉向四周施礼，将怀中琴匣放在桌面之上，轻轻捧出了春雪。

完颜雍欠了欠身，高声道："仅言，宫内佳琴无数，取一张来吧。"

见张仅言无措，周衔蝉道："谢主上不吝，民妇琴艺不精，这张琴用得熟了。敢请就用此琴。"

完颜雍伸出手掌轻拍了几下，众人见状也纷纷鼓噪起来。完颜雍轻咳数声，压下了掌声，道："奏何曲目，还请先做解说。"

她话音未落，人群发出一阵哄笑，却是张谋鲁瓦追逐一个孩子进了场地，那孩子一个急转弯，张谋鲁瓦来不及收脚，一个跟头摔在雪地上。张仅言见状，连忙伸手招呼："孝萱，别乱跑，来我这儿！"

周衔蝉略微调了琴弦，悠悠道："孤儿寡母，家中无人，民妇斗胆，将孩子也带了过来。此子顽劣，还请主上赎罪。"

众人一阵哄笑，却是任孝萱跑过去躲在了周衔蝉身后，又怯生生地探出小脑袋偷窥。张仅言不住摇头，过去一把将他拎起，抱到完颜雍座前，道："臭小子，回去吹牛别吹太大哟。"

任孝萱答应了一声，直勾勾盯了完颜雍，完颜雍也是开怀大笑，让胡土瓦抓了一把果子塞到他怀里。

张仅言按了任孝萱的小脑袋："不说点儿什么？"

任孝萱抓起一颗果子塞到嘴里："谢谢皇帝大老爷赏赐！我就吃一口，我带回去给小伙伴分着吃。"

完颜雍看他调皮，道："你爱念书还是习武？"

"都不爱。"

"那爱什么？"

"我就想吃好吃的，没人管我最好。"

"要是没人管你，你要干什么？"

"我就玩，每天都玩。捉鱼，喂猫，让我娘开心。"

"你娘怎么才最开心？"

"她抚琴最开心。"

"呵呵，那你去告诉她吧。朕听见有人抚琴就最开心。"

"好嘞！"任孝萱从张仅言怀中挣脱跑到母亲身边道，"娘，大皇帝让您弹琴。"

周衔蝉把他轻轻推到一旁，提高了嗓音："敢向诸位解人述说，两月之前，有外埠人士莅临中都，他有词一阕，我用了《霹雳引》的调式，奏给诸位。幸勿见笑则个。"

张仅言道："在座将帅武人居多，《霹雳引》何解？有劳琴家细说，我等愿闻其详。"

周衔蝉道："《霹雳引》是梁代乐府题目，说的是霹雳的雷霆电光。乐曲见于《琴操》，说楚商梁'出游九皋之泽，遇风雷霹雳，畏惧而归，作此引'。上古之人，少见多怪，以为雷电是天宰上帝发怒，要惩罚做错事的人，他们不知道天象异常，也是上天对人间的首肯与照拂。"

完颜雍听到这里，不禁站起身来。周衔蝉又道："在唐人沈佺期的诗作中，《霹雳引》旨在激发斗志，不泯于流俗。说白了，就是个人要挣脱个人的运命。方今天下大定，《霹雳引》适得其时。"

完颜雍走至近前，细细看了她面庞，又抚了她身前的琴面，道："这是唐琴！"

周衔蝉道："百年而已，倏忽即过。"

完颜雍叹了一声："还请细说《霹雳引》。"

众将相见完颜雍姿态，纷纷坐直了身子，只听见那民妇幽幽说道："《霹雳引》说的是一位琴师的演奏激烈猝急，召来了一场雷雨，激发听者的雄心壮志。此种乐音与伯牙、嵇康等琴家的高山流水、阳春白雪不同。演奏一经结束，听者逸兴遄飞，决意奔赴战场，消灭帝国之敌，以酬报皇恩。"

完颜雍连声赞叹，转身向张仅言不住点头。

周衔蝉轻抚琴弦，乐音突然清泠冷峻，口中喃喃道："客有鼓琴于门者，奏霹雳之商声。始夏羽以骢君，终扣宫而砰騃。屯耀耀兮龙跃，雷阗阗兮雨冥。气呜唅以会雅，态欻翕以横生。有如驱千骑，制五兵；截荒虺，斫长鲸。孰与广陵比，意别鹤俦精而已。俾我雄子魄动，毅夫发立。怀恩不浅，武义双辑。视胡若芥，剪羯如拾。岂徒慷慨中筵，备群娱之翕习哉。"

耶律元宜忽然高声嚷道："主上，这汉妇话里夹枪带棒，又是'胡'又是'羯'，老臣敢请逐她出场！"

左渊哼了一声："我刚才也提到了胡笳羯鼓，你把我也赶出去？！你无聊不无聊！"

觉体从座中起身，隔着十多个人，将手中酒壶朝耶律元宜掷了过来。耶律元宜惊呼一声，正要躲闪，却见那白釉瓷壶稳稳落在几案上，满满的一壶酒并未洒出一滴！

觉体双手合十，向耶律元宜笑道："抚琴人是贫僧幼时伙伴，元宜将军可否收声、通融？"

完颜昂伸手拽了耶律元宜坐下，悄声道："多大岁数了，还这么莽撞。你是真不知道自己是谁了吗？飘了吧？水多深你知道吗？！不说话，没人把你当哑巴！"

完颜雍回头瞪了一眼，向周衔蝉道："请再细说。"

周衔蝉轻轻摇头，又道："古琴中称作'引'的琴曲不少，如'风雷引''华胥引''神化引''思归引'以及'良宵引'等等，'引'和'操''弄''畅'都是常见的古琴曲名。忧愁而作，命之曰'操'，言穷则独善其身而不失其操也。'弄'者，情性和畅，宽泰之名也。和乐而作，命之曰'畅'，言达则兼济天下而美畅其道也。'引'者，进德修业，申达之名也。最早'引'的意思，是指开弓。后来逐渐推广其意，变为拉伸、延长、陈述、推荐。今所见《乐府诗集》中的《霹雳引》《思归引》《走马引》等曲辞，都是词曲豪迈、志气昂扬，有志在千里、胸怀天下之气。《霹雳引》的题解里收录了梁简文帝的歌词：'来从东海上，发自南山阳。时闻连鼓响，乍散投壶光。飞车走四瑞，绕电发时祥。令去于斯表，杀来永传芳。'方才那位谈胡论羯的大人，你可知我说的是什么？"

耶律元宜与她目光对视，只觉得凌厉逼人，不由得低下头来。

周衔蝉道："刚说了，我只是用了《霹雳引》的调式，我要唱的是，请听——《春雷引》！"

　　补陀大士虚空，翠岩谁记飞来处？蜂房万点，似穿如碍，玲珑窗户。石髓千年，已垂未落，嶙峋冰柱。有怒涛声远，落花香在，人疑是、桃源路。

　　又说春雷鼻息，是卧龙、弯环如许。不然应是：洞庭张乐，湘灵来去。我意长松，倒生阴壑，细吟风雨。竟茫茫未晓，只应白发，是开山祖！

她一曲唱罢，直惹得翰林修撰郑子聃手舞足蹈，叫道："春雷鼻息，弯环如许！妙！何人所作？"

觉体看他兴奋，怕周衔蝉说错了话，接口道："山东乱民耿京的队伍里头，有个掌书记，名唤辛弃疾。"

李天吉闻声起立，却被左渊抢先答道："这小子文笔真是不赖！"

乌延查剌见完颜雍惊诧，抢前一步，蹲踞在他身前，道："卑职正要禀奏主上，山东乱民闻听主上登基，已作鸟兽散。耿京军中另有一人，系辛弃疾同僚，名唤张安国。时辛弃疾奉命与贾瑞往南朝投靠，赵构背盟弃义，封了耿京为天平军节度使。辛弃疾回返山东，正要通报。其时张安国已杀了耿京，率队归顺我朝，被任命为济州州官。辛弃疾怒不可遏，率五十人闯入张安国所在，把他捆去了赵宋。辛弃疾此人着实彪悍可恶。"

完颜雍道："此等人物，何不为我所用！你们都在干些什么？"

张仅言见一首曲子引出了这许多话题，连忙挥手，道："大金沃土，才会出此英豪啊！塘花坞女主人献技，我等如沐春风，好比蛰虫闻雷，幸何如之。"又转向完颜雍道，"主上，雨雪霏霏，正是诗情画意，开启下一环节可好？"

完颜雍不住摇头，走回宝座，叹道："仅言，就由你吧。"

张仅言道："除旧布新，适逢此等好天气，诸位可有诗词写之？"

郑子聃起身道："不才有诗一首，不揣妄陋，有辱主上清听——"

耶律元宜拨开完颜昂的手臂，道："别酸文假醋了，有话直给！"

郑子聃哼了一声，念道："一钱不直程卫尉，五斗解醒刘伯伦。读罢离骚解衣卧，门前飞雪自争春。"

耶律元宜伸手推开完颜昂，笑道："写雪，还真不一定有人写得过迪古乃！"

"真是魂魄不散。诸位可知，朕那时年幼，太宗爷曾带着我们一群小孩子，"完颜雍指着正被母亲拉着朝外走的任孝萱道，"就和他年纪差不多，合剌、迪古乃和我一起玩雪，太宗爷爷在地上划了一条线，让我们滋尿，谁尿得远就给赏赐。你们猜，谁尿得最远？"

众人一阵喧闹，完颜晏道："都别起哄了！那咱我在场的，是那迪古乃，炀王尿得最远，他自幼好色！"

众人又是一阵哄笑，完颜雍道："忘了晏爷在的，真实不虚。比雪地滋尿，我们自是比他不过。诗词写雪，子聃这首很好的！"

众人哄笑声中，完颜雍接过司天台提点递上的铜钱，一一掷在鼓面上。张浩起身道："元旦已至！主上，新朝初立，货币随之。正隆元宝仍在通行，大定亟须铸币。"

完颜雍意兴盎然，向张仅言道："仅言，你不是举荐了李天吉和高季孙吗，朕命他俩为钱监。你多督促。事不宜迟。"

张仅言道："钱上题字，还请主上示下。"

完颜雍道："自古钱上款式，不必出自宫中，从民间选拔笔力强健可读者，也好流布天下，取之于民用之于民，就是这个意思了。你去选个书家吧，不必奏报。"

张仅言不住点头，又见胡土瓦跟自己眨眼，挺身道："时已亥夜，诸位散去，已是二年了。唯愿天下富足，民生大定。"

众将相纷纷起身，齐声高呼："天下富足，民生大定！"

郭瑞孙不明就里，见宫门口只停了普通车驾，向乌延查剌道："乌延将军，何人唤我？"

乌延查剌低声道："这是主上的车。"

郭瑞孙连忙在车辇前一头跪下："听凭主上吩咐。"

完颜雍掀开车帘上下打量了他，道："你是郭瑞孙？"见他叩头犹如鸡啄米，又道，"仅言多次提到你，不必心急，过几个月，朕自有封赏给你。"

"谢主隆恩。卑职只是略尽绵薄，不求封赏！"

"很好。不必声张。你引路，去美俗坊，朕要见见那女子。"

郭瑞孙连忙起身，引了乌延查剌和一众侍卫步上龙津桥，一路向丽泽门行进。

丰宜门内大街上熙熙攘攘，完颜雍心情大好，刚要掀起窗帘，却被乌延查剌一把扯上："主上，万金之躯，微服出宫，不宜外望。"完颜雍苦笑一声，正要闭目养神，又被一阵爆竹声震得睁开了眼。外头的叫卖声不绝于耳，又有一阵童谣声传入耳畔：

迪古乃迪古乃玩火球，烫了屁股抹香油；乌禄乌禄玩火炭，烫了屁股抹鸡蛋！

完颜雍心中一惊，手中把件当啷一声落在脚下，又顺着门板缝隙掉到了车底。

乌延查剌连忙叫停了车辆，郭瑞孙在地上摸索，将那把件拾起，却是一枚肖形印章，印文是两只三足乌，似乎在面对面啄食太阳。郭瑞孙不敢细看，连忙捧了递回车内。

完颜雍道："叫个唱念童谣的孩子过来，朕有话要问。"

乌延查剌捉了个孩子过来，抱起来隔着帘子道："孩子在这儿了。"

完颜雍透过帘缝，见那孩子小脸儿冻得通红，鼻涕泡忽大忽小、摇摇欲坠，许是害怕，嘴唇也不住哆嗦，笑道："带钱了吗，赏他！"

有侍卫掏了一小块碎银塞到那孩子手里，乌延查剌语音温柔至极："好娃娃，不要害怕，这是我家主人给你买零嘴儿的，有话问你，你实话实说就好。乖！"

那孩子不住点头，鼻涕也终于流进了嘴里。

"刚你们念的是什么？火球火炭的。"完颜雍淡淡问道。

"回大老爷，我们念着玩儿。"那孩子吧嗒着小嘴，似在品咂鼻涕。

"谁教给你们的？"

"煤炭铺里的伙计们都唱这个，我们就学会了。我问过我娘，她说这些词儿她小时候就有的了。"

"哦。你知道迪古乃是什么呀，就乱唱？"

"什么迪古乃？我不懂。"

"你念的第一句是什么？"

"哦哦，那不是迪古乃，是'丢过来'！丢过来丢过来玩火球，烫了屁股抹香油。"

"嗯！"完颜雍不禁失笑，"那下一句呢？"

"骨碌碌骨碌碌玩火炭，烫了屁股抹鸡蛋！"

完颜雍脸上一红，笑道："好吧。还会什么童谣，再念一个我听。"

那孩子急着从乌延查剌怀中挣脱，带了哭腔道："真不会了，我就会这个的呀。"

一群孩子看见他被抱在怀里，手里还捏了块银子，呼啦一声围在车旁，其中一个略大一些的孩子举手叫道："我会我会！我会念！"

乌延查剌又向那小校要了一把铜钱，递给那大孩子，笑道："没钱了啊，就这些，你念一个吧，念了就去玩儿吧。"

那群孩子欢呼了一阵，顺着那大孩子的声音一起唱道：

> 两只老鸹六只脚，鸭子追着狗子咬。光铲苗不铲草，回家跟他娘叫大嫂！

完颜雍盯着手里的玉印，不禁哑然失笑，摇头道："查剌，别傻杵着了！往前走吧。"

番外・尾声

玉沉

美俗坊内仍是灯火通明，巷子里疯跑着放炮仗的孩子们被一伙官军连哄带劝赶回了各自家门。

任孝萱拎了食盒，轻敲家对面的木门。祁姜娀手扶孕肚，慢悠悠地开了门，笑道："让你娘也歇歇吧，最近买花的那么多，你要多帮她。下午宫里又来人买花了吧？"

任孝萱连连点头："说让我别跟着裹乱……这是我娘她们包的饺子，不是给您的，是给您肚子里的小娃娃的。"又从怀里掏出一个皱巴巴的手帕，一层层打开，放在桌面上，"这个就厉害了，我娘进宫里去弹琴，我也跟着去了，这是那个大皇帝给的果子，您尝尝吧。我也给了小臭儿和小丫，他俩说不好吃，我觉得还行……"

祁姜娀拽过他，在脑门儿上亲了一口："你是谁家的小孩儿啊，你怎么这么招人喜欢？！那不用吃我也觉得还行！"说罢从桌上的笸箩里抓了一把山楂塞到他手里，"没有什么好吃的，你嚼着玩儿吧。"

任孝萱掏出一颗扔到嘴里，皱了眉道："啧啧，怎么恁酸！我娘说您一准儿生男孩儿！"

"是吧，那你以后带他好好玩儿吧。"

"他那么小，我可带不了。我快些长大娶了媳妇也要生小孩儿，我要生个闺女，就嫁给您的儿子吧。姐姐，您那么好看，生的孩子肯定也好看！"

祁姜娀笑得周身乱颤，伸手扶了桌边："变得还挺快，刚你还和我叫姐姐，你闺女嫁给我儿子，咱们就是亲家啦！"

"什么亲家不亲家？！您要是不反对，这事儿就这么定了。"见这位亲家姐姐仍是笑个不停，任孝萱慢慢朝门口退，指着倚在墙边的两支短柄画戟道，"姐姐，您怎么会有这个？我爹跟我说，画戟很厉害，使戟的人都是好看的人。还说两支很难用的。我能摸一下吗？"

"你小心，很锋利的。"

任孝萱双手勉强拎起一支，又连忙放下："真沉！您会用这个？"

"我怎么会！那不是我的。"

"哦，那您慢慢吃吧，我回家了。宫里来人，预定了好些花材，我娘又去别的坊里雇人，活儿太多，我也得回去搭把手呢。"

祁姜娖忍了笑，端起笆箩道："你别跟着裹乱就行！你把这些都拿回去分给小伙伴吃吧。"抬头再看，任孝萱已经咣当一声掩上了院门。

任孝萱见母亲仍在忙碌，塞了一颗山楂到她嘴里，低声道："娘，巷子口有很多人！没提灯笼！"

周衔蝉一惊，手中剪刀落在一堆切花当中。

祁姜娖正要闩门，门却又被推开，外头站着的却是郭瑞孙！

郭瑞孙伸出手指在唇上一晃，嘘了一声："姨娘，有人要见您。"说罢退后，另有一人闪身进了门，郭瑞孙将门关了，守在门外。

祁姜娖放下手中门闩："您是？"

"完颜雍。"来人说罢，撮唇吹灭了烛火。

"给您拜年……我有身孕，行礼不便。您请坐吧。"

"不必多礼。你是祁宰的女儿？"

"是。"

"为何化名姜仔仔？"

"家母姓姜，仔仔是我乳名。您来有事？"

"传递线报，逆亮伏诛，你居功至伟。朕来酬谢你。"

"不敢当。都是郭瑞孙的主意。"祁姜娖说罢，不禁落下泪来。

"何事伤心？"

"没有。我刺死仇家……至今心有余悸。"

"暴君无道，死有余辜。你是为国除害，何来余悸。我听闻，他身中数箭，你不刺他，他也必死无疑。"

"嗯。民女不需要赏赐，您请回吧。"

"腹中胎儿是……"

"郭安国的。"

完颜雍沉吟片刻："你在完颜亮帐内共有几日？"

"二十天？我记不清了。十月丙寅，唐岛海战大败，完颜亮自己说他从那之后开始不举。我在那之后被李通送入他寝帐。只是服侍，他也只是彻夜醉酒，有几次想要扑我，但是他不行。"

"呵。朕要赏你，更要恢复你父亲名望！你说吧，有求必应。"

"小女只求……郭安国待我不薄，他虽不是善类，但我腹中胎儿无辜，请您放我孩子一条生路。"

"那是自然。你送回的情报于我大有裨益，朕必会善待你母子。"

"孩子出生后，我会交给郭瑞孙抚养，这是他郭家的根苗。请主上准许小女离开。从此我不踏入中都半步。此前的事，我会忘得干干净净。"祁姜娥用腕上布带轻拭了泪水。

"郭瑞孙辞官要开纸印坊，我让大兴府拨了块地给他。你……若有担忧，生产后，我命人来接你入宫。"

"谢主上美意。父仇得报，小女却也万念俱灰。"

完颜雍轻轻点头，从袖口拈出一枚玉佩，轻放在桌上："出皇城前，命宫卫们看了这个。以后无论你去向如何，但凡有事，无论大小，可持此玉进宫。腹中胎儿，朕赐个名字给你吧？"

祁姜娥作势要跪拜，完颜雍轻轻扶住她臂膀，又细细打量了她面庞，向门外低声喝道："瑞孙，你进来！"

郭瑞孙轻轻推开门板，闪身进来，随即匍匐在地。完颜雍缓缓说道："现今奸佞已除，日月焕新，我大定必是盛世，孩子就叫易辰吧。你郭家也要重整门楣，这孩子你要好生教养，再不可如你祖父郭药师一般，朝秦暮楚，也不好再像你父亲郭安国一样助纣为虐。"

郭瑞孙连连叩头，口中叨念不止，起身扶了完颜雍向院外走去。

祁姜娀不住点头，泪水滴滴答答落在桌面，月光映射其上，莹澈有如珠光："恕不远送。祷祝大定盛世——国泰民安——"

"对面就是那塘花坞？"完颜雍低声问道。

乌延查剌垂手道："回主上，正是。"

"租房的银子可多给些。"

"遵旨！"

周衔蝉靠在自家门板上，双手捂住口鼻，看见院子里的任孝椿浑身颤抖，端着弩箭蹲在地上，任孝萱嘴里叼了山楂，手里操着一柄铁锹对着门口，石家奴刚从屋里走出，惊得愣在原地。

她拾起剪刀，盯着地上的零落枝叶，只觉得往事纷至沓来，眼前不禁一片模糊。听到巷子里脚步声细碎且齐整，窸窸窣窣地渐行渐远，再也控制不住，呜地哭出声来。

听见巷子里重又阒寂，祁姜娀也不点灯，顺手闩了门。她从腕上褪下那根锈红绸带，凝视良久，眼泪扑簌簌落在上面。那丝绦沾染了泪水，殷红得如同伤口上刚卸下的一条绑带。

她缓缓坐下，双手捧起缎带捂在脸上，不出声地抽泣。

云影拂散，月色似乎略有犹疑，终于重又入户。庭院里迷茫一片，好似积水空明，地上的树影有如水中藻荇纵横。

她踱到井口旁，手指轻舒，任那玉佩坠入水中。

看它左右盘旋了沉入井底，再看水面波纹渐次消散，祁姜娀双手抚住小腹，轻叹道："江城含变态，一上一回新……我居然爱上了他……"

(终)

《春雷引》人物小传

乌林荅石家奴

年二十二。孤儿。中都巡城军头目。任兴周大弟子。《金史》中随队上表东京辽阳贺完颜雍称帝。

徒单三胜

年二十。孤儿。中都巡城军军卒。任兴周二弟子。

蒲察蒲查

年十八。孤儿。中都巡城军军卒。任兴周三弟子。中都留守蒲察沙离只之子。

左贻庆

年三十许。中都转运使左渊之子。参与中都政变。带队赴辽阳上表,获赐忠杰榜第三甲进士,授从仕郎。

绿绮

年十八。左渊之女。中都三部曲《上阳台》中杨安儿、四娘子之母。

完颜谷英

年五十五。1106—1179 年。开国元勋完颜银术可之子,时任中都留守,兼西北面都统。完颜褒(即金世宗,下文统称完颜雍)即位于辽阳,派遣谷英之侄阿鲁瓦持诏往归化,命谷英为左副元帅。谷英犹豫未决,士卒皆欲归世宗,谷英不得已乃受诏。大定元年十一月,谷英以军至中都,同知留守完颜璋请至府议事。谷英疑璋有谋,乃佯许诺,排节仗若将往者,遂率骑从出施仁门,驻兵通州。见世宗于三河。诏谷英以便宜规措河南、陕西、山东边事。大定二年正月,至南京,授世袭猛安。入拜平章政事,罢为东京留守。在位多自专,此后仕途多起伏,颇有阑珊意。

蒲察沙离只

年四十许。左卫将军。同知中都留守，佩金牌，掌管留守府中事务。完颜亮重臣。

左渊

年六十许。中都转运使。金初太师左企弓之子。兄为戴国公左泌。左渊为人贪鄙，以钱谷自营。在中都凡八年，不求迁。与李通等人交关贿赂，诡纳漕司诸物，规取财利。组织中都政变。大定二年，改沁南军节度使。虽受完颜雍多次警示，终因贪腐被黜。

张仅言

年五十许。张觉之子。中都内藏库库使，官至金朝少府监，提控宫籍监、祗应司。自幼被完颜雍之母抚养，赴辽阳劝进完颜雍，受指派回中都监督内藏事务。

其父张觉，平州义丰（今河北省滦州市）人，早年考中进士并踏入辽朝政坛，官至兴军节度副使。深知辽国灭亡不可避免的张觉，投降金国，并将自己据守的平州献给金军主帅完颜宗翰（粘罕）。张觉投降后，颇受器重，金太祖将平州提升至陪都地位，号称南京，拜张觉为留守。宣和五年（1123）五月，受金太祖重用的辽朝降臣左企弓、虞仲文、曹勇义、康公弼等人，途经平州到广宁府枢密院任职。由于左、虞等人投降后一味谄媚金太祖，曾献上东迁辽朝遗民以充实会宁府等计议，深受辽朝遗民的憎恨。在左、虞一行到达平州后，张觉将其全部捕杀，随后率军民归降南宋。金太宗派完颜宗望击溃张觉队伍，张觉自知难以保全平州，连夜逃奔宋辖之下的燕山府（今北京市）。

金建国之初，曾与宋订立"海上盟约"，相约共同灭辽后，宋朝将原来输给辽的岁币转输给金，金国则允诺将燕云故地归还给宋朝。两国还约定，禁止在对方境内招降纳叛。因此，当完颜宗望得知张觉逃往燕山府后，便指责宋朝违背盟约，要求大宋河北河东燕山府路宣抚使王安中交出叛徒。王安中不得已，将张觉首级献给完颜宗望。事后，完颜宗望以宋朝接纳叛将张觉、违背盟约为借口，说服金太宗挥军南下，两年后攻破开封、俘虏徽钦二帝，北宋于是灭亡。

漫捻撒离喝

年四十许。大兴府判官。"漫捻"读作 mò yán。

李天吉

大兴府少尹。完颜雍一朝，官至震武军节度使，又奉命监铸"大定通宝"。
"燕人，体貌甚伟，丰姿长髯……大兴尹，葛王立除刑部侍郎。"

周衔蝉

年四十。1121—1208 年。金贞元元年（1153）随夫定居中都美俗坊。
长女失散。有长子任孝椿、次子任孝萱。1166 年生万松行秀。《上阳台》
末尾，其身份得以揭示：宋徽宗赵佶与李师师之女。

任孝萱

八岁。周衔蝉次子。《上阳台》中，成年后中武举，参军侵攻南宋，战
场上收到母亲信札，自戕脱离行伍，壮大塘花坞成为中都花业行会行头。
生子女：任一望、任一南、任一师、任一北、任一清。后自缢身亡。

吴婆

年四十许。任家邻居主妇。夫携长子赴征宋前线。有孕。

吴臭儿

吴婆次子，乳名小臭儿。任孝萱伙伴。成年后，孔武莽撞依旧，即《上阳台》
中塘花坞花坊管家大吴。

任孝椿

十三岁。周衔蝉长子。幼时即过继伯父家，居坝上草原。躲兵役潜入中都。
《上阳台》中，有子任巢湖、任庐江。遭国舅李喜儿射杀于延芳淀。

吴丫

六岁。吴婆女儿。

辛弃疾

二十一岁。1140—1207 年。字幼安，中年后号稼轩，山东东路济南府历
城县（今山东省济南市历城区）人。有"词中之龙"之称，与苏轼合称"苏辛"，
与李清照并称"济南二安"。辛弃疾的祖父辛赞在靖康之变、宋室南渡

后"累于族众"，无法南下，遂仕于金朝。辛赞一直希望有机会参与复国，常带着辛弃疾"登高望远，指画山河"，曾两次让辛弃疾赴中都参加进士科考试，借机侦察金人形势。

1161 年，金主完颜亮大举南侵。二十一岁的辛弃疾毅然"鸠众二千"，参加了由耿京领导的起义军，并担任掌书记，负责起草书檄文告，参与机密。辛弃疾力劝耿京"决策南向"，1162 年正月，耿京命辛弃疾等人奉表南归。宋高宗在建康（今江苏南京）任命耿京为天平军节度使，辛弃疾为右承务郎、天平军掌书记，并命其回返山东向耿京传达南宋朝廷旨意。

辛弃疾返程途中行至海州（今江苏东海附近），闻讯张安国谋害耿京并投降金国，即约海州统制王世隆等五十人驰赴金营。其时张安国正与金将酣饮，辛弃疾擒获张安国，摆脱追敌疾驰而归，献俘行在，后张安国在临安被斩首示众。辛弃疾的壮举在南宋朝野引发极大的震动，"壮声英概，懦士为之兴起，圣天子一见三叹息"。辛弃疾也曾在词中追念："壮岁旌旗拥万夫，锦襜突骑渡江初。燕兵夜娖银胡䩮，汉箭朝飞金仆姑。"辛弃疾一生以恢复为志，以功业自许，然而"壮志难酬，却将万字平戎策，换得东家种树书"。

《上阳台》中潜入中都意欲盗取韩侂胄头颅的辛秸是其第七子。

张安国
耿京义军中将领。

赵掌柜
中都赵记纸坊店主。

康喜
中都内藏库副使。

完颜阿璃
完颜宗强（完颜阿骨打第八子）之幼子。长身多力。天德二年，以宗室子，授奉国上将军，累加金吾卫上将军。听闻完颜雍即位后，组织中都政变，被众人推举为中都留守。其兄长完颜爽、完颜可喜皆受完颜雍重用。大定二年，完颜阿琐获授横海军节度使，后迁广宁尹，以坐赃被解职。此后经历数次升迁贬谪。

完颜璋

通女直文、契丹文、汉字，多勇略。十八岁时从军，受梁王〔兀术〕青睐。天德三年，充牌印祇候，以罪免，夺其谋克。发动中都政变，杀沙离只自摄同知留守。虽得完颜雍嘉奖，心中常不自安，遂与兵部尚书完颜可喜谋划作乱。大定二年，完颜雍谒山陵，璋等九人聚会于可喜家，游说万户高松，高松不从。璋知事不成，向朝廷告密、自首，世宗诛杀可喜等人，以完颜璋为彰化军节度使。

觉体

四十岁。俗家姓名郭台安，太原交城却波社里人。二十岁，礼汾阳净慧为师，并得法名觉体。三年后试经得度，云游参禅多年，二十九岁投在大明法宝座下，成为其侍者，执侍十个春秋，终于开悟得道成一代宗师。大定五年（1165），正式开法于王山圆明禅院，史称"王山觉体"。1982 年发现的《王山十方圆明禅院第二代体公禅师塔铭并序》，记载其主要法嗣有二：胜默光和雪岩慧满。

《上阳台》番外篇中，一了禅师（即本书中觉体）于 1196 年圆寂。

李磐

大兴府少尹李天吉之子。参与中都政变。"石家奴佩沙离只金牌与愿、蒲查、中都转运使左渊子贻庆、大兴少尹李天吉子磐奉表如东京，贺即位。世宗嘉之⋯⋯磐充合门祇候。"

梁太医

前太医，留寓中都，世代以行医为业，世称骨头梁。《上阳台》中梁太医之父。

任兴周

四十五岁。周衔蝉之夫，习练家传角抵，以莳花为业，中都城南美俗坊塘花坞主人。完颜亮南征，入伍，受命带队"丝麻作"北上辽阳刺杀完颜雍。

法宝禅师

四十七岁。1114—1173年。磁州（今河北邯郸磁县）人，俗姓武，幼习儒典，八岁出家后于燕京万寿寺参谒希辩禅师，得嗣其法。

青州希辩印可之曰："涳涳然，般若光中流出。"法宝尽得曹洞宗旨，青州希辩以法衣、三颂付之。三十六岁，住持于长清县泰山之灵岩寺、仰山栖隐寺。张浩素慕法宝禅师高德，遂于大定二年（1162）将己俸三千万持买大明寺额，并给付符文，请法宝禅师为磁州大明寺开山住持。法宝禅师悟境宏深，见地凌拔时辈，"王侯景慕，衲子云臻；法遍诸天，名飞四海。"磁州大明寺蔚然而成北方一大道场。

青州希辩虽将洞上玄风播扇至燕京，却是一线孤传。至法宝肇建磁州大明寺，曹洞宗终于有了稳固、持久的弘法基地。法宝的禅法传播到齐鲁、三晋、燕北。他不但上承芙蓉道楷，且下启万松行秀，是曹洞宗在北方复兴的关捩人物。大明法宝的法脉，主要由太原王山觉体继承。

大定十三年七月示寂，世寿六十，法腊三十四，史称大明法宝禅师。

张景仁

翰林学士兼同修国史，以秉笔直书被撤职。完颜雍批评他："卿醉中颇轻脱失言，当以酒为戒。"

郑子聃

字景纯，大定府人。父宏，辽金源令，二子子京、子聃。金代名臣杨丘行尝谓人曰："金源二子，凤毛也。小者尤特达，后必名世。"天德三年，郑子聃中第一甲第三人……子聃颇以才望自负，常慊不得为第一甲第一人。正隆二年会试毕，海陵以第一人程文问子聃，子聃少之。海陵问作赋何如，对曰："甚易。"因自矜，且谓他人莫己若也。海陵不悦，乃使子聃与翰林修撰綦戬、杨伯仁、宣徽判官张汝霖、应奉翰林文字李希颜同进士杂试。中第者七十三人，子聃果第一，海陵奇之，进官三阶，除翰林修撰。改侍御史。完颜雍上位后，使其修《海陵实录》。

东京辽阳人物

李石

? —1176 年，字子坚，先世渤海大族，后仕辽有功，赐田辽阳。曾追随完颜宗弼（兀术）。历任大名少尹、开封马军副都指挥使、景州刺史等职。完颜亮营建燕京宫室，李石负责护役皇城端门。完颜亮迁都燕京，李石按惯例入朝谒见。完颜亮指着李石说："此非葛王之舅乎？"
李石知道海陵忌讳宗室，任期届满，托病还乡。辅佐外甥完颜雍在东京辽阳发动政变，以定策之功官拜户部尚书，后任参知政事。
李石之女为完颜雍诞下二子，即郑王完颜永蹈（后因谋反，被金章宗完颜璟赐死）和《上阳台》中的卫绍王完颜永济（接替完颜璟皇权）。
李石居官数十年，不徇私情，封广平郡王。死后，谥襄简。

李彦隆

东京辽阳府推官，主管刑事，是完颜亮安插在东京的耳目。今辽阳市民俗博物馆碑林中的《通慧圆明大师塔铭》出自其手。

高存福

东京副留守。其女高福娘曾为徒单太后（非完颜亮生母）侍女，奉命监视太后言行，后告密，致太后被杀。完颜亮封高福娘为郧国夫人。正隆五年（1160）秋，高存福奉完颜亮之命赴任监视完颜雍。

完颜雍

三十八岁。1123—1189 年，原名完颜褎（yòu），女真名乌禄。金朝第五位皇帝（1161—1189 年在位）。金太祖完颜阿骨打之孙，完颜宗辅与李洪愿之子。完颜雍兼备文武，历任东京、燕京、西京等地留守，封葛王、曹国公，在女真贵族中颇有威望。

1161 年，完颜亮率军南征，完颜雍在东京留守任上拥兵称帝，改元大定，随后入主中都。即位之初，他以强力手段派兵镇压契丹起义，又击退南宋隆兴北伐。在处理邻邦关系上，采取克制政策，保持与南宋、西夏及高丽的和平。在内政和经济方面，完颜雍勤政节俭，选贤治吏，轻赋重农，广开榷场，使金朝国库充盈，百姓小康，史称"大定之治"，完颜雍也被称为"小尧舜"。他执意保持女真旧俗，推行"女真为本"的民族政策，但无法从根本上扭转猛安谋克制度的衰落，也难以缓解尖锐的阶级矛盾，清代史学家赵翼认为："金代九君，世宗最贤。……然二十余年中，谋反者偏多。……有道之世，偏多乱民。"同时，他虽以军事抗击结合修筑边堡、挖掘界壕的手段试图加强边防，却未能根除漠北蒙古等游牧民族的威胁，为后代继任者埋下巨大隐患。

朱熹对完颜雍的评价是："他能尊行尧舜之道，要做大尧舜也由他。……他岂变夷狄之风？恐只是天资高，偶合仁政耳！"

完颜雍对族别、地域和民风差异多有成见："燕人自古忠直者鲜，辽兵至则从辽，宋人至则从宋，本朝至则从本朝，其俗诡随，有自来矣！虽屡经迁变而未尝残破者，凡以此也。南人劲挺，敢言直谏者多，前有一人见杀，后复一人谏之，甚可尚也。""南人矿直敢为，汉人性奸，临事多避难。"

完颜胡土瓦

十五岁。1146—1185 年，后赐名允迪、允恭，金世宗完颜雍之子。大定元年（1161）获封楚王，置亲王官属。大定二年，立为皇太子。大定三年，生子吾睹补，即金宣宗完颜珣（金第八帝，1213—1224 年在位，即《上阳台》中升王）。大定七年，生子麻达葛，即金章宗完颜璟（金第六帝，1190—1208 年在位）。大定二十四年，完颜雍北巡上京，以太子允恭居中都监国，患暴病，七日而卒，终年三十九岁。

《上阳台》中，有完颜璟题跋《女史箴图卷》情节。《女史箴图卷》现收藏于大英博物馆。明清以来诸画谱均认定卷上瘦金体题跋为宋徽宗赵佶笔迹，后经日本学者外山军治辨析，确认它出自完颜璟之手（文中"恭"字缺笔，系避父完颜允恭之讳）。

乌延查剌

人号"铁铜万户",信州(今吉林省公主岭市秦家屯古城)守将,完颜雍即位后,任骁骑副都指挥使,担任御前护卫。其后随军进剿契丹叛军,花道之战中,左翼军整体败溃,他列阵坚守直至援军到来,确保了战事胜利。在陷泉大战中,他力挫敌军,赢得战机,最终与纥石烈志宁一起大败契丹,使金兵一举歼灭了契丹军主力。此后多有升迁,威名远播至邻国。

《金史》载:"贞壹寡言,平居极和易,及临战奋勇,见者无不辟易,虽重围万众,出入若无人之境云。"

徒单思忠

自幼得完颜雍抚养,赋性宽厚。后与完颜雍次女唐国公主成亲。大定元年十月,拜殿前左卫将军,二年,卒。

张谋鲁瓦

东京辽阳府府史。

刘完素

约1110—1200年,字守真,河间人,自号通玄处士,世称刘河间。刘完素是金代著名医学家,"金元四大家"之首,"河间学派"创始人。因其临证以降心火、益肾水为要旨,被称为"寒凉派",其思想对后世温病学说多有启迪,为此后中医学各学派的创立、发展奠定了基础。

完颜斜哥

完颜默音之子,因横行军中被勒令回籍。金代另有完颜斜哥,系完颜宗翰之孙。大定初,除刑部侍郎,充都统,与副统完颜布辉自东京先赴中都,辄署置官吏,私用官中财物。世宗至中都,事觉,斜哥除名,布辉削两阶,解职。二年,起为大宗正丞,除祁州刺史。坐赃枉法,当死,诏杖一百五十,再度除名。久之,起同知兴中尹,迁唐括部族节度使,历开远、顺义军,又贪赃,御史台劾奏,完颜雍谓宰臣曰:"斜哥今三犯矣,盖其资质鄙恶如此……斜哥祖父秦王宗翰有大功,特免死,杖一百五十,除名。"本书中完颜斜哥实为二人合体。

李蒲速越

任辽阳府知军，奉完颜雍命监视高存福。

完颜默音

1108—1171 年，也被记作完颜谋衍，金开国元勋完颜娄室之子，完颜默音的兄长完颜活女也是金国名将。在婆速路兵马都总管任上率部拥立完颜雍称帝，受封为右副元帅，统兵迫降不愿归顺新主的白彦敬、纥石烈志宁。大定二年，统军追剿契丹叛军，因贪财掠夺，未能及时追击，失去歼灭契丹主力的机会，被解去军职，回京担任同判大宗正府事。大定七年（1167），任北京留守，后任东京留守，封荣国公。

完颜福寿

完颜福寿继承父亲完颜合住的猛安职位，并被授予定远大将军的官衔，后升为金吾卫上将军。完颜亮即位后施行了女真人南迁的政策，把众多的猛安谋克进行整顿合并，完颜福寿的升迁因此停滞。1161 年，完颜亮命完颜福寿率领娄室、台答蔼两个猛增兵。完颜福寿率军抗命、北撤，拥立完颜雍，被任命为元帅右监军。

高忠建

南征万户。率队前往辽阳拥立完颜雍，获封元帅左监军。

长江前线人物

完颜亮

1122—1161 年，字元功，女真名迪古乃。金朝第四位皇帝、文学家。金太祖完颜旻（阿骨打）之孙，太师完颜宗干次子，母为大氏。皇统九年（1149），完颜亮杀金熙宗完颜亶自立，改元天德。完颜亮在位期间，采取一系列推进女真社会发展和金朝封建化的措施，为金朝的持续发展打下了良好的基础。贞元元年（1153），将金国都城从上京会宁府迁至燕京，改称中都，北京因此开启了作为国都的城市历史。正隆元年（1156），

456

迁葬始祖以下诸帝至大房山。正隆二年（1157），毁上京旧宫殿和贵族府第及储庆寺。正隆六年（1161），完颜亮意图统一华夏，率军亲征南宋，在瓜洲渡江作战时死于部下哗变，时年三十九岁。死后先被追废为海陵炀王，不久被废为庶人。完颜亮喜读书，有文才，工于诗词，史称"一咏一吟，冠绝当时"。史料中对其评价以诋毁为主。

大庆山

近侍局副使，宦官。

完颜兀不喝

完颜亮朝右司郎中。大定二年（1162），得完颜雍嘉许，特诏再任，后改任同知大兴尹，迁为横海军节度使。大定五年死于任上。

梁珫

近侍局使，宦官。南征期间，议者言珫与宋通谋，劝帝伐宋，征天下兵以疲弊中国。完颜亮将之收监，谓珫曰："闻汝与宋国交通，传泄事情。汝本奴隶，朕拔擢至此，乃敢尔耶。若至江南询得实迹，杀汝亦未晚也。"完颜亮遇弑后，梁珫亦被乱军所杀。

郭安国

年六十许。渤海铁州人（今吉林敦化或辉南）。郭药师（史称"辽之余孽、宋之厉阶、金之功臣"）之子。曾任奉国上将军、南京副留守、兵部尚书、刑部尚书。完颜亮起兵后任武捷军都总管，与武胜、武平军为前锋。又改任浙西道兵马副都统。完颜亮遇弑后，被杀。

完颜昂

1099—1163年。女真名奔睹，配有金太祖钦赐金牌，被称作"金牌郎君"，参与灭辽攻宋等重大战役，曾数次在与岳家军交锋中获胜。完颜奔睹一生历经五朝，官至都元帅、太保，封汉国公。《金史》载："睦于兄弟，尤善施予，其亲族有贫困者，必厚给之。至于茵帐、衣衾、器皿、仆马之属，常预设于家。即命驾相就，为具，欢乐终日，尽以遗之，即日使富足。人或以子孙计为言，答曰：'人各有命，但使其能自立尔，何至为子孙奴耶？'君子以为达。"

又记："正隆之末，奔睹位三公，居上将，内不肯与谋，外不肯与战，逼侧赵趄，苟免自全，大臣之道，固若是乎？"

金初另有完颜昂（？—1142 年），女真名吾都补，阿骨打之弟，封郓王。其子为完颜郑家（本书中唐岛海战中的败军之将）、完颜鹤寿，皆为名将、忠臣。1215 年，郑家之子完颜承晖与周衔蝉之孙任一清（烟儿狸）组织中都保卫战，城破自杀。详见"中都三部曲"之《斑斓乡》（即出）。

李通

以便辟侧媚得幸于完颜亮。累官右司郎中，迁吏部尚书。请谒贿赂辐辏其门。后为参知政事，进拜右丞。完颜亮征宋，命完颜昂为左领军大提督统师诸军以从人望，实则以左领军副大提督李通专其事。完颜亮遇弑，李通亦身死。大定二年，诏削去李通官爵。

郭瑞孙

郭药师之孙，郭安国之子。完颜雍安插在前线军中的探报。后抚养郭易辰成人。

李金乌

紫茸军统领。

张继先

年六十九岁。1092—？年。号翛然子。宋代著名道士，正一天师道第三十代天师。宋徽宗赐号"虚靖先生"。曾精准预言国难。羽化后，传说不绝，多有人在山林与之邂逅。

张孝祥

二十九岁。1132—1170 年。别号于湖居士，唐代诗人张籍的七世孙。绍兴二十四年（1154），状元及第，因上书为岳飞辩冤，为权相秦桧所忌。张孝祥与张元干一起号称南渡初期的"词坛双璧"。张孝祥词作上承苏轼，下开辛弃疾爱国词派先河，是南宋词坛豪放派代表人物。其书法在南宋一代声名极高。戏曲《玉簪记》中录有其逸事。

虞允文

五十一岁。1110—1174年，南宋重臣，唐朝名臣虞世南之后。秦桧死后，虞允文重获启用。1160年，虞允文充任贺正使出使金国。他与馆伴宾射，一发中的，金人惊诧不已。在金国境内，虞允文眼见金军运输粮草、打造战船，辞行时，完颜亮又有"看花洛阳"之语，回朝后，将耳闻目睹尽皆奏报朝廷，并请求加强淮、海沿线的边备。1161年11月，完颜亮领大军逼近采石（今属安徽马鞍山）。淮西主帅王权获罪被免，由大将李显忠接任，虞允文以督视江淮军马府参谋军事被派往采石犒师。见宋军萎靡不振，且主帅尚未到任，虞允文挺身而出亲自督师，以一万八千人的兵力大败十五万金军。"采石之战"后，虞允文在南宋朝野获得了极高的赞誉。

乾道八年（1172），加授左丞相兼枢密使、特进，旋即再镇四川，封雍国公，世称"虞雍公"。淳熙元年（1174），虞允文去世，年六十五。宋孝宗因虞允文镇蜀时延宕北伐，心中颇有衔恨，在他死后，"凡宣抚使饰终之典，一切不用"。后悔悟，赠谥号"忠肃"。庆元元年（1195），宋宁宗追赠虞允文为太师。

史称其"战伐之奇，妙算之策，忠烈义勇，为南宋第一"。毛泽东盛赞他"伟哉虞公，千古一人。"

张振、王琪、戴皋、时俊

曾为王权部将，马、步军统制官。采石大战后，分别升迁为：定江军承宣使、宣州观察使、舒州观察使、宁国军承宣使。

盛新

曾为王权部将，水军统制。采石大战后升迁至濠州团练使。"自以功多而赏轻，抑郁而死，建康、采石军士至今怜之。"其死后，宋廷于"淳熙二年(1175)追录前劳，特赠福州观察使，继赠昭庆军节度使"。

李宝

南宋水军名将。初聚众抗金，乡人称为"泼李三"。绍兴五年（1135）率众投至岳飞麾下。1161年，金军出动近七万水军，近千艘舰船锚泊唐岛湾（今青岛西海岸新区，旧称黄岛），候风待发，准备南下进攻南宋京城临安。时任南宋浙西路马步军副总管李宝遣其子李公佐及部将边士宁深入金境，潜伺敌动静虚实。旋率战船 120 艘，由江阴入海北上；十月下旬，于胶州湾乘金不备，借助风势采用火攻，以 3000 水军袭击超过自己 20 倍兵力的金军，焚毁金军数百艘舰船。金军除浙东道水军都统制苏保衡得以逃脱外（统军符印与文书被缴获），兵士大多溺死。获悉大捷后，宋高宗题写"忠勇李宝"赐作军旗。

唐岛海战（黄海奔袭战）是火器（南宋水师配备的新型火器霹雳炮等）应用于军事领域后的第一次大规模海战，对扭转宋金的战局有极大影响，更是世界海战史上的里程碑。唐岛大捷也推动了南宋进一步开展海上贸易，宋人逐渐将贸易通道从陆路转向海洋，拓宽了印度洋航线。

姜仔仔
十八岁。本名祁姜娀，太医祁宰之女。祁宰因谏阻完颜亮南征被杀。

徒单守素
武胜军都总管，曾为赴南宋贺正旦使。参与弑杀完颜亮。

耶律元宜、耶律王祥
耶律元宜之父本是辽国将领，降金后赐姓完颜。完颜亮一朝，完颜元宜屡获升迁直至兵部尚书。天德三年（1151），完颜亮下诏凡获赐完颜姓氏者恢复原来姓氏。耶律元宜在征宋进程中战功赫赫，后发动兵变弑杀完颜亮，此后受完颜雍重用。其子耶律王祥，任完颜亮军中骁骑指挥副使。参与弑杀完颜亮。

唐括乌野
耶律元宜麾下猛安（千夫长）。参与弑杀完颜亮。

韩夷耶
御前紫茸军副都总管。勇武第一。完颜亮赠其名马、诗词。

大磐
骁骑副都指挥使。

会城门　通玄门　崇智门　光泰门

长春宫

广源坊

延庆坊

衣锦坊

显忠坊

开远坊

会仙坊

嘉会坊

康乐坊

彰义门

甘泉坊

宛平县

棠阴坊

时和坊

⑦

⑪

仙露坊

⑥

⑯

⑮　施仁门

灏华门

⑨　⑤

铜马坊

宜曘门

内省

④

东宫

同乐园

鱼藻池

应天门

千步廊

开阳东坊

⑬

会同馆

来宁馆

宜阳门

大兴县

常清坊

开阳西坊

⑩

阳春门

丽泽门

②①

南春台坊

③

⑭

端礼门　丰宜门　水关　景风门

⑫

《春雷引》
人物
中都行迹图

① 塘花坞任家　② 吴家　③ 祁姜娀居所　④ 悯忠寺

⑤ 鲁亭客栈　⑥ 左府　⑦ 完颜阿璅宅邸　⑧ 会城门小市

⑨ 谢馆　⑩ 赵记纸坊　⑪ 巢云楼　⑫ 木容居

⑬ 染红胭脂铺　⑭ 郭药师藏金处　⑮ 羊汤店　⑯ 张仅言住所

金 VS 今：美强惨、性张力和破碎感

Q＝许沥萍　　A＝郭大熟

Q 这个《春雷引》是最先面世的《上阳台》的前传，是成心要拧巴倒着写吗？

A 不是的。写《上阳台》的时候没想着"中都三部曲"，现在也没想是不是要凑个五部八部的，就是后来觉得《上阳台》的人物关系有很多缝隙或者漏洞，前因后果的，应该有个交代，就想着弄个三部曲吧。往前倒倒，再往后顺一顺。金一百多年，王朝的故事也很密集，中都城里的一个家庭，也经历了几代人，每一代人都因为爱而生，后来也因为责任分崩离析，正是我现在能理解的家族意义所在。

未完成的感觉挺好，但真完不成就觉得像刷牙刷到一半，怎么跟人打招呼，怎么跟阿骨打贴脸抱抱。就写了。

《上阳台》写金章宗时期，一个危机四伏的时段，下坡路了。他爷爷鼎鼎大名，金世宗，就是这书里的完颜褒。不写大定盛世，对于金代是一种阉割，就写了。然后就选了大定初始，因为金世宗取代了上一个皇帝完颜亮，完颜亮是金朝历史上最有争议的、最跌宕自喜的君主。从炀王到海陵王，完颜亮后来终于被贬作庶人。冲突强烈，就写了。

再有就是，周衍蝉在《上阳台》里岁数太大了，让人亲近，让人尊重，让人想跟她发嗲撒娇。但毕竟不能总和奶奶生活在一起啃老吧，爱不动，所以就有了《春雷引》。这里头她是个小妈妈，风情犹在，这样说可能有点凝视，但作为一个孩子读者，谁都希望在幼儿园门口接自己的是个漂亮妈妈吧？高级脸，气质非凡，会穿衣服，让园长妒火中烧，让门卫

庭院寂寞。给周衔蝉一个机会，就是让自己迷惘的小童年欢快的办法。在《春雷引》里，她不只是被需要，她映衬着故事里所有的男人都猥琐、无力、计较、自私、不可救药的孩子气。作者对女性的仰慕铺天盖地。作者就是我。

三部曲的最后一本是《斑斓乡》，写《上阳台》之后，写城市的消亡，中都保卫战。

Q 写完《春雷引》之后，对《上阳台》会有反思吗？

A 必须有。主要是对郭易辰。《上阳台》最后，周老太太哭，她说郭易辰可怜，说他到死都不知道自己是谁的孩子。其实那时候我已经设定了郭易辰是完颜亮的遗腹子。但如果当时我知道我会把完颜亮在《春雷引》里写成这样，就不会让郭易辰在《上阳台》里那么没有存在感。说的不是配偶爱上了别人，汪曾祺讲话，绿帽子压不死人，这没什么，而是他死得太随意了。

如果能重写，我会多给他一些笔墨。在《上阳台》里，我让他和赵炬一起成为任一望在婚姻里厌倦、在婚姻外无感的人。但赵炬活该，他不止是个 i 人，他爱得太卑微了。可是郭易辰，从基因上说，也不应该只是一个纯粹的受害者。他应该像他爸爸，或者至少有另一种彪悍、多情。尤其他死的时候，我用了"龇牙咧嘴"，本意是说他被段打得面目全非，但是这太过分了。如果非要找补，我当时确实就想把姓郭的写得悲催凄惨，郭易辰背锅了。在郭易辰的处理上，我太冷漠了，这不是个好人能干出来的事。我在我编造的人物身上看到了我的促狭、小气。我非常后悔。我想抽自己。作为一个作者，我觉得自己人品太次了。第三部里头，我要多写郭夷则，就是郭易辰的孩子。算父债子还吧。

再有，烟儿狸戏份太少了，我会让他和四娘子在第三部里亲近一些，我希望他有另外一种果敢，是真勇敢。因为他俩合适，是 CP。到第三部，他已经长大了一些，不再是个毛头小伙子了。他不需要为在《上阳台》

里的懵懂、冲动、少不经事后悔，我替他后悔就行了。只要事情还没结束，结局就可以修改。但在《斑斓乡》的开头，我要让他凄惨，他败光了塘花坞，因为眄儿死了，他自我流放。进入中都的四娘子（她投靠了蒙古）在街头找到了他。

Q 刚说到了阿骨打，为什么不写他和他弟弟？

A 我自己就没兴趣。开国君主，无懈可击也就算了，对于一个王朝，他没有负担，他英武可能第一，但他不如后继者复杂。我对简单的、符号的、应运而生的不感兴趣。用现在流行的说法，就是他故事感不够。他又美又强，但是他不惨。不惨就缺少变化。我们是来看戏的。正确就很无聊。

《春雷引》里，完颜亮和完颜雍回忆了同一件事，但可能各自记忆都有误，或者是成心各取所需。金太宗在雪地上划了线，让一群孙子们比赛滋尿。史书里没有这一段，我瞎编的。我小时候，我爷爷让我和我的堂兄弟们比谁尿得远。吴乞买能在雪地上划线就不错了，但是和完颜亮在雪地上写"快雪时晴"比，还差点儿意思。差的这点意思，就是不写他和阿骨打的原因。

Q 这又有点儿家族史的意思了，你说《上阳台》里的虚构人物用的都是你祖辈的名字。《春雷引》里的人名有什么讲究吗？

A 当时就是为了方便就用了。《春雷引》一仍其旧，官员兵士都是真的。绿绮、仔仔她们是假的。还有"丝麻作"，特殊行动队的成员也是假的，在附录的"人物小传"里，铺了黑底的都是虚构的。

我把熟人的名字改动了用在《春雷引》里，也是为了好区分。宋金时期不比唐朝，时间推进，新时期人们的身份意识又清晰了一些，所以就都给起了名字，不再用杜二、柳八、李十二、岑二十七、高三十六，那样显得太随意了。谁都是被家长宠过来的，谁还不是个小宝贝呢。

Q 读《春雷引》，我总分不清真实和虚构。

A 沙离只和漫捻都是历史人物，被杀是真的，但他们的事迹史书里没有太多记载。我有妄想，就希望看书的人不去区分真假，重要的是捧起书的那一刻就收割了作者。我们看陈舜臣、看司马辽太郎、看藤泽周平，不辨别真伪就最好啦。它是非历史的，也是要婉转折射现实的。中都的一系列事变，和一个办公室的政治没有差异，而一群人钩心斗角、相爱相杀从来都是没有时间性的现象。

韩夷耶在《金史》中没有记载，但是完颜亮给他的那首词一直都在，那是闪闪发光的东西，不只是抒发，是一个男的对另一个可能的自己的认可和褒奖。我就放大了这么个角色，他也是个纠结的人、无能为力的人、壮悔滋深的人。除了缴械、皈依，他别无选择。

也就是说，比如沙离只、漫捻和韩夷耶，都是历史上的真实人物，我给他们加了戏。中都的沙离只、辽阳的高存福和李彦隆、前线的韩夷耶，这些人都为了完颜亮不惜性命。我对他们有偏爱，也没故意掩饰。

Q 郭易辰是虚构的？

A 是的，太子光英被杀，我就给完颜亮留了一个后代。完颜亮把郭瑞孙从战场上释放了，给郭家留了后。郭瑞孙回到中都，又把完颜亮的遗腹子养大。

Q 那么《春雷引》的虚构方式和《上阳台》有哪些不一样？

A 这个我不知道怎么回答。如果《在斯万家那边》和《起初·鱼甜》让人困惑，那困惑的人应该再困惑着反思一下。我这样说不太友好。

Q 《上阳台》已经让人开始有演义小说的联想，《春雷引》里又明确了一些，我看的时候，老在想书里各种兵器和人物的武力值排名，类似"一吕二赵三典韦"之类的。

A 去年《哈利·波特》重映，有个朋友带我去看了。那里头有很多细节，比如旗帜。我觉得特别好。我自己对盔甲、兵刃这些器物一直就感兴趣。我在飞机上看电影《满江红》，觉得是生编乱造，说的话也别扭，全是尬聊，口吻不对，用词也不对。可是看到岳云鹏的盔甲，就特别有好感。老话说"言谈压君子，衣帽镇小人"。我没有贬损你的意思，你看得很细致。这些正是细枝末节，是所谓细节，它让内容丰满，但故事里另有骨格，在骨不在皮。

武力值排名是故意的，我想让两岸和三个地方的人物们之间有种关联——两岸是在长江南北对峙的宋金军队，三地是中都、辽阳和瓜洲，各地的高手们没机会对决，但是可以比对。比如完颜亨，金兀术的儿子，在《春雷引》之前早死了，他是个尺度，乌延查刺打不过他，但韩夷耶三拳两脚就破了他。比如绿绮和觉体对决，打得快，高下立判。只有徒单三胜才需要和对手缠斗，还搞得遍体鳞伤，用的都是拙劲儿。高手不需要太磨烦，一个眼神对方就怯了。这种经验咱们都有吧。

武器还好吧，徒单三胜的精美小盾牌，女人用的。还有杨泗浑身包裹的箭镞、蒲察沙离只的铁骨朵、乌延查刺的铁锏、韩夷耶的双戟，我花了点心思，其他的并没有。我一直喜欢戟，现在想起来，可能跟小时候看年画有关系，《水浒》里的吕方、郭盛袍袖翩翩，手里的方天画戟很帅的，柄都很细，修长让兵刃轻快，显得更厉害。有些旧书里的兵刃，比如八棱紫金锤、凤翅鎏金镗，太像戏台上的道具。就没用。我要琢磨实战和效率，到锏和戟就差不多了，再夸张戏就有点儿过了。

刚才我说的皮肉和骨头，说得不好。我道歉。但上一个问题我确实不知道怎么回答。

Q 蒲察沙离只的盾牌是梁红玉的，后来到了徒单三胜手里，这里头有什么特殊安排吗？

A 是某种意气传承吧，后来当然要落在四娘子手里，最后的最后，也一定在烟儿狸手里，我要把《上阳台》里亏欠他的篇幅找补给他。小时候看《说岳全传》，里头的梁红玉让人动心，当时就觉得乡卫生院里给村民们打针的女护士都没她好看。红妆翠袖，本来是个营妓，后来亲执桴鼓抗击金军，太浪漫的一个人。敌军头领金兀术逃脱，她觉得是她老公韩世忠的战术失当，就奏了自己爱人一本，这媳妇还能处不？！

她盾牌上的纹饰，我用了山海经里的驳，嵌合兽（chimeric beast）的一种。山海经里的独角马有两种：一种叫䮝疏，长相很标致；还有就是这个驳，一匹黑尾巴白马，有一只角，牙有锯齿，专吃虎豹一类的大型猫科猛兽，叫起来像打鼓的声音，"可以御兵"。西方传说里的独角兽，爱闻少女的体香，我让一只"驳"挺拔地卧在梁红玉的盾牌上，算是个呼应吧。她值。

Q 从中都到辽阳到长江沿岸，《春雷引》里拢共得有一百多个人吧，女性角色，主要的就三个人。

A 但她们仨是主角。完颜亮、完颜褒还有徒单三胜都不是。卖化妆品的萍姐和绿绮的女伴芸娘，以及挺着大肚子冲进院子劝架身亡的吴婆都比他们重要。中国男的只能做些解说工作，这是看女网比赛我确认的偏见。能有中国妈妈，是中国男人的幸运。

《上阳台》里的女性角色都很可爱，无论是老太太周衔蝉还是大孙女任一望，即使是出场不多的丑奴和蕙卿，也都非常讨喜，四娘子篇幅虽然不多，但她更像一个大女主。在《春雷引》里，绿绮和仔仔身上也有她的影子。

写女性角色我总是很投入，这是一种逆向的性别崇拜吧。

在《上阳台》里，我有意无意地把女性按月相拆分了，但我在书评中没看见有人这么说，就觉得像是捉迷藏或者偷了东西没被找到、抓到，又得意，又失落。晒儿是少女和新月，任一望是油腻男眼中的霸道女总裁和满月，周衔蝉是老妪和残月。她们也都有意无意地以月亮（阴柔）

的名义胁迫、绑架异性，让他们被无休无止的黑夜迷障吞没。眄儿逃婚私奔，任一望暗恋路大人，周街蝉在家族中是一种气质性的弥散存在，老幼男人们为此血脉偾张、伏低做小、唯唯诺诺，满满的求生欲。所有男的都在月亮的监理之下。这可能是宿命。很早以前，我在《俗讲》里有一篇《狠妈妈》，讲所谓阳刚背后的虚弱及其养成，《上阳台》和《春雷引》里的女性都很彪悍、泼辣。不是贬义词。

四娘子其实是绿绮的影子，绿绮是她妈妈。《春雷引》最后，绿绮和三胜（改姓杨）去了海边，他们有了两个孩子，就是《上阳台》里的杨安儿和四娘子杨妙真。兄妹起义抗金，后来不知道抗谁，陷入迷茫。

仔仔和石家奴回去了老家，也是如完颜亮的愿，她真的嫁给了一个货郎。她和完颜亮的孩子，被郭瑞孙抚养大，就是《上阳台》里的郭易辰，也确实像她和小萱子的"亲家约定"一样，郭易辰娶了任一望。

后来周街蝉和觉体生了孩子，送给了仔仔和石家奴。之所以安排了石家奴的老家在怀庆府河内县，就是现在的河南沁阳，因为这孩子要在那里被养大，才符合史料记载。石家奴是《金史》上记载的去东京上表的人之一，我把他安排成任兴周的徒弟，他姓乌林荅。金灭后，很多女真人改了汉姓，乌林荅这个姓氏就改姓蔡。而他养大的孩子也当然就跟着姓蔡。这是巧合。这孩子长大后，成了曹洞宗的一代高僧，西四的万松老人塔就是他的墓。万松行秀，俗姓蔡，河内县人。

《上阳台》里的完颜璟死后，春雷琴陪葬。蒙军拿下中都，就掘坟，把春雷又抠出来，史书里说："章宗殁，挟之以殉。凡十八年，复出人间，略无毫发动，复为诸琴之冠。天地间尤物也。"咱就说觉体这造假功夫多厉害啊哈！这春雷被赏给了耶律楚材，元代第一个丞相，他又把琴给了自己的老师，就是万松行秀。万松后来又把琴还给了耶律楚材的儿子耶律铸。再后来，转来转去的，有说在台北，有说在旅顺。

Q 书里用了很多诗词。我看着有点儿累。

A 我想删减来着，但是又觉得也不能因为意义而废了形式，最后没太下手。

比如"春雷"，没有比辛弃疾写得更好的了，不能因为他是红人就不抱他大腿。都赶上了不是？耶律楚材的儿子耶律铸给春雷琴写过诗，我放在了扉页上。但他不是这个时候的人，所以只能在故事里割爱。

完颜亮现在在文学史上更有痕迹，所以不说他的诗词，这个人物立不住。还有一些人物，比如张孝祥，词好极了，1161年他正好在战场附近居住，我就让他带着虞允文和李宝去见了完颜亮。也可以这样说，宋金诗词推动了这本书的构成，它不只是内容要素，甚至是原动力了。还有张继先的算命册子，那里头的语句，文绉绉的，但是没有别的办法，因为是历史小说，不能说太白的大白话。这是写历史小说回避不了的。我试着冲淡稀释了，不知道效果怎样。仔仔跟完颜亮面红耳赤地说："你这个人还怪好嘞。"这句是和我女儿学的，她发过类似的表情包给我。有敷衍、有判断、有发嗲、有反讽、有不耐烦。其实古诗词的语义更繁复，你细品，它们没有那么讨厌。

这就好比所有当代有觉悟的诗歌写作者都会回到中国古诗词，而不是二手的翻译诗歌，或者其他自以为了不起的推进。

Q 书中关于完颜亮的描绘，有翻案的意思。

A 完颜雍上台后，开始实施一系列对阿亮的污名化。这在古籍中，已经有人提出过质疑。完颜亮有那么不堪吗？在《春雷引》里，我让他有了躁郁症的双相情感障碍表现，也有NPD（自恋型人格障碍）症状。在书里我借别人的嘴，给了他一些客观公允的评价，这都是他应得的。

他制定的国策，包括法典完善、人才选拔和货币制度，都是此前几位皇帝没完成的，而且也被金世宗延续。

现在的北京成为国都，是从他开始的，称他为这座城市的缔造者名副其实。我非常希望都城北京能把4月21日作为生日，那是迁都到中都的日子。

至于所谓私德，说他不吃肉是假惺惺，说他弑母是大逆不道，说他忠贞意识薄弱，这些都是观念强化的结果。一个皇帝连不吃肉的权利都没有吗？这个说法问过那些在初雪当天躲过菜刀和铁锅的大鹅了吗？他杀的不是亲妈，是他爹的第一夫人。这涉及宫斗，他要去前线，要把后方整肃一下，政治生态的事，不能用伦理标准勘定正误。他有一些女朋友，那是863年前，我们没必要拿这个说事，这就好比现在人们用手机，然后嘲笑古代人写信效率低一样，这种历史凌驾感很可悲的。

神话学中有个术语，圣像的曲解利用（iconotropy），这在历史写作中是没法回避的操作办法。盖棺定论从来是不可能的事情。再说就是修辞了。

Q 虽然辽阳的篇幅不弱于长江战场，但你在写作中有意倾向于完颜亮是吗？

A 这个我承认。说完颜璟是文艺皇帝，有点儿夸大其词了。还有一位完颜璹（音shú），在文学史上鼎鼎大名，但女真诗文中，最能打动我的是完颜亮的作品。《春雷引》里录了他那首写雪的词《念奴娇·天丁震怒》，在《水浒》里，它被用在了"林教头风雪山神庙"那一回的开篇。那是真正有雄霸之气的文字。完颜亮不是老喊，他还写过一首雪的词，简直比温庭筠还温柔，比李清照还清新。在诗人和政客中间，我选择倾向前者。

伏尔泰在乾隆身上看到了他理想中"诗人国王"的形象，他觉得"既然皇帝会吟诗，人们在那里就该生活幸福"。他觉得，一个诗人国王不仅会热爱、保护文化艺术，而且一定会尊重人权，保障作家的写作自由什么的。伏尔泰悲催，自己从没享受过言论和创作自由。"一个会写诗的君王绝不会残忍无情"——现在看，伏尔泰的这个轻率结论过于绝对，但这是一位沧桑老人的幼稚和单纯，非常可贵。

在争论完颜亮的起居注是否有效以及《海陵实录》由谁执笔，确定写作指导思想的时候，完颜雍给出了明确要求，他对史官进行了精心安排。先是选择与海陵有私怨的史官参与修史，避免有人为完颜亮说好话。张景仁曾因忤旨被海陵杖责二十，完颜雍就让他纂修《海陵实录》，没过多久他就被撤换了，原因是没把"海陵弑熙宗，血溅于面，沾及衣袖"的场景写入实录，招致了完颜雍的猜忌。后来完颜雍又任命郑子聃负责纂修《海陵实录》，主要原因在于完颜亮曾经戏弄过这位文才天纵的郑子聃。即便在当时，也有人就完颜雍对完颜亮的过分诋毁表达了不满，贾益谦说："然我闻海陵被弑而世宗皇帝立，大定三十年，禁近能暴海陵蟊恶者（说完颜亮坏话的人），得美仕。史官修实录诬其淫毒狠鸷，遗臭无穷。自今观之，百可一信邪？"贾益谦曾在大定朝做官，对《海陵实录》的纂修情况比较了解。元代史学家苏天爵曾经亲眼见到过《海陵实录》，他也批评说："海陵被杀，诸公逢迎，极力诋毁，书多丑恶。"

　　完颜亮是个被丑化的小姑娘，我没想彻底翻案，我就想给娃洗洗脸。孩子没有难看的，大了就面目可憎的居多。

Q　完颜雍的统治后来都很顺畅吗？

A　还好，他很稳重，最爱的爱人死了，他也有种破碎感。和南宋基本相安无事。也杀了很多人，也有可以被称作暴政的一些举措，但他的实录是他孙子修的，所以《金史》里有关他的段落完美得跟《贞观政要》似的。这是历史书写里头吊诡的部分。《春雷引》里的胡土瓦，是他的太子，后来叫完颜允恭，导致白彦恭都避讳改了名字叫白彦敬，完颜允恭早早就死了，他的儿子就是后来的金章宗完颜璟。金世宗取代海陵王，又把皇位传给孙子金章宗，新一代的英雄传奇开始，然后一起消失在共同历史的光芒里。这是我现在理解的历史的最大的魅力——一切变动不居又翻来覆去。然后你捡到一片硅化木，或者捉到一只萤火虫，它们的暗沉和闪烁里都带着那个时代星星点点的微光，忽明忽暗，若果若因。

Q 书里有很多金句，是成心要让读者标注或者划线吗？

A 惭愧。小时候看《约翰·克里斯朵夫》，就抄书。一代又一代，故事很快就记不住，情绪很快被覆盖，但好句子会一直记着，这是文字的妙处之一。那就承认吧，是故意的。主要还是一些情节设计引发的。雪地撒尿、午夜射杀杜鹃……完颜亮不是成功学导师，他如果有问题，问题就在于他太诗意了，他的不甘平庸是他的原罪和死穴。当然必然是个戏精，自导自演，也管灯光舞美啥的，老给自己加戏，他心里真希望自己立言立功，功没立成，言也就抹除了。

《金史》对他做了很多遮蔽，但即使在完颜雍的威逼利诱之下，史官们出于职业伦理，仍然保留了一部分。如果我是完颜雍，我就会让修《海陵实录》的人把他的话再多删一些。完颜雍有认知局限，他以为可以留下的，可以坐实完颜亮是个混蛋的语录，反倒让完颜亮丰满、可爱了。

作为一个一般意义上的失败者，完颜亮丧失了很多。史书上说，他带队离开开封前去攻打南宋，太子光英和皇后出来送别，他鲜衣怒马，若无其事地说："吾行归矣。"《春雷引》里对"吾行归矣"的解说，因为情境的原因，并不全面。这句话其实是放逐自己，它确实有"很快就回来"的意思，但还有"爸爸走啦"的意思，是个悲壮的意思，刻意演无情，其实说话的人自己也不知道具体要说什么，甚至知道自己有去无回。就像一个爸爸要出差，他一天天地老出差。或者一个爸爸要离婚，孩子哭哭啼啼，爸爸急了，说"差不多得了啊，又不是不回来。离了你也还是我儿子"这一类的话。所谓金句，就是共识和同情吧，古今经验并无不同。出门卖炊饼、西出阳关和单刀赴会没有差别。真有人能做到决绝吗？我觉得大多数人都是故作姿态，很多时候甚至说服不了自己。

Q 你怎么看待抄袭和所谓"文本再生"？完颜亮最后说的"红花开，红的心"，那是歌词对吗？

A 是的，《红花雨》的歌词。我希望有一天能用这首歌做《春雷引》

PV 的音乐。一只杜鹃中箭跌落，祁姜娥浑身披挂着完颜亮的甲胄，不合身，boyfriend style 外加特兰克斯穿搭，站在雪地里，旁边是完颜亮的尸体在燃烧，那之前他刚指点了仔仔把簪子刺进自己胸口。完颜亮火光熊熊，仔仔金光灿灿，她站在雪地里，怀里抱着两柄画戟。情绪失落，是父仇得报，是看到爱人去国如屐，是愿望满足之后的贤者时光，那个叫作 post coitum, homo tristis 的东西。

　　不只是这个，还有那句"与其苟延残喘，不如自在燃烧"，完颜亮最后的话，是从科特·柯本的遗言改过来的。他们都有自我毁灭的激情。我觉得一种知识，或者一条信息，应该被一再展示。整体而言，我不是文抄公。好比"中都三部曲"，它的故事从旧书里来，但我不是要白话一遍《金史》。您是提问，还是逼我告解？

　　还有那句"我以为我能跨过这沉沦的一切，向我的前辈、我的同侪和后代开战，而你是我的金甲"，是模仿王小波的情书，他说的是"当我跨过沉沦的一切，向着永恒开战的时候，你是我的军旗"。化用，我不觉得丢人。吃一口豆腐不用觉得对刘安有负罪感。

Q 周衔蝉用张天师的小册子算命那段很有趣，那个册子是真实存在的吗？她算的每个人的结局都很准，你不怕这样做会剧透吗？

A 那个册子真有，但不是张天师的，我给安在了他头上。我小时候，大雪封村，左邻右舍都围在我爸的火炉旁边，一起用一个册子算卦。我问过他，说是跟一个货郎淘换的。那册子叫《诸葛武侯巧连神数》，但肯定也是伪托，里头的好些词句都是唐宋的。周衔蝉算命，不会剧透，因为卦语的内容都比较隐晦，我希望人们读到后来，有恍然大悟的感觉。其实书里还有别的小心思，第十七回第二章"遇仙"的末尾，完颜亮下山，张天师唱歌，歌词是藏头的。他有超能力，能预知事情走向。

Q 这册子可以做个文创，"答案之书"那种，肯定好玩。您用这个"巧连神数"算过自己吗？

A 算过，说我能得布克奖！！！

Q 这么长的一部小说，几乎没有性描写，《上阳台》里你也非常谨慎，您为什么这么闪烁呢？再有，《春雷引》里的情爱关系描写要比《上阳台》里细腻得多，您是又恋爱了吗？

A 完颜亮的艳情故事，所谓正史里已经很露骨了，也不知道男女在一起的悄悄话，史官怎么都知道。《醒世恒言》里有一篇《金海陵纵欲亡身》，那里头的描绘更下流。毁一个人，抓他的把柄，尤其是围绕着男女关系说事，这个招数永远奏效。无聊和有趣有时候确实被拿来拿去的，我不想把小说写成寝宫闹剧，所以就没太渲染。如果有类似的兴趣，相信大家都有能力自行脑补。

完颜亮最后光着上身站在雪地里，瘦、虚弱。我想展示他的性张力，而非人鱼线或者胸肌乱跳一类的健身房肉感。

情爱我就随手一写，故意隐晦了一些。

Q 采石矶大战是后来补写的？

A 是的。责任编辑扔给我一本《萨郎宝》，说你让一群将领坐在一起回顾战事，不但没有旧刀枪、磨洗认前朝的效果，反倒让人感觉你在回避大场面。我说我怕影视公司看见战争，怕投资太多，就不拍了，所以就让一群人在军帐里复盘。编辑说，你这是耍流氓，是避重就轻，是欺负人，是视天下英雄读者于无物！你一写书的，又不是写剧本的，你管什么投资不投资！她说你不也喜欢《起初·纪年》里的战争描写吗？这么好的场景调度机会，你就这么给浪费了？！

我说我有脏心眼儿我自己知道，不要再骂了，就补写了采石大战。南宋的船只比金的先进很多，我让一群死士站在桅杆顶端射出火箭，桅杆颤抖，半条江瞬间进入黄昏，是血水及其绝望。这场面比《疯狂的麦克斯》早了好几百年，《疯狂的麦克斯》抄袭我啊哈哈。扳回一局！

Q 《上阳台》的故事在中都和近郊发生，《春雷引》有一些篇幅溢出了中都，发生在东京辽阳和长江战场，你在串联几个地点的时候费劲吗？

A 主要还是中都吧。辽阳和长江边只是两个矢量的两处起点，对辽阳来说，中都是目的地，对龟山寺的完颜亮来说，中都是回不去的地方。三个地点费了些心思，中都和辽阳，我让张仅言穿梭往来，牵引了这俩地方和相对应的故事。长江沿线，平时应该有信鸽降落，后方哗变的消息传进大帐，这才引出完颜亮。福克纳在《野棕榈》里的对位法给了我一些启示，不只是技术层面的，他行文的自如和不卖力取悦读者，让我受了触动。

　　其实三个地点还好，比较头疼的是《春雷引》里的人名，蒲察沙离只、漫捻撒离喝……有时候我自己都乱了。女真名字有点拗口。我本来想把人名都加下划线，我老怕给人添麻烦。后来责编说："不用下划线，别蔑视读者，别把读者当十四岁！"

Q 你把完颜亮的出场放在了最后，这是出于什么考虑？

A 我想用死亡压轴。他的死是所有人努力的结果，包括他自己。书的前半部分，人们都在谈论他，吴婆甚至都想混到军队里下药把他毒死，每个人都在诅咒他。最后他露面，是活着时候就被误会的人。我想写出他的活该，悲壮的活该。

Q 以我的智商和细读习惯，你觉得《春雷引》里会有什么我应该知道而不知道的吗？

A 沙离只死后，是谁给完颜亮传递消息？觉体做了几张假琴？

Q 杨泗临死前提到的"主上"是亮仔？！觉体是要搞古琴批发吗？

A 现在有些博物馆和藏家，都声称自己的春雷琴是真的。所以我在书里，让存世的春雷都有出处啊哈哈。这是我的善意呢。从一开始，从很久以前，完颜亮就被惦记、被套路了。他的琴早被调包了。

Q 《春雷引》发生在 1161 年，《上阳台》发生在 1208 年，三部曲的收尾会放在 1215 年？

A 是的，蒙古军队围城。讲的是烟儿狸和窝阔台、四娘子之间的故事。四娘子带着一部分红袄军投靠了元军。作为时空的中都即将消亡。当然，也有希望在绝望中诞生。我还没正式动笔，我希望它有独特的声音，节奏稳妥，主题飘忽。我希望它能展示最老最老的老北京的道地的思维方式和雄厚的都城经验，然后烟儿狸带着一群居民走出遍布沟沟坎坎的两难境地，那个境地不只是缺吃少穿的日常困境，更有孤独的爱情和交流障碍。《上阳台》和《春雷引》里，人物都有各自象征性的枷锁。时代疯狂，而中都的市民生活仍然真实，恐慌肆虐，人性应该受到庇护。我希望《斑斓乡》能不那么沉重，我希望它是个泪流满面的甜蜜故事，经历了什么，当事人心里最清楚。躁动不安的世界，应该有最若无其事的述说。

Q 在《上阳台》的一次发布会上，你说要重建金中都，进度怎样了？

A 这是个很厚道的问题。我的意思是让人们多关注金中都，我希望三部曲能有影视转换的机会，目前还在等机会。谢谢您这么问。

当人亡物丧，过去的一切荡然无存，只有气息和味道长存，好比灵魂，脆弱却活泼，虚幻而持久。当一切坚固的东西都烟消云散了，是那些无形的点滴，傲然负载着永不倾覆的记忆大厦——这不是我说的，这是我篡改的普鲁斯特和马克思，您看这么汇报施工进度行吗？

Q 是时候说谢谢了。

A 　谢谢北京燕山出版社、北京市文联和北京老舍文学院让我在写不动的时候还能喝杯啤酒硬写；谢谢很多前辈和朋友，他们的建议给我很多启发。也要感谢我的小孩，两部曲了，他一个字也不唱，让我对自己的作品保持了最大程度的清醒。

感谢三审三校和质检，善意的挑剔太让人感动了，燕山社的出版人非常专业！还要感谢您的一系列厚道提问，我在这书里送了您女儿一栋建筑，希望您能满意；还要感谢书里提到的一些熟人，他们就很惨。"丝麻作"的刺客们的称号，大多都用了我在老舍文学院的同学的名字，在辽阳城外被任兴周和杨泗围灭了。

我希望这书能有种玩笑气质：爱啊，恨啊，都别那么沉重；遣词啊，叙事啊，不用那么刻苦。其实本来可能都是一些无关紧要的东西。和举座皆惊、掌声雷动相比，角落里的会心一笑更好。